献给北京大学建校一百二十周年

北京大学人文学科文库

申　丹 总主编

北京市社会科学理论著作出版基金资助
国家社科基金项目研究成果

北大欧美文学研究丛书
申丹 主编

西班牙20世纪诗歌研究

赵振江 范 晔 程弋洋 著

北京大学出版社
PEKING UNIVERSITY PRESS

图书在版编目(CIP)数据

西班牙20世纪诗歌研究/赵振江等著.—北京:北京大学出版社,2017.3
(北京大学人文学科文库·北大欧美文学研究丛书)
ISBN 978-7-301-27997-7

Ⅰ.①西… Ⅱ.①赵… Ⅲ.①诗歌研究—西班牙—20 世纪 Ⅳ.① I551.072

中国版本图书馆 CIP 数据核字(2017)第 013357 号

书　　名	西班牙20世纪诗歌研究 Xibanya Ershi Shiji Shige Yanjiu
著作责任者	赵振江　范　晔　程弋洋　著
责 任 编 辑	张　冰　朱房煦
标 准 书 号	ISBN 978-7-301-27997-7
出 版 发 行	北京大学出版社
地　　址	北京市海淀区成府路 205 号　100871
网　　址	http://www.pup.cn　　新浪微博:@北京大学出版社
电 子 信 箱	zhufangxu@yeah.net
电　　话	邮购部 62752015　发行部 62750672　编辑部 62754382
印 刷 者	北京大学印刷厂
经 销 者	新华书店
	650 毫米 ×980 毫米　16 开本　31.75 印张　455 千字
	2017 年 3 月第 1 版　2017 年 3 月第 1 次印刷
定　　价	88.00 元

总　序

袁行霈

人文学科是北京大学的传统优势学科。早在京师大学堂建立之初，就设立了经学科、文学科，预科学生必须在五种外语中选修一种。京师大学堂于 1912 年改为现名，1917 年，蔡元培先生出任北京大学校长，他“循思想自由原则，取兼容并包主义”，促进了思想解放和学术繁荣。1921 年北大成立了四个全校性的研究所，下设自然科学、社会科学、国学和外国文学四门，人文学科仍然居于重要地位，广受社会的关注。这个传统一直沿袭下来，中华人民共和国成立后，1952 年北京大学与清华大学、燕京大学三校的文、理科合并为现在的北京大学，大师云集，人文荟萃，成果斐然。改革开放后，北京大学的历史翻开了新的一页。

近十几年来，人文学科在学科建设、人才培养、师资队伍建设、教学科研等各方面改善了条件，取得了显著成绩。北大的人文学科门类齐全，在国内整体上居于优势地位，在世界上也占有引人瞩目的地位，相继出版了《中华文明史》《世界文明史》《世界现代化历程》《中国儒学史》《中国美学通史》《欧洲文学史》等高水平的著作，并主持了许多重大的考古项目，这些成果发挥着引领学术前进的作用。目前，北大还承担着《儒藏》《中华文明探源》《北京大学藏西汉竹书》的整理与研究工作，以及《新编新注十三经》等重要项目。

与此同时，我们也清醒地看到，北大人文学科整体的绝对优势正在减弱，有的学科只具备相对优势了；有的成果规模优势明显，高度优势还有待提升。北大出了许多成果，但还要出思想，要产生影响人类命运和前途的思想理论。我们距离理想的目标还有相当长的距离，需要人文学科的老师和同学们加倍努力。

我曾经说过：与自然科学或社会科学相比，人文学科的成果，难以直接转化为生产力，给社会带来财富，人们或以为无用。其实，人文学科力求揭示人生的意义和价值，塑造理想的人格，指点人生趋向完美的境地。它能丰富人的精神，美化人的心灵，提升人的品德，协调人和自然的关系以及人和人的关系，促使人把自己掌握的知识和技术用到造福于人类的正道上来，这是人文无用之大用！试想，如果我们的心灵中没有诗意，我们的记忆中没有历史，我们的思考中没有哲理，我们的生活将成为什么样子？国家的强盛与否，将来不仅要看经济实力、国防实力，也要看国民的精神世界是否丰富，活得充实不充实，愉快不愉快，自在不自在，美不美。

一个民族，如果从根本上丧失了对人文学科的热情，丧失了对人文精神的追求和坚守，这个民族就丧失了进步的精神源泉。文化是一个民族的标志，是一个民族的根，在经济全球化的大趋势中，拥有几千年文化传统的中华民族，必须自觉维护自己的根，并以开放的态度吸取世界上其他民族的优秀文化，以跟上世界的潮流。站在这样的高度看待人文学科，我们深感责任之重大与紧迫。

北大人文学科的老师们蕴藏着巨大的潜力和创造性。我相信，只要使老师们的潜力充分发挥出来，北大人文学科便能克服种种障碍，在国内外开辟出一片新天地。

人文学科的研究主要是著书立说，以个体撰写著作为一大特点。除了需要协同研究的集体大项目外，我们还希望为教师独立探索，撰写、出版专著搭建平台，形成既具个体思想，又汇聚集体智慧的系列研究成果。为此，北京大学人文学部决定编辑出版"北京大学人文学科文库"，旨在汇集新时代北大人文学科的优秀成果，弘扬北大人文学科的学术传统，展示北大人文学科的整体实力和研究特色，为推动北大世界一流大学建设、促进人文学术发展做出贡献。

我们需要努力营造宽松的学术环境、浓厚的研究气氛。既要提倡教师根据国家的需要选择研究课题，集中人力物力进行研究，也鼓励教师按照自己的兴趣自由地选择课题。鼓励自由选题是“北京大学人文学科文库”的一个特点。

我们不可满足于泛泛的议论，也不可追求热闹，而应沉潜下来，认真钻研，将切实的成果贡献给社会。学术质量是“北京大学人文学科文库”的一大追求。文库的撰稿者会力求通过自己潜心研究、多年积累而成的优秀成果，来展示自己的学术水平。

我们要保持优良的学风，进一步突出北大的个性与特色。北大人要有大志气、大眼光、大手笔、大格局、大气象，做一些符合北大地位的事，做一些开风气之先的事。北大不能随波逐流，不能甘于平庸，不能跟在别人后面小打小闹。北大的学者要有与北大相称的气质、气节、气派、气势、气宇、气度、气韵和气象。北大的学者要致力于弘扬民族精神和时代精神，以提升国民的人文素质为己任。而承担这样的使命，首先要有谦逊的态度，向人民群众学习，向兄弟院校学习。切不可妄自尊大，目空一切。这也是“北京大学人文学科文库”力求展现的北大的人文素质。

这个文库第一批包括：

“北大中国文学研究丛书”（陈平原 主编）

“北大中国语言学研究丛书”（王洪君 郭锐 主编）

“北大比较文学与世界文学研究丛书”（陈跃红 张辉 主编）

“北大批评理论研究丛书”（张旭东 主编）

“北大中国史研究丛书”（荣新江 张帆 主编）

“北大世界史研究丛书”（高毅 主编）

“北大考古学研究丛书”（赵辉 主编）

“北大马克思主义哲学研究丛书”（丰子义 主编）

“北大中国哲学研究丛书”（王博 主编）

“北大外国哲学研究丛书”（韩水法 主编）

“北大东方文学研究丛书”（王邦维 主编）

“北大欧美文学研究丛书”(申丹 主编)

“北大外国语言学研究丛书”(宁琦 高一虹 主编)

“北大艺术学研究丛书”(王一川 主编)

“北大对外汉语研究丛书”(赵杨 主编)

这15套丛书仅收入学术新作,涵盖了北大人文学科的多个领域,它们的推出有利于读者整体了解当下北大人文学者的科研动态、学术实力和研究特色。这一文库将持续编辑出版,我们相信通过老中青年学者的不断努力,其影响会越来越大,并将对北大人文学科的建设和北大创建世界一流大学起到积极作用,进而引起国际学术界的瞩目。

2016年4月

丛书序言

北京大学的欧美文学研究具有深厚的历史积淀，承继五四运动之使命，早在1921年便建立了独立的外国文学研究所，系北京大学首批成立的四个全校性研究机构之一，为中国人文学科拓展了重要的研究领域，注入了新的思想活力。新中国成立之后，尤其是经过1952年的全国院系调整，北京大学欧美文学的教学和研究力量不断得到充实与加强，汇集了冯至、朱光潜、曹靖华、杨业治、罗大冈、田德望、吴达元、杨周翰、李赋宁、赵萝蕤等一大批著名学者，以学养深厚、学风严谨、成果卓越而著称。改革开放以来，北大的欧美文学研究进入了新的历史发展时期，形成了一支思想活跃、视野开阔、积极进取、富有批判精神的研究队伍，高水平论著不断问世，在国内外产生了重要的学术影响。新世纪之初，北京大学组建了欧美文学研究中心，研究力量得到进一步加强。北大的欧美文学研究人员确定了新时期的发展目标和探索重点，踏实求真，努力开拓学术前沿，承担多项国际合作和国内重要科研课题，注重与国内同行的交流和与国际同行的直接对话，在我国的欧美文学研究中发挥着越来越重要的作用。

为了弘扬北京大学欧美文学研究的学术传统，促进欧美文学研究的深入发展，北大欧美文学研究中心在成立之初就开始组织撰写“北大欧美文学研究丛书”。本套丛书涉及欧美文学研究的多个方面，包括欧美经典作家作品研究、欧美文学流派或文学体裁研究、欧美文学与宗教研究、欧美文论与文化研究等。这是一套开放性的丛书，重积累、求创新、促发展，旨在展示多元文化背景下北大欧美文学研究的成果和视角，加强与国际国内同行的交流，为拓展和深化当代欧美文学研究做出自己的贡献。通过这套丛书，我们也希望广大文学研究者和爱好者对北大欧美文学研究的方向、方法和热点问题有所了解；北大的欧美文学研究者也能借此对自己的学术探讨进行总结、回顾、审视、反思，在历史和现实的坐标中确定自身的位置。此外，我们也希望这套丛书的撰写与出版有力促进外国文学教学和人才的培养，使研究与教学互为促进、互为补充。

这套丛书的研究和出版得到了北京大学、北京大学外国语学院以及北京大学出版社的大力支持。若没有上述单位的鼎力相助，这套丛书是难以面世的。

2016年春，北京大学人文学部开始建设“北京大学人文学科文库”，旨在展示北大人文学科的整体实力和研究特色。“北大欧美文学研究丛书”进入文库继续出版，希望与文库收录的相关人文学科的优秀成果一起，为展现北大学人的探索精神、推动北大世界一流大学建设、促进人文学术发展贡献力量。

申　丹

2016年4月

目　录

代　序

群星璀璨　色彩纷呈

1898 年爆发的美西战争使西班牙腐朽没落的君主制度的弊端暴露无遗，使它失去了最后残留的海外殖民地，使它彻底失去了往日的“辉煌”。对祖国前途和命运的忧虑，激发了年轻一代作家的创作热情。他们主张引进欧洲先进思想，决心使自己的国家在文学上得到振兴，后人称他们为“九八年一代”，又称“半个黄金世纪”或“苦难的一代。“九八年一代”中有两位著名作家，同时又是诗人：乌纳穆诺（1864—1936）和巴列-因克兰（1869—1936）。虽说诗歌不是他们主要的文学成就（二者均以小说见长，乌纳穆诺的随笔或许影响更大），但他们在诗坛上的地位也是不可动摇的。20 世纪早期的西班牙诗歌受到以鲁文·达里奥为代表的现代主义的影响，追求语汇的和谐与美感，在内容上将艺术与生活、美好与实用融为一体。然而伟大的诗人不会一味地模仿，多是博采众长而又独树一帜。后来果然在现代主义内部出现了对自身的质疑。希梅内斯主张创作“袒露”的“纯诗”，马查多的风格简洁明快，乌纳穆诺的作品朴实直观，都是很好的证明。

1910 年前后，在西班牙文坛上出现了先锋派诗歌的萌芽。1909 年在《普罗米修斯》杂志上发表了意大利人马里内蒂的未来主义宣言。在该刊物的前一期，戈麦斯·德·拉·塞尔纳发表了题为《新文学观》的文章。这是先锋派在西班牙最早的表现。

1918年,创造主义创始人维多夫罗来到西班牙;1919年,赫拉尔多·迭戈发表了《创造主义者的诸多可能》。1921年博尔赫斯发表了自己的极端主义宣言,对极端主义的主张进行了全面的阐述。1925年吉列尔莫·托雷撰写的《欧洲先锋派文学》则为其摇旗呐喊。

如同现代主义一样,先锋派既排斥浪漫主义,也排斥现实主义与自然主义。它不是将艺术作为唯一的追求,而是使其成为现实的奴隶。由此便产生了一个新的"纯粹"的概念:摒弃一切模拟的附属品。其特征是使实验主义、游戏、技巧等因素成为新的艺术组合和现实的载体。

在西班牙,真正将先锋派文学上升到理论的是"一四年一代"的中坚人物奥尔特加·伊·加塞特(1883—1955)。在《没有脊梁的西班牙》(1921)中,他研究了历史上病态的社会结构:西班牙数百年来的弊端早已孕育在西哥特人弱小帝国的胚胎中。在《我们时代的主题》(1923)中,他已摆脱了新康德主义的影响,将生命置于思想之前,以生命理性取代了前辈们孜孜以求的绝对理性或形而上理性。他认为,生命理性(包括思想、感情)应服务于生命,因而需要思想上的真、意志上的善和情感上的美。在《艺术的非人性化》(1925)中,他表明了自己对先锋派文学较为冷静的态度。他"既不热情也不气恼"地认为,先锋派是一种逃避现实主义的艺术。他认为,艺术如果不食人间烟火,就会变得无法理解。所谓新艺术是少数人的艺术,对大众而言,则不可思议。然而从本质上说,这却是一部为新艺术辩护的书,因为它使19世纪的现实主义小说变得滑稽:既然生活贫困、荒唐,就没有任何理由去临摹它。在"一四年一代"中,出现了一位杰出的抒情诗人胡安·拉蒙·希梅内斯(1881—1958)。

1927年,豪尔赫·纪廉、加西亚·洛尔卡、拉斐尔·阿尔贝蒂、维森特·阿莱克桑德雷、佩德罗·萨利纳斯、赫拉尔多·迭戈、达马索·阿隆索、普拉多斯、阿尔托拉吉雷等诗人在塞维利亚集会,纪念西班牙黄金世纪著名诗人贡戈拉逝世三百年。会后,他们纷纷发表文章或重新介绍贡戈拉的作品,使这位长期以来被冷落的诗坛巨星重现光辉。这便是"二七年一代”的由来。这些诗人的共同点是都出身于中产阶级,都受过高等教育,有的还一直做教师工作。他们既熟谙欧洲先锋派文学运动,又注意挖掘传统的文学遗产。但就他们的文学主张和艺术风格而言,却没有多少共同之处。即便从年龄上说,萨利纳斯(1891—1951)和阿尔托拉吉雷(1905—1959)也相差了十五年。“二七年一代”是一个新传统主义的诗人群体,他们注意挖掘传统诗歌中的超现实主义因素。他们摒弃法国超现实主义的自动写作法,但在作品中却不乏梦幻和潜意识的成分,从而使西班牙抒情诗从追求“纯粹”转向“多元”。

政治的风云变幻总会在文学艺术上反映出来。西班牙内战(1936—1939)的爆发使西班牙诗坛发生了根本的变化。交战双方都使文学染上了浓厚的政治色彩。正如阿尔贝蒂在一首《夜曲》中所说:

当人们夜不能寐地经受熬煎
听见血液中只有愤怒在奔流向前,
仇恨在骨髓中清醒地颤抖,
报复在脊髓中持续地点燃,
这时语言已不起作用:它们是语言
　　也是枪弹。枪弹。

安东尼奥·马查多在写给里斯特尔的诗中也说:“如果我的笔能顶替你司令员的手枪/我会高高兴兴地迎接死亡。”

在世界反法西斯战争中,惟有西班牙的反法西斯战争是以失败而告结束的。法西斯影响着整个社会生活,文学与诗歌自然无法幸免。因此,在战后无论是左派还是右派,无论是革命派还是保守派,都在以各自的理念与方式创作社会政治诗歌。保守派于1936年利用纪念加尔西拉索·德·拉·维加逝世400周年的机会,大肆提倡恢复古典的形式,尤其是十四行诗,以反映法西斯所关注的题材:爱情、宗教和帝国。这显然与当时西班牙令人窒息的严峻现实格格不入。当时不同的美学主张是通过不同的杂志体现出来的。《埃斯克里亚尔》(1940—1950)和《加尔西拉索》

(1943—1946)基本体现了保守倾向。在“埃斯克里亚尔”派诗人中就包括长枪党人里德鲁埃霍(1912—1975)、罗萨莱斯(1910—1992)、毕万科(1907—1975)、帕内罗(1909—1962)等。这些诗人，加上巴尔贝德(1926—),后来又从关注现实转向内心沉思,而且往往局限于宗教范畴。人们往往称这一时期的诗人为“三六年一代”,但值得注意的是属于同一代的诗人们的诗学主张却是很不相同的,被法西斯囚禁至死的米格尔·埃尔南德斯(1910—1942)也属于这一代,就是一个突出的例证。

1944年达马索·阿隆索发表了《愤怒之子》,揭示了积蓄已久的愤懑,这是诗坛转折的一个标志,开创了新表现主义的先河。这类诗歌又被称为“存在主义”“新浪漫主义”和“拔根派诗歌”。阿隆索在其《扎根派诗歌与拔根派诗歌》一文中,从历史的视角出发,大致勾勒了当时诗学的界限,尽管人们对此是有争议的。存在主义的诗人们以三个杂志为中心:莱昂的《钟楼》(1944),代表人物是克莱梅尔(1906—2009)和诺拉(1923—2010);巴伦西亚的《骏马》(1942);桑坦德的《船头水手》(1942)。其中的《钟楼》堪称现实主义和反形式主义的标兵。其余二者则是“四二年一届”的源头,代表人物是何塞·耶罗(1922—2002)。

在现实主义与存在主义诗歌成为诗坛主流的情况下,有两个例外。其一是以《主义后主义》杂志(第一阶段为1945—1949)为核心的诗人群体,包括奥利(1923—)、契洽罗(1905—1964)、卡里埃多(1923—1981)等人。他们又接续了先锋派的香火,恢复了对游戏的偏爱。他们的后继者有希罗特(1916—1973)、拉波德塔(1921—1969)等,这些人的作品具有明显的超现实主义特征,他们的影响甚至波及何塞·塞拉(1916—2002)。其二是以科尔多瓦的《颂歌》(第一阶段为1947—1949)为核心,聚集了加西亚·巴埃纳(1923—)、莫利纳(1917—1969)、贝尔涅尔(1911—1989)、欧门特(1924—)等诗人。他们将目光投向“南方”和“美”,偏爱“二七年一代”尤其是塞尔努达(1902—1963)的情感与意象,对“新锐派”的诗人们有直接影响。

社会诗歌是时代的需要,也是历史的产物。如同中国的抗日战争中断了“先锋派”诗歌的发展脉络(代之以抗战的大众的社会诗歌)一样,西班牙内战也中断了先锋派诗歌发展的主线,社会诗歌不可阻挡地发展起来,这是不以人的主观意志为转移的。20世纪50年代,是西班牙社会诗歌发展的高潮。诗人们使现实主义美学进一步深化,使诗歌具有鲜明的政治色彩。针对希梅内斯倡导的“为少数人”的“纯诗”,奥特罗(1916—1979)写出“致无限的大多数”的诗句,并从而引出了塞拉亚(1911—1991)将诗歌作为“改造世界的工具”的主张。即使是一般的诗人,也大都把诗歌看作“交流”的工具。正如阿莱克桑德雷所说:“诗歌的秘密在于这种交流的功能,而不在于奉献美,也不在于做宣传,我们对此越来越深信不疑,这种交流是人类灵魂深处的交流。”在这个时期,“二七年一代”的诗人如阿莱克桑德雷、纪廉等依然笔力雄健,布拉斯·奥特罗、何塞·耶罗、加布列尔·塞拉亚等新一代诗人也已经活跃在诗坛上。所谓“社会诗歌”在评论文字中常常是外延与内涵较为模糊的概念,但在20世纪40年代末至70年代初的西班牙,无任何诗人能完全置身于潮流之外。

20世纪50年代后期,西班牙经济有了显著的发展,旅游业成了国民经济新的增长点。文化审查制度的日渐松动,国外文化特别是以电影为代表的北美大众文化的涌入,为“五零一代”的诗人们破茧而出创造了条件。新兴的文学杂志为他们提供了活跃的舞台,新设立的文学奖项——如博斯坎奖和阿多奈斯奖——使他们引人关注,诸如向马查多和米格尔·埃尔南德斯致敬以及声援古巴的活动,为他们创造了交流机会并强化了归属感,而数十年间涌现出的多部诗选则逐渐奠定了这一诗人群体在西班牙文坛的地位。

“五零一代”,又称“战后诗歌第二代”或“半个世纪派”。何塞·安赫尔·巴伦特、海梅·希尔·德·别德玛、安赫尔·贡萨莱斯、克劳迪奥·罗德里格斯等是这个诗人群体的杰出代表。他们在青少年时代都经受过战后的苦难,创作初期都经历过社会诗歌的熏陶。他们将“二七年一代”的诗坛前辈视为祖父,而自认为文学父辈缺失;他们都在不同程度上经历了与社会诗歌的疏离;他们都曾挖掘城市题材,以异于传统的手法处理死亡、爱情等传统主题。

到了20世纪60年代，西班牙经济走上了工业化道路，独裁政府进一步放松了对思想文化的控制，欧洲和美国的新兴思想文化得以进入伊比利亚半岛。这便使“新锐派”又称“六八年一代”的诗人应运而生。就诗歌风格而言，这一群体体现了自20世纪20年代以来，西班牙诗歌在语言和风格上最大也最为彻底的变化与革新。

1970年，何塞·玛利亚·卡斯特耶出版了一本题为《九位西班牙新锐派诗人》的选集，虽有疏漏，但者毕竟是新锐派诗人的一次集体亮相。“新锐派”诗人大多生于1939至1950年之间，是西班牙战后出生的第一代诗人。与“五零一代”相比，他们既没有经历过战争的洗礼，也没有受过饥饿的煎熬，因而从心理上缺乏对社会诗歌认同的基础。另一方面，对社会现实的不满、对自身前途的怀疑和对国家命运的忧虑，又使他们从内心深处产生了追求变革的强烈欲望。在诗歌创作方面，他们逆社会诗歌的潮流而上，在“二七年一代”和当代欧美诗歌那里找到了自我表述的话语，使西班牙先锋派诗歌传统在经历了三十多年的放逐之后，在他们身上得到了复苏。“新锐派”的主要代表人物有辛费雷、卡内罗、科里纳斯、路易斯·阿尔贝托·德·昆卡、海梅·希雷斯等。不同的知识建构和美学追求使“新锐派”呈现多元化的特征，对他们只能做个案分析，很难做同一的诗学归纳。

我们对西班牙20世纪诗坛的掠影到此暂时告一段落。本书是我们承担的国家社会科学基金一般项目“西班牙20世纪诗歌研究”的成果。前三个单元是笔者写的，第四单元是范晔写的，第五单元是程弋洋写的。范晔和程弋洋曾是我的学生，现在都是北京大学西班牙语系副教授，遗憾的是由于教学、科研诸方面的重重压力，他们未能将自己的研究充分展开。目前我们所做的只是对五光十色、相映生辉的西班牙当代诗坛进行一个“鸟瞰式”的介绍和评述。对盖棺定论的大诗人介绍和分析得还多一点，对国内尚未介绍过的诗人只是做个概括性的介绍，有的只是点到而已。西班牙诗歌虽然在世界文坛占有重要地位，但国内学界的研究甚少。

就连翻译也还有大面积的空白,深入细致的阐释和批评就更说不上了。本书只能算是“抛砖引玉”之作。谬误与不足之处,恳请同行和读者批评指正。

赵振江

2015 年 7 月 18 日

于北京大学

第一单元

“九八年一代”和“一四年一代”

一 “九八年一代”:历史背景与社会现实

西班牙位于欧洲西南的伊比利亚半岛,是一个多民族、多文化相互交融的国家。伊比利亚半岛最早受腓尼基人和迦太基人的侵扰。公元前8世纪,凯尔特人从中欧经比利牛斯山迁移至此。公元前2世纪,罗马人又将其霸权扩展到这里。公元4世纪,日耳曼部族入侵,西哥特人在半岛的大部分地区建立起自己的王国。8世纪初,穆斯林从北非入侵,占领了半岛南部的广大地区,从此开始了天主教徒与伊斯兰教徒之间长达800年的“光复战争”。1469年,卡斯蒂利亚女王伊莎贝尔一世和阿拉贡国王费尔南多二世联姻。十年后两国合并,史称“天主教双王”。于是,他们的王国强大起来,逐渐吞并了其他王国,并于1492年攻克了穆斯林的最后堡垒格拉纳达,使西班牙成了统一的国家。

就在攻克格拉纳达的同时,伊莎贝尔女王在市郊的圣达非接见了意大利航海家哥伦布,支持他的远航计划。1492年8月3日,哥伦布受西班牙国王派遣,带着给印度君主和中国皇帝的国书,率三艘帆船,从帕洛斯港扬帆起航。经七十昼夜的艰苦航行，终于在同年10月12日凌晨发现了陆地。哥伦布自以为到达了印度。他登上的这块土地，其实属于中美洲加勒比海中的巴哈马群岛，被命名为“圣萨尔瓦多”（萨尔瓦多是“拯救者”的意思）。

哥伦布的地理大发现震惊了世界。此后，西班牙远征军占领了从墨西哥到阿根廷和智利（巴西除外）的广大地区以及加勒比海诸岛（海地除外），后来又征服了北非的部分地区和亚洲的菲律宾。到了卡洛斯一世（1500—1558）时期，西班牙成了名副其实的“日不落帝国”。卡洛斯一世同时是西班牙国王（1516—1556）、德意志国王（1519—1556）、尼德兰君主（1506—1555）和神圣罗马帝国皇帝（即查理大帝，1520—1556）。这个处于大航海和文艺复兴时期的国王，他的“日不落帝国”比维多利亚的大英帝国早了三百多年。

西班牙当年从拉丁美洲掠夺了大量的财富，但是并没有用于发展经济和改造社会，而是醉心于穷兵黩武和奢侈享乐。大量的黄金白银流入英国新兴资产阶级的腰包，为他们的工业革命提供了资本。正如一位乌拉圭作家所说：“西班牙养牛，他人喝奶。”[①]1588年，西班牙的“无敌舰队”在英吉利海峡全军覆没。从此，这个不可一世的海上霸主渐渐失去了往日的威严。虽说“百足之虫，死而不僵”，但到了19世纪，当年的“日不落帝国”已是日薄西山，积重难返。19世纪20年代，拉丁美洲独立运动风起云涌，各地区纷纷摆脱了宗主国的统治。至1898年，西班牙在美西战争中落败，失去了古巴、菲律宾、关岛等绝大部分海外殖民地。这一年，在西班牙历史上被称为“灾难之年”；在我国，则恰恰是戊戌变法遭到镇压的一年。西班牙的历史与中华民族的历史不无相似之处。

“九八年一代”就是在上述历史背景下产生的：美西战争的失败，使西班牙封建君主制度的弊端暴露无遗，激发了年轻一代作家对国家前途和命运的忧虑，他们开始从各方面寻求国家腐朽没落的根源和民族复兴的

---

① ［乌拉圭］爱德华多·加莱亚诺：《拉丁美洲：被切开的血管》，王欢等译，人民文学出版社，2001年，第13页。

途径。这一代作家大都出生在 1864 至 1875 年间，20 世纪初期，正是他们创作的巅峰时代。

“九八年一代”的雏形形成于 1901 年：散文家和文体学家阿索林（1874—1967）、小说家皮奥·巴罗哈（1872—1956），以及一生变化无常、后来变得极为保守乃至反动的杂论随笔作家拉米罗·德·马埃苏托（1874—1936），在这一年共同发表宣言，成立“三人组合”，这便是“九八年一代”最初的核心。他们首先得到了时任萨拉曼卡大学校长的乌纳穆诺的支持，后来巴列-因克兰、安东尼奥·马查多也加入了他们的行列。需要指出的是，“三人组合”并不长久，1905 年便因政治观点和创作理念的不同而分道扬镳。

“九八年一代”的称谓最早由阿索林提出，后经“二七年一代”诗人萨利纳斯具体论证，被大多数人认可，遂为文学史沿用。有的文学史家将其五位核心人物姓氏的第一个字母组合成一个简称“VABUM”，即由巴列-因克兰（V）、阿索林（A）、巴罗哈（B）、乌纳穆诺（U）和安东尼奥·马查多（M）姓氏的缩写组成。在“九八年一代”的五位代表人物中，安东尼奥·马查多是西班牙当代诗坛的象征，乌纳穆诺的创作虽涉及各种文体，但自认为首先是诗人，巴列-因克兰的主要成就是小说和戏剧，但也有少量的诗歌创作。

“九八年一代”诗人生活在一个社会动荡、矛盾激化的时代。在阿方索十三世统治初期（1902—1923），西班牙沿袭两党轮流执政的君主立宪制。在此期间，随着工业化进程的加速，无产阶级开始登上历史舞台，社会矛盾日益激化。1909 年 7 月 26 日至 31 日，加泰罗尼亚人民抗议政府出兵摩洛哥，从而引发了震惊世界的巴塞罗那“悲惨一周”事件。在第一次世界大战期间，西班牙政府在协约国和同盟国之间“脚踩两只船”，大发战争财，一些经济部门得到了迅猛发展，肥了资产阶级，苦了无产阶级，农民破产现象日趋严重，贫富悬殊愈演愈烈。在大战期间，西班牙社会分为亲协约国和亲同盟国两派。就一般情况而言，前者倾向进步，后者趋于保守。尤其是 1917 至 1919 年这三年，罢工运动风起云涌，席卷全国，史称

“布尔什维克的三年”,使得波旁王朝的统治摇摇欲坠。在这种“日薄西山,朝不保夕”的形势下,国王不得不依靠军方来维系自己的生存,在殖民战争中飞黄腾达的里维拉将军的独裁统治(1923—1930)由此开始了。他罢免所有的文职省长,禁止一切党派活动,将全国的最高权力集于一身。值得一提的是,西班牙知识界几乎无一人支持里维拉独裁政权。巴列-因克兰、阿索林、巴罗哈、奥尔特加·伊·加塞特等著名作家都在反独裁共和联盟的宣言书上签了名。对摩洛哥的殖民战争给工人、农民带来了深重的灾难,民生凋敝,民怨沸腾,国家濒于瘫痪,国王又不得不从幕后走向台前。但这时的波旁王朝已是病入膏肓,无可救药。1931年4月14日,共和派在全国大选中获胜,迫使阿方索十三世退位,从此开始了第二共和国时期(1931—1939),其中包括给西班牙历史进程留下了深远影响的三年内战(1936—1939)。西班牙内战是20世纪人类历史上的重大事件,其间涌现了多少伟哉壮哉的场景和可歌可泣的人物,为西班牙乃至世界诗坛提供了无限丰富的创作素材。众所周知,西班牙内战与第二次世界大战的结果迥然不同:后者以法西斯的失败而告终,前者却导致了佛朗哥的上台,从而开始了西班牙历史上一个新的独裁统治时期(1939—1975)。

二 “九八年一代”:政治诉求与艺术主张

在西班牙,“九八年一代”诗人们生活和创作的时代,与辛亥革命前后的中国有些相似。那时的西班牙虽没有割地赔款,任人宰割,沦为“半殖民地”,但波旁王朝已是日薄西山,气息奄奄,处在风雨飘摇之中。当年的“日不落帝国”丧失了绝大部分海外殖民地,彻底失去了往日的辉煌。西班牙人,尤其是知识界的精英们对此难以接受。他们既感到失望与困惑,又关注国家的命运和前途。通过审视历史与借鉴邻国,为自己民族的复兴献计献策。

19世纪末,“九八年一代”的先驱已经提出了复兴主义思想。例如,作为法学家、历史学家、哲学家、社会学家的诗人华金·科斯塔(1846—

1911)就是共和派政治家,他的复兴主义主张在“九八年一代”中颇具影响;作为矿业工程师和古生物学家的卢卡斯·马亚达(1841—1921)著有《祖国的弊端和西班牙未来的革命》以及《关于因果的总体思考》;作为心理学家、逻辑学家和美学家的诗人里卡多·马西亚斯·比卡维亚(1847—1899)著有《国家问题:事实、原因和措施》《西班牙公共教育及其改革》……他们试图用实证主义科学解决国家问题,作品中充斥着统计数据和观察分析,主张实行权力下放、发展工业、改革农业、兴修水利以及反对酋长制和教育现代化等强国措施。

虽然都主张民族复兴,但“九八年一代”的作家们并没有统一的思想倾向和政治主张,更不是一个名副其实的文学团体或文学流派,就连1901 年出现的“三人组合”也很快(1905)就分崩离析了。属于这一“代”的作家和诗人,仅仅是大体生活在同一个历史时期而已。就思想倾向而言,主要有“国粹化”和“英法化”两种。就总体而言,尽管他们都要求改变西班牙的社会现实,但前者趋于保守,后者追求进步。就个人而言,不同的时期有不同的表现,具体问题要具体分析。仅以“三人组合”的成员为例:马埃苏托早期曾写过许多主张“西班牙进入欧洲主流”的进步文章,后来却鼓吹西班牙应恢复 16 世纪的天主教统治,极力反对共和国,以致在内战开始时被枪毙;阿索林于 1907 年当选为保守派议员;巴罗哈是一位保守的悲观主义者。其实,这种现象本不足为奇,我国戊戌变法的领袖人物康有为后来不也变成了保皇党吗!保守与进步都不是绝对的,而是会互相转化。再说,作家的创作成就并非完全取决于他的世界观,而是由多种元素构成的。

乌纳穆诺的《论纯正性》和安赫尔·加尼维特(1865—1998)的《西班牙思想》是“国粹化”的基石。两位作者有大致相同的问题意识和民族情怀。在审视过去、面向未来的基础上,他们都主张建立一个前所未有的、居于统治地位的“纯正的核心”。这样的核心在哪里呢?不在国王的诏书里,也不在政治家、主教、将军的言行里,而是在无名百姓的生活习性里。他们认为,对伟人和史诗说得太多了,对普通百姓说得太少了。“九八年一代”的作家就是要把以前不曾写入历史、小说和诗歌的人物写入历史、小说和诗歌。乌纳穆诺强调“千百万没有历史的人的生活”，加尼维特认为无产阶级是“民族深刻的、无法解释的情感的载体”，阿索林偏爱“无名氏的平凡人生”，巴罗哈喜欢“普通人的生活”……可以说，他们追求的不仅是“国粹”，更是“民粹”。从这个意义上说，对他们的保守，不能完全否定和一笔抹杀。当然，对于加尼维特对火车的仇视、对手表的抗拒和对中世纪的怀念，就实在不敢恭维了。

在西班牙历史上，1898年被称为“灾难的一年”。灾难过后，愤怒与埋怨的情绪笼罩全国，媒体的呼声激发了人民的爱国热情。这是一个激进与叛逆、反思与批判的时代。人们都在寻求精神支撑和变革途径。叔本华的唯意志论、尼采的超人哲学、威廉·詹姆斯的实用主义、爱默生的先验论和柏格森的直觉主义等思潮，都对西班牙的知识界产生了影响。年轻的诗人和作家们初期大多有社会主义和无政府主义倾向。在灾难和危机面前，自由派和保守派互相指责，共和派指责这二者，社会主义者则指责前三者。

就文学创作而言，19世纪末的著名作家，诸如诗人努涅斯·德·阿尔塞(1832—1903)、拉蒙·德·坎波阿莫尔(1817—1901)、小说家佩雷达(1833—1906)、佩雷斯·加尔多斯(1843—1920)和剧作家埃切加赖(1832—1916)等，已不能适应新的文风和新的技巧。新一代的年轻作家在外来思想的影响下，要求输入新鲜血液，摆脱传统束缚，自由地展示人的内心世界。于是，老一辈作家所偏爱的冗长、繁琐、咬文嚼字的文风被一种明快、简洁、自然的文风所取代。在20世纪初的西班牙诗坛，有两股潮流：“九八年一代”和现代主义。前者深受法国象征主义诗歌的影响，而象征主义又是现代主义的主要特征，加上这两个流派在时间上是平行并存的，所以人们往往将他们混为一谈。其实，西班牙诗坛上的象征主义并不纯粹，它融合着颓废派、后浪漫主义、自然主义等其他流派的因素。就魏尔兰和马拉美而言，西班牙的诗歌美学受前者的影响更多。这主要体现在西班牙诗歌更追求音乐性。萨尔瓦多·鲁埃达(1857—1933)的《节奏》就是一例。无论诗人对音乐性的理解如何不同,但有一点却是相同的,即他们都受了现代主义尤其是尼加拉瓜诗人鲁文·达里奥的影响。

三 现代主义诗歌

现代主义诗歌源于西班牙语美洲,它是在借鉴法国的象征主义和帕尔纳斯派的基础上形成的。作为一个运动、一个时代、一个流派,现代主义文学经历了大约四十年的时间。在文学史上,一般将 1882 年何塞·马蒂(1853—1895)发表《伊斯马埃利约》作为这个运动的开始,将 1888 年鲁文·达里奥发表《蓝》作为这个运动的形成。现代主义文学以诗歌为主,可以分为先后两个时期,《世俗的圣歌》的发表(1896)是它们的分界。1916 年鲁文·达里奥逝世以后,现代主义诗歌走向没落,诗人们开始分化,各自以独特的形式反对异国情调和精雕细镂。现代主义诗歌逐渐为先锋派所取代。

1826 年 1 月 23 日,西班牙在美洲大陆的最后一支殖民军向玻利瓦尔投降,三百年的殖民统治就此基本结束。但是长期沦为殖民地的拉美各国,从经济基础到意识形态都很薄弱,无法将资产阶级革命进行到底。经济的落后为帝国主义的巧取豪夺提供了有利条件。英国金融资本大量渗透到阿根廷、乌拉圭、智利、秘鲁等国。美国在宣布门罗主义之后,更是迫不及待地向南扩张,侵吞了墨西哥一半以上的领土,干涉古巴和波多黎各的独立,控制了整个加勒比海地区。这样,在拉丁美洲就形成了前门逐狼、后门进虎的局面。

在这种形势下,民族资产阶级以及代表这个阶级利益的知识分子感到前途渺茫、心情沮丧。这种思想感情首先在最能反映时代气息的文学形式——诗歌上表现出来。在拉美诗坛上,独立战争时期朝气蓬勃、积极乐观的浪漫主义诗歌凋零了,代之而起的是逃避现实、追求典雅的现代主义诗风。

在 19 世纪的后 30 年,帕尔纳斯派和象征主义风靡法国诗坛。帕尔纳斯派和象征主义是两个对立的诗歌流派,然而到了拉丁美洲,它们却共同培育了现代主义诗歌。此外,印象派和颓废派艺术也给现代主义诗歌打上了烙印。现代主义诗人还向沃尔特·惠特曼学习了诗体自由,向爱伦·坡学习了音乐性。他们不但学习和模仿同时代的西班牙作家,而且也从黄金世纪的宗主国文学中吸收了营养。

在现代主义文学的发展过程中,尼加拉瓜诗人鲁文·达里奥(1867—1916)是一位举足轻重的诗人和作家。可以毫不夸张地说,没有达里奥,就没有现代主义。

1892年,作为尼加拉瓜的官方代表,鲁文·达里奥赴西班牙参加了“发现美洲四百周年”的纪念活动。在马德里,他与许多文化名人结下了友谊。1896年,他出版了散文集《旷世奇才》和诗集《世俗的圣歌》,从而成了现代主义文学运动公认的领袖人物。1898年,美西战争刚刚结束,他作为《民族报》的记者,又一次来到了马德里。原来结识的作家多已年迈体衰或离开人世,这令他痛苦不堪,但又与“九八年一代”和“一四年一代”的诗人和作家们建立了友谊。1905年他出版了《生命与希望之歌》,这是他最杰出的诗集,也是他从逃避主义向新世界主义转化的标志。后来,他又陆续出版了《流浪之歌》(1907)、《阿根廷颂》(1910)、《秋天的诗及其他》(1910)等诗作。

1911年,由于酗酒过度,他几乎完全丧失了意志力,沦为商业广告杂志的工具。1914至1916年,鲁文·达里奥侨居美国。这期间,第一次世界大战爆发,诗人对世界的前途更加迷惘、困惑,每日借酒浇愁,健康日益恶化。1915年,他创作了《和平》一诗,谴责美国对大战袖手旁观的态度。1916年2月6日,在孤独、苦闷、贫穷、绝望之中,由于严重的肝硬化,鲁文·达里奥在手术台上与世长辞。

出身贫寒而具有超人的天赋,生活困窘又具有目空一切的清高,道德崩溃却在诗歌艺术上取得了辉煌的成就,达里奥的人生道路和创作道路就是这样充满了矛盾。在诗歌创作上,达里奥的功绩之一是主张每个诗人应当具有独特的艺术风格,而这种艺术个性又是在博采众长的基础上形成的。在同辈诗人中，他所以能脱颖而出，固然因为他有非凡的天赋，也因为他很快提出了自己的艺术主张，并坚持不懈地去探索和追求。他不仅在当代文学中寻求借鉴，也从传统诗歌中吸收营养。他的诗歌中有着帕尔纳斯派、象征派、颓废派以及本土主义文学的鲜明烙印，然而又不属于其中任何一个流派，而是最新流派的融合，这恰恰就是“现代主义”的宗旨和特征。

鲁文·达里奥在诗歌艺术上的造诣和在韵律改革上的成功，都是其他现代主义诗人所无法比拟的，对西班牙语诗坛产生了深远的影响，正如批评家恩里克斯·乌雷尼亚在他逝世时所说：“鲁文·达里奥的去世，使西班牙语丧失了它当代最伟大的诗人……从贡戈拉和克维多的时代以来，没有人在更新的能力上发挥可与达里奥相比的影响。”

鲁文·达里奥使拉丁美洲诗歌第一次产生了对欧洲宗主国的反作用，“将西班牙的大商船掉过头来，驶回了西班牙”。西班牙文学评论家恩里克·迪耶斯·卡内多(1879—1945)曾经在一次皇家学院的集会上说：“随着鲁文·达里奥，美洲的直接影响深入到西班牙。他在诗歌领域中的革命是如此深远，如同其他具有划时代意义的革命一样。”

鲁文·达里奥奠定了现代主义运动的两块基石。首先是最为人熟知的：诗人蔑视周围的现实而去寻找完美与和谐。诗作中渲染神话色彩，充满西班牙读者几乎完全陌生的动植物，全然是一个纯净优美的世界。在现代主义这一特点下，最常见的是隐匿和逃遁于时空之外，东方国度、中世纪和18世纪的法兰西是其偏爱的场景。这正是有人说他是逃避主义的原因。另一方面，同样不容忽视的是现代主义也关注诗人的内心情感。在反复出现的类似晚秋暮色的景致中，诗人们深感不快与无聊，抒发无尽的思乡、焦虑和忧伤，尽管与浪漫主义作家相比尚有保留。他们的作品中还常常出现一些非理性的元素，如梦境、幻想、神秘等。

“九八年一代”的诗人与现代主义诗人的生存环境和问题意识颇为相似，这也正是现代主义在西班牙诗坛受到欢迎的重要原因。他们的作品都具有主观色彩、对社会的离心倾向和对自由的夸张。从这个意义上说，他们的创作理念是基本一致的。需要指出的是,20世纪初期的西班牙诗人虽然深受现代主义影响,但他们并没有受现代主义的束缚,而是通过学习、消化和吸收,各自形成了自己的风格。

四　米格尔·德·乌纳穆诺

米格尔·德·乌纳穆诺·伊·胡戈(1864—1936)生于毕尔巴鄂的一个商人家庭,父母是巴斯克人,从小接受的是传统教育,曾是狂热的天主教徒。1880年在毕尔巴鄂高中毕业,赴马德里大学文哲系学习,从此对宗教产生了质疑,1884年获博士学位。1891年开始在萨拉曼卡大学任教,1901年任该大学校长。1924年因批评国王阿方索十三世和里维拉将军的独裁统治而被流放到加那利群岛(富埃尔特-本图拉岛),一年后逃亡法国。五年后,里维拉政府垮台,他重返萨拉曼卡大学并于1931年再度任校长,被任命为公共教育委员会主席,并当选国会议员和西班牙皇家语言学院院士。应当指出的是,乌纳穆诺虽然是反独裁斗士,但他对第二共和国(1931—1939)的作为也颇为不满。1936年他又因谴责佛朗哥的长枪党而被解职并遭软禁,两个月后因心脏病发作而与世长辞。

乌纳穆诺是典型的资产阶级知识分子,孤傲、耿直的性格令人肃然起敬,也给他招来了诸多责难;他的正义感和爱国热忱,在"九八年一代"的作家中堪称楷模。

他的家庭虽说算得上富有,但父亲早逝,加之社会动荡,他从小便被寄养在亲戚家里,平静的生存环境和单纯的人际关系培养了他勤于思考和敢于担当的性格。他不满十一岁就通读了康德和黑格尔,二十岁就获得了哲学博士学位。从1888年起,经四次应聘考试,终于在1891年(二十七岁)获得萨拉曼卡大学希腊语语言文学教授席位,三十六岁任萨拉曼卡大学校长。他精通拉丁文、希腊文、英文、德文、意大利文和丹麦文,熟悉几乎所有的欧洲哲学名家。他天资聪慧,学识渊博;洁身自好,对妻子忠贞不渝;无任何不良嗜好,常年用冷水洗浴。他在授课时没有教学大纲，情绪随讲授内容而变。在介绍外国文学作品时，他喜欢直接阅读原文。他桀骜不驯，孤芳自赏，颇有“舍我其谁”的风骨。在西班牙 1998 年第三期（总第 15 期）《号角》杂志上，刊登了一篇题为《致米格尔·德·乌纳穆诺》的文章，该文在结尾部分说：乌纳穆诺是他那个时代少有的杰出人才，是唯一敢于迎着风雨逆流而上的人，是个疯狂的智者。他就像高山上的一棵圣栎树，迎着呼啸的北风，上接苍天，根植大地，勤恳地播撒他的树种。该文还披露：当西班牙国王要给乌纳穆诺颁发阿方索十二世（1857—1885 年在位）十字勋章时，后者身着平日穿的衣服来到王宫对国王说：“我来这里是为了感谢陛下授予我的勋章，我当之无愧。”国王听后感到十分惊诧并对他说：“真是匪夷所思，我给别人授勋时，他们都毫不犹豫地说‘受之有愧’。”乌纳穆诺回答说：“对，他们说得对。”[①]他的孤傲和耿直可见一斑。还有一件事几乎给他招来杀身之祸：1936 年 10 月 12 日，在佛朗哥出席的开学典礼上，米连·阿斯特莱将军做完报告后，乌纳穆诺语惊四座，说出了“你们只能压服，却无法让人信服”的传世名言。当时这位将军气得暴跳如雷，高喊“消灭知识分子！”和“死亡万岁！”的口号。佛朗哥立即下令软禁了他。两个多月后，这位大义凛然的智者离开了人世。

乌纳穆诺的一生是在矛盾和斗争中度过的：和肤浅庸俗、麻木不仁的社会风气斗，与悲观失望、不求进取的民族情绪斗，为个人和国家的前途命运斗。这种矛盾和斗争不仅来自不公正的社会，也来自他不平静的内心。在他的心中，宗教与理性、意志与困惑、希望与失望的冲突从未休止过。无论在西班牙君主政体还是共和国时期，乌纳穆诺都是持不同政见者。他具有典型的资产阶级知识分子超然、清高、自负的特点。他从不隐瞒自己的好恶，不畏强暴，也从未被名利所惑。他热爱祖国，利用一切机会讴歌她；却又“恨铁不成钢”，发出了“西班牙令我痛心”的慨叹。有关西班牙的这一爱国主题，在他的随笔《论纯正性》（1895）和《堂吉诃德和桑丘

① ［西］乌纳穆诺：“序言”，《生命的悲剧意识》，段继承译，花城出版社，2007 年，第 3 页。

的一生》(1905)、游记《穿越西班牙、葡萄牙的土地》(1911)以及《西班牙：思想之旅》(1922)等著作中有充分的体现。1896年，他的文章《人类的尊严》《爱国主义的危机》《西班牙知识界的青春》等发表在巴塞罗那的《社会科学》杂志上。当时，该杂志与马克思主义和社会主义有联系。但到了1897年，他便产生了精神危机：从理性转向唯心、从进步转向"反进步"，写了《人生是梦》(1898)、《法利赛人尼哥底母①》(1899)、《内心!》(1900)、《思想至上》(1899)、《信仰》(1899)等文章。这时的乌纳穆诺，对科学技术和物质进步的态度是"反对、怀疑与恐惧"。他贬低人类改善物质生活的努力，单纯强调精神的作用，这正是他退出社会主义工人党的原因。

乌纳穆诺在《我的宗教》(1910)一文中写道："我一贯相信，固执坚定地相信：一个人的最高尚的品德应该是真诚，最令人不齿的毛病是说谎以及谎言的派生物：装腔作势、弄虚作假和夸夸其谈。我倾向把伪善之人称为恬不知耻。……更严肃地说，不说谎还不够，而且要说真话，这两件事不能混为一谈。""我深信如果我们所有的人在任何情况下都讲赤裸裸的真话，我们就能相互理解。如果我们所有的人都能嘴对着心说话，我们就能捐弃前嫌，化解猜疑，化解矛盾，肝胆相照。"

对乌纳穆诺的人品，在西班牙几乎没有任何争议。西班牙皇家学院院长、"二七年一代"诗人达马索·阿隆索认为："乌纳穆诺作为20世纪西班牙文学和思想界最伟大的人物是当之无愧的。"另一位曾任西班牙皇家学院院长的拉蒙·梅嫩德斯·毕达尔(1869—1968)谈到乌纳穆诺时说："他虽不是公众喜欢的人物，但他是尽人皆知的人物。至于某些人对他憎恶，应另当别论。他受人批评但同时也深受敬佩。"

乌纳穆诺不仅是诗人，还是文学家、思想家、哲学家和教育家，也是西班牙"九八年一代"最具代表性的作家。他的一生，主要从事教育工作，三十岁才开始文学创作。作为"九八年一代"的领军人物，他创作了八部

① 尼哥底母，法利赛人，曾在夜间和耶稣谈论过人是否可以重生。耶稣被钉上十字架后，他帮助约瑟埋葬了耶稣。

小说、十二部散文随笔、九部诗集和八部戏剧①。虽然他的主要的精力投入在散文与小说的写作上，但乌纳穆诺首先是个诗人，即使在他出色的哲学著作《生命的悲剧意识》与《堂吉诃德和桑丘的一生》里，也律动着诗的激情和节奏。他的诗作有《诗集》(1907)、《抒情十四行诗系列》(1911)、《委拉斯开兹的基督》(1920)、《漫步与观察》(1922)、《内在的韵律》(1923)、《黛莱莎》(1924)、《从富埃尔特-本图拉到巴黎》(1925，巴黎)、《流亡谣曲集》(1928，布宜诺斯艾利斯)和《歌集》(1953，副标题为《诗的日记》)等。

从《诗集》起(1907)，他就成了革新诗歌的先锋。当年最好的诗人安东尼奥·马查多、胡安·拉蒙·希梅内斯都受到他的影响。这是一部自由体诗集，如他所说，是“秋天的花朵”，其中有十首十四行诗，响彻着三种深刻危机的回声：1897 年的宗教危机、1898 年的灾难危机和六岁幼子拉伊蒙德死后的叛逆危机。在题为《给生病的孩子》的诗中，他这样写道：

睡吧，我的生命之花，
安静地睡吧，
梦境虽然痛苦
却是你唯一的保护。
……

你将在她的怀里，
畅游永恒的梦境，
孩子啊，从今以后
再无冬天的寒冷。

---

① 除诗作外，乌纳穆诺的小说有《战争中的和平》(1897)、《爱情与教育》(1902)、《雾》(1914)、《图拉姨妈》(1921 年)、《殉道者，堂马努埃尔·布埃诺》(1931)等；散文和文论主要有《我的国家》(1903)、《堂吉诃德和桑丘的一生》(1905)、《青少年时期的回忆》(1908)、《生命的悲剧意识》(1913)、《基督教的末日》(1924)、《如何写小说》(1925)等；剧作主要有《费德拉》(1910)、《梦的幻影》(1931)、《另一个人》(1932)、《胡安兄弟》(1934)等。

没有严冬和冰雪，
也没有折断的花朵；
我将在寂静中
为你唱甜蜜的歌。
……

死神的花朵，
乘着朝霞死去，
生命拒绝了你，
多么好的福气！

安静地睡吧，
梦境就要结束，
痛苦的死神
是你唯一的保护。

从这首近似摇篮曲的感人的诗作中，我们可以领悟诗人对死亡的态度。《诗集》的创作灵感伴随着《圣经》的阅读，既体现了诗人痛苦的精神状态，也体现了他对卡斯蒂利亚的内心感受，这块热土是他神秘理想的殿堂。请看下面这首题为《卡斯蒂利亚》的诗篇：

卡斯蒂利亚的土地，将我托起
在你粗糙的掌心，
天空将你燃烧又使你凉爽，
天空是你的主人。

崎岖、严峻、空旷的大地
无数心脏和臂膀的母亲，

请将光辉昔日的古老色彩
披在你此时的自身。

你赤裸的田野
与苍穹凹陷的草地相连，
太阳在你的身上，
有摇篮、坟墓和圣殿。

在你辽阔无垠的顶峰，
我升上高高的蓝天，
呼吸山顶的空气
在这里，在你的荒原。

我将歌声放飞到你的天空，
卡斯蒂利亚的土地啊，巨大的祭坛，
如果你认为值得
它们就会从天上降落到人间！

《诗集》中有一首题为《萨拉曼卡》的长诗。在诗中，乌纳穆诺满怀奔放的灵感，以澎湃的激情、丰富的想象和雄健的笔力，讴歌了这座对自己有着特殊意义的文化底蕴十分丰厚的城市：

圣栎树给彩云镶上翡翠
一座座塔楼像高耸的丛林，
坠落时为它们洒满金色的光辉
萨拉曼卡的太阳啊，父亲！
……
以往的收获和甜美的傍晚，
宁静在安息，希望也在安息，

当时间在大地流淌时
会留下自己的痕迹。
……

在胡安·拉蒙·希梅内斯之前,他在诗中赞美了引领整个后现代主义的“纯诗”或曰“坦露的诗歌”。

1911年出版的《抒情十四行诗系列》,收录了128首诗,是在五个月内写成的。除了自身经历的元素外,诗人不断增加了对生死、虚无和永恒的思考。对童年和家庭的回忆以及西班牙和葡萄牙的风光,贯穿着乌纳穆诺诗歌创作的整个历程。按照诗人自己的说法,这部诗集是语言的颂歌、精神的血液和思想的化身。对他而言,精神和文字的融合如同灵魂和躯体的融合一样。

《委拉斯开兹的基督》(1920)是一首独具特色的宗教长诗,是乌纳穆诺重要的代表作。他效法神秘主义诗人圣胡安·德·拉·克鲁斯和路易斯·德·莱昂的方式,通过一系列的象征性的寓意接近了上帝之子。这首长诗标志着乌纳穆诺第一个创作阶段的结束。长诗从1913年开始创作,诗句由十一个音节组成,不押韵,但节奏如行云流水,日常用语与哲学和神学词汇相得益彰。在这种抒情的思考中,神秘的象征与临终的耶稣造型相互交融,诗人以此表达了自己对人性与神性融为一体的憧憬与追求。

《漫步与观察》(1922)中的诗篇是1908至1913年间创作的。卡斯蒂利亚、巴斯克地区、加利西亚的景色,这些世间不同的自然风貌,对乌纳穆诺来说,都是“神”的某个部位的反映。出现在这位杰出的风景画家作品中的紧张与尖锐,正源于此。其中有些诗篇脍炙人口,如《在卡斯蒂利亚的一座墓地》《在格雷多斯》等。

《内在的韵律》(1923)的创作时间应在前两部诗集之前。诗人对诗歌艺术的关注和将大自然视为“神”的形象或镜子的看法,首先是在这部诗集中出现的。

从《黛莱莎》(1924)起,诗人开始了第二阶段的创作。由于反对阿方索十三世和里维拉将军的独裁，乌纳穆诺于 1924 年 2 月 20 日被剥夺了教席并被流放。他首先被流放到富埃尔特-本图拉岛，后从那里逃走。被赦免后，他决定流亡到巴黎，至 1930 年回国。《黛莱莎》是一首爱的颂歌，故事情节极富浪漫色彩，死神使两位情人永远分开。人间之爱与《委拉斯开兹的基督》中的神秘之爱或平行或对称地出现，过度的浪漫和情感的宣泄在一定程度上反倒影响了抒情元素的展开。

《从富埃尔特-本图拉到巴黎》(1925)具有自传性，由 103 首十四行诗组成，是对自由的礼赞、对不公正的抗议，表达了一位被迫离开故土的诗人的哀怨之情。诗的格调激越、感人，是一部诗人内心的流亡日记，其中不乏最本真、最诚挚的意象。

《流亡谣曲集》(1928)创作于巴黎。诗集的标题令人想起何塞·马蒂的《流放的花朵》，乌纳穆诺对那位古巴诗人充满敬仰之情。诗作的韵律丰富多彩，十四行诗、谣曲、民歌，应有尽有。除了政治或社会批评，诗人还融入了内心感悟，这是乌纳穆诺在创作生涯中从未放弃过的，这种格调一直延续到他死后出版的《歌集》中。在《流亡谣曲集》中，作者将形而上的思考与对祖国的回顾熔为一炉，格雷多斯的山峰和岩石往往是西班牙的象征。在某些诗篇中，诗人也表达了自己对死亡的看法。

大海的意象在诗集中频繁出现，使人联想到流亡者的孤独和由人类命运引发的不安。与精神和想象的升华相对的，是诗人对阿方索十三世和其他政治领导人的辛辣的嘲讽。“九八年一代”诗歌中标志性的人物形象堂吉诃德，在诗集中重复出现；作为英雄，在他身上体现了正义和自由的价值，体现了基督的品德。

在他死后二十年，《歌集》出版(1953)，收录了他 1928 年 2 月 26 日以来的作品，共 1755 首，有的很短，最后一首诗是在他逝世前三天写的(1936 年 12 月 28 日)。这是一部诗歌体日记，记录了他生前的意愿、记忆和希望，充满了铭刻在他内心的景色和形象。形而上学和宗教是全书的轴心。《歌集》的题材是多种多样的：流亡途中的景色，巴斯克地区的面貌，内地的风光；大海的变幻和寓意；一天中不同的时刻，尤其是黎明、黄昏和夜晚;爱情,女性,妻子,家庭的幸福;人的命运;对时间和永恒的忧虑;理性与信仰的冲突;上帝的存在。诸如此类,不一而足。请看下面这首《歌》:

洗涤了蓝色的水,
平静的水,
清洗绿色的水,
逆来顺受的水,
水车转过的水,
轮子转而复回;
从天而落的水,
温柔飘过的水,
在怀中将我的梦
带向海洋的水,
你经过时在做梦!
你流淌在停滞中!

沐浴着夜的沉寂,
卡里翁[①]在梦里,
我用自己的波长
将你的歌谣采集。

“请记住安睡的心灵”
比达索亚一再表明,
灵魂伴着歌声入睡,
你诗中温柔的卡里翁。
“请激活理智并醒来”,

---

① 卡里翁和比达索亚,西班牙帕伦西亚(Palencia)省内的两条河流。

多情者歌唱着走过，
灵魂却梦见死神
高唱着赞美歌。
“我们的生命是河流”，
啊，卡里翁！啊，比达索亚！
我帕伦西亚的荒原！
我巴斯克尼亚的山峦！
生命啊，海洋是死亡，
无垠的波浪在歌唱！
可怜的死神已过去
我醒了，沐浴着永恒的曙光！

除了上述作品，乌纳穆诺还有不少诗歌是在报纸杂志上发表的。

乌纳穆诺在出版第一部诗集的时候，并未赢得广泛的好评；但是有一位在西班牙语诗坛举足轻重的人物给他以热情的支持和鼓励：现代主义大师鲁文·达里奥于1909年在阿根廷《国民报》撰文，对乌纳穆诺的《诗集》进行了中肯的分析和评论，后来又在信中肯定了他的诗歌天赋。尽管如此，乌纳穆诺的诗作并不属于现代主义范畴。从题材内容到艺术形式，都是乌纳穆诺式的。他的语言简洁、平实，与西班牙语现代主义诗歌典雅、华贵的唯美风格格格不入。他形成了一种个性化、隐秘、自省的风格，哲学思考和宗教感悟不时闪烁在字里行间，表达了乌纳穆诺对生活的激情和对死亡的恐惧，表达了他面对人情冷暖和世态炎凉的苦闷情怀。客观地说，乌纳穆诺诗作的水平是参差不齐的，但又有哪一位诗人能做到每一首诗都是精品呢？如果让我们用一句话来评价“九八年一代”的领军人物乌纳穆诺，我们只能说他是一位杰出的诗人、文人和哲人。

五 马查多兄弟

马查多兄弟在西班牙内战时期的立场与鲁迅先生和周作人有些近

似:兄弟二人分别站在了敌对的双方。区别是,在我国是抗战,在西班牙是内战;在周氏兄弟,鲁迅先生是兄长,站在了人民一边,而周作人站在了日伪一边,在马查多兄弟,安东尼奥是弟弟,站在了共和国一边,而马努埃尔却站在了佛朗哥一边。在佛朗哥下台后,这一段公案使得马努埃尔·马查多有些被边缘化,这也是顺理成章的事情;至于他们对西班牙诗坛的贡献,人们还是做出了客观公正的评价。

1. 安东尼奥·马查多

安东尼奥·马查多(1875—1939)于1875年7月26日出生在安达卢西亚首府塞维利亚的一个书香门第,并在那里度过了自己的童年。他的祖父是一位德高望重的知识分子,1882年受聘为马德里中央大学教授。同年,他便随全家迁往首都,从此再没回来。他的父亲安东尼奥·马查多·伊·阿尔瓦雷斯是著名的民俗学家。他的家庭具有明显的自由主义思想倾向。他在首都"自由教育学校"学习期间,受到良好的教育。

1899年,他与其兄马努埃尔同游巴黎,熟悉了19世纪下半叶法国盛行的新文学流派——帕尔纳斯派和象征主义,并见到了拉丁美洲现代主义大师鲁文·达里奥,两人结下了深厚的友谊。有尼加拉瓜诗人写给他的诗作《安东尼奥·马查多》为证:

他一次一次漫步,
神秘并默默无言。
目光是那样深邃
几乎无法看见。

他说话的语调
腼腆而又高傲。
他思想的光芒
几乎永远在燃烧。

他深刻而又闪光
像具有崇高的信仰。
他同时在放牧
上千只狮子和羔羊。
他会引导风暴
也会带来充满蜜的蜂巢。

他用深刻的诗句
歌唱生命、爱情,
他的诗充满快乐的神奇:
其中的秘密正是他自己。

一天他骑着罕见的神骏
向着不可能的世界飞奔。
为了安东尼奥,我请求诸神:
永远要拯救他。阿门。

返回马德里后,他结识了乌纳穆诺、巴列-因克兰、胡安·拉蒙·希梅内斯等主张文学革新的诗人和作家,并开始在重要的杂志发表诗作。这个时期的马查多过着居无定所的生活。1907年,他被派往远离马德里的卡斯蒂利亚小镇索里亚去中学教法语。两年后,他与十五岁的女孩莱奥诺尔·伊斯奎尔多结婚。婚后得到广学会资助,携妻子赴巴黎一年,进修法语。在那里,他积极参加哲学家亨利·伯格森的讲座。但好景不长,1911年7月,莱奥诺尔患上肺结核,并在回到小镇后不久的1912年8月1日去世。经历一段时间的悲痛与消沉后,他又回到了安达卢西亚,在哈恩的巴埃萨中学任教,直至1919年。后来转到马德里附近的塞戈维亚中学任教,参与创建“人民大学”,使其成为劳动人民和普通群众接受免费教育的文化中心。1927年他入选西班牙皇家语言学院院士,一年之后结识了女诗人碧拉尔·德·瓦尔德拉马,并与之保持了很长一段时间的感情。

她便是诗人作品中的吉奥马尔——他诸多灵感的源泉。

1931年4月14日，他参加了在塞戈维亚举行的第二共和国开国大典，不久以后转到马德里的一所中学。内战期间他坚决支持共和国，1936年11月携家迁居巴伦西亚。1939年1月他与母亲一起流亡，一个月后两人在法国南部小镇科里奥尔相继去世(马查多死于2月22日，先于其母3日)。

马查多最突出的人格特征是勤奋而又善良、鄙视虚名、淡化服饰(他曾说过自己"邋里邋遢")、忍耐困境、深刻内省，强调对话和容忍是共存的理想手段，维护人的自由和尊严("人最高的价值莫过于本身为人")。对上帝或生命意义的寻求是他早期诗作的重点。这使他对所处的时代越来越感到困惑并充满怀疑，这也是"九八年一代"作家的共性之一。

安东尼奥·马查多前期创作的灵感主要来源于大地、天空、河流、山脉、对亲人的怀念和对祖国的热爱。尤其是对卡斯蒂利亚自然风光的描写，更是出神入化，情景交融，感人至深。后期创作转向对哲理的探索与挖掘和对人生的体会与感悟。

马查多的第一部诗集《孤寂》出版于1903年，1907年修订再版，更名为《孤寂、长廊及其他》。他本人曾表达向注重内心情感的现代主义靠拢的倾向："在我看来，诗意并不在于词语的音韵、色彩、行列或感官情结；而是心灵深沉的搏动：写什么，应是心灵所致，或曰说什么，要用自己的声音，生动地回答对世界的感触。我甚至想，人在专注地聆听自己内心深处的独白时，可以不经意地发现一些美妙的话语；同样的，人在自我解剖时，会隐约察觉到自己情感中的蕴藏是何等的丰富。"书中不乏童年记忆和景色描写，如下面这首小诗：

春天温柔地
亲吻着树林，
碧芽初绽
像一片绿烟。

朵朵白云
掠过青春的田野……
我在叶片上
看到四月的春雨绵绵。

我在杏树下想到——
树上花枝招展，
对自己没有爱情的青春
我发过诅咒的怨言。

如今人到中年，
我思考再三……
青春啊，未曾体验，
梦中谁会再将你挂牵！

马查多的早期创作深受鲁文·达里奥的影响，具有明显的现代主义特征。尽管如此，马查多并非亦步亦趋地追随那位伟大的尼加拉瓜诗人。在1917年的出版序言中，他这样写道：“我非常欣赏《世俗的圣歌》的作者，因为他在形式上和感觉上是无与伦比的大师”，但是“我要努力走自己的路”。他的目的不仅仅是要达到一种感官上的颤动，而且要试图触动人的心弦，找到一种“内心感觉的普遍性”。马查多将自己的前半生定义为一个“表诉衷情的诗人”。《孤寂、长廊及其他》中就不乏表诉衷情的成分。仅凭这一点，就与“远离现实”“臆造完美”的现代主义有了很大的区别。马查多梦想的世界是心中真实的追求，具有普遍性和永恒性。而他的现代主义前辈们，则是用华丽的色彩和典雅的词句描摹一个不真实的世界。

在这部诗集中，马查多深刻地揭示了自己的内心世界：忧愁、悲伤、焦虑、痛苦。痛苦有时会化作希望，但这希望却往往“在虚无缥缈间”①。因

① 如白乐天在《长恨歌》中所说：“忽闻海上有仙山，山在虚无缥渺间。”

此，他在诗中常常与自然景物如泉水、夜晚或黎明对话，或者用一些具有象征意义的事物如道路、镜子、水车、墓穴、迷宫、蜂巢来表现深刻、隐蔽的现实，用生机勃勃的大自然投射出自己的精神追求和内心世界。

在《幽默，幻影，笔记》的第十四首中，他情绪激昂地写道：

昨晚我入睡时
梦见，啊，美妙的幻想！
一股清澈的泉水
在我心里流淌。
我说："新的生命之泉
我从未饮过，你从
哪条隐蔽的沟渠
来到我的身旁？"

昨晚我入睡时
梦见，啊，美妙的幻想！
在我的心里
有一个蜂房；
金黄色的蜜蜂
在那里奔忙，
用古老的苦涩
酿出白色的蜡和蜜浆。

昨晚我入睡时
梦见，啊，美妙的幻想！
一轮火红的太阳
照耀在我的心上。

它所以火红，

因为有炉膛的颜色，
它所以是太阳，
因为它让人哭泣又将人照亮。

昨晚我入睡时
梦见，啊，美妙的幻想！
原来是上帝
降临在我的心房。

在诗人“美妙的幻想”中，出现了三个善的象征——泉水、蜂巢和燃烧的太阳。原来它们就是上帝，在梦中向他靠近，把他从“长久的苦恼”中解救出来。

有时在他的诗作里，梦就像是一种自我分析，而诗则是通过这种自我剖析获得的感悟和启迪。在《长廊》的《导言》中马查多写道：

在一个明朗的日子
读着可爱的诗句
我看见，在自己梦想
深刻的镜子里

有一个神圣的真理
在颤抖，是由于恐惧，
就像一朵花儿
想把自己的芬芳向风抛去。

诗人的灵魂
向着神秘。
只有诗人能够
在浑浊、魔幻的旋律中

看到遥远的灵魂深处的东西，

在记忆
那些没有尽头的长廊，
可怜的人们
悬挂节日的服装，

破败而又陈旧
像战利品一样。
诗人在那里
诗人会注视梦中
金色的蜜蜂
那永恒的劳动。

在残酷的战斗
或安静的果园中，
诗人们用灵魂
关注着深邃的天空。

我们用陈旧的痛苦
酿制新鲜的蜂蜜，
耐心地缝制
洁白的圣衣，
沐浴着阳光
将坚硬的铁甲擦亮。

没有梦想的灵魂，
敌对的明镜，

用粗糙的轮廓
将我们的形象投映。

我们感到
胸中的热血沸腾,
过去吧……让我们笑吧
并重新开始劳动。

尽管在大部分的诗中没有言明,他的忧伤和痛苦通常都是感叹青春易老、生死无常、爱恋不在,或者是失去上帝抑或某种精神支柱的空虚,以及周遭世界的荒唐嘴脸。

马查多的第二部诗集是《卡斯蒂利亚的田野》,1912年问世,五年后再版,增添了妻子去世后他在巴埃萨的更多诗作。

他的风格虽不能说有了根本性的转变,但已不再像以往那样展现个人问题,表现得比《孤寂》更有客观性。外部世界、周围人物、卡斯蒂利亚的历史和社会现象都深深地吸引着他,大自然已不再是精神的简单寄托,而变成了一个真实的存在。

他改变的原因,首先是开始相信诗人不应自私地孤芳自赏,他们有义务去反映所处时代的历史进程;诗歌实际上是诗人为了捕捉到事物本质和时代流变而与之进行的对话。其次,他的转型还要归功于卡斯蒂利亚的原野把他从一味的内心思考中解放出来;而结识莱奥诺尔更是结束了无爱的苦闷,从而荡涤了《孤寂》中存在的焦虑颓丧之气。

在这本风格更加混杂的《卡斯蒂利亚的田野》中,诗人的灵感主要来自对卡斯蒂利亚田野批判而有富有诗意的视角。诗人对卡斯蒂利亚乃至于整个西班牙的过去、现在和将来进行了一系列的反思。他没有大肆渲染卡斯蒂利亚在经济和军事上曾经辉煌的成就,而是着重表现各种人为因素——欠工业化、强制移民、统治者和思想家的妥协主义——所导致的西班牙乡村的贫困、落后与腐朽。就这样,尽管相对稍晚,马查多还是应和了“九八年一代”作家的主张。在巴埃萨居住期间,他渐渐实现了自己的愿望——“创作一种通俗的、大众的、与19世纪个人主义决裂的诗歌”。

在这些批判性的思考中，不乏对人类整体生活的实录，在他日益激越和诗化的视角中留下了印记。在风景中的投射使他突出了这块土地上更能激起他的共鸣的事物。在《在杜埃罗河畔》中，他这样写道：

……
杜埃罗河穿过伊比利亚
和卡斯蒂利亚栎树的心脏。

啊，凄凉而又高尚的土地，
高原、荒野和岩石的土地，
既没有耕耘过的田野，也没有树林和小溪；
没落的城市，没有客栈的道路，
惊呆的粗鲁的农夫，既不唱歌也不跳舞
抛开即将熄灭的炉灶，依然走在路上，
卡斯蒂利亚啊，像你的长河奔向海洋！

可悲的卡斯蒂利亚，昨天的统治者，
已是浑身褴褛，却蔑视一切自己不懂的东西。
她是在等待、沉睡还是梦想？
当她有着对剑的狂热时，可记得鲜血的流淌？

一切都在运动、奔涌、流逝、旋转；
海洋、高山和注视它们的眼睛都在改变。
过去了？一个民族将上帝置于战争之上
它的幽灵依然在自己的田野上游荡。

从前的母亲将司令员孕育，
如今的继母只生养平庸的苦力。

卡斯蒂利亚已不再是如此慷慨的母亲，
那时熙德从维瓦尔凯旋，
对自己新的命运和富足充满自豪，
向阿方索献上巴伦西亚的果园；
或者，在验证了他们果敢的冒险之后
向皇室请求去征服印第安美洲广阔的河流；
她那时是战士、武士和首领的母亲，
她的孩子们会满载金银，乘着豪华的船只
返回西班牙，对于狩猎，
他们是秃鹫；对于战斗，他们是雄狮。
修道院供养的哲学家们，
如今无动于衷地注视辽阔的苍穹；
即使莱万特码头商人的呐喊
像遥远的呼声，进入他们的梦中，
他们也不会前去，连一句“怎么了？”也不会问。
可战争却已经敲开了他们的家门。

可悲的卡斯蒂利亚，昨天的统治者，
已是浑身褴褛，却蔑视一切自己不懂的东西。
……

诗人笔下的此情此景，活脱脱一幅当时西班牙的缩影；诗人心中的所思所想，正是“九八年一代”作家的感受与焦虑。如果说在诗的气势与节奏上，这首诗与现代主义晚期的“新世界主义”（诸如达里奥的《致罗斯福》和乔卡诺的《美洲魂》）还有某些近似之处的话，它与现代主义诗歌的主体已完全没有可比性了。

在长篇谣曲《阿尔瓦·冈萨莱斯的土地》中，马查多思考了人性的残酷和妒忌带来的恶果。该诗描写了两个急于得到遗产的不肖子弑父并将其埋在索里亚黑湖的故事，最后，神奇而公正的自然力量惩罚了逆子。

本书收集了相当多关于他妻子染疾和过世的诗篇，其中大部分作于巴埃萨。像在《孤寂》中一样，诗人重又剖析自我，以很强的节制和张力，展现内心的痛苦。他曾在写给乌纳穆诺的信中表露其丧妻之痛："她的离去让我撕心裂肺。她是天使般的生灵，却被死神无情地召唤。我简直是崇拜着她……真爱之上更是悲悯，我宁愿死一千次也不愿看她离去，宁愿以死一千次来换回她的生命！"请看下面这几首选自《索里亚的田野》中的短诗：

XXIII

主啊，你夺去了我的至爱。
上帝啊，请再听一听我的心声。
主啊，你的意志将我制裁。
主啊，只有大海和孤独与我同在。

XXIV

希望说：总有一天
你会见到她，只要耐心地等。
绝望说：
她只是你的苦痛。
大地并没有吞没一切，
心啊，跳动……

XXV

那边，在高原，
杜埃罗河划出弓形的曲线，
索里亚周围，
在铅灰色的小山
和一片片齐整的圣栎林之间，
我的心在流浪，在梦乡……

你没看见吗，莱奥诺尔，河边的杨树
伸展着僵硬的枝干？
请看蓝白色的蒙卡约山；
把你的手给我，让我们去散步。
穿过我土地上的田野，
那里装点着灰蒙蒙的油橄榄，
我一个人独自走着，
忧伤，衰老，沉思，疲倦。

从来悲剧更动人。这样发自心灵深处的情诗在现代主义诗歌中是很难找到的。

初到巴埃萨，诗人仍放不下对索里亚那些苦涩却又难以割舍的回忆，对自己的故土安达卢西亚反倒难以融合。尽管如此，眼前悲惨的社会现实还是逐渐激起了他批判、思辨的精神。1913 年他在给乌纳穆诺的信中说："您知道我为什么深爱着索里亚，我同样有足够的理由拥抱这块哺育我的土地，然而我总觉得杜埃罗河上游那贫瘠地区人们的灵魂更高尚，无论好坏，那些人的层次都更高。这个被称作'安达卢西亚的萨拉曼卡'的巴埃萨小城，有一所高中、一个神学班、一个艺术学校、几所中学，识字的人不到百分之三十，书店里尽是明信片、祈祷书、神学和黄色小报。这是哈恩最富庶的地方，城里却充斥着乞丐和破产的赌徒……人们也谈政治，所有人都是保守党。总之一群空虚的、完全被教会毒害的乌合之众……此外，乡下的人们吃苦耐劳，或者在极端困苦的条件下移民，但这几乎与自杀别无二致。"这一切都加深了马查多对西班牙未来走向的质疑，并且用冷眼旁观的讽刺态度描绘堕落的现实。请看题为《一日之诗》的结尾：

这本质的我，
并无病患，
有时候，任性而又随意，

原创而又新奇；
这个我，生活并感觉
自己禁锢在一具难免一死的躯体，
哎！急不可耐地
要跳出这囚禁的樊篱。

这首诗作于巴埃萨，诗人的郁闷与无奈跃然纸上。在这本诗集中有一系列的《箴言与歌谣》，由一些零散的哲学、文学、社会、政治以及道德思考组成。其中有一首广为人知：

行人啊，你的足迹
就是路，如此而已；
地上本无路，
路是人走出。

路因走而成，
回头望
便会看到一条
不会再有人走的小径。
行人啊，地上本无路
人在地上走像船在海上行。

读到这首诗，尤其是“地上本无路，路是人走出”，不禁令人想起鲁迅先生的小说《故乡》。先生在小说的末尾写道：“我想：希望是本无所谓有，无所谓无的。这正如地上的路；其实地上本没有路，走的人多了，也便成了路。”两位文坛巨匠的思想何其相似！在西班牙，这两行诗可谓家喻户晓，妇孺皆知。北京塞万提学院建院后，将其图书馆命名为安东尼奥·马查多图书馆，并请北京大学资深教授赵宝煦先生用篆书书写了这两句诗，作为馆藏格言，是理所当然的事情。

书中收录了诗人的十四首献给与其志同道合的作家和思想家以及那

些被他尊为师长的人们的赞歌。其中献给鲁文·达里奥的就有两首，其中一首是《悼鲁文·达里奥》：

既然在你的诗中充满世界的和谐，
达里奥，你还去哪里将它寻觅？

赫斯佩里亚①的园丁，大海的夜莺，
对星星的音乐感到吃惊的心灵，
狄俄尼索斯②将你拖进了地狱
你可会带着新鲜的玫瑰凯旋回程？

当寻找梦中的佛罗里达和永恒的
青春之泉，人们可曾伤害你，司令？

愿你清澈的历史留在母亲的语言中。
哭泣吧，西班牙所有的心灵。

鲁文·达里奥逝世在黄金的卡斯蒂利亚；
这新的语言穿过大海来到我们当中。

西班牙人啊，让我们在一块庄重的大理石
刻上他的姓名、笛子、诗琴和一段碑文：
除了潘，谁也不能演奏这笛子，
除了阿波罗，谁也不能弹拨这诗琴。

在诗集中，还有一首诗人为自己描绘的《肖像》，是评论家们经常引用的。这是马查多为自己的人生经历和创作理念做的总结：

---

① 赫斯佩里亚，希腊人对意大利、罗马人对西班牙的称呼。

② 狄俄尼索斯，希腊神话中的酒神。纵酒是达里奥主要的死因之一。

我的童年是对塞维利亚一个院落
和一个明亮果园的记忆，柠檬在那里成熟；
我的青春，卡斯蒂利亚土地上的二十年；
我的历史，有些情况我不愿回顾。

我不是骗人的诱惑者也不是唐璜式的人物①；
——你们已经熟悉我笨拙的着装——；
但是丘比特向我射了一箭
我便爱那些女性，只要她们有适宜居住的地方。

我的诗句从平静的泉水涌出，
可我的血管里有雅各宾派的血在流淌；
我不仅是一个善于运用自己学说之人，
而且从美好的意义上讲，我很善良。

我崇尚美，在现代美学中
我采摘龙萨②的果园中古老的玫瑰；
然而我不喜欢目前时兴的梳妆
也不是那种追求新奇啼鸣的鸟类。

我看不起空洞的男高音的浪漫曲，
也看不起蟋蟀在月光下的合唱。
在众多的声音中，我只听一个声音，
我会停下脚步，区分原声与回响。

---

① 原文中的伯拉多明是巴列-因克兰小说中的人物，贫穷、貌丑的天主教徒，但多风流韵事。

② 龙萨（1524—1585），法国文艺复兴时期七星诗社中的主要诗人。他在法国诗坛的地位，在雨果之前无人能比。

我是古典的还是浪漫的？我不知道。
我愿留下自己的诗行像将军留下他的剑一样：
不是因为铸剑者的工艺高超才受人尊重
而是因舞剑之手的强劲有力才威名远扬。

我与那个总和我在一起的人交谈
——独自说话等候着向上帝倾诉的那一天；
我的自言自语是与这位好友的探讨
他曾将博爱的诀窍向我秘传。

最后，我不欠你们什么；可我的全部写作
你们都未曾偿还。我奔赴我的工作，
用我的钱支付穿的衣服、住的房间、
吃的面包和铺的床垫。

当那最后的旅行到来的时候，
当那一去不复返的船儿起航，
你们会在船舷上发现我带着轻便的行装，
几乎赤身裸体，像大海的儿子一样。

《新歌》是马查多的最后一本诗集，出版于1924年。当时以胡安·拉蒙·希梅内斯为代表的先锋派为西班牙诗歌带来了具有实质性改变的新风，但马查多依然忠于他一贯的追求，将情感与理智、抒情与写景融为一体。《新歌》中有些诗歌让人联想到《卡斯蒂利亚的田野》，其中也包括对安达卢西亚乡村的描绘、对自己的反思、童年回忆和献给朋友的应景之作。在表达自己爱的苦恼时，马查多隐约透露了一些不为人知的私情，尽管他反复强调莱奥诺尔是他此生唯一的至爱，但对别的女性的激情似乎冲淡了对亡妻的回忆。书中也有一系列重要的《箴言与歌谣》，或深刻，或幽默，或平淡，或神秘，都是作者的人生感悟和哲学思考。如：

为了沟通
首先是提问，
然后是……倾听。
*
自恋
是个丑陋的恶习，
可它已有了把年纪。
*
要是在镜子中将一个人寻觅，
那个人会与你形影不离。
*
今天
依然是永远。

在这些关于哲学的诗作中，马查多宣扬寻求绝对而非主观真理的必要性，反对任何极端主义，鼓励对人坦诚相待并捍卫文学的简洁。此后，马查多没有再出版过任何一本新诗集，然而在相继面世的几版《诗歌全集》(1928、1933和1936)中出现了一些新的作品，其中最突出的是由诗歌和散文组成的《伪歌者集》。这个诗文集表现了他日渐加深的哲学倾向。这本诗文集取材于作者的阅读和亲身经历。他杜撰了两位塞维利亚哲学家阿贝尔·马丁和胡安·德·马伊瑞纳，借他们之口来表现现实与虚幻、记忆与遗忘、诗歌与哲学、创造与无为的矛盾。书中还有献给碧拉尔·德·瓦尔德拉马(吉奥马尔)的充满激情的诗，人们当然不会把它们归于任何伪歌者。

值得一提的是，在西班牙内战期间(1936—1939)，马查多以时事要闻为题材写了不少诗。他赞扬了苏联和墨西哥，两国均向共和国提供了支持和援助。另外题为《伤童之逝》和《罪行发生在格拉纳达》的两首诗尤为突出,后者是献给费德里科·加西亚·洛尔卡的。

安东尼奥·马查多,诗如其人:平易中见深邃,朴实中见真情。正如《肖像》中所说,他的诗句从平静的泉水涌出,尽管他的“血管里有雅各宾派的血在流淌”。他从不赶时髦、追时尚,而是一步一个脚印地走自己的路。诗人的语言简洁、明快,没有精心的雕琢和多余的夸饰,更显字字珠玑和大家风范。诗人自己说,他的诗“既不是坚硬永恒的大理石,也不是音乐和画卷,而是刻在时间上的语言”。

2. 马努埃尔·马查多

马努埃尔·马查多(1874—1947)比安东尼奥·马查多大不到一岁。他的童年也是在塞维利亚度过的。当祖父去中央大学任教时,举家迁往马德里。1895 至 1897 年间,他的大部分时间是在塞维利亚的外祖母家中度过的。1897 年,他毕业于塞维利亚大学,此前已发表过诗歌和散文。1893 年,马查多兄弟合作,用“塔布兰特·德·里卡蒙特”的笔名,在恩里克·帕拉达斯主办的《漫画》杂志上发表文章。马努埃尔单独发表的诗文,有时用真名,有时用笔名“波里亚”(Polilla)。在 1894 和 1895 年,他先后发表了诗集《痛苦与快乐》和《等等》,二者都是与恩里克·帕拉达斯分别署名、合作发表的。受巴黎浪漫的艺术氛围吸引,他于 1899 年初至 1900 年底前往法国首都,在那里见到了鲁文·达里奥、阿马多·内尔沃等西班牙语美洲的现代主义诗人。1902 年,他重返巴黎。他对这座城市情有独钟。他曾说:“每个有灵魂的人都有两个祖国:故土和巴黎。”20 世纪初,他开始以诗歌和散文与当时重要的刊物合作,很快便成了新文学的代表人物之一。1902 年,《灵魂集》的发表,使他成了西班牙现代主义的先驱。此后,他又发表了《随心所欲》(1905)、《民族节日》(1906)、《博物馆》《歌谣集》(1907)、《恶劣之诗》(1909)、《战利品》(1910)、《阿波罗》(1911)、《深歌》(1912)、《歌与献辞》(1915)、《塞维利亚和其他的诗》(1918)、《死亡的艺术》(1921)、《凤凰集》(1936)、《黄金时刻》(1938)、《韵之韵》(1943)。

1910年，他与表妹欧拉利娅·卡萨雷斯结婚，生活在马德里，经常为报刊撰稿，主要是做戏剧评论。在此期间，他曾就职于国家图书馆和马德里市图书馆，并利用职务所能获取的资源，对西班牙文学尤其是古典作家进行了深刻的研究，并与其弟合作，创作了《幸运姑娘的不幸》(1926)、《胡安·德·马尼亚拉》(1927)、《夹竹桃》(1928)、《劳拉去码头》(1929)、《费尔南达表妹》(1931)、《公爵夫人贝娜梅吉》(1932)和《人在战争中死去》(1940，时其弟已故)等剧作。1936年7月18日，他留在佛朗哥军队占领下的布尔戈斯。内战结束后，他才回到马德里，1938年被选为皇家语言学院院士，1947年1月19日在马德里病逝。

在共和国建立(1931)时，马努埃尔·马查多还怀着某种兴奋的心情，为此创作了一首新的国歌。后来发生的一系列政治事件使他的态度有所改变。1934年，他由于右倾观点被逐出了《自由》杂志。内战前夕，他和妻子去布尔戈斯看望妻子的一个姐妹，赶上军队叛乱，无法返回首都。从此，他便开始了为佛朗哥政权服务的不光彩的政治生涯。

1938年1月5日，内战即将结束，法西斯已经准备欢庆自己的胜利，马努埃尔·马查多被选为皇家学院院士，当局迫不及待地希望他尽早宣读自己的就职演说。同年的2月19日，就职典礼在圣塞巴斯蒂安的圣特尔莫宫殿举行。在拥挤不堪的听众面前，马努埃尔·马查多宣读了他简短的学术含量不高的就职演说:《半诗歌与可能性》。在阐明演说的题目时，马努埃尔说:

> 啊，这篇短文或许让你们想起另一位名人，他就是歌德，歌德曾不止一次地说过“诗与真”。总不能禁止人们模仿好的榜样吧……何况，我只将我的诗句称作“半诗歌”，至于我的现实，我只能遵循普通人的生命法则(能怎么活就怎么活)，称其为“可能”……

诗人称自己的诗歌为“半诗歌”，称自己的“现实”为“可能性”。从演说的内容和语气不难看出，院士的头衔并未给他带来成就感与幸福感，而是显得勉强和违心。在马努埃尔的心目中，与其说在和歌德相比，不如说在和自己的弟弟安东尼奥相比，他只是“半个诗人”。退一步讲，即便是作为人，他也不是个顶天立地、敢作敢为的人，从某种意义上说，却是随波逐流、得过且过。因此，在被选为院士的时候，他想起了弟弟赞美圣栎树的诗句：

> 无论挺直或弯曲地
> 出生，你的谦恭
> 只遵循生命的法则
> 能怎么活就怎么活。

尽管这个演说篇幅很短，尽管其内容主要是对自己诗歌的评述，但他毕竟为法西斯唱了赞歌，朗诵了题为《弗朗西斯科·佛朗哥》的十四行诗。这个不光彩的烙印是永远也抹不掉的。这与安东尼奥·马查多和乌纳穆诺对法西斯的态度形成了鲜明的对照。这正是马努埃尔·马查多被边缘化的根本原因，也警示后人牢记：方向比努力重要，方向是由思想决定的。

在指出马努埃尔·马查多问题的同时，我们不妨对他的诗歌创作做个客观的评介。与其他“九八年一代”的诗人相比，马努埃尔·马查多的诗歌有几个突出的特点：

一、马努埃尔·马查多在19世纪末(1894—1899)创作的诗歌，主要受浪漫派诗人贝克尔以及民间歌谣的影响。自20世纪以来，马努埃尔·马查多是“九八年一代”诗人中受现代主义影响最深的。其实，与其说他受现代主义的影响，还不如说他是受法国象征主义和帕尔纳斯派的影响。这两个诗歌流派是构成现代主义诗歌的基本元素。前面已经说过，马努埃尔对巴黎情有独钟，他曾自称自己是“半个吉卜赛人，半个巴黎人”，他的个人气质与鲁文·达里奥颇为相似，他们都奉魏尔兰为自己的导师。《灵魂集》和《随想集》都具有鲜明的象征主义的特征。诗人用具有象征意义的具体事物揭示“死亡”“爱情”“孤独”等抽象的内心感受，公园、傍晚、夜色是诗人反复运用的词语。在《灵魂集》的开篇之作《夹竹桃》中，他以缺乏意志的种族自比，表现了颓废派和流浪文人的处世哲学：

像许多来到我的土地上的人一样
——我属于摩尔种族，和太阳有古老的交情，
赢得了一切又失去了一切。
我有西班牙—阿拉伯的晚香玉的心灵。

我的意志已在一个明月之夜死亡
那时是美好的，不用追求也不用思想……
我的理想是躺下来，没有任何希望……
不时有一个亲吻和女人的名字挂在嘴上。
……

在马努埃尔·马查多的诗作中，也不乏严肃的题材，这主要是缅怀历史名人的作品。在《卡斯蒂利亚》一诗中，他通过一个九岁女孩儿天真无邪的一席话，便将国王的淫威、熙德的悲壮和人民的恐惧表现得淋漓尽致：

盲目的太阳
照耀着兵刃冷峻的锋芒，
灼伤护胸和护背的铠甲
燃烧在枪尖上。
盲目的太阳，干渴和疲倦。
熙德驰骋在马上，和他的十二个随从
——风尘、汗水和兵器——
沿着卡斯蒂利亚可怕的荒原，去流亡。
泥石的客栈紧闭……无人搭腔。
面对剑柄和矛头，小门开了……
太阳烘烤，空气滚烫！
在可怕的敲击下，回声轰响，
一个纯贞的声音，

似白银和水晶，回答……
门口，有个苍白、瘦弱的小姑娘。
全身就是一双蓝眼睛；
眼睛里，泪水流淌。
惊奇的小脸上
笼罩着苍白的光。
“好心的熙德！请进……
国王会让我们家破人亡
父亲耕种的可怜的土地
会变成盐碱的沙荒……
你们走吧。苍天保佑你们。
啊，熙德，我们什么也没有
只有苦难。”
小姑娘默默地哭泣，一声不响……
童稚的哭泣穿过
恐怖的武士们的身旁，
一个不可动摇的声音叫道：“前进！”
盲目的太阳，干渴和疲倦。
熙德驰骋在马上，和他的十二个随从
——风尘、汗水和兵器——
沿着卡斯蒂利亚可怕的荒原，去流亡。

二、安达卢西亚情节，几乎贯穿了他一生的诗歌创作。这一点与他的兄弟是截然不同的。安东尼奥·马查多虽然后来居住在安达卢西亚，但念念不忘的却是索里亚。而对家乡的眷恋，尤其是对为弗拉门戈舞蹈伴唱的“深歌”，却始终是马努埃尔·马查多热衷和偏爱的题材之一。《痛苦与快乐》《深歌》《塞维利亚和其他的诗》都是这样的作品。《凤凰集》中的短诗《安达卢西亚之歌》更集中地体现了诗人的安达卢西亚情节：

加的斯，含着盐的光明，
罗马人和摩尔人的格拉纳达，
哭泣的暗河。科尔多瓦在沉默。
马拉加高唱弗拉门戈。
阿尔梅里亚，金黄的颜色。
银白的海恩。维尔瓦，
三条帆船的海岸。
还有塞维利亚。

这首短诗看起来很平常，是几个地名串联起来的，但熟悉安达卢西亚的人一看便知，诗人抓住了安达卢西亚最具代表性的几个地方，而且画龙点睛般地指出了当地的特征。加的斯是南部的海滨城市，阳光明媚；格拉纳达曾为罗马人占领，后又成为摩尔人最后的堡垒，盘踞在山上的阿尔罕布拉宫巍峨壮观，从雪山留下的达乌罗河到了城区之后，就成了地下的暗河；科尔多瓦有著名的大清真寺和古罗马大桥，令人叹为观止；马拉加的吉卜赛人高唱弗拉门戈；阿尔梅里亚的海滩金光耀眼；海恩漫山遍野油橄榄，绿叶的背面闪着银灰的颜色；当年哥伦布的三条帆船从维尔瓦的码头起航；塞维利亚是安达卢西亚的首府，对西班牙人来说，就无需多说了。

三、"放浪形骸"的题材入诗。在《恶劣之诗》《死亡的艺术》和《凤凰集》中都不乏这类作品。显然，《恶劣之诗》并非真的"恶劣"，不过是诗人的一种自嘲与反讽，它恰恰是马努埃尔·马查多最好的诗作之一。这部诗集的名字与法国象征主义先驱波德莱尔的《恶之花》有些类似，而且两部诗集都是在作者三十五岁时出版的。在这部诗集中，既可以看到贝克尔也可以看到魏尔兰的影子；既有凝重的情怀又有轻柔的韵调，既有明媚又有朦胧，既近在咫尺又远在天涯。在这部诗集中，有一首题为《家庭维纳斯》的诗，说不定写的就是诗人的妻子，将一位美丽、善良、芬芳的睡美人描绘得活灵活现：

安睡……她在床上

温柔的肌体几乎没有重量。
她的脸庞甜蜜端庄；
胸脯有节奏而又安详。

安睡而未入梦乡……静卧
在宁静中，这宁静难以名状
笼罩着她的灵魂
像芬芳笼罩着玫瑰一样。

秀发像一缕温存。
口似花儿一样。
手是一种安慰
芬芳而又善良。

她对全身的美
全然不放在心上，
安睡，像百合
沐浴着夜的清爽。

安睡而未入梦乡。
自己的魅力无关痛痒，
上帝将她缔造得
多么完美善良。

在这部诗集里，也有一些鼓吹在无可奈何的现实面前及时行乐、得过且过的作品，如下面这首《现时的歌》：

爱是痛苦的……却不可得！……
事实是，总得经过。

粗俗的爱和卑鄙的企图
又为了什么？……

为什么安排前程
要使现时痛苦？
我们该将怎样的时间度过？
难道说死不好于活？

众所周知，在必需的运气里，
给我们留下了什么？
只有将灵魂交给蓝色，
其余都交给快乐……

马努埃尔·马查多既不是“苦吟”的诗人，也不是多产的诗人。如他自己所说，令他疲倦的不是“写的少”，而是“放弃的多”。他写的是潜意识里的东西，是在半清醒的状态下进行创作的。他的诗作良莠不齐，但不乏精美的外形与丰富的内涵相结合、民族性与世界性相交融、现代性与民间性相渗透的作品。对马努埃尔·马查多其人其诗，还有待于我们进一步做全面、深入的研究。

六　“一四年一代”与胡安·拉蒙·希梅内斯

“一四年一代”，既没有前面的“九八年一代”那么显赫，也没有后面的“二七年一代”那么辉煌。它的主要成员有加布列尔·米罗（1879—1930）、拉蒙·佩雷斯·德·阿亚拉（1880—1962）、胡安·拉蒙·希梅内斯（1881—1958）、何塞·奥尔特加·伊·加塞特（1883—1955）、马努埃尔·阿萨尼亚（1880—1940）、格雷戈里奥·马拉尼翁（1887—1960）、拉蒙·戈麦斯·德·拉·塞尔纳（1888—1963）等。他们多出生于1880年左右，于1900年前后开始创作活动。由于人们将奥尔特加视为这一代人的精神领袖，将他在西班牙政治教育联盟任职的时间作为这一作家群体形成的标志，因此米罗、希梅内斯以及戈麦斯·德·拉·塞尔纳似乎与此关系不大。在这一代中，最有影响的是奥尔特加和希梅内斯。

奥尔特加·伊·加塞特是“一四年一代”的核心人物，是哲学家和散文家，对当代西班牙文化界产生过突出的影响，西班牙 20 世纪上半叶的文学艺术和政治思想都留有他智慧的痕迹。他曾在马拉加和德乌斯托的教会学校学习，后来进入马德里大学文哲系，1904 年获博士学位。1905 年赴德国的莱比锡、柏林进修哲学，1906—1909 年又转到马尔堡学习，当时柯亨和卡西雷尔等人正在那里讲授新康德主义，并对柏拉图、笛卡尔尤其是莱布尼兹进行研究。在国外所受的教育使他能够从一个全新的角度正视西班牙面临的问题，他与马埃苏托和乌纳穆诺的争论就是证明。1910 至 1936 年，他在马德里大学任哲学教授。西班牙内战爆发后，他主动流亡到美国、阿根廷、德国和瑞士，从事学术讲座活动，还访问过葡萄牙、荷兰和法国。1948 年回国后，与他的学生胡里安·马里亚斯一起创建了人文学院。

由于外祖父和父亲都是著名记者，奥尔特加从年轻时起就与报刊结下了不解之缘，并将它作为活跃文化生活和激发民族情感的工具。他先后于 1915、1917 和 1923 年创办了《西班牙》《太阳》和《西方》杂志，尤其是后者，成为联系西班牙知识分子与国外同行的纽带。1983 年，奥尔特加十二卷本的全集问世，其内容大体可分为三部分：哲学、文艺批评和政论。应当指出的是，奥尔特加的哲学思想并非一个完整的学说，而是一个“开放的体系”。在其演变的过程中，人们可以清楚地看到胡塞尔现象学与海德格尔存在主义的烙印。他试图通过客观主义和前景主义来超越现实主义与理想主义，来克服纯粹理性与实用理性的对立。在《天堂里的亚当》(1910)中，他阐释了“我”(第一人)的人格及其与周围世界(天堂)的关系。《观察家》是他作于 1916 至 1936 年间、发表在报刊上的哲学和文学杂文的汇编。《没有脊梁的西班牙》(1921)研究了历史上病态的社会结构：西班牙数百年来的弊端早已孕育在西哥特人弱小帝国的胚胎中。《我们时代的主题》(1923)是奥尔特加早期形而上的代表作，在这部作品中，他已摆脱了新康德主义的影响。他已经将生命置于思想之前，以生命理性取代了他的前辈们孜孜以求的绝对理性或形而上理性。生命是一个持续的过程，而环境会破坏或改变理性的作用。生命理性(包括思想、感情)服务于生命，因而便需要思想上的真、意志上的善和情感上的美。在《艺术的非人性化》(1925)中，他表明了自己对先锋派文学较为冷静的态度。他"既不热情也不气恼"地认为，先锋派是一种逃避现实主义的艺术。他认为，艺术如果不食人间烟火，就会变得无法理解。所谓新艺术是少数人的艺术，对大家而言，则不可思议。诙谐是新艺术家的主要工具，但不应循规蹈矩，而应着眼于青年和未来。从本质上说，这是一部为新艺术辩护的书，因为他使19世纪的现实主义小说变得滑稽：既然生活贫困、荒唐，就没有任何理由去临摹它。在《关于小说的思考》(1925)中，他同样站在印象派的立场上驳斥了现实主义小说。米罗和巴列-因克兰都受到了他的文学主张的影响。1929年他又发表了一篇与《没有脊梁的西班牙》风格类似的作品：《大众的反叛》。但这时他的主张是欧洲各国联合起来以抵御国际争端中的民族主义。在此期间，他又发表了一组哲学专论《米拉波》(1927)、《康德》(1929)、《歌德》(1933)，同时还发表了《关于大学的改革》《大学的使命》(1930)、《关于爱的探讨》(1940)、《论罗马帝国》(1940)。他死后又出版了《何谓哲学》(1957)、《关于戏剧的思考》等著作。奥尔特加是生活在复杂时代的复杂人物，也是个颇有争议的人物，但有一点却是人们的共识：他对西班牙20世纪的文学和文化产生了重要的影响。

胡安·拉蒙·希梅内斯(1881—1958)与奥尔特加生活在同一个时代。现代主义，"九八年一代"，先锋派，此起彼伏，混声交响，一派争奇斗艳的景象。胡安·拉蒙·希梅内斯是20世纪西班牙新抒情诗的创始人，在"九八年一代"和"二七年一代"之间起着承上启下的作用。1956年10月25日，"由于他的西班牙语抒情诗为高尚的情操和艺术的纯真树立了典范"，希梅内斯获诺贝尔文学奖。

希梅内斯出生在西班牙安达卢西亚地区维尔瓦省的莫格尔。这是一个人口不足一万的小镇，靠近帕洛斯港，濒临大西洋。1492 年，哥伦布的三条帆船就是从这里驶向“新大陆”的。白色的房屋，狭窄的街巷，紫茉莉的馨香，大轮车的声响，在这幽静、古朴的环境中，希梅内斯于 1881 年 12 月 23 日降临人间，然而他的母亲更愿意把儿子的生日推后一天，可见他在母亲心目中的地位。他的父亲以种植果园和经销葡萄酒为业，家境颇为富裕。父母的宠爱使希梅内斯度过了幸福的童年。

1890 年他开始在教会创办的圣玛利亚学校学习，1896 年入塞维利亚大学学习法律。这是他父亲的意愿，也是大部分青年乐于选择的专业。但希梅内斯对此毫无兴趣，他爱好的是绘画。一次历史课考试的失败使他抛弃了法律专业，同时，他的兴趣也从绘画转向了诗歌。

1900 年，有两件事对希梅内斯产生了巨大影响：一是现代主义诗歌大师鲁文·达里奥来到西班牙并在马德里会见了他，二是他父亲突然离开人世。前者对他的诗歌创作是个莫大的鼓舞，因为那位比他年长十四岁的尼加拉瓜诗人一直是他心中的偶像；后者却使他的身心健康受到严重打击，不祥的预感始终像噩梦一样纠缠着他。心情好转之后，他又回到马德里，醉心于诗歌创作，这使他成为当时方兴未艾的西班牙现代主义诗歌运动的先驱者之一。1900 年，他出版了诗集《紫色的灵魂》和《白睡莲》。同年去法国波尔多市的波斯卡疗养院疗养，后去法国其他地方以及瑞士、意大利旅游，回国后又在卡斯蒂利亚乡村住了一段时间。1902 年他重返马德里，住进了罗萨里奥疗养院。在休养期间，他创办了诗刊《阳光》，并以此为核心形成了一个作家群体，其中著名的有佩雷斯·德·阿亚拉、弗朗西斯科·维亚埃斯佩萨(1877—1936)、奥尔特加·伊·加塞特、阿索林等。希梅内斯在这个时期的诗作有《诗韵集》(1902)、《悲哀的咏叹调》(1903)和《远方的花园》(1904)。1904 年的一天，或许由于忧伤的缘故，他突然决定回到故乡莫格尔那“白色的仙境”中去，并且在那里埋头创作达七年之久。他生活在童年的回忆中，虽与外界隔绝，却未脱离现实。在莫格尔的孤独中，他时常与那头小毛驴聊天，就像与大自然对话。这头小毛驴名叫普拉特罗(Platero，又译小银，因为该词有银灰色之意)，它是主人忠实的伙伴，如同堂吉诃德的罗希南特和桑丘·潘萨的鲁西奥一样。他这时期的重要诗作有《牧歌》(1903—1905)、《春天的歌谣》(1907)、《响亮的孤独》(1908)、《乡野的诗》(1910—1911)、《思考的前额》(1911—1912)等。

1912年，希梅内斯回到马德里，在著名的大学生公寓住了四年。他结识了日后"二七年一代"的著名诗人加西亚·洛尔卡和未来的超现实主义绘画大师达利等人。特别值得一提的是他结识了后来成为他夫人的塞诺薇娅·坎普鲁比·阿伊玛尔。这是一位祖籍西班牙的波多黎各姑娘，也是一位翻译家。她父亲是工程师，母亲是美国人，兄弟们也都在美国定居，其中何塞·坎普鲁比作为《报界》的创始人和主编，在美国的西班牙语人士中颇有影响。

在认识塞诺薇娅之前，他已经朦朦胧胧地爱过三个多愁善感、聪明伶俐、异想天开的女性。希梅内斯自认为与她们情投意合，其实不过是浪漫的、文学性的、半真半假的恋情。塞诺薇娅却不同，她实干、乐观，讲求工作效率。她使希梅内斯不再飘飘然沉溺于空想，使他睁开眼睛面对现实。当然，这位波多黎各姑娘也明白：即使他不以诗歌为生命，也会把它作为终身伴侣。经过一段时间的犹豫和思考，塞诺薇娅接受了他。他们第一次合作是共同翻译印度诗人泰戈尔的作品。在西班牙语界，人们把他们的译著奉为楷模；与原作相比，译文有不少锦上添花之处。从此，希梅内斯的人生道路和诗歌创作发生了根本的转变。

1915年底，塞诺薇娅随母亲到了纽约，接着希梅内斯也离开西班牙去美国，并于次年举行了婚礼。塞诺薇娅在临终前回忆说，当他们去市政府领回结婚证书时，曾碰上一伙警察举着手向他们喊叫："当心，结合容易分开难！"从此他们就再也没有分开。希梅内斯找到了理想的妻子、真诚的朋友、得力的助手、谨慎的参谋、有效率的秘书，乃至可靠的司机。正是因为有了这样精明强干的"贤内助"，不善于料理生活的诗人才能毫无顾虑地投入创作。在此以前，他有诗作《心灵的十四行诗》(1913)、《夏令》(1915)和抒情散文《小银和我》(1914)。

从1916年起，希梅内斯的诗歌创作进入了新的阶段。婚后，他们曾回故乡小住。安定、和谐、幸福的家庭生活使他得以专心致志地从事文学活动。他不断在报刊上发表文章，应邀到各地演讲。虽然活动频繁，但他精力充沛，先后发表了诗集《一个新婚诗人的日记》(1916)、《永恒》(1918)、《石与天》(1919)、《诗与美》(1917—1923)和《全季》(1923—1926)等。

1936年7月18日，西班牙内战爆发，法西斯分子向新生的共和国发动猖狂的进攻，人民的生命财产遭受了巨大的损失，诗人对祖国和人民的前途极为忧虑。战争初期，落在孩子们头上的苦难使他们痛心疾首，他便与妻子在马德里筹建了一个小小的幼儿园。后来，共和国政府任命他为驻美国名誉文化参赞。1936年9月，他和妻子来到纽约。这次穿越大西洋已经没有新婚旅行时的愉悦，令他念念不忘的总是那块“遥远的、发了疯的土地”。暂时的离乡背井竟成了永久的异地侨居。环境的变化打乱了他的生活秩序。为了营建新的生活，他应邀去波多黎各和古巴讲学。与听众的直接交流使他接近了陌生的高校世界。1939年，他在迈阿密参加当地西班牙语美洲研究所的工作。在1940和1942年举行的学术会议上，他各作了三次发言。1942年，他又辗转到北卡罗来纳州的州立大学教授西班牙语。他不仅作讲座，而且与大学生座谈、讨论，激发他们对诗歌的兴趣。在这一时期，他创作了一系列优秀的谣曲和自己最长的诗作《空间》(1954)。后来，塞诺薇娅转到马里兰大学任教，他们迁居到里维戴雷。那里的榆树给诗人留下了深刻的印象，以致他预告要发表一部诗集《里维戴雷的榆树》，但该书后来一直没有问世。在那里，他还结识了一位种植菜园的朋友。有一天他吃惊地获悉，此人原来是美国的副总统华莱士。后者的俭朴使他深受感动，他撰文赞扬华莱士为“面向上帝的匠人”，“美洲的堂吉诃德”。

在第二次世界大战期间，胡安·拉蒙·希梅内斯努力与盟国合作，一再表明他“过去、现在乃至今生今世都愿成为自由人”。他这时期的作品有诗集《在另一侧》(1936—1942)、散文集《三个世界中的西班牙人》

(1942)等。不幸的是,年轻时的恐惧和对死亡的狂想重又困扰着他,他不得不住进华盛顿的一家疗养院。经过一段时间的疗养,他又像五十年前一样,神经官能症渐渐痊愈,《塔科玛的歌》就是证明。病愈的诗人怀念自己的母语:他需要听人们在各处用活生生的西班牙语交谈、议论、祈祷、呻吟、歌唱,以丰富和充实自己的诗歌创作。1948 年 8 月,他前往阿根廷和乌拉圭主持一系列讲座,听众以欢迎影星和球星时才有的热情欢迎他,有时甚至阻塞了街道上的交通。然而,听众的热烈掌声并没有改变他创作“纯粹诗歌”的意图,他依然将诗歌视为上帝的“意识与光辉”,视为某种“在灵魂中沉浸,在灵魂外闪光”的神圣之物。

《底层的动物》(1949)就是在这种思想指导下写成的。这是 20 世纪最后一部象征主义的重要诗集,他翻译过的格奥尔格和叶芝作品的影子在诗集中显而易见。这时期他的作品还有《流走的河》(1951—1953)等。

1951 年,诗人重又陷入精神危机。塞诺薇娅为了减轻他的痛苦,决定迁居到一个讲西班牙语的地方去。于是,他们接受波多黎各大学的邀请,来到这个美丽安静的岛上。希梅内斯在那里开设了关于现代主义诗歌的课程,并且经常到学校为青少年朗诵诗歌。

1952 年,塞诺薇娅患了癌症。她与疾病进行顽强的斗争,曾数次住院接受各种方法的治疗。1956 年 10 月,她预感到死神即将降临,便将一切料理停当。当同年 12 月 25 日一位女友到医院将希梅内斯获得诺贝尔文学奖的消息告诉她时,她已经不能说话,但仍竭尽全力哼了一支童年时唱的歌谣。三天后,她与世长辞。希梅内斯痛不欲生,他没有亲赴瑞典,而是委托波多黎各大学校长雅莫·贝尼泰斯去为他领奖并代致谢词:

> 我感激地接受杰出的瑞典学院授予我这份我不敢奢望的荣耀。由于悲伤和病痛,我不得不留在波多黎各,无法亲自参加颁奖典礼……我的夫人塞诺薇娅是这一奖赏的真正获得者。没有她四十年的陪伴、帮助和鼓励,我的作品是不可能产生的。今天,她不在人世了,我感到孤寂凄凉、无依无靠。

后来，希梅内斯的心情和健康状况曾有所好转，但他再也没有进行写作。1958年，他在一次车祸中致残，同年5月29日告别人世，与先他而去的妻子一起长眠在家乡莫格尔的墓地中。

希梅内斯的诗歌创作是复杂的。以1916年为界，大致可分为两个阶段。当他开始发表诗作的时候，西班牙正经受严峻的考验。1898年12月10日，西班牙在巴黎与美国签约，丧失了最后的殖民地古巴、波多黎各和菲律宾。这个称雄海上数百年的庞大帝国至此一败涂地。马德里一群作家想以他们手中的笔在西班牙的边界之内重新征服世界。这就是令世界文坛瞩目的“九八年一代”，马查多兄弟、乌纳穆诺、巴列-因克兰是其中的佼佼者，他们在不同程度上都受了尼加拉瓜诗人、现代主义诗坛领袖鲁文·达里奥的影响。胡安·拉蒙·希梅内斯就是在这样的历史背景下开始自己的诗歌创作的。他的第一部诗集《紫色的灵魂》得到鲁文·达里奥的支持。在第一个阶段，希梅内斯的诗歌不仅受现代主义的影响，同时也具有浪漫主义的遗风，德国诗人海涅、西班牙诗人贝克尔都是他效法的楷模。此外，如果我们知道拉美现代主义诗歌运动的源头与欧洲象征主义的关系，那就不难理解为什么《悲哀的咏叹调》与法国诗人魏尔兰的作品会有相似之处。希梅内斯这时期的作品多写家乡的自然风景和诗人心中的哀愁，格调悲凉、低沉、内敛。这主要与诗人个人的不幸以及国家的落后、人民的苦难有关，尤其是家乡的凋零、衰败使他陷入悲哀之中而难以自拔。他的家乡莫格尔是海滨小镇，两条河流的入海口。那里有茂盛的花园，优美的景色，酿酒业和运输业兴旺发达。但由于连年虫灾使葡萄减产，港口又因内河上游煤矿大量倾倒废物而阻塞，昔日繁荣的市镇失去了赖以生存的支柱，以致市井萧条冷落，居民流离失所。诗人目睹这悲惨的现实却无可奈何，因而早已笼罩在他心上的阴云变得更加浓重。无论“言志”或者“抒情”，这一切都不能不在他的作品中流露出来。但到这一阶段的后期，他的诗风有所转变。1912年，马德里大学生公寓的气氛感染着他，对复杂的知识界的观察开阔了他的视野，对德国哲学家克劳泽的研究，尤其是与塞诺薇娅的相识，充实了他的内心世界，使他的创作从富于人情味和巴洛克风格的封闭型向着具有神秘色彩和理想主义的开放型转化。从《心灵的十四行诗》(1913)和《夏令》(1915)里可以看到这种转化的迹象。前者的灵感之源来自诗人的未婚妻,请看这首题为《春天》的十四行诗:

玫瑰放射最细微的芳香,
星星闪烁最纯洁的光芒,
夜莺用最深沉的啼声
将美丽的夜色尽情地歌唱。

稚嫩的花香使我不爽,
神圣蓝色的闪烁使我前额无光,
夜莺嘹亮的歌声
使我不幸地哭泣忧伤。

那并非无限的惆怅
用美妙甜蜜的舌头
舐着我古老的心房……

请你让玫瑰为我放出馨香,
让星星为我燃起诗的火光,
让夜莺为我快乐地歌唱!

作者本人认为《夏令》是这一时期"最好的书","因为它比其他任何一部作品都具有更多的血液和骨质","包含着具体、光明而又严酷的现实"。请看下面这两首短诗:

你怀念着风
宛似飞絮,
你怀念着海

犹如小溪，
你就像死神一样
怀念着大地。

*

快，快，大地；
快，快，太阳；
快将秩序打乱，
爱情在将我盼望。

宇宙颠倒了太阳
和大地，又有什么关系？
一切都是浮云，唯有
等候我的爱情才是福地。

走吧，大地；飞吧，太阳！
去和白雪与麦穗在一起！
爱情在等候着我，请缩短
我与希望的距离！

从《一个新婚诗人的日记》(1916)开始，希梅内斯的诗歌创作进入了第二阶段。这时，诗人已摆脱现代主义的束缚，逐渐形成了自己独特的风格。他追求形式的完美和语言的新奇，并力图打破诗歌与散文的界限，但在内容上却始终未能挣脱形而上学的桎梏，企图创造一个绝对的世界。对“生命短暂”的感慨是他经常吟咏的主题。诗人的思想中既有天主教的成分，又有泛神论的因素，既有克劳泽和尼采的烙印，又有东方哲学的影响，对“上帝、大自然和美”的崇拜同时并存，对语言的推敲也显得特别的执著。这种追求在《歌集》(1936)和《全季》(1923—1926)中达到了高峰。

他极力提倡“纯诗论”，主张创作“袒露无饰”的“纯诗”。从下面这首诗中，我们可以清楚地看到他的诗歌主张：

她最初到来，
纯洁无瑕，天真的穿戴。
我像孩子般将她喜爱。

后来她渐渐穿起
我叫不上名字的衣服。
不知不觉，我对她厌恶。

她竟成了女王，
浑身珠光宝气……
不可一世又毫无意义！

……她又将盛装脱掉，
我对她报以微笑。
她只留下长袍——
古朴而又纯真，
我重新对她充满信任。

她连长袍也脱下，
全身一丝不挂……
生命的激情，袒露的诗歌，
你永远属于我！

诗中的“她”无疑是诗神缪斯。“她竟成了女王/浑身珠光宝气……/不可一世又毫无意义！”这显然是指语言华丽而内容空泛的现代主义诗歌。希梅内斯终于舍弃了这种风格，“连长袍也脱下，全身一丝不挂”的

“袒露无饰”的诗歌才是他刻意的追求。

按照希梅内斯所信奉的、当年在西班牙颇有影响的克劳泽的哲学或神学思想，上帝既包括世界同时又超越世界。对希梅内斯来说，诗歌是上帝的同义词，是一种特殊的文学现象，它高于一般的文学：“一般人将诗歌作为文学来理解，而我把它作为心灵来理解。”他认为“文学是为熟悉的世界立碑，诗歌则是陌生世界的向导。因此文学安于相对的美，而诗歌寻求绝对的美。文学是翻译，诗歌是创作。诗歌是创造性的艺术，而文学仅仅是临摹性的艺术，是抄袭的艺术。因为诗歌不只是自身，它什么都是，是从前，是今后，是行动，是语言，是创造……”，“非诗歌的语义是可以传递的、外在的、约定俗成的，它符合逻辑；而诗歌的语义则相反，它是不可以传递的、内在的，它符合美学；文学语言是有代表性的，它取决于所要表现的外在现实，它赋予事物早已存在的意义，而诗歌语言则相反，它具有展示性，它不取决于任何外在的现实，而是创造崭新的现实。总之，文学的语言是为了达到某种目的的手段，而诗歌的语言就是目的本身”。在他看来，文学是形式，诗歌是实质。前者使内容固定，而后者使内容自由。文学越是完美，越要符合已经确立的规范和准则；而诗歌是生命，它必须不断打破已有的秩序才能求得生存。他认为，文学是暂时的，诗歌是永恒的。文学是技巧，诗歌是艺术。

希梅内斯的诗论未免玄奥并失之偏颇，然而却是他数十年身体力行地追求的目标。正是这种锲而不舍的刻意追求，使他对自己的作品要求甚高，近乎苦吟。1930 年他曾辞去一切职务，回到塞维利亚修改早期的作品。尽管文坛公认他的诗集《紫色的灵魂》和《白睡莲》中不乏精品佳作，但他认为那只不过是“野草”，“纯粹青年人的试音”，执意做了不少修改，可见诗人对自己要求之严。当然，我们必须看到，希梅内斯早期作品的不成熟首先是表现在思想上。鲁文·达里奥曾说：“每当我思考自己的一生时，最大的痛苦莫过于看不清目的。由于被死神不祥的预兆所逼，我多次躲进人造的天堂。”希梅内斯早年的精神状态与他的老师有惊人的相似之处。他在内心深处与笼罩那一时代的怀疑主义进行着激烈的斗争。

每当陷入恼人的矛盾而无力自拔时，他便像鲁文·达里奥一样，力图通过艺术创作来寻求精神上的解脱。早在1895年，他还在教会学校读书时就创作了《祈祷》一诗，探讨关于真理和死亡的答案并拒绝任何一种司空见惯的宗教解决方式。在《虚无》一诗中，他认为“四周的世界和大自然的美都不是永恒的，而终将返回到虚无中去”。在《夜曲》《可怕的化装舞会》等作品中，希梅内斯强调感官的快乐和疯狂，突出幻想的虚无和人生的短暂。在《云》中，作者寻求一种理想的安慰——螺钿的纯洁的色彩，然而却发现了“披着寿衣的不祥的标记，阳光和寒冷的阴影”。总之，在这一时期，从精神状态、心理冲突到艺术创作，他都无法摆脱鲁文·达里奥的影响。他当时的心境与达里奥在《命中注定》一诗中的描述颇为相似：

> 甚至想不到的一切都使人不寒而栗，
> 还有那用活生生的手臂诱人的肌体，
> 用随葬的花束在等候的墓地，
> 我们不知从何处来，
> 也不知向何处去……！

对法国哲学家亨利·柏格森时空观和对印度诗人泰戈尔文学主张的研究，对爱尔兰诗人叶芝和对英国诗人布莱克的了解，使他认识到“事物的虚无”和“时光的流逝”都是人类难于理解并不以人的意志为转移的。虽然他找到的答案并非客观真理，但却使他获得了心理上的平衡，从此开始不懈地追求“自然的演变过程”。他曾说：“我有一位美国朋友，他相信人所憧憬的乌托邦都是能够实现的，而且现在已然实现；他确信一切都取决于追求的程度。我对此持同样见解。”

在半个多世纪的创作生涯中，希梅内斯从未放弃过这种对理想的追求，这正是他留给世界诗坛宝贵的精神财富。

《远方的花园》(1904)是诗人早期的作品。所谓“远”既指空间又指时间。诗中的花园并非作者的梦境，而是真实的存在，并且不仅仅是西班牙的花园，还包括法国的花园。1903年3月8日，希梅内斯从家乡莫格尔到法国波尔多市附近一家疗养院去疗养。这座疗养院占地七公顷，绿树满园，花香四溢，令人心旷神怡。在 1904 年以前，他曾多次描绘这“美丽而又苍凉的花园”：“来到波尔多之后，我不禁重新开始吟唱，一个金色的下午，一个圆月的晚上，一个洒满晨雾的凉爽的黎明，一首谣曲，‘夜色多宁静’伴之以埃斯普龙塞达的复活。”（这里所说的“谣曲”指作者《诗韵集》中的《春天与情感》。）然而使诗人梦绕魂牵的不仅是那花前月下、溪畔泉边的优美景色，还有他所喜爱的年轻女性。诗集中共出现过六位姑娘——西班牙的四位：葛罗里娅、布朗卡、玛利娅和罗莎；法国的两位：玛格达莱娜和弗朗西娜。弗朗西娜的出现先后达十次之多，而在西班牙姑娘中出现最多的玛利娅也只有三次。这位法国姑娘是疗养院女厨师的助手。诗人在《远方的花园》中的第六首这样写道：

一切都将这蓝色装点，
好像为了弗朗西娜降临花园。

而在波多黎各保存的手稿上她的出现是这样的：

她将那一对温馨的乳房，
放到我满足的心上。
为了让我知道它们是香料制成，
这香料会夺去我的生命。

从上面的诗句中，我们可以窥见希梅内斯二十岁时的心态和诗风。虽然它不是诗人的代表作，但毕竟是他人生道路和诗歌创作中的一个标志。

《一个新婚诗人的日记》是希梅内斯第二阶段创作的第一部诗集，是诗人创作生涯中具有划时代意义的里程碑。这是他在去美国与塞诺薇娅结婚的途中开始创作的。诗人的海上旅行和诗人心中的思考相辅相成。大海是日记的主要题材（1948 年布宜诺斯艾利斯版题为《诗人与大海的日记》）。诗人与大海既是矛盾的又是统一的：他既害怕背井离乡，失去童年时代的安乐窝，同时又渴望美好的爱情，渴望自己的成熟与自立。作为诗歌体日记，要想确切地破译它的内容很不容易，因为它全是用象征手法表达出来的。有不少诗句互相关联却又互相矛盾，这正是诗人内心冲突的写照。我们大体上可以把《日记》的内容分为四部分：

一是乡情与爱情之梦：诗人像初生婴儿一样从梦中醒来，心头充满对家乡的眷恋和对爱情的向往。把握住诗人这样的内心冲突，就不难理解那些意境朦胧、形象优美的诗句，如：

根与翅膀。但翅膀生根
而根却飞翔。

（马德里，1月17日）

当然，下面这则日记更清楚地表达了诗人矛盾的心情：

莫格尔。母亲和姊妹弟兄。
安乐窝，温暖、干净……
多好的太阳，多美的休息，
在白色闪烁的墓地！
我的根扎在这里！
纵死也惬意！
这是渴望的目的
在黄昏中逃去！

莫格尔：神圣的觉醒。
莫格尔：母亲和姊妹弟兄。

（莫格尔，1月23日）

二是关于大海与太阳的抒情：诗人怀着深深的疑虑，在旅途中他很快发现了一个崭新的、奇异的、与安达卢西亚不同的世界——大海。这时的大海是孤独的、单调的、无生气的。正如诗人在2月1日记述的《单调》一样：

锌一样蓝的波涛，

石灰一样白的浪花，
大海包围着我们，以它无限的惆怅。
到处都一样——
东、南、西、北，天空和水上——
灰蒙蒙，硬邦邦，
干巴巴，白茫茫。
世界从来没有
打过这么大的哈欠，从未这样！

每页书的大小
都像整个天空和整个海洋
灰蒙蒙，硬邦邦，干巴巴，白茫茫；
每页书都是一片海，灰蒙蒙，干巴巴，
每页书都是一片天，硬邦邦，白茫茫。

要冲出这无精打采的城堡
是不可能的！
东，南，西，北——
无论向何方，
都是一片锌和石膏的大海，
一片石膏和锌的天空，和大海一样——
这是忧伤消耗不尽的珍宝，
既无新生也无衰亡。

诗人的心情并不像大海一样单调，却又像大海一样起伏。太阳是光明的象征，它使诗人心中绽开爱情与春天的花朵。太阳与水的冲突正反映了诗人心中的矛盾：

在你的心中

太阳与水
正在斗争……

三是大海和爱情治愈了诗人的疯狂，并使他最终找到了回避现实的避风港：

的确，是的，是的，你们两个
治愈了我的疯狂。

世界，和你们一起
已经向我伸出
张开的、洁白的手掌，
从前，从前它在我睁大的眼中，
藏得无踪无影，眼睛
睁得太大，反而失明！
你，我的大海，还有你，我的爱情，
犹如从前的大地和天空：
一切皆属于我，一切！
一切皆不属于我，一切！
我说什么都行！

（《一切》，6月19日）

四是对美国的不人道生活作了嘲讽的描述。

在这部诗集中，诗人的象征主义手法得到了充分的发挥，他早期作品中出现的一些词汇，如儿童、坟墓、梦幻、黎明、春天、海洋、阴影、云雾等，又反复出现。理解这些词汇的象征意义是读懂全诗的钥匙。此外，人们不应忘记，对人生短暂的感慨是希梅内斯第二阶段创作的出发点之一。这部诗集打破了诗与散文的界限，改变了诗人“无韵不成诗”的一贯主张，在自由诗的创作中取得了成功。

《空间》(1954)这首长诗被誉为“本世纪最杰出的象征主义代表作”。

为了创作这部充满哲理的长篇抒情诗，希梅内斯倾注了自己的全部精力。这是他对于生命与死亡、时间与空间、他人与自我等重大命题长期思考的结晶，包含了诗人各个时期的思想，或者说，诗人生活中所走过的道路都在《空间》中会合。只要我们打开《空间》一看，就会发现诗人对人生哲学的敏感：

> 纯洁的阳光下，花草多么不安，当它们转向我时，我微笑着，转向被遗弃的花园！

我们知道，希梅内斯青年时期曾酷爱绘画。在《空间》中，作者有许多充满诗情画意的描写：

> 大海很安静，天空很平和，神圣与地域之光使它们融合在明亮的白银中，融合在无限的黄金中，融合在双重的与单一的现实中；一个岛屿浮在二者之间，在二者之间又在二者之外，一滴高悬的彩虹一粒灰色的珍珠在岛上颤抖。

这与其说像绘画，不如说像电影。一连串的形象从眼前闪过，有时，还会出现鲜明的特写镜头。希梅内斯的诗作不仅受益于他的绘画才能，也受益于他音乐方面的天赋。现代主义大师鲁文·达里奥在评论《悲哀的咏叹调》《远方的花园》《牧歌》等作品时曾说：“希梅内斯有动听的舒伯特作为他富有音乐性和感伤情调的诗歌作品的保护神。”瑞典学院院士雅尔马·古尔伯格在给希梅内斯颁发诺贝尔文学奖时，也说他的歌声“诉说月亮和愁思，与舒曼和肖邦共鸣”。可见，其诗作的音乐美，的确达到了炉火纯青的程度。他力求创作“转化的诗歌”“转化的艺术”，将过去、现在与未来焊接在一起，将古老的传统与现代的意识熔为一炉。豪尔赫·曼里克、圣胡安·德·拉·克鲁斯、古斯塔沃·贝克尔、罗萨里亚·德·卡斯特罗，乃至莎士比亚、布莱克、兰波、乔伊斯、艾略特等人，都在他的作品中留下了痕迹，而他本人又给后来的诗人，特别是西班牙“二七年一代”的诗人，包括加西亚·洛尔卡、阿尔贝蒂、豪尔赫·纪廉和萨利纳斯以深刻的影响，在拉丁美洲以加夫列拉·米斯特拉尔为代表的诗人中，也有不少是他的门生。当代墨西哥著名诗人奥克塔维奥·帕斯的长诗《太阳石》,或许就是在《空间》的启发下创作的。

除二十几部诗集外,希梅内斯还创作了不少散文作品,其中最著名的是"抒情小说"《小银和我》(1914)和被称作"抒情漫画"的《三个世界中的西班牙人》(1942)。

《小银和我》的创作从1906年一直延续到1913年。这是一曲"安达卢西亚的哀歌",是一幅展示他的家乡莫格尔风情的画卷。当时作者的心态是孤独和凄凉的。正如他自己所说:"我感到西班牙就像一具黑洞洞的巨大的棺材,到处都是正在坠落的夕阳。"因此,在这本令人愉快的书里,我们会发现一张诗人不那么严肃的自画像:他身穿黑色的丧服,蓄着基督徒的胡须,骑着那头心爱的毛茸茸的小毛驴;当在家乡的街上走过时,吉卜赛人的孩子们向他高声喊叫:"疯子! 疯子!"的确,正如雅尔马·古尔伯格所说,"要分清疯子和诗人并非易事"。诗人的"疯癫"既是他杰出智慧的象征,也是他内心悲哀的表现。其实,这悲哀来自诗人自身的气质,因为他爱自己的人民,爱自己的家乡,然而家乡的变化并"没有给人民带来好处"。这部抒情散文集朴实无华,自然流畅,充满了人情味,出版后不久即被译成英、法、德、意等多种文字。在西班牙国内,从1937年起几乎年年再版。所有西班牙语国家都把它选入中小学课本。

《三个世界中的西班牙人》(1942)是一本描绘人物肖像的抒情漫画集。所谓三个世界指的是西班牙、美洲和死神的领地。作者在为人物画像时,有两个鲜明的特征,这也正是该书的成功之处:一是准确地把握住人物的生活背景,然后按照特定背景下形成的人物个性来塑造他的形象,从而使人物有血有肉,真实可信;二是采用漫画的技巧,以变形夸张的手法来突出人物那些引人注目的特征,而不去表现那些次要的方面,同时以抒情的笔触使人产生联想,以便体会那些"只需意会而不必言传"的人物品格。由于希梅内斯具有诗歌和绘画两方面的天赋,他笔下的人物总是活灵活现,栩栩如生,而又丝毫不使人感到作者在随心所欲地调侃。当他为自己的导师达里奥画像时,已时隔二十五年。在这期间,他有充分的时间思考、琢磨、想象，他把这位现代主义诗坛泰斗比为“大海的奇才”和“外交官的假象”，他将神话的比喻和日常的口语编织在一起，从“彩虹、竖琴、星星、美神维纳斯、海神尼普顿”写到日常生活中的“礼帽”和“坎肩”，如此强烈的对比使读者感到达里奥“命中注定的不幸”。这位现代主义大师的诗歌世界与困扰着他的世俗生活是何等的不协调！雅与俗的对立，光芒与阴影的反差，神话的光辉与资产阶级的黑暗相反相成，希梅内斯正是这样从不同的角度，多层次地刻画“三个世界中的西班牙人”。当然，这只是希梅内斯的主观看法，不一定都符合客观事实。比如，对聂鲁达的描述，由于诗歌理念的不同，就有失公允。当然，反过来说，聂鲁达对希梅内斯的看法，又何尝不是如此呢！

胡安·拉蒙·希梅内斯既是诗人又是评论家，首先是进行自我评论。他在《致何塞·雷布埃尔塔斯》的信中说：“凡了解我的人都清楚，我对自己一系列似乎算是诗歌的作品从不满意。这不是信口开河，我每天都在用自己推敲和修订作品的行动证明这一点。首先，我追求作为创作者而写的诗歌，并对自己的创作进行批评，然后才进行一般的诗歌评论，就好像我本人并不是作者一样。”经过反复修改，1917 年他在纽约出版了第一部选集，其中包括从《白睡莲》《紫色的灵魂》到《夏令》的作品。1922 年出版第二个选本，包括从 1898 到 1918 年的 522 首诗作。1957 年他又出版了包括 720 首诗歌的第三个选本。未能完成的选集《向往和被向往的上帝》是他去世后于 1964 年出版的。

当 1956 年诺贝尔文学奖揭晓时，一位瑞典记者发表了如下的看法：

> 胡安·拉蒙·希梅内斯是一个天生的诗人，是那些像阳光照耀一样朴实无华地产生的诗人之一，是一个偶然而朴素地产生却并未意识到自己天赋才华的诗人。我们不知道这样的诗人何时诞生。我们只知道，有一天我们发现了他，我们看见他，听见他，恰如有一天我们看见了一朵花。我们说这是一个奇迹。希梅内斯是一位天才诗人，一位毕生都在孜孜不倦地用心灵写作的诗人。

第二单元

“二七年一代”

一　关于“二七年一代”

1927年，拉斐尔·阿尔贝蒂、加西亚·洛尔卡、维森特·阿莱克桑德雷、路易斯·塞尔努达、佩德罗·萨利纳斯、豪尔赫·纪廉、赫拉尔多·迭戈、达马索·阿隆索、埃米里奥·普拉多斯、马努埃尔·阿尔托拉吉雷等诗人在塞维利亚集会，纪念西班牙黄金世纪的著名诗人贡戈拉(1561—1627)逝世三百年。会后他们纷纷发表文章或重新介绍贡戈拉的作品，使这位长期以来被冷落的诗坛巨星重现光辉，这便是“二七年一代”的由来。从此，西班牙抒情诗从追求“纯粹”转向“多元”。

1945—1955年间，在西班牙有过关于“代”的史学研究方法的论争；在两次大战之间，欧洲文化界就曾对此问题进行过相当深入的探讨。1948年，达马索·阿隆索发表了《诗学的一代(1920—1936)》，从而提出了“二七年一代”的概念。

在《文学的年代》中，佩特森认为要成为“一代”，必须具备以下特点：同步的时间、同等的教育、密切的联系、在一个突出事件或总体经验方面的契合、有领袖人物、有共同的语言、此前的一代已僵化或停滞。达马索·阿隆索认为“二七年一代”的成员基本符合上述条件。他认为：“代”的划分是存在的，但它只对文化史有意义；对文学史而言，重要的是诗人自身，或者说是作品，是诗歌。他还认为：上述十位“二七年一代”的核心成员基本上是同一代人，都出生在19世纪末和20世纪初，其中有三位（加西亚·洛尔卡、阿莱克桑德雷和达马索·阿隆索）是同一年（1898）出生的。年龄最大的萨利纳斯（1891—1951）和年龄最小的阿尔托拉吉雷（1905—1959）相差也不过十多岁。他们的家庭基本上都属于中产阶级，本人几乎都受过高等教育，有的还一直在大学任教。他们之间有密切的联系，有的曾同时居住在马德里大学生公寓（目前，加西亚·洛尔卡基金会就设在那里）。他们既熟谙欧洲的先锋派文学运动，又注意挖掘传统的文学遗产。这是一个新传统主义的诗人群体，他们注意挖掘传统诗歌中的超现实主义因素。他们摒弃法国超现实主义的自动写作法，但在作品中却不乏梦幻和潜意识的成分。对西班牙黄金世纪夸饰主义大师贡戈拉的三百年祭使他们走到了一起。至于他本人，阿隆索·达马索认为，作为“二七年一代”的成员，他几乎不是诗人，而是评论家，况且他的第一部诗集《纯诗》发表于1921年，当时“二七年一代”尚未形成。与这一代的其他诗人相比，他“还需要西班牙内战可怕的震撼”。

1927年前后，正是先锋派诗歌最活跃的时期。1909年，意大利人马里内蒂在《普罗米修斯》杂志上发表了未来主义宣言。在该刊物的前一期，戈麦斯·德·拉·塞尔纳发表了题为《新文学观》的文章。这是先锋派在西班牙最早的表现。1918年，创造主义的创始人、智利诗人维多夫罗来到西班牙；1919年，赫拉尔多·迭戈发表了《创造主义的诸多可能》。1921年博尔赫斯（1899—1986）发表了自己的极端主义宣言，对极端主义的主张进行了全面的阐述。1925年吉列尔莫·托雷撰写的《欧洲先锋派文学》为其摇旗呐喊、推波助澜。

1918至1923年，是西班牙年轻的先锋派诗人最活跃的时期。1924年，他们在法国文学家瓦莱里·拉尔博（1881—1957）主编的杂志上集体亮相。在这一期《意图》上发表诗歌或散文的有达马索·阿隆索、何塞·贝加明(1895—1983)、罗赫利奥·布恩地亚(1891—1969)、胡安·查瓦斯(1900—1954)、赫拉尔多·迭戈、安东尼奥·埃斯皮纳(1894—1972)、加西亚·洛尔卡、安东尼奥·马里查拉尔(1893—1973)、阿道夫·萨拉萨尔(1890—1958)、佩德罗·萨利纳斯和费尔南多·维拉(1888—1966)等。其中的诗人都已发表过诗集,而且同时都进行散文创作。如同现代主义一样,先锋派既排斥浪漫主义,又排斥现实主义和自然主义。它不是将艺术作为唯一的追求目标,而是使其成为现实的奴隶。由此便产生了一个新的"纯粹"的概念:摒弃一切模拟和多余的修饰。在西班牙,"纯诗"的代表人物正是"二七年一代"的导师胡安·拉蒙·希梅内斯。

至1924年,出于对文学尤其是对诗歌的共同兴趣,这批年轻的诗人之间已经建立了紧密的联系。1920年夏天,赫拉尔多·迭戈结识了何塞·玛利亚·德·科西奥(1892—1977)。通过后者,迭戈认识了豪尔赫·纪廉;纪廉在1922年已经和萨利纳斯建立了友谊。1923年5月,纪廉曾写信给萨利纳斯,热情地讲述自己拜访胡安·拉蒙·希梅内斯的经过;在另一封信中,他谈到其他几位朋友见到了安东尼奥·马查多,并说自己结识了费德里科·加西亚·洛尔卡,这是"今年春天的一大发现",并对其将安达卢西亚民歌和贡戈拉的夸饰文体结合起来赞叹不已。拉斐尔·阿尔贝蒂在自己的回忆录《失去的丛林》中说:1920年,他从绘画转向诗歌,最初的热情源自《极端》杂志;通过胡安·查瓦斯结识了刚刚出版了《纯诗》的达马索·阿隆索,后者很快将他引入巴尔比耶利对希尔·维森特(1465—1540)和对15、16世纪歌谣的研究,这是他《陆地上的水手》的模本。通过达马索,阿尔贝蒂认识了维森特·阿莱克桑德雷。仅从以上事例,足见这些人是以诗结缘、志同道合的。

在年轻的"二七年一代"诗人的心目中,黄金世纪的大师们,尤其是路易斯·德·贡戈拉,是他们的偶像。赫拉尔多·迭戈首先于1924年在刚刚诞生的《西方杂志》上发表了题为《贡戈拉的缩影》的文章。阅读了该文的豪尔赫·纪廉对迭戈说:"尽管这关于'代'的说法近乎神话和蠢话,我却越来越生动地觉得他和我真正的同代人在一起……通过阅读观察贡戈拉，我受到启发。”纪廉满怀激情地说：“应该让贡戈拉回归，还有圣胡安、加尔西拉索、洛佩和卡尔德隆[①]：的确，他们是我们的，和我们生活在一起，比那些年代离我们更近的人要亲得多。”从上面这件事，可见这些未来的诗坛巨匠对以贡戈拉为首的黄金世纪的前辈们的仰慕和爱戴。在当时健在的诗人中，胡安·拉蒙·希梅内斯是他们崇拜的对象。萨利纳斯称他为“青年诗歌的柱石”；加西亚·洛尔卡说他的灵魂拥有“大量神圣之诗”；阿尔贝蒂说：“从未有哪一位西班牙诗人被一代闪光的诗人如此倾听和爱戴。”

应当指出，在西班牙，无论是“九八年一代”“一四年一代”还是“二七年一代”，这个“代”基本上只是个时间的概念，其成员并非属于一个团体或一个流派，也没有什么共同的宣言，更没有统一的风格。况且，他们生活与创作的时间长达数十载，岁月沧桑，风云变幻，无不在其作品中留下深刻的痕迹，岂能一成不变。概括起来，“二七年一代”的诗歌创作可分为三个阶段。1918 至 1929 年是探索与革新阶段，其中最先发表诗集的是赫拉尔多·迭戈，他于 1918 年发表了诗集《新娘谣曲集》。至 1927 年，诗人们都有作品问世。第二阶段从 1929 至 1939 年：西班牙的政局发生急剧变化，诗人们的创作也随之发生了变化，他们更加关注社会现实，尽管依旧借助超现实主义的艺术技巧，其中比较突出的是加西亚·洛尔卡、维森特·阿莱克桑德雷和普拉多斯。在内战期间，他们虽然都站在共和国一边，但态度却不尽相同：萨利纳斯、纪廉保持沉默；阿尔贝蒂、加西亚·洛尔卡、普拉多斯积极参与；阿莱克桑德雷、塞尔努达等人则处于二者之间。1940 年以后为第三阶段：在内战期间，加西亚·洛尔卡遭法西斯杀害，六人流亡，只有阿莱克桑德雷、达马索·阿隆索和迭戈留在国内，成为培养战后新一代诗人的宗师。他们虽然天各一方，但感情却依然息息相通。在流亡的诗人中，阿尔托拉吉雷在回国参加电影节时遇车祸身亡，萨

① 这几位都是黄金世纪的诗人：圣胡安·德·拉·克鲁斯、加尔西拉索·德·拉·维加、洛佩·德·维加和诗剧《人生如梦》的作者卡尔德隆。

利纳斯、塞尔努达、普拉多斯在国外去世，只有纪廉和阿尔贝蒂回国定居。创作生涯最长的是阿尔贝蒂，八十岁以后还发表了长篇情诗《献给阿泰尔的歌》。

从1927至1936年，“二七年一代”的诗歌创作可谓五光十色，相映生辉。具有新大众主义风格的诗人有赫拉尔多·迭戈、加西亚·洛尔卡、达马索·阿隆索和拉斐尔·阿尔贝蒂；写纯诗的有豪尔赫·纪廉、佩德罗·萨利纳斯、维森特·阿莱克桑德雷、路易斯·塞尔努达和埃米里奥·普拉多斯；写超现实主义诗歌的有维森特·阿莱克桑德雷、加西亚·洛尔卡、拉斐尔·阿尔贝蒂和埃米里奥·普拉多斯；写新浪漫主义诗歌的有佩德罗·萨利纳斯、加西亚·洛尔卡、马努埃尔·阿尔托拉吉雷、路易斯·塞尔努达和埃米里奥·普拉多斯；写社会诗歌的有拉斐尔·阿尔贝蒂和埃米里奥·普拉多斯。从以上的简单归纳中，可见他们并没有形成统一的流派，每个诗人在不同的时期也有不同的诗学追求，因而只能“具体诗人具体分析”。但这并不妨碍他们构成一个光辉灿烂的诗歌群体并成就了西班牙抒情诗歌的“第二个黄金世纪”。

值得注意的是，从“二七年一代”诞生时起，评论界对它就有不同的看法。首先对“二七年一代”的提法，就有不同的看法：也有人把他们称作“纪廉—洛尔卡一代”“独裁时期一代”“共和国一代”“友谊一代”“九八年一代之孙”等。对其成员组成的界定，也不尽相同。但前面的介绍，是文学评论界的主流观点，在学术界和读者中已得到了广泛的认同。

二 费德里科·加西亚·洛尔卡

在“二七年一代”的诗人中，费德里科·加西亚·洛尔卡（1898—1936）在我国译介得最多，而且对诗歌创作界产生了很大的影响。

费德里科·加西亚·洛尔卡于1898年6月5日出生在格拉纳达的郊区小镇富恩特-巴克罗斯，父亲是个开明而又有文化修养的庄园主，母亲是村里代课的小学教师，他从小就受到了多方面的艺术熏陶。然而当时的西班牙，也和一百年前的中国一样：江河日下，风雨飘摇。封建势力的束缚，宗教阴影的笼罩，统治集团的腐败，不仅使其经济发展极其缓慢，而且导致了它在与美国的战争中一败涂地，将海外最后的几块殖民地丧失殆尽。战争的失利使西班牙的知识界受到了强烈的震撼，一批不满现实、追求变革的文学青年力图通过各自不同的文学道路，唤起民众的觉醒。这同样是一个光彩夺目的作家群体，史称“九八年一代”。加西亚·洛尔卡就是在这样的历史和文化背景中诞生的。

加西亚·洛尔卡出生的地区安达卢西亚文化底蕴深厚，是诗人和艺术家的摇篮。人们所熟知的希梅内斯、马查多兄弟、阿莱克桑德雷、阿尔贝蒂、塞尔努达等都出生在安达卢西亚。安达卢西亚位于西班牙南部，濒临地中海，隔直布罗陀海峡与摩洛哥相望。从公元前 11 世纪至公元 1492 年，塔尔特苏人、腓尼基人、希腊人、迦太基人、西哥特人、阿拉伯人都在此留下了自己的历史痕迹。这里有丰富的文化融合的传统和基因，这是安达卢西亚人的骄傲。安达卢西亚有三座城市最有特色：格拉纳达、科尔多瓦和塞维利亚。格拉纳达有闻名遐迩的阿尔罕布拉宫，科尔多瓦有气势恢弘的大清真寺，塞维利亚有巍峨壮观的哥特式大教堂。这里有银装素裹的雪岭，风光旖旎的海滩，洋洋洒洒的瓜达基维河流淌着神秘的故事，漫山遍野的橄榄林孕育着爱情的传说。无论是人文景观还是自然景观，都浸透着无穷的魅力。

加西亚·洛尔卡出生的城市是一座极具特色的城市，是一座历史文化名城，阿尔罕布拉宫是它的标志。阿尔罕布拉宫如今是西班牙游客最多的景点，始建于 13 世纪，矗立在格拉纳达东南的山梁上。它居高临下，俯瞰全城，气势恢宏，蔚为壮观。但应当指出的是，格拉纳达自从被天主教双王于 1492 年攻克以后，经济并没有得到发展，直至 20 世纪初还只是个仅有七万五千人口的小城，被称作“活着的废墟”。后来制糖业的兴起使那里的资产阶级开始了“现代化”的进程，但无论在政治方面还是在文艺方面，都依然是一个相当保守的地方。这也是思想行为超前的加西亚·洛尔卡在自己的家乡惨遭杀害的原因之一。

与格拉纳达不同,加西亚·洛尔卡的出生地富恩特-巴克罗斯镇却并不保守。这是距格拉纳达市十八公里的一个小镇。它是原"罗马丛林"庄园的核心。这个庄园占地一千五百公顷,原是西班牙王室的财产。1813年,抗法战争结束后,加的斯的王室成员将它赠给打败拿破仑军队的威灵顿(1769—1852)公爵。因此,当地居民曾属英国贵族管辖,信奉新教,具有自由、开放的传统。这种氛围对洛尔卡思想品格的养成产生了很大的影响。

加西亚·洛尔卡的家庭也是一个不寻常的家庭。他的父亲是个开明而又有文化修养的庄园主,为了培养子女成人,他情愿多花钱也要送他们去教学较严谨、思想较自由的私立学校。费德里科·加西亚·洛尔卡在四个兄弟姊妹中居长,因此,他是在亲人们的呵护中长大的。尽管在他之前,家中无人上过大学,但几乎所有的家庭成员都具有艺术天赋。他们中的许多人会弹吉他、十二弦琴或钢琴,会讲故事、能即席赋诗、熟悉民间歌谣。他的一个堂祖父(巴尔多梅罗)是家乡的流浪诗人,出版过一本宗教诗的小册子。虽然家里人将他看成一只"黑绵羊",费德里科却很喜欢他。他的一个叔父能用钢琴演奏十分动听的乐曲。此外,加西亚家的人爱读书。他的父亲就买过一部精装插图本的《雨果全集》,这是费德里科最早的课外读物。诗人的母亲比父亲年轻十一岁,出身贫寒,顽强的毅力使她靠自学成为镇上的小学教师。

加西亚·洛尔卡有超常的诗歌天赋,八岁时已能背诵百余首民谣。如果后来不致力于诗歌和戏剧创作,他或许会成为画家或音乐家,如同他的朋友达利和法雅那样。他于1914年进入格拉纳达大学学习法律,后改学文学、绘画和音乐。加西亚·洛尔卡大约从十九岁开始写诗,同时写散文。由于其音乐老师安东尼奥·塞古拉去世,家人又不同意他出国,他便停止了音乐学习,但他从事诗歌创作的意志却是不可动摇的。他于1919年赴马德里大学学习,在著名的大学生公寓结识了不少诗人和艺术家,并经常在"公寓"和马德里各地朗诵自己的诗歌和戏剧作品。1921年他出版了第一部《诗集》。这是一本自选集,而且种种迹象表明,有大量未选入的作品。在这部诗集中，每一首诗都标有创作的年月。至于其他诗作，要确定其创作日期就很难了，因为他往往同时穿插进行不同诗集的创作。例如，《歌集》《组歌》和《吉卜赛谣曲集》的创作就是穿插进行的。1932 至 1935 年，他率领“茅屋”剧团在西班牙各地巡回演出。1936 年 7 月内战爆发，同年 8 月 19 日凌晨，法西斯分子杀害了这文学创作如日中天的天才诗人和剧作家。

我们可以把洛尔卡的诗歌创作分为三个时期。1920—1927 年为第一个时期。在《诗集》之后，《深歌》《组歌》《歌集》和《吉卜赛谣曲集》的风格相近，传统的韵律和现代主义的影响并存，基本上是表现客观的诗歌体验，个人内心情感的抒发是有节制的。《组歌》《深歌》和《歌集》中的许多作品都是如此：诗人的感情世界是戴着面具的。在一定程度上，这与“纯诗”不无关系。在这个时期，贡戈拉一直是他心目中崇拜的偶像。1927 年初，《吉卜赛谣曲集》的创作基本完成，它为洛尔卡赢得了极高的声誉。但他对这部诗集的局限性有十分清醒的认识，因此，在一片赞扬声中，他不无惋惜地告别了第一个时期，开始了一种全新风格的创作。这是一种抒发苦闷、宣泄愤怒、表现困惑的自由体诗歌，是一种开放型的诗歌，它通向现实生活的各个领域。这个革新的过程一直持到 1928 年。1929 年，为了克服情感和创作上的危机，他前往美国，《诗人在纽约》就是在那里创作的。后来，他又去了古巴、阿根廷和乌拉圭。经过这次革新之后，他的诗歌的象征色彩更浓了，《诗集》中闪烁的点点光辉已经化作五彩斑斓的世界。这是个大面积丰收的年代，无论在数量上还是在质量上，都达到了令人吃惊的程度，诗人自己也一直以此为骄傲。遗憾的是，诗人在世时，对这时期的许多作品未来得及做系统的整理。当然，可以肯定地说，《诗人在纽约》是他第二时期的最高成就。

从纽约回到西班牙之后的六年，洛尔卡将主要精力投入了戏剧创作，诗歌已不多产，主要诗集是《短歌》与《十四行诗》。这两本诗集以抒发个人的亲情为主，有较大的随意性，也有较强的情爱色彩。在此期间，诗人收拢了在纽约时张开的翅膀，重又回到传统的韵律上来，尽管没有摒弃自由诗的风格。或者可以说，这是前两个时期的概括和总结。伊格纳西奥之死，导致了20世纪一首伟大挽歌的产生。它将《诗人在纽约》的先锋派风格与《吉卜赛谣曲集》以及《深歌》的魔幻色彩融为一体。

洛尔卡诗歌的创作过程是个不断创新的过程。与其他“二七年代”诗人相比，这一点是非常突出的。无论就民族性还是就先锋性而言，他都是独树一帜的。他的作品的民众性比西班牙同时代的任何诗人都强。在社会诗歌的创作方面，他实际上比阿尔贝蒂还要早。

正当洛尔卡的创作处于巅峰状态的时候，法西斯分子将他杀害了，这是一笔永远无法偿还的血债。但洛尔卡并没有死，他在自己的作品中得到了永生。

在短短十八年的文学生涯中，除了诗歌创作之外，加西亚·洛尔卡还创作了一部散文(游记散文《印象与风光》，1918)、十二个剧本和一个电影文学脚本。此外，他还搜集整理了大量的民间音乐，创作了数以百计的素描，做了许多次学术讲座。他的主要剧作有《马里亚娜·皮内达》(1927)、《鞋匠的俏娘子》(1930)、《血的婚礼》(1933)、《坐愁红颜老》(即《单身女子罗西达或花儿的语言》，1935)、《叶尔玛》(1935)、《阿尔瓦之家》(1936)等。在本部分中，我们主要分析洛尔卡的诗歌，至于他的剧作，当另作专论。在此要指出的是，洛尔卡的剧作与他的诗作具有类似的特点。因此，本部分所阐明的观点，一般也适用于他的剧作。从题材上说，洛尔卡的剧作具有更鲜明的安达卢西亚特征。据笔者所知，我国所介绍的他的作品，多为社会性和现实性较强的作品，至于其先锋性突出的作品如《观众》，即使在西班牙，人们对它的研究和了解也是很不够的。

洛尔卡的诗品和人品是一致的：深沉且狂热，平凡又崇高，植根于传统却无拘无束，贴近现实又有非凡的想象力。无论将他称作“诗魔”还是称作“诗仙”，都不为过。可以毫不夸张地说，他是西班牙当代诗坛的一部神话。

加西亚·洛尔卡既是超凡脱俗的，又是有血有肉的。他不仅像常人一样具有七情六欲，而且十分敏感，这也是大多数诗人共有的气质。他父亲也像一般有文化的家长一样，不惜钱财，望子成龙。《印象与风光》就是父亲资助儿子出版的。然而，他看到儿子“不务正业”，没有固定的工作，却又放心不下。费德里科为了使家庭得到一点满足，曾于 1926 年九月给豪尔赫·纪廉写了一封信，求他为自己在巴黎谋一席教职。像安东尼奥·马查多、佩德罗·萨利纳斯、赫拉尔多·迭戈以及豪尔赫·纪廉一样，走讲师—教授的道路。谢天谢地！亏得他没有走成这条路。事实上，社会的不公正和生活的不稳定始终伴随着他。应当说，洛尔卡始终处在生活的激流和心灵的冲突之中。诗歌使这种冲突得到了平息和升华。对他来说，诗歌就是生命，是精髓，是根，是他的天职。正是这份执着和虔诚，使他对诗歌的追求达到了走火入魔的地步。他在 1926 年写给纪廉的信中说：“我不吃，不喝，而且除了诗歌什么也不懂……”

当然，对洛尔卡来说，诗歌并不是逃避现实的栖身之地，不是自我陶醉的象牙之塔，而是对大地的忠诚，对人生的感悟，对社会的探索。洛尔卡的历史就是他诗歌的创作史，风格的更新史，思想的演变史。

作为人，他是一个纯真、热情、有理想、有追求的人；作为艺术家，他是一个天赋超群、才华横溢的艺术家。在西班牙文学史上，不乏艺术的多面手，圣胡安·德·拉·克鲁斯、贝克尔、胡安·拉蒙·希梅内斯以及阿尔贝蒂等都会作画；然而像他那样将诗歌、戏剧、音乐、美术融会贯通起来的作家却是极为罕见的。他对贝多芬有透彻的理解；他不仅赋诗、编剧、作曲、绘画，有时还粉墨登场，并兼作舞台导演。他的朋友、著名作曲家马努埃尔·法雅就说，“他作为音乐家也会像诗人一样出色”。当他第一次在加泰卢尼亚与朋友们聚会时，首先演奏肖邦和拉威尔，然后是西班牙歌曲，又转为卡斯蒂利亚和加利西亚地区的民歌，最后是加泰卢尼亚民歌。他的音乐才能和非凡的记忆力令在场的朋友无不拍案叫绝。后来何塞·卡波内尔写道：“令我吃惊和惭愧的是，我们谁也不熟悉那些本乡本土的歌词。开始时我们大家合唱头一段，但最后就只剩下费德里科自己。”

洛尔卡对自己的天赋和西班牙当时不公正的社会所造成的职业的不稳定有十分清醒的认识。他决心在 20 世纪 20 年代的戏剧界开拓新路的举动就是有力的说明。这种职业的不稳定后来虽有所缓和，但直到1933年都没有消失。1933年《血的婚礼》的发表才使他的成就和才能得到了社会的认可。然而正如挫折未能削弱他的意志一样，成功也没有束缚他的手脚。

在20世纪20年代的马德里，洛尔卡享有很高的声誉，但他活动的范围毕竟只限于当时的大学生公寓、具有文学沙龙性质的莱昂咖啡馆或《西方杂志》周围的知识分子当中。尽管这批年轻人有这样或那样的缺点，却使马德里成了欧洲艺术和思想界的大都会之一。当然，在他接触的人中也有一些是浮躁、浅薄和赶时髦的人。他们使马德里的文学界充斥着“说长道短”“指桑骂槐”“造谣诬陷”和“拉帮结伙”等不良风气。这使得洛尔卡“厌恶到了可怕的程度”。1928年《吉卜赛谣曲集》的出版取得了令人瞩目的成就，同时却又使他经受了平生最大的压抑。原因是复杂的，但其中之一是他看到自己被当作“时髦诗人”来摆弄，人们肆意歪曲他的诗作，玷污其诗作的纯洁性。这无疑是他1929年前往纽约的重要原因。在《诗人在纽约》的《三个朋友的轮子和童话》中有这样的诗句：“扇子和掌声饮着泉水。”就是说，诗歌不过是手持扇子的太太们和浅薄而又愚蠢的读者们手中的玩意儿。

共和国的诞生使洛尔卡得到了官方的支持。否则，“茅屋”剧团是难以成立的。演出和讲座使他成了具有人民性的作家，无论在知识界还是全社会都有广泛的影响，平民和贵族都喜爱并敬重他。然而他的根是扎在共和派中间的。他对自己的天职和使命是非常清楚的，没有把时间消耗在无谓的消遣中。他在自己的诗作中猛烈地抨击了纨绔子弟的无聊生活。作品的成功和演员气质的性格使洛尔卡与朋友们的聚会变成名副其实的节日，然而表面的欢乐并不能掩饰他内心的苦闷。正如维森特·阿莱克桑德雷所说：“他的形象的另一面并非所有的人都能看到，即高雅的费德里科的忧伤。在他青云直上的生涯中人们很难猜想他的孤独和痛苦。”阿莱克桑德雷又说：“他的心灵并非盲目地快乐。他能享受宇宙间所有的快乐，但在他的内心深处，如同所有伟大的诗人一样，并不快乐。

那些只看到他像五彩缤纷的鸟儿一样生活的人并不了解他。”阿莱克桑德雷的话可谓经验之谈，真正的艺术品一般是很难在快乐中产生的。

在加西亚·洛尔卡的诗歌中，人们可以觉察到三种截然不同的声音：死的声音、爱的声音和艺术的声音。

洛尔卡对死的态度是既脆弱又坚强，既恐惧又勇敢，死的题材对于他具有极大的魅力。爱的声音在洛尔卡的作品中回荡得最长久，也最广泛，可以说是回荡在字里行间。阿莱克桑德雷说：“很少有人像他那样激情满怀，爱与痛每天都使那高贵的前额更加高贵。他爱得很深，这是某些浅薄的人不愿承认的品格。至于他为爱而痛苦，恐怕是无人知道的。”

洛尔卡不是自传性的诗人，因而在其诗作中找不到他的自我表白，然而要说对爱的吟咏，在西班牙诗坛上却很少有人能与他相比。无论在早期的《诗集》、中期的《诗人在纽约》，还是晚期的《短歌》及《十四行诗》中，都不乏以爱为主题的名篇佳作。《诗人在纽约》中的《门冬的童年》就是这样的作品。门冬是法国蓝色海岸的一个小村镇，小说家布拉斯科·伊瓦涅斯(1867—1928)曾住在那里。那是地中海宜人的所在，是恋人理想的氛围。这首诗的主题是恋人的背叛，不仅背叛了他，也背叛了他童年所包含的一切美好的可能性。诗中写道：

……
啊，是的，我爱。
爱神啊！爱神！让我如意随心。
在雪地寻找农业之神的麦穗
或在天上阉割动物的人们
进行解剖的诊所和森林，
不要封住我的双唇。
……

面对背叛的恋人，诗人将自己的内心冲突概括为普遍的现实。不公正的社会舆论和道德传统压抑着他，于是他的痛苦爆发了。他坚定不移地申明自己追求幸福的权利，谴责压迫人们的旧礼法的制定者和卫道士。诗中的麦穗象征着女性的冷漠，而贞洁要对人进行阉割，这是对旧礼教强烈的抨击和控诉。

在洛尔卡的诗歌中，艺术之声是与歌颂之声、抗议之声融为一体的。值得注意的是他既不像现代主义诗人那样躲在象牙之塔里无病呻吟，也不像某些承诺主义诗人那样违心地屈从于某种政治团体的需要。

洛尔卡不属于任何党派。他是自觉、激进的自由主义者，他和社会主义者费尔南多·德·洛斯里奥斯的友谊就是证明。《向罗马的呐喊》表现了他对梵蒂冈的不满。在1934年10月的阿斯图里亚斯革命爆发两个月之后，他公开地申明自己的观点：

> ……在这个世界上，我一向并将永远站在穷苦人一边。永远站在一无所有的人一边，站在连空洞无物的安宁都没有的人一边。我们——我指的是在我们所谓舒适阶层的环境中受到教育的知识分子——正在接受付出牺牲的召唤。我们要接受这召唤。在世界上，已不是人类的力量而是地球的力量在斗争。人们在天平上向我展示斗争的结果：一边是你的痛苦和牺牲，而另一边则是对所有人的正义，尽管它处在向一个已经出现但人们尚不认识的未来过渡的痛苦之中，我会尽力将拳头放在后边这个秤盘上。

1935年，他在一次会见时说：

> 有时，看到世界上所发生的事情，我扪心自问：我为什么而写作？不过总要工作罢了。工作和帮助值得帮助的人。工作，尽管明知道是白费力气。把工作当成抗议的一种形式。因为一个人的动力就是每天一醒来就向着充满各种苦难和不公正的社会呐喊：我抗议！抗议！抗议！

由此看来，他参加人民阵线的活动并不是偶然的。1936年4月，他对一个记者说："饥饿消失的那一天，世界将会产生人类空前的精神大解放。人类将无法想象大革命爆发的那一天的欢乐。"尽管他的话与社会主义的经典如出一辙，然而他却是个不折不扣的无党派人士，是个自觉的共和派。作为艺术家，他毫不犹豫地为第二共和国服务，但对当时的斯大林主义者控制他的企图却很反感。

就其作品的艺术性而言，洛尔卡有两个特点是非常突出的。其一是他坚持走自己的路，不为时髦的潮流所左右。洛尔卡生活在两次世界大战之间，那正是要与传统彻底决裂的先锋派文学盛行的时代。他对待先锋派的态度是既不盲目追求也不盲目排斥，而是将先锋派的精华注入丰富的传统文化的基因之中，将继承与创新结合起来。因而他的作品既有人民性又有神秘感，既便于传播又耐人寻味。这是他与20世纪其他作家们在美学立场上的不同之处。其二是他本人受到了极丰富的文化熏陶，他的作品具有极深厚的文化底蕴。在非西班牙语文学中，对他影响较大的有《圣经》、柏拉图的《对话》、埃斯库罗斯和希腊戏剧、莎士比亚（他最崇敬的作家）、莫里哀和艺术喜剧、意大利作家皮兰德娄、爱尔兰作家沁孤等；在西班牙文学中，整个黄金世纪，包括中世纪的名家，贝克尔、胡安·拉蒙·希梅内斯以及加利西亚语和葡萄牙语诗人对他都有影响。此外，他从小就受到口头文学的熏陶。许多人以为他天生具有诗人气质，因而像吉卜赛歌手一样凭直觉写诗，这令他十分反感，当然也不符合事实。洛尔卡是西班牙文学史上最有文化修养的诗人之一。无论从形式上还是从内容上看，洛尔卡的作品都是以深厚的文化底蕴为基础的。历史学家从他的作品中可以看到文化成分的转换，看到书面文化与口头文化的共生。洛尔卡虽然始终立足于现实，但有时却一跃而倒退许多年，从而使那些在人们心目中早已消失或沉睡的古老文化因素重新活跃起来。从这个意义上说，他将自己的诗歌深深地嵌入民族性之中，同时却又在摆脱民族性。因此，与同时代的诗人相比，他的诗歌更加神秘，却又更易于传播。

在洛尔卡的作品中，有几个题材是贯彻始终并相互交织在一起的，它们的核心是失望。这个主题在不同的层次上有不同的形式，不过可以肯定的是“失望”为洛尔卡的诗歌提供了基本的营养。正如剧本《观众》终场前那位导演所说：

真正的戏剧是一个由拱门构成的杂技场，空气、月亮和动物在那里出出进进，却没有一个可以休息的地方。

这种失望反映在个体与社会两个不同的层面上。当然，这两个层面并非总是泾渭分明，而是互相渗透、互相制约的。洛尔卡在揭示历史与社会的苦闷时，认为其根源在于人世间不合理的等级制度；在反映个体的失望时，常常伴随着一种难以摆脱的厄运在肆虐于人的表达。这是性的挫折与毁灭，是对生命之根的阉割，是世界和人彻底的孤独。在《沃尔特·惠特曼的颂歌》的一句诗中，这两个层面交织在一起："生命不高尚，不美好，也不神圣。"

洛尔卡的可贵之处在于他能在两个完全不同的层面上塑造自己的诗歌世界。他并非马克思主义的历史乐观主义者，但却能使诗歌为被压迫者服务。当然，他对压迫者与被压迫者的划分不是从严格的阶级分析出发的。诗中的被压迫者包括吉卜赛人、黑人、同性恋者、妓女、"在上司的白色恐怖面前发抖的少年"，等等。他塑造了宁可自我摧残也不愿卑怯地苟活于人世的人物形象，同时也表现了人们在死亡与毁灭的威胁面前的恐惧。但他本体的悲观并不表现个人在茫茫黑夜中的沉没，相反却鼓舞人们为"每日的面包"而劳作，使人义无反顾地正视现实并追求光明。这正是其两个不同层面的汇合点。

爱情是洛尔卡作品中的基本主题。与其他同时代的诗人不同，洛尔卡不是仇恨的诗人，也没有自我欣赏的表现。即使在他最气愤的时候，我们也可以感受到爱的存在和鼓舞：

爱情在被渴望撕裂的肌体
在与洪水抗争的茅草棚里。
爱情在堑壕，饥饿发怒的人们在那里搏斗，
爱情在将海鸥尸体摇荡的痛苦的海洋，
爱情在枕头下面黑暗、刺人的吻上。

（《向罗马的呐喊》）

在剧本《阿尔瓦之家》中，他将爱情与阶级矛盾交织在一起；在《坐愁红颜老》中,他塑造了一个充满爱心的女管家的形象,她对不公正有强烈的意识,因而使这个人物显得更加丰满和真实。仇恨与嫉妒也经常出现在诗人的笔下,他总是站在受害者一边,对受宪警迫害的吉卜赛人的同情就是最有力的证明。

洛尔卡对爱的吟咏有一个基本的出发点:爱的普遍性。在剧本《蝴蝶的诱惑》的序言中,一位从莎士比亚的作品中逃出来的年迈的风神说道:

> ……诗人,告诉人类,爱情在生活的各个层面上有着相同的强度产生;告诉他们,遥远的星星与风儿摇荡的树叶有着同样的旋律,大海用同样的语调重复泉水在阴凉中所说的话;告诉人们,要谦虚,在自然界中万物都是一样的。

性爱在洛尔卡的作品中具有不可抑制的力量,在诗歌和戏剧中都是如此,这种爱一般具有悲剧性。《血的婚礼》《叶尔玛》以及《阿尔瓦之家》都是这样。从社会学的角度来分析,洛尔卡反映的是妇女在地中海文明中的地位;但这种地位与诗人的世界观是紧密联系在一起的,而且在这种绝望的后面同样隐藏着诗人自己的绝望,尽管他在剧作里也塑造了诸如《叶尔玛》中的洗衣妇、《血的婚礼》中的女仆等渴望情爱的女性。此外,值得注意的是在洛尔卡的作品中,女性明显地比男性突出,这是因为他要通过自己的作品反映被压迫者的处境。在他生活的时代,妇女无疑是受压迫最深的社会群体,这一点与我国新中国成立前的情况颇为相似。在那时,妇女的性爱被封建礼教压抑乃至阉割。当然,男性的绝望也并非没有,如《叶尔玛》中的丈夫,只是远不如女性那么强烈。

在诗歌中,这种对爱的抒发也是十分突出的。一种对爱情的绝望情绪贯穿在《诗集》和《歌集》中:

> 吉卜赛之星啊
> 将你的樱唇给我!
> 在中午金色的阳光下

我要品尝那禁果。

（《夏日情歌》）

但是到了《诗人在纽约》的时候，洛尔卡的情诗得到了充分的发挥。《沃尔特·惠特曼的颂歌》完整地体现了诗人的爱情哲学。他所主张的是一种泛爱论。他认为只要双方彼此爱慕就是有价值的："人如果愿意，可以沿着珊瑚的枝杈/或天的裸体引导自己的情欲。"我们知道，爱与美的女神维纳斯是从珊瑚的枝杈中诞生的，而阿波罗则是天上的爱神，是男性，诗人在这里抒发的情感虽然不易被东方的读者理会，但其含义是显而易见的。既然认为"明天的爱情将化作岩石而时间将是一阵沿枝头吹来的沉睡的微风"，他显然不把爱情与繁衍后代联系在一起。对他来说，重要的是爱，而对象的性别却是无关紧要的。这样的看法，在他生活的时代显然是过分"超前"了，他为此也付出了代价。他在《在门冬的童年》中写道：

阿波罗的肩膀，我曾将爱的方式给你，
还有与痴迷的夜莺结为伴侣的哭泣……

诗中的怀旧情绪有时会被袒露无余的性爱所代替：

我将在维也纳与你
跳舞，戴着一副
头颅像河流一样的面具。
你注视我长着风信子的河岸！
我将嘴置于你的双腿之间……

洛尔卡诗中的爱情与柏拉图式的精神恋爱已有天壤之别，像聂鲁达和阿莱克桑德雷一样，他的爱也是实实在在的，是令人震颤的炽烈的肌体。在《短歌》和《十四行诗》中，这种痴情热恋随处可见：

谁也不了解你腹部
阴暗玉兰的芳香。
谁也没品尝你齿间

爱的蜂鸟在震荡。

（《意外之爱的短歌》）

在洛尔卡绝望的世界中，死亡起着十分突出的作用。然而在洛尔卡的观念中并没有对死的向往。恰恰相反，正是对生活炽烈的爱，导致了他在黑暗中产生噩梦。像洛尔卡那样歌颂生命之美的诗人是不多见的。对他来说，一个美的身躯犹如宇宙之谜。然而这种美时常受到毁灭的威胁。正如佩德罗·萨利纳斯所说：“洛尔卡是通过死的渠道来体验生的。”

对洛尔卡来说，死是人生的失误。《歌集》中的骑手知道他永远无法到达自己向往的科尔多瓦，致命的敌人从那里注视着他：“死神在向我张望/从科尔多瓦的塔楼上。”诗人的弟弟弗朗西斯科曾写道：“对费德里科来说，死亡是惩罚，是欺骗，是半途而废，因为死神总是在生命的中途将人袭击，从某种意义上来说，死神总是凶手。”

弗朗西斯科认为，这就是为什么在其兄的作品中有那么多暴力的原因。“暴力是死神真正的面孔。”在表现死亡的同时，诗人顺理成章地表现了另一个相关的题材：时间。从某种意义上说，时间则是死神的同谋或帮凶，因为它无时无刻不在消耗着生命，使人一步一步地接近死亡。这也是先锋派诗人所偏爱的题材之一。

像所有伟大的作家一样，洛尔卡也一直瞄准着现实，用自己的作品对现实进行解剖与概括。从思想上看，他是人道主义者；从美学上看，他反对“纯艺术”的主张，同时也拒绝所谓“革命诗歌”的承诺。我们无法用社会现实主义来界定他的诗歌，因为他超越了社会现实主义的范畴。其实，我们无法用任何一个“主义”来界定他的诗歌，因为他从未在任何一个“主义”上止步不前。实际上，像洛尔卡那样使自己的诗歌贴近革命的诗人是不多见的。从少年时代起，他就对丑恶的社会现实表现了愤怒。在《西班牙宪警谣曲》中对横行霸道的宪警的揭露和对备受欺凌的吉卜赛人的同情，不仅使这首诗作化为永恒，或许还是法西斯分子剥夺他生命的原因之一。有人把这首谣曲与毕加索的名画《格尔尼卡》相提并论，不是没有道理的。在以艺术手段再现社会生活的高度上，它们的确是异曲同工。《诗人在纽约》虽然很难逐字逐句地去诠释，但是它对资本主义制度的揭露、对受社会压迫和种族歧视的劳动者的同情却是显而易见的。至于他的剧作，其社会意义和批判精神就更加一目了然了。

洛尔卡的作品色彩纷呈、内含丰富、难以尽述，以上不过是点一点几个突出的题材而已。

加西亚·洛尔卡在诗学方面有自己独到的见解。他认为艺术的基本价值之一在于交流。因此，他不仅重视作品的创作，也重视作品的传播；不仅重视作品的美学思想，也重视作品的社会功能。在诗歌的传播方面，他不仅重视出版，也重视讲座和朗诵。然而洛尔卡所说的交流与传统的现实主义美学无关，早在为《印象与风光》作序时，他就写道：

> 诗歌存在于万物之中，无论美的、丑的，还是互相矛盾的；问题是要善于发现它，善于搅动灵魂中那深深的湖水。

写这段话的时候，他还是“小荷才露尖尖角”。十八年后，他已是闻名遐迩的作家，又一次阐述了自己对诗歌的看法：

> 诗歌是一种漫步街头的东西。它在动，它走过我们的身边。任何事物都有自己的神秘，而诗歌是一切事物共有的神秘。它会从一个人身边走过，它会注视一个女人，它会猜测一条溜掉的狗，人世万物都有诗歌。

对洛尔卡来说，诗歌神秘而又简单。当他写《诗人在纽约》的时候，他不是“从外部诉说纽约，也不是描述一次旅行”，而是表述“情感的反应”。这就是说，他所表达的是自己对那座大都市的理解而不是大都市本身。他不是用诗歌表现现实，而是对现实进行诗的转化；不是将它转化为非现实，而是将它转化为超现实，他正是从这个超现实的世界中摄取自己创作的素材。洛尔卡在1933年写的《理论与精灵的游戏》中将这种转化归纳为三个步骤：缪斯—天使—精灵。缪斯是智慧，她可以解释贡戈拉的诗歌；天使是灵感，她产生了加尔西拉索·德·拉·维加的作品；精灵是缪斯与灵感结合的产物。

这种艺术观点显然超出了现实主义美学的范畴。诗人要正视心灵中的隐私,在洛尔卡看来,圣·黛莱莎就是这样的典型。她的精灵“企图杀死她,因为她窃取了其精灵最后的秘密,那是一座精心营造的桥,它在活的肌体、活的云彩和活的海洋上将五种感官与从时间中解放出来的爱的中枢连结起来”。这样的诗歌所揭示的是深层次的现实,是实质性的因素。它的主要艺术手段是象征。

从内容上说,这样的作品似乎玄而又玄,其实并不难理解,因为它所要表述的无非是“爱和理解”或“被爱和被理解”。从形式上说,它总是新颖的,因为“精灵的出现预示着对旧层次上所有形式的根本改变,预示着前所未有的新鲜情感的产生”。

了解了洛尔卡的美学主张,就不难理解他为什么会像画坛上的毕加索一样,对艺术风格的创新永不停顿地孜孜以求。对洛尔卡来说,这种创新是不会重复的,因为“同一个精灵不会重复出现,就像风暴中的大海的形体一样”。这正是洛尔卡的作品各不相同的根本原因。《深歌》与《诗人在纽约》是多么不同,《五年就这样过去》与《阿尔瓦之家》又是何等的不一样。这就使加西亚·洛尔卡成了西班牙20世纪独一无二的诗人,成了巴洛克和文艺复兴时期伟大天才们的继承者。

在诗歌语言方面,洛尔卡显然继承了马拉梅为现代抒情诗所开辟的道路。他认为,“灵感产生意象,而不产生服饰”,又说他“将爱献给语汇,而不是献给声音”。

豪尔赫·纪廉也记得洛尔卡对圣胡安·德·拉·克鲁斯的意象的偏爱,在一次关于精灵的讲座结尾时,他说:“贡戈拉的缪斯和加尔西拉索的天使都要放下桂冠,当圣胡安·德·拉·克鲁斯的精灵经过时,当‘受伤的小鹿/在小丘旁露头’。”

虽然从表面上看,洛尔卡的诗论与某些超现实主义者关于诗歌需要“惊人之笔”的信条颇为相似,它们的根源却是完全不同的。洛尔卡的诗歌理论是独特而且自成体系的。他始终认为,“对艺术,从来都必须付出代价”。他和圣胡安一样,会让诗的精灵“像剑一样刺人心灵”。他在

1932年为赫拉尔多·迭戈的诗选作序时说：

> 如果说我确实受到了上帝——抑或是魔鬼——的恩宠而成了诗人，那么我同样也因为受到了技巧和功夫的恩宠而成了诗人，因为我绝不辜负任何一首诗。

不少人以为洛尔卡是天才的诗人，因而就“得来全不费工夫”。这完全是一种误解，他反复修改的手稿就是有力的证明。

洛尔卡是一位早熟的诗人。他的第一部诗集无疑具有现代主义的痕迹。他在创作的初期，也受到了胡安·拉蒙·希梅内斯的影响。但到了《深歌》发表的时候，他已然成熟。洛尔卡的语言不是概念化的，而是具体的，富有感情色彩的。他的比喻是人格化的，而且常常采用联觉的形式。在一次“关于贡戈拉诗歌意象”的讲座中，他说：“诗人应是五种感觉的先知，其顺序应当是视觉、触觉、听觉、嗅觉和味觉。”

他诗歌的意象中，的确常常将这五种感觉联系起来，从而给人一种非常新奇的感受，“绿色的风”是如此，将月亮比喻成“白色的乌龟”也是如此。在《他玛与暗嫩》中，为了表现暗嫩的焦躁不安，他将这种情绪变成了看得见、摸得着的形象，他写道：“整个卧室都在受苦/眼中充满了翅膀。”

在意象的运用方面，洛尔卡显然继承了巴洛克大师贡戈拉的传统。在前面所引的同一首诗中，有这样的诗句：“温柔的珊瑚/在金色的地图上描绘着小溪。”这里有三个非常清晰的意象：珊瑚无疑指的是他玛的血液；金色的地图指的是她的身躯；小溪当是她的血管。但洛尔卡的作品并非总是这样明白如画，有时简直深奥得令人费解，然而这种深奥却不是诗人的随心所欲造成的，它遵循着一定的内在规律。如《井中淹死的女孩》中有这样的诗句：“在棺材的黑暗中，长着眼睛的塑像在受苦……”如果我们仔细分析一下：只有死人才能像塑像一样，而且是在棺材的黑暗中受苦，其实这和人们所说的超现实主义毫无关系，完全是诗人合乎逻辑的想象。又如在《苦根之歌》中有这样的诗句：“天上有成千上万的窗口/青紫色的蜜蜂在战斗。”诗人显然是将天空想象成了蜂房，闪烁的繁星宛似忙碌的蜜蜂一样。洛尔卡像贡戈拉一样，也喜欢比喻的引申，尽管他不像黄金世纪的巴洛克大师那样漫无边际。在《被传讯者谣曲》中有如下的诗句：

水的雄壮的公牛
将小伙子们攻击
他们沐浴在
犄角波动的月光里。

在第一句诗里，洛尔卡利用了民间流传的一个形象，以显示水的力量。前两句的意思是：河水“攻击”沐浴的年轻人。后两句的意思就有些复杂了。如果水是公牛，它的角在波动并变成了月亮（隐喻浪花），这就有了《孤独》开头的影子，即欧罗巴被公牛掳走时的情景：“额头上的武器是半个月亮。”后来这个意象在《伊格纳西奥·桑切斯·梅希亚斯的挽歌》中又得到了发展：“让他消失在月亮圆形的广场/当静止的公牛装得像伤心的少女一样……”

这是个巴洛克的隐喻。从某种意义上说，它比贡戈拉的作品还难懂，因为洛尔卡已不像贡戈拉那样，将自己局限在神话或文艺复兴传统的范畴之内。但他植根于巴洛克文学，这是毫无疑问的。请看下面的诗句：

圣米格尔，球
和奇数之王，
沉浸在柏柏尔人观赏
与呐喊的美妙海洋。

称圣米格尔为“球的国王”是因为在这个节日里，要进行彩票的“抽球”仪式；称他为奇数之王，因为他的节日恰好是9月29日，两个数字都是奇数。这样的引申，一个中国的读者，如果不借助西班牙专家的诠释，是很难理解的。译者最初翻译这些诗句时，也是知其然而不知其所以然。至今，有些诗句，依然如此，想研究而查不到资料，要咨询又找不到专家；下笔时虽如履薄冰，仍难免一次次失足落水。希望读者能理解译者的苦衷并赐教。

洛尔卡是编织意象、浓缩诗句的巨匠。如：

锤声不停地歌唱
在梦游的铁砧上，
骑手与马儿
难以入梦乡。

这四句诗引自《被传讯者谣曲》，与前面引过的四句紧紧相接。诗句十分精炼，似乎没什么新奇之处。然而要把它们联系起来思考，便不那么简单了。首先，铁锤和铁砧、马儿与骑手是两对互为依存而且十分相似的形象；其次，马儿和骑手正是奔向铁锤与铁砧的所在，因为那是锻造马蹄铁的地方；此外，从铁锤与铁砧夜以继日地敲打，还可联想到马儿与骑手夜以继日的奔驰。

在《梦游人谣曲》中有两句诗："从月亮的栏杆/使水面扑通一声轰响。"将这两句诗放在全诗中揣摩，就不难想象：月光照耀着栏杆，下面有一个水池，水面上扑通一声，显然是那位吉卜赛姑娘跳下去的声音，当她遍体鳞伤的情人到来的时候，悲剧已经酿成，只有"绿色的风"还在吹，"绿色的树枝"还在摇晃。

这种浓缩意象的技巧虽与巴洛克有关，却不是从贡戈拉那里继承来的，因为后者的诗句恰恰相反，风格华丽甚至颇有过分堆砌之嫌。洛尔卡在作品中尽量避免单调的重复，有时只需一两个词组或比喻，整个段落的意思就不言自明了。这样的技巧在《吉卜赛谣曲集》中最为常见。比如在《漂亮姑娘与风》中有这样的诗句：

水的吉卜赛人
在海边游逛，
竖起青松的枝条
搭起贝壳的小房。

令人费解的是第一句"水的吉卜赛人"，这可能是将酷爱自由的吉卜赛人与水中的鱼儿联系起来了，这样的联想是不熟悉吉卜赛人的中国读者很难体会的。后面的两句，显然是“漂亮姑娘”在海滩上边走边玩的情景。可见洛尔卡并非随心所欲地将毫不相关的意象焊接起来，而是以现实生活为依据的。

在谈到贡戈拉的时候，洛尔卡曾说他“通过想象纵马一跃，便将两个对立的世界联系起来”。他自己也是这样，比如在《西班牙宪警谣曲》中有这样两句诗：“一阵漫长的喊叫声/在风标上飞腾。”在这里，他将由于宪警的到来而惊慌失措的吉卜赛人的叫喊与塔楼上的风标联系起来了。又如在《月亮、月亮谣曲》中，他通过马蹄将平原与对吉卜赛人的追捕联系起来：“骑兵正在靠近，/敲着平原的鼓点。”在这两句诗里，洛尔卡将视觉和听觉联系起来。而在“利刃的花朵多么芬芳”（《骑手之歌》，1860）中，他将视觉与嗅觉联系起来，诗中的花朵是指从身体里涌出的鲜血。在《不贞之妇》中，他又将视觉、嗅觉与触觉有机地结合在一起：

在最偏僻的角落
我抚摩她熟睡的乳房，
她们顿时为我开放
宛似风信子的花儿一样。

洛尔卡的语言具有浓厚的象征色彩，这是他与贡戈拉诗歌的不同点之一。比如，在《西班牙宪警谣曲》中有这样的诗句：“他们突发奇想/天空像马刺的橱窗。”星星变成了马刺，或许马刺的银白色与星星相吻合，或许是星星的圆点与马刺的尖端相类似。总之，是使两个互不相关的事物发生了联系，并从而使宪警们所造成的恐怖跃然纸上。

在此，我想介绍几个洛尔卡常用的几个象征，供读者们参考。

月亮是洛尔卡最常用的象征。与浪漫主义诗人以及希梅内斯、安东尼奥·马查多等人不同，洛尔卡对月亮赋予了多重的含义。正如阿尔瓦雷斯·德·米兰达在《比喻与神话》中所指出的，这个形象也如同“水”和“血”一样，植根于古代思维和原始宗教之中。在现代诗人中，米格尔·埃尔南德斯(1910—1942)也常常将这个形象镶嵌在自己的诗句中。洛尔卡对月亮的比喻是多种多样的,如“南方的肥蛇”“灰绿色的独角兽”“晚香玉”“奶牛”等。月亮可以是“生”或“死”的象征,因为它也有出生、成长和消失。月亮也是爱神厄洛斯的象征。在《他玛与暗嫩》中,月亮又变成了女性所照的镜子:

暗嫩仰头观望
又圆又低的月亮,
他在月亮上看到
妹妹丰满的乳房。

对洛尔卡来说,月亮还是美的象征。从这个意义上说,与我们传统诗歌中的意象颇为相似。

水的形象也和月亮一样,是洛尔卡诗中一个重要的具有多重含义的象征。它既能象征性爱,也能象征死亡。在《叶尔玛》的第三幕第二场中,有一个庙会狂欢的场面,其中戴面具的“雌性”唱道:

在山区的河水里
伤心的妻子在沐浴,
水中的一只只蜗牛
爬上她的身躯。
岸上的沙粒
和山间的风
燃烧天的笑容,
使她的脊背抖动。
她“处女”的裸体啊
沐浴在水中!

在这部剧作中,庙会的狂欢实际上是那些没怀过孕的妻子和光棍汉们野合的机会,所以在这段歌词的开始用“伤心的妻子”,而在结束时用“处女的裸体”。如果我们稍加揣摩,“水”的含义是不难体会的。至于在

《血的婚礼》中，新娘说，她抛弃的丈夫只是一点水，而将她抢走的莱奥纳多则是“大海的冲击”，其寓意就更清楚了。如果水可以象征性爱和生命，可以带来快乐与激情，它同样可以带来压抑和死亡：

在棺材的黑暗中，长着眼睛的塑像在受苦
但无处流淌的水使它们更加悲伤，
……无处流淌。

血是又一个令洛尔卡痴迷的主题。血是生命的象征，将繁衍、性爱和生育结合在一起。在《血的婚礼》中，母亲说：

当我看到儿子时，他已倒在街上。我的双手沾满了血，我是用舌头舔净的。因为那是我的血。你不懂那是怎么一回事。我真想把那浸透鲜血的土放在水晶和黄玉的圣体匣里。

这段话主要是从繁衍后代的层次上说的。在《他玛与暗嫩》中，性爱是通过少女“失身”时吉卜赛姑娘们的叫嚷表现出来的：

在他玛的身旁
一群吉卜赛姑娘在叫嚷
还有的在收集
她被蹂躏的花朵的血浆。

马是洛尔卡运用最多的动物形象。《吉卜赛谣曲集》中可以听到它的奔驰，《诗人在纽约》中可以看到它的身影。它出现在《血的婚礼》里，也出现在《观众》中。它是生命的象征，骑手失去了它也就失去了生命，然而生和死是相反相成的两个端点，因此它也可以带来死亡，强盗和宪警的马都是如此。在《不贞之妇》里，诗人将那位吉卜赛姑娘比作小母马（“那一夜我跑过了/世上最好的路程，/骑着螺钿的小母马/不用马镫和缰绳”）；至于《阿尔瓦之家》中的马，更是激情与性爱的象征。

洛尔卡常用的象征还有花草和金属。尤其是后者，往往与死亡联系在一起，因为它是打制匕首和利刃的原材料。

此外，他还经常在诗中运用神话传说和典故，尤其是《圣经》中的典故。如《伊格纳西奥·桑切斯·梅希亚斯的挽歌》中有这样的诗句：

我不想看那鲜血流淌！
没有圣杯将它存放，
没有燕子将它观赏，
没有冷却它的冰霜在闪光，
没有歌声和盛开的百合，
没有水晶为它披上银装。

诗人在这里显然是将伊格纳西奥与受难基督的形象联系在一起了。类似的例子在他的剧作里也屡见不鲜。值得一提的是他的故乡——安达卢西亚为他提供了一个巨大的神话空间。从某种意义上说，安达卢西亚对于加西亚·洛尔卡，就如同马孔多对加西亚·马尔克斯、约克纳帕塔法对福克纳一样。如果说，加西亚·洛尔卡是西班牙当代诗坛的一部神话，那么他首先是一部安达卢西亚的神话。

三 维森特·阿莱克桑德雷

维森特·阿莱克桑德雷(1898—1984)是"二七年一代"的重要成员。他于1898年4月26日出生在安达卢西亚首府塞维利亚的一个中产阶级家庭，但他的童年是在马拉加度过的。他对这座南方的海滨城市怀有深厚的感情，将它视为"天堂之城"，那里的海滩、天空、浪花、朝霞给他留下了终生难忘的印象：

我海上岁月的城，你总在我眼前浮现。
你突然停住，悬挂在巍峨的山巅，
恰似垂直落向碧海的波澜，
你宛若君主，在苍天与大海之间
好像有一只手，关键时将你抓住

在永远坠入可爱的波涛之前。

（《独处的世界》）

阿莱克桑德雷十三岁随家人来到马德里，十五岁进入大学攻读法律和商学。毕业后，他在一所商业学校任助教，并做过铁路职员和金融记者。1925年，他患了肾结核，这使他不得不放弃原来的工作而闭门休养，从此决定将自己的一生献给缪斯，这也是他之所以在“二七年一代”的诗人中成名较晚的原因。1927年，当他们在塞维利亚集会纪念贡戈拉逝世300周年的时候，他尚未出版过诗集——当然，他早已在诗歌杂志上发表过作品。他1928年出版了第一部诗集《轮廓》，1929年出版了散文诗集《大地的激情》，1931年又出版了诗集《如唇之剑》。1932年，他做了肾切除手术，身体更加虚弱，但从未放弃诗歌创作。1933年出版的诗集《毁灭或爱情》在第二年获得了西班牙国家文学奖，从此奠定了他在西班牙诗坛的地位。这时候他的身体已有所好转，但母亲的去世又使他陷入了悲伤。此后不久，他赴英国和法国旅行，并开始创作诗集《独处的世界》。这部诗集的命运不佳，1935年开始创作，1936年完成，却到1950年才出版。1935年，他结识了智利诗人聂鲁达，并共同主办《绿马诗刊》。西班牙内战期间，他虽然没有像阿尔贝蒂那样成为保卫共和国的战士，却也写了几首谣曲，后来被收入《西班牙内战谣曲总集》。如下面这首《马德里前线无名的民兵》：

请不要问他的名字。
他就在前方，
和全城一起
沿着河岸布防。
每日清晨挺立，
身披朝阳，
一半的光辉是生命，
另一半属于死亡。

每日清晨挺立，
像钢铁一样坚强，
目视前方
放射死神的光芒。
……

1937至1938年，阿莱克桑德雷再次病倒，这使他不得不放慢了诗歌创作的进度。由于健康的原因，在法西斯势力摧毁了共和国之后，他没有像其他"二七年一代"的诗人那样流亡国外，因而成了当时西班牙诗坛的精神领袖之一。1939年，他开始创作《天堂的影子》，历时五年才完成并出版。紧接着，他便开始创作《心的历史》。1949年，他成为皇家学院院士。他1953年出版了《最后的诞生》，1954年出版了《心的历史》。此后，陆续出版了散文集《萍水相逢》(1958)、诗集《在一个辽阔的领域》(1962)、《带名字的肖像》(1965)、《杂咏集》(1967)、《终极的诗》(1968)、《知识对话》(1974)、《我最好的诗》(1978)等作品。1977年，这位年近耄耋的诗人"由于他伟大的创作植根于西班牙的抒情诗传统和现代光辉的诗歌流派"而获得了诺贝尔文学奖。1984年，阿莱克桑德雷在与疾病抗争了六十年之后与世长辞。这位珍惜生活、拥抱自然、热爱人类的诗人，理应得到人们更多的尊敬与怀念。

正如瑞典皇家学院的授奖辞中所说，阿莱克桑德雷的诗歌创作既植根于西班牙诗歌的传统，又吸收了当代诗歌丰富的养分，受了纵横两方面的影响，是继承与创新相结合的产物，这也是他留给西班牙乃至世界诗坛的最宝贵的财富。

最初影响他的是"二七年一代"的另一位诗人兼评论家达马索·阿隆索(1898—1990)。他们同庚，又情趣相投，并一起见到了拉丁美洲现代主义诗歌大师鲁文·达里奥。后来他又结识了同时代的加西亚·洛尔卡、拉斐尔·阿尔贝蒂、豪尔赫·纪廉、佩德罗·萨利纳斯、马努埃尔·阿尔托拉吉雷、埃米里奥·普拉多斯、赫拉尔多·迭戈、路易斯·塞尔努达等人。他们的诗歌都或多或少地对阿莱克桑德雷的创作产生了积极的影响。他的作品具有鲜明的超现实主义特征，这与法国的超现实主义运动也不无关系，但应当指出的是，阿莱克桑德雷对“自动写作”却颇不以为然。

任何一位诗人都不是凭空产生的，都离不开传统的哺育与熏陶，尽管有时只是潜移默化而已。阿莱克桑德雷对此有着清晰的认识，并认为诺贝尔文学奖是颁发给培养他的文学传统的。在他由别人代为宣读的获奖演说中就列举了一系列前辈的名字，其中包括小说家加尔多斯、巴罗哈，诗人马查多、乌纳穆诺、希梅内斯以及更早的贝克尔（1836—1870），哲学家奥尔特加·伊·加塞特，散文家阿索林，小说家、戏剧家、诗人巴列-因克兰，画家毕加索、米罗，音乐家法雅（1876—1946），等等；同时，他也追溯到了“前天”的传统，即西班牙的黄金世纪；他认为，没有这样一个优良的环境、这样一个肥沃的土壤、这样一个源泉，他乃至“二七年一代”的诗人们是不会成功的。这是一个成功诗人的肺腑之言。

阿莱克桑德雷的诗歌创作分为两个阶段。第一阶段是从《轮廓》到《最后的诞生》。在这几部诗集中，诗人关注的是宇宙，是人和宇宙的关系，是人和宇宙的和谐，而促成这种“天人合一”的力量则是爱，是人对自然万物的爱。换句话说，人与自然的一致就是爱者与被爱者的一致。因此，在这些诗集中，写的大多是山岩、星体、河水、树木。总之，从无机物到动植物再到人。从马德里周围的丘陵到马拉加的大海，从微笑的昆虫到可怕的狮子，自然万物在诗人的笔下都人格化了。如下面这首《我要知道》：

快告诉我你存在的秘密；
我要知道石头为什么不是羽毛，
心为什么不是娇嫩的树苗，
在两条血管似的河流之间死去的姑娘
为什么不像所有的航船那样奔向海洋。

我要知道心是不是岸或雨，

是不是两人互相微笑时撇在一边的东西，
或者是两只手的新的分界
它们紧握着不可分割的炽热的身体。

花朵，峭壁或疑问，渴望、太阳或皮鞭：
世界是一个整体，岸和眼睑，
当黎明努力渗入白天
黄鸟在双唇间安眠。
……

（《毁灭或爱情》）

仅在《毁灭或爱情》《天堂的影子》和《独处的世界》这三部诗集中，写月亮的就有9首，写大海的8首，写太阳的3首，再加上写天空、田野、黎明、夜色、雨水、树木的，其内容也就可想而知了。诗集《毁灭或爱情》共有54首诗，其中的39首都谈到了某种动物，而且他笔下的动物像岩石和阳光一样纯洁："老虎的眸子闪烁着树林灵活的火光"，"没有防御的羚羊宛似新生灌木柔软的枝条"，"雄鹰的威严与高贵犹如浩瀚的大海"。从老虎到甲虫，都是大自然制作的完美的标本。但在诗人看来，所谓完美并不意味着没有矛盾和冲突，有阳光就会有阴影，有懂得爱的人便会有不懂得爱的人，诗人称后者为昏睡者或死去的人。诗人既赞美自然与城市的美丽壮观，也关注人类对环境的摧残与破坏。当然，或许他当时并没有自觉的环保意识，但正是这种对宇宙出于本能的热爱，却更为难能可贵，更应受到人们的钦佩与赞扬。

如前所述，阿莱克桑德雷认为万物有同一性，九九归一。从太阳、星球、岩石、树木到狮子、羚羊、苍鹰、蝴蝶，都是宇宙的组成部分。唯一能使它们和谐共处的便是爱。爱能使失衡得以缓解，使无序化作统一，使性的活力得到释放。爱的敌人是对自由的束缚，诗人渴望的正是无限与统一的自由。在他的头脑中，爱、恨、愤怒、毁灭是融为一体并相互转化的——"盘踞的蛇宛似炽烈的爱"，这就是为什么他将自己的成名诗作题为《毁灭或爱情》。但自由、爱情、生命终究会化为死亡，因此他将“死亡”看作是人生的最高行为，是“与上帝的神秘会合”。了解了诗人这样的思想逻辑，也就不难理解其诗作为什么会具有那么浓重的玄学色彩了。

在第一阶段的作品中，《轮廓》指的是天地之间的大范畴，世间万物无不包容其中。这是阿莱克桑德雷的处女作，它既有希梅内斯的严谨，又有萨利纳斯和纪廉的纯净。年轻诗人从观察世界入手，其内心活动与贝克尔颇为相似。《大地的激情》作于1928至1929年间，既受了弗洛伊德和超现实主义的影响，又具有新浪漫主义的风格。这是一部散文诗，是一部兼具创造性与破坏性的作品，其语言似乎是在整个宇宙的绝望中孕育出来的。诗集《如唇之剑》同样是这种宇宙观的忠实反映，但它是通过生命、死亡、现实、梦境等具体事物体现出来的。它具有欧洲超现实主义的朦胧色彩，但它的超现实主义却植根于浪漫主义之中。应当说，它的内容与形式是统一的。《毁灭或爱情》的题材虽然没有改变，但已突出了两个完全相反的概念，从中可以看出诗人将“爱”视为自己最高的追求，从中不难发现修士路易斯·德·莱昂的痕迹。《天堂的影子》是作者从第一个阶段向第二个阶段过渡的桥梁。这部作品，在很大程度上是一种隐喻，诗中黎明的世界、魔幻的城市和热带的风光无不象征着作者由于西班牙内战而丧失了的美好世界。《独处的世界》与《天堂的影子》是一枚硬币的两面，这时的诗人已受到聂鲁达的影响，作品已不那么深奥，也更适于与人交流。由于“二七年一代”的诗人多流亡在外，这时的阿莱克桑德雷与达马索·阿隆索一起，成了西班牙年轻诗人效法的楷模。在《最后的诞生》中，阿莱克桑德雷把自己的想象力引向了似是而非的极端。在他看来，惟其有了死，生才有意义，诗人渴望着获得对死的超越，憧憬着最后的诞生。

从《心的历史》开始，阿莱克桑德雷的创作进入了第二阶段。他的思想有了明显的变化：从关注宇宙转向了更加关注人类，从关注个人转向了更加关注集体。这并非忏悔，而是诗人的成长、前进与升华。这恰恰说明了人生不是一个静止的湖泊，而是一条流淌着的江河。当然，这与当时的社会环境是分不开的。个人主义的淡化，存在主义的流行，对人性关怀的重视，对社会的批评与承诺，都对阿莱克桑德雷产生了不可忽视的影响，使他进一步将诗歌作为道德力量的载体，使他不再过多地重视别出心裁，而有意地扩大了读者的范围，尽管他始终是一个"为少数人"写作的诗人。值得注意的是，阿莱克桑德雷在此之前并非不关注人，恰恰相反，他同样是把人作为宇宙的核心，只是他关注的是宇宙的整体，他是把人当作物质元素来看待的。正是从这个意义上，我们说他以前更关注宇宙，现在更关注人；以前更关注人和宇宙的关系，现在更关注人与人的关系。这与西班牙内战后诗歌的主流是吻合的，因为当时诗坛的主流是现实主义的社会诗歌。在表现人方面，《心的历史》有两个特点：一是通过对日常生活的咏叹，表现了童年、青年、中年、晚年等人生的不同阶段；二是诗人在选取讴歌的对象时，并不在意人物的大小，这也是西班牙文学和艺术的宝贵传统，大画家委拉斯开兹既画国王也画魔鬼，伊塔大祭司为一个保媒拉纤的老太婆写过挽歌，阿莱克桑德雷选取的题材同样有芸芸众生中的小人物。如下面这首《老人与太阳》：

他已生活了很长时间。
许多个傍晚，当太阳下山
老人在那里，倚着一棵树干，一棵粗大的树干。
那时我正好经过，便停下来，驻足观看。
老态龙钟，皱纹满面，与其说是忧伤不如说是已经熄灭的双眼。
他倚着那棵树干，太阳先靠近他，然后轻轻地咬着他的双脚。
他蜷缩着身躯，在那儿待了一段时间。
然后，太阳上升，将他沐浴，将他淹没，再缓缓地远离，
使他与自己温柔的光线融为一体。
啊，年迈的生命，年迈的滞留，在怎样地消融！
整个的炙烤，悲哀的经历，皱纹的残余，被侵蚀皮肤的不幸，
在怎样使自己崩溃，将自己铿平！

在《心的历史》中，诗人将生命视为拼搏，视为持续的艰难的工作，视

为为了实现自我而付出的代价。在《颠沛流离》《生命的升华》《要满怀希望》等诗作中，生命犹如在峰峦叠嶂中的攀登；在《在两种黑暗之间：一道闪电》中，宛似在浩瀚荒漠中的跋涉；在《艰难》中，又像在茫茫大海上的远航；在《另一种痛苦》中，则是平时漫长的工作日。

阿莱克桑德雷第二阶段的创作还有《在一个辽阔的领域》(1962)、《带名字的肖像》(1965)、《终极的诗》(1968)、《知识对话》(1974)和《伟大的夜晚》(1991)等，主要是写自己昔日的经历。这时，他的目光已从宇宙空间和自然界转向人类自身。《在一个辽阔的领域》是诗人最长的、从某种意义上说也是最重要的诗集，是前两个时期的榫接与综合。诗人憧憬着人与社会、人与自然的和谐，从而拓宽了作品内涵的深度与广度。他已经用平静的心态对待痛苦，表现得更加老练与成熟。如下面这首《杨树》：

一棵高大的杨树
在村镇中央。
这棵古老的树
严严实实
遮住了小小的广场。
矮小的房屋像凄凉的小动物
睡在树荫下。相信它们
有时会抬起头，投去高尚的目光
绿色的天空在歌唱或梦想。
一切都在酣睡，大树巍然屹立，巡视四方。
十个人也围不过来。
他们怀着深深的爱戴将它测量！
……

在《带名字的肖像》中，诗人以纯熟而又传神的笔法对一些人物做了生动、形象的描绘。《终极的诗》和《知识对话》这两部诗集的风格又有所改变，与第一阶段的作品有些相似，语言又变得深奥了，表达又变得隐晦而且不连贯了。《终极的诗》主要写的是对衰老与死亡的思考;《知识对话》主要写的是人类意识和世间情感的神秘。

尤其要指出的是,阿莱克桑德雷的诗作绝大部分都是在病榻上创作的。疾病的折磨使他甚至无法亲自去瑞典领取诺贝尔文学奖。在与疾病抗争的六十年中,支撑着他的是对自然、对人类、对生命的热爱,而始终与其相伴相随的则是诗歌。他为世界诗坛留下了宝贵的遗产,他是一位永远值得我们怀念的诗人。

四　拉斐尔·阿尔贝蒂

拉斐尔·阿尔贝蒂(1902—1999),属于已经化作经典的"二七年一代"的诗人,是西班牙当代文坛最杰出的名字之一。他的三卷本回忆录《失去的丛林》记述了其迷人的生平和天才的创作。他是加西亚·洛尔卡、巴勃罗·聂鲁达、路易·阿拉贡、海明威、毕加索以及同时代的许多杰出人物的知心好友。

他生于安达卢西亚,在圣玛利娅港,在加的斯的千年海湾发现了蓝色的世界。他的童年铭刻着那里的阳光和海滩,这赋予他的性格和作品特有的光辉,也赋予了他得天独厚的强悍,因而能在如此艰苦卓绝的经历中应对各种突发事件。

阿尔贝蒂于1917年随父母迁居马德里,最初学习绘画,1925年出版诗集《陆地上的水手》,为他赢得了国家文学奖并奠定了他在西班牙诗坛的地位。自1931年起,阿尔贝蒂同时进行戏剧创作。西班牙内战期间,他以文学为武器,为保卫共和国而英勇奋斗。坚定的政治承诺和共产党员的身份,使他成了在血腥的内战以后捍卫自由与人权的关键人物。无条件的政治归属,对被推翻的第二共和国的支持,使他在战争结束后遭受了三十九年的流亡生涯:在阿根廷二十四年,在意大利近十五年。在此期间,他的前妻,著名作家和勇敢的革命者玛利娅·特莱莎·莱昂陪伴着他。为了将他从政治迫害中解救出来,一大批知识分子在世界各地奔走。

1977年，风尘仆仆、白发苍苍的诗人终于回到了祖国。他在马德里走下飞机时说的第一句话充满令人激动的和解：“我握着拳头离去，敞开胸怀归来，这是全体西班牙人和睦的象征。”国家、人民没有忘记他，他的归来意味着所有那些死在异地的人们都已回归故土。人民的关怀沐浴着他，他以七十四岁的高龄，重新获得“街头诗人”的美誉，这使他成为加的斯省议员并主持了前几届民主议会。

从儿时起，他就对绘画有极大的热情，在他漫长而又卓有成效的一生中，绘画始终和文学联系在一起。在罗马流亡期间，他曾多次获得绘画奖。很少有什么技巧是他没用过的：铜版，水彩，铅刻，拼贴……致力于此的结果便是献给毕加索的《致绘画》(1945)的问世。这是他的重要作品之一，充满文学和绘画的伟大与智慧，是为普拉多博物馆中的画家和画作而写的。从少年时起，这个博物馆就意味着他的全部生命。在西班牙内战期间，普拉多博物馆是右翼集团飞机攻击的核心。拉斐尔和玛利娅·特莱莎，与其他知识分子一道，从轰炸中拯救了诸如委拉斯开兹的《宫女》和提香的《卡洛斯五世》等宝贵的世界文化遗产。

阿尔贝蒂的人格和作品具有多面性。他是一位对周围的一切都有好奇心的人文主义者。他对任何艺术形式都感兴趣，在他身上融汇着文艺复兴时期人物的所有特征。他表里如一的一生是知识分子的楷模：

> 我说到做到，因为我是自由人，自由人就要选择。我选择了西班牙和世界所有人的爱与痛。我感兴趣的不是生存，而是生存的状态。

拉斐尔·阿尔贝蒂是一个世界公民，尽管他的根从未脱离过自己热爱的大海。他那令人羡慕的生命力(他曾说：“我从未想过死。”)使其一直在不知疲倦地旅行，几乎直至生命的终结。他甘愿做“街头诗人”，与人民同甘苦；他从不想成为消极的、没有承诺的“坐着的诗人”。

在20世纪的诗坛上，阿尔贝蒂的创作以题材广泛、风格多样著称。他的诗歌创作可以分为四个时期：新大众主义，贡戈拉主义，超现实主义—现实主义，政治诗和思乡诗。

他最初的诗歌脍炙人口，深受传统民间抒情诗的影响，堪称新大众主义。这期间（1924—1927）的作品有《陆地上的水手》（1924）、《恋女》（1925）和《紫罗兰的黎明》（1927）。《陆地上的水手》是先锋派诗人借鉴古典歌谣的结晶。在这部诗集中，诗人将大海升华到了神话的高度，以优雅的意境和节奏，勾勒出一个崭新的天地。尤其是那首《倘若我的歌声在陆地消亡》，更是脍炙人口：

倘若我的歌声在陆地消亡
请把他带到海面
把他放在海岸上。

将他带到海面
并任命他
为一艘白色战船的船长。

啊，我的歌声
佩戴着水手标志的勋章：
锚抛在心上，
星星照在锚上，
风吹在星上，
帆挂在风上。

《恋女》记录了诗人伴随女友所做的一次旅行。诗作短小精悍，诗句简洁明了，字里行间流淌着民歌的韵味，可谓“纯诗”中的精品。诗中并无恋情，只是以热恋般的情感抒发了对大海的怀念，并将自己的家乡和荒芜、干涩的卡斯蒂利亚进行了对比。《紫罗兰的黎明》中的诗句更加小巧，酷似民谣，其内容多为日常生活中的见闻，尤其以写斗牛见长。

第二个时期（1928—1929）的诗作有《石灰石与歌》（1929）、《关于天使》（1929）和《布道辞和寓所》（时未发表）。《石灰石与歌》作于1926至

1927年间，安达卢西亚题材、城市题材、情爱题材，再加上一些朦胧的色彩，使这部作品变得颇为复杂。此外，贡戈拉主义又使这些题材经受了风格的变化，在古老的文学传统中融入了未来主义的激情。其中的《致葬于西风中的X小姐》一开头就会深深地吸引读者：

啊，X小姐，X小姐：20岁！

上衣放在窗台上，
理发师们
在将眼泪流淌
——剪下的金发像火一样。

啊，X小姐，没戴礼帽的X小姐，
没擦胭脂的黎明，
你，
独自一人，
多么自由，
沐浴着清风！

从《公开信》中，我们分明看到了诗人的大海情结与先锋派的融合：

……有的鱼在沙滩上洗澡
有的人骑自行车在波浪上奔跑。
我只考虑自己。学校在海洋。
童年在自行车或帆船上。

自由的地球，这第一球浮在
水蒸气螺旋形的呐喊上。
罗马和迦太基面对面地行走，
它们在海上的凉鞋像风驰电掣一样。

没有人十岁时畅饮拉丁文。
代数，谁知道它为何物！
物理和化学，我的上帝呀，
滑行艇上是不是捕获了太阳！

《关于天使》(1929)作于1927至1928年。在此期间，无论诗人自己还是西方文坛都经受了一场严重的危机。超现实主义在新浪漫派的气氛中突现出来。从前的古典主义已经消沉，虽然诗人还会依恋传统的韵律，但自由诗已势不可挡。这部诗集的结构与戏剧相似，诗中的天使是精神力量的体现。意象的密集，诗句的张力，梦境和地狱的浮现，使这部诗集获得了新的成功。如下面这首短小精悍的《天使天使》：

是大海给他一个名字，
风给他一个姓，
云给了他身躯，
火给了他心灵。

而大地，无所馈赠。

那动荡的王国，
吊起她的是雄鹰，
对大地很陌生。

他从未书写过自己的影子
一个男人的面容。

这部诗集的启示录色调延续到《布道辞和寓所》中。后者作于1929至1930年间，它以讽刺与天真的幽默结束了超现实主义时期的创作。

在第三个时期(1930—1939)，阿尔贝蒂的诗歌创作从内容到形式上都有了新的突破。1931 年,他加入了西班牙共产党。1932 年,阿尔贝蒂在游历欧洲的过程中曾羁留苏联。由于受马雅可夫斯基的影响,加上西班牙国内的政治动乱,他的诗歌创作很快从超现实主义转向了现实主义。在第二共和国时期,阿尔贝蒂接受了马克思主义。这时期的诗作有《号令》(1933)、《一个幽灵在欧洲游荡》(1933)。1935 年,他出访美国、古巴和墨西哥,创作了《十三条和四十八颗星》(1936),深刻揭露了美国的阶级和种族矛盾,描绘了拉美人民的苦难生活,并对他们寄予了深切同情。在西班牙内战期间,他坚定地站在人民阵线一边,曾任马德里知识分子反法西斯联盟书记。在此期间,他创作了大量战斗诗篇,1938 年汇编为《诗人在街头》。这时期值得一提的作品还有《见得到你与见不到你》(1935),这是一首缅怀斗牛士梅希亚斯的挽歌。《一个幽灵在欧洲游荡》采用了《共产党宣言》开篇第一句话的形象,讴歌了如火如荼的革命浪潮:

……古老的家族
关闭并加固了门窗
家长偷偷地跑到了银行
他的脉搏在交易所里停止了跳动
夜里梦见了熊熊的火光,
牲畜在燃烧
小麦成了火海,
麦粒成了火花,
金钱成了灰烬
装在铁的钱箱。
你在哪里,
在何方?
农民们在践踏我们的血。
怎么会是这样?

——让我们封锁,

赶快封锁边界。
你们看他在东风中，前进
在饥饿红色的荒原上。
不要让工人们听见他的声音，
不要让农夫们看见他高举的镰刀，
不要让他的呼啸进入工厂。
阻止他！
因为他会跨过海洋，在全世界游荡，
因为他会在船舱里隐藏
并和锅炉工攀谈
让那些“煤黑子”来到甲板上，
让仇恨和贫困造反，
让船员们挺起胸膛。
请关闭，
关闭牢房！
他的声音会冲垮高墙。
怎么会是这样！
……

在西班牙内战期间，阿尔贝蒂更突显了自己“街头诗人”的本色，创作了许多鼓舞人民奋起保卫共和国的战斗诗篇，《保卫马德里》就是其中的代表作：

马德里，西班牙的心灵，
在狂热地跳动。
倘若昨天热血沸腾，
今天热度持续上升。
……
马德里，别忘记，战争；

永远不要忘记正视
敌人的眼睛
向你投来死亡的狰狞。
猎隼盘旋在你的天空,
它们迫不及待地
向你红色的屋顶、街道、
向你英勇的人民俯冲。
马德里:永远不会有人说
也不会有人写或者想
在西班牙的心脏
血会凝结成冰。
……
马德里会保卫自己
用指甲,用双足,用肘弯,
用牙齿,用推搡,
巍然屹立,仰面朝天,
单独,果敢,
在纳瓦尔佩拉尔,
在西古恩萨,
在塔霍河绿色的水边,
在枪声大作的地方,
子弹会冻结你炽热的血浆。
……

当西班牙内战爆发的时候,诗人已经按捺不住心中的怒火,如在《夜曲》中所说,语言已经化作了枪弹:

当人们夜不能寐地经受熬煎
听见血液中只有愤怒在奔流向前,

仇恨在骨髓中清醒地颤抖，
报复在脊髓中持续地点燃，
这时语言已不起作用：语言。

枪弹。枪弹。

文章，评论，演说，宣言，
印制的云雾，迷失的硝烟。
墨水多么大的悲哀，水将它们冲掉，
纸张多么深的痛苦，风将它们吹散！

枪弹。枪弹。

现在我忍受贫穷、卑微、不幸，凄惨
并如同一个有喉咙的死者
当他要从语言的深渊
发出不能发出的呐喊，只有默默无言。

枪弹。枪弹。

今晚，我感到受了致命伤的语言。

西班牙内战后的流亡是阿尔贝蒂诗歌创作的第四个时期(1939—1977)。在此期间，阿尔贝蒂同样写出了大量优秀的诗作。非政治性作品有《在石竹花与剑之间》(1941)、《致绘画》(1945)、《远方生命的归来》(1952)等。怀念故土是这些作品的基调，高雅的与大众化的诗句交替出现，其中不乏脍炙人口的名篇佳作。1964年出版的《开向所有的时刻》和1968年出版的《罗马，步行者的危险》也属这一类的作品。与此同时，他继续创作政治色彩很强的诗歌，其代表作为《胡安·帕纳德罗的歌》

(1949)和《人民的春天》(1961)、《毕加索的八个名字》(1970)、《美日散诗》(1982)等。

阿尔贝蒂的政治诗同样有很高的艺术性，并非赤裸裸的口号。如《胡安·帕纳德罗的歌》(1949—1953)就是这样开始的：

我这吉他琴的琴箱
不是琴箱
是西班牙受难的牢房。

牢房的四壁
是木墙
谁也休想逃亡。

琴弦是加固的铁棍，
还有那小小的铁窗，
我的歌从那里飞向四方。

那一根根弦轴
就是一把把钥匙
调紧我心中的光芒。
……

帕纳德罗(Panadero)是“面包师”的意思，是诗人平民本色的象征。这个系列由《胡安·帕纳德罗的自画像》《西班牙内战中的胡安·帕纳德罗》《胡安·帕纳德罗向“热情之花”致敬》等二十一首诗组成。

在阿尔贝蒂流亡期间的诗作中，值得一提的是《中国在微笑》。1957年，阿尔贝蒂曾和夫人玛利娅·特莱莎·莱昂应邀来华访问。他们参观了北京、上海、武汉、杭州、沈阳等城市。第二年，他们在阿根廷首都布宜诺斯艾利斯出版了诗文集《中国在微笑》。集中的诗作分“中国在微笑”

“花的国度”和“长城之歌”三部分，由二十八首诗作组成。诗人通过自己的见闻和感受，讴歌了新中国朝气蓬勃、欣欣向荣的革命氛围和人民安居乐业、奋发图强的精神面貌。在一首题为《京剧》的诗作中，诗人为这神奇的东方艺术所倾倒：

啊，倘若有花的闪电，
倘若花园能乘着
色彩浓密的长发上升，
倘若春季蔚蓝的天空
月亮和满天的星星
突然化作鸟儿在滑动
羽毛上闪着火星！

啊，倘若火在舞蹈
镶嵌在剑的风驰电掣中！
倘若火花，闪亮，
光辉的露水，
黄色河川的流淌，
绿色的微风和玫瑰色的朝霞，
紫色、优美的薄纱，
化作发光的喷泉
时而上升时而下降！

啊，倘若燃烧的韵律，
倘若生着翅膀的书法，
最迅捷的几何图形，
老虎，旗帜，飞龙，
呼啸的长矛
都变成了闪电

彗星和旋转的战争!

啊,倘若凸绣在大海上的太阳,
倘若贝壳,珍珠,
海螺,海藻和珊瑚,
蛇一样游动的闪光的鱼,
倘若战争的波浪
在袭击大地
像潜入海中盲目的标枪!

啊,倘若雪的寂静,
倘若爱情
无语的滑行,
倘若沉默脆弱的思想,
倘若智慧
都变成运动中的象牙,
绅士的谦恭!

啊,倘若空气之声
用羽毛呼吸,
倘若笛子流淌出
浪花的热恋鸟儿的啼鸣,
倘若声音成了
声音的幻想
而姑娘成了哨音的回声!

啊,倘若人民的心灵,
孕育了快乐与和平,

倘若一切都是和谐与优美，
一切都是歌唱与光明，
倘若一切都是迷人的春天，
这样才当之无愧
对京剧的光荣的命名！

诗集中有一组《致诗人艾青》的诗，共七首。这些诗是阿尔贝蒂回到南美洲以后写的，第一首的开头是这样的：

艾青，我的朋友：
中国已经多么遥远，我在
美洲这冰冷的夜晚将你思念，
在一根燃烧的木桩旁边，
一棵美丽坚强的树，
像一位不幸倒下的战士，
抵御着追杀他的烧红的剑。

在最后的两首，诗人这样为我们勾勒了自己眼中的艾青和自己对艾青的承诺：

这就是艾青：朴实，自信，
成熟，总是面带笑容。
喜欢优秀的西方诗人，而且
作为画家，渴望
在自己的国家百花齐放，
他知道梵高、塞尚、
马蒂斯、毕加索散发的光芒
能将自己的汁液
镶嵌在中国的玫瑰绽开的园地上。

艾青，我的朋友，现在我和你，

也和你父亲那平静的影子告别，
在美洲这冰冷的树林里，我将一朵
西班牙的康乃馨放在你心窝，
请你抱紧它，直至肯定有一天，
我的手在目前依然被捆绑的土地上
接待你，请等着我。

由于众所周知的原因，两位诗人未能再见面，就连这些诗作也是直到2009年才在国内翻译出版。然而可以告慰他们在天之灵的是，在纪念艾青百年诞辰的时候，有人朗诵了阿尔贝蒂《致诗人艾青》中的作品。笔者曾当面问过艾青的夫人高瑛女士，她还清楚地记得阿尔贝蒂拜访艾青的经过。在为中文版《中国在微笑——阿尔贝蒂诗选》撰写的序言中，阿尔贝蒂夫人、阿尔贝蒂基金会主席玛利娅·阿松森·马黛奥谈到了诗人的中国之行：

1957年对中国的访问对阿尔贝蒂的创作产生了深刻的影响。毛泽东使中国产生的进步，中国的风俗习惯和古老文化，中国奇特的风景，她的人民，她的女人们“樱桃般”鲜嫩的皮肤……无不令他惊诧。在北京他拜访了令人尊敬的九十九岁高龄的画家齐白石，后者送给他一幅漂亮的装裱好的水彩画，一幅画家晚年的作品。他还结识了诗人艾青。他给他们夫妇二人写了很美的诗。

这次中国之行对阿尔贝蒂的创作产生了深刻的影响，这不仅体现在《中国在微笑》(1958)，一本漂亮的诗集，有作者本人的插图和玛利娅·特莱莎·莱昂撰写的散文，还体现在他精心的艺术创作；“我是一个中国—意大利—阿拉伯—安达卢西亚画家”，他常常欣慰地这样自我评论。

在阿尔贝蒂晚年的诗作中，有一组题为《献给阿泰尔的歌》(1983—1988)，这是他献给再婚妻子玛利娅·阿松森的情诗。诗人已过耄耋之年，但这部情诗却写得激情似火，感天动地，其生命力与创造力令人折服。

在阿尔贝蒂的一生中，他获得过许多奖项：列宁和平奖、国家戏剧奖、塞万提斯文学奖……然而对他而言，最可贵的是人民的爱戴和朋友们的信赖。智利的诺贝尔文学奖获得者巴勃罗·聂鲁达在《漫歌》中，为他写了一首长达一百六十二行的诗篇，或许是对他最好的评价：

有人想忘记你是第一？
就让他去航行吧，便一定会见到你。
……
光辉耀眼的兄长啊，无论忘却还是严冬
都不能将你的名字从人民的口中抹去。

五　佩德罗·萨利纳斯

佩德罗·萨利纳斯(1891—1951)在“二七年一代”中年纪最大，他和达马索·阿隆索一样，也是一位学者型的诗人。他生于马德里，在中央大学获文学博士学位，并学习过法律。后曾在巴黎大学、剑桥大学任教；在塞维利亚、穆尔西亚和马德里大学任文学教授。西班牙内战后移居美国，任教于韦尔斯利学院及霍普金斯大学。从此，他再也没回过西班牙，尽管曾经在欧美多国旅行。作为纯正的马德里人，萨利纳斯具有欧洲精神，热爱地中海的沙滩和阳光。在塞维利亚的八年使他的西班牙情感更为完整。尽管长期旅居美国，他始终难以融入美国的生活方式，并从未放弃西班牙国籍。只有在波多黎各期间，才使他重操西班牙语，又沐浴着大海和明媚的阳光。

萨利纳斯是一位高雅的抒情诗人。他的诗歌创作可以分为三个时期，每个时期又分别有三部诗作。

第一个时期是1923—1931年，诗集有《预言》(1924)、《可靠的偶然》(1929)和《寓言与符号》(1931)。这是诗人探索的时期。在“二七年一代”的诗人中，萨利纳斯大器晚成，三十三岁才出版第一部诗集。爱是他一贯的主题，这其中既有切身感受到的实实在在的爱，也有内心憧憬的虚幻的爱。请看下面这首选自《预言》的短诗：

只拥有你的名字，
你允许，
幸福，有灵魂无躯体。
说着你的名字，
我将你带在心中，
幸福，在怀里。
“来吧”：你平静地到来；
“去吧”：你迅速地逃离。
你的存在与消失，
一个是另一个的影子，
影子啊，给了我又掠去。
（我却张开自己的双臂！）
但从未得到你的身体，
从未得到你的双唇，
幸福，纯属影子，有灵魂无躯体。

在《可靠的偶然》和《寓言与符号》中，“爱”依然是突出的主题。在此期间，萨利纳斯深受未来主义的影响，热情地礼赞现代文明，但即使在颂扬电话、打字机、汽车等科技产物的时候，也不忘记它们是恋人们相互沟通的工具。在《预言》中，可以清楚地看出希梅内斯对他的影响。诗句简洁、明快、自然地解释内心世界。请看下面这首题为《我的信仰》的小诗：

纸做的玫瑰
我不相信，
多少次
我用手将她制作。
真实的玫瑰

也不相信，
太阳和水分的女儿，
风的情人。
你，我从未制作，
你，谁也从未做过，
我相信你，圆满
可靠的偶然。

这首只有十二行的短诗中，诗人将自己的信仰分成三个层次：纸做的玫瑰，真实的玫瑰，可靠的偶然。“可靠的偶然”即人的命运，无法控制又不可避免，诗人却对它充满信心。

第二个时期是1932—1939年，主要创作是三部情诗：《心声因你而发》(1933)、《爱的理性》(1936)和《漫长的怨言》(1938，1974年发表)。在20世纪30年代，西班牙出现了新浪漫主义诗派，爱情三部曲就是在这个背景下产生的。在萨利纳斯看来，爱情是“生命的核心和全部”，是“你和我的绝对空间”，是“重返伊甸园”。《心声因你而发》是一首长诗，诗集的标题取自黄金世纪文艺复兴时期的诗人加尔西拉索·德·拉·维加的一句诗“因你而发，我想启动”(《牧歌 II》)。全诗共2462行，分为四部分，由68节组成。通过和一位虚构的女性——“你”的对话和内心独白，诗人(“我”)描述了不同阶段的爱情和心理变化。请看下面的诗句：

为了生活，我不稀罕
岛屿、塔楼、王宫。
多么大的快乐啊：
生活在人称代词中！

请去掉衣服、
表情、模仿；
我不喜欢这样

总是什么人的女儿，
将别人伪装。
我喜欢你纯洁，自由，
不折不扣。
我知道当我在世界
所有的人里
呼唤你，
只有你将是你。
而当你问我
谁是呼唤你、
想拥有你的人，
……
我会对你说：
“我爱你，我就是我。”

第四行中的人称代词，指的是“你”和“我”，后者即诗人自身。在诗人看来，相爱的双方应毫无保留，毫无杂念，将对方视为自己生命的一部分。《爱的理性》属于同样的题材，只是语调趋于平缓。萨利纳斯并不像浪漫主义诗人那样，被爱情带来的痛苦折磨得死去活来，他只是通过对日常生活中情爱场景的描写，探寻隐藏在它们背后的更深层次的含义和精髓。在下面这首诗中，作者让田野、繁星、大海、草丛等各种事物统统加入自己对情人的思念，集中体现了这部诗集的艺术风格：

今晚对你的思念
不止是用我的思绪，
不止是从我自己。这辽阔的世界
也和我一起深深地思念你。
田野伟大的梦境，繁星，
沉默的大海，只体现

在干燥馥郁看不见的草丛，
一切都在将你思念
从蟋蟀到牵牛星。
岩石，繁星，
无声的水，颤动的树木，
一切没有生气的事物
和我的心灵，
都要把一切献给你，
配合得天衣无缝！
万物顺从地
响应我的召唤，为你效劳，
心甘情愿地以爱的力量攀升。
明亮和阴影
都向着喜爱你的阳光汇拢，
伟大的寂静沿着平坦的大地，
白云温柔的话语，沿着天空，
一齐奔向我心中对你的赞颂。
世界与生命、
期盼与时间的默契，
令人难以置信的平静，
宛似那幸福不急不躁，
一个吻又一个吻地
进入我的心灵。
我几乎放弃了对你的爱，
为了更爱你，
爱得胜过爱自己，我将这爱情
深深地托付给这伟大的夜晚，
它沿着时间游动

并承载着爱的使命，
使被遗忘却依然存在的尸体
已经摆脱了恐惧
转向了世界、星星和宁静。

虽然《漫长的怨言》也是情诗，但内容与前两部诗集已截然不同。诗人描述的已不再是激情似火的恋情，而是分离、孤独之苦和流逝的时光留下的记忆。一桩桩往事像一页页日历一样，浮现在诗人的脑海，在前途未卜、命运多变的同时，依然有希望的曙光。对一块石头的记忆，就会唤起诗人的往事情怀：

手上的记忆

今天双手是记忆。
灵魂已记不起，太多的
思念使它痛苦不堪。但手上
却留下了往日的思念。

记得一块石头
在小溪边
我们不经意地搬起
不知幸运在眼前。
但是它粗犷的重量，
使我们感到终于抓住了
时间最美的果实。
手中一块石头的重量
散发时间的味道。
世界渐渐成熟的耐心
在一块石头上。

昼和夜、太阳和水
无法计算的总合
耗费了这坚硬的外形
不会抚摸而只是以体重
陪伴，模糊不清。
它总是安然，
不寻求，封闭，
意志艰深并持之以恒
不像蝴蝶一样飞腾，
不似百合那么美丽，
为了从妒忌中拯救自己的晶莹。
多少秀丽的百合，多少优美的蜻蜓
在那里，在它身旁命丧黄泉，
只为急不可耐地奔向春天！
它无所求，它会等，
只求自身纯洁的永恒。
以拒绝花瓣、拒绝飞行的举动，
它活着并教育我
爱就应该平静，非常的平静，
放弃急速虚伪的翅膀
并战胜自身的死亡。

我的双手，同样记得
双掌间有过一个可爱的头。
世上没有比这更神奇。
手指渐渐能认出
一根根秀发，
像日历的每一页：

像秀发一样多的记忆，
还有无数的幸福的日子，
对将它们唤醒的爱情
多么亲密。
……

第三个创作时期是流亡时期，主要诗作有《被凝视者》(1946)、《一切都更清晰及其他》(1949)和《信心》(1955)等。应当说，在这个时期中，诗人和世界都处在危机中。矛盾与冲突是当时的一个中心主题。城市和工业文明以明暗不同的色调出现在诗人的作品中。世俗绝对的爱情已让位于一种新的神秘，诗人在其中成了人类的代言人。

《被凝视者》无疑是这一时期的代表作。诗人这时已移居波多黎各，灵感来自对圣胡安周围大海的观察。这组诗的副标题是《同一主题的不同变化》。组诗的十四种变化是作者对大海的十四种不同的理解方式。诗人以前面对的是自己爱慕的恋人(“你”)，现在面对的则是烟波浩淼、变化莫测的海洋。组诗是这样开始的：

久久地久久地看着你，
从地平线到海滩，
慢慢地，
从海螺到云天，
闪光接着闪光，风寒接着风寒，
我赋予你名字：双眼
找到了你，对着你观看。
夜晚，梦见我
看着你映入眼帘，
这个名字酝酿成熟
在不知不觉间
竟如此圆满

今天降临在唇边。
这么晚才说出
令人惊叹。
倘若这样叫你是命中注定!
倘若在叫你之前
你早已在如此清晰的寂静里面!
被凝视者,
永远的被凝视者啊,
倘若你生来就属于我,
从我的眼睛
第一次看见你那一天!

从这首开篇之作中,可以看出萨利纳斯坚持了自由诗体的风格。在原诗中,诗人充分运用了"叠字"("久久地久久地"——tanto y tanto;"闪光接着闪光"——brillo a brillo)和并列("倘若……倘若……")等手段以增强诗歌的表现力。《一切都更清晰及其他》反映出作者对人类命运的关注与思考。诗人抨击的矛头直指商品社会的现代文明带来的恶果,也表达了自己的焦虑与不安。在题为《广告夜曲》的诗中,萨利纳斯描绘了纽约街头五颜六色的"西洋景":

谁会怀疑你,笔直的路线,
穿越世界勇往直前
恰似苦行僧,置身于诱惑中间?
包括最厉害的叛逆者,
大家都尊重你严格的规范:
人行道,溪流,
电车的轨道,
你的双膝,
两岸,高高耸立的陡坡

缀满窗户,夜晚
浓密的草上
电的露珠光辉耀眼。
到处是号码,
令人目不暇接,每走一步
都向我们成双成对地
揭示着什么,何等神秘:
七十六,七十八,八十。
这是我们迈向最高成就的标记,
那屈从于将我们守护的数学的奴隶,
偶数或奇数固执的伴侣,
人类这被强制的迟钝
在将鸟儿回忆?
或者是,如同岁月,那么多的数字
在没有时间痕迹的竞赛中的印记
标志着每个生命,
呼吸的界线,
摇篮的年,坟墓的年,
两个日期的简单的文本
能容纳在任何墓穴里面?
我将到达哪个数字?
或许你也不知道自己在哪里升天。
你的十万数字,即便你
能自己延长,也已经死亡,
失去了你的房屋,在空中游荡,直来直往,
那可是阿卡迪亚①,一对情侣

① 希腊的伯罗奔尼撒地区,以神话传说著称。田园牧歌之地。

在基督和摩天大楼之前，
午睡时躺在绊根草上？
你从不回答，直到夜晚，
当你的两岸之巅
电的告诫
将模糊的灵魂摇晃。
“好彩”①，何等辉煌！
一切都是这样？
双唇间的一缕烟，
从烟雾到虚无的经过，
没有歌声的效仿？
我将沉没于空气，并无悲剧发生？
从彼岸，另外的闪光
为我将另外的许诺照亮：
“白马”②。“威士忌”？不。
珀伽索斯③，崇高的赞扬。
缪斯驯服古老的侍者，
对那遇镫而乘的骑手
将自己像瓶子一样的臀部献上。
……

在美国生活期间，萨利纳斯创作了一系列讽刺—道德诗，《广告夜曲》是其中很有名的一首，它用诗的意象和语言揭露了商品经济的“非人性化”，同时也抒发了自己客居他乡的孤独与苦闷。为了实现思想内容与艺术形式的统一，诗人一改从前简洁、明快的风格，用音乐的术语“夜曲”为

① 香烟的牌子，原文为“Lucky Strike”。

② 一种威士忌的品牌，意译为白马。

③ 希腊神话中生有双翼的神马，升天后成为宙斯的坐骑。它踏过的地方常有泉水冒出，给诗人以灵感。

题,用现代主义诗人的手法,将古代神话与现代商品经济的神话(“好彩”“白马”)并列起来,聚焦极具代表性的纽约时代广场,以揭露商品社会的堕落及其“非人性化”与“非道德化”。从这个意义上说,萨利纳斯的这部诗作与加西亚·洛尔卡的《诗人在纽约》有异曲同工之妙。诗集中有一首题为《零》的四百行的长诗,集中地体现了诗人对现代科学的发展给人类命运带来严重灾难的担忧:科学家发现了原子能,却制造出了原子弹。诗人声泪俱下,义愤填膺,对此发出了义正词严的谴责和抗议。

萨利纳斯的第三部诗集《信心》是在1942至1949年间创作的。作者还没来得及为诗集命名,就与世长辞了。在他死后,编辑们以最后一首诗的题目命名了这本诗集。从书中的诗作不难看出,诗人心中虽然充满忧虑,但并没有悲观失望;他依然珍惜生命,热爱生活,对美好的世界充满希冀:

只要还有
哪一扇打开的窗户,
梦中归来的双眼,
已经开始又一个明天。

只要还有
波涛汹涌的大海,
欢乐的运输者,
将欢乐运去又运来。

只要还有
树木在冒险,
麻线给纺织女工,
风儿给船帆。

只要还有

茉莉，石竹，百合，
无论在什么地方，
它们的名字都不会撒谎。

只要还有
否定阴影的阴影，
光线证明，证明光线，
全世界，就会减少黑暗。

只要还有水
像人们喜欢的那样，
在小溪中蜿蜒来往，
无限忠诚于池塘。

只要还有
柳林茂密地生长，
多少只小鸟在枝头上。
多少只黄莺在歌唱。

只要还有正午
以平静的心
接受下午
向它展示的命运。

只要还有人
理解枯叶的心意，
虚假的挽歌，春天
遥远的序曲。

只要还有
色彩跟着光芒
走向自己的消亡
但又回来，依然跟着光芒。

只要还有女神
轻盈地过去，
但留下一个灵魂
用她们的足迹。

今天下午他要死了
——只要还有
说服他的记忆
告诉他永远不会死去。

只要还有黑暗中
反射的反光，
几乎不是夜晚的夜晚
和隐蔽的明亮。

只要还有星星之间
喃喃的诉说，
询问的是仙后，
回答的是天鹅。

只要还有
等候的话语，

创造，澄清，
诗歌的黎明。

只要还有
昨天的过去，今天的现在
和将要到达的未来。

萨利纳斯的世界观是柏拉图式的。他认为事物的外表具有欺骗性，因而要透过表面现象寻求事物的本质，这本质就是我们在内心世界里所创造的现实。他的诗歌是理智主义的，是"通向绝对化的探险"，某些诗集的名字就反映了这一点。他所追求的是躯体与灵魂的统一。应当指出的是，萨利纳斯的很多诗作具有格言式的结构，这种结构与方式和他对现实与诗歌的理解是一致的，因为他认为诗歌应当表现一种新的更深刻的现实。同时应当指出的是萨利纳斯也并非总是理智主义的，因为他常常通过比喻将抽象的东西客观化和人格化，将柏拉图式的思想与浪漫主义的观念协调起来。对话的结构和散文的神韵是萨利纳斯对西班牙诗坛的卓越贡献。

萨利纳斯在小说、戏剧、散文方面的创作均无法与诗歌相提并论。作为学者，其著作有《二十世纪的西班牙文学》(1941)、《曼里克或传统与独创》(1947)以及《鲁文·达里奥的诗歌》。

六 路易斯·塞尔努达

路易斯·塞尔努达(1902—1963)出生于塞维利亚的一个老式的资产阶级家庭，从小就对诗歌感兴趣。1919年进入塞维利亚大学学习法律，在第一学年听了佩德罗·萨利纳斯开设的课程，激发了他对西班牙古典文学的兴趣。1923年去骑兵团服役。1925年，获法学硕士学位；结识胡安·拉蒙·希梅内斯，并在《西方杂志》上发表诗作；与马德里文学界首次接触，为《真实》《正午》《海岸》等杂志撰稿。1927年出版《天空的轮廓》，并参加了纪念贡戈拉逝世三百周年的活动。1928年母亲去世，离开塞维利亚，在马拉加与埃米利奥·普拉多斯和马努埃尔·阿尔托拉吉雷建立友谊，10月赴马德里，结识了维森特·阿莱克桑德雷。同年，萨利纳斯在法国图卢兹师范学院替他谋到了一个职位，11月第一次访问巴黎，开始接触超现实主义。1929年回到马德里，出版了由萨利纳斯作序的《一条河，一种爱》。1931年，塞尔努达开始创作《被禁止的欢愉》。这时，诗人已形成了自己表述理念的方式和独特的诗歌语言。这部诗集标志着塞尔努达超现实主义创作时期的结束。1932年，他创作了《遗忘在那里栖息》，记述了个人的情感历程。从1933年起，塞尔努达的政治主张变得十分激进。他为《英雄》杂志写稿，参与编撰赫拉尔多·迭戈的选集，通过拉斐尔·阿尔贝蒂主持的《十月》杂志发表拥护共产党的声明。1934年，他赴各地为共和国做宣传。在西班牙内战中，他作为民兵参加了保卫共和国的战斗；为《西班牙时刻》和《蓝色工装》撰稿；参加第二届世界反法西斯作家大会，希望西班牙成为一个更宽容、自由与文明的国家。这阶段的诗作大多收在写于1937至1940年的诗集《云》(1943年在布宜诺斯艾利斯出版)里。1938年他赴英国为共和国谋求援助，便再也没回西班牙。塞尔努达在英国居住了8年之久，曾在格拉斯哥(1939—1943)、剑桥(1943—1945)以及伦敦(1945—1947)的西班牙语学校教授西班牙语。之后，塞尔努达去了美国，在蒙特·荷尔约克大学(1947—1952)教书。1953年以后，除了偶尔去美国讲学之外，他一直生活在墨西哥，直至1963年在西班牙女诗人卡门·贡德家中去世。后来的诗作有《等候黎明》(1947)、《虽生犹死》(1949)、《来时无多》(1950)、《献给躯体的诗》(1951)、《喀迈拉的哀伤》(1964)等。

塞尔努达是“二七年一代”中一个有争议的成员。“二七年一代”的诗人们将新颖、现代的创作手法和技巧引入古老的诗歌传统，在西班牙诗坛掀起一场革命。塞尔努达在自己的诗中运用了大量的欧洲文学样式，包括古典主义、浪漫主义、象征主义以及超现实主义，来表达对于自我的证明和寻找。批评家们甚至认为，法国、英国、德国的诗歌传统对塞尔努达的影响远远大于西班牙自身。帕斯说，当同代的西班牙诗人决定做安达卢西亚人、马德里人、加泰卢尼亚人时，塞尔努达坚定地做一个欧洲人。塞尔努达在两个层面上成为西班牙的“敌人”：一个是他饱受争议的“西班牙性”，另一个是他的“现代性”。对于前者，他属于西班牙异端一族；对于后者，他的诗歌是对欧洲传统缓慢的再征服，是对于西班牙已经隔绝很久的欧洲诗歌主流的寻找。

他的诗歌创作可以被简略地分为三个时期。最早是他的古典主义抒情诗时期。塞尔努达最初的两本诗集《天空的轮廓》(1927)、《牧歌、挽歌和颂歌》(1928)，反映了他最初对于象征主义以及古典主义的兴趣。这些作品表达了成年人感情的矛盾与复杂。

在1920年之后，塞尔努达清醒地认识到自己的同性恋倾向，开始借助超现实主义诗句表达自己正在经历的困惑。在《一条河，一种爱》(1929)、《被禁止的欢愉》(1931)、《遗忘在那里栖息》(1934)中，塞尔努达使用意象与事件的随意结合来表达自己的特殊情感，表达对社会敌意的反应。如下面这首《我来是为了看……》：

我来是为了看一张张面庞
和蔼可亲像盛开的金雀花一样
我来是为了看一个个身影
从远方为我将笑容挂在脸上。

我来是为了看一堵堵墙
无论是在地上还是在脚上
我来是为了看事物
它们在这里要进入梦乡。

我来是为了看海洋
它们睡在意大利的小篮筐
我来是为了看门廊

芳作、屋顶、品德
它们的黄色已斑驳无光。

我来是为了看死神
和他那捕捉蝴蝶的美妙的网
我来是为了等你
在空气中张开臂膀
我来不知是为了什么
一睁眼已到了这个地方。

因此我愿意但并非固执地
向诸多不只是可亲的事物
表示问候:天蓝色的朋友,
变换色彩的日子,
我眼睛颜色的自由;

多么明亮的丝绸的婴儿,
岩石般令人厌烦的埋葬,
牢靠,那昆虫
在光的飘饰上搭起了巢房。

再见,看不见的温柔情人
未能睡在你们的怀里令我遗憾
我只为了那些亲吻而来
请保存你们的双唇,说不定我会回还。

在塞尔努达超现实主义的、人性化的诗中,他第一次有勇气表达出心底的激情,它们给他一种艺术形式去控制那些几乎无法表达的情感,那种“被禁止的欢愉”:

被禁止的欢愉，我会说出你们
如何像一个欲望在恐怖的塔楼上诞生，
威胁的铁棍，退色的胆汁，
夜晚，被拳头的力量变得像岩石般坚硬，
在所有人甚至在最具叛逆性的人面前，
而他只适合于没有墙壁的生命。

无法穿透的胸甲、匕首或长矛，
一切都好，只要使躯体变形；
你的欲望是畅饮那些淫荡的叶片
或安睡在那爱抚的水中。
没什么了不起；
它们已将你不纯的精神表明。

纯洁不重要，这是命运
用永恒的双手向飞禽举起的天性；
青春不重要，是人更是梦，
如此高尚的微笑，丝绸的海滩
沐浴一个垮掉的制度的暴雨狂风。

被禁止的快乐，大地的行星，
带着夏天气味的大理石的肢体，
被大海抛弃的海绵的汁液，
铁的花朵，宛似男人胸膛的回声。
高傲的孤独，被打掉的王冠，
值得纪念的自由，青春的披风；
谁玷污那样的果实，语言的黑暗，
谁就像国王一样卑鄙，像国王的阴影

匍匐在大地的脚下
为了获得一点点生命。

他不知道强加的界限,
金属或纸的界限,
既然侥幸使他在那么高的阳光下睁开双眼,
空洞的现实无法抵达那里,
还有被毁坏的风景的老鼠,龌龊的法典。

那时伸出手掌,
就是遇到一座禁止的山冈,
一片无法进入的树林,
一个吞食叛逆青年的海洋。

然而如果愤怒、凌辱、羞耻和死亡,
尚未长肉的贪婪的牙齿,
以放纵它们的激流相威胁,
被禁止的快乐,骄傲的青铜,
毫不匆忙的诅咒,
你们可以从另一侧将手上的神秘摊开。
任何苦涩都无法侵蚀的气味,
天空,具有毁灭性的雷电的天空。
下面,无名的塑像,
阴影、贫困、烟雾法则的阴影;
那些快乐的火花
在报复的时刻闪烁。
它的光辉能将你们的世界摧毁。

(《被禁止的欢愉》)

塞尔努达在超现实主义中寻找诗歌的现代精神。对塞尔努达来说，超现实主义不仅仅是一种风格，一种诗歌流派，它也是一种将诗歌融入生命的尝试，一种对语言和制度的颠覆。对他来说，超现实主义是一种解放运动，而不是诗歌或者意识运动，是西方世界最后一次伟大的精神震撼。由于安德烈·纪德，塞尔努达接受了自己的性取向，从那时开始，他不再认为同性恋是病态或者罪恶，而是一种被自由接受的人生和命运。诗人用诗的语言，勇敢地说出了《我爱你》：

我曾用风对你说，
像沙滩上的小动物在嬉戏
或者像风暴的器官满腔怒火；
我曾用太阳对你说，
它在一切纯贞的事物上微笑，
将青春的躯体染成金色；
我曾用云彩对你说，
它们是逃亡的忧伤，
支撑着天空忧郁的前额；
我曾用花草对你说，
轻盈透明的生灵
披着突然绽开的鲜红；
我曾用水对你说，
光辉的生命守护着影子的背景；
我曾用恐惧对你说，
我曾用欢乐对你说，
用厌烦，用可怕的语言对你说。
但是这样还不够：
在生命的彼岸，
我愿用死亡对你说；
在爱情的彼岸，

我愿用忘却对你说。

人们习惯认为塞尔努达是爱情诗人。这不错，而且从这一主题发展出所有其他主题，比如孤独、厌倦与对自然界的兴致、对人类劳作的沉思……他在《等候黎明》这本诗集中说，“爱与被爱是永恒的”。在大约二十几年前，他就说过“死去的不是爱情，而是我们自身”。必须指出的是，塞尔努达的爱情是同性爱。在20世纪30年代，他出版《被禁止的欢愉》，这对于当时的西班牙社会是巨大的挑战。塞尔努达不觉得自己的同性恋倾向是邪恶或不道德的，只是感到自己被社会排斥和拒绝。塞尔努达承认自己是不同的，现代思想尤其是超现实主义告诉他：每个人都是不同的。对于塞尔努达来说，爱是与社会的分离，与自然世界的连接，尽管“遗忘在那里栖息”①：

遗忘栖息在那里，
那是没有曙光的宽广的花园；
我在那里只是
埋在荨麻丛中的一块岩石的记忆
风儿从岩石上逃向自己的失眠。

我的名字从哪里
将身躯派往世纪的怀中，
情欲就在那里失踪。

在那广大的地区，爱情，可怕的天使，
并不像钢铁一样
在我的胸中隐藏他的翅膀，
微笑着充满天空的妩媚，当暴风雨在增长。

---

① “遗忘在那里栖息”是西班牙浪漫派诗人贝克尔的一句诗，意即诗人坟墓的所在地。

主人向自己的形象要求的激情
在那里结束，使他的生命服从另一个生命，
前景不过是面对面的一双眼睛。

在那里痛苦与幸福只是姓名，
只是天生的围绕着记忆的大地和天空；
在那里我最终浑然不觉却自由自在，
溶解在云雾和像婴儿肌肤
一样轻柔的缥缈中。

在那里，在远方；
在那里栖息着遗忘。

在西班牙内战期间，塞尔努达诗歌创作的主题有了鲜明的变化。诗集《云》最初的标题是《西班牙的哀歌》，主题是死亡与毁灭。诗人从揭示内心世界转向反映客观现实。在残酷的战争中，诗人看到只有令人生畏的死亡。诗集的另一个内容是对宗教信仰的探索，塞尔努达认为现代人不应是有神论者。在一首题为《致一位死去的诗人》的诗中，塞尔努达歌颂了自己的好友——被法西斯杀害的加西亚·洛尔卡，并愤怒抨击了西班牙的黑暗：

就像岩石上
从未有鲜花开放，
在粗犷、坚硬的村镇
不会有清新、高尚的生命
在美丽地闪光。
他们所以杀害了你，因为你是
一线湛蓝，在我们昏暗的天空，
一抹绿色，在我们荒凉的土地上。

生命是短暂的
因为众神要将诗人们收回。
仇恨和毁灭
使那个可怕的西班牙人
一向居心叵测，
手握着岩石
窥视着高尚者。
……

在这首挽歌中，塞尔努达运用了古典挽歌的各种元素和技巧，甚至借鉴了加西亚·洛尔卡本人在《致伊格纳西奥·桑切斯·梅希亚斯的挽歌》和《沃尔特·惠特曼的颂歌》中的艺术手段，但是他从始至终回避“哭泣”这样的字眼，也没有一般挽歌忧伤的韵调，而是采取平和对话的口吻，怀着对朋友的亲情与崇敬，对社会的愤慨和抨击，既令人感动又令人信服。因此，他并未用《致加西亚·洛尔卡的挽歌》这样的题目，而是用《致一位死去的诗人》，只是在下面的括弧中注明了费德里科·加西亚·洛尔卡的缩写（F. G. L.）。这表明加西亚·洛尔卡的遭遇揭示的是，仇恨和报复是西班牙社会的普遍现象。

《等候黎明》和《虽生犹死》所表现的依然是怀念故土和怀念故人的苦闷心情，《来时无多》则表现了诗人对生活的厌倦，觉得自己只是个“没有躯体的幽灵”和“没有理想的阴影”。在《来时无多》中，有一组由16首短诗组成的《一个躯体的诗》，记述了诗人一段炽热的爱情经历，讴歌了一个美丽诱人的身躯，但这份本已迟到的爱却因“惧怕被打入地狱”而终止。

塞尔努达的最后一部诗集是《喀迈拉的哀伤》，标题取自艾略特的一部作品。喀迈拉是希腊神话中令人生厌的喷火怪，前半身像狮子，后半身像蛇，中部像山羊。诗人像老迈、疲惫的喀迈拉一样，回忆自己孤苦、漂泊的一生。在这部诗集中，虽然他不再延续超现实主义的语言方式，虽然他的诗歌美学已有所不同，但他的人生态度却没有改变，依然要无怨无悔地向前。请看下面这首《跋涉者》：

回去？经过漫长的岁月，
经过漫长的跋涉、旅途劳顿
和对故土、家庭、朋友
对等候他忠实归来的爱人的思念，
或许他该回转。
然而你？回去？你不想，
只想自由自在地向前，
时刻准备着，不管是少年还是老年，
像尤利西斯一样，但没有儿子将你寻找，
没有伊塔卡和珀涅罗珀①恭候你回还。
向前，向前，不要回转，
持之以恒，直至道路和生命的终点，
对更容易的命运不要怀念，
你的双脚要踩在无人践踏过的土地，
你的双眼要注视无人见过的景观。

从这首短诗中，可以看出塞尔努达流亡异地、亲情缺失的人生经历。诗人就像尤利西斯一样，艰苦跋涉，却又没有归宿；但他却锲而不舍，坚持自由地向前，去开拓无人走过的土地，去见识无人见过的景观。这不仅是诗人的人生之路，也是诗人的诗歌创作之路。尽管塞尔努达对马拉美、波德莱尔等诗人保有忠诚，但是他并未止步于他们的传统。他曾走向西方现代诗歌的源头——德国浪漫主义。19世纪早期德国抒情诗人荷尔德林是他的楷模，阅读荷尔德林、布莱克、柯尔律治、让·保罗，不是为了发现而是为了识别。他和他们对话就像和自己对话，他们是他真正的、神秘的上帝。1936年第一版《现实与愿望》问世时，加西亚·洛尔卡曾在一次酒会上说："让我们为《现实与愿望》干杯，因为这是西班牙当代最优美的诗集之一。"此后，塞尔努达一直将《现实与愿望》(曾三次扩充)作为自己

① 伊塔卡是尤利西斯(即希腊神话中的奥德修斯)的家乡，珀涅罗珀是他忠贞的妻子。

诗歌总集的名字，足见他一生都处于现实与愿望的矛盾与冲突中，这就是为什么在他的作品中，浪漫与快乐逐渐被痛苦与绝望所取代，和谐与优美变成了冷峻与干涩。批评家把《现实与愿望》看作塞尔努达的“精神自传”。帕斯说，《现实与愿望》是现代西班牙诗人的传记，也是欧洲诗歌良知的传记。

路易斯·塞尔努达的创作以诗歌为主，兼及文学评论、翻译和短篇小说。在《当代西班牙诗歌研究》(1957)、《十九世纪英语抒情诗的诗学思考》(1958)、《诗歌与文学(Ⅰ、Ⅱ)》(1960、1964)、《批评、随笔及回想》(1970)等著作中，塞尔努达显示出作为批评家的个性与睿智。他还写作了《三种叙事》(1948)，翻译了《荷尔德林诗选》及莎士比亚的《特洛伊罗斯和克瑞西达》。

七 豪尔赫·纪廉

豪尔赫·纪廉(1893—1984)出生于巴亚多利德的一个中产阶级家庭，父亲是报业发行人。像其他“二七年一代”的诗人一样，纪廉也受过完整的大学教育。1911 年，他进入马德里大学文哲系，住在大学生公寓，在那里结识了奥尔特加、希梅内斯和“二七年一代”的大多数诗人。1913 年在马德里大学获硕士学位。1917—1923 年在巴黎索邦大学教授西班牙语，并开始发表诗作。1924 年在马德里孔普鲁腾塞大学获文学博士学位。后曾在穆尔西亚和塞维利亚大学以及英国牛津大学任文学教授。西班牙内战爆发时，曾在潘普洛纳被叛军监禁数日。1938 年流亡到美国，在马萨诸塞州的威尔斯利学院和哈佛大学任教，直至退休。1976 年，他获得了首届塞万提斯文学奖。佛朗哥死后，他回国到马拉加定居，1984 年病逝。

纪廉的诗歌，结构严谨，语言鲜活，激情与理智融为一体，以激情赞叹造化的奥妙，用理智寻求事物的本质。诗人将直观的感受化作抽象的话语。这样的诗歌要求准确、鲜明、精练的语言。纪廉又是一个不拘一格的诗人，有时在严谨、精练的作品中也会镶嵌上一段巴洛克风格的诗句；不仅完全遵照古典的韵律，而且也符合诗人对平衡与对称的偏爱。

纪廉的诗歌创作，以1950年为界，可以分为两个时期，每个时期的诗作都是一部完整的作品。当他的第一部诗作《颂歌集》(1928)出版时，他已三十五岁。后来他又对这部诗集进行了三次扩充(1936、1945和1950)。第二部诗集《怨艾集》由三部分组成：《人群》(1957)、《汇入海洋》(1960)、《环境的高度》(1963)。1967年发表了诗集《致意集》。1968年他将自己所有的作品汇编在一起，题名为《我们的天空》。他在晚年又发表了两部诗作《题外的诗》(1973)和《尾声》(1982)，作为他庞大的诗歌体系的"跋"。这些作品并不是随意汇编的，而是一种有机的结合，就像波德莱尔的《恶之花》和惠特曼的《草叶集》那样。《颂歌集》分为五部分，《怨艾集》分为三部分，《致意集》又分为五部分。这种5—3—5的结构反映了诗人提倡对称与和谐，反对混乱与失衡。《颂歌集》发表于20世纪30年代，体现了"纯诗"的风格。从这部诗集中，可以明显地看出法国诗人瓦莱里的影响，但两位诗人的区别也是很明显的：纪廉很尊重现实，瓦莱里几乎只尊重话语。《颂歌集》本身就是现实直觉的发展，作者于1945年又给它加了一个副标题：《生活的信念》。这种直觉是在现代主义的悲观情绪向欧洲先锋派的乐观情绪过渡的背景下产生的。诗集的第一部分创作于1917至1920年间，这正是毕加索的新古典主义时期、布拉克的古典主义时期、蒙德里安的抽象主义时期。实际上，立体主义就是将人置于事物中间，这与纪廉的宇宙观是一致的。《颂歌集》是一部生命和创造的赞歌。它赞颂的是宇宙的和谐，是人与宇宙的交融。在万物之中，精神与躯体之爱处于核心的地位。诚然，世界并非像诗人憧憬的那么美妙，在1945和1950年扩充的诗作中已经出现了不和谐的音符，这正是世界多元化的反映，也是诗人思想发展的结果。但总的来说，纪廉的思想境界很接近奥尔特加的"生命理性"。

1950年出版的《颂歌集》包括334首诗作(前三版分别为75、125和270首)。此后，开始了一个新的阶段：《怨艾集》。就诗人的世界观和诗作的基本结构而言，实际上并没有发生根本的变化。只是在作品中出现了大量否定性的因素，语调变得悲壮、沉稳，风格变得缓慢、凝重。诗人倾向于较长的作品，与《颂歌集》前期的短小精悍形成了鲜明的反差。这部诗集仍然分为三个部分，就内容而言，依然保持着对称的结构。《人群》与《环境的高度》在题材和韵味上是一致的，紧张、激荡的旋律与否定力量的迸发相吻合。中间部分的《汇入海洋》则是以哀歌的节奏来表现类似箴言的内容。如果说在《颂歌集》中作者吟咏的是泛指的人，在《汇入海洋》中则是吟咏历史的人，他们是历史、自然乃至偶然因素摧毁的对象。在这部作品中也出现了讽刺的意味和漫画的风格。这是关于记忆、往事、衰老和岁月流逝的哀歌，这是人生经历与历史变迁的结合。《致意集》是纪廉诗歌大厦的顶层，它有三个层面：开始是诗歌、文化以及对其他诗人的翻译与友谊；中间是情诗；《尾声》是诗人对大地召唤的永恒的忠诚。作为学者型的诗人，纪廉著有文学评论《语言与诗歌》(1962)，这是他在哈佛大学开设的文学评论课的讲稿，最初是用英文发表的(1961)。此外，他还著有《费德里科其人》(1959)、《关于加布列尔·米罗》(1970)等。豪尔赫·纪廉的诗歌几乎没有汉译。“见一叶而知秋”，从下面这两首短诗中，我们或许可以大致领略一下纪廉诗作的一般特点。

死在远方

有时一种确信令人烦恼，
未来在我面前震荡。
突然一堵墙在将它窥伺
在郊区尽头闪着田野的光。

如果太阳剥去那光芒
可会有悲伤？不，尚不着忙。
紧迫之事是成熟的果实。
手已经在去掉它的包装。

……有一天在所有的日子里
将是最痛苦的。手将无动于衷地
伸开。执行紧急的权力

我不会流泪并说：来吧，
命中注定。老迈的墙
要把法则而不是事故强加于我。

《死在远方》这首十四行诗，是豪尔赫·纪廉于1930年12月30日在英国牛津大学做客座教授时写的，时年三十七岁，因此在死亡面前，诗人说“尚不着忙”。1935年7月26日在巴亚多利德修定后，于1936年收入第二版《颂歌集》。1942年又做过修改，将“流着眼泪”改为“不会流泪”，1945年收入新版《颂歌集》。作为学者型的诗人，在纪廉的诗中，思辨与抒情并重，这首诗无疑是他对人生和死亡的思考。“流着眼泪”显得无奈，而“不会流泪”则有几分淡定，几分平和，因为这是人生规律，只能顺其自然，体现了诗人面对死亡的乐观主义精神。值得一提的是，从这首十四行诗中，我们可以看出西班牙黄金世纪“格言派”大师克维多的影子，后者在一首十四行诗的最后三行写道：

最后的叹息，短暂而又苦涩，
死亡，不可避免而且是代代相传；
既然是法则，而非惩处，又何必苦不堪言？

在《颂歌集》中，还有一首题为《都市人生》的诗，同样体现了诗人对死亡的思考：

街巷，陵园，
绿茵和亡灵。
死，不，生，
城市怎样的永恒！

垂直的坟坑，
另一些人的姓名。
永垂不朽
使他们的暮色常青。

至于悲苦？
绿茵对任何绝别
都满不在乎。
死亡又在何处？

在坟墓的周围
城市的沸腾。
同样的和平
在模糊地摆动。

通过唯一的忘却
大家在一起。
死者和生者，
难分我和你。

这首诗显然也应该是在英国创作的，因为只有英国风格的园林中才会有墓地。一座座墓碑上铭刻的姓名引发了诗人对生命的思考：死亡是人生之旅的终点，是将生和死连在一起的结。我国诗人臧克家在纪念鲁迅先生的诗中说：“有的人活着，他已经死了；有的人死了，他还活着。”不是同样超越了生死的界限吗？不同的是纪廉的思考是眼前的目的引发的，它并非指某一个具体的死亡，而是一种在普遍意义上的人生思考。

从上面这两首短诗不难看出，纪廉的诗作语言简洁，内涵深刻，既富于哲理，又充满乐观精神。总之，新颖的手法和独特的风格使豪尔赫·纪廉在欧美诗坛占有重要的一席。

八 达马索·阿隆索

达马索·阿隆索(1898—1990)像他的好友萨利纳斯、豪尔赫·纪廉一样,也是杰出的诗人、教授。他出生在马德里的一个富裕家庭,在加利西亚度过了青少年时代。1919年毕业于马德里大学法学院,是著名学者梅嫩德斯·皮达尔的得意门生与合作者。1921年发表第一部诗集《纯诗:城市小诗》;1924年出版《风与诗句》;1925年获西班牙国家文学奖;1927年参与贡戈拉逝世三百年祭的活动,并将其长诗《孤独》改写成散文体。1928年获文学博士学位,论文题目是《贡戈拉的句法演化》,并于1935年将该论文扩写成文学专著《贡戈拉的诗歌语言》。需要指出的是,当先锋派诗歌破土萌芽,当他的"二七年一代"的伙伴们争先恐后地致力于诗歌创作的时候,当贡戈拉的影响重新振兴的时候,甚至在西班牙内战爆发的时候,达马索·阿隆索沉默了二十年,直至1944年才又出版了《暗淡的消息》和《愤怒之子》。后来的诗作主要有《人与上帝》(1955)、《视觉享受》(1981)和《对上帝的疑和爱》(1985)。西班牙内战前,他曾在巴伦西亚大学任教授。战后,他在马德里大学任罗曼语文学教授,曾在皮达尔领导的历史研究中心工作;曾任《西班牙文学》杂志社社长。1948年起任皇家学院院士,并于1968—1982年任院长。他是耶鲁大学和哈佛大学的客座教授,是欧美多所大学的名誉博士。1978年获塞万提斯文学奖。1990年在马德里病逝。

达马索·阿隆索算不上多产诗人,但却是一位多产作家。他为西班牙古典诗歌(尤其是"黄金世纪")与当代诗歌的研究做出了不懈努力与杰出贡献,在这方面的学术著作主要有《圣胡安·德·拉·克鲁斯》(1942)、《梅特拉诺的生平与著作》(1948—1958)、《西班牙诗歌》(1950)、《西班牙当代诗歌》(1952)、《文学评论家梅嫩德斯·佩拉约》(1956)、《从黑暗时代到黄金世纪》(1958)、《黄金世纪的两个西班牙人》(1960)、《四个西班牙人》(1962)等。此外,他还翻译了乔伊斯、霍普金斯、艾略特等英国诗人的作品。

达马索·阿隆索的诗歌创作可分为三个时期。第一个时期的诗作主要是《纯诗:城市小诗》(1921)和《风与诗句》(1924)。这些诗作与胡安·拉蒙·希梅内斯、安东尼奥·马查多的作品相仿,具有先锋派的特征。这是一些轻快活泼、热情洋溢的小品,描绘了年轻人天真烂漫的心灵和品格,不时显露出未来主义的叛逆与讽刺的锋芒。如下面这首题为《她是怎样的》的十四行诗:

门,洞开。轻盈温柔地到来。
既非物质也非精神。携带着
航船轻微的摇晃
和晴朗一天的晨光。

不是和谐也不是色彩。
心里明白,但是
却说不出话,因为她
非形体,形体也容纳不下。

语言,平凡的泥土,未开刃的凿子,
将这理念的完美之花
置于我的婚礼明亮的夜晚

并温和、谦虚地歌唱
感觉、阴影、事件,
当“她”将我的心充满。

在这首诗的前面,阿隆索引用了希梅内斯的一句诗:“我的上帝,他是怎样的?”这句诗引自“心灵的十四行诗”(《转瞬间的回归》)。笔者认为,无论是希梅内斯的“上帝”，还是阿隆索诗中的“她”，指的都是诗神缪斯。两首诗有异曲同工之妙，从中可以看出，在阿隆索诗歌创作的初期，无论在内容上还是形式上，都受到了希梅内斯的影响。因此，他将自己的诗集命名为《纯诗》，也就是顺理成章的事情了。

西班牙内战结束以后，从1940至1945年是阿隆索诗歌创作的第二个时期，作品有《暗淡的消息》和《愤怒之子》，后一部尤为重要。应当指出，这是与作者早期诗歌完全不同的两部作品。《暗淡的消息》包括16首诗，作于20世纪40年代，包括纪念加西亚·洛尔卡的挽歌和另一首更为平静也更为隐秘的《巨大或泪水的源泉》。后者的题目取自圣胡安·德·拉·克鲁斯的思想（当时他正在做这方面的研究），这位神秘主义大师认为：创造物只表达了造物主不完美的信息。诗中既有对人生的热爱，也有对不幸命运的谴责，表现了人生在世的苦闷。

《愤怒之子》（1944）是阿隆索的代表作，包括25首诗作，大多作于1942至1943年。在西班牙战后诗坛上，无论对佛朗哥政权所提倡的还是所打击的诗学理念，阿隆索的诗歌都是一个猛烈的冲击。因此，有人称其为“1944年革命”。西班牙内战以后，留在国内的“二七年一代”的诗人有三位：维森特·阿莱克桑德雷、赫拉尔多·迭戈和达马索·阿隆索。与前两位的诗作不同，《愤怒之子》不逃避现实，不保持沉默，犹如一声声呐喊，将痛苦尽情地宣泄出来。在20世纪50年代，阿隆索本人曾将《愤怒之子》置于“拔根派诗歌”之列。他说：

> 世界对我们是一塌糊涂，是一种苦闷，而诗歌是一种对秩序和锚的狂热的寻找……我们四处回眸，觉得自己像一个难以辨认的妖魔，被另一群如此不可理喻、如此残忍抑或像我们一样不幸的妖魔包围……要么我们看到了许多尸体，在数以百万计的活的尸体中间，所有的都在腐烂，堆积如山，可作为我们叫不上名字的奇花异草的腐殖质，要么我们看到了世界末日，地球已变成荒漠，仇恨与不公正，入侵的毒根，将扼杀并毁灭全部的爱即全部生命。我们在黑夜中漫长地呻吟。我们不知向何处呐喊。

这就是为什么达马索·阿隆索将该书命名为《愤怒之子》。这是一部“抗议和探究之书”，既表达了作者对生活的热爱，更表达了其对非正义的愤恨。在该诗集中有一首题为《拿油壶的女人》的诗，168 行，通过对一位普通劳动妇女的刻画，体现了当时人民生活的艰难和社会的黑暗，也表达了他对社会下层人民的关注和同情。请看这首诗的片段：

此时几乎是黑夜，
拿油壶的妇女
在人行道上拖着身躯
要去哪里？

请靠近些：她看不见我们。
与她双眸那寒冷的铁相比，
与裹着她的脖子和头颅的
暗淡的披肩相比，
与她灵魂中荒凉的景色相比，
我不知还有什么更灰色的东西。

她慢慢地走着，拖着双脚，
消耗着地面，磨损着鞋底，
但总是被一种黑暗的恐惧，
一种逃避厄运的意志
向前拖去。
……
啊，对了，我认识她。
我认识这个女人：她从火车上来。
一列长长的火车，
她走了好多个白天，
好多个夜晚：

有时冒着大雪、严寒，
有时阳光灿烂，
风儿摇动着年轻的灌木，
田野上燃烧着奇异的花
一朵朵爆炸，连绵不断。
她走啊，走啊，
喧哗声、车轮声、
陈旧的尼古丁味，火车的煤烟，
常使她头晕目眩。
啊！
白天和夜晚，
夜晚和白天，
白天和夜晚，
夜晚和白天。
但可怕的火车
停在那么多不同的车站，
可她不清楚站名，
不知道地点，
也不知道时间。
……

《愤怒之子》在艺术形式上也有突破。作者用深刻的人性来反对单纯的表诉衷情和唯美主义，使用罕见的、反诗歌的语言以对抗当时流行的矫揉造作，用自由体对抗加尔西拉索派提倡的传统的十四行诗。

从1955年起，是达马索·阿隆索诗歌创作的第三个时期，作品主要有《人与上帝》(1955)、《视觉的享受》(1981)和《对上帝的疑和爱》(1985)。在《人与上帝》中，愤怒已然消失，诗人平和、冷静地分析和探讨人与神的古老关系。微观与宏观相互制约，理智与爱意相互纠缠，总之，诗人在探求关于生命价值这一永恒命题的答案。

在“二七年一代”的成员中，达马索·阿隆索是一位杰出的诗人，更是一位杰出的文化学者和诗歌评论家。

九 赫拉尔多·迭戈

赫拉尔多·迭戈(1896—1987)生于桑坦德的一个商人家庭，曾就读于萨拉曼卡和马德里大学，获博士学位后在索里亚、吉洪、桑坦德和马德里等城市的中学任教。1912 年就结识了后来成为创造主义诗人的胡安·拉莱亚(1895—1980)，1916 年又结识了智利创造主义诗人维森特·维多夫罗。1918 年出版第一部诗集《新娘谣曲集》。在 20 世纪二三十年代，赫拉尔多·迭戈不仅有丰富的诗歌创作，而且积极参加文学革新运动。他曾主办文学刊物《卡门》及其增刊《劳拉》，为年轻诗人提供精神食粮和创作园地，因而深受读者的欢迎。他积极参与贡戈拉逝世三百周年的纪念活动。与“二七年一代”其他成员不同的是，他在西班牙内战后回到马德里，直至 1966 年退休，对佛朗哥政权并无不适之感。从 1947 年开始任西班牙皇家学院院士。他获得过多种奖项，尤其是 1979 年，他与博尔赫斯共同获得塞万提斯文学奖。后被桑坦德大学授予名誉博士。1987 年在马德里与世长辞。

在“二七年一代”的诗人中，他既有典型性，又有特殊性。说他有典型性，是因为他也出身于中产阶级，受过良好的教育，有很高的文化修养，而且像豪尔赫·纪廉、佩德罗·萨利纳斯和达马索·阿隆索一样，也是一位诗人教授。说他有特殊性，是因为他的人生哲学和诗歌理念与众不同。在人生哲学方面，他信仰缪斯和上帝；在诗歌理念方面，他崇尚传统和创新，既是古典派又是先锋派。在“二七年一代”的成员中，他是唯一采用创造主义和极端主义手法写诗的诗人。

赫拉尔多·迭戈的诗歌创作最初受希梅内斯的影响，但很快便参与了创造主义的活动。他的特点是既能创作最传统的诗歌，也能创作最先锋的诗歌。他的谣曲和十四行诗完全可与“黄金世纪”的同类作品媲美，同时却又是西班牙创造主义诗歌的代表人物。他善于将自己的诗歌个性溶注于各种流派之中。他一生创作了四十余部诗集。他的诗作有:《新娘谣曲集》(马德里,1920)、《形象》(马德里,1922)、《索里亚》(巴亚多利德,1923;增补版:桑坦德,1948)、《泡沫教材》(马德里,1924)、《人类的诗》(马德里,1925,与阿尔贝蒂共获国家文学奖)、《苦路》(桑坦德,1931;增补版:马德里,1956)、《X与Z的寓言》(墨西哥,1932)、《蓄意的诗篇》(墨西哥,1932;增补版:马德里,1943)、《孔波斯特拉的天使》(巴塞罗那,1940;收入第一版全集:马德里,1961)、《真正的云雀》(马德里,1941)、《最初的诗》(马德里,1944)、《惊奇》(马德里,1944)、《沙漠的月亮及其他的诗》(桑坦德,1949)、《直到永远》(马德里,1949)、《净界》(拉斯帕尔马斯,1951)、《不完全的传略》(马德里,1953)、《变奏》(马德里,1954)、《亚马孙》(马德里,1955)、《带形象的风光》(帕尔玛,1956,国家诗歌奖)、《孤独的爱情》(马德里,1952,巴塞罗那诗歌奖)、《逃避》(加拉加斯,1958)、《献给碧奥兰特的歌》(马德里,1959)、《枝干》(桑坦德,1961)、《致比亚梅迪亚娜的诗》(马德里,1961)、《我的桑坦德、我的摇篮和我的语言》(桑坦德,1961)、《致碧奥兰特的十四行诗》(塞维利亚,1962)、《肖邦夜曲》(马德里,1962)、《幸运或死亡》(马德里,1963)、《樱桃和棕榈》(马德里,1964)、《安达卢西亚人》(1964,塞维利亚诗歌奖)、《明白的"科尔多瓦人"和朝圣者归来》(马德里,1966)、《道德的颂歌》(马拉加,1966)、《变奏2》(桑坦德,1966)、《献给加伯列尔·弗雷的前奏、咏叹和尾声》(马德里,1967)、《爱的建立》(桑坦德,1970)、《神圣的诗句》(马德里,1971)、《公墓》(巴塞罗那,1972)、《卡门五十年祭》(萨拉曼卡,1975)、《索里亚(续)》(巴塞罗那,1977)、《流星》(巴塞罗那,1985)。1996年,马德里的阿尔法瓜拉出版社出了他的全集,其中诗歌占三卷,将其1915至1983年的诗作,分为十六部分,题为《叶子》。

从上面这一长串书名即可看出,迭戈是一位高产诗人。他的诗作,题材丰富多彩,风格错综复杂,因而对其按时间分期是没有意义的,只能按作品的风格进行分类。他的先锋派诗作主要有《形象》《泡沫教材》《人类的诗》《X与Z的寓言》等;具有传统色彩的诗作有《新娘谣曲集》《索里亚》

《孔波斯持拉的天使》《真正的云雀》《谣曲集》《带形象的风光》《孤独的爱情》《安运卢西亚人》《我的桑坦德、我的摇篮和我的语言》《幸运或死亡》《道德的颂歌》《神圣的诗句》等。

《新娘谣曲集》和《形象》几乎是同时期的作品，先后于 1920 和 1922 年出版，风格却迥然不同，这正是赫拉尔多·迭戈诗歌创作的特征。让我们看看具体的诗作。在《形象》中，有一首题为《功绩》的诗：

遇险的电车第一次
在死雨中歌唱

琴厅里
一副骨架
在和黑色手套下棋

早熟的燕子在朗诵诗句

祖母在时间旁边
诵读孙子们的玫瑰经文

影子们的絮语在逗留中
点燃无言的浪漫曲

借双手思考的光线
我要将一切观察

像纸张一样的阳台
画着音乐的国家
将垂直的泪水
像邮票一样悬挂

梦的归营号
和画了图的纸张
踏着节拍列队
在一座座落日的桥上

有一天
我从怀中
放飞的风筝
在昔日里抛锚迷失了方向

在入睡的城市
正字法的符号
蹦蹦跳跳地离开学堂

守护的天使们
用喙叼来了画像

为了死去的月份
掘墓人不会播种棺材

来吧 我会让你们充满芳香
我会让自己的诗句像雪片一样
落在你们布满皱纹的伪装
……

无需阅读全诗，作者的创造主义特征已经给我们留下了深刻的印象。这首诗作于1919年11月，正是赫拉尔多·迭戈和胡安·拉莱亚积极参与创造主义诗歌活动的时候。这首诗是献给智利创造主义的开山鼻祖维森特·维多夫罗的，在《形象》中占有重要地位。语言宛似梦呓，一个个意象之间似乎毫无逻辑可言，这恰恰是作者所追求的，用潜意识的表象掩饰自己的创作意图，让读者自己去意会，去揣摩，去参与创作，这几乎是所有先锋派诗歌的共同特点。创造主义诗人喜欢运用“世上根本看不到而人们又都想看到的意象”。这首诗在某种意义上，就体现了这样的特征。仔细思考每一节诗，都会引发读者深邃的想象和好奇的探究，这正是先锋派诗歌耐人寻味的魅力。这样的诗作对当时的诗坛无异于一种颠覆性的革命，因此有人称其为“美学上的布尔什维克”。即便是今天读来，先锋派的意味也颇为浓厚。然而与这首诗几乎同时创作的《杜埃罗河谣曲》(《索里亚》)的风格则完全不同，语言清晰、流畅，结构严谨、整齐，韵律和谐、规范：

杜埃罗河，杜埃罗河，
无人陪伴你流淌，
无人停下脚步
倾听你永恒的诗章。

胆怯或无动于衷
城市转过背膀。
不愿看破损的垛口
在你的镜面上。

你呀，古老的杜埃罗河，
在银色的胡须中微笑，
磨碎了歉收的年景
用你的歌谣。

在岩石的圣者
和魔幻的杨树中间

你在自己的波浪里
流淌着爱的语言。

有谁能像你那样，
既前进又安详，
用不同的水
将同一句诗吟唱。

杜埃罗河，杜埃罗河，
无人和你一起流淌，
已经无人愿意关注
你那被遗忘的永恒的诗章。

只有那些恋人
在问自己的良心
并在你的浪花上面
播种爱的语言。

在赫拉尔多·迭戈具有传统色彩的作品中，不仅有谣曲，同样有大量的十四行诗。这是西班牙黄金世纪诗歌两种最主要的形式。下面这首《失眠》(《真正的云雀》)就是一首有名的十四行诗：

你和你赤裸的梦。你不晓得。
睡吧。不。你不晓得。我在失眠，
而你是无辜的，在睡觉，沐浴着蓝天。
梦中的是你，海上的是船。

在空间的牢房里，空气的钥匙
将我们封闭，它们在囚禁，在掠抢。

冰，空气凝结在多少叶片上。不。没有飞翔
因为我让飞禽竖起的翅膀直抵你的身旁。

知道你在睡觉，的确，平安——
被废弃的忠实的河床，纯洁的路线，
就在我被捆绑的双臂旁边。

岛上多么可怕的奴隶制，
我失眠，疯狂，在峭壁悬崖上，
你在梦中徜徉，船在海上漂荡。

赫拉尔多·迭戈的诗歌是丰富多彩的。遗憾是至今在我国几乎没有译介，有待于国内西班牙语界的学者进一步开展翻译和研究。

十 埃米里奥·普拉多斯和马努埃尔·阿尔托拉吉雷

1. 埃米里奥·普拉多斯

埃米里奥·普拉多斯(1899—1962)生于西班牙南方的港口城市马拉加的一个商人家庭。当地中学糟糕的环境使他于1914年赴马德里求学。1918年开始大学本科(自然科学)的学习，并在胡安·拉蒙·希梅内斯的指导下开始诗歌创作。在大学生公寓与加西亚·洛尔卡建立了深厚的友谊。从少年时起，咯血病就伴随了他一生。1921年，病情加重，曾赴瑞士疗养。从此，决定致力于诗歌创作。1922年去德国著名的弗莱堡大学学习哲学，阅读了前苏格拉底希腊哲学、诗歌、东方哲学以及德国浪漫派作家的作品。1923年回到马德里，主张“多些严肃性，少些娱乐性”的创作，因未得到大学生公寓朋友们的响应而回到马拉加。1925年，和马努埃尔·阿尔托拉吉雷一起，创建了南方印刷厂，出版了《海岸》杂志以及他本人和其他“二七年一代”诗人的作品，对西班牙的诗歌繁荣做出了贡献。

1930年以后的诗作逐渐具有政治倾向性,西班牙内战期间创作了大量歌颂共和国的诗篇。1937年因编印《忠实的命运》获得了国家诗歌奖。战后流亡到墨西哥,继续从事出版工作。晚年专注于诗歌创作,1962年病逝。

埃米里奥·普拉多斯早期的诗歌形式是多样的,但关注的焦点是相同的,即探寻生存的奥秘。早期的诗作有《时间》(马拉加,1925)、《灯塔守护者之歌》(马拉加,1926)、《回归》(马拉加,1927)。这些诗作是按照"纯诗"的美学规范创作的,诗中经常出现两个元素:黑夜与大海。诗的主体是一个积极的观察者,渴望将外部的景色与内心世界融为一体。请看下面这首题为《午夜》的小诗(《时间》):

当月亮将金色的锚
抛在天上,
在她漆黑的床单下
宁静的码头进入梦乡。

心
在划桨!

1954年出版的《水的奥秘》也是这个时期(1926—1927)创作的。在这部诗集中,诗人的情感依然通过自然因素反映出来,万物有灵的思想渗透在诗作的字里行间,体现了他对大自然深刻的人文情怀。1927年创作的散文诗《诗的记忆》有了明显的变化,诗中出现了第二人称,因而使"诗的主体"有了交流的对象,从而使诗作产生了必不可少的情节。《被追逐的躯体》(1927—1928)使这一特点得到了充分的体现。这本诗集表现了一种强烈的爱意,诗人不停地询问那时隐时现的"躯体",它在不同的反映中留下了深刻的痕迹。从这时起,普拉多斯认同了自身存在的本质。诗中引入了大量的超现实主义意象,但依然保持着传统的结构。下面这首诗(《被追逐的躯体》)就是这样的作品:

面对世界将门户关闭；
我在梦中失去了肌体……
我变得内在，魔幻，无影无形，
赤裸得宛似双目失明。

我将自己的内心照亮
充实得直至自己的眼眶。

颤抖，透明，
我驾驭着风，
像洁净的杯子
盛满清水一样，
像玻璃的天使
在明镜上。

这首诗体现了普拉多斯“内心化”的过程。“关闭门户”即“闭上眼睛”，已经失去了对物质世界的意识，诗人感受到的是平静、透明的内心世界。眼睛是连接外部世界和内心世界的关口。闭上双眼以后，所见变成所想，具象化作抽象。诗人用“变得内在”“将自己的内心照亮”和“驾驭着风”体现“内心化”的三个步骤。他是通过比较而不是通过比喻的手法，来体现内心化的三个层次的。去掉物质杂念之后，诗人便像映在明镜上的玻璃天使一样纯洁、透明。

在 1926 至 1934 年间，普拉多斯的超现实主义技巧更加突出。这期间的诗作有《肖像》(散文诗)、《你们不能！》《被俘的声音》《漫步，漫步在世上》和《不会呼吸的土地》。从 1934 年起，他的诗作产生了转变，社会性更强了，更加关注社会的贫困和不公正。内容的转变引发了形式的转变，自由体的超现实主义写作被传统的谣曲和民歌所取代。《面包和鱼的完整日历》和《十月的哭泣》都是 1934 年发表的，这一年在阿斯图里亚斯爆发了革命。他在西班牙内战期间的诗作《忠实的命运》《血中的哭泣》

(1937)、《献给战士的短歌》(1938),都保持了这样的风格。请看《被围困的城市》(《血中的哭泣》)的片断:

我置身于大炮中,
我在大炮中活动:
我理性的城堡
我梦想的边境
我的内心从何处始?
风在何处停? ……
血管中没有了脉动,
只有轰鸣的雷声;
旋风拖拉着我
沿着森林似的神经;
推动我的人群,
点燃我的眼睛,
一阵阵的胜利,
鲜血与钢铁的歌声,
为我战斗的鸟,
使我仰望天空
将云彩燃烧
让大地抖动。
……

这首谣曲是西班牙内战时期在马德里写的。当时西班牙首都正遭围困,诗人用自己的语言记录了当时战争的场面和人民保卫共和国的决心和斗志,起到了揭露敌人和鼓舞士气的作用。尤其是诗人将城市与自己的身体类比,给读者留下了深刻的印象,这是普拉多斯创作的诸多谣曲中的上乘之作。

流亡到墨西哥以后,他又恢复了战前的诗歌风格,对时间和死亡的思考又成了他创作的主要元素。在《小小的死神》(1944)中,玫瑰的美丽和短暂成了诗歌的轴心。《封闭的花园》(1946)是他重要的代表作之一,韵律和意象更加丰富,诗人的宗教思想在诗中有鲜明的体现。《光的匕首》是其中比较典型的作品:

为了使我学会在忘却中行走
上帝将这躯体置于我的双臂上,
我不知它属于谁。

当遇到它时
一个黑色天使,一个巨大阴影,
悄悄地、固执地像一条河
靠近并进入了我的眼睛。
他用水流摧毁了一切。
他参观、惊扰了亲密而又
最黑暗的地方,将它们提升到
另一个世界,在我的吻的边沿上:
唯一的花朵还在那空间开放。
然后在我的肌体上张开宽阔的翅膀
——痛苦的火和光的翅膀——
将羽毛、颤抖和其他的疑问……
插进我的胸膛。

于是,我不知道什么样的生命
能为我点燃这天使的进入。
自从他来到我的身旁,
我成了一座废弃的寺庙:
空洞的灯笼,
像永远关闭的门一样……

我曾是什么，我不晓得；
或者当这身体再一次抛弃我
我从自己的双唇复活
并脱离今天感到的温暖时才晓得……

但是，我终于捕获了这日子；
我捣毁了时间的心房，
尽管在心中，我感到折磨自己的天使
在增长，像一把短剑一样。

从这首诗的题目可知，诗人表现的是一个精神的、形而上的世界，是一个超现实主义的范畴："光的匕首"不是将人砍伤，而是将人照亮。诗人通过两个躯体——"诗中的我"的躯体和诗人的躯体，通过对天使"进入"的想象，表现了自己内心的困惑和痛苦，表达了自己对人生的感触和质疑。诗作已失去了前一个时期的明快、爽朗和热情，重又变得隐晦、艰深和消沉。通过这首诗不难看出，尽管该时期普拉多斯诗作的内容偏于晦涩、抽象，但在形式上却依然洋溢着巴洛克和民间谣曲的风格。在流亡墨西哥期间，普拉多斯的诗作还有《忘却的记忆》(1940)、《睡在草地》(1953)、《天然的河》(1956)、《梦的割礼》(1957)、《书写的岩石》(1961)、《生存的符号》(1962)和《无边的约会》(1962)等。

2. 马努埃尔·阿尔托拉吉雷

马努埃尔·阿尔托拉吉雷(1905—1959)出生在马拉加的一个商人家庭。曾在格拉纳达大学学习法律，但从未做过法官或律师。他最初在马拉加，后来在巴黎、伦敦和马德里从事印刷事业，是当年最著名的出版家之一。加西亚·洛尔卡的《歌集》、阿莱克桑德雷的《轮廓》、路易斯·塞尔努达的《天空的轮廓》都是他印刷出版的。他创办了《海岸》《诗歌》《英雄》(又是丛书)、《1616》《绿马诗刊》(聂鲁达主编)等精美刊物。佩德罗·萨利纳斯称他为“印刷界的堂胡安”[1]，希梅内斯说他是激情忠实的操纵者。他也创作戏剧，还写过一本《加尔西拉索·德·拉·维加传略》。1932年，在马德里和女诗人卡门·孔德结婚。女诗人对他的出版事业给予了热情的帮助。在西班牙内战期间，阿尔托拉吉雷以诗人和出版家的身份，积极为共和国工作。在加西亚·洛尔卡遇害后，他曾担任大学生“茅屋”剧团团长。战争结束后，他流亡到古巴，1943年迁居墨西哥。和卡门·孔德分手后，他主要做电影编导和制片，深受观众喜爱的电影《雅歌》就是他的作品。1959年，他携该片回西班牙参加圣塞巴斯蒂安电影节，不幸遇车祸身亡。

阿尔托拉吉雷是一位作品不多却很重要的抒情诗人。他最初的诗作是在马拉加和巴黎出版的：《应邀的岛屿及其他的诗》(马拉加，1926)、《楷模》(马拉加，1927)和《诗歌》(马拉加—巴黎，1930—1931)。这些诗作都很简洁，而且内容相近，大自然、爱情、孤独和死亡是主要的吟咏对象。诗人通过概括、类比、重复、省略等手段，使诗作产生鲜明的音乐感。《应邀的岛屿及其他的诗》中的《海滩》就是这样的作品：

成双成对的小船，
宛似风的拖鞋
将太阳擦干。

我和我的影子，垂直的角度
我和我的影子，打开的书

一个熟睡的孩子
平躺在沙滩上
像大海的战利品。

我和我的影子，垂直的角度

① 西班牙语的“堂胡安”即英语中的“唐璜”，专指风流、浪漫的骑士。

我和我的影子，打开的书

远处的渔民
拉着黄色的麻绳
带着海的咸腥。

我和我的影子，垂直的角度
我和我的影子，打开的书

在《楷模》中，诗人向我们展示了自己的孤独和苦闷，失恋的忧伤使他情愿与世隔绝，远离声色，将自己封闭起来。与诗集同名的小诗虽然只有八行，却集中地体现了全书的内容和风格：

无法形容的宝盒，
我锁上这张面孔，
它一动不动，
对空气无动于衷。

我斜倚在那里，
出神，内敛，无声无息，
将触觉、阳光、音乐
忘却并抛弃。

在《诗歌》集中，阿尔托拉吉雷向我们展示了他善于幻想的本色。诗人与眼前的现实格格不入，因而其诗中的意象如同幻觉，在现实生活中是根本不存在的。由于厌恶现实中浮浅的表象，于是便通过一系列看似不合逻辑的形容词与名词的搭配，在内心探寻事物的本质。《蓝色的平原》就是这样的作品：

我不会走下泥土的山岭
而是要攀登空气的断层。

峡谷的最深处
是这些晶体的高峰。

坚实、黑暗而又无法进入的
土地，对我是多么沉重！
我擦着顽强的黑暗
去踏上光明。

看不见树木
被深深埋葬的枝干，
却看见碧绿的树根
多么潇洒，春意盎然。

天使和云彩嬉戏
在蓝色广阔的平原。
我从这深深的高度
注视蓝色的山川。

我不会走下泥土的山岭
而是要攀登空气的断层。

以上三部诗集是在马拉加创作的。在马德里，阿尔托拉吉雷同样出版了三部诗集：《相互陪伴的孤独》(1931)、《缓慢的自由》(1933，西班牙国家文学奖)和《应邀的岛屿》(1936)。在这些诗作中，作为抒发内心情感的新浪漫主义诗人，爱情、夜晚、孤独和死亡依然是他偏爱的主题。加尔西拉索·德·拉·维加、圣胡安·德·拉·克鲁斯、贡戈拉、希梅内斯、萨利纳斯是他偏爱的诗人。在《缓慢的自由》中，有一首题为《诗歌》的作品体现了他当时的诗歌理念：

当玫瑰花开放

没有人经过
或穿越
这些阳光和色彩的横梁，
因为天堂是看不见的
那里有看不见的鸟儿
在黑暗中为天空
献上寂静动听的歌唱，
在花朵旁，从没有
穿着衣服的灵魂出现，
在感人的空虚中，
躯体向美投降。

1939年3月，他携妻子和女儿经巴黎流亡到哈瓦那。他一如既往地积极从事印刷工作，并出版了自己的第七本诗集《暂时的云》，正如诗人所说，这是“在空气中的书，像冬天一样悲伤”。书中既有从前的作品也有新作，死亡和怀旧是两个基本主题。《致加西亚·洛尔卡的挽歌》就是这本书的开篇之作：

记起你，我会忘却自己还活着，
会把自己看成大地的尘埃，
就像离你的坟墓最近的部分，
和你融为一体，
那麻木不仁的土地
在取代你的朋友们的爱的努力。

你已结束的生命，与其
勾画的轮廓同在：
它无法将你引向未来。

你的名誉之树鲜花盛开

沐浴着无限的春光。
死是圆满,是收场。
只有死者才能留名。
我们这些活着的人不能。

那些名誉的神秘投手
将对你名字的歌颂投向世界
生命之湖卷起玻璃的
无限的眼帘,睁开自己的眼睛:
没有山峰,没有平原,没有天空,
在一个个同心圆中,无法
再放大你杰出名字的回声。

不是兄弟的痛苦,不是人类的悲伤,
我的忧愁是那情感的一部分
它使思考的繁星变成花朵
开放在覆盖你的夜色上。
我离开自己日常生活的梦想,
为你写下这些话语
在一个遥远的星球痛哭
你无可挽回的消亡。

这首典型的挽歌抒发的是诗人的心情和感悟。朋友的遇害和战争的苦难折磨着诗人的灵魂,使他的内心无法平静。挽歌是以“忘却—记忆”这两个反义词开始的,这也是全诗的关键词。令人印象深刻的是,作者并不是一味地表白与逝者的情谊和失去朋友的痛苦,而是对死亡做了进一步的思考:死能使人获得永恒的爱的回忆,死或许是生命完美的结局。这首诗运用了挽歌体的诸多元素,颇具豪尔赫·曼里克为其父写的“悼亡谣”的神韵。在哈瓦那,他又创办了新的杂志《专注》和《维洛尼卡》。他的传记《希腊之马》就是在《专注》上发表的。

1943年,阿尔托拉吉雷移居墨西哥,先后又出版了《应邀岛屿的诗篇》(1944)、《应邀岛屿的新诗篇》(1946)和《一桩爱情的终结》(1949)。在《应邀岛屿的诗篇》中,像往常一样,包括一些从前发表过的作品。大自然、爱情、死亡依然是核心题材,同时融入了诗人新的思乡情怀和内心痛苦。《一桩爱情的终结》是他献给再婚妻子的,其中的同名诗作是这样的:

倘若这终结的爱情达到了
完美或极限,再走半步
都不可能,我不知是否因为
它的命运已经完成。

我还在注视它从来处
攀向高峰,在那里结束了
艰难的攀升。这如此神奇的爱
已经变得多么沉静。

我不忍心告别
这如此高尚和坚贞的感情
它给我的生命带来多少鼓舞和光明。

我抱怨的不是它到达了顶峰。
它的登顶并未导致起始,
或许恰恰是已经告终。

1955年,他在马拉加发表了《美洲的诗》。尽管新作不多,但诗人的宗教情感却更加强烈。在墨西哥,他创办了一份新的杂志《记忆中的西班牙》,并出版了一套精美的西班牙文学名著丛书——《我的西班牙风》。1960年,人们出版了他的诗歌全集,将1955至1959年作品尽收其中。

在《最后的诗》中,有一首题为《和你在一起》的短诗,它这样写道:

没有我,你并不孤单。
我的孤独在将你陪伴。
我流亡,你辞世,
我们谁有自己的家园?

思想和泪水使我们相聚。
天空和大海使我们相连。
忘却的岛屿和云彩
将你和我分隔两遍。

我的光明远离你的黑夜?
你的黑夜熄灭了我的渴望?
你的声音进入我的死亡?
我的死亡遁去并到达你的身旁?

记忆在我的双唇上。
在你眼中的是希望。
没有你,我并不孤单。
你的孤独在将我陪伴。

阿尔托拉吉雷晚年积极投入电影的编导和制作。1952 年,他的剧本《升天》(路易斯·布努埃尔执导)曾获戛纳电影节最佳故事片批评奖和墨西哥银鹰奖。作为制片人,他拍摄过西班牙著名作家加尔多斯的《仁慈》和西班牙著名剧作家阿尔尼切斯的《星星》。作为导演,他执导了路易斯·德·莱昂版的《雅歌》。不幸的是,1959 年 7 月 26 日,他携该片回国参加圣塞巴斯蒂安电影节期间,在布尔戈地区遭车祸身亡。正如他在《致加西亚·洛尔卡的挽歌》所说的,死亡使他获得了永生。

第三单元

内战与战后诗歌

一　内战中的西班牙诗坛

西班牙内战(1936—1939)是西班牙 20 世纪最重大的历史事件,对其社会发展进程产生了深远影响。内战给人民带来无限的痛苦,也给当时的诗坛打上了永恒的烙印。

内战前的西班牙诗坛,生机勃勃,人称"第二个黄金世纪"。那时,"纯诗"已渐渐退出历史舞台,当年奥尔特加所提倡的"非人性化"诗歌也趋于销声匿迹。在后来兴起的以人性为主要创作主题的热潮中,涌现出不同的诗歌风格,丰富多彩的先锋派诗歌开始走向创作高峰,"二七年一代"的诗人就是其中的佼佼者。可惜好景不长,内战的爆发彻底改变了诗人们的创作道路和诗坛的发展进程。在硝烟弥漫、战火纷飞的年代,语言变成了武器,诗人的职责是战斗。

在内战中,西班牙人民分成了针锋相对的两派:有的站在共和国的立场,有的则倒向佛朗哥一边;诗坛更是泾渭分明:以安东尼奥·马查多、米格尔·埃尔南德斯和大部分"二七年一代"的诗人为首的一方高举共和国的旗帜,同法西斯势力进行了坚决的斗争。

当时的诗坛极为活跃，诗歌创作的数量就是有说服力的证明。当然，这与诗歌本身的特点有关。众所周知，小说（尤其是长篇）和戏剧的创作需要长时间的积累和酝酿，诗歌则是有感而发，甚至可以即兴创作，最适合表达激越的情绪、高昂的斗志和深刻的感悟。再说诗歌的传播也比小说和戏剧容易得多，不仅可以在报刊、杂志、小册子乃至明信片上发表，也可以通过电台、广播、朗诵传播，还能谱成歌曲，到处传唱。1937 年，《西班牙歌曲 50 首》在美国出版。有时还会用旧曲（如“四个骡夫”“哈雷奥”“蟑螂”等）填新词，就像我国土地革命时期农民们唱的“打倒列强！打倒列强！”一样。在巴伦西亚，甚至连盲人都动员起来了，他们五人一组，每天工作五小时，演唱街头谣曲，日挣十个比塞塔①。正因为诗歌的即时性和随意性，如今要研究西班牙内战时期的诗歌是很困难的。按照塞尔赫·萨拉文的说法，当时一般公认的“职业”诗人大约 50 位，而不知名的诗人却有 3950 位。在战火中，约有 1300 家传媒，估计会有万余首诗，其中 9.5％是“大”诗人的作品，5.75％是“小”诗人的作品，84.75％是无名氏的作品。无名氏、用缩写字母和笔名署名的占 20％。在内战中，有许多颇具人民性的诗人，如罗赫尔·德·弗洛尔、加布列尔·巴尔德里奇、马努埃尔·卡巴尼亚斯、胡安·阿尔凯德、安东尼奥·阿格拉斯、费利克斯·帕雷德斯、何赛·加西亚·普拉多斯、巴伦丁·德·佩德罗、诺布鲁赞等。系统地刊登诗歌的杂志有《全国劳动联盟》（即《全国劳联谣曲集》）、《自由·每日歌谣》《社会熔炉（或社会熔炉抒情）》和《自由卡斯蒂利亚（或手榴弹）》等。

根据萨拉文的研究，内战时期的诗歌有一半是无政府主义者写的，如经常被人忽视的《革命人民谣曲集》就是这样的作品，它是由胡安·乌松（笔名华诺努斯）于 1937 年出版的。值得一提的是全国劳动联盟发展得极为迅速：在其初创时期（1911—1921），其成员从 3 万增加到 50 万；至

① 比塞塔是欧元流通前的西班牙钱币。

1936年春，增加到150万，内战中已增加到300万。应当指出的是，萨拉文的研究仅限于共和国一方，他调查了大约五千名作者的两万首作品。诗歌在内战中的创作与传播，可见一斑。

这些以战争为主题的诗歌，绝大部分都是八音节的民歌和谣曲，十四行诗所占的比例极少。这些诗中的精品多是“职业”诗人创作的，主要发表在《西班牙时刻》和《蓝色工装》这两份杂志上。《西班牙时刻》发表的诗作多是思考型的，不像“顺口溜”那么直白，其中只有八首是谣曲。《蓝色工装》创办于1936年8月，是反法西斯知识分子联盟的机关刊物。它采纳了拉斐尔·阿尔贝蒂的创意，在杂志的核心部分，用两页的篇幅发表战争谣曲，杂志的前11期和第15期都是如此安排的。在其余各期，均有谣曲发表。与《西班牙时刻》不同，在《蓝色工装》发表的作品中，谣曲占半数以上。因此，后来出版的内战谣曲选集主要选自《蓝色工装》。

第一部这类选集题为《战争的诗篇》，是由著名的第五军团与知识分子联盟合作出版的。但是到了1936年11月，在这个系列中，就有了《内战谣曲集》。书中收录了阿尔托拉吉雷、阿莱克桑德雷、阿尔贝蒂、贝加明、米格尔·埃尔南德斯、普拉多斯、拉斐尔·迪耶斯特、埃雷拉·佩特雷、佩德罗·加菲亚斯、普拉·伊·贝尔特兰等人的诗作35首。1937年7月，在巴伦西亚进行了第二届反法西斯作家代表大会。为此，埃米里奥·普拉多斯选了900首谣曲，最终录用了302首，题为《西班牙战事谣曲总集》，作为赠送各代表团的礼物，前面的题词是“献给费德里科·加西亚·洛尔卡”。该书由安东尼奥·罗德里格斯-莫尼诺作序，诗作是按战区顺序编排的。除前面提到的诗人外，又补充了吉尔-阿尔贝特、罗莎·洽塞尔、莫雷诺·维亚、安东尼奥·阿格拉斯、费利克斯·帕雷德斯、莱奥波尔多·乌鲁蒂亚等人的作品。

上述选集并非送给与会代表团的唯一出版物。大会期间，巴伦西亚还出版了另外两部诗作：《西班牙时刻》准备了《忠于西班牙的诗人》(1937)，其中收录了安东尼奥·马查多、阿尔贝蒂、阿尔托拉吉雷、塞尔努达、吉尔-阿尔贝特、米格尔·埃尔南德斯、莱昂·费利佩、莫雷诺·维亚、普拉多斯、塞拉诺-普拉哈等人的作品。与此相对应的是由共和国军方出版的《战壕里的诗篇》(1937),其中收录的几乎都是无名诗人的作品,只有安东尼奥·马查多和米格尔·埃尔南德斯是例外。该书共收诗作49篇,其中绝大多数是谣曲,这充分体现了它的人民性。

就站在共和国一边的诗人而言,米格尔·埃尔南德斯是他们的杰出代表,对其人其诗,我们将作专门论述。此外,还有一些具有广泛影响的诗作不能不提。如安东尼奥·马查多致加西亚·洛尔卡的悼诗:《罪行发生在格拉纳达》、埃米里奥·普拉多斯的《血中的哭泣》(1939)、阿尔贝蒂的《光荣的首都》(1936—1938,即《随时随刻》的第四部分)。至于米格尔·埃尔南德斯的《人民的风》和《枕戈待旦》以及出生于莫斯科的塞萨尔·阿尔科纳达(1898—1964)的《我们生活在黑夜》(1936)就更是内战诗歌的经典之作了。

在内战时期的诗人中,有三位后来引起了人们的重视:胡安·吉尔-阿尔贝特(1906—1994)、阿图罗·塞拉诺-普拉哈(1909—1979)和莱昂·费利佩(1884—1968)。

吉尔-阿尔贝特的第一部诗集《神秘的现身》发表于1936年。由34首巴洛克风格的情诗组成,颇具夸饰体大师贡戈拉的神韵。同年他又发表了反纳粹的《烧红的恐怖》,受超现实主义影响,有很强的战斗力。在内战中,他的战地诗集《陌生的名字》(1938)具有鲜明的个性。内战后,他流亡到墨西哥和阿根廷,于1945年发表了诗集《幻想》。1947年他返回西班牙。此后的主要诗作有《存在思考其潮流》(1949)、《爱是和谐》(1951)、《形而上》(1974)、《一个永恒主题的多样性》(1981)。1981年他出版了三卷本的《诗歌全集》。此外,他还著有多种散文和短篇小说。

在共和派一方,塞拉诺-普拉哈是一位有影响力的精英,是《文学之叶》《十月》《西班牙时刻》《绿马诗刊》等杂志的创办者和鼓动者。早期作品《晃动的影子》(1932)和《无限期的流亡》(1936)体现了他遵循承诺主义和存在主义的心路历程。他于1938年出版的《人与劳动》堪称战争诗歌的巅峰之作,将革命觉悟和美学尊严融为一体,受到安东尼奥·马查多和玛利亚·赞伯拉诺的高度赞扬。他在战后的作品有《战争与和平的诗》(1945)、《上帝之手抚摸过这条狗》(1965)。他的选集后来汇编成《朦胧的杨树》。他的杂文集有《塞万提斯的魔幻现实主义》(1967)、《承诺的艺术和艺术的承诺》(1968)。

莱昂·费利佩是费利佩·卡米诺·加利西亚的笔名。他的诗歌创作始于"后现代主义"时期(这里指的是以鲁文·达里奥为代表的拉丁美洲的现代主义,而非欧美现代主义),1920年发表了第一部诗集《行人的诗句与祷词》;1930年发表了同名诗集的第二部。他的诗歌创作深受惠特曼和艾略特(《荒原》)的影响。人们认识莱昂·费利佩,主要还是通过他关于内战的诗歌创作:《旗帜》(1937)、《挨耳光的小丑和拿竹竿的钓者》(1938)、《斧头》(1939)、《流亡与哭泣的西班牙人》(1939)。战后的诗作有《伟大的负责人》(1940)、《你将赢得光明》(1943)、《请叫我共和派》(1950)、《鹿和其他的诗》(1958)、《啊,这老头和破提琴!》(1965)。在这些诗作中,在风格上有惠特曼的痕迹,在精神上有堂吉诃德的影子,在韵味上有上帝的语气(尽管是以"风"的口吻),诗人往往是以预言者的身份出现的。他的诗句往往滔滔不绝,有散文化的趋势。

以上只是对西班牙内战时期共和派一方的诗歌状况作个大致的梳理,名副其实的"挂一漏万"。好在这些诗人在战后依然活跃在诗坛上,尽管他们中的许多人流亡在外。下面我们同样将佛朗哥辖区的诗坛概貌作个大致的勾勒。

客观地说,佛朗哥辖区(或称"民族主义"控制区)的诗歌创作远不及共和派一方活跃与繁荣。人们经常提及的诗集有《纳瓦罗民间谣曲集》(1937)、《新西班牙诗歌——圣十字军抒情》(1937)、《蓝色谣曲集》(1937)、《为了西班牙的爱》(1937)、《战争与帝国之歌》(1937)、《光复谣曲集》(1938)、《野兽与天使之诗》(1938)、《永恒的长枪党》(1938)、《战争抒怀》(1939)、《起义诗选》(1936—1939)、《献给普里莫·德·里维拉的十四行诗桂冠》(1939)、《战争歌集》(1940)、《武装起来的诗》(1940)、《西班牙的痛苦与光辉》(1940)、《扁桃树与剑》(1940)、《诗选》(马努埃尔·马查多,1940)、《痛苦的岁月(1934—1937)》(1940)、《军团谣曲集》(1940)、《十字军东征谣曲》(1941)等。

在"民族主义"控制区的诗坛,民众的参与远不及共和派一方,可见支持佛朗哥的基本是"右翼"诗人。在上述诗集中,较有代表性的是豪尔赫·维尹编选的《起义诗选》和卡西米洛·西恩富戈斯编选的《献给普里莫·德·里维拉的十四行诗桂冠》。《起义诗选》含 45 位作者的 79 首诗,既有外国诗人也有西班牙诗人;既有谣曲也有十四行诗。这是献给何塞·玛利亚·佩曼(1897—1981)的,此人是长诗《野兽与天使之诗》(1938)的作者。《野兽与天使之诗》集中体现了"民族主义者们"(这是佛朗哥一派的代称,比"法西斯"好听一点)的价值观和精神境界。顾名思义,"野兽与天使"有浓厚的宗教色彩,可谓爱憎分明,将共和派与佛朗哥派的斗争视为"恶"(野兽)与"善"(天使)的冲突。如今,除文学史外,人们对它已很少提及,是在情理之中的事情。《献给普里莫·德·里维拉的十四行诗桂冠》只有 25 首十四行诗,作者有马努埃尔·马查多、赫拉尔多·迭戈、莱奥波尔多·帕内罗、罗萨莱斯、毕万科、里德鲁埃霍等。普里莫·德·里维拉是个狂热的长枪党徒,不折不扣的佛朗哥主义者,法西斯专政的偶像。内战结束后,他被选为佛朗哥方面阵亡者的象征。该书具有浓重的"长枪党色彩",将它献给这位"伟大的亡者",就如同将《西班牙内战谣曲总集》献给费德里科·加西亚·洛尔卡一样。

对于内战期间"民族主义"控制区的诗歌,我们不再多费笔墨。从上述简明扼要的概括中已不难看出,在"内战"这一特定的历史条件下,千万人"拿起笔作刀枪",或抒发内心愤慨或表达坚定信念,诗兴如泉涌,诗作似繁星,通过报刊、杂志、广播、朗诵等渠道迅速传递给人民群众。就此而言,民族主义地区的诗歌创作,无论从数量上还是质量上都是无法与共和国一方相提并论的。西班牙内战后,"民族主义"诗人占据了主流地位,加上他们的思想境界和诗歌理念也发生了不同程度的变化,这便使西班牙战后诗歌呈现出错综复杂的局面。

二 战后诗坛概述(1939—1960)

内战中断了先锋派诗歌的蓬勃发展。战后的西班牙不但整个国家百废待兴,诗歌也是一派萧条景象。加西亚·洛尔卡惨遭杀害,安东尼奥·马查多、米格尔·埃尔南德斯已经辞世,共和国派的诗人大都选择了流亡。在流亡的诗人中,最有名的是前面已经介绍过的胡安·拉蒙·希梅内斯、拉斐尔·阿尔贝蒂、豪尔赫·纪廉、路易斯·塞尔努达、莱昂·费利佩等。他们虽然都曾经为共和国而战,但由于思想信仰各异,加之落脚国家不同(墨西哥、阿根廷、美国、法国或英国等),因此他们的诗歌创作也五光十色,各有千秋。从总体上说,他们的创作主题大致可分为两个时期。前期的诗作充满激情,为失去祖国慨叹,愤怒抨击独裁者的暴行。后期的诗作更多的则是怀念祖国和昔日的战友,其内容较前期更为深刻,创作手法也更趋成熟,诗作充满人文主义精神,无疑是战前"恢复人性"运动的继续。

内战影响了西班牙整个社会历史进程,文学与诗歌自然不能幸免。因此,在战后无论是共和派还是专制派,革命派还是保守派,都在以各自的理念与方式进行诗歌创作。众所周知,西班牙内战是以法西斯胜利告终的。可想而知,拥护佛朗哥的"民族主义"诗人们战后在国内居主流地位,类似"官方诗人"。这些人曾于1936年利用纪念加尔西拉索·德·拉·维加(1501—1536)①逝世400周年的机会,大肆提倡恢复古典形式(尤其是十四行诗),像那位文艺复兴时期的前辈一样,关注"帝国、上帝、爱情"等题材。《埃斯克里亚尔》②(1940—1950)和《加尔西拉索》(1943—1946)这两本杂志集中体现了他们的诗歌理念和艺术追求。

---

① 德·拉·维加(Garcilaso de la Vega,1501—1536),西班牙文艺复兴时期的诗人,其作品以牧歌和十四行诗为主。

② 埃斯克里亚尔(Escorial),西班牙国王费利佩二世时期修建的建筑群,包括修道院、供电、陵墓、教堂、图书馆、慈善堂、神学院等。

《埃斯克里亚尔》是一本文学杂志，创办于 1940 年，主编是长枪党人迪奥尼西奥·里德鲁埃霍(1912—1975)，其核心成员还有罗萨莱斯(1910—1992)、毕万科(1907—1975)、帕内罗(1909—1962)等。它虽然不是诗刊，却经常发表大量诗作和诗论。它既有官方色彩，又有一定的自由主义倾向，逐渐形成了自己的风格。这一派诗人的主要特点是：(1)重新以日常生活、乡土人情和宗教信仰为创作主题；(2)采用黄金世纪的诗歌形式，尤其偏爱十四行诗；(3)语言朴实无华，有口语化倾向。

《加尔西拉索》与《埃斯克里亚尔》一脉相承，也是一本文学杂志，是在官方支持下，于 1943 年由一群自诩为“青年创作派”的诗人创办的。何塞·加西亚·涅托(1914—2001)是该杂志的创办者和主编，也是其中成就最高的一位。

“加尔西拉索派”的本意是根据当时统治阶级的政治意图进行创作，但后来加西亚·涅托却在“为艺术而艺术”方面取得了突出的成就，从而成为后人在谈论“加尔西拉索派”时的主要话题。这些诗人的技巧娴熟，效法警句派大师克维多，以新巴洛克主义的口吻进行讥讽和嘲笑，后又融入新大众化的手法，用乐观的态度掩盖痛苦的现实。聚集在《加尔西拉索》和《埃斯克里亚尔》周围的诗人，是达马索·阿隆索称之为“扎根派”的诗人，属于“三六年一代”。

从时间上说，人们称“二七年一代”以后的诗人为“三六年一代”，又称“分裂的一代”或“毁掉的一代”。“三六年一代”的诗人多生于 1904 至 1916 年间，其代表人物是米格尔·埃尔南德斯(1910—1942)和路易斯·罗萨莱斯(1910—1992)。其他成员还有莱奥波尔多·帕内罗(1909—1962)、路易斯·费利佩·毕万科(1907—1975)、伊尔德丰索-马努埃尔·吉尔(1912—　)、赫尔曼·布雷贝格(1915—1990)、何塞·安东尼奥·穆尼奥斯·罗哈斯(1909—2009)、何塞·玛利亚·鲁埃尔默(1904—1991)、加布列尔·塞拉亚(1911—1991)、拉斐尔·杜约斯(1906—1988)、佩德罗·佩雷斯·克洛岱特(1902—1966)、阿图罗·塞拉诺-普拉哈(1909—1978)、胡安·吉尔-阿尔贝特(1906—1994)、迪奥尼西奥·里德鲁埃霍

(1912—1975)、何塞·路易斯·卡诺(1912—1999)等。

需要说明的是,这样按"年"分"代",只是为了梳理和叙述的方便,并非"物以类聚,人以群分"。例如,米格尔·埃尔南德斯和路易斯·罗萨莱斯唯一的共同点是都出生在1910年。至于家庭背景、人生经历或诗歌创作,他们之间鲜有相似之处。因此,在研究这一代诗人时,最可行的方法是"具体问题具体分析"。

对西班牙战后诗歌来说,1944年是关键的一年,甚至有人说,这是战后诗歌的开启之年。在这一年,达马索·阿隆索发表了诗集《愤怒之子》,阿莱克桑德雷发表了诗集《天堂的影子》。达马索·阿隆索不逃避现实,不保持沉默,通过一首首肆无忌惮的诗歌将压抑在内心的痛苦表现出来。这本诗集是在文学上的反抗,用深刻的人性来反对单纯的抒情和唯美的风格,用罕见的、反诗歌的语言反对当时流行的矫揉造作,用自由体诗反对"加尔西拉索派"提倡的十四行诗。《天堂的影子》同样是一声壮怀激烈的呐喊,阿莱克桑德雷力图重建失去的天堂。针对"加尔西拉索派"的因袭主义,他想通过这部带有新浪漫主义和超现实主义别开生面、极具个性的诗作,将诗歌拉回战前发展的道路上来,用朝气蓬勃的语言恢复诗歌内在的张力。《愤怒之子》和《天堂的影子》都对年轻一代诗人产生了深远影响,两位作者无疑成了他们崇敬的偶像和导师。

达马索·阿隆索在其《"扎根派"与"拔根派"诗歌》一文中,从历史的视角出发,大致勾勒了当时诗学的轮廓,尽管人们对此不无争议。达马索·阿隆索认为:战后的西班牙诗坛乱象丛生。就官方支持的诗人群体而言,他们的发展方向虽有不同,但却汇向同一个焦点:宣扬帝国思想,将诗歌引向史诗和英雄颂歌的创作上来。路易斯·罗萨莱斯和路易斯·费利佩·毕万科是其中具有代表性的人物,他们联合编选了《帝国英雄颂》(1940—1943)。与其呼应的是何塞·玛利亚·佩曼编的《为了上帝、为了祖国和国王》(1940)。选集中广泛收集了西班牙"黄金世纪"的诗作。在他们的鼓动下,迪奥尼西奥·里德鲁埃霍创作了《献给石头的十四行诗》,忠实地反映了内战结束初期形式主义者和古典派的创作思想。此外,这些人也在宗教和爱情中寻求精神安慰。如诗人巴尔布埃纳·普拉特发表了《神圣诗选》(1940),里德鲁埃霍发表了《爱的第一本书》(1939)。达马索·阿隆索将他们的作品称作"扎根派"的诗歌。所谓"扎根",有两层意思:一是扎根于传统,二是当权者支持。对于"拔根"的诗人来说,世界是一团混乱,是一种痛苦,无和谐与平静可言,但诗人们寻求的正是社会合理的秩序和安定。以《埃斯克利亚尔》和《加尔西拉索》为代表的就属于"扎根"的诗歌,而《愤怒之子》和《钟楼》则代表"拔根"的诗歌。

《愤怒之子》的面世是战后诗坛的转折点,开创了新表现主义的先河。这类诗歌又被称作存在主义、新浪漫主义和"拔根派"。这一派的诗人以三个杂志为中心:莱昂的《钟楼》(1944—1951)、巴伦西亚的《骏马》(1942)和桑坦德的《船头水手》(1942)。其中《钟楼》堪称现实主义和反形式主义的标兵,其余二者的影响虽远不如《钟楼》那么广远,却是"四二年一届"的源头。《钟楼》的代表人物是克莱梅尔(1906—2009)和诺拉(1923—2010);后二者的代表人物是何塞·耶罗(1922—2002)与何塞·路易斯·伊达尔戈(1919—1947)。

应当指出的是:如同抗日战争中断了我国"现代派"诗歌的发展脉络(代之以抗战的大众的社会诗歌)一样,西班牙内战也中断了先锋派诗歌发展的主线。战后,社会诗歌不以人的主观意志为转移地发展起来。根据诗歌评论家桑斯·比亚努埃瓦的定义,社会诗歌是"由于一个国家的社会政治形势而产生的一种救急艺术,以揭露不平等和反抗压迫来促进社会的转化"。社会诗歌虽然一直存在,但20世纪50年代(约1950—1965)是它的黄金时代。《愤怒之子》和《钟楼》杂志可谓社会诗歌发展道路上的里程碑。当时的社会政治原因是显而易见的,战后出现了两个对立面:战胜者和战败者。诗人们使现实主义美学进一步深化,使诗歌具有鲜明的政治色彩。针对希梅内斯倡导的"为少数人的"纯诗,奥特罗(1916—1979)写出"致无限的大多数",并从而引出了塞拉亚(1911—1991)将诗歌作为"改造世界的工具"的主张。即使是一般的诗人,也多把诗歌看作"交流"的工具。正如阿莱克桑德雷所说:"诗歌的秘密在于这种交流的功能,而不在于奉献美，也不在于做宣传，我们对此越来越深信不疑，这种交流是人类灵魂深处的交流。”在这个时期，“二七年一代”的诗人如阿莱克桑德雷、纪廉等依然笔力雄健，维克托里亚诺·克雷梅尔、欧亨尼奥·诺拉、加布列尔·塞拉亚、布拉斯·德·奥特罗、何塞·耶罗等新一代诗人也已经活跃在诗坛上。

社会诗歌主要是由现实主义和存在主义两大流派构成的，当时成为诗坛的主流。然而有两个例外。其一是以《“主义后主义”》杂志(第一阶段为1945—1949)为核心的诗人群体，包括卡洛斯·埃德蒙多·奥利(1923—2010)、埃德华多·契查罗(1905—1964)、加比诺·阿莱罕德罗·卡里埃多(1923—1981)等人。他们又接续了先锋派的香火，恢复了对游戏的偏爱。他们的后继者有胡安·埃德华多·希罗特(1916—1973)、米格尔·拉波德塔(1921—1969)等。这些人的作品具有明显的超现实主义特征。他们的影响甚至波及何塞·塞拉(1916—2002)。其二是以科尔多瓦的《颂歌》(第一阶段为1947—1949)为核心，聚集了巴勃罗·加西亚·巴埃纳(1923—)、里卡多·莫利纳(1917—1969)、胡安·贝尔涅尔(1911—1989)、马里奥·洛佩斯(1918—2003)、胡里奥·欧门特(1924—2006)等诗人。

三 米格尔·埃尔南德斯

米格尔·埃尔南德斯(1910—1942)是“三六年一代”最重要的诗人。他的重要诗作都是在西班牙内战期间创作的，战后在佛朗哥统治下的狱中病逝。

埃尔南德斯于十一岁开始自学诗歌，阅读了大量的“黄金世纪”的作品。十四岁辍学，在家牧羊，为居民分送鲜奶。十六岁开始诗歌创作，并经常出入他的好友拉蒙·希赫主持的文学沙龙。他于1931年到马德里，其文学才能很快引起了人们的注意。1933年出版了第一部诗集《月亮上的能手》。1934年他再次来到马德里，结识了聂鲁达和阿莱克桑德雷等诗人。1936年他加入西班牙共产党并亲临前线，参加了保卫共和国的战斗。战后，在葡萄牙被捕，被佛朗哥政权判处死刑，后改为三十年监禁，后病死狱中，年仅三十一岁。他的主要诗作有《不停的闪电》(1936)、《人民的风》(1937)、《窥伺者》(1939)、《思念的歌谣》(1958)。此外，他还著有《坚如磐石的儿女》(1935)和《死去的牧人》(1938)等剧作。

埃尔南德斯的生命虽然短暂，却为人类留下了宝贵的精神财富。聂鲁达在写给米格尔·埃尔南德斯的诗中说："通过你的死，我学会了生：我的眼睛几乎没有模糊过，我有的不是恸哭的泪水，而是无情的武器。"这也是所有正直、善良的人们的共同心声。

聂鲁达在自己的回忆录《回首话沧桑》中，生动、有趣地描绘了埃尔南德斯的形象。在此，我愿将聂鲁达的回忆翻译过来，因为它对我们了解埃尔南德斯其人，或许更有价值：

> 青年诗人米格尔·埃尔南德斯是费德里科·加西亚·洛尔卡和拉斐尔·阿尔贝蒂的朋友。我认识他时，他刚从家乡来到马德里，穿着麻鞋和农民的条绒裤子，他在家乡放过羊。我在自己主编的《绿马诗刊》上发表他的诗作，他丰富的诗歌的光辉和活力令人振奋。
>
> 米格尔简直就是个农民，浑身洋溢着泥土的气息。他的脸就像泥土或刚挖出的马铃薯，还保持着地下的清新。他住在我家里写作。我的美洲诗歌，以不同的景色和平原，给他留下深刻的印象并逐渐改变了他。
>
> 他给我讲述具有乡土气息的鸟兽故事。这是一位源于大自然的作家，宛似一块原生态的岩石，具有森林的纯贞和无坚不摧的生命力。他向我讲述，将耳朵贴在安睡的母山羊的肚皮上是何等的令人兴奋。这样便能听到乳汁流到乳房的声音，除了这位牧羊诗人，还有谁能听到这神秘的声音呢。
>
> 还有几次他给我讲述夜莺的歌声。他来自西班牙莱万特地区，那里到处是开花的橘树和夜莺。由于我的祖国没有这种卓越的鸟儿，痴迷的米格尔力图告诉我这歌声最生动、形象的表现力。他爬上

街边的一棵树,从最高的枝头,用口哨或啼鸣,模仿着自己钟爱的家乡的鸟儿。

由于他生活没有着落,我给他找了一份工作。在西班牙给一位诗人找工作,不容易。终于有一位子爵,外交部的高官,对此事感兴趣,给了我肯定的回答,他同意了,因为他读过米格尔的诗,敬重他,但米格尔要提出想干什么工作,以便向他下达任命书。我兴高采烈地对他说:

"米格尔,你总算有工作了。是子爵给你安排的。你将是一名高级职员。说说看,你想干什么工作,好给你颁发任命书。"

米格尔陷入了沉思。他过早出现了深深皱纹的脸上蒙上了凝重的面纱。过了几个小时,到了下午,他才回答我。眼里闪着解决了人生难题的光芒,他说:

"子爵能在马德里附近找一群羊让我放牧吗?"

对米格尔·埃尔南德斯的回忆无法从我的内心深处抹去。莱万特夜莺的歌声,这声音之塔在黑暗与橙花之间直冲云天,这是诗人挥之不去的现实,是他的血液的组成部分,是他野生的具有乡土气的诗歌的组成部分,其中凝聚着西班牙莱万特地区极浓郁的色彩、芳香和声音,具有强悍的男性青年的蓬勃与光辉。

他的面孔就是西班牙的面孔。被阳光切削,像田陌一样布满皱纹,具有面包和泥土的某种坚毅。他那双闪光的眼睛,在因久经风霜而变得坚强、灼热的外表下燃烧,是两道既有力又温柔的闪电。

从他的话语里,我看见真正诗歌元素的涌现,然而现在不时又有了一种新的范畴,一种野性的光辉,一种古老的血液转化为赤子的奇迹。在我诗人的岁月里,在我流浪诗人的生涯中,我可以肯定地说,我从未见过具有如此天赋和在语言方面思维如此敏捷的奇才。

埃尔南德斯的早期创作虽显稚嫩,且有模拟的痕迹,但已显示出诗人纯真的情怀和卓越的天赋。如下面这首《金星》：

我漫步在小径，
沐浴着无力
燃烧的夕阳，
寻觅傍晚
那孤独的明星。

（黄昏中一朵彩霞
闪烁着多彩的光芒。
……隐蔽的蟋蟀
喘息着将音乐奏响。）

我寻觅那明星……
巡视辽阔的高空……
（一朵云在变幻
她华丽的面容。）

我寻觅那明星……（小山中
羊群的铃儿在跳动。）
我寻觅……高兴啊！
她在蔚蓝的胡言乱语中。

在《月亮上的能手》中，已明显看出"黄金世纪"诗人尤其是贡戈拉对他的影响。其十一音节的八行诗体（Octava Real）颇有新巴洛克韵味：比喻优美，内涵隐晦，有明显的雕琢痕迹。《不停的闪电》则已臻成熟，无论语言还是意象，都形成了鲜明的个性，如下面这首脍炙人口的四行一节的八音节民歌体的青春的赞歌：

一把食人的刀子

它有着杀戮而又温柔的翅膀
在我生命的周围
支撑着飞翔和闪光。

颤抖的金属的闪电
闪烁着下降，
啄击我的肋部
在那里筑起可怜的巢房。
……

在《不停的闪电》中，多是描写爱情的十四行诗。诗人将爱的真情实感凝结在笔端，感人肺腑，动人心魄。如下面这首《我的心无法承受爱恋……》：

我的心无法承受爱恋
与乌黑的暴风雨的负担
连我的舌头都在撑起
控制它的那种淌血的幽怨。

我缓慢的长舌已是心灵，
我的心已是缓慢的长舌……
你想讲述它的悲戚？来吧，
请讲痛苦的沙地那些温柔的颗粒。

我的心痛苦到了极点：
和溺死者漂浮的幽灵一起
在血液中奋飞，无助地沉底。

昨天，在心里，你给我写信说

由于怀念，你的身体
一半倾向墓穴，一半倾向我。

尤其值得一提的是那首《致拉蒙·希赫的挽歌》，和加西亚·洛尔卡的《致伊格纳西奥·桑切斯·梅希亚斯的挽歌》一样，堪称20世纪诗坛上挽歌中的经典。

心灵之友啊，我愿哭泣着成为园丁
迎着刚刚破晓的曙光
站在你耕耘和施肥的土地上。

我的痛苦不用任何工具
将雨水、田螺和常青藤滋养，
对失去生机的虞美人

我用你的心为她提供食粮。
多少痛苦聚集在我的躯体上
连呼吸都令人痛断肝肠。

冰冷的一击，强有力的一掌，
一把无形的杀人的斧头，
猛烈地将你推倒在地上。

任何空间也容纳不下我的创伤。
我为自己所有的不幸而哭泣
我对自己生命的感受远不及你的死亡。
……

西班牙内战爆发以后，埃尔南德斯的诗歌风格有明显的改变。血雨腥风不同于晴空朗月，任何一位有良知的诗人都不会回避残酷的现实。

他成了人民“真正的百灵”。他的语言变得清晰明快。他的诗作是思想性和艺术性完美的结合。《人民的风》是他的代表作。这部诗集共25首，分别为：(1)《挽歌：致诗人费德里科·加西亚·洛尔卡》；(2)《我坐在死者的尸体上》；(3)《人民的风席卷着我》；(4)《拉犁的儿童》；(5)《胆小鬼》；(6)《挽歌二》；(7)《我们的青年永垂不朽》；(8)《我召唤青年》；(9)《请关注这呼声》；(10)《爆破手罗莎里奥》；(11)《短工们》；(12)《牺牲在西班牙的国际战士》；(13)《采橄榄工》；(14)《眼前的塞维利亚》；(15)《灰色的墨索里尼》；(16)《手》；(17)《汗水》；(18)《快乐的誓言》；(19)《一九三七年五月一日》；(20)《战火》；(21)《丈夫士兵之歌》；(22)《西班牙农民》；(23)《热情之花》；(24)《欧斯卡迪》；(25)《曼萨纳雷斯河的力量》。从诗作的题目即可看出，这是鼓舞人民的号角，声讨法西斯的檄文。第一首是献给诗人费德里科·加西亚·洛尔卡的：

死神手持生锈的扎枪，
身着炮衣，行走在荒原上，
在苦涩的雨水中播种骷髅，
而人，在培植根和希望。

田陌碧绿一片，
什么样的天气将欢乐压扁？
太阳使血液腐烂，使它布满了埋伏
并生出了黑暗中的黑暗。

痛苦和它的斗篷
又一次见证了我们的相逢。
我泪如雨下，
又一次走进了哭泣的胡同。

我总是看见自己

置身于这倒流的苦涩的阴影，
它是用眼睛和肠线揉成，
入口处有一盏挣扎的油灯
和一串愤怒的心灵。

我想痛哭，在一口井中，
在水、抽泣和心灵的
同一条陌生的根中：
那里无人看得见我的声音和目光，
无人看见我泪水的踪影。

我缓缓地进入，缓缓地低下头，
心灵在缓缓地撕扯着我，
在吉他旁，缓缓地
愁苦地再次哭出我的哀歌。
……

从一开始，诗人就将对死神（法西斯分子的化身）的憎恶与愤怒表达得淋漓尽致。然后通过反复的咏叹，抒发了对加西亚·洛尔卡的爱慕与敬仰之情，预言了诗人遇害给西班牙诗坛造成的损失以及对后人的影响：

为了将死去的你陪伴，
天地的各个角落里布满
和谐的乐队，
蓝色的颤抖的闪电，
冰雹似的响板，
短笛、手鼓和吉卜赛人的硬盘，
黄蜂和提琴的呼啸声，
吉他和钢琴的暴风雨，

长号和短号突然迸发的啼鸣。

在战火纷飞、硝烟弥漫的日子里，诗人坐在死者的尸体上，发出了愤怒的吼声：

我坐在死者的尸体上
两个月来他们默不作声，
亲吻空空的鞋子
愤怒地握紧心灵之手
和维系着它的生命。

让我的声音升上山顶
落在大地并化作雷声，
从此时起直到永远
都如此要求我的喉咙。

请你靠近我的呼喊，
用乳汁哺育我的村庄，
树木用它的根系
为我构筑了牢房，
我会永远留在这里，
为了爱你并捍卫你
用鲜血和口
这两杆忠诚的枪。
……

在《人民的风席卷着我》中，诗人既受人民的裹挟，又号召人民奋起反抗国内外的黑暗势力，要做雄狮、雄鹰和公牛，决不做任人宰割的阉牛：

人民的风席卷着我，
人民的风裹挟着我，

使我的心情舒畅，
使我的喉咙爽朗。

阉牛低着头，
在惩罚面前
无可奈何地温顺；
雄狮昂首挺立
并怒吼着
用利爪惩治敌人。

我不属于阉牛的民族，
我的民族吸引着
狮子的矿藏，
雄鹰的峭壁
和公牛的山岗
豪情竖立在扎枪上。
在西班牙的荒原
从没有阉牛在生长。

谁说能给
这个民族的脖子套上锁链？
谁能给飓风
戴上桎梏和羁绊，
又有谁能捕获闪电
并将它关在笼子里面？
……

《思念的歌谣》是诗人在狱中写成的。它揭露了敌人的凶残，更表现了诗人对生命、爱情、亲情和友情的无限眷恋。其中有的诗虽只有寥寥数语，却能动人心弦，如下面这区区四行短诗：

何等的接近，
有时又何等的遥远，
你走向冥府，
我走向人间。

诗集中有一首题为《洋葱谣》的长诗，是诗人写给儿子的诗。它源自诗人收到妻子的一封信，信中说：他们的儿子无别的可吃，只有面包和洋葱。诗句写得十分感人，父子深情跃然纸上，这是介绍埃尔南德斯必引的名篇：

洋葱像霜一样
封闭、可怜：
属于我的夜晚，
属于你的白天。
饥饿和洋葱，
黑色的冰
硕大、滚圆的霜。

我的儿子
在饥饿的摇篮里。
用洋葱的血液
哺养着自己。
但是你的血浆，
是洋葱、糖
和饥饿结成的霜。

黝黑的女人
溶化在月亮上

在那摇篮里
缓缓地流淌。
笑一笑啊，孩子，
必要时
你就吞食月亮。
……

2010 年是米格尔·埃尔南德斯的百年诞辰。在西班牙和西班牙语美洲，举行了多种多样的纪念活动。在遥远的中国，人们也没忘记他。作家出版社和北京塞万提斯学院合作，出版了《人民的风——米格尔·埃尔南德斯诗选》，并举行了以讲座为核心的纪念活动，还特地从西班牙请来了专家。作为“三六年一代”最优秀的诗人，他对西班牙诗坛产生了深远的影响；作为勇敢的反法西斯战士，他永远活在人民心中。

四　路易斯·罗萨莱斯·卡马乔

路易斯·罗萨莱斯·卡马乔（1910—1992）同样是“三六年一代”具有标志性的重要诗人。他生于西班牙南部的历史文化名城格拉纳达，家境殷实，哥哥是长枪党头目。他从小受到良好教育，开始在格拉纳达大学文哲系学习文学和法律，后转入马德里大学修罗曼语语言学并获博士学位。在此期间，他最初的诗作发表在《四面风》杂志上（1933），并结识了毕万科、帕冈罗兄弟等人，共同追求一种与当时兴起的先锋派并不合拍的古典派诗歌。他为何塞·贝加明的刊物《十字与线条》撰稿，并在该刊物上发表了自己的第一部诗集《四月》（1935），这是一部以传统模式创作的爱情诗集，含诗作 27 首，可以明显看出圣胡安·德·拉·克鲁斯、路易斯·德·莱昂对作者的影响。西班牙内战爆发后，比他年长“一轮”的同乡费德里科·加西亚·洛尔卡回到格拉纳达，为了躲避宪警的搜捕，藏在他家里，结果恰恰在他家被捕并遭杀害。这也成了他一生难以洗去的污点。据笔者分析，他举家于同年迁往潘普洛纳和布尔戈斯，与此事不无关联。尽管路易斯·罗萨莱斯本人与加西亚·洛尔卡之死无关，但他拥护佛朗哥的政治立场却是不容置疑的。对此笔者在格拉纳达大学翻译《红楼梦》时有切身体会。在近四年的时间里，笔者随时随地会听到人们说起加西亚·洛尔卡，而对路易斯·罗萨莱斯，即便偶尔有人提及，也是因为说到了费德里科之死。又如，2010年是他和米格尔·埃尔南德斯的百年诞辰，两人得到的待遇是完全不同的：纪念埃尔南德斯的活动，无论国际国内，可谓丰富多彩，应接不暇；而纪念罗萨莱斯的活动，则是寥寥无几，悄无声息，二者形成了鲜明的对照。

内战后，路易斯·罗萨莱斯曾是《埃斯科里亚尔》和《加尔西拉索》等"扎根派"文学杂志的合作者，是"青年创作派"的核心成员。战后不久，他就迁居马德里，和里德鲁埃霍、毕万科等人一道，在混浊的民族主义氛围中，创作号召人们"容忍"的诗歌。《圣诞组画》(1940)就是这样的作品。诗集中包括十行体、十四行体、谣曲、摇篮曲等各种形式，充分体现了诗人虔诚的宗教精神。如书中模拟"圣诞歌谣"的小品《缺乏信仰的歌谣》：

那颗星如此璀璨
并非所有人都能看见。

天上有一颗新星
走得十分缓慢，
那是上帝之星，
指引向伯利恒的马圈。

圣贤就是圣贤①，
看见了那颗星的诞生；
百姓就是百姓，虽然也看
却不见那颗星。

---

① 这里的"圣贤"指"东方三博士"。

巴尔塔萨褐色的肌肤
宛似一棵朴树，
他是一位老者，
老得死过数次，

梅尔切尔多么虔诚，
又多么灵光闪耀，
只要他注目观瞧
双眼就会燃烧。

走过一座座城镇，
带着太阳穴上的温暖，
那颗星，是个小女孩，
熄灭，为了不再观看。

走过一片片沙漠，
如同普通百姓，
还有一片片树林，难道
再没有鲜花盛开的美景。

时光流逝，人们
依然忍受着干渴熬煎，
那颗星依然在天上，
只是很少有人能够看见。

从作于 1937 至 1949 年的《诗韵集》(1951)开始，他的诗歌创作发生了变化。诗人表述了内战期间生存环境的混乱、死亡的威逼和爱的艰难，抒发了自己内心的感悟并确立了以表现童年和家庭生活为主的诗歌题材。其中的一首《自传》这样写道：

仿佛一位有条有理的遇难者
数着那足以致命的海浪，
他数了又数，为了不出差错，
直数到最后一个，
那海浪像小孩一般高
淹没了他的前额，
从此我像浴缸中纸壳做的马儿
以莫名其妙的谨慎活着
知道自己从来没有失误过
却在最喜爱的事情上出了错。

这首题为《自传》的小诗发自诗人的内心深处，是他对自己深刻的反省与解剖。他一生最为追悔莫及的事情莫过于未能挽救加西亚·洛尔卡的性命，这也是他一生难以摆脱的阴影。这岂不是“知道自己从来没有失误过/却在最喜爱的事情上出了错”吗？至于这首诗的风格，与“黄金世纪”的经典已相去甚远，和先锋派的自由体却似曾相识了。

1949年发表的《燃烧的房子》是路易斯·罗萨莱斯重要的代表作。说是“燃烧的房子”，不如说是“燃烧的心灵”。“心房”同样是“房”。诗人对自己家庭、朋友、童年、爱情进行反思与审视，通过回忆个人经历诠释“孤独”和“失望”这两个词的内涵。他希望通过展示自己的心路历程来摆脱痛苦的“阴影”，使自己的灵魂得到净化并与世人沟通。诗集有一个散文体的序言，接着是一首十四行诗，这也是诗集中唯一的一首十四行，可见罗萨莱斯对古典形式的态度有了根本的变化。这首十四行诗是这样的：

门　厅

忆一次震颤

在死者之林

倘若心灵失去它的基础，
大地和血液之林的木材
发生震颤，在你的机体中
会有一种完全而有细小的运动，

犹如缓慢推进的雪崩
行一步抹去一个边境，
一道坚定的光使它失明，
视与见之间只留下风，

而你最爱的死者们
在赤裸的海面下组成燃烧的树林
在这死亡之林里，太阳

在另一个天空脱落沉默的黄金，
一群蜜蜂飞舞在花枝中间
第一片绿叶在那里抖颤。

然后，诗人以叙述者的身份，逐段讲述自己经历的往事。孤独的诗人期盼与自己爱慕的女性结婚；他在一所空房里诉说自己的激越的情感，甚至和一个逝去的故交（胡安·帕内罗）隔世对话，和后来成为自己妻子的玛利娅交谈；在童年居住的房间里，与去世的母亲和父亲对话。《燃烧的房子》是一首自由体长诗，近1500行，作者在多处运用超现实主义的手法，在回忆和希望中，对自己的经历进行反思，寻求其受到时间威胁的"唯一性"。诗人将叙事和抒情、存在与想象、理性与非理性、现实与超现实融为一体，充分运用诗歌元素，创作了一首独具特色的长诗。尤其值得注意的一点是，罗萨莱斯在诗中不时创造新的词汇，令人觉得他既随心所欲又独具匠心。例如，他将"昨天"（ayer）和"去"（ir）的过去分词（ido）结合在一起，组成一个新词 ayeridos，虽说词典上并无此字，但读者并不会莫名其妙。

在长诗中，有一段作者回忆与好友胡安·帕内罗会面的情景：

是的，是胡安·帕内罗，他将我丢在半路，
是十年前去世的胡安·帕内罗
此刻他和我在一起，因为他总是回来。
他一向准时；
少言寡语，
说话缓慢，
仿佛在书写，
好像一个边想边写的孩子，
一个牵着我们大家的手离开的孩子。
他的梦想与身高合乎比例，
已不可改变
因为他时刻在演练充满活力的心脏，
此刻我又和他相遇，
此刻他又一如既往地回到这里。

——你带着光；是带着光；总是带着光；

我二人沉默不语
我二人沉默不语为了从心里拥抱在一起，
那里无声无息，
没有掩门的积雪，
似乎只有一件东西。
他只能如此；只能以这种方式，
以这种方式来到这里。

——你，胡安，好吗？你在那里，好吗？——

你继续沉默不语，
你以奇怪的方式沉默不语似乎在诉说你的沉寂，
你沉默不语并说还要死去。

诗人在不经意间，用日常生活的语言，叙述了自己与好友在梦中的相会，这样的平心静气越发显得意切情真。《燃烧的房子》发表后，曾引起西班牙文坛的轰动。尤其是若干年后，当人们对“社会诗歌”的激情过后，这部诗集更引起年轻诗人们的青睐。

在沉默了二十年之后，罗萨莱斯于 1969 年发表了散文诗集《心声》。这是一部介于诗歌与散文之间的作品。该书的题材多为对童年和故乡的回忆，内容涉及家庭、婚恋、友谊，尤其是对童年和母亲的回忆，更是全书的核心部分。《心声》与《燃烧的房子》以及后来的《复活日记》(1979)有异曲同工之处：抒情、叙事和哲学思辨兼而有之，其语言风格都是通俗易懂、朴实无华。

继《心声》之后，罗萨莱斯的诗作有《第二个四月》(1972)、《歌谣》(1973)、《刀口见血》(1974)、《复活日记》(1979)和《完整的书信》(1982)。

《第二个四月》中的作品多作于 1935 至 1951 年，是一部爱情诗作；顾名思义，是诗集《四月》的续篇。《歌谣》《刀口见血》和《第二个四月》一样，基调都是表现世界与人生的痛苦。

《复活日记》依然是一部爱情诗集，尽管其中也涉及作者的其他经历与人生感悟。全书包括 38 首不同题材的作品，但多是规范的十一音节的情诗。其中有一首题为《为了爱》的诗作引人注目：

双眼紧闭，我无法将自己
系在死亡时刻的梦想。
然后更糟，当你醒来
已被螺丝钉拧在恐惧上。

一道夜光说着再见
顷刻间亲吻变得苦不堪言；
哪里有两个人哪里便有痛苦
可必须有两个人，生命才有开端。

我的眼睛必须大大地睁开
才不会醒着就被掩埋，
有时清醒会产生死亡：
生命是令人恐惧的安排。

这光明的西班牙，荆豆与粪土，
死于其自身的倔强，
混淆雄心与狂妄
总是苦于同一处溃疡。

这样的堆积，这样的分割
将我们逼到后院的角落；
生命从来不能互动，我情愿
时间结束并开始静默。

报界用化作木乃伊的昨天
让一切都由它来掌管；
交易所的信息及其毁灭性，
使仇恨的因子有增无减。

为纳税我们说说就够了
可诡计的背面重又显现
当壁毯已经开始拆线

躯体已生活在寿衣里边，

你知道性高潮是被爱者
和爱恋者的一种自闭
你会感到他们参与的恐惧
这会让你滑落向自己。

献上我的一切和我的为人
我对自己的奉献缺乏信任，
或许我从未有任何付出，
除了失去的时间和遗训。

倘若黎明赋予我们新生，
黑夜证实末日的来临，
在护士站突如其来的气味里，
我醒来，沉默，忍受，寻觅

并感到深陷在遗传的伤口，
爱情中这血腥的味道，
那僵化漫长的溶解
用它的影子充满着世界。

这首诗作于1977年8月17日，作者在六十七岁时，将这首《为了爱》献给死在佛朗哥狱中的同庚诗人米格尔·埃尔南德斯，这是令人深思、耐人寻味的。这里的“爱”，恋情、亲情、人情，当兼而有之。这是诗人回首一生经万，概括出来的人生感悟。我们虽然无法逐字逐句地诠释诗作的含义，但此时的诗人，已非战后的诗人；此时的诗作，也大不同于当年的诗作了。这也是情理之中的事情。罗萨莱斯曾说，《复活日记》是他在“痛并快乐着”的老年时期写成的一本令人惊奇的表现生活全景的作品。该书出版后广受好评，评论界认为，这部书表明作者放弃了过去并艰难地打开了一扇新的门，即转向爱和内心世界。

《完整的书信》是一部类似小说结构的长篇叙事诗。全书分三章：《金枪鱼场》(1980)、《每个浪花都有一张面孔》(1982)和《倾听世界的缄默》(1984)，其中还有《诗歌汇编》(1981—1983)。作者将抒情诗、叙事诗和史诗结合起来，题材却是日常生活。

罗萨莱斯于1951年获西班牙国家诗歌奖，1982年获塞万提斯文学奖，自1962年起任西班牙皇家学院院士。他的其他学术著作有《塞万提斯和自由》(1960)、《比亚梅迪亚纳伯爵的激情和死亡》(1969)和《西班牙抒情诗》(1972)。

五　“扎根派”诗人

除了路易斯·罗萨莱斯，“扎根派”的核心成员还有何塞·加西亚·涅托、路易斯·费利佩·毕万科、莱奥波尔多·帕内罗、迪奥尼西奥·里德鲁埃霍等人，他们都是《埃斯克里亚尔》杂志的主要撰稿人。

1. 何塞·加西亚·涅托

一般文学史家并不把何塞·加西亚·涅托(1914—2001)作为“三六年一代”的成员，但他却是“扎根派”诗人的最高代表。

何塞·加西亚·涅托出生在奥维多省，十四岁在马德里进大学学习。开始学习理科，不久即转学诗歌与新闻。他是战后新古典主义潮流的代表人物之一，提倡“西班牙的第二次文艺复兴”和十四行诗的“第二个春天”。他是新古典派文学刊物《加尔西拉索》的创办者之一，并曾于1943—1946年间任主编。他崇尚古典主义的完美风格，并对战前出现的超现实主义和其他先锋派诗歌进行抨击。他于1940年发表的第一部诗集《投向你的前夕》完全是在这样的美学理念指导下创作的，而1943年发表的《诗集》便有了新浪漫主义的苗头，在内容上注入了情感元素，在形式上也增添了民歌体较为自由的神韵。在接下来的《田野与孤独》(1944)、《诗集一》(1951)、《诗集二》(1951)中,这样的倾向更加明显,其中渗透着乌纳穆诺和安东尼奥·马查多的烙印。1951年,他还发表了包括52首十四行的诗集《休战》,从而开创了一个新的阶段,开拓了新的想象和修辞的空间,尽管依然保留着对"土地、人和上帝"互相交融的激情。此后的诗作有《为女儿写的十四行诗》(1953)、《网》(1955)、《用地理谱写爱情》(1957)、《第十一个钟点》(1963)、《回忆与承诺》(1966)、《独白》(1968)、《短诗车间并50首十四行诗》(1973)、《伪装的水晶》(1978)、《市郊》(1980)、《加里亚纳》(1986)、《给母亲的信》(1988)。

在半个多世纪的创作生涯中,何塞·加西亚·涅托先后获得过三十余种奖项,其中重要的有西班牙国家文学奖(1951、1956)、西班牙皇家学院奖(1955)、葡萄牙国际诗歌奖(1963)和塞万提斯文学奖(1996)。最后这个奖项是授予他的终身成就。1983年,他当选为西班牙皇家学院院士,用诗的形式宣读了题为《西班牙语新赞》的演说。

应当说,完美的形式和宗教的内涵始终是他的诗歌创作的特征。如《休战》中的《我醒着吗?请告诉我……》:

我醒着吗?请告诉我。你知道
光线如何造成损伤,生命
用什么钥匙并如何
在上帝手中震撼的玫瑰下开放。

请告诉我,我是否是醒着,此时
那空中的飞鸟是否就是逃跑的暗号,
而在我如失落岛屿般的心间
是否还能停靠你的航船。

我的天使,铁链上的坚毅,
上帝温暖的足迹,使我的身躯

感到安全的清新的海滩的沙地。

请告诉我，观看时是否在做梦，
死是否是欲望的脊背，
而美是否从你那里起程。

《用地理谱写爱情》与《休战》属同一阶段，同一风格。其中《托莱多，被监禁的城》绘声绘色地描写了这座历史文化名城的迷人景色：

双眼被黄金迷住
双脚在水中隐藏，
阳台，沐浴着午后的阳光，
无意地，默默探出头来张望。

白鹳，在塔楼上多么宁静，
在山丘的红色中，一只只老鹰
多么舒缓地在空中飞翔……
城市，向着远方眺望。

无法遏制这么多走向死亡的脚步，
无法拯救这么多的桥梁，
在郊外别墅区寒冷的夜晚，
每日有多少只蝉不停地歌唱。

只有那条河，享受着
享受着水流的清澈明亮，
慢慢追逐着
黎明中的玫瑰花香。

从《第十一个钟点》(1963)和《回忆与承诺》(1966)以后，加西亚·涅托的诗风有了新的变化。从抒发的情感到表达的形式，他都更加直白，随心所欲，趋向自由。下面这首《失眠》(《短诗车间并 50 首十四行诗》)也是相关的汇编常选的：

比时略微翻一翻身
仅此而已。
这样等待着梦的降临，
就好像在说："你来不来呀，死神？"
失眠，从不曾有过，
犹如在水中
直淹到脖颈。
感受到一切向我打来。
一次次冲击，从隔壁的卧室靠近，
然后便悄然消失，等不到
全身进来并自报家门。
但宁静从不习惯
成为永远的宁静。
紧闭双眼
不去理睬
那茫茫漆黑中
那些令人震撼的
传令官的行踪。

2. 路易斯·费利佩·毕万科

路易斯·费利佩·毕万科(1907—1975)生于马德里附近的埃斯克里亚尔的圣洛伦索小镇。建筑师的职业并未妨碍他广博的人文修养和诗歌创作。战前，对哲学的激情，使他师从哈维尔·苏维里(1898—1983)。1933 年前后，他与罗萨莱斯、帕内罗兄弟(胡安和莱奥波尔多)、里德鲁埃霍结为挚友，将诗歌作为倾诉衷情之举。他的早期作品之一发表在1933年第二期《四面风》上，题为《人的力量》。在此期间，曾为何塞·贝尔加明（他的舅舅）主办的杂志《十字与线条》撰稿。他的第一部诗集《春之歌》（1936）是对爱情的咏叹。内战开始后，他在潘普洛纳和布尔戈斯为佛朗哥做宣传。他和罗萨莱斯合写了剧本《西班牙最好的女王》（1939），并合编了《帝国英雄诗抄》（1940—1943）。战后，他是《埃斯克里亚尔》（1940—1950）杂志的鼓动者之一；在此期间，该杂志已有了开放性的变化。1940年他发表了诗集《痛苦的岁月》（1934—1937），提倡"苦行"的境界，将孤独和痛苦作为人"修炼"的元素。然而与此相反，在下一部诗集《生命的延续》（1949）中，他又将日常性作为宗教修炼的关键，认为"我们不应将欲望置于朦胧的梦想，而应置于日常细微的变化"。诗人说："我越来越倾向于现实主义，但它是一种神秘的、扩大了的现实主义。"他真正成熟的作品是1957年发表的《旷野》，这是一部朴实无华、影响深远的现实主义作品，表达了诗人渴望重新与大地结合的理想。1974年，他将自己在战后创作的诗歌汇编成《道路》（1945—1965），获得了同年的西班牙评论奖。

从下面这几首《扳道工》中，大体可以看出毕万科诗作的一般特征：

（1）
在朝阳
玫瑰色手指的下方
隧道的味道
伴随着冰霜的瑟瑟作响。
羊群，聚集
在阴影中。小小峡谷里，
腾起缕缕蓝色的蒸气。

零落的雾，潮湿的草
和破碎的水珠。
闲适和默默无语的

梦想，没有
勉强的脚步：单调
而又打着瞌睡的自由。

有一种火的力量，
它带着身躯，
留下灵魂
仿佛白色的烟雾
突然消散
在光秃的山巅。

肌体，被拖着的
一节节车厢，铁轨边……
却留下了
千疮百孔的灵魂
那被震惊的曲线。

（2）
活着，就会做梦，
就要工作。
蛛网般的
幻觉，在褐色的
木板上摸索。

在彻底失败的后面
一切都有可能，
恰似更温柔的美
那可怜的风景。

多少未来的岁月
在走向黎明!

双眼,没有
要达到的追求,几乎
是神秘的,如同生命
从前的一种奉献。(羊群
还在阴影中。)
还有双手。

(5)
夜晚。黎明。曙光
不敢放肆。停滞
黎明中的车厢。
停滞黎明中的吼叫。
灰色的麻包。

无论是鸟儿,
还是那梦想顽固的枕木
都不敢妄动。
那潮湿的黎明,
(在最漫长、最黑暗的
夜晚,上帝啊,
我们将是你的扳道工!)

毕万科的诗作表达了他对宗教和家庭的深情,往往都是他对上帝的诉说。

3. 莱奥波尔多·帕内罗

莱奥波尔多·帕内罗(1909—1962)生于西班牙中部莱昂省的阿斯托加市,是不幸早逝的胡安·帕内罗(1908—1937)的弟弟。他在法学院毕业后,赴法国和英国学习文学。就年龄和诗歌创作生涯而言,他和罗萨莱斯、毕万科、里德鲁埃霍等人相近,在20世纪30年代初,对当时先锋派诗歌的发展曾有所贡献。西班牙内战后,成为《埃斯克里亚尔》集团的成员,并一直为《十字与线条》《新刊物》《东北》(萨拉戈萨)、《东南》(穆尔西亚)等杂志撰稿;创造主义、超现实主义、新贡戈拉主义等方面的题材往往是他文章的内容。他最初的诗歌创作是"秘密"进行的:1930至1932年,他创作了《瓜达拉玛的诗》,当时只是在朋友中传诵,直至1945年才发表。诗句遵循古典的规范,可以清晰地看出安东尼奥·马查多的影响。诗人通过对瓜达拉玛山的松林、乱石的描写,表达自己对时间、爱情、宗教和死亡的理解,歌颂宇宙的伟大,感叹人类的渺小。

帕内罗虽是"扎根派"诗人,却有着极不寻常的经历。在内战开始后,他从剑桥回国,因为和"马克思主义"知识分子的友谊,他被保守派逮捕并险些被枪毙,由于他母亲找了佛朗哥夫人才被释放。全家因而遭到的怀疑和兄长在车祸中丧生,促使他参加了佛朗哥的军队,但在内战中一直保持沉默。内战结束后,他于1944年出版了第一部诗集《空虚的停留》。显而易见,诗人将思考之锚抛在了记忆的滩头。他要通过反思往事,重建自己的人生观和世界观。这是一部具有存在主义色彩的、倾诉衷肠的诗集。1949年,他发表了另一本诗集《时刻的写作》。土地、爱情和宗教是这部诗集的三个主题。诗人对上帝、对儿子、对死去的亲人、对个人的衰老、对当时的西班牙无不表现出极大的关注。诗中有一个形象引人注目:一位盲人在寻找抓手,无论是人的还是超人的,却总也找不到。这部诗集获同年西班牙国家文学奖。1953年出版的《个人的歌》是他从美洲归来的产物,是一部用三行体写成的长诗。诗人站在保守、正统的立场上,为宗主国(西班牙)辩护,和聂鲁达的《漫歌》针锋相对,这倒也符合他的一贯表现。1973年，他的儿子胡安·路易斯出版了他的《诗歌全集》。

从下面这首十四行诗（选自《空虚的停留》），我们大体可以领略帕内罗诗歌内涵与韵味：

主啊，古老的树干被摧残，
渐渐又萌生了强烈的爱意，
折断了。心灵，可怜的狂人，
独自在低声地抽泣，

老树干做了死人可怜的棺椁。
主啊，我用双手抚摸
这圣栎树，它已被解体，
在神圣的晚年，我祈求你

让它散发崇高的力气。让每个枝干，
每个结，都是汁液的兄弟，让它们共同
奉献幸福的树荫，美好的河岸。

主啊，斧头在召唤无声的树干，
一下接着一下，疑问充满人的心房
而你的声音在那里回响。

4. 迪奥尼西奥·里德鲁埃霍

迪奥尼西奥·里德鲁埃霍（1912—1975）生于所里亚的布尔戈，属“三六年一代”。他自幼在塞戈维亚和巴亚多利德的教会学校学习，后入马德里“埃斯克里亚尔”的玛利亚·克里斯蒂娜大学。他于1933年加入西班牙长枪党，该党的党歌（《向太阳》）中就采用了他的诗句。西班牙内战中，曾任佛朗哥集团的宣传部长。1940 年和佩德罗·拉因·恩特拉尔戈一道创办了《埃斯克里亚尔》杂志并曾任主编。1941 年，作为援助德国法西斯军队的“蓝色旅”成员，他曾赴苏联参战。回国后，他认为佛朗哥利用并背叛了长枪党，因而与之产生了分歧。1942 年，他与当局决裂，脱离了长枪党，辞去了一切职务，进行自我流放。1951 年，他在马德里定居，继续从事反对佛朗哥独裁政权的斗争。由于他是老资格的长枪党员，并未受到迫害。1956 和 1957 年，他先后两次因参与“革命”活动被捕入狱。后曾赴美国执教。1962 年去德国参加被称作“慕尼黑勾结”的西班牙反对党领导人会谈，后流亡法国巴黎(1962—1964)。1974 年，他创建了西班牙社会民主联盟。1975 年死于冠心病。

可以说，里德鲁埃霍前半生拥护独裁，后半生争取民主，一生忠于自己的“主见”，只是任何人都无法保证其主见总是正确的。他曾是安东尼奥·马查多的弟子，也是战后第一个站出来为其老师正名的人。作为诗人，里德鲁埃霍属于达马索·阿隆索所谓的“扎根派”：古典的格律、纯净的语言、加尔西拉索派的风格，以十四行诗见长。早期受安东尼奥·马查多影响，创作题材主要是爱情、自然、宗教、爱国、文学、艺术等。晚年多怀旧情怀。1961 年出版了他的诗作全集《时至今日》，毕万科在序言中将里德鲁埃霍的诗歌创作分为三个阶段。第一阶段的诗作有《多元》(1935)和《爱情第一书》(1939)；第二阶段的诗作有《战地诗歌》(1940)、《河流与少女的寓言》(1943)、《献给石头的十四行诗》(1943)、《在时间的孤独里》(1944)；第三阶段的诗作主要有《哀歌(1943—1945)》(1948)、《在十一年里》(1950，国家诗歌奖)、《卡塔卢尼亚笔记》(1965)、《近乎散文》(1972)和《立刻》(1975)等。毕万科还出版过《里德鲁埃霍抒情诗 122 首》(1967)。此外，他还著有三幕话剧《堂胡安》、自传体散文《几乎是一些记忆》《带着火与根》以及成为游记经典的三卷本的《古老的卡斯蒂利亚》。在某种程度上，里德鲁埃霍诗作的演变和他思想的演变有些类似，越来越趋向自由。总体而言，后期的诗作成就更大些。从下面这首诗可以大致领略该时期诗作的特点：

在一位牺牲同志的母亲面前

献给鲁伊斯·维纳奇夫人
华金和恩里克的母亲。

他没和我一起来;但是你
将他崇高的使命放在了我的肩上。
此时你柔弱的平和
给说不出的指责涂上了光亮。

我用你的眼睛看他。是的,看见了;
他孑然一身,纯净无比;
多么幼小啊,好像
又重新回到了你的怀里。

他没和我一起来。你充满母爱,
朴实,大方,将他寻找
怀着盲目的希望
折磨着我的思想。

我拥有的财富
使我极度地恐慌:
他滋养了我的力量而你的血
在我的话语中即将灭亡。

我的双唇是他的死:他死得
骁勇、甜蜜、平静。
他的生命也就是你在微笑中

收藏着疑问的生命。

请原谅，如果我活着，如果
挺立着我被扭曲的完整
当对你的血管的掠夺
充满屈从的天空。

请原谅，如果我是长廊
那战士在血与墙壁
之间安息，后者用它的坚毅
连接他的温柔和你的慰藉。

他没和我一起来。你打听？
揣测？抚摸？成功？
最终我的灵魂宛似一道风景
缓缓展开，向着你做母亲的苦痛。

六　《钟楼》诗刊：克雷梅尔和诺拉

《钟楼》是维克托里亚诺·克雷梅尔（1906—2009）和欧亨尼奥·德·诺拉（1923—2010）于1944年在莱昂创办的诗刊。截止到1951年，《钟楼》共发行了48期，是西班牙战后最重要的文学杂志之一，是“拔根”诗人的“参谋部”。说到这本杂志，不能不提到莱昂市阿萨卡拉特图书馆馆长安东尼奥·贡萨莱斯·德·拉马神父。在他的启发下，克雷梅尔和诺拉决定创办与《加尔西拉索》分庭抗礼的诗歌与评论刊物《钟楼》。当时，克雷梅尔是《莱昂日报》的排字员，诺拉是马德里的一位大学生。应当指出的是，在诗歌批评的态度上，贡萨莱斯·德·拉马神父和两位主编是有区别的。前者的态度比较谦和，富有弹性，而克雷梅尔和诺拉则较为激进，富有战斗性，不妥协。在办刊理念上，贡萨莱斯·德·拉马更强调自由化，而克雷梅尔和诺拉则更注重诗歌的社会功能，强调诗歌的人性化。他们认为，在当时的条件下，在意识形态和社会层面上，"承诺"是诗歌不可或缺的功能。正因为如此，在《钟楼》的后半期，贡萨莱斯·德·拉马变得消极懒散。在创刊号上，克雷梅尔旗帜鲜明地宣称：

> 必须喊出当前我们自己的诗句，以抵御那四堵墙或者说那十四根大棒，那些像世界一样老迈的青年企图用它们围堵它，扼杀它。但我们的诗句，赤裸却闪光。没有口号。无需高举任何所谓文学圣人的招牌，无论他叫贡戈拉还是加尔西拉索。

寥寥数语，和《加尔西拉索》针锋相对的立场已昭然若揭。"像世界一样老迈的青年"无疑是指"青年创作派"，"四堵墙"当指四行诗，"十四根大棒"当指十四行诗，这是"加尔西拉索派"提倡的诗歌形式。最初几期刊登的诗作，明显受到了阿尔贝蒂和阿莱克桑德雷的象征主义的影响，后来通过豪尔赫·纪廉，又增添了法国诗人瓦莱里(1871—1945)的痕迹。《钟楼》的编者们十分注重恢复人性的诗歌。在第36期的社论中，作者(无疑是诺拉)这样评述诗歌的语言：

> 诗歌——我们说的是抒情诗——首先是人性……没有人性的诗歌(像有时人们铸就的那样)如同鸟叫，没有实质，没有神经。

诺拉坚持安东尼奥·马查多的诗歌理念，作为内在的美，他追求一种服务于感动和思考的诗歌，同时并不忽视其文体风格。这是献给西班牙人民的诗歌。米格尔·埃尔南德斯的《洋葱谣》和达马索·阿隆索的《向圣母祈祷》就是首先在《钟楼》上发表的。当然，随着时间的推移，《钟楼》也体现出兼收并蓄的特点，吸引了不同倾向的诗人。偶像级的阿莱克桑德雷、赫拉尔多·迭戈等人自不必说，当时尚不出名的布拉斯·德·奥特罗、布索尼奥、伊达尔戈、塞拉亚、拉波德塔、耶罗、希洛特等人也都是《钟楼》上的常客。其中也包括"加尔西拉索派"的诗人。在第39、40、41期上，甚至出现过"加尔西拉索派"诗人帕内罗、罗萨莱斯、毕万科、巴尔维尔德的作品。为此，克雷梅尔曾发出“少一些比喻，多一些呐喊”的呼吁。

1. 维克托里亚诺·克雷梅尔

维克托里亚诺·克雷梅尔是西班牙最长寿的诗人。他于1906年12月18日出生，2009年6月27日去世，享年102岁。他不仅是诗人，也是小说家和散文家。2007年，他年逾百岁，还在《莱昂日报》的专栏《克雷梅尔反对克雷梅尔》上，每天发表一篇文章。这在西班牙记者中，不敢说“后无来者”，至少是“前无古人”。

克雷梅尔出生在布尔戈斯，十岁时迁往莱昂市，其文学生涯中的重要时刻都是在此度过的。他家境贫困，父亲是北方铁路公司的劳工。他是自学成才的典范，从小卖过报纸，做过药房伙计、排字工人、抄写员和播音员。艰苦的生活培养了他顽强的意志品质和突出的工作能力；与下层社会的广泛接触促使他参加了无政府主义工会的活动。

克雷梅尔十六岁时在《莱昂纪事》周刊上发表第一首诗作；1928年发表了诗作《展翅飞翔》。1933年，他在马德里的《土地报》上发表了一篇散文诗，抨击对无政府主义工会活动的镇压，并因此获得了300比塞塔的奖励，但也导致了军方的立案调查。由于西班牙前首相罗德里格斯·萨帕特罗的祖父罗德里格斯·洛萨诺上尉的辩护，才免于被起诉。共和国时期，他是莱昂市工人协会秘书。内战中，他数次受到死亡威胁，出狱后于1944年和欧亨尼奥·德·诺拉、安东尼奥·贡萨莱斯·德·拉马一起创办了《钟楼》诗刊，并于同年发表了诗集《响亮的触觉》。

除前面提到的《展翅飞翔》和《响亮的触觉》外，克雷梅尔的主要诗作还有：《B. D. 的寓言》(1945)、《我的血路》(1947)、《消失的时刻》(1949)、《剑与墙》(1949)、《生命与希望之新歌》(1951)、《生命与希望之新歌(二)》(1952)、《圣地亚哥之书》(1954)、《愤怒与鸽子》(1956)、《肩负和平》(1959)、《孤独的时代》(1962)、《为了一个人的对话》(1963)、《爱和血》(1966)、《完整的诗(1944—1966)》(1967)、《致爱丽莎的新歌》(1972)、《远离这苦雨》(1974)、《围栏》(1976)、《诗歌(1944—1984)》(1984)、《灰烬的喧闹》(1990)、《隐蔽的小径》(1993)、《记忆的光辉》(1996)、《“骗子”阿玛利娅的寓言》(1997)、《麦穗的抵抗》(1997)、《瘸腿鸽子——十字路口》(2002)、《聋子的鸽房:燃烧的诗》(2005)、《迟来的闪电》(2007)、《诗选》(2007)、《最后的骑士》(2008)。他的叙事作品主要有四部长篇小说:《该隐之书》(1958)、《楚-玛-楚科的故事》(1971)、《圣马可之书》(1981)、《火车无痕:一个城市的秘史》(1986)。

克雷梅尔一生中获得了许多荣誉,其中较为重要的有:博斯坎诗歌奖、莱奥波尔多·帕内罗全国诗歌奖、欧洲角奖、墨西哥新西班牙小说奖、巴塞罗那城市诗歌奖、卡斯蒂利亚与莱昂文学奖、莱昂大学名誉博士、布尔戈斯“费尔南·贡萨莱斯学院名誉院士”、卡斯蒂利亚-莱昂诗歌研究院院士、桑坦德艺术金质奖章、卡斯蒂利亚-莱昂文学奖、“莱昂·费利佩”诗歌奖、工作成就金质奖章、别德玛诗歌奖和美术成就金质奖章。最后这个奖项是2009年由他的朋友、西班牙前首相萨帕特罗的父亲为他颁发的,以奖励他在诗歌创作方面的终身成就。

克雷梅尔一生的职业主要是记者,诗歌创作可以说是他的副业,尽管从事的时间要长得多。他的第一部重要诗作《响亮的触觉》(1944)深受加西亚·洛尔卡和阿尔贝蒂的影响,注重与读者的交流,其内容属于存在主义的范畴,探索上帝、死亡、虚无等形而上的问题,具有典型的先锋派诗歌的特点。三年后发表的《我的血路》则有所改变,增添了寻求社会公正和人际关怀的内容,将人类世界喻为“紊乱不堪的坟墓”,玷污了正义、真理、美与爱情。1952年出版的《生命与希望之新歌(二)》,是前面两部诗集(《消失的时刻》和《剑与墙》)的汇总。诗人开诚布公地向我们证实:贫困与希望并存。请看下面这首选自该书的《为工人而作的壁画》:

他们突然出现了。
因为他们没死!
如果他们不说话,是因为
语言只表明毫无意义的事件,
比如:“天气很冷”,可舌尖上

却燃起了小小的火焰。

什么样的远方音乐，什么坚定的旋律
将节奏强加给他们每日的惊醒？
……他们没有死！
他们的心跳和黎明一起诞生。

他们是深深的水——退去了蓝色，
两岸清新的河流，在寻觅
它石灰和砖的海洋，
它那口矿石的井在沸腾并欢唱。

穿过长满玫瑰的杨树林
他们闻到大地高贵的芳香。
阳光下的理石重又闪烁
深深怨恨或冰冷汗水的光芒。

但是他们没有停止。——他们死了吗？
他们漫不经心地行进，倾听着
内心遥远的回响。难道他们
在观察清晨全面的景象？

死者或许，自己并不知道。他们
靠自己的生命活着，如此充分，
就像某种东西，既不是气也不是光
却在其血液中引起实实在在的回响。

如果他们想叫喊，就会叫喊，

因为他们没有死，他们
只懂得梦中说出的语言，
像公牛一样，凶悍而又鲁莽。

他们突然出现了——
是什么将生命之泉掩盖？
他们存在于人类的希望中。
活着
但背负着沉重的未来！

我们知道，西班牙语诗坛的现代主义大师、尼加拉瓜诗人鲁文·达里奥有一部诗集，题为《生命与希望之歌》，克雷梅尔将自己的诗集题为《生命与希望之新歌》，仅一字之差绝非巧合，而是有意为之。如果说达里奥的《生命与希望之歌》是献给新大陆的礼赞，《生命与希望之新歌》则是克雷梅尔在向人类的救赎表示自己的敬意。在以后的诗歌创作中，克雷梅尔基本上保持了自己的风格。

2. 欧亨尼奥·德·诺拉

欧亨尼奥·德·诺拉生于莱昂地区的萨科斯镇，是克雷梅尔的同乡，比后者小十七岁，可谓"忘年交"。与自学成才的克雷梅尔不同，诺拉有马德里大学文哲系的硕士和博士学位。在创办《钟楼》杂志时，他年方二十一岁，"小荷才露尖尖角"。从一开始，诺拉的诗歌创作就带有鲜明的承诺主义的色彩，见证了西班牙内战的历史，是战后社会诗歌重要的组成部分，属于达马索·阿隆索所说的"拔根派"。但这并非诺拉诗歌的全部，像克雷梅尔一样，他也关注时间、死亡、爱情、人类命运等永恒的主题。诺拉诗歌的基调是忧伤的，有时是质疑的，是从存在主义的视角出发的。

诺拉的大部分诗作是在1945至1955年间发表的：《命运之歌》(1945)、《被俘的人民》(1945—1946)、《承诺的爱》(1946)、《时间的观察》(1948)、《永久》(1953)和《西班牙，生命的激情》(1953)。其中《被俘的人民》是匿名秘密发表的，为了逃避佛朗哥统治下的图书审查。这部诗作对加布列尔·塞拉亚和布拉斯·德·奥特罗产生了积极影响。

此后，诺拉沉默了很长一段时间。从1960年起，他在瑞士的贝尔纳生活多年，在那里的大学任教。直至1975年才又出版了《诗集（1939—1964）》，其中包括他于1955—1964年创作的诗集《棱角》。他的学术著作有《当代西班牙小说》三卷。

诺拉曾于1947年获评论奖。他的诗集《西班牙，生命的激情》获1953年度博斯坎诗歌奖。该诗集具有"九八年一代"和复兴主义的因素，如下面的诗句：

西班牙！西班牙！
热血的激情！
生命之爱，
自由之爱为你歌唱
沐浴着命运的黎明。
祖国苦涩的爱情。

在该诗集中有一首题为《祖国》的十四行诗，这样写道：

大地，我在鲜血的书写上拥有你。
快乐美好的日子，对我儿时的心灵
像天空一样令人着迷。啊，无辜的大地，
只有和平陨落在她的寂静里。

然而大地是深邃的。死者
曾将她装饰或诅咒，她需要他们的洗礼，
他们也曾使她变得神圣，以只有他们
所能的方式在她的怀抱里安息。

我最纯洁的童年被枪声惊醒

西班牙人向死神走去。无论在哪里，
为了她，我啃过这坚硬的土地！

我曾感到鲜活、滚烫的人类的血！
我曾是祖国的儿子。迷失的人；多么坚定
为了今天的斗争，为了明天的牺牲。

七 社会诗歌：加布列尔·塞拉亚、布拉斯·德·奥特罗与何塞·耶罗

在西班牙内战以后，社会诗歌雨后春笋般发展起来，但其高潮的到来却在20世纪50年代。那时的西班牙诗坛有两个主要倾向：存在主义和现实主义。这两个倾向的诗作基本都属于社会诗歌。弗朗西斯科·里维斯在1952年出版的《西班牙青年诗歌参阅集》中肯定了这一点。西班牙和西班牙语美洲诗坛不乏社会诗歌的楷模，聂鲁达、巴略霍、加西亚·洛尔卡、阿尔贝蒂的某些作品堪称经典。《钟楼》杂志和达马索·阿隆索的诗集《愤怒之子》是西班牙社会诗歌发展道路上的里程碑。

战后社会诗歌的主要的特点是：(1)作为现实主义文学的一部分，社会诗歌是承诺文学；(2)通过对历史与现实的观察和反思，使人将自己的作品作为对时代的批评和见证，目的在于维护社会公平与正义；(3)社会诗歌被定义为一种交流，其对象是社会上绝大多数人；(4)风格朴实无华，叙述口语化；(5)为了对付当时的审查，留在国内的诗人们不得不使用许多隐语和暗示，这是西班牙战后社会诗歌所独有的特点，给读者的理解带来了困难。即便如此，许多诗作也是在国外出版发行的。

所谓社会诗歌主要是针对其内容而言。西班牙战后社会诗歌的内容多为声援无产者、反对政治压迫、抗议社会不公、争取民主自由等。这些主题都是围绕着西班牙内战或战后某个时代展开的，诗人们抒发了自己对西班牙的关心和忧虑，这类的作品如克雷梅尔的《生命与希望之新歌》

(1951)、诺拉的《西班牙,生命的激情》(1953)、塞拉亚的《伊比利亚之歌》(1955)、奥特罗的《要和平,要发言》(1955)和《关于西班牙》(1964)、何塞・耶罗的《四二年一届》(1953)和《我所知道的我》(1957)等等,不胜枚举。对于这些诗人,巴略霍的《西班牙,请拿开这杯苦酒》和聂鲁达的《西班牙在心中》堪称楷模。

20世纪50年代,西班牙著名诗歌评论家拉蒙・德・加西亚索尔(1913—1994)开始提及"社会诗歌的高潮"。所谓"高潮"首先体现在诗歌杂志的总量上。据统计,从1939至1964这25年间,有265个诗歌杂志问世[①]。诚然,其中只有《加尔西拉索》和《钟楼》对不同的诗人起到了"引领"与"核心"作用。因此,弗朗西斯科・里维斯在《西班牙青年诗歌参阅集》(1952)的序言中说:"杂志的超级繁荣会带来决定性的风险,我们的诗作之林越来越茂盛,如此众多、有时又如此大胆的向导,与其说在将人引上正路,不如说在使人误入歧途。"但刊物和作品总量毕竟是诗歌繁荣的标志。但既然是"高潮",就难免泥沙俱下,鱼龙混杂,作品的质量难免参差不齐。不少政治抒情诗流于形式的平庸与内容的肤浅。此外,要指出的是:诗人的创作题材和风格并非一成不变,一辈子只写承诺主义诗歌的诗人是极少见的。有几部诗选或许可以代表社会诗歌的发展过程:除了前面提到的《西班牙青年诗歌参阅集》,何塞・玛利亚・卡斯特耶于1960年出版的《西班牙诗坛20年(1939—1959)》是社会现实主义诗歌的巅峰,但同时也是它接近尾声的标志;莱奥波尔多・德・路易斯于1965年出版的《社会诗歌选集》依然坚持了前两部诗选的基调。

社会诗歌在繁荣了二十年之后,终于产生了审美疲劳。另一方面,社会政治氛围发生变化:西班牙开始了工业革命和民主进程,人民生活水平不断提高,越来越融入国际社会;对内战的记忆不断淡漠,人们不再认为诗歌是"承载未来的武器"。何塞・巴特约于1968年出版的《西班牙新诗

---

① Francisco Rico, Historia y crítica de la literature española, Ⅷ, época contemporánea (1939—1980), Barcelona: Editorial Crítica, 1981, p. 213.

选集》已经突出了批评家们对现实主义社会诗歌态度的转变。

在西班牙战后社会诗歌方面，三位成就最突出的具有代表性的诗人是加布列尔·塞拉亚、布拉斯·德·奥特罗与何塞·耶罗。

1. 加布列尔·塞拉亚

加布列尔·塞拉亚(1911—1991)的全名是拉斐尔·加布列尔·胡安·穆吉卡·塞拉亚·勒塞塔，是西班牙20世纪50年代社会诗歌最具代表性的诗人之一。他生于圣塞巴斯蒂安附近的一个小镇。中学毕业后，在父亲的压力下，自1927至1935年在马德里学习工程学，住在大学生公寓，结识了加西亚·洛尔卡、何塞·莫雷诺·维里亚等人，这段经历给他留下了终生难忘的印象。

1935年回到圣塞巴斯蒂安，在家族企业中任工程师。由于他的诗人理想为家庭所不容，因而在这一年发表的第一部诗集《寂静的浪潮》用了加布列尔·塞拉亚的笔名。在这部诗集中，"二七年一代"的回响并未窒息诗人对未来前途执著的追求。1936年，他的《封闭的孤独》获贝克尔百年诞辰奖，这使他放弃了工程师工作，全身心地投入了文学生涯。该奖是1936年7月14日颁发的，几乎同时爆发了国内战争。《封闭的孤独》比《寂静的浪潮》的抒情更加广泛也更加晦涩，这也是当时诗人们共同的特点，他有点像加西亚·洛尔卡，也有点像阿尔贝蒂，又有点像阿莱克桑德雷。在1939年以前，《迷失的飞翔》《音乐与鲜血》《林荫大道》等抒情诗作，更平和也更本质，和《封闭的孤独》一脉相承。从1940到1945年，诗人重回自己的工程师角色，对诗歌进行反思与观察，《元素的运动》就是这时期的作品。1945年，加布列尔·塞拉亚遭受了严重的健康危机，精神沮丧，缺乏生活信心。几乎是作为对生命的告别，他发表了散文诗集《尝试》。"十年磨一剑"，这是他第一部在国内发行得相当好的作品，和阿莱克桑德雷的《天堂的影子》一起，收入了并不成功的"亚当丛书"。

1946年是塞拉亚人生和创作经历中关键的一年。这一年，他克服了精神危机，和妻子安帕罗·加斯彤一起开始了新的生活。他们共同创办

“北方”诗丛，作为联系“二七年一代”、流亡诗人和欧洲诗坛的纽带，并翻译里尔克、兰波、艾吕雅等人的诗作。他们慷慨地将这套光鲜的小书寄给诗歌界的同行，在“加尔西拉索派”与“钟楼派”之间发挥调节作用。这时，他将拉斐尔·穆吉卡的笔名换成了胡安·勒塞塔。他这时的诗歌朴实无华，尽管不乏情感的迸发和语言的幽默。这时期的作品，诸如《平静地诉说》(1947)、《世事如此》(他的第一首“反史诗”的通俗长诗，1949)和《布告》(1950)，并未引起人们的重视。但是两年以后发表的《仰卧的信件》(1951)使他成了抗议诗人和社会诗歌的一面旗帜。1952年，他发表了第一首半戏剧性的伟大诗篇《多余的是肃静》，有人认为这是他的第一次思辨。诗人放弃了肆无忌惮的怒吼，在80页的篇幅中，认真建构了一系列古典的场景，通过“合唱”“主角”和“使者”，展示了诗人的马克思主义人文情怀。作品的规模及其思考的张力打乱了西班牙语诗歌界的价值取向：塞拉亚建设性的雄心使其超越了诗歌读者的阅读习惯。后来，他骨子里的思辨在《和平与音乐会》(1953)中变得平易近人。他的第一部名副其实的具有承诺主义本色并为大众所接受的诗集是《伊比利亚之歌》(1955)。这部诗集更突显了政治性，诗人在为西班牙怒吼，有人称它为“社会诗歌真正的圣经”①。接下来的诗作有《从清晰到清晰》(1956)、《幕间》(1957)、《钻石的抵抗》(1957)、《阿莱克桑德雷套曲》(1959)、《心在其位》(1959)、《为了你们两个》(1960)、《紧急的诗歌》(1960)、《美好的生命》(1961)、《巴斯克狂想曲》(1961)和《民族演义》(1962)。《从清晰到清晰》是一部赞美生命和爱情的作品。《幕间》里的诗作短小、轻快，别具一格。叙事诗《钻石的抵抗》是塞拉亚第一部被禁的作品，故事完整而又具纪实性：在巴斯克地区的海滩上，一群反佛朗哥人士乘船逃亡。诗人在进行一种新的尝试，因为这样的题材一般是不用诗的形式来表现的。

此后，随着时间的推移，人们对社会诗歌产生了审美疲劳，他的诗歌

① 见 *Diccionario de Literatura Española e Hispanoamericana* (*A-M*), Alianza Editorial, 1993, p. 324.

创作也产生了新的实验性的演变。他重返自己诗歌的本源,发表了抒发内心情感的《无声的信号灯》(1964),并再版了自己1936年以前的作品《拉斐尔·穆吉卡的诗篇》(1967)。他重新思考巴斯克问题,发表了《民谣与巴斯克说法》(1965)。他追求魔幻现实主义风格,发表了《透明的镜子》(1968),后来又发表了具有新先锋派特征的《语义学范畴》(1971)。其他较为重要的诗作还有《我的歌》(1968)、《正面和反面》(1973)、《日安,晚安》(1976)和《倒数第二的诗篇》(1982)、《歌与神话》(1983)、《敞开的世界》(1986)和《根源》(1990)等。1981年,他出版了《诗歌全集》。1990年又出版了《海鸥,诗歌精选》。

与此同时,塞拉亚在进行诗歌理念的研究。他的《诗探考》(1964)对费尔南多·埃雷拉(1534—1597)、贝克尔(1836—1870)和圣胡安·德·拉·克鲁斯(1542—1591)进行了评述与分析。《诗歌裁判所》(1972)同样是他个人对诗歌现象的阐释和总结。此外,他还著有长篇小说《一个和另一个》(1962)、《好交易》(1966)和戏剧《接班》(1963)等。

塞拉亚是一位有雄心、有信仰、有追求的诗人。他以多重的声音和品格展现深邃的思想和玄妙的直觉:有时是报刊的现实主义,有时是充满张力的象征主义,有时则是讽刺的漫画。他和诺拉、奥特罗一起,捍卫"诗歌为大多数人服务"的思想,认为"诗歌本身不是目的。诗歌是改造世界的工具之一"①。

塞拉亚的创作是西班牙20世纪诗歌几乎所有关注和风格的缩影。他的创作总是承载着揭露社会现实的道义,是名副其实的社会诗歌,是集体经验的表达。他是一位多产作家,作品数以百计,风格朴实、诚恳、人性化、散文化。在保持现实主义生命力的前提下,他从存在主义、未来主义和超现实主义的诗歌理念和技巧中吸收了营养,不同的诗歌前辈如乌纳穆诺、豪尔赫·纪廉、阿莱克桑德雷等都对他产生了积极的影响。1986

① 见 *Diccionario de Literatura Española e Hispanoamericana* (*A-M*), Alianza Editorial, 1993, p. 324.

年，塞拉亚获得了西班牙文化部颁发的国家人文奖。

鉴于国内对塞拉亚的诗作译介甚少，笔者翻译了他作于 1954 年的《诗歌是承载着未来的武器》，这是他传播最广、影响最大的诗作之一：

当人们不再等候任何激励，
而心依然在意识以外跳动不已，
盲目地确定，残忍地存活，
仿佛击打黑暗的脉搏。

当人们正视死神
那双晃得人眩晕的眼睛，
便会实话实说：
野蛮、恐怖、爱的残凶。

诗歌说
要扩张那些人的肺叶，他们已窒息，
要生存，要节奏，
要为那些觉得多余的人制定法律。

用本能的速度、
奇迹的闪电，
让我们的真实向自身转变
像魔术一样显然。

诗歌是必需的，为穷人的诗歌
犹如每日的面包，
犹如我们每分钟呼吸十三次的空气
为了生存并确信我们要做光荣的自己。

因为我们在打击中活着,因为他们
几乎不让我们说出自己是何许人,
我们的歌唱不能是无罪的装点。
我们的糟糕已经到了极限。

我诅咒那些中性人物
创作的作为文化奢侈品的诗歌
他们洗着双手、装聋作哑、东逃西躲。
我诅咒那宁愿污秽自身也不明确表态者的诗歌。

我必须这样。我感到多少人的悲伤
我要像呼吸一样歌唱。
我歌唱,歌唱,不仅歌唱
个人的忧伤,我感到自己在扩张。

我愿用自己拥有的技术进行运算,
愿掀起新的行动,将生命献给你们。
我觉得自己是诗句的工程师,又是
和他人一起为西班牙炼钢的工人。

这就是我的诗歌:是诗歌也是刀枪
又是整齐、盲目地跳动的心脏。
这就是承载着光明未来的武器
我用它瞄准你的胸膛。

这不是点点滴滴深思熟虑的诗歌
不是美丽的作品,不是完善的成果。
这是我们大家呼吸的空气

是发于内心散于外界的歌。

我们感到大家重复的话语
是我们自己的，在飞翔。不仅说说而已。
它们是最需要的事情：它们没有名字。
它们在天空是呐喊，在大地是行动。

2. 布拉斯·德·奥特罗

布拉斯·德·奥特罗（1916—1979）生于毕尔巴鄂，后因家庭破产而迁居马德里。十三岁时，比他年长三岁的哥哥去世，这对他是个沉重打击。三年后，父亲又去世了，天性快乐的奥特罗从此变得悲观、内向。1931年在马德里大学法律系学习，父亲的去世促使他不久便又回到了毕尔巴鄂。此后，十七岁的奥特罗既要维持家庭，又要在业余学习法律；沉重的负担可想而知；神经官能症的折磨只有靠宗教、友谊和诗歌来缓解。那时候，他积极参加宗教社团活动，创办宗教文学刊物，宗教思想自然会渗透到他的诗歌创作中，发表在耶稣会刊物《路易斯们》上的《灵歌》[①]就是最好的证明。他的诗歌创作深受圣胡安·德·拉·克鲁斯、路易斯·德·莱昂和圣黛莱莎等神秘主义诗人的影响，这是不言而喻的。此外，胡安·拉蒙·希梅内斯、"二七年一代"、米格尔·埃尔南德斯、塞萨尔·巴略霍、泰戈尔、希克梅特[②]等诗坛大家也对他产生了积极的影响。

他于1935年在萨拉戈萨结束了法律学业。不久，内战开始，他既未遭受苦难也无光荣可言。在此期间，诗人在个人的诗歌志向与繁重的家庭负担之间挣扎。怀着对母亲和姊妹们深深的愧疚，他曾强烈自责，竟至烧掉了全部诗稿。1945年，严重的精神危机使他住进了疗养院。他对友

① 《灵歌》（*Cántico espiritual*），又译为《精神之歌》，与圣胡安·德·拉·克鲁斯的代表作同名。

② 西克梅特（1902—1963），土耳其20世纪最负盛名的革命诗人。

谊天真的憧憬、对宗教坚定的信仰、对诗歌纯洁的志向都崩溃了。对上帝的信仰变成了质疑，然而他却找到了最好的艺术疗法，创作了三部重要的诗集《具有野蛮人性的天使》(1950)、《良知的重击》(1951)和《安西亚》(1958)。《具有野蛮人性的天使》曾参评阿多奈斯诗歌奖，但由于它在宗教上的离经叛道被拒授。所幸的是《良知的重击》获得了1950年的博斯坎诗歌奖。“安西亚”一词是由“天使”的词头(即《具有野蛮人性的天使》的第一个音节)和“良知”的词尾(即《良知的重击》的最后一个音节)组成的。因此，《安西亚》是上述两部诗集之和，并补充了一些新的诗篇。这时，他已从关注宗教转向关注社会，《良知的重击》就集中而又有力地展示了西班牙乃至欧洲战后的社会矛盾。

对西班牙“爱憎交加”的特殊感情，使他自我流放到巴黎。他于1952年在那里加入了共产党。他认为马克思主义是人类理想的结晶，是对人类历史的最全面的阐释。新的思想信仰导致了新的创作理念：让诗句成为改造世界的工具。于是，他在巴黎开始创作《要和平，要发言》。“憎”使他远离了西班牙，“爱”又使他很快返回了故土。回国后，他生活在卡斯蒂利亚—莱昂腹地的矿工中间，靠自己的劳动和朋友的帮助度日，对“大多数人”的承诺鼓舞他完成了《要和平，要发言》(1955)，并开始创作《说卡斯蒂利亚语》(1959)。

自1955年起，他在西班牙战后诗坛已负盛名。他的思想发生了转变：他不再孤独，在他的诗作中出现了“我们”。这不仅是新的创作维度，而且是对人际关怀的发现。这使他摆脱了精神危机，获得了心灵的平静。诗人已彻底从个人的苦闷转向了对社会的关注，将虚无主义溶解于人类的沟通与希望之中。1960年出版的《与无限的多数在一起》和1962年出版的《面向无限的多数》集中体现了他的诗学主张，堪称社会诗歌的典范。

从1956至1959年，奥特罗生活在巴塞罗那。他在那里结识了艺术界的朋友，但他的《说卡斯蒂利亚语》却被禁止出版了。不过他出版了《安西亚》，并获得了1958年的评论奖和1961年的法斯滕拉特诗歌奖。1960年，他应邀访问了苏联和中国。后来他出版了《这并非一本书》(1963)和

《关于西班牙》(1964)。为逃避西班牙的图书审查，前者在波多黎各、后者在巴黎出版。1964 至 1967 年，奥特罗移居古巴，在那里获美洲之家文学奖。

自 1964 年以后，奥特罗主要是不断修订、出版自己已发表的诗作，因而才有诸多不同的版本。他先后整理出版的诗作有《表达与汇总(1941—1969)》《与此同时》(1970)、《带名字的诗歌》(1977)等。此外，他还著有散文集《伪造与真实的历史》(1970、1980)。

像达马索·阿隆索一样，奥特罗也是为了震撼诗坛而闯入诗坛的。他的一生，是思考、进取和奋斗的一生，是争取民主、歌唱民主的一生，也是充满活力与诗意的一生。

下面，我们介绍两首他的短诗。《人》选自《具有野蛮人性的天使》。面对苦难的深渊，孤独无助的"我"在寻找、呼唤神圣万能的上帝，可得到的却总是沉默。于是，诗人对宗教产生了质疑，心目中的宗教冲突化作了对上帝的诅咒，其中还掺杂着痛苦的祈求和隐晦的虚无：

与死神搏斗，在深渊的边缘，
我将上帝呼唤。
他的寂静在蔓延，
我的喊声窒息在毫无生气的空间。

上帝啊，倘若我必须死，我愿你醒来。
一个又一个夜晚，不知你何时能听到
我的呼喊。啊，上帝，我在自言自语，
为了见到你，我在撕破黑暗。

我举起手，你将它砍掉，
我睁开眼：你活生生割破它们的血管。
我口渴，你的沙子却变成了咸盐。

这就是做人：双手充满恐惧。
存在与虚无；永恒和瞬间，
天使，翅膀是巨大的锁链！

《致无限的多数》选自《要和平，要发言》。这时，诗人毁掉了自己的全部诗作，与过去、与孤独的自我彻底决裂，决心投入“大我”，将自己的诗歌献给“大多数人”。但这里没有空洞的口号和肤浅的说教，诗人在用诗的意象抒发令人感动的真情：

你们面前的这个人，以灵魂和歌唱，
曾在内心爱过、生活过并曾死亡
而且在一个美好的日子，他来到街上，
于是他懂了：便毁掉了自己全部的诗行。

现在和过去都是这样。一天夜里他出去了
眼睛里喷着泡沫，爱情使得他神魂飘荡，
他在逃跑，却不知道逃向何方：
哪里的空气不洋溢着死亡。

动摇的楼阁，平静的账房，
他的手臂，宛似迎风的火光；
血的波浪，拍打着胸膛，你们看，
全身上下都是深仇大恨的波浪。

这里！来吧！啊！残酷的天使
在天空水平地飞翔；
金属制的可怕的鱼从一个港口
到另一个港口，游动在大海的背上。

我要向一个平静的人献上自己全部的诗行。
向你们献上我有血有肉、不可动摇的意志。
在五十年代四月十一这一天，
在毕尔巴鄂，我的家乡。

3. 何塞·耶罗

何塞·耶罗(1922—2002)在社会诗歌的创作中成就斐然、独树一帜，属于战后第一代"拔根派"诗人，受希梅内斯、安东尼奥·马查多、萨利纳斯、迭戈和达里奥的影响。他生于马德里，不满两岁时，随父母迁往桑坦德。中学毕业后，在那里学习工科，但被1936年爆发的内战打断。内战结束时，因为参加一个声援政治犯的组织而被捕，他在狱中被关了四年。1944年至1946年，在巴伦西亚的"黑猫"咖啡馆参加文学沙龙活动。后在国家电台等不同的媒体上作艺术评论，曾与《船头水手》《钟楼》《骏马》《西班牙诗坛》等诸多杂志合作。先后于1952和1953年参加了塞戈维亚和萨拉曼卡的诗歌节代表大会。

何塞·耶罗最初的诗作是在共和阵线的刊物上发表的。战后四年的铁窗生涯在他的诗作上留下了抹不掉的标记，如《为囚犯催眠的摇篮曲》(1947)、《报道》(1953)、《安达卢西亚人》(1964)等。几乎同时出版的两部诗集《没有我们的土地》(1947)和《愉悦》(1947)奠定了他在西班牙20世纪40年代抒情诗坛上的地位。在这两部诗集中，何塞·耶罗表现出青年诗人少有的成熟。《愉悦》获得了同年的阿多奈斯诗歌奖。《用石，用风》(1950)见证了诗人一次从热恋到失恋的爱情经历。诗人开始开辟一条孤独的途径，一种属于自己的朦胧的风格。出于这样的目的，在《四二年一届》(1953)中，他寻求更广泛的对话者，将"纪实"与"幻想"融为一体。前者使读者一目了然，后者则颇费思索。其中有一首诗，一看标题(《报道》)就知道是"纪实"的：

从这个监狱可以

看见大海，跟踪
海鸥的盘旋，抚摸
活生生时间的脉搏。
这监狱像一个海滩：
一切都在这里入眠。
……

在《我所知道的我》(1957)中，他更突出对语言的关注，力争将想象的范畴作为与读者约会的唯一的支点，远离历史和时间，以步入“那神秘的响亮的洞窟”。从这首题为《孩子》的十四行诗中，大致可看出他当年的创作风格：

一片麦田、一条河流和一位葡萄的国王：
还有自由，这将是他的梦想。
自身的主宰，永不熄灭的篝火，真理的干柴
在那里燃烧。爱神缠住他不放。

他想飞到天上，天空染着
他梦中青铜的晶莹透亮。
但是没有翅膀，他将在稚嫩的前额
哭泣，在热望中受伤。

他将懂得真理，歌声将会死在
他那被恐怖吓得发红的喉咙，
他正在将这恐怖打探、观察、品尝、触摸、倾听。

他将第一次使用自己已经破碎的心，
这颗心属于被追逼的人，被圈养的人，
他一反叛，就会被立即处以死刑。

在《幻觉之书》(1964)里，耶罗运用大量诸如雕像和提琴、骨螺与鞘翅、大理石和宫殿、城堡与天鹅绒、象牙和穹顶、琶音与短笛、竖琴与双簧管等多姿多彩的词汇，将切身的和历史的经验诗化，取得了当前多少诗人梦寐以求的效果。这部诗集鲜明的特点是其闪烁在诗行之间的非理性倾向，彻底打破了时间和空间的界限。在色彩斑斓的“幻觉”中，他的诗歌，而非他本人，徜徉在都柏林与马德里、萨拉曼卡和意大利之间。此后，他的诗作不多，1974 年出版了《诗歌全集》。晚年的诗作有《沿海航行》(1989)、《备忘录》(1991)、《纽约笔记》(1998)、《十四行诗集》(1999)、《留在阴影中》(2002)等。他的诗歌全集于 2009 年面世。

在诗歌创作过程中，何塞·耶罗注意挖掘生活中快乐的因素，从而使人们摆脱痛苦与烦恼。他的语言也像他的人格一样朴实无华，用他自己的话说，就是“平淡，赤裸，形象匮乏”。用简约的语言表达深邃的思想，这也正是其大家风范之所在吧。除了前面提到的阿多奈斯奖(1947)，他于 1953 和 1999 年获国家诗歌奖，1958 和 1965 年获评论奖，1981 年获阿斯图里亚斯王子奖，1990 年获国家人文奖，1995 年获索菲娅王后诗歌奖，1998 年获塞万提斯文学奖。1999 年成为西班牙皇家学院院士。他于 1995 和 2002 年先后被梅嫩德斯·伊·佩拉约国际大学和都灵大学授予名誉博士学位。2002 年马德里授予他金质勋章。同年，何塞·耶罗因心肌梗塞与世长辞。2008 年 4 月 25 日，桑坦德市在海滨大道安放了他的半身像，不禁令人想起他的诗句：“如果我死了，让我赤裸着，紧靠大海。再也不用战斗，灰色的海水将成为我的盾牌。”

八　卡洛斯·布索尼奥与何塞·玛利亚·巴尔贝德

虽然社会诗歌是西班牙战后至 20 世纪 50 年代诗坛的主要倾向，但绝非唯一的倾向。就其整体而言，还是色彩纷呈、各有千秋的。布索尼奥和巴尔贝德就是两位各具特色的诗人。

1. 卡洛斯·布索尼奥

卡洛斯·布索尼奥(1923—　)生于阿斯图里亚斯的波阿尔,并在那里度过了青少年时代。后因母亲去世、父亲流亡(墨西哥),他和叔叔迁居到马德里。曾在古老的中央大学(即今孔普鲁腾塞大学)罗曼语系学习。在此期间,结识了诗人维森特·阿莱克桑德雷和达马索·阿隆索,对他后来的诗歌创作产生了决定性的影响。他最初发表的两部诗集是《向爱攀登》(1945)和《死亡之春》(1946)。1947 至 1949 年在美国韦尔斯利大学教西班牙文学。1949 年回到马德里,以一篇关于阿莱克桑德雷诗歌的论文获博士学位。从此,便致力于在马德里中央大学讲授西班牙文学和美学理论。在此期间发表了《灰烬中的赞歌》(1968)和《抗拒墓石的钱币》(1974),并先后于 1968 和 1974 年获全国评论奖。他对诺贝尔文学奖获得者阿莱克桑德雷的诗歌的评介获得普遍的认可。1978 年,他的文学批评著作《诗歌的非理性主义:象征》获得西班牙皇家学院奖。1979 年,他当选为西班牙皇家语言学院院士。他于 65 岁时离开教学岗位。他的诗作还有《汇编与新作》(1952)、《感悟之夜》(1957)、《现实的入侵》(1962)、《寻求》(1971)、《夜时分》(1976)、《我的诗选》(1982)、《胡作非为的比喻》(1988)、《针眼》(1993)、《砧上的锤》(1996)、《死亡之春:诗歌全集(1945—1998)》(1998)。此外,他还有文论著作《西班牙文学表现六则》(1951)、《论诗歌表达》(1952)、《维森特·阿莱克桑德雷的诗歌》(1956)、《诗歌的非理性主义:象征》(1977)、《诗歌的超现实主义与象征化》(1979)、《文学的时代及其演变》(1981)和《后当代诗歌:四项研究和一个导论》(1985)等。他获得的奖项还有:西班牙国家文学奖(1990)、都灵大学名誉博士(1990)、西班牙人文奖(1995)、阿斯图里亚斯王子人文奖(1995)等。

卡洛斯·布索尼奥在 1960 年出版的个人诗歌全集的导言中说:他的诗歌真正的主人公是“时间”,是“对现实所拥有的不可靠存在”的感知。他把这种存在视为“死亡之春”,这也是他的第二部诗集和他的诗歌全集的名字。“死亡”与“春天”相反相成,具有两重性,贯穿在他的诗作中:有时表现生命的短暂和脆弱，有时则表现生命的强大和惊人的活力。当布索尼奥认为“诗歌是我们与时间的对话”和“一切诗歌都是环境之诗”时，他是在分享安东尼奥·马查多和法国诗人艾吕雅的诗歌理念。

布索尼奥所说的“环境”并非简单的外部现实。从严格的意义上说，他不是一个现实主义诗人。他的诗歌往往是空灵、深邃、忧伤、发人联想又有些许神秘的。从西班牙最纯粹的抒情诗出发，会使人想到神秘主义的圣胡安·德·拉·克鲁斯或浪漫主义的贝克尔；而从深邃和思辨的角度来看，又会使人想到豪尔赫·曼利克和弗朗西斯科·克维多。

在《向爱攀登》和《死亡之春》中，诗人向我们展示的是一个热血青年对世界的理解，是一种生着翅膀的生存，一种对爱情的天真烂漫的追求。但从 1948 年以后，他的创作格调发生了变化。变得更加深沉，更具思辨性。他的第三部诗集《感悟之夜》是 1947 年在遥远的墨西哥开始创作的。在这部诗集中，昔日青春的纯贞已经被对生存和世事的形而上的思考和感受所取代。诗人已开始成熟，开始咏叹生命的不真实与不可靠，咏叹更深刻的现实：信仰、爱情和美。这并非说现实是一场梦，而是说它极不真实、脆弱、变幻无常。到了《现实的入侵》，布索尼奥的创作又有了新的变化。诗中的非现实在消失，取而代之的是一种坚实而又具体的现实。在这些新的诗篇中，流露出诗人贪婪的渴望与周边现实的疯狂。入侵的现实在召唤他并和他的歌唱融为一体。现实依然神秘，但并非不真实，并非梦境亦非幻觉，而是粗犷、具体的存在，凶猛的力量或被抚摩的皮肤，怀念的山丘或苦涩的孤独。狂热的爱情和燃烧的祖国，也是他诗歌常见的题材。《现实的入侵》体现了人类具体的生存状态，承载着对人生现实的审视与思考，从这个角度分析，可以把他看作现实主义诗人；但就传统意义而言，如果认为现实主义要用日常生活的语言、原原本本地表现客观现实，布索尼奥的诗作则与之相去甚远。如果我们将《现实的入侵》与前一部诗集《感悟之夜》相比，二者也有不同。在《感悟之夜》中，诗人观察的生活和世界是他亲身的经历，以自己短暂的、变化莫测的时间为出发点；在《现实的入侵》中，诗人是从远方眺望世事和人生，是以缓慢得几乎静止的时间为出发点，观察的是世界的恐惧及拯救它的可能。从不同的角度观察，结果自然是不同的。事物的二重性——“死亡之春”引导诗人运用对比的技巧，这虽说不上什么创新，却也正是布索尼奥诗歌的特色之一。

在《灰烬中的赞歌》中，诗人拯救现实的努力依然在继续，他力图深入社会现实神秘的里层，加深对人类自身痛苦的认识。这种努力在许多诗作中都有体现，尤其是开篇和收尾的两首诗作——《灰烬中的赞歌》和《真理的价值》。诗人通过燃烧的语言，将我们拖向灰烬、拖向人间地狱，那里“热望像火炭一样/在燃烧”。但是与此同时，诗人在另一些诗中，却又在痛苦地寻求一个迫切需要的现实，为了我们不跌倒、不死亡、不落入那“黑暗凶残的洞窟”。这在“灰烬的领地”、在恐怖或虚无的黑夜里的坠落，并非浪漫主义在不幸中的愉悦，而是认识痛苦和不幸必不可少的过程，它往往能拯救并丰富我们的人生。和死亡、痛苦一样，虚无也是这部诗集的核心主题。诗人观察、分析世界，也观察并分析自身，当他找不到答案时，便陷入迷茫和虚无。《叫我如何对你说》虽然不是这部诗集中最具代表性的作品，但依然可以看出上述特征，尤其是诗人对“恋人”真切的爱，虽然“不知如何对她说”，却已表达得淋漓尽致：

可让我如何对你说
倘若你像花一朵
如此轻柔和沉默。
让我如何说得清，当你
是水，是源泉，是笑容，
是谷穗，是风
是空气，是爱情。

可让我如何告诉你，
年轻的闪电，
黎明的晨曦，

你终有一天会死去
可谁又能逃脱这结局。

你永恒的形体，
像阳光和大海，
难道在要求
物质持久的美观。
象黄昏美丽的海面，
你的肉体
比鲜花更短暂。
但是如果将你
比作光，你就是光，
会说话的光，
会说“我爱你”，
并睡在我的怀抱里，
当你在花园中
看见玫瑰重又开放
便会有饥渴、眼睛、疲劳
和无限的哭泣的欲望。

《抗拒墓石的钱币》可能是他最艰深、最复杂、最不理性的一本诗集。对读者来说，难点不在生僻的词汇，而是在于象征的含义不好捉摸，因为其对应的现实层面往往是非理性的、离奇的、幻想的，尽管诗歌的语句符合语法逻辑。布索尼奥诗中所说的“钱币”是时间的钱币。我们每天都在不可抗拒地消耗着这样的钱币，直到花完的那一天。在对待时间这一点上，他和豪尔赫·曼利克、安东尼奥·马查多是一脉相承的。《为说明你如何爱我的祷文》是一首相对容易理解的情诗。但该诗的象征和节奏与《叫我如何对你说》有着明显的不同。诗人通过一系列的“如同”，反复咏叹，一气可成。对于一个中国读者来说，有些比喻难免有些费解，但“你”

对“我”的爱意却是十分感人、跃然纸上：

你爱我，如同一张嘴，一只脚，一条河。
如同一只慧眼，在孤独的前额。
你爱我，如同嗅觉、不适，
哭泣、烦恼，如同二人
黎明时在卧室醒来发出的呻吟；
你爱我，如同遭难者面对着墙壁
双手被绑在身后；用你所看到的一切——
消失在远方的平原，舒缓的山梁，疲惫的景象，
随意的岩石中娇小的蜥蜴
冒着炎热的夏日躺在田野上；
你爱我，用自己呼吸到的一切——
发霉的台阶
散发出的气味，果园的芳香；
用你昨天受过的和明天一定会遭受的悲伤；
你爱我，用那早晨，用那为了不再醒来
而用无限平静的双手留住的黄昏，
用那深深的寂静，那天它曾打断光的步履，
如此突然地来到我们两人中间，
或许在将大气侵犯
恰恰在暴风雨到来之前；
用暴风骤雨，雷鸣电闪，
树下的湿润，秋风，
树叶，岁月，时间
像兔皮一样快速生长，
像兔子一层层的皮毛，不知疲倦地努力奔向，
奔向一个被人遗忘的地方，一个不存在的地方，
一个不存在的日子，从不曾有过的伟大日子，

残忍而又空旷(仿佛眼窝,被一只
卑鄙的手搅得爆裂、动荡);
有时当你注视卧室的屋顶,
看不见,也看不懂,
不看,也没有笑容;
怀着背叛的不安、爱的恐惧
和此时此刻的快乐
呼吸和生存的平静。

你就是这样爱我,我看你的爱像看一条
长长的河,河水又清又深地流过,
一条静静的河,
一条美好、高雅、温柔的河,
一条懂得爱抚的河。

总之,布索尼奥在自己的诗歌创作中,以既激动又平静的心态,密切地关注着宗教、爱情、世事和人生。

2. 何塞·玛利亚·巴尔贝德

何塞·玛利亚·巴尔贝德(1926—1996)是一位学者型的诗人,同时又是散文家、文学批评家、思想史家、文学翻译、大学教授。他原籍埃斯特雷马杜拉,在马德里度过了童年和青少年时代。获马德里大学文哲系硕士学位,德国柏林洪堡大学语言哲学博士学位。大学期间就出版了第一部诗集《上帝的人:圣诗、挽诗和祷诗》。曾为《文学邮刊》《埃斯科里亚尔》《劳作与日子》《根》《阿尔费雷斯》《美学思想》等刊物撰稿。这些文章收入《文章的艺术》(1949—1993)于 1994 年在巴塞罗那出版。他的诗作多发表在《加尔西拉索》《钟楼》和《船头水手》等诗刊。

1950 至 1955 年,巴尔贝德在意大利罗马大学任西班牙语教师。1956 年在巴塞罗那大学获美学教授职称。他与马丁·德·利克尔合作,撰写了《世界文学史》(1957,后曾有大量补充),他个人撰写了《思想的生命与死亡:思想小传》(1981)。在创作和研究的同时,翻译英国和德国的文学经典。1965年,为抗议巴塞罗那大学辞退持不同政见的教授,他辞去了教席。巴尔贝德具有鲜明的基督教和反佛朗哥主义思想,支持古巴革命和桑地诺阵线。同年他自我流亡美国,先后在美国弗吉尼亚大学和加拿大多伦多大学任比较文学和西班牙文学教授。1971年出版了诗歌汇编《时代的教诲(1945—1970)》。1977年,他回国重新在巴塞罗那大学执教,1992年退休,1993年被评为荣誉教授,1996年在巴塞罗那去世。在他生命的最后时刻,还在致力于对丹麦宗教哲学家、存在主义哲学的创始人瑟伦·奥比厄·克尔凯郭尔的研究。

巴尔贝德的诗作有《上帝的人:圣诗、挽诗和祷诗》(1947)、《等待》(1949)、《星期日的诗》(1954)、《为了圣马特奥的合唱》(1959)、《这个世界的征服》(1960)、《不真实的岁月》(1970)、《时代的教诲(1945—1970)》(1971)、《话语的存在》(1976)、《诗歌汇编》(1945—1990)等。曾获国家诗歌奖(1949)、评论奖(1962)和巴塞罗那城市诗歌奖(1990)。

他在文论方面的著述,除前面提到的以外,还有《诗歌语言研究》(1952)、《就现代艺术题材写给一位持怀疑态度的神父的信》(1959)等文论专著以及关于阿索林、安东尼奥·马查多、乔伊斯、尼采等人的专论。此外,尤其值得一提的是:他还是一位成就斐然的文学翻译家。他的译作有数十项之多,从德文翻译的如荷尔德林、里尔克、歌德、诺瓦利斯、布莱希特等人的诗作,从英文翻译的如T. S. 艾略特、惠特曼、爱伦·坡、狄更斯的作品以及《莎士比亚散文版戏剧全集》、乔伊斯的《尤利西斯》等,此外还有从古希腊语、现代希腊语和意大利语译介的文学作品。他曾于1960、1977和1990年三次获得国家翻译奖。

何塞·玛利亚·巴尔贝德属于基督教存在主义,达马索·阿隆索曾为他的诗集作序,认为他是"拔根派"诗人。他早期创作宗教题材的诗歌,后来的创作日趋人性化,接近马克思主义的主张。有人称他为马克思主义基督徒,其想法与"解放神学"的理论近似。他注重抒发内心情感,突出人性的元素。他的风格朴实、语言纯正，追求简洁、明快、准确，没有不必要的修饰，近乎日常口语，继承了安东尼奥·马查多的传统。他偏爱较长的诗句和十四音节的亚历山大体。在一首题为《生命即希望》(《时代的教诲》)的诗中，巴尔贝德将自己的上述特点表现得淋漓尽致：

够了，什么兴旺的种族，西班牙富饶的血浆，
根本就没有什么凯旋曲，古老的宝剑，也没有仪仗；
分散的奴隶，聚集在精神、贫困、渴望
和语言里，充其量，在反刍一个神话的过去，
在上帝的眼前，讲西班牙语的人们，我们算什么东西？
……
上帝啊，每人都要对自己的罪过进行赔偿，而人民，
总是牺牲品，请你来支付吧，让他们从债务和惩罚中得到解放。
对一个疲劳者，黄金世纪的辉煌有什么价值？
对于既不识字又不会憧憬的人，堂吉诃德
和那善良的总督桑丘·潘萨又有什么用场？
我们的人们只会谈论并说："劳动""明天""当然"，
"孩子们""迟到了""工作日""来杯咖啡""不能这样"；
口中既没有欧洲文化，也没有拉丁名门的兴旺，
只有用简单的姿势，强调重负压在肩膀。
作为奴隶，他不讲西班牙语，不讲英语，什么语言也不讲；
他的语言就是溺水者抓住波涛的手，
事事压抑着他，将他攻击，不会变成话语。
谁也不再相信"救世主""命运""意义"；
大地只是在呻吟，越南或刚果的儿童
和海恩①或安第斯山的孩子一样哭泣。
然而富人却空前强大，恐惧使他们变得严酷

① 海恩(Jaén)，西班牙安达卢西亚地区的城市。

和灵活,并企图将明天封闭;
债权堆积,警报响起,
各国人民神圣的愤怒在掀起高潮。
西班牙语也有所行动,时常响应:
“这样下去,不行”,或者给一句老话
添加了新的味道:“兔子的尾巴——长不了”。
甚至为了赢得一点和平与正义,
我们不惜抹去自己的语言、存在、历史,
希望在召唤我们让自己的声音参与那合唱
在人类的历上,在模糊的前进中,
它要求生活偿还那属于我们大家那份可怜的定额,
无论好与不好,劳作与跌跤,
但这或许能够帮助穷苦的百姓,
直至进入秘密的判断,谜一般的爱情,
上帝的记忆,总有一天语言会在那里形成……

总之,何塞·玛利亚·巴尔贝德是一位全面的诗人,一位维护自由和正义的诗人,西班牙20世纪一位绚丽多彩的诗人。

九 超现实主义、“主义后主义”和“颂歌派”

1. 超现实主义诗人:拉波德塔

在20世纪50年代,现实主义和存在主义是西班牙诗坛两个主要倾向。弗朗西斯科·里维斯于1952年出版的《西班牙青年诗歌参阅集》肯定了这一点。这两个流派汇合成当年诗坛的主流——社会诗歌。但主流并非唯一,当时的非主流诗歌主要有超现实主义、“主义后主义”和“颂歌派”。

超现实主义在战前就有了相当的发展。加西亚·洛尔卡的《诗人在纽约》就是超现实主义的一面旗帜。达马索·阿隆索的《愤怒之子》和阿莱克桑德雷的《天堂的影子》具有鲜明的超现实主义色彩。内战以后，超现实主义诗人们有的被流放，有的保持沉默，从而使这一流派的发展呈无序状态。米格尔·拉波德塔(1921—1969)是一位具有代表性的超现实主义诗人。

拉波德塔生于萨拉戈萨，年轻时曾出入于“阿拉贡志愿兵”①大街的尼克咖啡馆沙龙成了“国际诗学办公室”陈旧而又神秘的主持人，他的烟斗和“世界公民卡”曾是人们热议的话题。但作为诗人，他特立独行，落落寡合；直至英年早逝后，才越来越引人关注。其实，这样的现象在西班牙诗坛屡见不鲜。在黄金世纪，古铁雷·德·塞蒂纳(1510—1554)、弗朗西斯科·德·阿尔达纳(1537—1578)、埃尔南多·德·阿库尼亚(1518—1580)、卡斯蒂耶霍(1492？—1550)、博斯坎(1490—1542)、佩德罗·德·埃斯皮诺萨(1578—1650)、罗德里戈·卡罗(1573—1647)、卢佩西奥·莱奥纳多·德·阿根索拉(1559—1613)生前都没有出版诗作。甚至连加尔西拉索·德·拉·维加、路易斯·德·莱昂、圣胡安·德·拉·克鲁斯乃至塞万提斯这样赫赫有名的人物，生前也没出版过诗作。想想这些人，米格尔·拉波德塔的“不显山，不露水”也就不足为奇，但是这的确影响了他诗作的传播。

米格尔·拉波德塔的诗歌创作主要有《沉陷—25》(1948)、《田园诗般的暴烈》(1949)、《路上行人》(1950)、《纪事簿》(1960)、《情而上》(1961)、《另起一段》(1967)和《自言自语》(1969)。1972年，人们出版了他的《诗歌全集》；1975年，又出版了他的《老虎匮乏的午后点心及其他的诗》；1983年出版了他的《诗歌全集》。1955年，他出版过一部悲喜剧《天边的办公室》。他的前三部诗集创作于三十岁之前。1950年，他将自己的诗歌定义为“宣泄与净化”，“诗人为了真正的牺牲奉献了全部的自我”。他要在自己的诗歌王国里见证社会的撕裂和生存的痛苦。就诗歌的形式而

① 在西班牙19—20世纪争夺王位战争中支持卡洛斯派的志愿兵。

言,他喜欢不拘一格的句式,反常的意象,诗句中饱含幽默讽刺的意味和浓厚的放荡气息,这一切都与超现实主义美学有着紧密的联系。他被视为当年诗坛上的"革命者"。2004年,阿拉贡文化丛书出版了记者安东尼奥·伊巴涅斯撰写的诗人传记《米格尔·拉波德塔,田园诗般暴烈的诗人(1921—1969)》。

如前所述,超现实主义在西班牙的深度和广度远不如在法国,加上重要的诗人战后纷纷流亡,因而始终未能引起人们足够的关注。米格尔·拉波德塔又如天马行空,独来独往,致使他的诗歌未能在生前得到广泛的传播。国内至今对他的名字依然很陌生,更无译介问世。鉴于此,笔者翻译两首诗作,让我们对这位20世纪50年代在西班牙诗坛独树一帜的诗人有一个感性的认识。我们介绍的第一首诗选自1950年出版的《路上行人》,题为《初冬时刻》。原文的题目 *Momento novembrico* 就表明了诗人的不拘一格,因为 novembrico 一词在字典上是不存在的,但是可以推断,它和"十一月"(noviembre)相关。十一月在西班牙是冬天来临的月份,天气的变化,预示着人情冷暖和世态炎凉。这或许是诗人的寓意所在。诗的全文是这样的:

我用禽的羽毛书写长长的诗句。
远方在下雨。古老的办公室
时钟敲了十一下。刚出生的婴儿
在对面的街角哭泣。

我不快乐也不悲伤。抑或有些恍惚,
有点像剑,却又很像亵渎爱抚的
卓越的流浪汉。

远方在下雨。古老的办公室
时钟敲了十一下。刚出生的婴儿
在对面的街角哭泣。

一切都变得光明。一切都无足轻重。
我的姓本不存在，因为一切都是幻梦，
五百年后，我的名字会使所有的明镜凋零。
月亮神的每个幽魂
都会使我死于一个亲吻。
太阳的一滴一点
都会使我的脓血和梦想
生出一个金黄的瞬间。
用和平的符号搔着我所有的面具。
我已不愿再要偷窃飞翔的庙宇，
而情愿要纯洁的露天将我的坠落点燃。
再也不要欺骗。真理都是徒劳，
几乎只有谎言。
所有的嘴唇都有星球紫色的回味
至于如何产生却与它们无关。

请你们看看我。我已没有主人。像一条癞皮狗。
我的天文学家朋友已逃走。
他没去赴晚餐的约会。
他爱上了九天之极。
搏斗中有运气。
伯灵顿妮娅—母亲—星体—未婚妻
我呼吁她成为天体之海的居民
尽管没有传呼的信函和身份的凭据。

在电影院神奇的洞穴
我握住恋人柔软而又冰凉的手：

你是我甜蜜的仇恨，是妖术
用颤动的皮鞭造就的本能的埋伏。
我善良的女孩斥责我淫荡的企图：
“小傻瓜，你为什么
不去做一点半的弥撒？……”
“为什么不上班，
不像个规矩人
挣一份体面的工钱
好有个安定的生活和平静的晚年？
既然生活是美好的
有那么好吃的午后甜点
还能跳华尔兹消遣
你为什么还要写那些龌龊
而且是没人要的诗篇？”

远方在下雨。古老的办公室里
时钟敲了十一下。
一个刚出生的婴儿在对面的街角哭泣。

我在做吓唬鸟的草人。秋季将夏季替换。
我给可爱的小傻瓜们上历史课。
每过一学年，口袋越来越窄，秃顶越来越宽。
有时我听着无名氏的音乐，像傻子一样哭泣。
在节日的傍晚，我有时将自己和悲哀一起关在房间。

然而在星期天，我有时
也去足球场或斗牛场，
我在广告塔的上端依稀可见

面色苍白不屈不挠的姑娘
向着心花怒放
狂吼的人群
微笑着舞动白云的匕首，
2000年骷髅头的收成将何等辉煌！

从白羊座之墓来电：
“准时。天文学家朋友
平安抵达天畔。（完）”

我用禽的羽毛书写长长的诗句。
远方在下雨。古老的办公室里
时钟敲了十一下。
一个刚出生的婴儿在对面的街角哭泣。

诗中前后四次出现“我用禽的羽毛书写长长的诗句。/远方在下雨。古老的办公室里/时钟敲了十一下。刚出生的婴儿/在对面的街角哭泣”。这是西班牙在20世纪50年代真实的社会形态。诗人通过自己的经历、思考和感悟，以幽默、自嘲的口吻，揭示了环境的冷峻和个人的无奈。这只是“初冬”，未来如何，留给读者去揣摩。这或许就是佛朗哥时代有良知的诗人们面对的现实吧。虽然评论界将米格尔·拉波德塔视为超现实主义诗人，但在他的这首诗中，却也颇具存在主义和现实主义的特点，使人读起来既不生涩也不怪异，这也是一种“特立独行”吧。

下面这首诗选自发表于1967年的《另起一段》，题为《无神论者》。这已是诗人晚年的作品。全诗如下：

消失的分钟
请给我
你全部的功能。

被忘却的云
请给我
你没有扎根的美丽的伤心。

我唯一的生命
请给我
你不可能的真实。

我的孤独
请给我
你充满放弃的丰收。

我的死亡
请给我
你燃烧殆尽的闪光。

你——可怕的电子，
你——光的速度，
你——距离的眩晕，
你——数目的无垠，
你——追求阳光的幼小昆虫胚胎的窃喜，
你——我杀人儿童梦想中的纸糊的漂亮小马，
请给我，你们甜蜜的跳动
在可靠时机的
不可抗拒的中心；
请给我，在迷人的销魂中
那被砍断的春天的盲目的行动。
看我能不能

独自并用一切
以不可言喻的饥渴
建构“圆满”可怕的生成。

这首诗的超现实主义因素更为丰富。题目画龙点睛，颇具无神论的意味。诗的前五小节，每节三行，结构工整，意象清晰，内涵明确，但接下来的十三行诗如波涛汹涌，一气呵成，诗人激情荡漾，充分发挥了自己的想象力，给读者留下了参与创作的广阔空间。这正是包括超现实主义在内的先锋派诗歌的特色。

2. “主义后主义”：埃德蒙多·德·奥利

“主义后主义”(el postismo)，顾名思义，是“其他主义后的主义”。在其第二个宣言中，被称作“后超现实主义的缩写”，其宗旨在于概括此前出现的所有先锋派文学。作为一个文学运动，“主义后主义”诞生于1945年，持续到1950年，其传播中心基本在马德里和莱亚尔城。在此期间，“主义后主义”共发表过四个宣言。第一个宣言于1945年发表在《“主义后主义”》创刊号上；第二个宣言于1946年发表在《文学邮报》特刊上；第三个于1947年发表在《分钟》的副刊《钟点》上。上述三个刊物都是在马德里出版的。第四个宣言和前三个宣言一起，出现在贡萨罗·阿梅洛出版的爱德华多·契洽罗的诗选《天籁之音和其他的诗》中。宣言一出，即遭查禁。在当时的情况下，这是可想而知的。“主义后主义”诗人的作品多发表在席尔瓦诺·塞尔内希赞助出版的刊物《“主义后主义”》和《吹箭筒》以及莱亚尔城的《稻草鸟》和《“主义后主义”星期四》上。

“主义后主义”诗人接受了达达主义、超现实主义、立体主义和未来主义的影响。他们认为，在上述先锋派和社会诗歌的活力耗尽之处，就是自己的用武之地。诚然，影响“主义后主义”诗人的绝非仅仅上述几个先锋派诗歌，西班牙古老的诗歌传统无疑为他们打下了根基并提供了的养料。

埃德蒙多·德·奥利曾将“主义后主义”定义为“虚构的疯狂”；爱德华多·契洽罗则认为它是“荒唐的崇拜”，是对“先锋派的化解”。另一位有名的“主义后主义”者——加比诺·阿莱罕德罗·卡列多(1923—1981)将其概括为“一种精神状态,一种存在方式,一种自然和艺术的表现”,是科学地、有意识地开发出来的纯粹的感觉,是神灵的内心欢庆。“主义后主义”的诗学主张主要有以下几点:(1) 想象是至高无上的,它取决于潜意识和理性;(2) 充分利用感觉素材;(3) 清晰、欢愉、幽默;(4) 技巧的控制,包括发掘语言的种种可能,这或许是其与其他先锋派运动的区别;(5) 摧毁种种偏见的意志。

“主义后主义”创始人主要是爱德华多·契洽罗·布里奥内斯(1905—1964)和卡洛斯·埃德蒙多·德·奥利(1923—2010)。后来受其影响的诗人还有安赫尔·克雷斯波(1926—1995)、葛罗里娅·富埃特斯(1917—1998)、安东尼奥·费尔南德斯(1927—2005)、加比诺·阿莱罕德罗·卡列多(1923—1981)等。

埃德蒙多·德·奥利于1923年出生在西班牙南方城市加的斯,其父是现代主义诗人爱德华多·德·奥利(1884—1939)。他很小就开始写诗,最初的诗作《影子和鸟》(1940)和《苦涩的歌》(1942)还保留着现代主义风格。1942年,迁居马德里。1945年,他和契洽罗·布里奥内斯等人共同发起了“主义后主义”运动,创办了《“主义后主义”》和《吹箭筒》杂志,但都只存活了一期,就被当局扼杀。从此便积极参与了欧洲超现实主义运动。1945年,他出版了诗集《眼下的诗》。1951年,他和多米尼加画家达里奥·苏罗一起,发表了“内心现实主义”(introrrealismo)宣言,目的在于创造一种新的艺术形式:通过潜意识中的语言,表现人内心的现实。自1953年起,他转徙于法国、摩洛哥、秘鲁和比利时。1955年,他定居法国巴黎;1968年迁居亚眠,任文化之家的图书管理员,并创建了“诗歌开放车间”。从那时起,他开始了一个新的创作时期:通过会议和研讨,让听众和读者参与创作,从而使诗歌到达多数人手里。在此期间,整理出版的诗集有《十四行集》(1963)、《诗选》(1969)、《狼的音乐》(1970)、《诗选(1949—1969)》(1970)、《技巧与哭泣》(1971)、《开放的诗歌》(1974)、《放心地阅读》(1976)、《动力》(1978)、《自省》[1](1978)、《被禁的笛子》(1979)、《竖琴》[2](1982)、《活的十四行》(1988)等。2003年,他出版了诗选《狼的音乐》,一年后出版了《日记1944—2000》。2010年11月11日,埃德蒙多·德·奥利在法国的泰齐-格利蒙辞世。他是"主义后主义之父",是西班牙当代别具一格的先锋派诗人。

埃德蒙多·德·奥利从儿童时代就开始写诗。投身"主义后主义"以后,特立独行,甘于寂寞,追求创作自由,从不墨守成规,因而招致时人的冷落、漠视和遗忘。他从而立之年就自我流亡,定居法国,靠微薄的收入维持生计,生活在一个多元文化的环境里,再也没回西班牙。他曾在野外焚烧了自己全部西班牙文图书,发誓从零开始。这样的举动虽显极端,却也表明了诗人对佛朗哥政权的态度和"我行我素"的性格。在很长的时间里,他默默无闻,几乎从未获过任何文学奖项。但从1973年起,他的诗作受到了广泛关注,获得了高度评价,被译成多种语言。

2005年,埃德蒙多·德·奥利被誉为"加的斯之子";2006年,又被誉为"安达卢西亚之子"。2007年,他微笑着将一份遗赠书放在马德里塞万提斯学院的保险箱里,要在12年后才能打开。在不少人眼中,他是诗坛上的一个大男孩,一个"挑衅者",一个"顽童",一个眼中的火花从不会熄灭的老人。他说自己"是梦的味道构成的"。新锐派诗人辛费雷说,"欲知诗为何物,捷径之一就是阅读卡洛斯·埃德蒙多·德·奥利"。

埃德蒙多·德·奥利的诗歌创作受里尔克、夏尔、茹弗、加西亚·洛尔卡、塞萨尔·巴略霍等人的影响,具有极强的实验性,颇受当今诗人青睐。他的语言幽默、诙谐、热情、奔放,不受语法规范的限制。他的诗歌题材广泛,反映的是其见与未见、闻与未闻的复杂的现实。他的诗歌形式多样,既有生动活泼的短诗(《陨石集》),也有正统规范的十四行。爱与性、生与死、形式与实质等同一事物的两端在他的诗作中构成了一个个同心

---

① 原文 Metanoia 是希腊语,有"后悔""自我修正"之意。

② 原文 Nabla 是希伯来语,因其形状▽像竖琴,故有此意。

圆，两种对立的事物在他的笔下融为一体。

从上面的简介中不难想象，他的诗作不易理解，更难翻译。笔者试译了两首短诗，无非是想使读者对他的作品有个感性认识。由于汉语和西班牙语的巨大差异，尤其是汉语的词序有较严格的规范，不像西班牙语那么自由，要保留诗作的原汁原味几乎是不可能的，在此要再三提醒读者朋友，这是笔者按照诗人的“原意”（倘若理解准确）用汉语写出来的。第一首《星期日》选自西班牙卡特德拉版的《当今西班牙抒情诗选》：

此刻我不乏孤独地躺着哭泣
床罩在嘲笑我乞讨的面容
此人呻吟的面包变成碎屑。
面包落在塌陷的床上。
痛苦，古老的忏悔
艰难地沐浴着何等纯洁的泪水。

哭泣的国度有坚硬的无限的荒野
无限的森林，无限的一切
还有无限的山川你在那里
净化着夜间流浪的灵魂和紧张的躯体
哭泣如同一种饲料
喂养贪婪的牲畜，使它填饱了痛苦。

搜肠刮肚，也只能译成这个样子，惭愧，而又无奈。尽管如此，我们还是可以看出诗人当时极度的苦闷，并领略他幽默的语言、调侃的口气和别出心裁的比喻。下面这首《废墟之王》选自1947年出版的《被禁的笛子》。这是他的代表作之一，出现在西班牙当代不同的选本中：

我贫困对你有什么要紧呀上帝
我的家已是疯狂的甜美路基
猫头鹰的飞翔见底的河流是烙在我脸上的

火漆……对你有什么要紧呀上帝！
我的家是纯色死马的一声嘶鸣
是痛苦的伟大角落是记忆的摇篮
在那里人们睡眠只为了
用满怀希望的饥饿的口呐喊
昨日鲜花而今天她的裙子已成破碎的瓦片
我黑色的脸庞在忍受门户
而最终不知如何处理这许多复印件
我在贫困中！人们说贫困
而贫困什么也不是……上帝呀什么贫困！
我沿着坚定的深渊
登上昏暗岗楼的阶梯去讨饭
我进去我呼喊哎呀哎呀，少爷！哎呀！哎呀！
您不能这样您一点也不像
幽灵！我是谁？我向你要一张床
为了保护我的嘴唇用陈旧的梦想
你不要这样不要因我而恐慌
哎呀我的少爷您已完全变样！
您真的衣衫褴褛疲惫不堪
您充满孤独的肚脐令我伤感
老妇人给我衣服和蜡烛我和她共进晚餐
我吃饭时惊讶的老妈妈在祈祷上帝
我笑着向她解释“我是废墟之王”
她发出一声悲戚“少爷啊这是什么东西？”

这首诗，从遣词、断句到意象和韵味，都具有埃德蒙多·德·奥利诗歌的鲜明特征。尤其是该断句的地方，他从不用标点符号，给理解和翻译造成困难。2006年，路易斯·埃德华多·奥特和费尔南多·波拉比耶哈将他的十四首诗配上音乐，出版了《活埋人者》。对他的后一部诗集，诗人们推崇,一般人不懂,多数人不看。我想,这样的结果是很正常的。埃德蒙多·德·奥利虽然在西班牙当代诗坛占有一席之地,但绝非一位“大众的诗人”。

3.“颂歌派”:巴勃罗·加西亚·巴埃纳和里卡多·莫利纳

20世纪40年代,在西班牙南方——安达卢西亚的科尔多瓦,诗人们创办了一个题为《颂歌》的诗刊。杂志的核心人物巴勃罗·加西亚·巴埃纳、里卡多·莫利纳和胡安·贝涅尔,先后任主编。该诗刊存在了前后两个时期,前期是1947至1949年,后期是1954至1957年。按照吉列尔莫·卡内罗的说法,前期“颂歌”具有“文化主义”的特点,通过文化现象来表诉衷情,继承了“二七年一代”尤其是路易斯·塞尔努达和加西亚·洛尔卡晚期的创作风格,推崇一种思辨性的诗歌。随着毕万科、莱奥波尔多·德·路易斯和埃德蒙多·德·奥利等人的加入,后期“颂歌”出现了兼收并蓄的倾向,产生了一些宗教题材的作品。和“主义后主义”一样,“颂歌”当年也受到了漠视。但与此同时,也有人称其为“沙漠中的绿洲”。客观地说,“颂歌派”虽未成为诗坛主流,但对后来的诗歌产生了影响。这主要归于“颂歌派”诗人追求形式的完美,注重修辞和诗句的音乐感。他们的题材以爱情为主,充满生命的活力,与空洞的“加尔西拉索派”和孱弱的存在主义形成鲜明的对照。20世纪70年代,诗人吉列尔莫·卡内罗在《新锐派诗选》中对“颂歌派”重新评价,从而引发人们对其更广泛的关注。

在“颂歌派”诗人中,我们介绍其中较有影响的两位:巴勃罗·加西亚·巴埃纳和里卡多·莫利纳。

(1) 巴勃罗·加西亚·巴埃纳

巴勃罗·加西亚·巴埃纳于1923年6月29日出生在科尔多瓦,中学时代,曾学习美术。他十四岁便读了神秘主义诗人圣胡安·德·拉·克鲁斯的作品,并结识了胡安·贝涅尔。后者使其发现了希梅内斯、萨利纳斯、豪尔赫·纪廉尤其是塞尔努达等前辈诗人。后开始用“E”或“路易斯·德·卡德纳斯”的笔名在《蜗牛》《西班牙人》和《文学邮报》等报刊上发表诗画作品。1946年，他的第一部诗集《隐蔽的流言》出现在《想象力》杂志上。1947年，他与好友里卡多·莫利纳一起参评了阿多奈斯诗歌奖，结果双双落选，于是产生了自己办杂志的念头。1947年，他们和胡安·贝涅尔、胡里奥·欧门特、马里奥·洛佩斯等诗人以及画家米格尔·德尔·莫拉尔、吉内斯·列巴纳一起创办了《颂歌》诗刊。从此，他便成了"颂歌派"诗人的代表人物。加西亚·巴埃纳是一位多产诗人。一生创作了数十部诗文集，诗作有《隐蔽的流言》(1946)、《当鸟儿在歌唱》(1948)、《古老的少年》(1950)、《六月》(1957)、《圣油》(1958)、《拍卖》(1971)、《诗选(1946—1961)》(1975)、《在时间结束之前》(1978)、《夏日三声》(1980)、《巴勃罗·加西亚·巴埃纳的南方》(1988)、《忠诚而又逃逸的花环》(1990)、《史前》(1994)、《西方》(诗人自己配画，1995)、《常春藤上的水珠》(选集，1998)、《印象与风景》(1999)、《在时间的平静里》(2002)、《天堂的田野》(2006)、《诗歌全集(1940—2008)》(2008)。从上面的介绍可以看出，在1958至1971年间，加西亚·巴埃纳的创作中断了。在此期间，他于1964年和朋友们一起，去意大利、埃及和美国旅游。1965年回国，在马拉加定居从事文物工作。2004年重返科尔多瓦，与数家杂志社合作，任安达卢西亚文化中心顾问委员会主任。令人遗憾的是，长期以来，他的作品几乎被人遗忘。20世纪70年代以后，才又引起人们的兴趣和关注。他获得的主要奖项有：阿斯图里亚斯王子奖(1984)、科尔多瓦诗歌金质奖章(1984)、"安达卢西亚之子"(1988)、安达卢西亚文学奖(1992)、马拉加省金质奖章(2004)、第七届索菲娅王后伊比利亚美洲诗歌奖(2008)和格拉纳达市费德里科·加西亚·洛尔卡诗歌奖(2012)。

加西亚·巴埃纳的诗歌情感浓烈，意象丰富，具有巴洛克大师贡戈拉的韵味。这样的特征在他早期的诗作中已见端倪。如下面这首选自《隐蔽的流言》(1946)的《只有你的爱和流水》：

只有你的爱和流水……十月在河边
沐浴傍晚的余辉串串
仇恨的明月升天，

将阴影里悠悠的紫罗兰驱赶。

我迷失了，在欲望的海洋遇难，
你秀发温柔的雾霭蒙住了我的双眼。
你的秀发窒息了我喉咙中的声音
这声音在朦胧时刻消失在我的双唇。
只有你的爱和流水……那条河，甜美地
从我们身边经过时几乎屏住了呼吸，
颤动的空气几乎不敢
吹动河边杨树的树叶。
只听得，天使飞翔的翅膀
擦过一颗熟睡的星星，
如此温柔的惊喜要化作永恒，
我在你的双唇吮吸生命。
你贞洁的乳房咬着我的胸膛，
用两朵野百合腼腆的芬芳，
天真的海风将两朵百合轻轻摇荡
当夏日将炽热洒向山岗。
夜晚洋溢着榅桲果的香味
你的心迷失，爱抚，仿佛
远方的吻，在我的怀中安睡，
河水在呼吸……
只有你的爱和流水……

巴勃罗·加西亚·巴埃纳的诗作以爱情诗居多。他善于用花草的意象，烘托内心浓烈的感情，颇有路易斯·塞尔努达和加西亚·洛尔卡的遗风。如下面这首选自《古老的少年》(1950)的《六月》：

啊，我知道要将你寻觅

当秋天用低垂的果实
压抑着大地，
当少女们咬着一串串葡萄——
宛似她们的嘴唇，
男人们粗糙的大腿
染上葡萄紫色的血浆
一曲高歌在傍晚
蓝色的寒冷上飘荡。
啊，我知道要将你寻觅。
当最后一朵夹竹桃眩晕的亲吻落在河里，
我将寻觅你在柔软沙滩上的足迹
在那里，宛似凝滞的正午碧绿的花茎
你在我的身下断气。
啊，我知道要将你寻觅。
当秋季入睡的天鹅在巢中震动羽翼；
但“六月”是一个宁静的牧人
金黄、神圣的麦粒为他加冕，
我在你的身上畅饮赤裸的音乐
这音乐在午睡缓慢的琴弦上变得绵软。
啊，我知道要将你寻觅
当田野从鞘翅黄色的休眠中醒来；
可现在只有你的身体，和我的身体在一起，
当六月点燃远山的幸福
河水怯生生地亲吻
我们的脚，宛似那喀索斯①

① 那喀索斯（Narciso），希腊神话中自恋的美少年。回声女神向他求爱，被他拒绝。爱神阿佛洛狄忒惩罚他，使他爱恋自己在水中的倒影。最后他憔悴而死，死后化作水仙。

注视着我们
用水汪汪绿色的眼神。

(2) 里卡多·莫利纳

里卡多·莫利纳(1917—1968)也是科尔多瓦人。他的全名是里卡多·安东尼奥·德·圣弗朗西斯科·德·萨莱斯·莫利纳·特诺尔,出生在科尔多瓦省的赫尼尔桥镇,于1925年和父母及三个兄弟一起迁往科尔多瓦市。曾入塞维利亚大学文哲系学习,后被内战中止。1936年,作为志愿者曾在国民军中服役两年,但并无坚定的政治立场。内战结束后,终于获得地理历史专业的硕士学位。后任教多年,直至1966年才获公务员资格。1943年,他开始和胡安·贝涅尔、加西亚·巴埃纳、马里奥·洛佩斯等诗人交往,并于1947年共同创办了《颂歌》诗刊,第一阶段(1947—1949)共出版八期。他的诗作有《天使的河流》(1945)、《致桑杜阿的挽歌》(1948)、《伞房花序》(1949)、《梅蒂娜·阿查拉的挽歌》(1957)、《家》(1966)、《在每日的阳光下》(1967)、《两部遗作(爱人的礼物、歌集)》(1975)。他的杂文有《神秘的弗拉门戈艺术》(1967)、《诗歌的社会作用》(1971)、《日记(1937—1946)》(1990)。值得一提的是,他对"深歌"(弗拉门戈)的研究获得了普遍的认可。曾于1949年获阿多奈斯诗歌奖。

里卡多·莫利纳被誉为"颂歌"之父。出生地的图书馆以他的名字命名,那里的广场则被命名为"颂歌广场"。他的诗作韵律铿锵、语言生动、感情丰富。请看下面这首选自《伞房花序》中的《一个诗人的肖像》:

在那个村庄你的生命充满黑暗。
你熟悉那里的一切:街道、墙垣、
古老的市政府,潮湿,零乱;
圣器室、喷泉、火车站。

你的生命应是灰色眼睛的青春,
镶红边的披风,漫步在马背上,

多尼亚门西亚或卢塞纳的新娘，
爱情和走私者的诗行。

当你反复穿过葡萄园古老的路径
什么也不想，甚至看不到
葡萄压榨机和可怜的脚夫，
山顶上那圣母的小教堂。

多么深沉的情感袭击着你的灵魂，
你从未成功地表达在自己的诗篇。
谁能说出百合花孤独的美丽？
最卑微的花朵也胜似语言。

令人销魂的痛苦是如此美丽的地方
我们生于斯却不能将她歌唱，
若不是一个春天忧伤的夜晚
用美酒和深色吉他的思念的声响。

当其他人在都市里获取成功，
像时髦的歌手，赢得掌声，
而你，却在月光下缓缓而行，
从晚间爱恋的栅栏中回到家中。

黎明在唤醒畜栏和田垄。
晨曦在点燃葡萄串、种子
和家畜的清新的呼声。
泉边掠过姑娘们的身影。

你的理解就是爱和抚摸那些事物，
生怕从嗜睡的惬意中惊醒它们，
宛似在秋天的谈话
在葡萄架下昏睡的黄昏。

这首诗无疑与诗人自身的经历相关。他的爱情诗优美、光洁，略带几分羞涩。《梅蒂娜·阿查拉的挽歌》是他的代表作，请看其中的第十一首(XI)：

当七月的太阳融化了天空
耕牛在寻找浓厚的阴影，
古铜色面孔的收割者，
清晰的水罐和潮湿的水井，
一只只山羊，橄榄树的新芽，
而我——白天缓慢的流浪者，
在寻觅你身体上大地的柔情。

开花的马鞭草，碧绿的报春草
和野葡萄的嫩枝
在森林之神红色的前额投下阴影，
小溪冲洗着阴暗的树丛
风儿吹来时一切都在颤动
宛似银色叶子的琴声，
空中的森林女神们将蓝色的吊钟
缠绕在瑟瑟作响的杨树干，
恋爱之神在带刺的黑莓
——阴影和露珠——上跳动，
对我的灵魂而言，这一切
都没有你的身体那金色优雅的柔情。

犹如向日葵圆形转动的花朵
追随着太阳的行程，
宛似农田里的泉水
喷出的水线恰似弯弓，
就像成熟的果实
压弯了承载着丰收的树枝，
仿佛雄鹰盘旋在空中
然后向着羊群猛冲，
我的灵魂被吸引，旋转
并叫花、果实、泉水和雄鹰落在你身边。

第四单元

“五零一代”

一　关于“五零一代”

“五零一代”[①]，在不同的文学史著述中又有“六零年一代”“五一年一代”“五五年一代”“五九年一代”等提法，亦称“战后诗歌第二代”或“半个世纪派”，指的是何塞·安赫尔·巴伦特、海梅·希尔·德·别德玛、安赫尔·贡萨莱斯、卡洛斯·罗德里格斯、何塞·马努埃尔·卡瓦耶罗·博纳尔德、弗朗西斯科·布里内斯、卡洛斯·巴拉尔、何塞·奥古斯丁·戈伊蒂索洛等诗人群体。在不同版本中有时还可加上卡洛斯·萨贡、费利克斯·格兰德、安赫尔·克雷斯波、何塞·科雷多尔-马特奥等人的名字。[②]

文学史上不断有评论家质疑这种“某某一代”的称谓，认为存在过度简化或标签化的风险，被归于其中的诗人也不乏明确

---

① “Generación de los 50”这一术语中的数字指的是 50 年代而非 1950 年，故译为“五零一代”。

② Cfr. *La promoción poética de los* 50, selección y edición de Luis García Jambrina, Madrid: Espasa Calpe, 2007, p. 18ss.

表示反对者。但类似的术语之所以存在并沿用下来，也确有其存在的理由。被归于“五零一代”的诗人，大抵年龄相近，青少年时代都在内战后的压抑氛围中度过，初始创作时都经历了当年风行一时的“社会诗歌”潮流的洗礼。诗人巴拉尔对“代”的提法有所保留，但也承认他们这“派”的诗人间存在着共同点：都将“二七年一代”的诗坛前辈视为“祖父”，而自认为是文学父辈缺失的一代；都在不同程度上经历了与“社会诗歌”的疏离；都曾挖掘城市题材，以异于传统的手法处理死亡、爱情等传统主题。①

西班牙20世纪50年代后期以降经济发展显著，旅游业蒸蒸日上，审查制度日渐松动，国外文化特别是电影为代表的北美大众文化涌入，这些都构成了“五零一代”出现的社会历史情境。② 当时的一些新兴文学杂志为“五零一代”诗人提供了活跃的舞台，文学奖项推陈出新——主要成员屡屡荣获或入选博斯坎奖和1943年设立的阿多奈斯奖，向马查多、米格尔·埃尔南德斯致敬及声援古巴等群体活动创造了交流机会并强化了归属感，而数十年间涌现出的多部诗选则逐渐奠定了这一诗人群体在西班牙文坛的地位。如在1960年出版的《西班牙诗歌二十年（1939—1959）》③中，入选的四十位诗人中就有巴拉尔、希尔·德·别德玛、戈伊蒂索洛、巴伦特、安赫尔·贡萨莱斯、卡洛斯·罗德里格斯、卡瓦耶罗·博纳尔德等人。数年后的增订版中又增加了布里内斯和萨贡。到1978年，已有如《五零年代诗派》④的专门诗集问世。

所谓“社会诗歌”在评论文字中常常是外延与内涵较为模糊的概念，但在20世纪40年代末至70年代初的西班牙，可说没有任何诗人能完全

---

① Pedro Provencio，*Poéticas españolas contemporáneas. La generación del* 50，Madrid：Hiperión 1988，p. 72.

② Cfr. Andrew P. Debicki，*Historia de la poesía española del siglo XX*，Madrid：Gredos，1997，p. 145ss.

③ *Veinte años de poesía española* (1939—1959)，ed. de José María Castellet，Barcelona：Seix Barral，1960.

④ *El grupo poético de los años* 50，ed. de Juan García Hortelano，Madrid：Taurus，1978.

置身于潮流之外。[①] “五零一代”的诗人们自不例外，如戈伊蒂索洛的诗句：

> 诗歌的材料
> 是人民赋予我们
> 用他们的声音。让我们归还
> 汇集的词语
> 给它真正的主人。[②]

但也应看到，同被归为“五零一代”的诗人参与所谓社会诗歌的程度迥异，而且当“社会现实主义”诗潮尘埃落定，他们大都已归回“被历史需要打断”(卡瓦耶罗・博纳尔德语)的诗歌原点。与此相关的是著名的“交流与认知”之争。评论家卡洛斯・布索纽名噪一时的《诗歌表达理论》(1952)成为年轻诗人砥砺诗学思考的磨刀石，巴拉尔发表于1953年的名文《诗歌不是交流》针锋相对地提出，将诗歌视为交流意味着“对诗歌进程和诗歌事实危险的简化，无视创造时刻的自足性”，因为诗歌乃是自发的认知行动。[③] 卡洛斯・罗德里格斯也表达过类似的观点：诗歌非宣言，并不存在先于诗歌的供交流的信息。而风格上越个人化，越能达到交流和参与的目的。[④] 以今日的目光来看，或许希尔・德・别德玛的意见更为中肯：

> 交流是诗歌的一部分，但却不足以定义诗歌；诗歌活动是一种形式活动，但从未是纯粹简单的形式追求。……诗歌是许多东西，而一

---

① Cfr. *La promoción poética de los* 50, selección y edición de Luis García Jambrina, Madrid: Espasa Calpe, 2007, p. 38ss.

② Pedro Provencio, *Poéticas españolas contemporáneas. La generación del* 50, *op. cit.*, p. 80.

③ Ibid., p. 67.

④ José Olivio Jiménez, *Diez años decisivos en la poesía española contemporánea, 1960—1970*, Madrid: Rialp, 1998, p. 57; Claudio Rodríguez, *Desde mis poemas*, edición del autor, Madrid: Cátedra, 1984, p. 20.

首诗便可以成为对词语众多具体可能性的探寻。①

二 “孤独之鸟”：何塞·安赫尔·巴伦特

安赫尔·巴伦特(1929—2000)于1929年出生在加利西亚地区的乌伦赛市，青少年时代便对诗歌产生兴趣并开始尝试写作。十五岁时第一次发表诗歌作品，两年后的作品已摆脱“加尔西拉索派”影响，开始形成个人风格。先后在圣地亚哥和马德里学习法律，后转到文哲系。

在马德里时期(1948—1954)，诗人曾受业于罗曼语文学大家拉斐尔·拉贝萨门下，这一段经历坚定了巴伦特投身于文学研究的决心。在同一时期他接连在《岛屿》《西语美洲手册》等文学杂志上发表评论文字，展露出独到敏锐的视角和开阔的视野。1950年巴伦特撰文为古巴诗人何塞·莱萨马·利马鼓与呼，他对西语美洲诗歌及叙事文学的关注和精当的评论，成为当时西班牙阴郁沉闷的文化氛围中罕见的风景。这时巴伦特已是圈内小有名气的评论家，但直到1955年才正式出版第一部诗集《以希望的方式》。同年他受《索引》杂志主编的委托，在该刊第79期编选名为《十一位诗人》的青年诗歌特辑，入选者都是三十岁以下的诗人，日后被称为“五零一代”的群体于此初见规模。

巴伦特1954年应友人之邀赴牛津大学任教，并在那里获得硕士学位。牛津宽松自由的氛围和便利的研究条件令年轻的诗人一扫因国内压抑环境而生的积郁，在与国际一流学者的交往中对本国文化历史传统也有了新的理解和感悟。在此期间诗人的研究兴趣转向16、17世纪西班牙文学在英国的影响，《十七世纪西英文学交流札记》和《塞尔努达与冥思诗歌》两篇重要的文章都是这一时期的成果。后者卓有新意地探讨了西班牙黄金世纪宗教文学对英国玄学派诗人的影响，也可看作诗人与神秘主

---

① Pedro Provencio, *Poéticas españolas contemporáneas. La generación del 50*, *op. cit.*, p. 125.

义传统间深厚渊源的最初见证。

1958年巴伦特移居日内瓦，在世界卫生组织任译员。诗人此阶段受到西班牙思想家玛利亚·赞布拉诺的影响，巴伦特称她的独创性在于“集哲学、诗歌与宗教性于一体”，其实这样的描述也同样适用于描述诗人自己的文学特质。在这一时期完成的第二部诗集《给拉撒路的诗》，折射出独到的现实主义诗歌观和诗人塞尔努达的回声。20世纪60年代，巴伦特虽未回国定居，但时常赴西班牙参加文化活动。1966年在巴塞罗那曾因反佛朗哥言论在一次关于贝克特的讲座后被捕。次年的古巴之旅，无论是古巴新政权还是与何塞·莱萨马·利马的会面都给他留下深刻的印象。

巴伦特在《记忆与标志》(1966)中苦涩、嘲讽的调子让人自然想到塞尔努达《欲望与现实》中的晚期诗作：

> 不错
> 预先披上丧服，我们曾谈论，
> 我们彼此的死亡。①

但幻灭与绝望不是最后的声音，词语、诗歌仍能成为最后的希望所在。诗集的最后一首名为《并非徒劳》或许并非偶然：

> 在我们的梦想之外
> 词语，不属于我们的词语，
> 像云彩聚集
> 有一天被风吹落
> 到地上
> 为了改变，并非徒劳，这世界。②

在何塞·奥利维奥·希梅内斯看来，《记忆与标志》“记述了一场内心

---

① José Ángel Valente, *Obras completas*, vol. 1 “Poesía y prosa”, ed. de Andrés Sánchez Robayna, Barcelona: Círculo de Lectores, 2006, p. 166.

② José Ángel Valente, *Obras completas*, vol. 1 “Poesía y prosa”, p. 219.

巨大争战，描绘出整部救赎计划，借着诗歌也为了诗歌”①。而在另一部堪称具有分水岭意义的重要诗集《无辜者》(1970)中，巴伦特后期创作中的诗学理念已现先声：

> 我写下一位尚未成形的神祇的光环
> 写下一个尚未成就的启示
> 写下那盲目的遗赠
> 世世代代都将冠以我们的名字。②

这里无法绕过的是神秘主义诸传统对诗人的影响，这一点在巴伦特 20 世纪 70 年代以降的创作中愈发凸显。此处涉及的神秘主义传统不仅包括如圣胡安·德·拉·克鲁斯和圣特雷莎两位被天主教会尊为圣师的经典大家，也包括 17 世纪的米格尔·德·莫里诺斯这样被正统视作异类的离经叛道者；同时不限于基督教传统，受亚美利可·卡斯特罗等人的著作影响，诗人将视线投向与西班牙历史文化身份密不可分的阿拉伯和犹太的神秘主义传统，甚至后期连禅宗在内的东方哲学也有所涉猎。在诗人的创作中，神秘主义诸传统的影响不仅见于题材和语汇的采撷而形成的互文，对其诗学观念的构成也产生了不容忽视的功用。巴伦特曾如此阐释自己的诗歌观：

> 我如今倾向于把诗歌视作一种未知(inconocimiento)。诗歌将语言引至极端情境，一种全然未知的情境，在一切了解之先，一切知识之先，一切理解之先。诗歌必须在一种非理解的理论中寻找自我，在毫无光线指引的空间前行，以值得纪念的言语，永远置身于那“无人出现之处”。③

---

① José Olivio Jiménez, *Diez años decisivos en la poesía española contemporánea*, *1960—1970*, *op. cit.*, p. 129.

② José Ángel Valente, *Obras completas*, vol. 1 “Poesía y prosa”, p. 299.

③ Andrés Sánchez Robayna, “Introducción”, José Ángel Valente, *Obras completas*, vol. 1 “Poesía y prosa”, p. 43.

上述“未知”“非理解”的表达都带有鲜明的神秘主义话语特征，可说是狄奥尼修斯式的否定神学在20世纪的诗学变体，而“无人出现之处”一句本出自圣胡安·德·拉·克鲁斯的名诗《黑夜》。胡安·戈伊蒂索洛曾富于洞见地指出巴伦特在诗歌中多将表明对立冲突的事物并置①，这实际上也是神秘主义文学中常见的表达策略。例如“伊卡鲁斯”一诗中的警句：

坠落不过是
向深处上升。②

20世纪80年代初的诗集《熄灯礼拜三咏》(1980)更是从卡巴拉神秘传统汲取养分，围绕前十四个希伯来语字母展开冥思。诗人自己曾解说，十四段文本其实是一首诗歌，生生造化之歌，永远在迫近、永远处于萌动进程中的生命之歌。以第七字母G为例：

淤泥中鱼的搏动在生命之先：鳃，肺，泡沫，萌芽：搏动者有节奏且在节奏中降生：接受也给予生命：气息：在深处核心幽暗充满火焰：母亲，母体，母材：母体哀立：鱼的搏动在生命之先：我与你下降至呼吸的种子：到深处：我用我口啜饮你的气息：我啜饮的非可见之物。③

淤泥中搏动之鱼在巴伦特的作品中不止一次出现④，或许因为那已成为词语——生命之“原初运动”的完美喻象。而淤泥、深处、核心、母体等意象都分享着同一个指涉，即巴伦特在其名篇《诗歌与流亡》中所谓“创造的空间”。在文中，诗人乞灵于16世纪犹太卡巴拉大师的创造论：圣经上说神从空无中(*ex nihilo*)造出万有，那么神必然先创造了空无，因为在

---

① Juan Goytisolo, "Palmera y mandrágora (Notas sobre la poética de José Ángel Valente)", *El sol a media noche. La experiencia mística: tradición y actualidad*, Madrid: Trotta, 1996, p. 207.

② José Ángel Valente, *Obras completas*, vol. 1 "Poesía y prosa", p. 422.

③ Ibid., p. 398.

④ 如《材料记忆》中的诗篇，ibid., p. 384.

原初神的无限充满一切。诗人再次引用安东尼奥·马查多的诗句来描述这一过程：

神说：空无出现。

就将右手抬升

遮在自己眼前。

空无就此造成。

在创世之初，神首先的作为不是彰显能力或展示自身，而是隐藏（“神秘”一词的本意即是“隐藏”）、隐退、收缩、自我限制，向自身内部的自我“流亡”，为的是创造一个空无的空间，与神相异者——即世界才能在其中受造生成。创造主创造的是一个“空无赤露的空间，在其中创造成为可能。创造，在其最初和最根本的时刻，不是创造某物，而是创造空无”。由此诗人巴伦特成功推衍出自己的诗学版本：“或许艺术家唯一能创造的就是创造的空间。而在创造的空间中空无一物（好让受造物可以在其中生成）。”[①]这创造的空间也是词语的空间，正如《熄灯礼拜三咏》篇首引语所云：“那应受颂扬的圣者，栖居于词语中。”

在这样“空无”的“创造空间”中不难看出“空无圣师”圣胡安·德·拉·克鲁斯的回响，而“幽暗”“深处”等元素也让人联想到16世纪神秘主义大师含义宏富的黑夜意象。1985年后巴伦特终于落叶归根，定居于西班牙的阿尔梅里亚——在诗人心目中，那座安达卢西亚的海滨城市依然保留着九个世纪前苏菲神秘主义之都的余韵。1991年为纪念圣胡安·德·拉·克鲁斯逝世四百周年，巴伦特与摄影家合作出版了《奇异的岛屿：追寻圣胡安·德·拉·克鲁斯在安达卢西亚的脚踪》，并主编有研究文集《诠释与神秘：圣胡安·德·拉·克鲁斯》（1995）。在生命的最后几年里，身患癌症的诗人仍笔耕不辍，有诗集《未来之书断章》（2000）和散文集《深渊体验》（2004）于身后问世。

---

① José Ángel Valente, *La experiencia abisal*, Barcelona: Círculo de Lectores, 2004, pp. 114—115.

巴伦特另著有《断章三十七》(1972)、《光环》(1982)、《光辉》(1984)、《致地方的神》(1989)、《歌者黎明未出现》(1992)等诗集;《部落的语言》(1971)、《石头与核心》(1982)、《鸟与网的变奏》(1991)等散文集。先后获阿多奈斯诗歌奖(1954)、诗歌评论奖(1960,1980)、巴勃罗·伊格莱西亚斯诗歌奖(1984)、阿斯图里亚斯王子文学奖(1988)、索菲娅王后诗歌奖(1998)和西班牙国家诗歌奖(1993,2001)等众多文学奖项。

有研究者将诗人分作几类:诗篇型诗人、诗集型诗人和演进型诗人。前两种意指以某篇诗作或某部诗集成名的诗人,而演进型诗人却是以全部作品形成一个有机整体,作品间即使主题不同、风格各异,却仍存在清晰的承续演进线索可循。巴伦特无疑就属于这后一类诗人。① 特别值得研究者关注的是,诗人创作活动与其同步的译介实践间存在着微妙的互动:巴伦特曾先后将约翰·唐恩、霍普金斯、卡瓦菲斯和策兰等诗人的作品译为西班牙语。

某些论者将巴伦特的创作分为"现实主义"和"神秘主义"两种风格或阶段,但未免失之肤浅。且不说在诗人后期创作中也有《广岛幸存者》②这样直面现实的诗作,究其本质,巴伦特的写作策略和主旨是针对当时西班牙文坛伪现实主义或"表面的现实主义"的主动对抗,他被归于"神秘主义"的风格也可从这一背景来把握。③ 即使涉及诗人后期断片化、极简化的写作实践,也不宜轻易贴上不食人间烟火的纯艺术之标签。如《材料记忆》中的诗行:

我被吞噬。
但你说
我不会
死。

---

① Tomás Sánchez Santiago y José Manuel Diego, *Dos poetas de la generación de los* 50: *Carlos Barral y José Ángel Valente*, Granada: Ediciones A. Ubago, 1991, p. 246ss.

② 原文为 *Hibakusha*,即1945年日本遭原子弹轰炸后的幸存者。

③ José Ángel Valente, *Obras completas*, vol. 1 "Poesía y prosa", p. 47.

晨曦。

读解这样的诗行有必要结合诗人的诗歌语言观来考察。巴伦特认为语言在诗歌中摆脱束缚自身的工具性，成为“显现”：“诗歌是语言的一种显现形式。”而显现必须在“隐藏”中实现，在张力和悖论中实现，语言的终极价值就在不可言说的言说之内，按诗人自己所称即“实质语言的功用”。不再是表意的工具，语言既是弓，是箭，也是靶，是幽暗之光，淤泥中的搏动，神秘的母体，永远处于萌发进程的种子，尚未产生指涉却包蕴一切指涉。也正是在此基础上诗人阐述自己的写作观：“写作如同分泌树脂；不是行动，而是缓慢的自然生成……写作不是做什么，而是住宿，是存在。”①不是我们说语言，是语言在我们里面说话，语言构成我们的存在。或许用诗人去世前数月留下的最后诗行，巴伦特版本的俳句来归纳他自己的诗歌理想最合适不过：

歌之巅峰。
夜莺和你
已是一体。②

三 时间之河，词语之足：海梅·希尔·德·别德玛

别德玛（1929—1990）于1929年出生在巴塞罗那，自幼家境优越。1951年法律专业毕业，在巴塞罗那大学与卡洛斯·巴拉尔等人相识，从此结下友谊。1953年在牛津大学访学六个月，同年出版了诗歌处女作《据时间宣判》（1953），收录了十二首诗作。两年后，由巴拉尔等人主办的塞伊克思·巴拉尔出版社推出艾略特的《诗歌的功用和批评的功用》，由希尔·德·别德玛翻译并作序。1959年，希尔·德·别德玛与“五零一代”的其他成员一起赴法国科利尤尔参加纪念安东尼奥·马查多的活动。

① José Ángel Valente, *Obras completas*, vol. 1 “Poesía y prosa”, p. 423.
② Ibid, p. 582.

20世纪50年代末60年代初是诗人与左派马克思主义思潮最为亲近的时期，在诗集《旅伴》(1959)中有所流露。此后仅有《四首道德诗》(1961)、《站在维纳斯一边》(1965)、《道德剧》(1966)、《身后诗作》(1968)寥寥几部诗集付梓。后两部一般被视为诗人的成熟之作。希尔·德·别德玛也自承在《道德剧》中终于"能够用诗歌述说一切"①。晚期诗作与诗人遴选的部分前期作品一起收录于1975年出版的《动词人称》中，而希尔·德·别德玛的诗歌创作从此戛然而止，直到1990年去世再无诗作问世。他的文学评论及译作收录在《文字之脚》(1980)一书中，这些文字与诗人的诗歌创作是不容分割的一体，因为如诗人所云：谈论他人也是"隐秘地谈论自己"，谈论自己"在写，想写，不想写"的作品。②

诗人希尔·德·别德玛曾说："在我的诗歌里只有两个主题：时间的流逝与我。"③在现代社会中飘零的自我如何抵御时间水银泻地般无孔不入的侵蚀，成为诗人面对的首要问题。在《动词人称》里诗人提到，自己的诗歌创作是为了发明和践行一种自我身份，或曰诗人自我的"单数，陈述式，/第一人称代词的练习"(《以今天的名义》)，而一旦目标实现，他就认定再无必要和激情继续写诗。而重新发明自我，恰恰是诗人抵御时间之流，在时间中自我拯救的策略。在这个意义上说，希尔·德·别德玛的两个主题，无非"鹰或太阳"，一枚硬币的两面。④ 在这一自我建构的诗歌实践中，反讽和口语化等特征常常被评论者提及，几乎成为希尔·德·别德玛诗歌的标志性特质。

反讽首先与他诗歌中随处可见的陌生化效应相关，即制造距离感，设计新的审视角度和目光，从日常琐碎、司空见惯的所谓"自然"事物中看出

---

① Cfr. Javier Alfaya, "Prólogo", en Jaime Gil de Biedma, *Antología poética*, Madrid: Alianza, 2000, p. 14.

② Jaime Gil de Biedma, *El pie de la letra*, Barcelona: Crítica, 1994, p. 12.

③ "Introducción", Jaime Gil de Biedma, *Volver*, ed. de Dionisio Cañas, Madrid: Cátedra, 2010, p. 16.

④ Cfr. *La promoción poética de los 50*, selección y edición de Luis García Jambrina, Madrid: Espasa Calpe, 2007, pp. 231—232.

不“自然”,乃至荒谬、无谓、虚妄之处。故此按照文学评论家奥利维奥·希梅内斯的说法,希尔·德·别德玛所提供的乃是一种“非现实的现实版本”①。连自我也成为被间离的对象乃至间离效应的成果,自我陌生感由此而生:

最初我感到诧异,
如今我承认——这么多年
都好像发生在月球……

希尔·德·别德玛的反讽同时也是祛魅的武器,借以消解自浪漫主义滥觞的大写诗人的自我神话,打破笼罩于诗歌写作周边的光晕。他善于使多愁善感与反躬自嘲在诗歌中轮流出现甚至并行不悖,产生矛盾中的和谐,这也正是其诗歌的独特魅力所在。如名作《巴塞罗那不再美丽,或我在春天里的孤独散步》的开篇:

在那个春天的月份里
他们应该不止一次
从这里路过。
那时候,两个人还很年轻
有一辆黄黑相间的克莱斯勒。
我想象他们在正午,经过那条椴树掩映的街道,
车篷在阳光下闪耀,……

在一派不无温情的怀旧笔调中,出现了特写镜头,作为追述者的“我”也浮出水面:

只在那一瞬间
凸显两个人在烈日下的模样
穿着我在照片里见过的衣服:

① José Olivio Jiménez, *Diez años decisivos en la poesía española contemporánea, 1960—1970*, Madrid: Rialp, 1998, p. 119.

他入神地看一辆贵上无数倍的汽车
——一辆带双层前挡风玻璃赛车型的迪森贝格，
美得好像一架战争机器——
而她低头看着我，或许在等待我，
藤架上玫瑰的花影
在她双眼的阴影里摇曳
孕妇特有的充满耐心的眼睛。
那是世博会的那一年。
我就这样在这里
在我母亲的腹中。

读到这里读者才恍然，原来以上都是抒情主人公“我”故地重游时的回忆——自然那一段往昔也是追忆者根据照片想象重构的产物，温情中不忘谐谑父亲所代表的布尔乔亚趣味。随后“我”在城市的凌乱中游荡，寻找“悲伤的建筑”，“被口红涂抹的雕像”，“风格过时的公园”，那里夜间的角落是野合幽会的场所……然而下文笔锋一转，并未出现可预期的廉价感伤，追忆者“我”坦然自承，“对一个幸福年代的怀念”却与“一种截然不同的情感相混合”，那是“长大以后懂得的”“对我生而所属的阶级的厌憎”，因此他反而乐意看到“浮华的集市经时间和他人之手受侵蚀，被污秽”。一个或许从未存在的往昔，一度在追忆中被赋予的神话光晕，在诗歌进程的当下被消解殆尽：

哦，我的童年世界，与她的神话
相连的——我再清楚不过——
是家族企业的资本主义！

希尔·德·别德玛一度申请加入西班牙共产党未果，这种因“出身”而生的原罪般的内疚感几乎一直在他的创作中若隐若现。尽管宣布“过去的一切都是幻象”，但到诗的最后诗人似乎并未彻底放弃，仍寄希望于那些“出生在南方，说着加泰罗尼亚语的年轻人”，正如他诗中的讥诮与柔情常常悖论般地相生相长，被评论家借帕斯的术语称为“准厌世思想”[1]。

希尔·德·别德玛还善于设置日常具体的场景以及在感官描写中融入存在层面的哲思和诉求，如《咖啡馆里的田园诗》：

现在我问自己是不是我们
已经在这儿待了一辈子。我用手，就现在，
遮在眼前——猛烈涌动
血液在眼皮里——而汗毛
无穷，无声无息
和目光混成一片。睫毛沉重。

我不知道自己在说什么。他们是谁，
模糊的面孔仿佛在暗淡的水中游动，
坐在这里的这些，和我们一起的活物？
夜晚将我们推向某些酒吧
或者在疲惫的穿睡衣的男人之间。

来。我们出去。夜晚。上面
有地方，更上面，比照亮
你的大眼睛的光线更高处。
还有我们之间的沉默，
沉默
和这个长隧道一般的吻。

希尔·德·别德玛曾在一篇谈论城市酒吧的文字中指出，我们生存现实已变得庸常和不确定，而酒吧或许正是最能体现这种令人惶惑的不

① José Olivio Jiménez, *Diez años decisivos en la poesía española contemporánea, 1960—1970*, Madrid: Rialp, 1998, pp. 119—120.

确定感的所在和表征。[①] 诗人所追求的目标是“儿童的感受力和成人的头脑”调和，个体经验与他人或普遍现实之间的联动。[②] 无怪乎他会对胡安·拉蒙·希梅内斯的诗歌路向颇有微词，因为在他看来，前者的确有许多“漂亮”的诗，但失之于太善于感受自我，却太不善于在与他人、与自我的关联中观照自我[③]——而“写一首诗是为了追求在具体的人和他所生活的世界之间建立一种有意义的关联”[④]。

在希尔·德·别德玛诗中，时间不可逆转带来的存在焦虑，往往与西班牙以佛朗哥独裁统治为表征的社会历史情境交汇在一起。例如所谓“政治诗”中的《阿斯图里亚斯，1962》即以那一年阿斯图里亚斯矿业工人大罢工为题材，并未像“社会诗歌”的前辈诗人诉诸宏大话语，而是惜墨如金，体现出反“诗意”、反修辞化的追求：

> ……而每一个个体生活
> 就是声嘶力竭地叫喊
> 面对报纸上厚重的沉默之墙。
>
> 当信任重新造访，
> 我们正在想象如下场景
> 斗车停在矿井口
> 吊车静止不动，仿佛一张快照。

“仿佛一张快照”这样简洁、日常而又鲜明有力的比喻，堪称诗人招牌式的记号。

希尔·德·别德玛的口语化风格是有意为之的产物，是诗人不满于西语诗歌中风行的修辞传统，进而从其他源流特别是英国诗歌传统中汲

---

① Jaime Gil de Biedma, *El pie de la letra*, *op. cit.*, p. 208.

② Ibid, p. 51，另参看此书序言提及该文的段落，第14页。

③ Ibid, p. 255.

④ Pedro Provencio, *Poéticas españolas contemporáneas. La generación del* 50, Madrid: Hiperión, 1988, p. 118.

取养分的成果。然而这种表面上口语化的平易印象容易令人忽视其间丰富的互文指涉和文化底蕴。在诗人广泛的阅读谱系中，除了西语文学中的博尔赫斯、卡彭铁尔、埃斯布隆赛达，至少可以还开列出里尔克、兰波、波德莱尔、奥登、庞德、卡瓦菲斯、菲尔丁乃至纳博科夫、尤瑟纳尔等人的名字。在《以模仿为媒介，或我的中世纪》中希尔·德·别德玛谈及自己最早的诗歌经验来自豪尔赫·曼里克的名句，早年诗作深受另一位豪尔赫——“二七年一代”诗人纪廉的影响。① 和他敬重推崇的诗人路易斯·塞尔努达一样——他有多篇包括《奥克诺斯》序言在内讨论塞尔努达其诗歌其人的文章，以及为塞尔努达离世而作的《他的死讯传来》——希尔·德·别德玛在英国文学传统中找到了别开生面的资源，不论勃朗宁的戏剧性独白、奥登的叙事性元素，还是罗伯特·朗伯的《经验诗歌》，都能在他的创作中觅到回响。按照诗人自己的说法，“模仿是必要的，这是能写出诗的唯一方式”②。只不过这里所说的不是简单的“模仿”，既有直接引用，也有水乳交融的化用，主题相似而基调变化的脱胎换骨，不一而足，按照诗人评论家加西亚·蒙特罗的说法，他把诗歌写作变成了一种读者经验。譬如他的《凯旋之年》的题目便是对鲁文·达里奥《胜利进行曲》的戏仿，更凸显了内战后西班牙社会阴惨现实的荒谬意味。

又如晚年的名作《幸福生活》开篇便暗含着向马努埃尔·马查多的致意：

在一个不讲实效的国家
类似两次内战间的
西班牙，在一个海边小镇，
有房子一座，田产若干，
记忆全无。不读书，
不痛苦，不写作，不付账单，
活得好像一个破落贵族

---

① Jaime Gil de Biedma, *El pie de la letra*, *op. cit.*, pp. 270—271.

② “Introducción”, Jaime Gil de Biedma, *Volver*, ed. de Dionisio Cañas, *op. cit.*, p. 30.

在我才智的残破中。

希尔·德·别德玛的反讽中常有幽默的因素，与沉重的题材构成戏剧性的张力。收在《道德剧》一集中的《辩护与请求》是一首独具匠心的六节六行诗。这一古老生僻的诗体连西班牙黄金世纪的诗人也少有尝试，六节每节六行，直到最后一个三行诗节收尾，每节各行末尾都按不同顺序重复同样的六个词。诗人精心选择的六个词分别是“西班牙”“魔鬼”“贫穷”“政府”“人类”“历史”：

说起我们的母亲西班牙
这国度聚集所有的魔鬼
在这里糟糕的政府，贫困
不仅是，贫困和糟糕的政府
而是一种神秘状态中的人类，
我们最终完结的历史？
……

这一旧瓶新酒的大胆尝试，使得自“九八年一代”以降日益沉重却又往往大而无当的“西班牙”主题不至沦为滥调，不乏谐趣的酷评背后仍蕴含着深情和盼望，令人耳目一新：

我恳请西班牙驱逐那些魔鬼。
恳请让贫穷也上升到政府。
恳请让人类主宰自己的历史。

在题目颇具悖论色彩的《海梅·希尔·德·别德玛死后》中诗人曾说道：

……我用写作自我拯救
在海梅·希尔·德·别德玛死后。

该诗写于1966年7月，据诗人在写给友人的信中自承当时经历了精神危机，害怕自己会轻生，于是他想到，不如去设想自己已经死后的情景，与写作中创造的另一自我展开对话。① 写作对希尔·德·别德玛而言既不是“作诗的游戏”，文学也并非真的是“头脑的恶习”。以下的诗句或许可以成为他对自己的诗歌语言的最佳隐喻：

纸做的玫瑰不是真的
但却烫人
就像沉思的额头
或者摸上冰面。

纸做的玫瑰，的确
对胸膛来说是太过火热。

四 安赫尔·贡萨莱斯

贡萨莱斯(1925—2008)于1925年出生在奥维耶多，并在那里度过少年时代。西班牙内战中，他的两位兄长一被害一流亡。预科完成后，因肺炎被迫卧床，在莱昂山区休养。那三年中安赫尔·贡萨莱斯有系统地展开诗歌阅读，接触到希梅内斯、马查多以及迭戈、阿尔贝蒂、洛尔卡等“二七年一代”诗人的作品，同时开始进行诗歌创作。病愈后他学习法律和教育，此期间一度在偏僻山区任教，1949年获奥维耶多大学法律学位。贡萨莱斯最初将诗歌看作与现实生活完全隔绝的内心行动，但后来渐渐改变了看法，在马德里与童年时代的好友、诗人批评家卡洛斯·布索纽的谈话也坚定了他出版诗作的信心。1956年第一部诗集《粗暴世界》问世，入围阿多奈斯诗歌奖，被诗人巴伦特誉为“属于他的时代也超越他的时代”②。1972年辞去公务员职务，受邀作为访问学者赴新墨西哥大学教授西班牙当代文学。此后多次受邀在美国任教，1974年起在新墨西哥大学

① Jaime Gil de Biedma, *Volver*, *op. cit.*, p. 150.

② Jaime Gil de Biedma, “Ángel”, *El pie de la letra*, Barcelona: Crítica, 1994, p. 265.

承担教职至1992年。1985年获阿斯图里亚斯王子文学奖。1996年入选皇家语言学院院士，同年获索菲娅王后诗歌奖。2004年获首届“加西亚·洛尔卡”格拉纳达市诗歌奖。2008年在马德里去世。

评论界一般将贡萨莱斯的诗歌创作从《粗暴世界》(1956)至《城市规划论》(1967)视为第一阶段。《粗暴世界》中充溢着无以名状的伤痛、幻灭以及渴求表达的探索，受安东尼奥·马查多和希梅内斯的影响颇深，偶尔还可窥见米格尔·埃尔南德斯、萨利纳斯或巴列霍的影子，但已无疑地呈现出诗人的独特声线。从诗集的名字到诗作的字里行间似乎全然被悲观、苦涩的调子笼罩，但其实仍有温情光亮——诗集四部分中最后一部分名为《被爱抚的世界》①，某种程度上成为预告数年后《关于词语的词语》(1965)的先声。在下引这首诗中依稀可闻塞尔努达名作《如果人能说出心中所爱》的回响：

我知道我存在
是因你将我想象。
我高大因为你相信我
高大，我干净因为你看我
用干净的眼睛，
清澈的目光。
你的思想使我
聪明，在你简单的
柔情里，我也简单
又善良。
但如果你把我遗忘
我将死去并且无人
知晓。人们看见我

① Luis Izquierdo, “Introducción”, Ángel González, *Antología poética*, Madrid: Alianza, 1998, p. 12ss.

肉体活着，但那将是另一个人
——黑暗，笨拙，邪恶——占据这肉身……

（《遗忘中死亡》）[1]

此后的《无希望，有信心》（1961）延续了第一部诗集中的时间主题，同时出现有关西班牙内战的明显指涉，在颠覆官方版本和同时也对审查制度加以巧妙的嘲弄。第三部诗集《初级》（1962）曾获马查多诗歌奖。据何塞·奥利维奥·希梅内斯的看法，社会诗歌在追求社会正义和思想自由的同时不免有题材狭窄和表现手法单一的局限，“为大多数人写作”的诉求常常成为诗艺贫弱的借口。[2] 贡萨莱斯对此有清醒的认识，作为当时风行的“社会诗歌”中的异数，诗人有意识地寻求更个性化的抗争之声。研究者多看重 1967 年的《城市规划论》在贡萨莱斯创作历程中承前启后的意义，诗人自己也将这部诗集视为分水岭。

希梅内斯从诗集中解析出四种不同却又内在相联系的“张力”：面对现实的挫败感，对失落的本真世界的怀念，对一种更美好的社会秩序的期望，以及对人的信念。[3] 或者沿用诗人自己的概括，自《无希望，有信心》以来的诸主题都能在此寻到——时间，爱，绝望与希望，历史，生活的意义与无意义：

在咖啡馆里，人们
出出进进，被某种
近似于希望的东西驱使。

在《城市规划论》中，诗人再次将个人的记忆和经验与周遭的社会历史情境结合加以观照反思。安赫尔·贡萨莱斯的创作实践表明，“另一

---

① Luis Izquierdo, “Introducción”, Ángel González, *Antología poética*, Madrid: Alianza, 1998, p. 34.

② José Olivio Jiménez, *Diez años decisivos en la poesía española contemporánea, 1960—1970*, Madrid: Rialp, 1998, pp. 189—190.

③ Ibid., pp. 199—205.

种"社会诗歌的探索不仅是"可能的",而且是"必不可少的"。①

自《关于一本传记的简短批注》(1969)起贡萨莱斯的诗歌创作进入第二阶段,包括其后的《叙述程序》(1972)和《常见感伤态度及某些叙述程序的展示增订版》(1976)。不无悖论色彩的是,在看似诗作"社会性"减弱的阶段,却更有力地揭露出社会中的荒谬与虚伪。② 反讽日渐成为诗人标志性的风格手法,他通过反讽避免滥情和甜俗的危险,在肯定中间以否定。诗人在回顾检视自己的创作历程时曾专门拈出反讽加以解读,不仅是诗歌的外部特征,反讽本身即信息,即诗人的诗学理念所系。③

在《元诗》一辑中收入一首名为《诗学4号》的小诗,戏仿浪漫主义诗人贝克尔脍炙人口的名句,亦有智利诗人尼卡诺尔·帕拉"反诗歌"的意味:

诗歌就是你,
一位诗人说道
——这一次说得没错——
他正望着那本语言辞典。

贡萨莱斯善于将耳熟能详的典故陌生化,将庄重的正剧题材调出琐碎庸常的音色。如在《人所共知的结局》一诗中,据圣经所载罗马巡抚本丢·彼拉多将耶稣定罪后为表示自己的无辜——"流这义人的血,罪不在我"——而洗手,这一"人所共知的"桥段在诗中却沦为吃海鲜后的无聊细节:

在两人吃掉十二只海蟹之后,
那人对彼拉多说:

① José Olivio Jiménez, *Diez años decisivos en la poesía española contemporánea*, 1960—1970, Madrid: Rialp, 1998, p.208.

② *La promoción poética de los* 50, selección y edición de Luis García Jambrina, Madrid: Espasa Calpe, 2007, p.81.

③ Ángel González, "Introducción", *Poemas*, edición del autor, Madrid: Cátedra, 1998, p.21.

——我们现在干嘛？
后者犹豫了一下便回答
（高雅，矜持，漠然）：
——年轻人，你想干嘛就干嘛。
*我要洗手。*①

而在《赫拉克利特释义》组诗中，诗人又反其道而行，借着俗世饮食出人意表又无比精准地概括人类历史这样的宏大主题：

没有什么不变，没有什么
能长久。
除了
历史和我家乡的血肠：
这两样都是用血做的，不断重复。②

如果在这里考虑到贡萨莱斯一向擅长将大写的历史与个人史结合的特质，对这样的作品会有更丰富维度的解读，何况诗人曾自承："当我的诗里提到历史的时候，实际上也是在说我自己。"③同样是人类历史这样的大题目，在《当人类灭绝》一诗里不无他后期诗作中常见的黑色幽默：

当人类灭绝，
当人族的血脉最终结束，
所有人手的造物
开始骚动不安，
获得新生，
自由行动
——就好像
小孩子

① Ángel González, *Antología poética*, *op. cit.*, p. 128.
② Ángel González, *Poemas*, *op. cit.*, p. 175.
③ Ibid., p. 18.

独自在家
父母外出的晚上。

赫克托将战败阿基里斯，
路西法恢复原位，
苏珊娜与长老行淫，
一座大山奔向穆罕默德。

当人类终结
——随时可能发生——
尘土和纸张噼啪作响
向沉默宣布
它谎言的脆弱真实。[①]

按照维克多·德·拉·孔恰的看法，至《魂灵直示》(1992)诗人创作轨迹再次发生变化，可称之为第三阶段——“反讽让位于挽歌调子的冥思”[②]：

镜子在我脸上冷冷地打量自己
确信
他是他而我不过是他的背景。

(《脸是镜子的镜子》)

纵观诗人贡萨莱斯创作的诸阶段，在变化中蕴含着一以贯之的求真意志，所求的真实是人的真实，在历史中的真实。另一样不变的探索则是对诗歌乃至作为语言创造本身素质的追求。安赫尔·贡萨莱斯的诗歌中激荡着冲突与对立(这一点亦不难从标题中窥见)：“无希望”与“有信心”，“粗暴世界”与“被爱抚的世界”，自然与现代城市(后者作为被囚禁和被玷

---

① *La promoción poética de los* 50, *op. cit.*, pp. 116—117.
② Ibid., p. 82.

污的自然是诗人的核心主题和场景），主观经验与客观架构或程序，反讽与温情，个人与社会，具体的历史事件与横亘一切之上的时间流逝。“今天一切将我引向反面：……我以饥饿为食。/我恨我爱的人”，在这首题为《今天》的诗里他还抛出“我思故我在”存在主义式的暗黑版本：“我在，然后我死。”诗人甚至一度质疑语言的效力，但终究恢复了信心。他坚信诗歌，只要是真正的诗歌——借用聂鲁达的话说——从不会徒劳地吟唱[①]：

艺术长久；而生命短暂
好像一把匕首。
但现在没什么
——即使是死亡，无尽的
死亡——
能够阻止：
无牵无绊，自由自在
好像破晓时的雾气
从冬天的深谷中升起，
在无边的空间里扩展，
这已经没有我的爱将永远爱你。

（《现在没什么》）[②]

五 克劳迪奥·罗德里格斯

罗德里格斯（1934—1999）于 1934 年出生在萨莫拉。十九岁即以处女作《迷醉的天赋》折桂阿多奈斯奖。他在马德里中央大学主修罗曼语文学专业，大学毕业后赴英伦，先后在诺丁汉大学和剑桥大学担任西班牙语教师（1958—1964）。1983 年获西班牙国家诗歌奖，1987 年入选皇家学院

① Ángel González, “Introducción”, *Poemas*, *op. cit.*, p. 25.
② Ibid., pp. 220, 222.

院士。1993年获索菲娅王后诗歌奖和阿斯图里亚斯王子文学奖。1999年在马德里去世。

克劳迪奥·罗德里格斯的句式多短促激越,沉郁下激流奔涌。开始创作《迷醉的天赋》时,克劳迪奥·罗德里格斯只有十七岁。但据诗人、评论家布索纽回忆,这部诗集在当时的西班牙诗坛无异天外奇峰,戛戛独造的风格为读者留下了极深刻的印象。创作此诗集时,罗德里格斯并未读过任何西班牙当代诗人的作品,虽然对兰波等法国诗人有所了解,在其创作中却看不出模仿的痕迹。① 《迷醉的天赋》这一标题本身即诗人当时诗学观的概括:"诗歌(少年)作为天赋;而迷醉作为一种激情状态,柏拉图意义上的灵感,超拔,神游物外,或者基督教意义上的迷狂。" ②

与其他"五零一代"诗人多以城市为创作背景不同,罗德里格斯诗歌中多注目于乡村景物,由此评论者常将其与修士莱昂、圣胡安·德·拉·克鲁斯为代表的古典传统联系起来。然而诗人笔下的卡斯蒂利亚既不同于传统主题的处理,也迥异于"九八年一代"借之剖析国民精神、寄托复兴希望。按诗人自己的话说,那些诗作带有"非理性"的调子,且与一种观看之道有关:"我们不拥有,我们观看。"到诗人第二部诗集《符咒》(1958)这一点尤为明显,以日常具体对象为诗题的咏物诗比比皆是:《致星星》《致小酒馆的房梁》《致杜埃罗河的喧闹》《致那朵云》……而《致我晾着的衣服》这首诗几乎被所有选本收录,该诗副标题《灵魂》即已点出新奇大胆的隐喻关联,将晾晒的衣服比作灵魂,清洗衣服的日常程序成为荡涤灵魂的神秘行动:

我自从那一天
把它永远弄脏,再也
没有清洗,照常穿着!

---

① Carlos Bousoño, "La poesía de Claudio Rodríguez", *Poesía poscontemporánea: cuatro estudios y una introducción*, Madrid: Ediciones Júcar, 1984, p. 117.

② Claudio Rodríguez, *Desde mis poemas*, edición del autor, Madrid: Cátedra, 1984, p. 14ss.

甚至更加合身！我没有挂它
可你们都已看见，这里，晾着
衣服晾在太阳下。是谁？是什么？
怎样不朽的洗剂！……[1]

到《盟约与刑罚》(1965)中，题材进一步扩展，一种被评论家命名为“隐喻现实主义”[2]或包含“超验性的认识论动因”[3]的新型寓意诗以成熟的面貌出现，构成克劳迪奥·罗德里格斯诗歌原创性的核心要素之一。这种新寓意诗在上引诗作中就已现端倪，与中世纪以降的传统寓意诗不同，他的诗歌意象并非只有单一的内涵，而是表面的现实意象与深层抽象或具普遍意义的主题并行共存，不时以诗意的张力给读者带来惊异，开启新的阅读维度。[4] 如诗集第二卷起首的《泡沫》：

我观看泡沫，它的微妙
与尘埃的微妙如此不同。
就像观看一个微笑的人，为它
甘愿献出生命，为它劳苦
也因它得庇护，我也这样观看那卑微的
泡沫。这是暴烈又美丽的实用
时刻，摩擦，献身的行动中
将它创造。大海幽禁的
痛苦，在如此轻盈的纤维中获得拯救；
龙骨以下，面对堤坝，那里

---

① Claudio Rodríguez, *Desde mis poemas*, p. 83.

② Carlos Bousoño, "La poesía de Claudio Rodríguez", *Poesía poscontemporánea: cuatro estudios y una introducción*, Madrid: Ediciones Júcar, 1984, p. 120.

③ José Olivio Jiménez, *Diez años decisivos en la poesía española contemporánea, 1960—1970*, Madrid: Rialp, 1998, p. 57.

④ Cfr. Andrew P. Debicki, *Historia de la poesía española del siglo XX*, Madrid: Gredos, 1997, p. 163.

有刻画的爱，就像大地上
生出花朵，泡沫诞生。在她里面
击破死亡，在她的纠纷里
大海获得存在，就像在激情
的巅峰人成为人……

正如希梅内斯的精彩解读①，诗作开始时对浪花的“客观”描写仅仅是引子，引出的是有关人之为人的哲思：大海只有在对抗礁石的碰撞中、粉身碎骨化为飞沫时才能摆脱“幽禁的痛苦”获得拯救和存在的意义。到诗的后半部分，抒情主人公也不再限于旁观者的角色，而选择“倾身”参与：

此刻我倾身，当海潮
上涨，我在那里溺水，在那里窒息
安静无声，全然
接受，无损，更新
在永恒的泡沫里。②

布索纽在为诗集《盟约与刑罚》作序时认为，克劳迪奥·罗德里格斯的现实主义只是外部表象，借之以传达更深刻存在的媒介：“这一切现实和具体描写都经超越朝相反方向转化：超越所有具象之上的普遍形象。”或许可以此角度来读解罗德里格斯的“麻雀”，最庸常习见的小生灵也在诗人嘲讽而不失温情的目光里化身为存在悖论的写照：

它在我们阴暗的生存中
寻找什么？它在我们如此坚硬的面包里
找到什么样的爱情？……
这麻雀，它能

---

① José Olivio Jiménez, *Diez años decisivos en la poesía española contemporánea*, p. 69.
② Claudio Rodríguez, *Desde mis poemas*, p. 151.

飞走，却留在这里
下方，安全稳妥，
用自己的小胸脯
沾满世上所有的尘土。①

“钱”这等传统诗人往往避之不及、不堪入诗的字眼，在别具只眼的诗人笔下也能成为诗歌的题目，去铜臭而见深刻：

我要卖掉我的词语么，既然我今天已经
无用，无收入，无人信任？
我需要钱才有爱，需要贫穷
才能爱。而回忆的价格，恶习的
竞标，欲望的盘点，
给我的需要以价值而非美德，
给我的笨拙以丰富词汇，
给我石灰质的孤独
以许可。因为钱，有些时候，就是
梦，是生活
本身。

距上部诗集十一年后，《欢庆的飞行》(1976)问世，根据诗人自己的解释，这里的“欢庆”是作为认知和悔恨的欢庆，并喻指“在一切形容词之后人的命运”②。在这部诗集中，物的超验化进程仍在继续，同时对物的观看演进为指尖可触式的认知，对“物质的光照”之追寻贯穿始终。短诗《织》取材于西班牙画家委拉斯开兹的名作《纺织女》，在观看画面时反思诗歌本身，以及诗歌与现实生活之间的关联界限：

……这是

① Claudio Rodríguez, *Desde mis poemas*, p. 154.
② Ibid., p. 21.

奇迹之地：此处，
在手臂的黎明里，
在这双手的闪耀中，如此温柔。

《近乎传奇》(1991)是罗德里格斯在世时出版的最后一部诗集，某种程度上也是对处女作《迷醉的天赋》带有挽歌气质的重审与反思，其中不少诗行与前作构成饶有意味的互文。另有诗人生前未完成的诗集《冒险》(2005)于身后问世。

在克劳迪奥·罗德里格斯后期的诗歌中，即使痛苦、死亡等所谓"负面"主题也能与欢乐互动共生而激发出积极的意义：

听我说，在这痛苦的
时刻，用欢乐的
言语。人所共知
蝎子，水蛭，虱子，
有时也能治病。
……
痛苦是云，
欢乐，是空间；
痛苦是客人，
欢乐，是家。
痛苦是蜜，
死的象征，而欢乐
酸涩，枯干，崭新，
唯独欢乐有
真正的意义。①

① Claudio Rodríguez, *Desde mis poemas*, p. 182.

六 其他诗人

1. 何塞·马努埃尔·卡瓦耶罗·博纳尔德

博纳尔德(1926—)于1926年出生在安达卢西亚的赫雷斯-德拉弗龙特拉。曾与卡米洛·何塞·塞拉合办杂志《松阿尔玛丹斯文学报》。1959年获博斯坎奖,2004年获索菲娅王后诗歌奖,2006年获西班牙国家诗歌奖,2009年获费德里科·加西亚·洛尔卡国际诗歌奖,2012年获塞万提斯文学奖。在博纳尔德的创作中自始至终贯穿着某种福楼拜式的执著——寻求“合适的词”,同时也指向双重标的:“写作行为对我而言意味着对现实认知的批判性寻求,也意味着一种面对将我形塑的环境的抵抗形式。”①

1969年出版的《活着为了讲述》收录了诗人此前所有的作品,包括《猜谜》(1952)、《短暂记忆》(1954)、《巨人安泰》(1956)、《已死的时刻》(1959)和《通俗文艺》(1963)。此处的“讲述”并非简单的回忆叙事,而意味着诗歌创造,以及认知的意愿。评论家希梅内斯将诗人的创作归结为两大主题:与自我相遇,钩沉记忆重建往昔。实际上,还要加上元诗性质的探索。至少从《已死的时刻》开始,追溯与重构往昔的努力与对诗歌行动本身的反思在博纳尔德的创作中已发生并流和融汇。

1977年问世的《英雄名裂》代表诗人创作新阶段的起始,兼备明澈与深邃。1982年诗人在为自己的诗选作序时坦承对这部作品的偏爱,还道出另一重要细节:诗集中的许多作品正写于诗人创作小说《猫眼阿卡达》(1974)的时期。诗人认为这两部文体不同的作品具备相同的倾向,即“表达上致幻式的应用”及“对所谓经验禁区的探索”。②有人为博纳尔德的诗

---

① José Olivio Jiménez, *Diez años decisivos en la poesía española contemporánea, 1960—1970*, Madrid: Rialp, 1998, p. 221.

② José Manuel Caballero Bonald, *Selección natural*, edición del autor, Madrid: Cátedra, 1983, p. 29.

歌风格贴上巴洛克或新巴洛克的标签，而诗人自己却如此定义："巴洛克代表着在常被称为现实的大混沌中词语探索的方法。"[①]数年后的《命运迷宫》(1984)面目又一变，以短小的散文诗形式呈现，但自我、记忆、词语等关键主题始终萦绕不去：

> 我终将成为那一直以来在我书中游荡的主人公么，也在此时此地取代那我不认识的人？(《私人戏剧》)
>
> 可知回忆即谎言？……就像指甲于肉体，记忆无关一段已经开始成为谎言的往昔。[②]

在《英雄名裂》中有一首诗名为《关于写作这不可能的职业》，诗末却出人意表地找到了不可能之事的可能性：

> 这里没有
> 写出的才是我唯一
> 的证明
> 能够与自己重遇，打断
> 在紧迫的记忆中
> 我侵蚀的轮值。[③]

上引诗行恰与多年后《阿尔格妮达日记》(1997)中的句子遥遥相应，以更决绝的口吻肯定诗歌写作对于再造记忆的价值：

> 没有任何确信
> 能取消虚构的价值。
>
> 召唤往昔就等于

---

① José Manuel Caballero Bonald, *Selección natural*, edición del autor, Madrid: Cátedra, 1983, p. 23.

② *La promoción poética de los* 50, *op. cit.*, p. 149.

③ José Manuel Caballero Bonald, *Selección natural*, op. cit., p. 228.

发明过去。①

诗人近年来又有《违法者手册》(2005)和被视为诗体自传的《战间和平时期》(2012)等作品面世。

博纳尔德还是一位杰出的小说家,除上文提及的代表作《猫眼阿卡达》外,尚有《九月中的两天》(1962)、《整夜听到鸟群飞过》(1981)、《在父家》(1983)等小说作品。另著有回忆录《战败年代》(1995)、《习惯活着》(2001),此二书后以《记忆小说》为题合集(2010)。

在那首名为《参考书目》的短诗中,博纳尔德不无反讽地对自己的写作给出了一个别出心裁的总结:

然而,我的个人史
与那历史无甚相关:
我也是那个从未写作的人
除非在正当防卫的时刻。②

2. 弗朗西斯科·布里内斯

布里内斯(1932—)于1932年出生在瓦伦西亚。第一部诗集《炭火》(1960)获阿多奈斯诗歌奖。此后著有《暗中语》(1966)、《尚未》(1971)、《魔王》(1977)、《玫瑰之秋》(1986)、《最后的岸》(1995)等多部诗集。《玫瑰之秋》曾获1987年国家诗歌奖。布里内斯的诗歌是哲思与哀歌的结合。他的作品中多见日常场景,或城市或乡间,但在这些场景后往往或明或暗隐藏着象征意义,而诗人自己则认为:

在我的诗歌中,生命,在宽泛的意义上,是诗歌的源起,但同时这生命,在向读者呈现时也是诗歌的产物。这是两种不同的现实,它们同样真实,彼此互补,并且在我这里,而非在读者那里才能达到

① *La promoción poética de los* 50, *op. cit.*, p. 151.

② Ibid., p. 152.

合一。[1]

与希尔·德·别德玛、巴伦特、卡洛斯·巴拉尔等其他“五零一代”诗人相仿，布里内斯也对时间主题极为敏感。他时而以不可言表的“虚空”或感官的激情来消解和悬停，时而借助时态并置、叠置的手法来抵抗和颠覆。布里内斯的诗歌中常充溢着源自与整个世界格格不入而生发的悲观调子，然而并非全然死寂无望。情爱虽然也未能逃避世界的戕害和时间的侵蚀，但仍成为诗人的希望所系：

当他们问起我爱情的缘由
我从不回答：你们见过她的大美。
（但仍有可能存在更美的脸庞。）
我也从不描绘她灵魂的某些质素
总在她的习惯中
或沉默或微笑的姿态中向我展现
这都取决于我秘密的要求。
这些是灵魂的事，我从未提起。
（但或许我该说明自己见过更崇高的灵魂。）

……

我爱情的真相如今向你们显明：
物质与嘘气在她的生命中联合
好像停留在镜上的光
（光微弱，镜微小）；
不幸的完美造物。
一个有序存在曾挨着我生长，
令我的无序平息。

---

① Francisco Brines, *Selección propia*, Madrid: Cátedra, 1999, pp. 20—21.

我爱过她有限的完美。①

3. 卡洛斯・巴拉尔

巴拉尔(1928—1989)于1928年出生在巴塞罗那。巴拉尔堪称西班牙当时文化界的风云人物,他将父辈手创的塞伊克斯・巴拉尔(Seix Barral)出版社打造成欧洲最负盛名的出版社之一。诗歌创作方面有诗集《迟滞的水》(1952)、《地下铁道》(1957)、《我市民史上的十九个形象》(1961)、《磨损》(1965;增订版,1973)等数种。他的三部回忆录《忏悔之年》(1975)、《无可辩白的年月》(1978)和《当时光飞逝》(1988)后结集出版(*Memorias*, 2001),成为了解西语世界文化史的宝贵文献。还曾翻译过里尔克等人的作品,另有自传体小说《倒数第二的惩罚》(1983)、访谈集《历书》(1999)等。1989年卡洛斯・巴拉尔在他出生的城市去世。

巴拉尔的诗学观在本章开篇处提及的《诗歌不是交流》一文中有清晰的体现。他认为诗歌促成读者与自我的私密交流。面向读者敞开的诗歌,追求的并非诗人的自我表达,而是激发读者的一切个人经验,这其中既包括生活经验也包括语言经验。《地下铁道》或许是巴拉尔最受评论界关注的作品。在诗人的好友、同为“五零一代”成员的希尔・德・别德玛看来,这首长诗的基本主题便是人类与“复杂的、令人窒息的人类造物,即他的世界”之间的关系②,而这一主题也在同样繁复的多声部中展开,读者被邀请或被诱惑进入艾略特式的“愤怼不满之地”,参与到戏剧性的独白与对白、熟稔又陌生的都市场景之中。

巴拉尔善于经营意象,建构互文脉络。诗人、评论家加西亚・蒙特罗曾拈出令人印象深刻的例子,以柔情、戏谑与新奇兼备的喻象描写一位风尘女:

仍着玫瑰色

---

① Francisco Brines, *Antología poética*, Madrid: Alianza, 1986, pp. 75—76.

② Carlos Barral, *Diario de "Metropolitano"*, ed. de Luis García Montero, Madrid: Cátedra, 1997, p. 289.

内衣，
好像一包药品。①

另一首名作《淑女与独角兽》堪称巴拉尔代表性的作品，虽不免晦涩难解，但意象大胆翻新，别具秘响旁通之美。诗题典出同名的尼德兰挂毯，法国克吕尼博物馆的镇馆之宝。副标题名为“举止研究”，并附旁白：“致一位半裸的少女，她以为四下无人，在一辆自行车旁脱下蓝色牛仔裤。”中世纪的贵妇化身为20世纪的摩登女郎，而神秘纯洁的独角兽则变作现代生活中的代步工具。由此“维纳斯从哔叽布中新生”：

蜷曲的东方，
火红耀眼的毛辫，以怎样
太阳光束的停顿在两根
朦胧蓝色的暗夜枝条间诞生
……②

有评论者赞誉巴拉尔独创语言的成就，认为可与贡戈拉的《孤独》、乔伊斯的《芬尼根的守灵夜》相媲美。③ 且不论这是否溢美之词，诗人巴拉尔令日常意象焕发奇谲富丽的能力的确让人想起以贡戈拉为代表的巴洛克诗风，此外他的探索也影响到辛费雷等新锐派诗人的创作。④

---

① Carlos Barral, *Diario de "Metropolitano"*, ed. de Luis García Montero, Madrid: Cátedra, 1997, p. 61.

② *Ibid.*, p. 271.

③ Tomás Sánchez Santiago y José Manuel Diego, *Dos poetas de la generación de los* 50: *Carlos Barral y José Ángel Valente*, *op. cit*, p. 125.

④ Cfr. Andrew P. Debicki, *Historia de la poesía española del siglo XX*, *op. cit.*, p. 235.

第五单元

新锐派：艺术非人性化的诗歌实践

一 综述

20 世纪 60 年代，西班牙经济走出内战和被封锁孤立的困局，逐渐开始起飞，走上了工业化道路。独裁政府也慢慢放松了对思想文化的控制，欧洲和美国的新兴思想文化得以进入伊比利亚半岛。同期，在新文学语言的基础上诞生了新的诗歌流派。就诗歌风格而言，这一流派体现了自 20 世纪 20 年代先锋派以来，西班牙诗歌在语言和风格上最大也最为彻底的变化与革新。[①]

评论界普遍认为，20 世纪西班牙诗歌创作基本经历了五个发展阶段：(1)第一次非人性化阶段(1917—1930)，主要表现为纯诗歌、先锋派诗歌；(2)第一次重新人性化阶段(1930—1939)，表现为新浪漫主义诗歌、新大众主义诗歌以及内战诗歌；(3)第二次非人性化阶段(1939—1944)，主要表现为“加尔西拉索派”诗歌；(4)第二次重新人性化阶段(1944—1965)，主要表现为存

---

① Andrew P. Debicki, *Historia de la poesía española*, Gredos, 1997, p. 193.

在主义诗歌、社会诗歌以及批判现实主义诗歌；(5)第三次非人性化阶段(1965—1975)，亦可称为“实验诗歌”阶段，表现为诗人强调诗歌自身的绝对价值。①

20世纪二三十年代，西班牙思想界和文评界巨擘何塞·奥尔特加-加塞特提出了“非人性化艺术”的概念。英国著名文学史家马尔科姆·布雷德伯里和詹姆斯·麦克法兰在其主编的《现代主义》首章中提出，我们之所以将“现代主义”界定为一个“运动”，是基于我们从中看到这样一种总的趋势：即文学艺术变得愈来愈成熟老到，愈来愈偏重于形式和风格，强调技巧的展示，而且愈来愈呈现出一种内在的自我怀疑等。奥尔特加-加塞特对审美趣味越来越精致化的这个过程做了一个精辟的概括，称之为“艺术的非人性化”，即是说，文学艺术愈来愈脱离了早先曾主宰浪漫主义和写实主义作品的那些非常人文的因素。② “非人性化”是一条追求风格之路。而要展示风格，就要让现实变形，使之非现实化；风格就包含了这种非人性化，反之亦然。只有采取非人性化的办法，才能“真正”地展现风格。③ 新锐派诗人风格各异，却都是艺术非人性化创作理念的坚定实施者。他们强调语言的创造能力，并将其视为诗歌的首要价值。语言形式，是可以脱离诗歌内容的独立存在。新锐派的唯美主义艺术态度，与当时的历史文化潮流密不可分，全面体现了后现代派的文化艺术特征。

“诗歌即交流”是西班牙战后文坛的主流意识。这一创作态度，与内战前的诗坛认知截然不同，和“二七年一代”的象征主义及现代主义划清了界线。事实上，内战之前，象征主义和先锋派诗歌已经受到了抨击。1936年内战爆发后，被认为脱离社会政治现实的先锋派诗歌形式，更是不可避免地淡出了历史舞台，战后西班牙诗歌坚定地走向了现实主义与社会承诺。

---

① 沈石岩：《西班牙文学史》，北京：北京大学出版社，2006年，第234—235页。

② Malcolm Bradbury and James McFarlane, *Modernism*, Penguin Books, 1976, p. 26.

③ José Ortega y Gasset, *La deshumanización del arte e ideas sobre la novela*, Madrid: Castalia, 2009, p. 25.

这一时期的诗歌承诺，不仅仅是社会承诺，还包括伦理、道德和人性的承诺。当时的文坛共识是，诗歌是表达贴近现实的话语。这个现实可以是存在现实、抽象现实、宗教现实、历史现实或者社会现实。吉列尔莫·卡内罗将1939年西班牙战后的社会诗歌分为如下几类：对西班牙内战的关照、战后镇压的编年史、对独裁体制的讽刺、对无产阶级的同情与支持、政治斗争与西班牙主题等[①]。鉴于第二次世界大战后的历史社会现实，社会诗歌成为马克思主义者的共同追求，也促成了社会诗歌国际化。

20世纪40年代，《加尔西拉索》《青春》和《埃斯克里亚尔》杂志分别推出了以路易斯·罗萨莱斯、莱奥波尔多·帕内罗和何塞·加西亚·涅托为代表的新浪漫主义、新人民主义和灵性诗歌。罗萨莱斯在《四月》大获成功之后，于1949年推出了《燃烧的房子》。这是一首自由体长诗，诗中交织着琐碎的日常生活意象与梦境意象。《燃烧的房子》在20世纪50年代拥有广泛而长久的影响力，其中交错着胡安·拉蒙·希梅内斯和佩德罗·萨利纳斯的魅影。与此同时，莱奥波尔多·帕内罗乞灵于修士路易斯·德·莱昂和米格尔·德·乌纳穆诺，追寻一条更为思辨、具有宗教性和灵性风格的诗歌道路。

1944年达马索·阿隆索的《愤怒之子》刚一问世，即受到西班牙诗坛力捧，并在民间掀起了阅读的热潮。读者和评论家都热爱这使用日常口语、贴近民众、积极反映战后社会现实的诗歌。随之，诗坛开始抗拒灵性诗歌、古典主义诗歌和新浪漫主义诗歌。这一类具有社会批判意识和"恐怖主义"书写风格的诗歌，逐渐成为了20世纪五六十年代占据诗坛主流的社会诗歌。

1950年布拉斯·德·奥特罗出版了《具有野蛮人性的天使》，作品所呈现的艺术风格，与胡安·拉蒙·希梅内斯的小众智性截然不同，这是献给大众的作品，而不是象牙塔内的顾影自怜。《加尔西拉索》杂志上的复

---

① Guillermo Carnero, *Poéticas y entrevistas*, Málaga: Universidad de Alicante, 2007, p. 21.

古智性诗风因此受到批判。“二七年一代”前辈阿莱克桑德雷也就此撰文探讨诗歌与交流之间的关系，嗣后不久，他公开表示诗歌应成为人类认知的途径。

1952年弗朗西斯科·里维斯在其《西班牙青年诗歌参阅集》中收录了一批现实主义诗人的作品，并表达了他对这一诗歌创作风格的认同与赞赏。一时间，反唯美主义和反浪漫主义占据了诗坛主流。1957年，何塞·耶罗推出了前两本诗集《没有我们的大地》和《喜悦》的汇编集《当下诗歌》。1958年，奥特罗出版了《安西亚》。

从20世纪40年代中期开始，西班牙诗歌就呈现出向批判现实主义和社会现实主义转变的倾向。最初，诗歌只是艺术地回应社会现实与政治现实，最后变身成为了自觉为某种政治立场服务的文学工具。

当然，我们也不该忘却，那个时代对古典诗人诗作的重新挖掘、阐释与接受。在《埃斯克里亚尔》杂志上出现了对圣胡安·德·拉·克鲁斯、加布列尔·波坎赫尔·伊翁苏埃塔、路易斯·德·贡戈拉和比亚梅迪亚纳伯爵的研究。而埃米里奥·奥罗斯科、达马索·阿隆索、里卡多·古庸、卡洛斯·克拉维里亚、胡里安·玛利亚斯则是相关研究的推动者。而阿隆索·德·莱德斯玛、巴拉欧纳·德·索托、洛佩·德·维加、胡安·德尔·恩西纳 、圣地亚那侯爵、弗朗西斯科·德·阿尔达纳、梅伦德斯·巴尔德斯和克维多的作品汇集在《加尔西拉索》杂志上。科学研究高等委员会出版了一系列古典诗集：拉斐尔·贝尼特斯·克拉罗斯选编了波坎赫尔的作品集，安东尼奥·加列戈·莫雷尔编辑了佩德罗·索托·德·罗哈斯和弗朗西斯科·特里约·伊·费格罗阿的诗作。青年佩雷·辛费雷对这些古典诗歌新编怀有极大的兴趣。

同草创时相比，社会诗歌已不再那么迫切地关注当时的社会政治环境，尽管诗人们仍坚持着自己的政治承诺，并依然与佛朗哥体系进行着抗争，但是西班牙诗歌的转向已然明了。语言表达方式与美学风格的枯竭，是西班牙诗坛亟须解决的问题。卡洛斯·巴拉尔、海梅·希尔·德·别德玛、克劳迪奥·罗德里格斯、奥古斯丁·戈伊蒂索洛、弗朗西斯科·布里内斯、安赫尔·贡萨莱斯和何塞·安赫尔·巴伦特都不约而同地首先想要丰富和创新诗歌语言，以实现与读者的更好交流；其次，期待诗歌能够成为读者了解现实的途径，诗歌内涵更为多样和丰富；最终希望保留诗歌中的个人存在与历史存在，期待其道德意义对社会意义的超越。

诗歌成了认识世界的新途径、超越现实的新可能和自我欢愉的栖息地。1957 年卡洛斯·巴拉尔出版了新诗集《都市人》，艾略特的痕迹十分鲜明（艾略特的作品是 20 世纪六七十年代西班牙知识分子的必读文本）。与此同时，年轻的克劳迪奥·罗德里格斯出版了《迷醉的天赋》（1953）。1960 年，巴伦特出版了《给拉撒路的诗》。同年，弗朗西斯科·布里内斯的《炭火》面世。1966 年，海梅·希尔·德·别德玛出版了《寓言剧》。20 世纪 60 年代的西班牙文化氛围相对宽松，译者和出版社对此善加利用，从而为西班牙文化界提供了更为宽广的阅读视野。当时，在西班牙最受欢迎的作家是奥克塔维奥·帕斯、博尔赫斯、加西亚·马尔克斯和巴尔加斯·略萨。

1960 年，何塞·玛利亚·卡斯特耶在《西班牙诗歌二十年》①的序言中表示，这部诗选所展示的，不仅仅是一种潮流或者趋势，更是欧洲诗歌的整体演进。欧洲诗歌已经疲于 19 世纪起源的象征主义，转而投入了现实主义的怀抱。此外，卡斯特耶还表示，安东尼奥·马查多的现实主义诗歌，是比胡安·拉蒙·希梅内斯或者“二七年一代”诗人笔下的象征主义诗歌更为现代的一种诗歌形式。卡斯特耶认为，现实主义诗歌取代了颓势难挽的象征主义，已在现代诗歌角逐中胜出；而造成这一现象的社会历史原因，则是“欧洲资产阶级成功打压了巴黎公社的反叛”。卡斯特耶表示，1930 年左右，“象征主义诗歌传统不可避免地走向衰败……而新时代的诗人们将采用一种现实主义的创作态度”。现实主义是社会诗歌的美学基础。卡斯特耶将此定义为诗人与大众的重逢，也是诗人在社会解放

---

① José María Castellet, *Veinte años de poesía española*, Barcelona: Editorial Seix Barral, 1962.

中所承担的历史责任："象征主义诗人无法在他所拒绝的社会中找到自身定位，而今天的现实主义诗人则感到了其无法抗拒的历史责任的召唤。"现实主义诗人是带有鲜明马克思主义色彩的社会改造方案的合作者，"从历史的角度，用诗句歌唱人生"。诗歌，成为诗人与他人共享并以文字来表达的社会现实。象征主义诗歌所倡导的音乐性和感官诱惑被弃置，"交流"成为诗人的首要任务。"从小众、费解的诗歌，到用平实口语写就的具有清晰人性内涵的诗歌。"

弗朗西斯科·里维斯1963年出版的《当下的诗》[①]中，已经收录了当时西班牙诗坛对现实主义信条的分歧与异议。克劳迪奥·罗德里格斯拒绝现实主义美学，尤其是将交流作为诗歌语言唯一价值的观点。他明确表示，诗歌的价值就在于其本身。"诗歌中的语言，不仅具备诉说和表意的天性，还具有作为诗句组成部分的深层内涵，它因此而不可替代。"卡洛斯·萨贡质疑社会诗歌在诗人和大众间所建立的紧密联系：

> 诗歌本身所固有的天性，决定了它很难走向大众。诗人笔下的每一个词背后，都是一个个人灵魂存在的整体，几乎从来无法与读者的感受相对接。我们称之为"社会内涵"的，就是每一个词相对于客观物体的指涉。但是，诗人拒绝只看到这个大众的、普遍的涵义。对诗人来说，语言还拥有广泛的联想能力。

何塞·安赫尔·巴伦特抨击社会诗歌，他认为，对诗歌的理解是一种全新体验，并不先于诗歌本身，而是产生在"诗歌创作过程中"。

在1983年问世的《诗人的宫廷》[②]中，卡内罗详细描绘了诗坛与现实主义及社会诗歌分道扬镳的过程。20世纪60年代的西班牙，就诗歌发展道路而言，一方面，社会诗歌内部存在分歧，那些之前已经接受了现实主义美学的诗人开始走上不同于现实主义的诗歌道路，代表作品有1955年何塞·安赫尔·巴伦特的《以希望的方式》、1957年卡洛斯·巴拉尔的

① Francisco Ribes, *Poesía última*, Madrid: Taurus Ediciones, 1963.

② Guillermo Carnero, "La corte de los poetas", *Revista de Occidente*, 1983.

《都市人》、1959年海梅·希尔·德·别德玛的《旅伴》；另一方面，有一群从不接受社会诗歌的坚持者们，他们的代表作有1962年卡洛斯·博索尼奥的《现实的侵袭》、1964年何塞·耶罗的《幻觉之书》、1953年克劳迪奥·罗德里格斯的《迷醉的天赋》和1960年弗朗西斯科·布里内斯的《炭火》。这批人与前者不同，从来都不曾认同和接受过社会诗歌。此外，还有一批从未参加过主流诗坛论战的超现实主义诗风的追随者们，他们是何塞·路易斯·伊达尔戈、米格尔·拉博德塔和胡安·爱德华多·希尔洛特。而卡内罗给予更多关注的，则是一群从1965年开始发表作品的新锐派青年诗人。这些年轻人排斥战后诗歌，力图恢复象征主义诗歌、先锋派诗歌和战前的诗歌传统。

20世纪60年代，吸引西班牙年轻人的，除了最新的哲学、社会学和美学思想外，还有流行文化中的电影、摇滚乐、侦探小说和时尚杂志。在追求感官愉悦和性解放的大环境中，年轻人不可避免地接受了流行文化中的诸多元素。例如，当时西班牙电影中常见的一个情节：金发碧眼的瑞典女人到西班牙海滩度假，在爱上南欧风光的同时，也爱上了热情奔放的西班牙小伙子……类似的内容，反映了当时西班牙年轻人对现代化和西方现代文化的神往，以及在面对本国相对落后与压抑的现状时，自尊与自卑的交织纠结。

流行文化的入侵和对现代化的向往，在诗人和作家中引起了不同的反应。一方面，流行文化为新的文学表达方式提供了原材料。这些流行文化元素造就了新的、非常规的语言表达形式。另一方面，流行文化也代表着极富实用主义精神的社会现实，与一些诗人所追求的崇高艺术截然不同。在审视当时的诗歌创作时，我们会看到面对压力时，不同人所做出的不同反应以及随后产生的不同效果。有些诗人将这些矛盾态度糅合在一起，创作出模棱两可、充满不确定性的作品。总的来说，流行文化语言，是伴随着旧交流形式与风格的式微而诞生的，推动创作者们重新审视作品的文学价值与时代价值。

新的文化社会环境，使年轻一代的诗人以新的文学态度进行创作。他们拒绝现实主义道路和社会诗歌的传统。在卡斯特耶笔下，现实主义与社会诗歌，在新锐派诗人心中，不过是一场亟须逃离的“噩梦”。新锐派诗人大都出生在1939年至1950年间。他们没有经历过残酷的内战，对战后初期的集权与镇压也缺乏记忆。但他们所接受的教育却比前辈更为“深广”。他们中的很多人在大学学习语言文学，师从拉斐尔·拉佩萨、达马索·阿隆索、何塞·马努埃尔·布雷库亚和弗朗西斯科·依杜兰因这样的大学者。新锐派中的一些人，后来成为了重要的文学批评家。在新锐派诗人看来，社会诗歌的语言风格及刻板原则，对自己所生活的时代和所追求的表达方式已经意义不大。他们中的很多人，还断然拒绝了追求永恒价值和客观价值的诗歌理念。对新锐派诗人来说，20世纪50年代成长起来的前辈诗人如何塞·安赫尔·巴伦特、希尔·德·别德玛和弗朗西斯科·布里内斯，虽然在诗歌内涵和语言的协调上有所突破，但创新意义上的影响力和重要性还远远不足。这或许是因为新锐派更愿意将自己定义为诗坛的革新者。

新锐派的诗歌创作，受到当时社会历史进程的深刻影响。新锐派作为20世纪60年代风华正茂的年轻人，亲眼目睹甚至亲历了1968年夏天的法国学生运动，坚决反对美国发动越南战争，深受“垮掉一代”的思想影响，对西班牙落后、封闭、压抑的历史现状充满了挫败感；同时，随着佛朗哥体系不可避免地走向终点，年轻人对于随时可能出现的社会变革充满了期待。所有这一切，都使得新锐派诗人进一步认定，内战和社会诗歌都已属于过去，在今天的现实与审美中显得无足轻重。而所有的客观环境和时代氛围作用在不同的个体身上，产生了各具特色的文学效果：从投身精英保守主义的吉列尔莫·卡内罗到致力于新马克思主义的赫纳罗·塔伦斯都是他们中的一员。因此，当1975年佛朗哥去世后，新锐派诗人群体面对这一重大历史变化所做出的反应也各不相同。他们之间最值得强调的共通点，就是对诗歌语言创新的不懈探索，将表达方式和遣词造句置于主题和所指对象之上。

那些先前对社会诗歌有异议的诗人深刻影响了这批年轻人。就影响而言，必须提及两位超现实主义大师：最为全面、持久并且深刻地影响了后辈的维森特·阿莱克桑德雷；而另一位，则是身前式微、死后却声名久远的路易斯·塞尔努达。

1965年到1970年间，涌现出了大批新生代诗人的作品：佩雷·辛费雷的《大海在燃烧》(1966)、吉列尔莫·卡内罗的《死亡之画》、马努埃尔·巴斯克斯·蒙塔尔班的《情感教育》(1967)、安东尼奥·马丁内斯·萨里翁的《行动之戏》(1967)；1968年出版的作品有安东尼奥·卡瓦哈尔的《花园中的老虎》、费利克斯·德·阿苏阿的《水獭的枷锁》、辛费雷的《死于比弗利山庄》和马尔科斯·里卡尔多·巴尔纳坦的《迷失的脚步》；1969到1971年间的主要作品有安东尼奥·科里纳斯的《整夜序曲》(1969)、海梅·希雷斯的《光源》(1969)、莱奥波尔多·玛利亚·帕内罗的《卡尔纳比街这样创立》(1970)、路易斯·阿尔贝托·德·昆卡的《肖像》(1971)和路易斯·安东尼奥·德·比耶纳的《崇高的日晷》(1971)。

1970年出版了恩里克·马丁·帕尔多的《西班牙新诗歌》，而何塞·玛利亚·卡斯特耶的《九位西班牙新锐派诗人》更是激起了重大反响。帕尔多选本尽管只收录了五位诗人的作品，但全都是当时西班牙诗歌创作不同方向上的青年代表人物。这五位诗人分别是安东尼奥·卡瓦哈尔、佩雷·辛费雷、安东尼奥·科里纳斯、吉列尔莫·卡内罗和海梅·希雷斯。而卡斯特耶选集尽管收录了九位诗人，嗣后却因为他的某些重大疏漏而饱受指摘。此外，卡斯特耶在选集中所推崇的美学标准，早已为入选的相当一部分诗人所放弃，但仍具有划时代意义。一方面，卡斯特耶是战后西班牙诗歌评论界的重量级人物；另一方面选集的出版社同样在业内具有重要影响力。尽管《九位西班牙新锐派诗人》具有重大疏漏，也没有妥善选择当时西班牙青年诗歌不同潮流的代表人物，但是，这部选集引起了读者对西班牙新诗歌的关注，并且就战后西班牙文学版图内的代际更替提醒了读者。帕尔多选集的成绩毋庸置疑，但由于它出自一家小众出版社，因而没有获得足够的关注。在卡斯特耶选集获得重大成功后，帕尔多选集也因此受益，才得到了诗歌批评界的关注与肯定。

在《九位西班牙新锐派诗人》中，卡斯特耶收回了他过去对现实主义的青眼，表示“在某一特定时间（1962年左右）现实主义诗歌理论开始成为很多人的噩梦”①。他将新锐派作品的重要性、创新价值及其与大众媒体、文化异域风情和颓败视角（源自黄金世纪的巴洛克风格）之间的关系全面地呈现到了读者和评论界眼前。卡斯特耶选集的出现，正是新锐派寻求自我定位的契机。它的出现，为这一流派最初作品的面世提供了平台。虽然只强调了这一新生事物某些最为肤浅的特质，甚至忽略了某些重要代表人物，却仍然是一部深为后辈评论家关注的拓荒诗选。自1970年卡斯特耶的选集问世以后，十五年中出现了一系列诗选，这些诗选或许美学标准各异，却是一次对社会诗歌的整体反叛。大量诗选的出现，壮大了“新锐派”的声势，扩大了他们在读者和评论界的影响力，创造出西班牙战后诗坛的新景象。当时出现的诗歌流派有威尼斯主义、文化主义、新巴洛克主义、新象征主义等。那些年间涌现的选集中，值得强调的有安东尼奥·布里埃托的《爱与死之镜》②、弗洛伦西奥·马丁内斯·鲁伊斯的《西班牙新诗》③、何塞·巴特约的《后当代西班牙诗人》④、维克多·波桑科的《新锐九诗人》⑤，以及更晚一些的莫拉尔和佩雷达的《西班牙青年诗歌》⑥。对于新生代诗人的全面学术认同，则要等到古斯塔夫·科雷阿的《二十世纪西班牙诗歌》和《西班牙诗选，1900—1980》⑦、何塞·路易斯·加诺的《今日西班牙抒情诗》⑧、米格尔·加西亚·波萨达的《西班牙诗歌四十年》⑨、何塞·路易斯·加西亚·马丁的《声与回声》⑩、何塞·路易

---

① *Nueve novísimos*, p. 6.

② Antonio Prieto, *Espejo del amor y de la muerte*, Madrid: Azur, 1971.

③ Florencio Martínez Ruiz, *La nueva poesía española*, Madrid: Biblioteca Nueva, 1971.

④ José Batlló, *Poetas españoles poscontemporáneos*, Barcelona: El Bardo, 1974.

⑤ Víctor Pozanco, *Nueve poetas del resurgimiento*, Barcelona: Ambito, 1976.

⑥ Concepción G. del Moral y Rosa María Pereda, *Joven poesía española*, Madrid: Cátedra, 1979.

⑦ Gustavo Correa, *Poesía española del siglo XX*, Nueva York, Appleton Ct. Crofts, 1972; *Antología de la poesía española*, Madrid: Gredos, 1980.

⑧ José Luis Cano, *Lírica española de hoy*, Madrid: Cátedra, 1974.

⑨ Miguel García Posada, *Cuarenta años de poesía española*, Madrid: Cincel, 1979.

⑩ José Luis García Martín, *Las voces y los ecos*, Madrid: s. e., 1980.

斯·法尔科和法尼·鲁比奥的《当代西班牙诗歌，1939—1980》①、索内尔的《今日西班牙诗歌》②、帕罗梅洛的《七十年代诗人》③和胡安·何塞·兰斯的《西班牙诗选，1960—1975》④。

新的社会文化因素的渗入，拓展了新锐派的创作特点：路易斯·安东尼奥·德·比耶纳以将唯美主义追求与个人经验结合在一起而著称；新浪漫主义气质与浅近诗句，则是安东尼奥·科里纳斯的标签；海梅·希雷斯的作品，从沉默诗歌出发，内容与诗句厚实、简朴，充满本质主义气质；卡内罗的第四和第五部诗集，辛费雷和塔伦斯的元诗歌作品，凝聚着他们的智性和哲思，存在一定的散文诗趋向。新锐派诗歌创作的多样性和丰富性，充分地体现在了1980年出版的两部诗歌选集中，它们分别是孔塞普西翁·莫拉尔和罗莎·玛利亚·佩雷达共同选编的《西班牙青年诗歌》以及路易斯·加西亚·马丁选编的《声与回声》。这两部作品都可以看作卡斯特耶对新锐派所做界定的一个补充。

新锐派的很多创作特点，同样出现在了一些前辈诗人的作品中。这些前辈们经历了对诗歌表现社会生活能力期待的幻灭，从而被新锐派的怀疑主义所吸引，投入到了对诗歌结构和语言美学的不懈追求中。因此，他们的诗歌关注焦点，也从自我意识，转向了美学风格、互文性与元诗歌特征。唯美主义与自觉意识浸润着整整一代诗人。

新锐派诗人各有不同，他们从未组成团体或建立亲密联系。这使得他们在诗学追求上的共识显得尤为珍贵。所有新锐派成员都认为诗歌要直接表达所思所感并主张口语入诗，让诗歌获得更多创造力、新颖感和艺术性。巴特约在其1968年的选集中，评价辛费雷的创作是"朝着不同方向的一系列试验，只为尽可能地对呆滞无趣的西班牙诗歌语言进行创

---

① Fanny Rubio, *Poesía española contemporánea, 1939—1980*, Madrid: Alhambra, 1981.

② G. L. Solner, *Poesía española hoy*, Madrid: Visor, 1982.

③ Mari Pepa Palomero, *Poetas de los* 70, Madrid: Hiperión, 1987.

④ Juan José Lanz, *Antología de la poesía española, 1960—1975*, Madrid: Austral, 1997.

新”[①]。1979年吉列尔莫·卡内罗定义新锐派“唯一的共同特征：试图重建语言的优势地位”[②]。安东尼奥·科里纳斯强调在诗歌中表达美与和谐的重要性；海梅·希雷斯认为诗歌有义务为语义多样性贡献自己的一份力量。安东尼奥·马丁内斯·萨里翁发现社会诗歌的局限性后，随即发表了诗歌表达需要兼具创造力与独立性的个人看法。

这些诗人都或明了或含蓄地将诗歌定义为语言的艺术。他们认为诗歌为表达而生，不用考虑交流。正是这份对待诗歌的不同态度，使得新锐派中很多人走上了与前辈诗人不同的道路。前辈们在对自我意识的追寻中，不断艺术地审视和重建个人经历与个人主题；新锐派则尽量避免个人化和细枝末节的存在，追求个人存在在文本或文化背景中的投影，致力于建设反映主题的语言结构和诗歌形式。阿尔瓦雷斯表示自己并不认同个人情感对于诗歌创作的重要性；作为诗歌创作的原材料，个人经历并不比其他事物更具价值。因此，这些诗人都将艺术和文化放在了诗歌创作的首要位置，将文学和艺术视作自己唯一的祖国和唯一的语言。

卡内罗在《文化主义与“新”诗歌》一文中很好地阐释了新锐派如何看待艺术与生活的关系。他以辛费雷的一首诗为例，揭示如何将文学文本作为个人经历的参照和指涉进行诗歌创作。卡内罗认为这样的参照和指涉，使新锐派诗人在创作和表述经历的同时，避免了忏悔告罪的俗套和自艾自怜的沉迷。这有助于新一代诗人超越浪漫主义和现实主义社会诗歌的局限，创造出更为纯净和独立的诗歌体验。在某种意义上，这个阐释符合理想主义美学对现代性和个体经历客观化的追求；然而，从另一个层面来说，文本相对于作者和参照物的独立性，透露出后现代气息，这也意味着，语意是相对的，同时还处在不断变化中。

新锐派对诗歌语言创造力的追寻，与他们对诗歌符号独立性的信仰是紧密联系在一起的。卡内罗曾在1979年做出如下评论：“诗歌语言不

---

① José Batlló, *Antología de la nueva poesía española*, Madrid: El Bardo, 1968.

② Guillermo Carnero, *Ensayo de una teoría de la visión*. (*Poesía, 1966—1977*), Madrid: Hiperión, 1979.

同于别的符号体系，强调自主价值……诗歌的宗旨和它在社会中的功能在于，为重塑语言符号的尊严与自由而奋斗。"①卡内罗将语言视作自觉意识的载体，使其更为独立，并将语言从意图、信息和实际体验（现实生命体验）中解放了出来。诗意语言应该含蓄而又随性。卡内罗称诗歌为"有限多语义信息载体"。尽管他一贯强调诗人对诗歌创作的掌控力，这一定义却深刻反映了话语中心主义和反话语中心主义在卡内罗心中的角力。

希雷斯认为，诗歌语言描绘的不是世界，而是诗歌自己。他将诗歌语言视作一系列自由漂浮的符号。莱奥波尔多·玛利亚·帕内罗与希雷斯英雄所见略同。在帕内罗眼中，诗歌就是对语法规则的叛逆与反动，是对语言的颠覆与重塑。新锐派反映了20世纪以来，西班牙诗歌在语言现实和客观现实之间最极端的分离。这一分离，被一些诗人用来强调诗歌创造的新现实；另一些诗人则借此将诗歌定义为，在开放的变动中或许微不足道的存在。帕内罗、费利克斯·德·阿苏阿、安东尼奥·马丁内斯·萨里翁、何塞·玛利亚·阿尔瓦雷斯和希雷斯都属于后者。直到1984年，希雷斯依然将诗歌描述为对语言的否定和反动。他还将语言符号视作终将被清除的主体。

语言符号自主性的观点，有助于解释将读者作为文本创作参与者的趋势不断扩大的原因。帕内罗曾经表示："诗歌单凭它自己，什么都不是……没有被阅读，它就无所依托。"②塔伦斯指出，艺术作品只有被大众接受时，才能获得价值。希雷斯在一本关于新锐派诗歌的研究著作中表示，自己与尧斯等几个德国批评家不谋而合，认为读者应该在诗歌创作中发挥更为积极的作用。这也是诗歌创作界与评论界，在对待语言态度上的革命性突破。

以上信息都表明，新锐派诗人在诗歌内涵的模糊和不确定化以及在诗歌文本的过程化中，比他们的前辈走得更远。新锐派使诗歌符号更为

---

① José Batlló, *Antología de la nueva poesía española*, Madrid: El Bardo, 1968.

② Leopoldo María Panero, *Poesía, 1970—1985*, Madrid: Visor, 1986, p. 4.

独立，读者在创作中的积极作用获得了长足的发展，并逐步放弃了对自我表述和自觉意识的坚守。新锐派引领西班牙诗歌走向了现代性的深处。

新锐派的某些思想和创作手法源自早期现代主义、先锋派和超现实主义。路易斯·安东尼奥·德·比耶纳受到“世纪末派”观点的影响，表示“艺术让生命戏剧化，艺术如现实，生命如艺术，现实又似乎来自想象”[①]。马丁内斯·萨里翁坦诚自己对布勒东和本哈明·培瑞[②]的仰慕与模仿，并认为诗歌文本与拼贴画有着某种程度的相似性。在帕内罗和阿苏阿的诗歌中，同样包含着超现实主义的回声。他们将诗歌视作20世纪理性泛滥的解决方案。由于秉承不断探索生命奥秘的诗歌理念，辛费雷的诗歌以理性、自觉而又不乏批判精神著称，但同样蕴含着与超现实主义的相通之处。就像希雷斯指出的那样，超现实主义否定诗歌语言定义和解释现实的职能，使其必然在艺术上和美学上成为新锐派的追仿对象。

新锐派都或直接或间接地受到了超现实主义的影响。因为他们所敬慕的前辈如奥克塔维奥·帕斯、何塞·莱萨马·利马等，都曾深受超现实主义影响。因此，新锐派们认为，艺术创作应该脱离理性，脱离逻辑，甚至脱离自我意识。这让新锐派的某些创作如同游戏。以科里纳斯为主的另一批人，则坚守新浪漫主义立场，将诗歌创作视为神秘洞察力的展现，认为“每句诗都应带有夺目且内藏追思意味的启示”[③]。

对于艺术作品能否抓住生命本质的悲观主义情绪，导致了诗歌性质的不确定性。这一悲观情绪掩藏在很多诗人的作品中（特别是卡内罗和辛费雷）。而前辈诗人在同一时期的创作中也流露出类似情绪。这一悲观主义情绪可以追溯到西班牙艺术的巴洛克传统。很多新锐派诗人都是巴洛克主义的忠实拥众。巴洛克诗人和艺术家们追求超越时间、没落和幻灭的美而精巧的艺术形式。他们的艺术追求对于新锐派诗人来说，一方面，是值得效仿的模式；另一方面，则是令新锐派不安的先例，因为巴洛

---

① José Batlló, *Antología de la nueva poesía española*, Madrid: El Bardo, 1968, p. 218.

② 西班牙著名的超现实主义诗人。

③ José Batlló, *Antología de la nueva poesía española*, Madrid: El Bardo, 1968, p. 136.

克主义的追寻，天生带有不可实现的宿命。

新锐派对语言和诗学的态度，使他们以一副深度革命的姿态矗立在文学史上。在诗学革命的道路上，比前辈们走得更远。他们放弃了对诗歌永恒内涵的追求，也推翻了语言单一强势的传统观念。这一观念，曾同时被支持佛朗哥的“扎根派”和反对佛朗哥的“拔根派”当作自身创作的基石之一。就像希雷斯所指出的那样，新锐派认同符号的独立性，支持修辞创新，在对待现实和诗意的态度上，新锐派有着自己的独立坚守。

这一革命性变化的最佳例证就是元诗歌。元诗歌是当时一个重要的诗歌种类。元诗歌有着自己独特的创作过程，并将文本虚构与外部现实之间的隔离模糊处理，与读者对诗歌固定并反映客观世界内涵的期待背道而驰。读者们陷入了一个无法界定的世界中：符号高于内涵；过程重于结果。读者身处诗歌所创造出的想象世界中，他们也必须肩负起隐形作者的使命，既参与文本又拓展文本。

二　辛费雷

佩雷·辛费雷于 1945 年 6 月 22 日出生在巴塞罗那，诗人、散文家、文学批评家和翻译家。1985 年入选皇家语言学院，用卡斯蒂利亚语和加泰罗尼亚语写作。新锐派始于辛费雷的创作初期。辛费雷虽非新锐派中最年长的一个，却是其最早开始发表诗作、最具影响力的成员之一。在卡斯特耶选编的诗集中，辛费雷表示自己的青春是在文学和艺术中度过的。他每天阅读八个小时，专注于现代主义、超现实主义、“二七年一代”、圣琼·佩斯、艾略特和庞德。辛费雷同时还对电影和爵士乐多有涉猎。他的审美体验全面，对各种艺术形式都意兴盎然。

20 世纪 50 年代末，在佛朗哥独裁统治下的巴塞罗那，辛费雷对艺术和文学的热爱逐渐成形。鲁文·达里奥是辛费雷初识诗歌的引路人。维森特·阿莱克桑德雷则是与其关系最为亲密的诗坛前辈。他与后者从 1965 年 6 月开始通信。对鲁文·达里奥的共同热爱，则是两位“忘年交”

彼此靠近的第一步。辛费雷表示："阿莱克桑德雷不仅视鲁文·达里奥的诗歌为快意与知觉的宝库，更从中发掘到我们体验着并梦想着的表达。他是鲁文·达里奥忠实的追随者。"①鲁文·达里奥不时出现在辛费雷的诗评、散文和访谈中："我们所有人，那些出生在1880年或者略晚几年的诗人，以及更多后来者，比如生于1945年的我，与鲁文·达里奥一起发现了真正的诗歌……因此，1958年鼓舞我执笔写诗的原动力，是模仿鲁文·达里奥的作品进行创作。"②对鲁文·达里奥诗作的阅读，及对其诗歌风格的认同，推动辛费雷选编了《现代主义诗歌选集》。

在《现代主义诗歌选集》的引言中，辛费雷表示，他希望借助现代主义诗歌来打破战后西班牙诗歌语言的贫瘠枯燥。选集收录了鲁文·达里奥、巴列-因克兰、胡安·拉蒙·希梅内斯、马查多兄弟与何塞·阿松森·席尔瓦的诗作，有幸被收录的，还有胡里安·德尔·卡萨尔、何塞·玛利亚·埃古伦、埃雷拉·伊·雷西格、埃米里奥·卡雷雷、何塞·德尔·里奥·萨因斯等。辛费雷的阅读序列还包括波西米亚诗人、颓废派和艳情文学。现代主义者、波西米亚诗人、无政府主义者和颓废派都将美学价值、文学形象、语言、修辞等放到了诗歌创作的第一位。辛费雷和他的朋友卡内罗一样认同世纪末文学——现代主义诗歌的美学与意识形态价值。他们在现代主义诗人作品中所发现的死亡与美的张力，构成了两者文学创作的动力。

如果说鲁文·达里奥引领辛费雷发现了诗歌，那么维森特·阿莱克桑德雷则鼓励他在1966年出版了《大海在燃烧》。凭借这部诗集，辛费雷摘下了国家文学奖的桂冠。辛费雷与阿莱克桑德雷的亲密友谊一直延续到后者逝世。他们互相拜访，长期通信，互赠书籍。

1966年，辛费雷开始同奥克塔维奥·帕斯通信，并且结识了海梅·希尔·德·别德玛。帕内罗到访巴塞罗那期间，辛费雷向他介绍了卡内罗。

① *Perfil de Vicente Aleixandre*, p. 24.

② Pere Gimferrer, *Itinerario de un escritor*, Barcelona: Anagrama, 1993, pp. 19—21.

彼时，卡为罗的代表作《死亡之画》刚刚问世。他们开始在不同的咖啡馆聚会，听着朱丽叶·格雷科①、伊夫·蒙当②、弗兰克·辛纳屈和乔治·巴桑③的音乐，阅读比亚梅迪纳、波坎赫尔的巴洛克诗歌，当然，他们的阅读对象还包括华莱士·斯蒂文斯、艾略特、庞德、圣琼·佩斯和洛特雷阿蒙的作品，以及最时兴的心理分析。1968 年 3 月安东尼奥·科里纳斯将他的作品《整夜序曲》交给了辛费雷以征询对方意见。

1968 年，在辛费雷周围形成了一个青年诗人朋友群。他们有着共同的美学倾向：打破承诺文学的垄断地位，颠覆原有的审美标准，开拓出全新的文学道路。

那是一段努力与当时主流文学保持距离的青春岁月。辛费雷仰慕的当代诗人和当代诗作寥寥，只有加西亚·洛尔卡的《诗人在纽约》、维森特·阿莱克桑德雷的《毁灭或爱情》和奥克塔维奥·帕斯的诗作。辛费雷在帕斯身上找到了“二七年一代”所表现出的“现代性”与当代诗人的完美结合。他的长篇评论《阅读奥克塔维奥·帕斯》④获得了第八届阿纳格拉玛杂文奖。辛费雷在诗作中追寻一种与周边环境相异的世界主义，甚至战后欧洲的思想与美学风格也非他所好。因此，他寻找，思考，深入到其他传统和其他诗歌理论中去。

20 世纪 60 年代末的巴塞罗那，辛费雷已成为文学创作者的导师与引路人。他是各种文学活动的常客，并且为当时主要的文学刊物，如《鹿》《理想电影》和《岛屿》撰稿。此外，辛费雷还是何塞·巴特约、路易斯·戈蒂索罗、胡安·戈蒂索罗、巴尔加斯·略萨、加西亚·马尔克斯、奥克塔维奥·帕斯和卡斯特耶等人的密友。

辛费雷的诗歌创作开始于 1962 年，作品为《恶魔》。这部作品嗣后被收录到各类不同的诗集中，如 1988 年马德里比索尔出版社出版的《诗歌

---

① 法国殿堂级女歌手，香颂教母。

② 20 世纪 50 年代到 80 年代法国最具魅力的歌手与演员。

③ 法国著名诗人与香颂歌手。

④ Pere Gimferrer, *Lecturas de Octavio Paz*, Barcelona: Anagrama, 1980.

1962—1969》，1994年马德里“讲坛”（Cátedra）出版社出版的《大海在燃烧》等。1964年，辛费雷参与出版了《纪念维森特·阿莱克桑德雷》的诗集。1965年，阿方索·卡纳莱斯荣获国家诗歌奖。次年，进入国家诗歌奖评委会的卡纳莱斯，建议巴特约推荐辛费雷参评诗歌奖，后者随后顺利折桂。

帕斯认为：

> 诗歌不是用来抚慰面对死亡的人类，而要让人看到生命与死亡的不可分割：二者是一个整体。恢复具体的生命，就意味着重聚生命与死亡。在一个中征服另一个，在我里面征服你，在离散的碎片中发现世界。

出于对帕斯诗学理念的深度认可，辛费雷更深信，诗歌创作是对语言美的捕获、保留与变更，而诗人的使命则是，在离散的碎片中发现世界。艺术和文学的功能在于，通过文学艺术产品建立起一座认识另一种现实的桥梁，并就此实现眼前的现实与另一种现实的沟通。“另一种现实”存在于诗歌语言的时空中。而文学的最高理想之一，就是通过语言来创造新的诗歌现实。辛费雷认为，任何文学史的深处，都是一条通过语言来创造另一种现实的道路。这条道路引领作家们走向文学理想的中心。而最初吸引这些作家、让他们走上创作道路的，则是一份无法抵御的言语诱惑。文学创作，是一条无法定义、充满对立与幸福的道路。而作家们想要创造的，则是一份只存在于言说中的美。

奥克塔维奥·帕斯在维特根斯坦哲学思想的指引下，在《弓与琴》中开始了他对于语言的思考，其后在《语法灵猿》中逐步深入，在现实与书写中建立起了一种比拟关系。而卡洛斯·博索约和吉列尔莫·卡内罗，怀有与帕斯类似的诗学态度。他们同辛费雷一样，都认为，诗歌即便努力想要反映人类的现实经验，也通常会失败。失败不仅仅因为语言和理性的缺乏，还因为人类记忆的瘦弱和有限。诗歌自身的特性在于：它是语言中的现实，并且只存在于语言中。言语所构建的并非经验世界，而是诗歌存在。诗歌创造自身的指称。

胡安·何塞·兰斯在《迷宫中的火焰，"六八年一代"的诗歌与诗学》中表示，辛费雷的诗歌，通过诗性书写和追忆离散数据来重建过往，以一种与大脑记忆不同的方式来重建历史与现实。因此，辛费雷的诗歌是一种自治实体，而它作用的唯一时空，既不是周边现实，也不是过往，而是他自创的现实。

辛费雷是电影艺术的忠实拥趸，而绘画和摄影也是他艺术生命不可或缺的一部分，因此，视觉形象成了他诗歌构建的重要组成。诗歌从视觉形象出发，创造出布景与氛围，光学和视觉效果成了诗歌的基础。在辛费雷的诗歌中，有时不同的绘画、布景和生活片段以辩证的方式组建在一起，每一句、每一段都在创造诗歌的意象、氛围与情景。一方面，辛费雷想要通过文字来定格自己所接收到的视觉信息片段；另一方面，既有的电影、文学、绘画、摄影及其他艺术形式的视觉意象范式，也为辛费雷的诗歌创作提供了帮助，并且丰富、修饰和完善了辛费雷诗歌中出现的新意象。这些神奇而又原创的视觉诗歌，是新美学的栖息地，善于在第一时刻抓住读者，接下来更引领他们走向对另一种现实——诗歌现实的体验与领悟。20 世纪 70 年代所有的诗学理念都不忘重复华莱士·斯蒂文斯的这句话："当一个人不再信仰上帝时，诗歌将承担起上帝舍身救世的使命。"

视觉艺术的魅影从来都不曾离开过辛费雷的诗歌创作。在皇家语言学院的入院演讲中，辛费雷表示自己常常在欣赏《侍女图》[①]之后，感到它印刻在了自身没有视觉的意念中；而他的诗歌创作也时常乞灵于丽池公园中费德里科·马德拉索和马里亚诺·福尔图尼[②]的作品，它们赋予诗歌清澈的绿色和温柔的金色。

而关于绘画对诗歌创作的影响，辛费雷在《第二日记(1980—1982)》中有了进一步的阐述。他认为绘画是一种瞬间艺术，而诗歌也是一种瞬

① 西班牙著名画家委拉斯开兹的名作，被视为西班牙绘画的代表作。

② 两位 19 世纪著名的西班牙宫廷画师。

间艺术。奥克塔维奥·帕斯在凝视了莫奈的杨柳之后，把莫奈倾注在画布上的瞬间倾注到了诗句中。

摄影同样是一种瞬间艺术。辛费雷在《日记(1970—1980)》中谈到，诗歌创作过程，类似于相机底片的曝光过程。简单的黑白并置对比，通过那些明净的色彩，能转变为或简约温柔或强烈摄目的光芒。其中凝聚着高度的智性与完美的感受力。辛费雷的诗作《对比》即借助描绘底片曝光来展示诗歌创作过程：

最初的尝试生出些模糊的影像，
底片上众像模糊，一切包裹在难解的荧白中
一张反向放置的底片
醋，盐，只生出荧白的阴影，
屏幕上渐映出一片朦胧，
夕照凭借燃烧的楼燕侵入这黑暗的屋室，
或许这就是摄影。
一场模棱两可
或体验沉寂无声。

类似的比拟还出现在诗作《清单》中：

我的诗句
就像歌舞伎或者古希腊戏剧
化妆和一贯的面具
庞德说人物
黄色的蓝色的肉身的
柯达胶卷中的鲜活色彩
意象走了有些色彩也不复返
灰烬中的蝴蝶
还有一些在摩天大楼的夜色中散发着磷光……

辛费雷在尤伊斯·巴塞特斯的访谈中表示，纯粹的抽象理念交流不是诗歌。诗歌创作活动本身，就是借助意象，来明晰一件在其他情况下无法存在的事物。这是艾略特的“客观对应物”理论；歌德曾表示诗人是用意象来思考的人；奥克塔维奥·帕斯则更向前迈进了一步，他说诗歌就是意象。

华金·马尔科对辛费雷诗歌的视觉支持进行了深入研究。他在《文学练习》中指出，在辛费雷的诗歌中，意象犹如语言工具，一切都必须在诗歌中视觉化。意象变身为诗句意味的载体，而在此载体之上，诗人创造出了能够在视觉上侵袭、丰富读者视野的氛围。霍尔迪·加西亚研读辛费雷的诗歌意象后发现：

> 这些意象既与纪廉的抽象哲思无涉，也并未吸收阿莱克桑德雷的寰宇关照，倒是更靠近加西亚·洛尔卡的心应感知、感官享受与生动活泼。西班牙现代主义与战争间先锋派的交流活动，极大地开拓了意象视觉化的造型可能性。

语言和语义的含混是诗歌的固有特点，也激励着诸多诗人对此进行研究、探求和尝试。诗歌中意象和意象之间可能关联的出现创造了一个全新的诗意世界。辛费雷的诗歌创作逐步走向以意象为基础的轨迹。而这些意象，在除了诗歌以外的世界中，几乎都不曾出现过。有些诗歌中的一个意象，就能给予我们完整的城市、绘画、电影场景、历史画面或者另一首诗歌的视觉感受；又或者使王尔德、荷尔德林、奥约斯、比内特、邓南遮等人的形象重新复活在我们的记忆中。这些不断涌现的意象凝固了某个视觉瞬间、作品中的某个片段、生活中的某桩逸事或者某个表情。例如，下面这首辛费雷的名作(《挽歌Ⅷ》)即关于电影中的城市夜景：

> 冬季，细雨落在前挡风玻璃，公路
> 闪耀着向大海飞奔，
> 玫瑰色手套的女游人，我乏力的心脏啊，
> 烟盒中的康乃馨，
> 在贪婪夜色的死亡的怒吼下，迷雾中的

荷花，橱柜深处的海胆，
走廊里穿梭的风呼叫你的名字
不知疲倦。

辛费雷对意象和片段的重视与并置技巧并非仅仅师承超现实主义，电影是另一重要源头。诗歌中汇聚了一系列在现实中无法聚首的时空画面。这个被称为"拼贴"的创作技巧，曾经在20世纪20年代引领先锋派潮流；三十年后，它又受到西班牙作家和画家的青睐，特别是加泰罗尼亚现代艺术群体，如"骰子第七面"群侠中的塔拉特斯①、塔皮埃斯②、库伊夏特③、希罗特④和布罗萨⑤。

辛费雷一贯对绘画、实验和先锋派抱有极大的热情。他崇尚抽象绘画和超现实主义绘画。因此艺术创作深受"骰子第七面"的影响。他诗歌中的意象与象征，既来自希罗特的文本，也来自布罗萨的自动写作实践。辛费雷认为，语言是借助诗歌意象来感受凝固瞬间的唯一途径。而从"骰子第七面"群侠身上借鉴来的技术与意象实践，则帮助他在自我诗歌风格的形成道路上更往前迈进了一大步。

我们在辛费雷的《1965年7月》和《洞穴中的竖琴》中发现了大量超现实主义的意象与布景。《1965年7月》描绘了超现实主义的玄学景象：梦中的建筑物、如镜的水面、阴晦的拱门、眼神波动的雕像、机器人、公园、竞技场。《洞穴中的竖琴》中则充斥着非理性、无意识和混乱逻辑，堪与洛特雷阿蒙的《马尔多罗之歌》相比肩：

那是怎样的龙目，怎样的盛火，

---

① Joan-Josep Tharrats i Vidal(1918—2001)，画家、艺术理论家和编辑。

② Antoni Tapies i Puig(1923—2012)，西班牙画家、雕塑家和艺术理论家，"非形象画派"(Informalismo)的代表人物，被认为是西班牙20世纪最重要的艺术家之一。

③ Modest Cuixart Tapies(1925—2007)，西班牙战后最重要的画家之一。

④ Juan Eduardo Cirlot Laporta(1916—1973)，西班牙诗人、艺术评论家、

⑤ Joan Brossa i Cuervo(1919—1998)，西班牙20世纪著名的文学家、舞台艺术家和视觉艺术家。

怎样的红缎，女巫的塔夫绸，
我不眠的双眼？曾沐雨水，草叶上
留下印痕。在这里燃烧
周边清明而又遥远的森林，
一栋建筑，一颗孤独的火星，
一支长矛划向尽头，
划成直线。云。风
不在耳边呜咽
也不重复除此以外的其他故事：看
夜色中的城堡与高墙，
门厅，钟表，失眠的钟摆，
权杖，斧柄，大斧，
投向暗影，一切
为逝者所弃，地毯
安睡在被踩踏的枯叶上
来庇护我们……

辛费雷诗歌中视觉元素的主导地位，与视觉不断地通过意象、目光和镜面指涉而存在有着密不可分的联系。马努埃尔·比拉斯就此展开了专门的论述，视辛费雷为视觉接受艺术的炼金术士。"眼睛的世界构成了一个感官的敏锐诗学。"①如果世界在每一个目光前呈现出不同的景象，诗人的工作便是努力使这个视觉瞬间凝固下来。"有一种能力是只有在诗歌中才能找到的：对于本质瞬间和琐碎微光的复原。在文本和书写中去复制这样的瞬间，正是诗人的唯一学业"②：

我看到

① Manuel Vilas, "Pólvora y ojos verdes: Gimferrer en el laberinto", *Peña Labra*, N° 62 (1986—1987), p. 28.

② Pere Gimferrer, "Poesía en invierno", *El País* (30 de enero de 1986), p. 11.

用别的眼睛，不是我的，这个广场
在他时的梦中，今日的眼前，
耳边藻类植物的窃窃私语
来自远处。

（《三月的初瞥》）

视域书写的发展，得益于诗歌大环境中对于描述和舞台创造的追求。辛费雷认为，瞬间在文本中的凝固是诗人的首要任务；而电影导演的首要任务，则是其在屏幕上的驻留。

辛费雷是电影的忠实观众与感性评论家。他曾长期为《理想电影》合作撰稿。电影世界在辛费雷创作之初，就是他诗歌中不可分割的一部分。特别是好莱坞电影，已成为辛费雷在诗歌创作中主题、场景、氛围、意象、表情和细节上的灵感源泉。此外，电影还为辛费雷提供了让现实与想象相遇的接合技术。而辛费雷与内斯特·阿尔门德罗斯①的经年友谊则让这个电影与诗歌交融的世界更为丰饶。

在《日记》和《第二日记》中关于电影世界的指涉层出不穷。在1990年11月27日萨巴德尔电影俱乐部的开幕式上，辛费雷以一篇名为《文学与电影》（后被收入《一位作家的行程》中）的讲话深入阐述了两者的交融与互动。他表示《一九零零》是贝托鲁奇的电影喜好汇总。其中的指涉，只有熟知他电影类型偏好和审美观的朋友才能理解。贝托鲁奇所推崇的瞬间美学与诗歌美学非常接近。现代美学就是瞬间美学，那是造型的瞬间和抽象的艺术。诗歌想要做的，就是留住瞬间和消解瞬间。

辛费雷有自己欣赏的特定电影类型，而这些电影又通常以戏剧或者小说这样的文学类型作为底本。而到了20世纪后期，电影与文学的日益疏离，则是因为“电影在技术层面和叙述语言上的不断完善，使得它们能

---

① 西班牙电影摄影师（1930—1992），美国电影学会成员。1961年迁居法国，与罗默（Eric Rohmer）合拍《我在莫德家的一夜》（1969）和《克莱尔的膝盖》（1970），与楚浮合拍《野孩子》（1970）。他在美国拍摄过许多影片，如《天堂岁月》（1978，获奥斯卡最佳摄影奖）、《最后地下铁》（1980）、《苏菲的抉择》（1982）和《强者为王》（1991）。

够逐步承担一些过去巴尔扎克或者左拉的职责”。

电影是当代艺术，是时效性艺术，通过一系列的形象来展示人类的时间维度：“世界变化在我们眼前，而摄像机是这一变化的见证人。”[1]

在辛费雷的诗歌中，读者能感受到诗人为将电影技术与资源安置到诗歌中所做的努力。而这一创作风格的深层魅力在于，诗歌能够如同电影一般，融合刹那与延续，凝视那些破碎的瞬间并将它们联系在一起。而那些用言语碎片拼接的诗句，时常让读者联想起电影中的蒙太奇手法。

此外，辛费雷还发现电影具备通过毫不含糊的叙述揭示真实性的能力，这一点与19世纪的小说颇为近似。视觉形象的层递和摄像机游戏，能够让电影人物与叙述者视角之间保持一定的距离，甚至能让摄像机镜头只与电影院中的观众视角保持一致。

辛费雷喜欢电影，因为没有其他艺术能像它一样打破真实与虚构的界限，而一片黑暗的电影院也是在人心中实现这种模糊与突破的最佳场所。观众忘却了自己的现实生活，进入虚构的故事中，并在黑暗的世界中将其视为现实。

> ……新观点即将获得它的启蒙
> 如同放映室关照下的黑暗的观影大厅
> 南方大海上的银色身影
> 太平洋上鲜花环绕的独木舟
> 这般湛蓝如同闪耀着磷光的夜色
>
> 诗句闪耀在夜色中
> 发出信号……
>
> （《清单》）

安东尼奥·莫内加尔深入研究了辛费雷诗歌中诗歌技巧与电影技巧

---

① Pere Gimferrer, “El cine, arte del tiempo”, *Film Ideal*, 137 (1 de febrero 1964), p. 84.

之间的紧密关系后指出，辛费雷的隐喻建立在一系列破碎的意象之上，以意象为基础勾勒未来、追忆过往，而它们的首要载体则是电影；辛费雷诗歌中的电影回声，以技术模仿的身影呈现，填补诗歌中的沉寂；而对于电影技术的不懈指涉和与电影形式的联动，不仅因为诗人对电影的钟爱，还因为其中浓缩了从经验世界中抽取的元素，通过这些元素能创造出新的经验。而创造出来的经验不仅属于电影，也属于时间，电影是它的隐喻。

生活体验经过源自文学和电影的视觉意象再创造，凝固在辛费雷的诗歌中。生活体验进入诗歌，必然要经历美学经验、文学经验和电影经验的萃取，还需文学意象或电影意象的修饰与丰满：

吻我在雾中，我的爱。已冷
夜色在数个钟头里。清明月色的浑浊与潮湿
如同一部古旧的爱情与间谍电影

（《死于比弗利山庄，Ⅰ》）

但这并不意味着所有的体验都必须依据文学和电影来萃取和升华，只有当生活体验融入文字时，这一过程才成为必需。辛费雷在创作之初，便消解了自己诗歌中生活体验与文化体验、文学体验、艺术体验或者历史体验之间的藩篱。他努力靠近真实的世界，视其为美学现象。《死于比弗利山庄》中的好几首作品如同自传体电影。

安东尼奥·莫内加尔在他的评论文章中指出：辛费雷时常关注艺术家、诗人、音乐家或者画家，借此观察创作过程。演员赋予人物生命。上海丽丽是玛琳·黛德丽；葛罗里娅·斯旺森是女王凯莱，也是维纳斯。电影，如同生活一样，提供辛费雷搜集和创造的记忆，其中还包含着记忆存储与再创造的机制。

电影为诗歌提供了丰富的意象。因此当辛费雷意图创造视觉舞台时，时常乞灵于记忆中的电影意象。

水沉默地拍打着堤岸。沉沉暮色属于
引擎和沙滩。

一个外国人死在酒吧露台的一杯
琥珀色樱桃白兰地前。红花和蓝花绽放在他的
夏衫。

（《死于比弗利山庄，Ⅱ》）

开始冷了而金发碧眼的姑娘们互相凝视着
颤抖在橱窗中。星星涌出
沉寂地消亡。
闪耀水晶的华彩复制着春天的
阴郁光芒，背阴处的蓝色火焰，硫磺
花和鲜活的石灰，鸭子们的叫声呼唤着
来自逝者的国度。

（《死于比弗利山庄，Ⅳ》）

杀手们脚着漆皮皮鞋。拼命地吸烟，微笑。
开枪。乐队有一位萨克斯管手、
一位打击乐演奏者、一位钢琴家。歌手们。
一档脱衣舞节目和魔术表演。
夜色伴着细雨降临。天空是古铜色的，
迷人的光线。
热气腾腾的手枪，聚焦时装展演！

（《死于比弗利山庄，Ⅷ》）

在《死于比弗利山庄》组诗中，辛费雷借助电影艺术形象，向读者展示了一个美丽而又暴力横行的好莱坞梦境。这组长诗如同电影一样，纷呈的意象组成一幅绚烂的拼贴画。爱情、死亡和激情已不是诗中主题，孤独、与周边世界的不可交流性、爱无能和对于死亡的恐惧笼罩全诗。

诗人的目光追随着摄像机的直觉，捕捉并惊叹着一个又一个意象，借此实现与读者的直接交流。在诗歌中加入这些与电影相关联的视觉意

象,是因为它们具有超出语言本身的交流和表现能力。诗人有着与读者生动、可视交流的强烈愿望。

辛费雷拥有令人惊叹的想象力。他曾评论自身“具备思索和推测一切想象可能性的天性”。辛费雷擅长捕捉具有审美和交流价值的视觉瞬间。他认为这能帮助诗歌获得超越语言和理性本身的超强表现力与交流性。一个意象胜过千言。在纷杂的意象中,读者会连贯分散的碎片和断裂,凝聚虚无、沉寂和晦暗。

三　卡内罗

吉列尔莫·卡内罗(1947—　),诗人,文学家,西班牙阿利坎特大学西班牙语文学教授,专攻18和19世纪浪漫主义文学。2000年荣膺西班牙国家诗歌奖。卡内罗创作手法风格化,意象使用复杂,不懈使用文化指涉,希望读者能够将全副注意力投放在诗作的形式创新上。持之以恒地反映现实,也是卡内罗诗作的一大特点。所有这些侧面都致力于表现一个重要的哲学命题:艺术的先验美与人类的堕落和必死性之间的矛盾对立。这一矛盾,在现代主义诗歌中,或许能实现某种程度的缓解;但在新锐派诗中,却是无解的难题:会给读者造成一系列矛盾的情感与美学体验,或许,这是新锐派对读者发出的、拓展主题的又一邀请。文化主义和元诗歌是评论界赋予卡内罗的两大标签。

卡内罗于1947年5月7日出生在巴伦西亚。其父老卡内罗在西班牙内战期间曾作为志愿者加入共和军,后官至少校。共和国溃败后,一度被囚禁和强制劳动。

卡内罗在巴伦西亚的法国学校完成了小学学业,后进入巴伦西亚的卡斯蒂利亚语中学继续学习,1964年来到巴塞罗那进入大学。双亲曾殷切希望他学习经济,而最终,小卡内罗决定同修经济学和文学。

巴塞罗那求学期间,他与文哲系同学安娜·玛利亚·莫伊克斯和佩雷·辛费雷结下了深厚的友谊。三个年轻人同样深爱着诗歌,并且分享着一份不同于时代主流的艺术旨趣。1965 至 1966 年间，卡内罗在《岛屿》和《战壕》①上陆续发表了其最初的诗作，其中包括揭开了《死亡之画》序曲的《阿维拉》。

1967 年，卡内罗出版了他最初的诗集《死亡之画》和《时间之书》。这两部诗集均由位于西班牙南部马拉加的瓜达尔霍斯文物书店出版。《死亡之画》被不同的诗歌日志和杂志广泛介绍、评议，随即被视作新时代标志性诗歌。针对《死亡之画》初版的评论，人们将卡内罗定义为高雅和小众艺术的代言人和革新者。相对当时主流的社会诗歌，卡内罗的作品敏锐新颖，略带颓废主义色彩则更凸显个性。

在巴塞罗那居住期间，卡内罗与希尔·德·别德玛以及卡洛斯·巴拉尔常相往来。别德玛对他诗歌创作的影响更是广为人知。1969 年卡内罗出版了《虚构爱情的方式与歌曲》，1970 年又有《巴塞罗那，我的爱》问世。这两本册子同样由瓜达尔霍斯文物书店出版。这两部作品都是卡内罗对苏珊·桑塔格的"坎普"（Camp）②美学观接受与追随的产物。诗人带着戏谑的心态接触、理解和阐释"坎普"，但他未能从内心深处真正接受"坎普"所包含的价值观。"坎普"最终被卡内罗定位为"19 世纪颓废主义的当代版"，源自资产阶级社会的持续危机"妨碍了知识分子融入自身阶层，并导致了信仰的危机与缺失"③。由于卡内罗自身对"坎普"的反思与否定，导致这两本小册子被束之高阁，没有再版。

评论界一度将大众文化的渗入视作"新锐派"诗歌的一大特点。站在 21 世纪的今天，我们发现这个过程相当短暂。在 1983 年发表的文章《诗人的宫廷》中，卡内罗否认"大众文化的渗入"是"新锐派"的突出特点。但是，诗人在 1999 年出版的诗集《英伦夏日》中，重新表现出了对流行文化

---

① 何塞·巴特约（José Batlló）1962 年在塞维利亚创办的期刊。

② "坎普"的实质是对于非自然之物的热爱，对技巧和夸张的热爱。"坎普"远离政治与道德批判，追求唯美与风格化。

③ Guillermo Carnero, "La corte de los poetas", *Revista de Occidente* 23, 1983, p. 49－50.

的关注与兴趣。2000年,在一次费尔南多·桑切斯·德拉戈的访谈中,提及埃尔顿·约翰出现在1999年的诗集中,卡内罗回答说:

> 书中有一条关于埃尔顿·约翰的引文,这条引文同关于加尔西拉索的引文并无两样。我们生活在这个世界上,拒绝所有歌唱着的诗学财富是无用而且荒谬的。它们存在于我们生活中,并且应当同图书馆中的严肃文学交融在一起。①

卡内罗回答的关键在于"交融"这个用词。20世纪六七十年代,对流行文化的"取舍"曾让传统文化、严肃文学百般纠结。而在21世纪,流行文化已经与传统文化并驾齐驱,加尔西拉索同埃尔顿·约翰有着类似的情感表述和文化价值。

卡斯特耶选集出版的同年,卡内罗离开了巴塞罗那。1970年的冬天和1971年的春天,他在英国剑桥度过。在这个阴冷的国家,年轻的诗人写下了《西庇阿之梦》。这部诗集后于1971年由马德里比索尔出版社推出。这部作品让期待象征主义重生的读者和评论家们大吃一惊。卡内罗的诗风出现了重大转变,也逐渐偏离了自身在卡斯特耶选集中的定位。

卡内罗在1972年2月2日发表于《人民报》的自评中谈道:"《西庇阿之梦》的创作,从内容到结构都是有意为之。是我本人有意识地追寻某种目标。"与此同时,评论界认为《西庇阿之梦》是一部更为内省的诗集,有着元诗歌倾向,诗歌的表达对象就是诗歌本身,还是从语言出发的对语言的探索。《西庇阿之梦》拓展了作者、文本与读者之间的关系。

回到西班牙之后,卡内罗继续大学学业,1972年他获得了巴伦西亚大学的经济学学士。同期,卡内罗从未放弃过他与巴塞罗那的文学粘连,1975年他获得了加泰罗尼亚大学的文学学士。1977年卡内罗在巴伦西亚大学完成了关于西班牙浪漫主义的博士论文。在继续学业的那些年中,卡内罗还撰写了《拉布吕耶尔议题之变奏与象征》(1974)和《客观意

---

① Guillermo Carnero, *Poéticas y entrevistas*, Málaga: Centro Cultural Generación del 27 & Universidad de Alicante, 2007, p. 217.

外》(1975)。1977年，卡内罗完成了《视觉理论随笔》。这部诗集与之前的文本汇拢，于1979年在马德里的伊佩里昂出版社出版了一部合集，序言由卡洛斯·博索约撰写。1990年，塞维利亚的文艺复兴出版社出版了《不可定义的可分性》(1990)。嗣后，卡内罗又出版了一系列诗集《英伦夏日》(1999)、《雾镜》(2002)、《陈诗》(2003)、《仕女花园》(2005)、《美第奇之泉》(2006)和《罗马四夜》(2009)。

自1977年在巴伦西亚大学获得博士学位，卡内罗开始了日益绚烂的学术生涯。他是18世纪西班牙文学专家，已经出版的专著包括《启蒙世纪的幽暗面孔》(1983)、《十八世纪西班牙戏剧研究》(1997)、《叙事和其他十八世纪文学主题研究》(2009)。卡内罗的研究领域还包括浪漫主义的埃斯普隆塞达、超现实主义和先锋派的诗学与历史，以及当代文学(如科尔多瓦的"颂歌派")。他参与了梅嫩德斯·皮达尔创立、维克多·加西亚·德·拉·孔恰主导的《西班牙文学史》中第六、第七和第八卷(1700—1868)的撰写工作。1986年开始，他成为巴伦西亚大学西班牙语言文学系的教授。卡内罗曾在伯克利大学(1986—1987)、弗吉尼亚大学(1989—1990)和哈佛大学(1994—1995)任客座教授。

卡内罗曾经在不同场合指出，他和其他"新锐派"诗人创作的起点是对社会诗歌形式和现实主义美学的排斥。1998年诗人写道：

> 如果要指出三十年前我诗歌的最大特点，那就是对当时占主导地位的"半个世纪派"美学的反叛，克劳迪奥·罗德里格斯的象征主义诗歌和视觉诗歌被弃置一边。①

时光流逝，卡内罗逐步放下了他对"半个世纪派"的成见，而且始终欣赏其中的弗朗西斯科·布里内斯和卡瓦耶罗·博纳尔德。

1965至1970年间开始发表作品的年轻诗人，评论界将他们不加区分地称为"六八年一代"或者"新锐派"。这一代人对于诗歌语言、书写形

---

① AA. VV. *El último tercio del siglo* (1968—1998). *Antología consultada de la poesía española*, p. 311.

式、创作和理解诗歌的方式都进行了全面革新。相对于内战后将语言与现实的对应看作诗歌创作前题的前辈们，这些年轻诗人们追寻一种更为复杂的诗歌现实。

对于大部分战后诗人来说，诗歌的伦理性高于诗歌本身。而在“新锐派”诗人的作品中，轶事、对话、叙事这些社会诗歌中的基本元素都彻底消失。源自浪漫主义的第一人称表述，让位给了与文化、历史存在客观关联的间接表述。而社会诗歌对形式的疏忽和表达的平庸，则成为了“新锐派”大范围形式革新的起点。

1982年，卡内罗在对自己入选《西班牙青年诗歌》[①]所作出的诗学阐述时表示，“新锐派”最初共同的艺术诉求，是与西班牙内战后占主流的社会诗歌决裂；但是，身处1982年的当下，卡内罗认为“已经没有敌人”了，“西班牙诗歌情景乐观。读者的阅读视野被极大拓展。诗歌展现出无限的表达可能”。此外，他还将这一乐观景象归功于十多年前涌起的诗坛革新潮：“十多年前，包括我在内的新生代诗人的涌现，改变了西班牙文学这片未经开垦的土地。”

在1965年左右开始发表作品的诗人群体中，“文化主义”是一个非常重要的诗歌现象。

在卡内罗的诗歌中，它的表现则更为突出。

第一个在诗歌批评中提出“文化主义”概念的是何塞·耶罗。耶罗关注着西班牙诗歌的发展变化。1968年在给费尔南多·吉约内斯的《海陆纪事》所作的跋中，耶罗指出了这个在20世纪60年代青年诗人中出现的新文学现象。

“文化主义”对20世纪60年代占主流的日常诗，态度是疏离、挑衅和决裂的。“文化主义”诗人们使用文化来完成日常生活的指涉、表达、词汇边界的拓展以及与绚丽氛围和历史时期的互动。博索约借此恢复了艺术

① Concepción G. del Moral y Rosa María Pereda, *Joven poesía española*, Madrid: Cátedra, 1982.

作品的独立性，而加西亚·德·拉·孔恰则走向了新巴洛克主义。

卡内罗认为，“文化主义”是为取代“心灵主义”而出现的。它的语言表达更为丰富和精致，拥有更为广泛的文化指涉，能够超越语汇的局限。此外，“文化主义”还是文化继承的标签，承认对传统的借鉴及其永恒生命力。

尊重文化传统是卡内罗的一贯立场。1970 年，在为恩里克·马丁·帕尔多选集所撰写的简短诗歌评议中，卡内罗表示：

> 如果对于描述—叙述性日常语言的认同不足，就应该在诗人和诗歌独立的前提下，寻求某种关联性。而文化史是关联永不枯竭的源泉。①

1999 年，在一次同玛尔塔·费拉里的访谈中，诗人表示：

> 经验分为两个领域。第一个由日常生活中寻常的或不寻常的事件组成。这些事件如果可以影响到感受和思想，就是诗歌的原料。而出于同样的原因，第二个领域内那些源自文学、艺术、科学和哲学的经验，同样是诗歌的原料。②

另一篇卡内罗在 20 世纪 60 年代写给海梅·希尔·德·别德玛的文章中则谈道：

> 本人理解并接受由历史人物代言自我……这个方法已经由塞尔努达反复实践，而他是您最为仰慕的诗人之一。此外，我之前所不知道的是，塞尔努达创作的是戏剧独白诗。这一诗歌流派肇始于勃朗宁和丁尼生，由艾略特和朗鲍姆的《经验的诗歌》进行了理论定型。

---

① Enrique Martín Pardo, *Nueva poesía*, p. 62, texto recogido en G. Carnero, *Poéticas y entrevistas*, p. 17.

② Marta Ferrari, “El sujeto y sus máscaras: la mediación culturalista en dos poetas del 70: Pedro Gimferrer y Guillermo Carnero”, en Laura Scarano et. *La voz diseminada. Hacia una teoría del sujeto en la poesía española*, Buenos Aires, Biblos, 1994.

戏剧独白诗是对陈旧的浪漫主义独白风的一次反叛。[①]

对文化主义的正名始于两大背景。首先，20世纪70年代的诗人表现出对诗意自我的回归。新生代诗人不仅拒绝放弃第一人称的表达方式，甚至在某些情况下，他们会与20世纪60年代以前的诗歌形式建立联系。他们认同诗歌是一种体验，需要以某种形式与伦理原则和社会影响建立联系。在《生活还是文化》一文中，卡内罗表示：

> 在可能的经典准则中试图拒绝文化经验，将严重危及诗歌存在。当代诗意自我的发现始于18世纪末，与浪漫主义同期。对于赤裸灵魂的大胆袒露为其成就。由于一再的自我重复，19世纪末浪漫主义的诗意自我陷于破产。而新浪漫主义的古律重启，则是文学演进史上的倒退，注定失败……文化主义不仅来自图书馆，用于装饰。文化经验与日常体验自有其相似性。

其次，则是卡内罗对自身创作的思考。他在《诗学与访谈》中表示自己的创作包含了四种不同的文化主义形式，分别是硬质文化主义、低强度文化主义、幻想文化主义和隐秘文化主义。硬质文化主义中，"我"是通过一个历史的、文学的或民间传统的"他"来表现，其中的代表诗作有《肃穆的路德维科·曼宁王子[②]》《阿佛洛狄忒之登舟》《弗兰切斯卡》和《灰姑娘》等；低强度文化主义中，"我"通过文化指涉来丰富诗句内涵，代表作品有《英伦花园》《俄耳浦斯的不作为》《方法论》和《爱的理由》等，以及晚期的《不曾书写的诗歌》和《蹙眉于我》；幻想文化主义使用自创而又逼真的文化指涉，如《斯温伯恩[③]赞歌》《奥索尼乌斯》和《艺术家研究》等，以及晚期的《音乐课》；最后，隐秘文化主义则是低强度文化主义的一个变种，在诗歌中使用文化元素（他人诗句等），例如《大博弈》《烟火曲》和《冬日黎明

---

① Guillermo Carnero, *Como en sí mismo al fin*, "sobre Jaime Gil de Biedma", Burgos: Instituto Castellano y Leonés de la Lengua, 2009, p. 27.

② 路德维科·曼宁（1725—1802），最后一位威尼斯大公。

③ 斯温伯恩（1837—1909），英国诗人、文学批评家。

幻想》等。而卡内罗借用他人诗句的创作手法，则始于《西庇阿之梦》。

卡内罗诗歌创作的元诗歌转向肇始于1971年出版的《西庇阿之梦》。随后，1974年出版的《拉布吕耶尔主题中的变异与象征》，1975年出版的《客观偶然性》《志愿负重话语》《大博弈》和《彰显》，以及1979年的《视觉理论随笔》都是卡内罗元诗歌及其理论的力作。

首先，卡内罗的元诗歌创作，并不意味着对《死亡之画》创作道路的偏离。恰恰相反，《死亡之画》中的多首作品都具有隐含的元诗歌色彩，其中包含着对语言艺术和诗人创作的思考。因此，《死亡之画》后的元诗歌创作，并非诗人创作道路的转换，而是之前隐形元素的显化和增强。就像卡内罗自己所表述的那样，在第一部诗集中选择了一方田地不断深耕，而那方田地就是语言，作为文化元素值得书写者特别关注。因为诗人的天赋正是对语言的精准使用，而他的痛苦也源于此。周边文化，同样通过语言来制约和影响诗人。

元文学概念进入西班牙文学版图始于1970年。而元诗歌，只是元文学在抒情诗领域的实践。在《现代性的五副面孔》中，卡林内斯库指出，先锋派认识到，形式受缚于固有的俗套；后现代作家发现，主题和形式一样，难脱陈习。言语专注于言语自身，能突出自身价值，却也会因此无法靠近现实。元文学，是现代文学内部发展出的叛逆与反转。

斯卡拉诺表示：

> 从创作最初，卡内罗的言说就在制造一种范式，通过对象征主义美学和先验美学的去神化反驳，构建出自身的否定美学……他对语言的探索，同时是对时代文化的探索。①

而博索约在对卡内罗诗作的评论中，则认为后者的元诗歌具有想象的而非现实的特点。德比克在《二十世纪西班牙诗歌史》中表示，元诗歌文本有意与艺术制作和艺术制作批评的文本划清界线；若将元诗歌与现

① Laura Scarano, "La poesía de Guillermo Carnero: una estética de la negatividad", *Anales de la Literatura Española Contemporánea* 16.3(1991), p.321.

代性连接在一起，就会发现它是一种现实的过程与文本化。安东尼奥·科里纳斯指出：

> 卡内罗诗歌的成长与魅力，恰恰源自诗人对语言很多同时又很少的信仰。卡内罗认为他使用和制服了可以毁灭自身的语言。[①]

卡内罗自己则表示，元诗歌是一种诗意语言，蕴含了诗歌创作本身，以及作者、文本与公众之间的关系。一首元诗歌包含着两种平行文本，第一种是诗歌本身；第二种则是关于诗歌天性、起源及条件的思考。元诗歌创作需要具备思考写作本身的能力。

四　科里纳斯

安东尼奥·科里纳斯（1946—　），诗人、小说家、散文家、翻译家和文学评论家。他于1946年出生在莱昂省的巴涅萨市。1971—1975年间在意大利米兰大学和贝加莫大学教西班牙语，目前是地中海国际大学的荣誉教授。曾获西班牙国家批评奖（1975）、西班牙国家诗歌奖（1982）、西班牙国家文学奖（1999）和西班牙与意大利国家翻译奖（2005）。

他的家乡汇聚着多样化的自然景观，丘陵、高原、高山、河流应有尽有。未来的诗人，在那里汲取着自然的和书本的知识。在科里纳斯的诗作中，童年时空以不同的象征姿态显现。其中包括象征着渺茫和神秘的皑皑白雪，象征着正直与韧性相辅相成的岸边山杨，象征着变化的河流以及象征着自然界死亡与重生的季节循环更替。此外，祖父家中遇而复失的七弦竖琴、智慧而又神秘的猫头鹰，也一再现身在科里纳斯的作品中。为此，诗人还撰写了《作者的原初象征》一文，收录在了《思想启迪（二）》中。1998年，双亲亡故后，科里纳斯重回故土。这些生命中的最初存在与象征，减轻了他的伤痛，照亮了他一度灰暗的人生之旅。此外，巴涅萨

---

① Antonio Colinas, "Variaciones hacia el centro del poema", *Informaciones* 12－Ⅰ－1975, p. 3.

市立图书馆的藏书，构建了科里纳斯的最初阅读序列。其中包括《鲁滨孙漂流记》《奥德赛》、马克·吐温、列夫·托尔斯泰、左拉、陀思妥耶夫斯基和显克维奇的小说、莱奥帕尔迪的《颂歌》、19 世纪的西班牙小说以及《新约》。

1961 年 10 月，十五岁的科里纳斯移居到了西班牙南部的科尔多瓦。在那里，他度过了三年高中时光，创立了诗刊《楣》以及同名诗社。在科尔多瓦度过的青春年华，诞生了科里纳斯的新生命，以至他本人认为，他的生命可分为两个部分，科尔多瓦之前和科尔多瓦之后。在《书写的艺术》和《对南部及其诗人的思念与追忆》中，科里纳斯表示自己在安达卢西亚的土地上，通过安达卢西亚诗人发现了诗歌，并且在那里开始了自己最初的诗歌创作。胡安·拉蒙·希梅内斯的《莫格尔》、安东尼奥·马查多的《我梦想着道路》和里卡多·莫利纳的《诗人肖像》则是对青年科里纳斯影响最大的三首安达卢西亚诗作。这段人生经历促使诗人在 1985 年出版了小说《南方一年》，副标题《美学教育》。

1964 年 10 月，科里纳斯进入马德里卡普顿斯大学学习工程技术，从此生活在首都，直到 1968 年底回莱昂服兵役。大都会生活对科里纳斯来说，有失有得。失去的是童年、乡土之根、慵懒的南部节奏、生命力旺盛的自然以及缀满繁星的夜空，得到的是丰富的社会经历与宽广的文学创作平台。20 世纪 60 年代的马德里，反佛朗哥的社会运动风起云涌。在文学领域内，1964 年秋，科里纳斯结识了维森特·阿莱桑德雷。后者成了年轻诗人的良师益友，是他不断在诗歌创作道路上前行的助推器。此外，科里纳斯还结识了很多其他青年作家，比如哈维·罗斯塔雷、安东尼奥·洛佩斯·鲁纳、安东尼奥·埃尔南德斯和海梅·希雷斯等。1968 年，莱昂建城两千周年之际，科里纳斯以《大地与血的诗篇》摘得大奖。而凭着这份奖金，他得以游学巴黎与伦敦。1969 年出版的《整夜序曲》则为诗人开启了新浪漫主义的诗歌道路。

1972 年至 1974 年，科里纳斯在米兰大学和贝尔加莫大学教授西班牙语。意大利的生活经历对科里纳斯至关重要，改变了他的世界观和思维方式，罗马和文艺复兴更成了其作品中的文化典范。生活在意大利的科里纳斯徜徉在艺术中，而最具意大利色彩的作品无疑是发表于1975年的《塔尔吉尼亚之墓[①]》。科里纳斯的文化主义诗歌创作之路，同样始于这部作品。意大利经历，还让科里纳斯投入到了意大利语诗歌的翻译工作中，因此荣膺意大利国家翻译奖，并成了研究19世纪意大利著名浪漫主义诗人莱奥帕尔迪的专家。

1974年至1977年，科里纳斯回到马德里。恰逢西班牙独裁者佛朗哥逝世前后，正是社会、政治最为动荡的年代，首都马德里更是漩涡中心。1977年10月，疲惫不堪的诗人决定移居地中海上的伊维萨岛。此后，科里纳斯在伊维萨度过了二十一年，进行了丰饶的文学创作。伊维萨的宁静使科里纳斯得以研读东西方思想。诗人深深喜爱上了东方的黄老和佛教思想，以及西方的米尔恰·伊利亚德[②]、荣格以及玛利娅·桑普拉诺[③]的作品。诗人表示，这些作品及其思想，极大地改变了他的世界观和创作。岛屿上贴近大自然的生活，更让生态主义思想深深扎根在诗人心中。伊维萨被地中海包围着，湛蓝而广阔的大海赋予了科里纳斯"地中海精神"。科里纳斯对"地中海精神"内涵的定义则是理性、自然、人本主义和自由，是一种能囊括不同种族、语言、思想和感情的马赛克精神。孕育地中海精神的则是人类存在（围墙、水井、船帆、庙堂、修道院、剧场和城市）和自然存在（丛林、岛屿、禽鸟、牲畜、泉水、花园、海豚、星辰和大海）。科里纳斯是一位具有"地中海"精神的诗人，从"地中海精神"中衍生出了他相当多的诗意与哲思。而科里纳斯诗歌作品的三部代表作《星盘》（1979）、《夜后之夜》（1983）和《俄耳浦斯的花园》（1988）均在伊维萨创作完成。《星盘》描述了岛上生活的欢愉，自然、大海、夜晚、星辰、丛林、土地等，以及欢愉和宁静中所生出的时空虚无感。《夜后之夜》是思辨与抒情的完美结合，其中凝聚了不同时期的人类文化（希腊、罗马、文艺复兴、神

---

① 意大利塔尔吉尼亚的伊特鲁里亚人古墓是联合国教科文组织的世界文化遗产。

② 罗马尼亚人，20世纪西方重要的宗教史家。

③ 20世纪西班牙最重要的哲学家之一，奥尔特加·伊·加塞特的女弟子。

秘主义、启蒙世纪和浪漫主义等）和诗人自身经验。为了创作这首长诗，科里纳斯投入了整整两年时间。《俄耳浦斯的花园》所关照的，则是人类同寰宇的互动和相关性。

双亲故去后的1998年，科里纳斯举家迁返故土。但他没有回到出生地，而是定居在了萨拉曼卡。1999年，诗人获得卡斯蒂利亚—莱昂[①]文学奖。回归故土后，科里纳斯也从“和谐诗学”走向了“温柔诗学”。那是一种困难之后、尝试之后和伤痛之后的温柔。与此同时，“温柔诗学”中还交织融合着思辨与诗意、激情与反思。在“温柔诗学”的指引下，萨利纳斯又有数部新作问世，分别是1992年的《火的沉寂》、1997年的《温柔之书》与2002年的《时间和深渊》。双亲亡故的伤痛不时浮现在诗句中，幼年、家宅、童年的珍宝（剑、七弦琴和猫头鹰等）成为“温柔诗学”中的常见意象。评论界大致将科里纳斯的诗歌创作界定为四个时期。

第一时期的代表作是发表于1967年的《大地与血的诗篇》和1969年的《整夜序曲》。这一时期被评论界定义为“大地时期”，主要表达了对土地的热爱和对记忆中理想化风景与地貌（莱昂）的追思。

第二时期的代表作有1972年的《寺中的雷声与笛声》和1975年的《塔尔寺尼亚之墓》。这一时期的复古情怀和文化主义倾向日盛，同时开始关注时间的脚步及其毁灭性痕迹。

第三时期的代表作是两首长诗，分别是1979年的《星盘》和1983年的《夜后之夜》。这一阶段，自然风光已后退为背景，时间的易逝和人类的必死性已成为诗人烦扰和思考的主要议题。科里纳斯逐渐走出了自己往日幸福的田园诗。

第四阶段的代表作有1988年的《俄耳浦斯的花园》、1990年的《和谐之死》、1992年《火的沉寂》和1997年的《温柔之书》。诗人日益追求更为赤裸简约的表达方式，放弃了对经典诗韵的追随，转投无韵句和自由句的怀抱。

---

① 科里纳斯的出生地和目前定居的萨拉曼卡都隶属卡斯蒂利亚—莱昂自治区。

纵观科里纳斯的诗歌创作，“和谐”从未缺席。早期作品更关注平衡、韵律以及生态和物态美；后期作品中则更凸显道家和苏格拉底派思想的痕迹。自然的循环和时间的脚步赋予人类生命和必死性，其中的得与失，人类心中因此而发的喜与忧，不同时间维度中的人与神及其艺术创造，都是科里纳斯关注的“和谐”。

科里纳斯的诗歌同时表现出鲜明的个人唯美主义倾向。其作品是一份和谐而诗意的文字表达，讲述的是诗人关于自然美的沉思遐想——生命易逝、自然永恒，我们如何在其中寻得一份浑然天地。在《大地与血的诗篇》中，科里纳斯借助拟人化的景物描摹和亚历山大体的流畅诗韵，展现了自然界的和谐共生：

> 但是寒冬之夜已经临近
> 只有岩石能忍受，只有冰能将它战胜，
> 帷帘上是呼啸的狂风。
> 穹顶下，严寒炙烤着石块，
> 在每座古老教堂疲惫的塔楼中。
>
> （《莱昂的夜曲》）

以哀婉爱情故事为基础的《整夜序曲》，描绘出了人类爱情普遍而又浪漫的画卷。在这部诗集中，读者能够看到荷尔德林与诺瓦利斯的隐约身影，科里纳斯也在其中展示了自己宇宙主义和神秘主义的艺术观。有的时候，诗句中的爱情视角会延展到关于自然的泛神论思想：

> 同一个影子里跳动着两具身躯
> 热吻中的双唇品出爱情的滋味
> 相拥的怀抱拥着的是整个世界。
>
> （《整夜序曲》，66）

在《寺中的雷声与笛声》《塔尔吉尼亚之墓》和《星盘》中，诗人更多地运用到了文学隐喻和诗韵变换，将自然景象与艺术回声并置在一起，生动地展现了自然美，给读者以感官享受。在语言上，科里纳斯用词考究，并借助倒装和跨行连接句式，来营造温柔抒情的诗歌意境。与同时代诗人不同的是，科里纳斯更善于聚焦田园风光。借助艺术的魔幻，乡村山林在科里纳斯笔下情韵独具、格调悠远。比如下面这首《牧歌》：

> 我是奇异草原上的牧人。
> 看到了李树间的半人半马怪
> 和塔楼中绿眼睛的侏儒。
> 提香和鲁本斯笔下的色彩
> 属于这座城市：墙上金箔，
> 钟楼蓝焰，玫瑰嫣然。
>
> （科里纳斯，93）

每一个细节、每一点艺术共鸣共同构建了和谐意境与理想天堂之梦。这些动人的场景和时刻，赋予了诗人对抗生命短暂性和世俗性的勇气。而读者所仰慕的，则是科里纳斯将如画风景、唯美主义艺术追求和抒情主题相融合的能力。相对于别的新锐派诗人而言，科里纳斯的诗歌明显与后现代世界疏离；然而，他邀约读者参与诗歌再创作的作品构造，又显然站在了现代美学的最前端。

而科里纳斯的诗学理念，从本质上说，以象征为基础。“石头”与“黑夜”是他作品中最重要的两大象征。“石头”象征着永恒、神圣、神秘、历史、坚韧以及爱与恨。比如坟墓中的石块，渴望着永恒，却守护着死亡。石头可以是最死气沉沉、最贫瘠的所在，也可以是荣格说的那样，最不可毁灭的存在。“黑夜”这个象征下的“夜”与“星辰”，则从《整夜序曲》，到《星盘》，再到《夜后之夜》，都是科里纳斯诗歌中不可或缺的主角。

五　路易斯·阿尔贝托·德·昆卡

路易斯·阿尔贝托·德·昆卡（1950—　），西班牙当代著名的语言学家、诗人、散文家和翻译家，是当代西班牙为数不多的熟练掌握古拉丁语和古希腊语的译者之一。他于1950年12月29日出生在马德里，1966年至1968年在孔普鲁腾斯大学修读法律，1973年获马德里自治大学古典语言文学学士学位，1976年获马德里自治大学古典文学博士学位。昆卡于1985年凭借诗集《银盒》荣获西班牙诗歌评论奖。《瓦尔特之歌》使他获得了1989年度的国家翻译奖。昆卡是西班牙高等科研委员会成员，并一度担任过该委会语言文学学院负责人。他还担任过国家图书馆馆长(1996—2000)和西班牙文化大臣(2000—2004)。昆卡于2010年入选西班牙皇家历史学院。

由于比新锐派的大部分代表人物年轻十多岁，昆卡在卡斯特耶特的选集出版后才开始发表作品，因此有时会被归类到下代诗人群体中。他的作品比辛费雷或者卡内罗更文雅，也更爱借助互文手法来展示诗歌魅力。昆卡的诗风归属于新锐派早期的唯美主义，文学体验和美学体验是他们诗歌创作所追求的首要目标。昆卡的大部分作品都由自由长句写就，将文学的、艺术的、电影的和侦探小说的背景知识以文本互动的形式透过纸背融合在一起。这些诗歌的第一眼感觉，会令人联想起19世纪的现代主义作品，但两者的差异之处在于，新锐派作品不仅关注个人体验的表达，更在意诗歌语言和形式的创新力。这些作品虽然不是明确的元诗歌，但重视创作过程甚于诗歌内涵的艺术追求，与元诗歌精神不谋而合。有时，声音和视觉效果下面隐藏着的是逻辑与叙事意义。因此，昆卡诗作《日耳曼的胜利》虽然从表面看讲述的是蛮族入侵及其后果，却让人感觉，这不过是一个为创造更为复杂的派生和隐喻所使用的借口，并借此将不同词汇与文本奇特地糅合在一起，产生拼贴画效果。

我的女友是一颗溶解在金黄色葡萄酒中的珍珠
我好战的灵魂安置在大理石底基上
沉默的塔陵中
埋葬着古罗马军团被宰杀的将士
一片死寂
教堂唱经处的景象犹如地狱。

纵观昆卡诗作，我们能清晰看到诗歌结构从开放到封闭与古典的发展轨迹；内容也日益"叙事化"，从言说"话语"到言说"事物"；艺术风格从黑暗压抑走向光明欢快。昆卡的诗歌创作大致可以分为三个时期。

第一时期被称为"黑夜时期"，表现为极端的形式主义、唯美主义、强烈的感性表达意愿、不同的异域风情（空间上、时间上、文化上）以及否定逻辑与理性体系的思辨。代表作有《肖像》和《埃尔西诺》。

第二时期是转型期，兼具前后两个时期的特征，比如诗歌的叙事性、反讽、幽默和古典韵律。代表作有《注释》。

第三时期最突出的特点则是去魅传统神话世界和神化当代都市生活、意识的巴洛克化、词汇的日常化和明显的间离效果。代表作有《恋尸》《银盒》和《他梦》。

加尔西拉索·德·拉·维加和马努埃尔·马查多是对昆卡影响深远的西班牙诗坛前辈。

六　海梅·希雷斯

海梅·希雷斯（1951—　）于 1951 年 4 月 16 日出生在瓦伦西亚，是新锐派中最为年轻的干将。曾在德国图宾根大学和科隆大学学习，获古典语言学博士学位。曾任维也纳塞万提斯学院院长。现为瓦伦西亚大学文哲学院教授，主攻古典语言文学，是西班牙古典研究学会会长。此外，他还是著名诗人保罗·策兰作品的西文译者。

希雷斯的父系家族来自西班牙南部的安达卢西亚地区，有着浓厚的文化氛围和诗歌阅读传统。希雷斯 1968 年进入瓦伦西亚大学文哲系学习，1970 年转学至萨拉曼卡大学，1973 年毕业。他大学阶段成绩优异，屡获殊荣；而专业的语言文学学习也让希雷斯对以阿尔贝蒂、阿莱克桑德雷和洛尔卡为代表的西班牙先锋派诗人兴趣日增。这成为阿莱克桑德雷与希雷斯师友关系的基石。阿莱克桑德雷更将希雷斯视作新锐派中受宠的幼子。1971 年希雷斯入选恩里克·马丁·帕尔多的《西班牙新诗歌》，完成了作为新锐派最年轻一员的洗礼(因为年龄原因,希雷斯并未入选1967年马丁·帕尔多的《青年西班牙诗歌选集》、1968年何塞·巴特约的《西班牙新诗选集》和1970年卡斯特耶的《九位西班牙新锐派诗人》)。

作为新锐派中更为年轻的一代,海梅·希雷斯和阿尔贝托·德·昆卡被并称为"言语一代",表现出对简约言语表达、形式掌控和自我指涉的不断追求。从某种意义上说,在新锐派为新的言语结构和新的诗意表达奋斗了多年之后,这个转变也是水到渠成。这一趋势还较早地表现在了卡内罗的风格主义诗集《西庇阿之梦》、阿尔瓦雷斯简约的《蜡像馆》和辛费雷高度艺术化的加泰罗尼亚语诗歌中。卡内罗《西庇阿之梦》中的原诗歌特征、他散文体的诗歌评论、辛费雷《镜子》中的自觉意识和昆卡与比耶纳笔下的自觉意识指涉。这些特点在新一代诗人笔下更为突出,海梅·希雷斯就是其中的典型。

希雷斯作品的首要特点是他对形式的掌控和完美主义追求。从创作一开始,希雷斯的作品一方面极少雕饰,另一方也丢弃了非理性成分。而同时代的其他新锐派诗人,也逐渐放弃了非理性的内涵与表述。

1969年出版的《光源》包含着数个视觉意象,让人联想起超现实主义。当然,还有大量精确的视觉语言运用,帮助诗人定义自我和他周边的环境。1970年的《独家传记》风格发生转变,全集由短小精炼、智性厚重的文本组成,颇有豪尔赫·纪廉和胡安·拉蒙·希梅内斯之风。然而,希雷斯的诗歌,一方面比两位前辈的作品更为简约,另一方也更为开放。请看下面这首题为《寂静》的诗:

光的平稳
在安宁中。
威力最弱的水龙卷。
幻想。平静。
一切:
没有声响的空间

朝着黑暗深处。[①]

文本没有落实在一个具体的场景里（如同纪廉的《颂歌》），而是落脚在了一个落落寡合的理念中。前两行诗，带有明显的描述色彩，是“寂静”理念的象征。然后，诗人通过三个没有内在联系的名词：从“水龙卷”，到“幻想”，再到“黑暗深处”，进一步加深了“寂静”意象。这首诗离现实主义相去甚远。它的语言运用，并非为了叙述或者描写，而是为了通过不同方式来限定、制作和消遣某种抽象认识，并借此赋予抽象认识以言语认定。

希雷斯于1973年出版的《典范》继续深化了《独家传记》中已经出现的趋向——将“我”这个主体本质化和消解。希雷斯的诗歌表现了两种不同视角下的语言、情感和智性张力：一个视角展现的，是具体的现实及其生命力；另一个视角所探究的，则是现实之后的本质与抽象。《杜涅斯修道院》所关注和表现的，就是一个特殊修道院和一首华兹华斯的诗，一些参照物经过隐喻转换，逐渐变身成为了和谐、寂静与永恒的符号：

光辉，沉寂的意象，
恣意沉沦的时间碎片
它从未离开：仍在
因为在时间的维度中形式永存。

1977年希雷斯推出新作《寓意》，他再次对现实提出疑问，并将其重建。这部诗集表现出更为复杂的玄思。数位古希腊哲学家陆续登场，对诗歌表达抒发自己的不同见解。其中有几首，对诗歌创作过程提出了明确的质疑。如何在音韵和语言表达、专注和沉默间支撑起诗歌的艺术张力，是希雷斯的不懈追求。

1983年出版的《水乐章》将这一反思推向了极致。全集分为五章，借助日益本质化的言语因素来还原现实，在符号和寂静的表达上登峰造极。下面这十行诗隶属第二部分，名为《时间的物质，也就是地点的形式，在多

---

① Jaime Siles *Poesía*, 1969—1990, Madrid: Visor, 1992.

元化回声中实现自身意义》：

空间留下来
还原成中心，
翅膀引领着
光亮朝向中心，
中心的声响
传递到压缩的空隙，
虹彩来到它自身的中心
计划中的中心，
那中心中的中心
废止了所有的声音。

前两行将现实还原成了表现为“中心”的本质，然后开始了一系列不断重复的还原，将最具体的因素（翅膀、光亮、空隙）都归结到最抽象而浓缩的那个“中心”。这个还原过程，伴着语言的音韵和“中心”这个词的不间断重复，成功地将一切理性御于门外，读者的听觉与心灵被“中心”彻底占据。读者被灌输了“中心”这个符号，而其他一切具体意义则被挡在了读者意识之外。

这一创作手法在全集中不断被重复，以不同的方法将生活还原为形式。诗集第三部分《字形》强调书写过程，却同时消除了书写的现实指涉。第四部分则将“夜晚”（或许是现实中最抽象的因素）变身为读者心中推动书写的积极力量。最后一章中，语言还原成了绝对本质：

看不见的点
已经到达。
只存于你身
最后
明净。

希雷斯的《水乐章》将新锐派们把艺术置于指涉之上的创作目标实践

到了极致。尽管这本诗集最终与新锐派先驱们的作品相去甚远,但却是一部毫无雕饰、可读性极强的文本。

评论界普遍认为,希雷斯的创作分为三个阶段。1969 年至 1981 年是他创作的第一阶段,始于《典范》,终于《水乐章》,寻求语言的凝练和现实的哲理表现。1982 年至 1989 年是第二阶段,以《纪念柱》始,至《信号灯》止,对现实的客观表现、清晰的文本指涉和对古典诗句的借用与挪移是这一阶段的主要特点。1990 年至 2009 年是第三阶段,代表作分别是《迟到的赞美诗》和《雪行》,其中存在主义抒情风占主导地位。

七 同期其他诗人

1. 费利克斯·德·阿苏阿

费利克斯·德·阿苏阿(1944—)于 1944 年出生在巴塞罗那。当代著名诗人、小说家,加泰罗尼亚科技大学美学教授,长期在高校任教,同时为报刊撰写文评。曾任巴黎塞万提斯学院院长。阿苏阿比卡内罗更倾向于反理性主义。他甚至称诺瓦利斯[①]是“治愈理性之伤的毒品”[②]。然而,在这个玩世不恭的声音后面,是阿苏阿对诗歌的严肃信仰——视其为无可替代的表达形式。在 1989 年的个人全集序言中,阿苏阿强调,诗意创造了新的开放性的语言内涵和再生价值。

以此创作态度为基石,阿苏阿的诗歌成了生活与文学的回声,用来创造复杂而又神秘的情感与智性体验。尽管尚未达到卡内罗或者辛费雷笔下的数量与规模,但阿苏阿的作品中,有着各种各样的节奏、写作技巧和感觉意象,以及文学、历史和哲学在其中的投映。在《乔内乔尔[③]》(1974)

---

① 诺瓦利斯,德国早期浪漫主义作家、哲学家。

② Pedro Provencio, ed., *Poéticas españolas contemporáneas, II: La generación del 70*, Madrid: Hiperión, 1988, p. 97.

③ 乔内乔尔(1477—1510),著名的意大利威尼斯派画家。

中，这位意大利画师的名画将暴风雨意象同恐惧的精神状态糅合在一起，预示着耶稣基督的未来命运：

风雨凄切，
然而趋熟的葡萄和秋日的狂躁
如同酩酊天使
将我们引向惊愕与受难的十字架。①

互文修辞增添了诗歌的情感张力与神秘性，还能为读者带去多样化的情感与智性体验。互文从来都不失为气度优雅的文字游戏。有时，阿苏阿还会将一系列作品、地点与事件的指涉罗列在一起，想借此来创造一幅充满回声的拼贴画。《舞动咖啡》是阿苏阿1970年出版的诗集《阿伽门农面纱》中的一首，全诗主人公是《三个火枪手》中的两位。他们在一系列状似连环画的场景中，游历了爱沙尼亚和巴黎橘园美术馆。诗人擅长将大量记忆与感觉意象融合在一起。同集的《挽歌六》使用了相似的技巧来追溯学生时代。校园场景与物件的累积、不同的人物态度，与日常生活的细节和反应融合在一起，赋予诗歌一定的叙事魅力。然而，和萨贡或者布里内斯早期作品不同的是，诗人丝毫不打算对自己的过去进行解说或者诠释。青年时期的记忆不过是一个载体，用来赋予不同情感以语言生命，创造出新的体验，也使语言更具活力与自主性。从这个意义上来说，阿苏阿和辛费雷或者卡内罗一样，力图让语言自身以及读者的再创造活动成为诗歌最重要的组成部分。

2. 马丁内斯·萨里翁

马丁内斯·萨里翁（1939— ）于1939年出生在阿尔巴塞特，是当代著名的诗人和翻译家。萨里翁的诗歌语言比卡内罗和昆卡更口语化，使用更多更具时代感的隐喻，同流行文化也有更多互文与互动。他笔下所创造的非理性结构，颇有超现实主义之风。此类诗歌本身就是一种创新，

① Félix de Azúa, *Poesía(1968—1988)*, Madrid: Hiperión, 1989.

邀请作者和读者同时参与游戏和现实的转换。

马丁内斯·萨里翁的第一部诗集《行动之戏》，借助童年记忆来创造不同的视觉和情感舞台。

意象与文字片段的组合创造出了不同感觉的共生。标点、文字背景和情节有序性的缺失，造就了自由体诗句和全新的话语，甚至视觉感受。这样的诗句并不追求情感或者思想交流。《不可靠近的中心》中有许多关于电影的隐喻，整本诗集如同一部艺术电影，多处涉及关于往昔的童年游戏。读者在其中渐渐变身为电影观众。在萨里翁看来，生活不过是行为、戏剧和艺术的托辞。

萨里翁的诗作反映出，艺术和通过艺术努力创造意蕴的分解与衰败。诗人继续将残破的意象并置在自由体诗中，这些诗句都没有标点符号。创作后期，萨里翁诗文转向性较大，其中出现了比较广泛的历史和流行文化隐喻。短诗《尤物之死的指令》中，出现了一系列梦中场景和意象，以及对当时人物的隐喻，给读者营造出一份衰败中的不安感。生活和现代文化的衰败与分解，同话语意蕴的分解紧密联系在了一起。

音乐，特别是当代流行音乐，成了《致命水龙卷之于捕鲸手》(1975)中的主要文化因素。流行音乐已经不再仅仅是诗歌的隐喻或者背景，而是走上前台，成为了诗歌组织和关注的焦点。马丁内斯·萨里翁以流行歌曲为个人诗歌创作的基石，回避了情节、叙事或者任何主题意义。音乐构筑创造出大量的感觉、意象和场景。借助音乐，现实中的因素被提取出来，转换成了感觉、艺术与游戏，就像在《行动之戏》中看到的那样。一首歌曲的演绎，能指涉出丰饶的意象和文学艺术回声。这部诗集中还包括不少由音乐、阅读甚至日常生活发生出来的诗歌，其中不乏精雕细琢与话语游戏。在诗作《殷勤》(《不可靠近的中心》)中，性行为是全诗内容的基石，诗作由十一个名词组成，是一首视觉艺术诗。

马丁内斯·萨里翁和超现实主义者一样，抗拒文字的逻辑和关联，想要超越意识的界限，将诗歌变身为一场言语和感觉的游戏。他的作品还如同米格尔·埃尔南德斯的新超现实主义诗歌一样，包含着不确定性和对语言自身的强调。文学疏离了它富含逻辑性的具体目标。

3. 莱奥波尔多·玛利亚·帕内罗

莱奥波尔多·玛利亚·帕内罗(1948—)于1948年出生在马德里。他的父亲是隶属“三六年一代”的著名“扎根派”诗人莱奥波尔多·帕内罗。于帕内罗而言,诗歌已成为他表达对中产阶级日常生活的抗拒和反对通过语言来交流理性内涵的工具。他的诗作大都收录在《卡纳比街如此奠基》和《理论》中。作品形式多样,内含许多针对电影、侦探小说、寓言和现代历史的隐喻。帕内罗不时将传统主题和传统演绎置于滑稽可笑的境地中,不追求任何严肃的价值或者情感意义,颇有20世纪六七十年代的流行音乐之风。在《向卡图卢斯①致敬》中,一边是白雪公主与七个小矮人在话别,另一边则是充满色情意味的意象冲击;而在《虚荣的脸盆》里,传统的挽歌主题与粗俗的漫画形象结合到了一起。在意象组合和碎片隐喻的表述技巧上,帕内罗与萨里翁类似,效果也接近:现实失去了它的情感意义和背景价值。这类诗歌多指涉童年记忆,特别是关于恐惧和异化的记忆。然而这些记忆对于探究和解释过去并无助益。

帕内罗的诗作《秘密走廊》是他对现实进行破碎化和文本化处理的最佳例证。全诗由多个名词和数个同情节不相关的形容词组成。此诗展现了更大程度的破碎化。文本中有多处与吸血鬼故事和19世纪新浪漫主义文学相关的隐喻;还有不少表述指涉着现实生活、电影或者书本。此类诗歌创作与鉴赏的完成,极大程度地依赖着读者。诗歌文本只是提供了语言和组织构造,其余则有待读者来完成。

在将文本碎片化和非人性化的道路上,帕内罗比萨里翁走得更远。他一直为打破和戏仿传统文学样式与表述而不懈努力着。那些关于施虐狂、乱伦和同性恋的隐喻,更多是为了单纯地表现丑闻,而不是交流文字内涵。诗歌中的意象体现了语言的不可理解性与不可交流性。我们可以

---

① 卡图卢斯,古罗马诗人。

将帕内罗的诗歌视作是对之前三十年理性主义诗歌（既包括右翼的缅怀传统诗，也包括左翼的社会抗争诗）的一次极端的反叛。帕内罗这些边缘的、非理性的、异化的诗歌可以溯源至兰波，以及 20 世纪初的那些先锋派诗人。

帕内罗、马丁内斯・萨里翁、阿苏阿甚至辛费雷的某些作品，展示了 20 世纪 70 年代西班牙诗歌跨越理性承诺与价值后，对语言本身和诗歌形式的追求。

4. 安东尼奥・德・比耶纳

安东尼奥・德・比耶纳于 1951 年出生在马德里，当代著名诗人、小说家、散文家、文学评论家和翻译家，诗歌与小说创作曾获得多个奖项。他熟稔文化性互文与联想，在 20 世纪 70 年代成名并迅速崛起。1971 年发表的《崇高的日晷》隐喻丰盛；1975 年的《赞美诗》更是地位超然，致力于从个人感受中实现美的追寻；到 1976 年的《拜占庭之旅》，比耶纳更是借助文学隐喻来勾勒情感草图。

比耶纳深信，艺术的价值在于将生命戏剧化，并且强化人类的各种主客观体验。从这个角度看，比耶纳的艺术追求，截然不同于卡内罗或者辛费雷（对轶事和参照的彻底拒绝），反倒和 19 世纪末的鲁文・达里奥颇为近似。

《赞美诗》中神秘人物、历史人物和艺术品交替出现，比耶纳试图将生活变为艺术。日本历史上知名的和式风格代表画家尾形光琳，这位终身享受着富裕、优雅生活的艺术家，带着自身悠远的东方情调，成为了比耶纳诗中的主人公：

漆器与屏风，
艺术让它们秀丽、完美和精致。
百合、李树和神，都是装饰品。
迷醉于美，画家死去，
包裹在独特的绸缎中，安静地。

他是真的幸运，尾形光琳；
生命是一场膜拜，
对着稍纵即逝的美、愉悦和艺术。①

比耶纳文字娴雅、诗句忧伤，共同构筑了这首诗歌美的时间与空间。诗人时常提及：要将行动化为艺术。他认为“诗歌如同性行为”，性欲在比耶纳的笔下化身为文字艺术：

什么都无法同一双充满爱欲的手相比，
安放在肉体那青春的平原。
将文本的艺术点燃。

比耶纳同鲁文·达里奥一样，善于描绘颓败中的美，而笔下的情感表达也同样嘉韵独到。比耶纳追求“生活的艺术”，将19世纪末纨绔子弟们的生活方式视作闲适存在的典范，不屑同现代生活中的世俗实用主义精神为伍。他的诗作中不乏很多常用比喻，将爱情比作大海、火焰和燃烧，将肖像视作肉身，借助流畅的韵律和高贵的言语表达，来构建独特的风格美。此外，美的瞬间化和脆弱性，增加了比耶纳诗歌文本的忧伤，甚至悲剧气息。但诗人依然从不停滞地追求着美的感知与表现。尽管，比耶纳身上残存着19世纪末现代主义诗歌的某些印记，但是，他的诗作却能让读者清晰感受并且认知到诗歌的创作过程。对于诗歌的自我指涉，这一元诗歌特性，使得比耶纳能够屹立在20世纪70年代的诗坛而不显落伍。

与此同时，比耶纳诗歌中，第一人称以及第一人称相关经历的存在，使其作品背离了最初新锐派们所设定的美学原则。这便是西班牙诗坛20世纪70年代中期的艺术转向，诗人们回归到了个人情感的表达中，赋予客观词汇新的情感意义与态度。

5. 赫纳罗·塔伦斯

赫纳罗·塔伦斯（1946— ）于1946年出生在加的斯，格拉纳达大学

① Luis Antonio de Villena, *Poesía (1970—1982)*, Madrid: Visor, 1983.

罗曼语语言文学系博士。他是贝克特、荷尔德林等人作品的西文译者。希雷斯反映在作品中的自觉意识，同样出现在了在赫纳罗·塔伦斯的元诗歌中。塔伦斯是20世纪70年代重要的艺术评论家，还出版了一系列重量级自我指涉诗歌。他的作品时常倒置传统的诗人与指涉关系。这就推动读者不得不重新审视，主题与诠释、生活与书写、书写与阅读之间的关系。在《自传》中，一系列的动词累积，将读者淹没在反转的茫然失措中。似乎作者的书写，仰赖着读者：

我们，仰赖你
我重建，
（你重建），
我说，永远
我说过了，说给你听。①

诗歌的自觉意识，产生了相当混杂的创作效果。从卡内罗话语复杂的《西庇阿之梦》，到辛费雷和塔伦斯失却方向的自我指涉，再到希雷斯的本质追求，组成了20世纪70年代晚期新锐派书写的重要纹理。它们打破了诗歌创作的常规和传统区域，将艺术的虚构性逐渐与生活的真实性相间离，并引领读者对传统诗歌风格、表述方式和文本完整性提出质疑。因为它们，诗歌的外延得以不断拓展，书写和阅读的界限逐渐模糊。在不同的背景和语境下，不同的理论家，统一称它们为“后现代”。

6. 何塞·玛利亚·阿尔瓦雷斯

何塞·玛利亚·阿尔瓦雷斯（1942—　）于1942年出生在穆尔西亚，当代著名诗人和小说家。阿尔瓦雷斯早期是一位社会诗人，后来，他彻底否定和背弃了自己最初的艺术追求，穷尽整个20世纪70年代创作了一部名为《蜡像馆》的诗集。阿尔瓦雷斯的作品中充满各历史时期不同文学类型的注释说明，表现出一种典型的文化主义风格。有的时候，这些注释

① Jenaro Talens, *El largo aprendizaje: Poesía*, 1975—1991, Madrid: Cátedra.

甚至比诗歌本身占据了更大篇幅，使得作品呈现出博物馆形态。

诗歌《忧郁宝贝》是阿尔瓦雷斯注释症的又一典型案例。标题之下，即以豪尔赫·纪廉的四行诗句来统领全诗。纪廉的诗句，描述了旅人的精神异化，使得诗歌的情感张力与空间得以拓展。而题名《忧郁宝贝》则指涉了当时的一首流行歌曲，与纪廉诗句功用相似。流行歌曲、纪诗、阿诗三者交织在一起，很好地展现出了“失却”与“异化”的主题。

当然，在另外的很多诗作中，注释没有丰富到比诗句占据更多篇幅。但是，阿尔瓦雷斯依然擅长将叙事与诗歌意象拼接在一起，创作出一幅评论、叙事和描述片段交融的“拼贴画”。诗人笔端流出的轶事、体验与经历都别具风格。阿尔瓦雷斯的很多诗作都将丰盛的注释包含在了诗歌形式和言语游戏中，从而加强和扩大了注释的艺术效果。

7. 巴斯克斯·蒙塔尔班

马努埃尔·巴斯克斯·蒙塔尔班（1939—　）于1939年出生在巴塞罗那，当代著名诗人和小说家。起步于诗歌，但在叙事文学上取得了更大成就，曾获得西班牙国家小说奖、欧洲文学奖和西班牙文学奖。1963年开始诗歌创作，有幸入围卡斯特耶特的诗歌选集，使得巴斯克斯·蒙塔尔班作为诗人声名大噪。他的诗文擅长分析时代文化，进行叙事实验，并将文学隐喻和对流行文化的隐喻混杂在一起，具有鲜明的拼贴画风格。巴斯克斯在《没有功绩的运动》（1969）和《如花少女的影子下》（1973）中，打破了文学所惯常的主题和表现手法。从有意识地甚至是夸张地进行非智性和非个人化写作的这个角度看，巴斯克斯·蒙塔尔班比其他的新锐派诗人走得更远。

八　1980年以后的诗歌

20世纪80年代的西班牙诗歌汇聚了各种流派，继承了各式文学遗产，充斥着争论与对话。关于各种潮流，并没有大的理论争议；但关于诗学和态度本身是存在一些极端对立的情况,有些争议甚至波及 20 世纪 90 年代。即便如此,新超现实主义、本质诗、马努埃尔·马查多的继承诗、胡安·拉米亚的新现实派的古典主义、新感伤诗、胡里奥·马丁内斯·梅桑萨的道德寓言诗和路易斯·阿尔贝尔托·德·昆卡第二阶段的白话诗依然得以共存在那个年代。

不同流派在诗学上的追求差异很大。新现实主义的加西亚·蒙特罗,后新诗代表人物布兰卡·安德鲁,以及新超现实主义的胡安·卡洛斯·梅斯特雷和阿玛利娅·伊格蕾西亚斯,彼此都是截然不同的。更不要说 20 世纪 70 年代由何塞·安赫尔·巴伦特引入的“沉默诗”。“沉默诗”融合了一定的宗教精神、胡安·拉蒙·希梅内斯晚期的诗歌美学以及各种绝望的虚无主义思想,甚至还引入了希梅内斯的散文诗体例。沉默诗与新现实主义强硬对峙,某些后新诗诗人和新超现实主义者也与新现实主义不和。从这个意义上,新现实主义似乎就是一个被激烈攻击的靶心。通常来说,被攻击的缘由不外乎是不适应后现代的历史情景,当然理由还不仅是这些。

与新现实主义风格相似的有琼·华里斯蒂的公民政治诗,保持了战后西班牙诗歌的一贯传统,具有社会承诺精神。华里斯蒂反对在时代变迁中的政治非理性主义和恐怖主义,这是他作品的主要价值所在,同时还强调智慧幽默。此外,还有路易斯·安东尼奥·德·维耶纳的“肮脏现实主义”。因为作品不够激烈不够异端,现实主义道路上的诗歌创作到 20 世纪 90 年代后逐步被孤立。当时的西班牙诗坛上出现了追随不同潮流的诗人,值得关注的有“荒芜诗”,那个时代最重要的两位诗人洛伦索·欧里万和路易斯·姆纽兹都属于这一流派。同史蒂文斯和塞尔努达一样,他们将自己的诗歌理念建立在不同的审美基座上,使其作品成为时代的浓缩素描。

20 世纪 80 年代的诗坛还出现了纯诗和非纯诗的激烈争论,当然,就其深层原因,是一直存在的诗坛分歧:追求诗歌本身的美(语言美、韵律美、意境美),还是突出诗歌的社会功效(社会承诺、针砭时弊、表达理想)。

一个又一个的流派对这些价值取向或赞美或反驳，无休无止。新现实主义和本质诗的分歧同样如此。路易斯·加西亚·蒙特罗的新现实主义不过度沉溺于诗句本身，他的目光温柔而又渴望团结，并声称自己是一个“普通的城市公民”；与此同时，沉默诗的追随者们蔑视历史框架，更关注寂静的存在主义。诗人们在出席和缺席之间摇摆。这是一块硬币的正反两面，也因此构成了那个能够兼容并包的时代。

20世纪80年代发表的诗作，对语言创新、诗意暗指、自我审视已不像从前那么关注。更年轻的诗人已不像新锐派那样引发争议。有的评论家认为他们是“延续者”而非“革命者”，认为他们至少滞后了二十年。他们中的许多人不了解20世纪70年代的诗歌，基本还是在阅读希尔·德·别德玛、弗朗西斯科·布里内斯、安赫尔·贡萨莱斯和巴伦特的作品。他们又回到了将诗歌作为认知和情感表达的传统上来，而此时70年代的新锐派也回到了20世纪20年代的审美理念。他们重又追求节奏和韵律。

体验诗或者新现实主义包括新实描主义和新感伤诗。这一流派的代表诗人为阿尔瓦罗·萨尔瓦多、胡安·卡洛斯·罗德里格斯和路易斯·加西亚·蒙特罗。该流派的诗歌通常有一个简短的情节，未必与爱情相关，一般在都市生活框架内。作品语言平易或口语化，有完整的叙事，关注自身所处的历史时刻（有的评论家依据聂鲁达的诗歌理念，将其定义为“非纯诗”）。诗歌主题则涵盖了从爱情纪事、社会承诺到人生反思。内容充实，虚无主义气息全无。在某些情况下，比如费利佩·贝尼特兹·雷耶斯、胡安·拉米亚和卡洛斯·马萨尔的一些作品中就带有时间所刻画出来的不安，展现出淡淡的虚无主义气息。新现实主义还追求语言的天然去雕饰，不带任何的修辞与转义。在他们看来，绝大部分读者读到的文学作品都极为复杂并经历过雕琢，这样的形式具有一定的欺骗性，新现实主义者们渴望诗歌有一种更为简单纯净的展现方式。新现实主义者们疏离了对形式的诉求，也努力使笔下的人物疏离激情，虽然没有像布莱希特那样极端，但至少在理论上，他们追求一种更为客观的视角来审视这个世界和社会。

对新现实主义具有影响的诗歌流派与诗人包括英国的叙事自然主义、奥登、勃朗宁和拉金；西班牙象征主义诗人群，比如贝克尔、安东尼奥·马查多和马努埃尔·马查多；某些“二七年一代”的诗人，拉斐尔·阿尔贝蒂和塞尔努达等。需要指出的是，“二七年一代”的诗人们对没那么先锋的诗歌更感兴趣，他们更钟情公民诗。20 世纪 50 年代的西班牙现实主义诗人同样颇具影响力，如海梅·希尔·德·别德玛和安赫尔·贡萨莱斯。随着时间流逝，博尔赫斯对新现实主义的影响凸显，并出现了一个新的分支“新史诗”，马丁内斯·梅桑萨是其代表人物。

新现实主义诗歌中总是浸润着团结与道德的力量，其中包括带有他者伤痛的承诺诗歌(加西亚·蒙特罗)。但是其中没有嗷叫，没有表现主义，更不要说道德说教或者明确的“承诺”。新感伤诗是在 20 世纪 80 年代初起步发展的。其他的优质诗人则奔向了新实描主义，他们是贝尼特兹·雷耶斯、卡洛斯·马萨尔、胡安·拉米亚、胡安·波尼亚、阿尔瓦罗·加西亚、梅萨·托雷。这些人在 20 世纪 90 年代写出了更具代表性的作品，并被归于“真情主义”(intimismo)分支。琼·华里斯蒂的公民诗在新现实主义的群体中别具一格，其中包含着为巴斯克民主权利斗争的强烈政治承诺。

新感伤诗出现在 20 世纪 80 年代初，受到胡安·卡洛斯·罗德里格斯和阿尔瓦罗·萨尔瓦多的马克思主义思想影响，但其中的代表人物是路易斯·加西亚·蒙特罗。除加西亚·蒙特罗外还有数个不能被忘却的名字：哈维尔·埃赫阿、伊玛古拉达·门基巴、特蕾莎·戈麦兹、安赫雷斯·莫拉和希梅内斯·米扬。新感伤诗虽采用技术上的疏离，却依然对“我”这个本体肩负承诺；通过叙事与抒情相结合的方式，来展现“他者”，满怀温柔与深情地关注着那些内战中的战败者。诗人们的目光与时局相关、饱含政治意味、易解而热诚。没有撕裂，只有柔情。

文学理论中表现出来的政治承诺通常比诗歌本身更多。新现实主义不想将自己的审美取向与社会现实主义相混淆，后者在西班牙民主变革后被普遍认为是过时并且缺乏艺术价值的。的确，新感伤诗源自现实主义，但它多出了文雅、敏感与怀旧，饱含着各式的隐喻和韵律美。它的诗句自然率真，有时细节精致优美，但绝大部分情况下质朴而易懂。新感伤诗对于虚无主义和存在主义哲学都缺乏兴趣。

1983年加西亚·蒙特罗凭借他的《异域花园》开创了新现实主义道路。自1980年起，蒙特罗就开始与阿尔瓦罗·萨尔瓦多一起合作进行诗歌创作。1994年出版的《分隔的房间》标志着加西亚·蒙特罗的创作进入了成熟期。相对于早期作品的生气勃勃，《分隔的房间》中浸润着忧伤。加西亚·蒙特罗的作品受到了希尔·德·别德玛和晚期塞尔努达的影响，但与激情澎湃的克劳迪奥·罗德里格斯、本质诗的巴伦特、挽歌体的弗朗西斯科·布里内斯都很不同，更不要说新诗流派了。加西亚·蒙特罗追求简单的精致、新浪漫主义，以及在历史中对语言的承诺。蒙特罗偶尔会以承袭安东尼奥·马查多的新感伤主义作品示人。新感伤诗初期以爱情诗为主，逐渐表现出意识形态承诺和对诗歌形式的承诺。

相对于"沉默主义"诗人所寻求的"例外"，加西亚·蒙特罗力求诗歌创作的"常规"或者说"可接近性"。"寻常性"与新诗诗人们所追求的豪华奢侈和文化主义也同样相距甚远。这些差异与独立重新激起关于诗歌的一些永恒争议：纯诗与非纯诗、修饰与袒露、民众与精英、凝结与蒸发、现实主义与碎片主义、马克思主义与桑布拉诺主义。

加西亚·蒙特罗的《共谋日记》(1987)和阿尔穆德娜·古斯曼的《您》(1986)开创了西班牙民主变革后的情诗之路。追随其后的有，路易莎·卡斯特罗，在2005年出版的《爱情，我的主人》中描画了自己在恋爱中的失落；帕内莎·佩雷兹-萨基约，从2001年的《地毯上的星辰》到2006年的《在错误的雨下》也都沿袭同一风格；路易斯·阿尔贝托·德·昆卡的作品从1985年起步入这一流派。加西亚·蒙特罗以精致简约带有忏悔心情的手笔，详细描绘了人在爱与失爱中的各色心情。从最初的激情，到1994年的《分隔的房间》，那伤痛、觉醒、存在的目光赋予了诗句话语的力量。这位格拉纳达诗人关注的主题还包括《巴拉哈斯阶级》中的社会弱势群体、《权力衰老》中对自我未来的批判、《雨的模糊相片或几封情书》中时间的流逝、《219 房间或雪夜》中时间对爱情的破坏，或者《度假第一天》中的死亡。2003 年出版的《蛇的私隐》展现了蒙特罗最新的诗风，转向浓缩与精练。自由体诗和十四行诗共同构建了蒙特罗的创作之路，《分隔的房间》是他的巅峰之作。加西亚·蒙特罗是西班牙当代最具影响力的作家，他发现了一种新的诗歌语言，并用自己创新而不容置疑的目光对该语言进行了定义。加西亚·蒙特罗的梦想，只是在街头，向着那些困窘的时光歌唱。

贝尼特兹·雷耶斯和卡洛斯·马萨尔的作品逐步呈现出了新感伤诗的风格。这两位都是从不带任何承诺色彩的抒情诗起步。贝尼特兹·雷耶斯创作之初，受到象征主义和马努埃尔·马查多的影响，与加西亚·蒙特罗的新现实主义风格截然不同。然而，他最终在感伤诗这个层面上，与蒙特罗不谋而合。纨绔轻浮的诗风遮掩不住雷耶斯对时间意义的积极探寻，在后象征主义的奢华表象下，凸显新写实主义的内容与主题。悲观、忧伤、怀疑、不可知和虚空的存在都是新感伤诗创作的精神内核。新感伤诗人具有比喻、转义的不寻常能力，创造出一种无法抗拒的生动性。1996 年《打开的行李》和 2000 年的《毒品橱窗》都是新感伤诗的代表作。胡安·拉米亚也是这一流派的代表诗人之一。拉米亚的情感与笔触都极为敏锐，他一方面对时间主题紧抓不放，另一方面将新象征主义与新写实主义紧密结合了起来。拉米亚最初的作品《背向死亡的墙》(1982)和《内在》(1986)是带有反思和文化主义精神的抒情诗集，向诗中人物探求蛰居其中的“我”。后拉米亚的诗歌主题转而质问时间的意义。挽歌语调也是拉米亚诗作的一大特色。

相对于雷耶斯和拉米亚的痛苦目光，20 世纪 90 年代出现了新的不安与忧虑，卡洛斯·马萨尔是其中的代表人物。马萨尔的诗歌在起步阶段与贝尼特兹·雷耶斯的作品颇为相似，在一定程度了体现了波德莱尔和马努埃尔·马查多的现代主义与象征主义。这一阶段马萨尔的代表作为 1987 年的《晚会上的最后一个》和 1991 年的《边界生活》。胡安·拉米亚也是这一流派的代表诗人之一。拉米亚的情感与笔触都极为敏锐，他一方面对时间主题紧抓不放，另一方面将新象征主义与新写实主义紧密结合了起来。

马尔萨诗中塞萨·西蒙式的困惑茫然减少了新现代主义的和谐回声。马尔萨最初的诗歌理念是将专注的自我放到犬儒主义的生活、聚会和风流韵事中去历练。这中间的英雄都是发光体和梦游症患者。对象征主义的继承，盖不住马尔萨的创新，他将萧沆[①]主义与虚无主义结合在一起，以一种傲慢自大的语气，来表现自己的烦恼与不安，诗歌深处还蕴含着存在主义矛盾。对萧沆和叔本华的敬意，在一定程度上决定了马尔萨的诗歌发展方向。1996年的《夜晚的国度》和2001年的《沉重的金属》，其中包含着对痛苦和虚无主义的特殊感受与表达。马尔萨的诗歌表现出对人类痛苦表达方式的不懈探索与创新。之后，马尔萨开始有意识地脱离自己过去的诗歌主题与表达方式，2000年的《我之外》就是一首赞歌。尽管没有打破过去的伤痛诗风，马尔萨依然在塞萨·西蒙的炽热与酩酊中借鉴到不少东西。马尔萨的作品一度转向新巴洛克主义和矫饰主义，但最终还是回归到了自然、坦率、节制、沉思。

很多诗人都曾为新现实主义的发展做出过贡献。梅萨·托雷也是新现实主义诗人群体中的一个，但他的作品始终带有体验诗特色。托雷笔调细腻忧伤，热衷追忆往事，例如1991年《想象中的朋友》和1998年的《北欧春晓》都具有类似特点。胡安·波尼亚(1966—　)的作品更为散漫而不真切，1994年出版的《战争部分》中掺杂着新写实主义和新感伤诗风格。但波尼亚的诗歌不仅仅描写感情，还大力反对消费社会的价值观和战争的非理性。此外，2002年的《观景楼》体现出古典主义内涵。这些诗人都喜好模仿，并无非常固定的诗风，就新现实古典主义来说，何塞·马代奥斯(1963—　)也位列其间，他有很强的存在主义不安感。

在对新现实主义诗歌的回顾中，我们不能忘了何塞·塞莱伊霍、阿尔

---

① 萧沆，罗马尼亚旅法哲人，20世纪怀疑论、虚无主义重要思想家。

瓦罗·瓦贝尔德、拉蒙·费尔南德斯·德拉·索塔，或者维森特·加列戈。费尔南德斯·德拉·索塔在最初的折中和平淡无奇后面，有一种独特的自然坦率。他的作品中满是幽默、讽刺与伤心，同时也似乎用卡斯蒂利亚语写就的巴斯克诗歌。在某些情况下，德拉·索塔与德·昆卡的诗作颇有相似之处。1997 年的《所有的圣者》表现出慈悲而又反讽的不可知论态度。到 2004 年的《建筑材料》和 2005 年的《海峰》，都通过本质主义的自我反省触及了现实主义的幕布。塞莱伊霍的道路完全不同，他从非理性主义起步，走向了思考现实主义。阿尔瓦罗·瓦贝尔德的作品同样是冥想路线。他在自我存在的时间流中探寻思考的力量。维森特·加列戈则是从存在的悲怆与激情中迈向了折中主义，最后归宿在对斯多葛哲学的反思中。

阿尔穆德娜·古斯曼的创作起步较早，第一部诗集《俏皮的莉迪亚之诗》出版于 1981 年。她的创作生命延续时间也长，直到 2005 年还出版了《红色王子》，但这部诗集的现实主义色彩已经大为减弱。1986 年出版的《您》是古斯曼的代表作，其中混杂着街头俗语和自然无拘束的情色因素。2001 年的《日历》则表现出对情感纪事的丝状反思。阿玛利娅·鲍狄斯塔在创作初期与阿尔穆德娜·古斯曼和德·昆卡之间有着千丝万缕的联系。从 1988 年的《爱的监狱》到 2004 年的《我不在场》和 2005 年的《罪人》，从宫廷贵妇到窈窕稚女，鲍狄斯塔表现的都是爱情中的女性心理。最初的诗集从形式到内容都有一定的重复性，直至 2003 年的《丝线》和 2004 年的《我不在场》才有所突破。从整体来看，鲍狄斯塔诗歌条理清晰，语调悲苦，内容通常是表现人类不可交流和失爱的痛苦。鲍狄斯塔还有一些献给父亲的挽歌和寓言诗，使得她的作品更为多样化，并逐渐走出了前辈的影响，以自己的方式发现、言说和歌唱。

马丁内斯·梅桑萨在新现实主义的道德讽喻诗人中独树一帜。他的作品是近二十五年来西班牙诗歌中最为优秀的一支，以复古、简朴和严肃的十一音节诗著称。梅桑萨的代表作是 1979 年到 1990 年间无数次重写的《欧洲》、1996 年的《战壕》以及至今尚未出版的《在墙和穴之间》。马丁内斯·梅桑萨笔下的中世纪光辉炫目，其中寄托了诗人乌托邦式的白色基督教信仰。有的评论家对此进行了意识形态上的解读；而实际上梅桑萨在其中表达的是他的道德理想。梅桑萨非常关注自我和主体，他将存在主义、道德印记和基督教信仰混杂在一起，与史诗背道而驰，关注最微小的细节。梅桑萨诗歌的背景通常是一个伦理世界，但他并不像希尔·德·别德玛一样四处推广自己的理论。梅桑萨的作品是对自我承诺的诗歌。他凭借着博尔赫斯、天空的主权、王位、剑杖和对新事物的厌弃来重温骑士旧梦。诗人孤单地捍卫着自己的基督教信仰，他的诗作中不乏现代性因素。梅桑萨在他美丽的孤独中追寻查士丁尼一世（东罗马帝国皇帝）和贝利撒留（拜占庭帝国统帅）的远古身影。梅桑萨关注自我，在他的诗歌创作历程中，从未出现过虚无主义因素。梅桑萨忠于自己的信仰，向往中世纪，他是诗坛厉兵秣马的骑士，在对天主的赞歌中向鞑靼人冲锋，那里有等待攻占的塔楼和偶现出口的迷宫。

附录 1

西班牙女性诗歌:不再是被遗忘的角落

世界上若没有女人,这世界至少要失去十分之五的“真”、十分之六的“善”、十分之七的“美”。

——冰心

在人类历史的长河中,自父系氏族社会至今,男性几乎始终占据着统治或主导地位,即便在“男女平等”的今天,男性在许多方面依然比女性更容易发挥作用,这是不争的事实。几千年的传统与积习,不是短时期内所能彻底改变的。

在 20 世纪以前的西班牙,和我国一样,女作家也是寥若晨星。在我国,就诗歌而言,在漫长的封建社会里,大概也只有宋代词人李清照(1084—1155?)算得上名家,其余的虽也有作品传世,但都为数甚少,比如与她同时代的魏夫人,非但作品多已失传,甚至连个真名实姓也没留下。在古代的西班牙,同样只有神秘主义诗人圣特雷莎(1515—1580)在文学史上占有一席之地。今年夏天,我在西班牙拜访了诗人和翻译家克拉拉·哈内斯,她送了我一本题为《卡斯蒂利亚语早期女诗人》的书。这是她自己整理出版的(1986 年初版,2000 年再版),里面收录了四十一位女诗人的作品。她们都生活在 16、17 世纪,其中不少是修女,但除了上面提到的特雷莎之外,几乎都在被遗忘之列。

到了20世纪，人类社会取得了长足的进步，随着女性地位的提高，大批女诗人涌现出来。在西班牙，女性诗歌也得到了空前的发展，不再是被遗忘的角落。她们的作品色彩缤纷，风格多样，是从前任何时期都无法比拟的。下面我们就做一个概括的介绍和粗浅的分析。

在20世纪上半叶，西班牙出现了一个光辉灿烂的诗歌群体，即闻名遐迩的“二七年一代”。当时虽然也有女诗人，但她们的名声显然无法与加西亚·洛尔卡、豪尔赫·纪廉、阿莱克桑德雷、拉斐尔·阿尔贝蒂等人相提并论。因此，在20世纪的上半叶，西班牙的女诗人并未引起人们应有的关注。直到1999年，才有一部《二七年一代女性诗选》问世，其中收录了贡恰·门德斯、罗莎·查塞尔、艾尔内斯蒂娜·德·昌布尔辛、何塞菲娜·德·拉·托雷、卡门·孔德等五位女诗人的作品。此前，当人们谈论“二七年一代”的诗人时，很少提及她们。女诗人成名一向比男诗人难得多。有的虽然也成名较早，但往往与其丈夫有关。贡恰·门德斯就是一例，她的丈夫是“二七年一代”的诗人阿尔托阿吉雷，而且他还是个出版家。这种“近水楼台”的条件，并不是人人都有的。我在格拉纳达大学讲学的时候，结识了艾莱娜·碧瓦尔蒂。从年龄和辈分上讲，她也应当属于“二七年一代”，但上述选集却没有收入她的作品。那时，她已年近九旬，是西班牙南部文化名城格拉纳达的诗坛领袖。当地的诗歌界，无论男女老幼，都很尊敬她，实在难能可贵。她年轻时和费德里科·加西亚·洛尔卡的妹妹伊莎贝尔非常要好，也常常与费德里科见面。但由于年龄相差近十岁，洛尔卡认为她不过是个“毛丫头”，不屑于与其谈诗，而她又生性腼腆，不好意思与其接近。否则，艾莱娜的成名或许要早得多。当然，就其诗歌成就而言，“二七年一代”的女诗人无法与男诗人相提并论，但人们对她们没有给予应有的重视，这也是不可否认的事实。

“二七年一代”的诗人多出生在世纪之交，内战前后是他们创作的巅峰时期。在这个时期，西班牙诗坛与我国诗坛有个相似的特点，即先锋派诗歌的发展进程被一场突发的战争打断，从而使社会诗歌繁荣起来，这是历史使然，非人们的主观意志所能左右。在我国，直至20世纪70年代的朦胧诗才又使原来被中断的发展进程得到了延续；在西班牙，也是20世纪60年代末出现的“新锐派”诗人才冲破社会诗歌的“樊篱”，开创了多姿多彩的新局面。当然，社会诗歌并非不好，就本人而言，我更偏爱社会诗歌，但诗歌毕竟要与时俱进，一种题材如果成了束缚诗歌发展的“桎梏”就不好了。

“二七年一代”以及随后的女诗人，经过战争的洗礼，她们关注社会，向往自由，捍卫正义，谴责战争。她们的作品情绪饱满，气势恢弘，至今仍能引起读者的共鸣。安赫拉·菲格拉在《艰难的岁月》中，满怀激情地写道：

不。我已不能像往常那样
在忍冬藤、娇弱的苔藓
和洁白的茉莉丛中隐藏，
这白色的花儿曾使我独自
隐居的高尚理想洋溢着芳香。

我无法用注视着玫瑰色
地平线快乐的眼睛
沿着憧憬的没有暗礁的
通畅的渠道滑行。

你们清楚，我曾是何等温柔。
我曾怎样歌唱自己的泥土和石竹。

我曾怎样迸发光明和笑容。
怎样沐浴着细雨和风
以及男性的烈火，并曾
怀孕并呼喊着使婴儿诞生。

我总是像一个小路旁的女童
陶醉在漫不经心的快乐中。

今天已不能这样。我必须走出家门。
我这温顺的泥土的女性要昂首挺胸。
面对向我呐喊的事物我要呐喊
用抽搐的双唇和挑衅的喉咙。

艰苦、辛酸的岁月巍然屹立
宛似峥嵘的山峰。必须
以纯粹的努力攀登，要让它
粗犷的周围，围绕起
鲜红、生动、淌血的青藤。

不要怕艰难险阻、无所畏惧地
度过每一分钟，驰骋
在现时锐利的锋棱。

双臂中的婴儿已不是盾牌。
乳汁丰盈的胸怀也不再神圣，
笑容的勋章已不能将我们保护，
族徽的纹络也不再起作用。
蜂蜜还在，但光有蜂蜜是不够的。
同样还要有双眸睿智的明镜，
还要有在美的周围
勾勒了若干世纪的可爱的圆形。

我们今天的生活，

狡猾、惨烈，充满
成百上千马力的发动机的轰鸣，
在它们铁蹄的下面，玻璃
和小草的存在已不可能。

逃避与呻吟徒劳无用。

要斗争，怒吼，与事实
可怕的节奏同步进行。
要以足够坚定的勇气
咬紧牙，燃烧，颤抖，
睁大自己的眼睛。

让我们最敏感、最温顺的神经
抖动，让我们将它煅冶
在坚不可摧的刀锋。

要加固整个的防波堤坝
抵御这海洋上的水龙卷和飓风。

对于男子冷漠的兽性，
要表现出女性的威风，
他们忘记了玫瑰、情歌
和那些在难于接近的指尖的亲吻，
忘记了经过润色的尊敬。
纯净、忠诚、完整、贞洁的性
要强行将带着虚伪气味的
陈旧的桂冠扫平。

我们已不能将羽毛和绸缎
和温暖的胸怀变成儿子
弱小肌体的摇篮：要用
坚强的手将他支撑，
在不平静的地面上将他扶持，
决心为他准备未来的前程。

艰难的岁月在向我挑战。
我要重新振作勇往直前。

我不会放弃被遗忘的亲吻。
我不会失去废墟中的爱情。
我不能软弱地丧失意志。
我不会扼杀自己的梦与笑声。

这样的诗句，即使在五十年后的今天读来，仍然会让人心动。再请看葛罗里娅·富埃尔特斯的《基本生态学》：

土地并非先人的遗产
而是子孙后代给我们的贷款。
治愈土地——今天它的确在生病，
但首先要治人，
首先要治穷。

保护生态，不错
但首先要保护孩子
然后才是树木、江河，
首先要保护人，

然后才是大海、湖泊。
如果一棵树，因为缺水而死去
那是我们的过错
但如果一个孩子，因为没有面包而死去
那则是我们的罪恶。

没有水就没有冰。
没有寒冷也不会结冰。
没有水就没有麦苗。
没有农民麦苗也不会出生。
没有水就没有海洋。
海上总有水手在奔忙。
没有泪水就没有哭泣。
没有痛苦泪水也不会流淌。

这哪里是一首诗，分明是为第三世界的被压迫者和被剥削者撰写的“人权宣言”！尤其是这首诗的前两句，多么朴实，又多么深刻，至理名言！

对大自然的热爱，对环境保护的关心，尤其是对花草树木的吟咏，是许多女诗人偏爱的题材。克里斯蒂娜·拉卡萨就有许多这样的作品。她在献给猝然离世的挚友的《雪绒花》中这样写道：

她闪烁着洁白，就像
目睹使她出生
并将她庇护的温床。
以轻柔、细致的爱抚
回报热情触摸她的手掌。
尽管她很美却从不炫耀；
多姿多彩的花儿，在雪中
将自己的生命支撑。

凝聚的光芒是她脉搏的跳动；
从那里现出一道彩虹，
那是从白色中涌出的彩色喷泉，
你在那里有自己的王位，
高贵的雪绒花啊，纯真的星星。

爱情是诗歌永恒的主题，女诗人对它尤为关注，而且她们的感情更为细腻，韵味更加醇厚，吟咏更加动人。就风格而言，则有的坦诚，有的含蓄，有的浓烈，有的婉约，但无论如何，都带着女性的特征。安赫拉·菲格拉在《泥土》这首小诗中，只用短短的四句话就将恋人之间坚如磐石的爱情抒发得淋漓尽致：

我的肌肤是泥做的，
这又有什么关系？
当爱人吻我时
闻到的是夜来香和蜜。

同样是抒发对爱的感受，罗萨乌拉·阿尔瓦雷斯的《请你留下》就要文雅得多，也含蓄得多：

在这沉默的时刻，
请你留在这里，当一切
都在祝福酒神的运气。

留下来，将美味的命运
和美好的呻吟寻觅。

留下来，化作
我库存葡萄的佳酿，
升华，流淌，
温柔地痴迷，将一切遗忘，

同时又将一切完成，
沉浸在灵魂最神圣的品尝。

从20世纪的60年代以后，西班牙诗坛又渐渐从一元走向多元，出现了色彩纷呈、风格多样、推陈出新的局面。许多女诗人的作品更加耐人寻味，给读者留下了更广阔的想象空间，同时也给译者在翻译时增加了难度。萨拉·布约尔的作品便是如此。她的诗作富于哲理、感情充沛，颇有一泻千里之势。但要想真正理解每一首诗的内涵，却不是那么容易的。如《只一个名字》：

我需要一个傍晚，为了理解生命的流动。
为了发现生命的走向，
我观察云的飘浮和鸟儿混乱的飞行。
我观察棕榈树，太阳，天空，玩耍的孩子们
明天会成为棕榈树或天空或一个梦的窗帘
不愿逃走的天竺葵。会在那梦中梦见永远不可能的事情。
我观察一切，但这并不够。或者已是多余，因为它导致伤痛。
我依然在观察，整个夜晚和整个白天，观察海洋
时间的永恒，为了了解每个事物的内容，
为了懂得一切如何发生以及如何为它们命名。
你，如果知道，请帮助我。因为我要为一切命名。
我要用一个新的名字，创造我的云，我的月，我的城，
我的山，我的海，我的暴风雨，我的地平线，
我的太阳，我的天竺葵，我的爱，我的梦，我的生命之梦。
我在休息。我慢慢地，平静地观察自己，在平静的水中，
在水上的火中，在火上的空气中。
我发现自己赤裸着，轻轻地耕耘着感情，
赤裸的感情，没有名字，轻轻地抛锚在我心中。
我只需要一个与一切相似的名称。

用它来呼唤一切，亲爱的，只有你知道这个名称。

2000年夏天，我在西班牙买到了1998年春天再版的女性诗选《她们有发言权》。该书于1997年秋天出版，六百余页，收录了1950年以后出生的四十位女诗人的作品。她们中有的人已赫赫有名，有的则是“小荷才露尖尖角”。

为了使大家对西班牙20世纪的女性诗人有个大致印象，下面仅就我所了解的女诗人，按她们的出生时间顺序，有选择地做个简要介绍。

贡恰·门德斯(Concha Mendez，1898—1986)生于马德里，她的诗歌创作深受“二七年一代”尤其是阿尔贝蒂和加西亚·洛尔卡的影响。1932年，经洛尔卡介绍，她结识了诗人阿尔托拉吉雷，并与他结为伉俪。从此，便双双致力于诗歌的创作与出版发行。在西班牙内战期间，他们坚定地站在共和国一边。共和国失败后，他们流亡国外，于1944年在墨西哥定居。她的诗作主要有：《躁动》(1926)、《喷泉》(1928)、《海洋与陆地的歌》(1930)、《生命对生命》(1932)、《孩子与影子》(1936)、《交织的雨水》(1939)、《诗篇、阴影与梦幻》(1944)、《圣诞歌谣》(1944)、《诗选》(1967)、《生命或河流》(1979)、《生与梦之间》(1981)和1995年出版的《诗集(1926—1986)》等。

罗莎·查塞尔(Rosa Chacel，1898—1994)生于巴亚多利德，生前曾与《西方》杂志关系密切。她主要从事小说创作，受普路斯特和乔易斯影响较深。诗歌创作主要有《在井边》(1936)、《遭禁止的诗句》(1978)和《诗选：1931—1991》(1992)等。

安赫拉·菲格拉(Ángela Figuera，1902—1984)生于毕尔巴鄂，父亲是该市工业工程学校的教师，母亲体弱多病，作为长女(她有八个弟弟妹妹)，她过早地承受了家庭负担。父亲于1930年去世，叔父帮助她在巴亚多利德大学完成了学业。后长期从事教师和翻译工作。诗作有《泥土的女人》(1948)、《纯洁的索利娅》(1949)、《严峻的岁月》(1953)、《生命的前夕》(1953)、《残酷的美》(1958)、《我触摸大地》(1962)、《写给聪明孩子的愚蠢故事》(1973)、《为了全年的歌》(1984)等。

艾尔内斯蒂娜·德·昌布尔辛(Ernestina de Champourcin,1905—1999)生于维多利亚,属于"二七年一代"。除诗歌之外,她也从事文学批评和翻译。1936年,她与诗人兼文学批评家胡安·何塞·多门其纳结婚,1939年他们一起流亡到墨西哥并曾长期在那里定居。她的诗作有《在沉静中……》(1926)、《此时》(1928)、《风中之声》(1928—1931)、《无用的赞歌》(1936)、《在黑暗里》(1952)、《你赋予我的名字》(1060)、《感官的监狱》(1964)、《封闭的书简》(1968)、《"是"与"在"的诗篇》(1972)、《第一次流亡》(1978)、《透明的墙壁》(1984)、《诗选》(1988)等。

卡门·孔德(Carmen Conde,1907—1996)生于卡塔赫纳,属于"二七年一代",是战后较有影响的女诗人,曾参与多种文学杂志的编辑工作。除了诗歌(主要是散文诗)之外,也创作小说、杂文和文学评论。诗歌作品主要有《井栏》(1929)、《语言的激情》(1944)、《对恩赐的渴望》(1945)、《没有伊甸园的女人》(1947)、《被照亮的土地》《女儿的独白》(1959)、《在逃亡者的世界》(1960)、《在永恒的此岸》(1970)、《恋人的歌》(1971)、《与生命的约会》(1976)等。1978年,卡门·孔德成为西班牙皇家学院第一位女院士。她的最后一部诗集是《在中国的美好日子》(1985)。她曾于1976年10月和11月访华,诗集记述了当时的中国给她留下的美好印象。

何塞菲娜·德·拉·托雷(Josefina de la Torre,1907—2002)生于大加那利群岛的拉斯帕尔马斯。在"二七年一代"的女诗人中,她最先发表诗作,但她的作品并不多。她的经历与贡恰·门德斯有些相似:都曾流亡过,都曾有美好的爱情,也都曾为失去爱情而痛苦。总之,她们都曾长时间生活在孤独的境域中。她的诗作主要有《诗与图》(1927)、《岛屿的诗篇》(1930)、《不完美的三月》(1947)、《岛屿的诗篇》(包括前三部诗集和新作《时间的尺寸》,1989)等。

马丁·艾莱娜·碧瓦尔蒂(Martín Elena Vivaldi,1907—1998)的一生基本是在西班牙南方的文化名城格拉纳达度过的。从1942年起开始在博物馆和图书馆工作,1958年获得硕士学位。虽然年轻时就开始诗歌创作,但直到1945年,她才出版了第一本诗集。碧瓦尔蒂生前在格拉纳达诗人中有很高的威望,一般中青年诗人都把她看作自己的导师。她的诗作主要有:《月亮的阶梯》(1945)、《四月不完整的日记》(1947)、《不眠的心灵》(1953)、《完成了的孤独》(1958)、《脱节的拱门》(1963)、《希望的原料》(1968)、《在这段时间内》(1972)、《最初的诗篇》(1977)、《夜曲》(1981)、《岸边的时间》(1985)、《伪装爱情的教训》(1986)等。

贡恰·拉戈斯(Concha Lagos,1913—2009)生于西班牙南方的历史名城科尔多瓦,真名叫贡塞普西翁·古铁雷斯·托雷罗。1956—1964年间,曾出版《当代诗歌》(*Agora de Poesía*)杂志,后出版同名诗丛。她是科尔多瓦皇家学院成员,巴亚多利德皇家学院荣誉成员,2002年任科尔多瓦皇家学院院士。主要诗作有《阳台》(1954)、《障碍》(1955)、《疲惫的心》(1957)、《永恒的孤独》(1958)、《上帝的水》(1958)、《清澈的小溪》(1959)、《正月的月亮》(1960)、《基本主题》(1961)、《拍打寂静》(1961)、《船上的歌》(1962)、《为了开始》(1963)、《纪年》(1966)、《一个男人的日记》(1970)、《围栏》(1971)、《奇遇》(1973)、《繁荣的哥特式》(1976)、《在枝头》(1980)、《一个像册的哀歌》(1982)、《在孤独的背后》(1984)、《在风轮上》(1985)、《织布机》(1988)、《第三个三部曲》(1993)、《逆时的独白》(1994)等。她同时也进行散文创作。

贡恰·萨尔多娅(Concha Zardoya,1914—2004)生于智利,父母均为西班牙人,1932年移居西班牙,后入马德里大学文哲系。内战中断了她的学业,于1947年自学完大学本科的现代语言学课程。在此期间,为了维持生计,她从事过缝纫、装修、中小学教师、翻译等多种职业。她在内战中失去了唯一的弟弟和其他亲人。她曾在为士兵和工人服务的图书馆和医院工作。1938年发表诗作《西班牙的时刻》。共和国失败后,她像所有的"战败者"一样历尽艰辛。1946年她的第一本诗集《新大陆的鸟儿》问世。1947年,她的《哭泣地》获奖。这时,她对美国诗人惠特曼进行了翻译和全面的研究。从1948年,她赴美国伊利诺伊大学讲授西班牙文学并在那里获得了博士学位。1956年她出版了《美洲文学史(1607—1950)》。

此后她一直在土伦、耶鲁、加利福尼亚、印地安纳、马萨诸塞等大学任教。1977 年回西班牙定居。诗作有《新大陆的鸟儿》(1946)、《哭泣的领域》(1948)、《纯朴的美》(1953)、《流亡的梦境》(1955)、《注视天空是你的判决》(1957)《无人居住的家》(1959)、《哀歌集》(1961)、《生者与死者的庭院》(1965)、《时间在那里滑动》(1966)、《深深的南方》(1968)、《特雷蒙特的欺骗》(1971)、《心与影》(1977)、《胡安 · 米罗的诗篇》(1984)、《礼仪、数字与遁词》(1985)、《燃烧未能成灰烬》(1985)、《阿尔塔莫尔》(1986)、《沉寂的季节》(1989)、《一个统治我们的上帝》(1992)等。除诗歌创作之外，她还著有大量的文学评论和杂文。她的诗作曾多次获奖并被译成英、法、葡萄牙、匈牙利等多种文字。

葛罗里娅 · 富埃尔特斯(Gloria Fuertes，1918—1998)生于马德里。曾创办《弓箭手》杂志，并曾在美国多所大学讲授西班牙语课程。她曾长期在电台主持儿童节目，朗诵自己的诗篇和用诗句写成的谜语，深受小朋友和家长的喜爱。诗作有《无名岛》(1950)、《儿歌》(1952)、《一切都令人恐惧》(1958)、《你身在大地》(1962)、《不要枪声、不要毒品、不要匕首》(1966)、《警戒的诗人》(1968)、《如何拴住老虎的胡子》(1969)等。

玛利娅 · 埃尔维拉 · 拉卡西(María Elvira Lacaci，1925—1997)生在拉科鲁尼亚，出身于海员家庭。主要诗作有《人类的声音》(1956)、《上帝的声音》(1962)、《在城市的东部》(1964)、《纸风车》(1968)等。曾于 1956 年获得阿多奈斯诗歌奖；1964 年获得评论奖。此外，她也从事短篇小说创作。

胡里娅 · 乌塞达(Julia Uceda，1925—　)生于塞维利亚。曾在塞维利亚大学获博士学位；在加的斯大学任语言文学教授。1956 至 1973 年任教于美国密歇根大学。回国后，在加利西亚大学任教，并在西班牙和美国主编杂志和诗歌丛书。2003 获西班牙国家诗歌奖；2006 年获卡斯蒂利亚语诗歌评论奖。诗作有《化作灰烬的蝴蝶》(1959)、《神奇的青春》(1962)、《希望不大》(1966)、《樱桃巷的诗篇》(1968)、《神圣梦幻里的钟声》(1977)、《夜晚神秘古老的声音》(1981)、《诗选》(1991)、《烟路》

(1994)、《迎风向海》(2003)、《陌生地》(2007)、《和山毛榉对话》(2010)。

克里斯蒂娜·拉卡萨(Cristina Lacasa,1929—2011),其祖辈是阿拉贡地区的名门望族。幼年时期是在萨拉戈萨市度过的,后迁居莱里达市至今。在巴塞罗那大学获心理学硕士学位。她的诗作曾多次获奖并被翻译成英、法、意等多种文字。主要作品有《隐蔽的声音》(1953)、《石碑上的手臂》(1958)、《原谅黑夜的光明》(1961)、《用高擎的汗水》(1964)、《生与死的诗篇》(1966)、《将橄榄树像明灯一样点燃》(1969)、《是时候了》(1971)、《水涨时》(1977)、《旅行》(1981)、《希望的枝条》(1984)、《寂静的高潮》(1990)、《没有障碍的瀑布》(1993)等。此外,她还著有短篇小说集《无马的骑士》(1979)、《没有笼头的马》(1981)和《在彩虹中心》(1986)等。

蒂奥尼西娅·加西亚(Dionisia García,1929—　)生于阿尔巴塞特省的富恩特-阿拉莫。在穆尔西亚大学获罗曼语言文学硕士学位。从1970年起,在该市定居。主要诗作有《镜子上的哈气》(1976)、《赞歌》(1978)、《记忆女神》(1981)、《永久的声音》(1982)、《间奏曲》(1987)、《公开的日记》(1990)、《话语知道》(1993)、《经过的地方》(1999)、《被俘的声音》(2004)等。她的散文作品有《秋天的思绪》(1994)、《漫长的告别》(1995)等。

玛利娅·维多利娅·阿登西亚(María Victoria Atencia,1931—　)生于西班牙南方的港口城市马拉加。她最初的兴趣是音乐与绘画,后来转向诗歌。她的作品已被翻译成英文、意大利文、葡萄牙文和罗马尼亚文。1997年她获得了西班牙国家诗歌评论奖。2000年她获得了安达卢西亚行政区颁发的贡戈拉诗歌奖、2010年获加西亚·洛尔卡诗歌奖,并获得"安达卢西亚之女"的称号。她的主要诗作有《湿漉的土地》(1953)、《艺术与分支》(1961)、《英国人的小溪》《马尔塔和玛利亚》(1964)、《梦》(1976)、《平静的威尼斯》《路灯漫步》《赞歌集》(1978)、《贝尔维代雷情简》《两脚规》(1979)、《当然的比例》(1981)、《基督降临节》《顽皮》(1983)、《帕乌里纳或水之书》(1984)、《墓志铭》(1985)、《在火焰中燃烧》(1988)、《诗选》《石船》(1990)、《不速之客》《桥》(1992)、《姑娘们》(2000)、《空洞》

(2003)等。此外,她还有大量的诗歌译作。

碧拉尔·帕斯·帕萨玛尔(Pilar Paz Pasamar,1933—)生于加的斯的酒城赫莱斯。从小生活在马德里,马德里大学文哲系硕士。1957年结婚后,便移居加的斯至今。她于1953年出版了自己的第一部诗集《玛拉》,由卡门·孔德为其作序,收到希梅内斯和阿莱克桑德雷的赞扬。1954年出版了诗集《日安》,1955年在巴塞罗那出版的《多彩的爱情》获得了"青年诗歌奖"。诗作还有《缩小的海洋》(1957)、《阿克拉腊万》《孤独,我和你在一起》(1960)、《日常的女性诗歌》(1964)、《静止的暴力》(1967)、《巴别塔及其他》(1982)、《夜莺》(1995)、《加的斯贵妇》(1996)、《食橱》(1997)、《心中的孩子们》(2008)等。

安娜·玛利娅·法贡多(Ana María Fagundo,1938—2010)生于西班牙特内里费岛的桑塔克鲁斯市,1957年毕业于该市的商业学校。1958年获奖学金赴美国深造,但她很快放弃了原来的专业,改学自己所钟爱的文学并致力于诗歌创作,1967年获华盛顿大学比较文学博士学位。从1968年起一直在加利福尼亚大学任教,现为该校教授。安娜·玛利亚·法贡多已发表《小舟》(1965)、《岛内》(1969)、《一位死神的日记》(1970)、《有形的时间》(1974)、《光的发明》(1978)、《宛似对风不语者》(1984)等诗集,并著有短篇小说集《梦游的目光》。

罗萨乌拉·阿尔瓦雷斯(Rosaura Alvarez,1939—)生于格拉纳达市,曾获格拉纳达大学历史学硕士学位。后又学习教育学、音乐与美术。目前仍坚持美术创作。1975至1982年间曾数次举办画展。1984年开始文学创作。她的作品被收入不同的选集。个人的诗集有《诉说时夜幕降临》(1986)、《那些圣火》(1988)、《爱神的对话》(1994)等。

克拉拉·哈内斯(Clara Janés,1940—)出生在巴塞罗那,她的父亲是著名出版家和诗人何塞普·哈内尔。她曾就读于巴塞罗那和潘普罗纳大学,在后者获硕士学位。她的主要诗作有《战败的星星》(1964)、《人的极限》(1974)、《诗选》(1979)、《呓语》(1980)、《爱神》(1981)、《生活》(1983,巴塞罗那城市奖)、《坎帕》(1986)、《化石》(1987)、《宝石匠》

(1988)、《肥沃的潮水》(1989)、《标志》(1990)、《向着黎明》(1992)、《观火》(1993)和《火的玫瑰》(1996)等。她同时还从事小说与散文创作，长篇小说有《梦中骑士》(1989)和《阿丹的人》(1991)。此外，她还有大量的短篇小说、传记、评论以及诗歌译作。她与人合译了王维和杜甫的诗作。她的诗歌已被翻译成英、法、德、意、葡、阿拉伯、土耳其、希腊、波斯等十六国文字。

恩卡纳西翁·乌埃尔塔(Encarnación Huerta，1940—　)是记者和戏剧家胡安·曼努埃尔·普拉西奥斯的外孙女。她生于内战结束的年代，从小就表现出诗歌天赋，尽管直到1980年才出版了第一部诗集《不朽灵魂的警示》。此后的诗作有《我的生命之根》(1983)、《我秋天的纸牌》(1985)、《拉萨路的键盘》(1986)、《你雨中鲜活的爱》(1988)、《自从亚当哭泣》(1988)、《不一协调》(1990)、《为我歌唱的声音》(1993)、《蝴蝶庭院》(1996)、《蓝灰色》(1999)等。目前她是西班牙作家、艺术家联合会公共关系部代表。

胡安娜·卡斯特罗(Juana Castro，1945—　)出生在科尔多瓦的维亚努埃瓦镇。她对巴洛克诗歌、浪漫主义诗歌以及安达卢西亚诗歌都有浓厚的兴趣，是西班牙当代十分活跃的女诗人。主要诗作有《凹陷的女性》(1978)、《痛苦与翅膀》(1982)、《秋天的狂想》(1985)、《那喀索斯》(1986)等。

莱奥诺尔·巴龙(Leonor Barrón，1948—　)出生在科尔多瓦地区的鲁塞纳市。曾获马德里孔普鲁登塞大学艺术史硕士学位。目前在工作的同时，正在撰写题为《文学艺术的美学与哲学》的博士论文。主要诗作有《鸽子与你的双手》(1986)、《七把钥匙》(1990)、《夜与昼》(1993)、《诗选》(1995)等。此外，她在西班牙各地的学术刊物上发表过大量的有关文艺批评的论文，并在多种学术杂志和学术团体中任职。

罗莎·罗莫哈罗(Rosa Romojaro，1948—　)生于加的斯省的阿尔赫西拉斯，目前是马拉加大学的文学教师。诗作有《秘密的梯子》(1983)、《荒诞的海洋》(1985)、《月亮水》(1986)、《边境的城》(1988)和《关于创作一首又一首诗的诗篇》(2000)等。这最后一部诗集曾于 1999 年获第七届“马努埃尔・阿尔坎塔拉”诗歌奖；2000 年她的诗集《下水的地区》又获得了萨拉曼卡市诗歌奖；2011 年获得安达卢西亚文学评论奖。此外，她还发表《洛佩・德・维加与古典神话》(1998)、《古典神话在黄金世纪的作用》(1998)等文学评论文章以及发表过小说《黄色的书页》(1992)等。

奥尔维多・加西亚・巴尔德斯(Olvido García Valdés，1950—)生于阿斯图里亚斯，居住在托莱多。罗曼语和哲学硕士。曾任法国图卢兹塞万提斯学院院长和某些诗歌奖评委，在各种刊物上发表文学评论文章。诗作被译成英、法、德等国语言，并入选多个重要的诗歌选集。诗作有《第三个花园》(1986)、《展示》(1990)、《她，鸟儿》(1994)、《夜猎》(1997)、《从眼镜到骨骼》(2001)、《我们大家都曾活着》(2006)、《我身后德那只飞蛾(诗歌汇编 1982—2008)》(2008)等。她获得的奖项有：伊卡洛文学奖(1990)、莱奥诺尔诗歌奖(1993)和国家诗歌奖(2007)。

安娜・罗塞蒂(Ana Rossetti，1950—)生于西班牙南方港口城市加的斯，是目前活跃在西班牙诗坛的女诗人。主要诗作有《抒情缪斯的梦呓》(“古雷斯”诗歌奖，1980)、《狄俄斯库里》(1982)、《强烈的征兆》(1985)、《祈祷书》(胡安・卡洛斯国王奖，1986)、《背阴点》(1995)、《不可放弃的城市》(1998)、《梳理：回顾(1980—2004)》(2004)、《充实你的名字》(2008)、《期待的地图》(2010)等。1993 年她创作了歌剧《恋人的秘密》，同年在马德里上演。1995 年她获得了安达卢西亚行政委员会颁发的银质奖章。她同时也进行散文创作。

强塔尔・麦亚尔德(Chantal Maillard，1951—)生于布鲁塞尔，父母都是比利时人，十七岁加入西班牙国籍。马拉加大学哲学博士并在该校任教。曾在印度瓦拉纳西大学学习印度哲学与宗教。目前在马拉加大学讲授美学、艺术理论与东方哲学，并为《国家报》《ABC》的文艺副刊专稿。诗作主要有《为了一个身体的种子》(1987)、《彼岸》(1990)、《献给我的死神的诗篇》(1994)、《符咒》(2001)、《模糊德逻辑》(2002)、《杀死柏拉图》、《注脚》(2004)和《线索》(2007)等。曾获“莱奥诺尔诗歌奖”“帕尔玛圣十字架诗歌奖”、国家文学奖、国家批评奖等奖项。此外，她在散文、杂文、翻译等领域也获得了令人瞩目的成就。

安赫莱斯·莫拉(Angeles Mora，1952—)生于科尔多瓦，西班牙语语言学硕士，曾入选数部选集，于1989年获阿尔贝蒂诗歌奖。主要书作品有《以为路是直的》(1982—1995)、《忘却的歌》(1982—1995)、《三十年代的战争》(1982—1995)、《诗选》(1982—1995)、《主观的镜头》(1996)、《美人鱼的歌》(1997)、《在地毯下》(2008)等。曾获阿尔贝蒂诗歌奖(1989)、梅利亚国际诗歌奖(2000)、国家诗歌评论奖(2015)和西班牙国家诗歌奖(2016)。

玛利娅·安东尼娅·奥尔特加(María Antonia Ortega，1954—)于1954年出生在马德里，法学硕士，目前从事刑事案件律师工作。她是西班牙著名文论家奥尔特加的孙女，只在自己的房间里写作，从不墨守成规，寻求多文化的融合、边缘价值和创新的语言。诗作有《爱与性的故事》(1987)、《孤独的叙事诗》(1988)、《金葡萄园》(1989)、《下降到天空》(1991)、《上帝的间谍》(1994)、《黑绵羊的叫声》(1994)、《是的，诗歌选集或清晰的存在》(1998)、《胡尼奥·洛佩斯——戏剧性的诗篇》(1999)、《监狱和妓院的圣女》(2000)、《金色的贫困》(2003)等。她入选了多个选集，并在报刊上发表文章。

玛利娅·桑(María Sanz，1956—)生于塞维利亚，从1981年起，她的诗作曾多次获奖。主要诗作有《艰难的土地》(1981)、《在忘却前夕的变化》(1984)、《雾在此燃烧》(1986)、《观察》(1988)、《穆里约的花园》(1989)、《反射》(1989)、《路过的鸟》(1991)、《出现者》(1991)、《不成双的花瓣》(1991)、《活在心中》(1992)、《从十一月起》(1992)、《玉兰的漫步》(1995)、《如此多的借据》(1996)、《响亮地插曲》(2006)等。此外，她还著有散文集《堂胡安的女人们》(1989)。

贡恰·加西亚(Concha Garcia，1956—)生于科尔多瓦，目前居住在巴塞罗那。她是巴塞罗那诗歌实验室的创建者之一。她的诗歌曾入选数部选集，并先后三次获地方诗歌奖。主要作品有《写照》(1986)、《另一种法律》(1987)、《已经没有礼仪》(1988)、《轻蔑》(1990)、《零售》(1993)、《昨天与街巷》(1994)、《多少把钥匙》(1998)、《即将开花的树木》(2001)等。曾获巴卡罗拉诗歌奖(1987)和海梅·希尔·德·别德玛诗歌奖(1994)。

萨拉·普约尔(Sara Pujol,1957—)生于巴塞罗那,西班牙语语言学博士,目前是罗维拉·伊比尔吉利大学(塔拉戈纳)西班牙文学教授,其主要研究方向是现当代诗歌与文论。她的诗作曾被收入不同的选集。她同时还从事文学翻译并主编《萨利那》文学杂志。这里发表的作品选自她的诗集《火在展现自己的风貌》(1999)、《完整无缺在寂静的光线里》(2001)、《为了对匮乏、对柑橘、对面包中的藏红花说"是"》(2004)等。

碧拉尔·贡萨莱斯·埃斯帕尼亚(Pilar González España,1960—)生在马德里,1983年毕业于马德里孔普鲁腾塞大学西班牙语语言文学专业。1990年起在北京第二外国语学院教授西班牙语和西班牙文化,并利用在中国生活的两年时间进修汉语。1994年起赴法国波尔多第三大学攻读中国语言、文学、文化硕士。1998年至今受聘于马德里自治大学,主讲东亚思想史。2004年获文学博士学位。作为诗人,目前已出版了三本诗集:《天空和能量》《抽屉里藏着的一只手》及《转化》。其中《转化》一书获2004年西班牙卡门·孔德女性诗歌奖。她的诗作已译为汉语、阿拉伯语、法语、希腊语等多种文字。此外,她还译介了庄子、司空图、王维、李清照、陆机、陶渊明等人的作品。

欧罗拉·露克(Aurora Luque,1962—)生于阿尔梅里亚,格拉纳达大学古典语言学硕士。目前在马拉加任希腊语和拉丁语教员。她是当今西班牙十分活跃的诗人,诗作中不时闪烁古典的光辉。曾获得费德里科·加西亚·洛尔卡奖(1981)、胡安·卡洛斯国王奖(1994)和路易斯·德·莱昂奖(2003)。主要诗作有《许珀里翁的诗篇》(1982)、《译制问题》(1990)、《失效的日期》(1991)、《不停的形变》(1994)、《玛卡尔岛》(1994)、《伊卡洛的同志们》(2003)等。

鲁特·贡萨莱斯·托莱达诺(Ruth González Toledano,1963—)生

于莱昂，从小居住在马德里，马德里自治大学西班牙语语言学硕士，自1992年起孔普鲁腾斯大学教对外西语，曾在英国、美国和突尼斯任教。从1998年起，任西班牙《国家报》专栏作家，而且是“马德里编年史”第一位女性编委。诗作有《在大海门下》(1987)、《最终的风景》(1994)、《可航行的花园》(1995)、《谁的眼睛》(1999)和《沙滩上的灯盏》(2000)等。她的诗作已被译成了德文、法文、阿拉伯文。

阿达·萨拉斯(Ada Salas，1965—　)生于卡萨雷斯，埃斯特雷马杜拉大学西班牙语语言学硕士。1988年出版第一部诗集《无辜者的艺术与回忆》，获胡安·马努埃尔·罗萨斯诗歌奖。后来的诗作有《白色上的变化》(1994，伊佩利翁诗歌奖)、《渴望》(1997)、《失败的地方或光明的消息》(2003)、《这不是寂静》(2008)。她的杂文《页边、错误、删除：对诗歌写作的注释》获2010年度费尔南多·佩雷斯杂文奖。她的诗作入选多个选集，她的追求是给语言以更大的空间和张力。

瓜达卢佩·格兰德(Guadalupe Grande，1965—　)，诗人、杂文家、评论家，生于马德里，孔普鲁腾斯大学社会人类学硕士。她出身于书香门第：父母(费利克斯·格兰德和弗兰西斯卡·阿吉雷)都是诗人，外祖父是画家。她的第一部诗作《里利特之书》于1995年出版，获阿尔贝蒂诗歌奖。后来又出版了《雾的钥匙》(2003)、《蜡的地图》(2006)、《刺猬旅馆》(2010)等。此外，她还发表多篇文学批评文章，并从事诗歌翻译。

路易莎·卡斯特罗(Luisa Castro，1966—　)，诗人、小说家、评论家。生于佛斯(卢戈)，西班牙语语言学硕士。十九岁获首届伊佩利翁(Hiperión)诗歌奖，1992年又获胡安·卡洛斯国王奖。诗作有《最后的奥德修斯》(1984)、《太监的诗》(1992)、《大扫帚和大扫帚》(1988)、《活的生灵》(1988)、《炮衣》(1989，胡安·卡洛斯国王奖)、《鲸鱼》(1992)、《我为自己塑一座骑马的雕像》(1997)、《只用一面旗的标志：1984—1997诗选》(2004)、《爱我的先生》(2005)。她创作的长篇小说有《床绷》(1990)、《黄热病》(1994)、《漂白液的秘密》(2001，星球奖)、《和父亲一起旅行》(2003)、《第二个女人》(2006，小小图书馆奖)等小说。

安娜·梅里诺(Ana Merino,1971—　)生于马德里,曾生活在莱昂与荷兰的格罗尼根。马德里国立自治大学现当代历史学硕士,美国匹兹堡大学文学博士,攻西班牙和拉丁美洲文学。1994年出版第一部诗集《准备一次旅行》,获阿多奈斯诗歌奖。诗作还有《孪生的日子》(1997)、《钟表之声》(2000)、《儿童游戏》(2003)和《牢房女伴》(2007)。她有多篇文学评论在重要刊物上发表,并入选过多部选集。

附录2

西班牙语诗歌韵律简介

在西班牙语中，la poesía 泛指诗的总体，el poema 一般是指某一首诗，la estrofa 指一首诗中的一节，el verso 是指一节诗中的一行。el verso 是诗歌中最小单位，它源于拉丁，有“回归”“反复”（vuelta，volver，revertir）之意，即诗句在尺度（la medida）、韵脚（la rima）、节奏（el rítmo）等方面存在着有规律的重复。正是这些规律，构成了西班牙语诗歌的韵律（la métrica）。

应当指出的是，目前大多数诗人已经不再严格严格遵循这些格律，他们创作所谓自由体，但却与古典诗歌有着千丝万缕的联系，这是不争的事实。他们或许不再讲究诗句的尺度（la medida o el metro）和韵脚（la rima），但对节奏（el rítmo）却更加重视，并由此而产生诗句的和谐与音乐感，这与汉语的“无韵不成诗”是不同的。就韵脚而言，汉语诗歌比西班牙语诗歌要丰富得多，因为西班牙语只有五个元音（韵母）；但就节奏而言，西班牙语诗歌似乎要强于汉语，因为汉字是单音节，现代汉语中的词绝大多数也只有两个音节，而西班牙语的单词则参差不齐，重音又落在不同的音节上，因此可以使诗句产生更强的节奏感。但汉语诗歌的节奏与四声的变化组合有关，这在西班牙语中则是根本不存在的。

一　尺度与破格

1. 诗句的尺度

诗句的尺度(la medida o el metro)即长度,是由其所含音节的多少决定的。由于西班牙语音节的划分很容易,音节的数目便可一目了然。但要指出的是:西班牙语诗句多应视作以元音为结尾,即重音落在倒数第二个音节上,这样的词汇约占 79%;如果是以辅音结尾,重音落在倒数第一个音节,这样的词汇约占 18%,计算时须加上一个音节;如果重音落在倒数第三音节上,即带重音符号,这样的词汇约占 3%,计算时则要减去一个音节。例如安东尼奥·马查多的诗句:

¡Ay-del-que-lle-ga-se-dien-to (8)
ver-el-a-gua-co-rrer!　　(7+1=8)

来者口舌燥
却见水在流!

又如:

¿Qué-tie-ne? ——le-di-je——　(6)
Si-len-cio-sa-*pá*-li-da.　　(7−1=6)

我问她怎么了?
苍白而又沉默。

2. 破格

上面说的只是一般规则。有"一般"就有"特殊"。所谓"特殊"即打破常规,即诗句的破格(licencias poéticas)。破格主要有四种情况:

(1) 元音连读(sinalefa)

元音连读是将一个单词结尾的元音与下一个单词开头的元音连读成一个音节。如：

La-más-pe-que-ñi-ta
Ri-sue-**ña y**-do-ra-da
—**su a**-gu-**ja e**-ne-l ai-re—
mi-r**ó a**-mi-ven-ta-na.

(Antonio Machado)

最小的姑娘
笑眯眯的金发女郎
——她的针在空气中——
曾望我的窗。

(安东尼奥·马查多)

按照西班牙语分音节的规则，risueña 中的 ña 与连接词 y 各是一个单独的音节；同样，aguja 的 ja 与前置词 en 也各是一个单独的音节，但在诗句中，它们便可以连读成一个音节。前后的两个元音，无论相同(如 los golpes de l**a a**zada)、两个强元音(如 ¡mi corazón t**e a**guarda)、两个弱元音(如 **yhu**milde en la mañana)、一强一弱(如 haci**a u**n ocaso radiante)或一弱一强(如 cerca, de m**í, e**n negro manto)，都可以连读。中间有哑音字母(h)相隔，也可以连读(如 El viento m**e ha** taído)。

元音连读是最常见的"破格"现象。实际上，人们在日常会话或朗读中，也经常连读。有时三个乃至四个元音都可以连读。但当这种情况发生时，两端的元音应当是弱元音即闭口元音(u, i)，中间的则是强元音即开口元音(a, o, e)；如果是三重元音，也可以是强—强—弱或弱—弱—强。

Asi**a a un** lado al otr**o Eu**ropa。

(Espronceda)

亚洲在一边欧洲在另一边。

（埃斯普龙塞达）

（2）元音切分(hiato)

元音切分与元音连读刚好相反，也就是说，要阻止前一个单词结尾与后一个单词开头的元音产生连读。但至少要有一个元音重读，这种情况才能发生。例如：

Y si hubo áspera][hiel en mi existencia
melificó toda acritud el arte.

(Rubén Darío)

如果在我的生命里有胆汁强烈的苦味
艺术早已将一切辛酸化作蜜水。

（鲁文·达里奥）

元音切分并不多见，因此诗人可以用这种手段来突出某一个单词的作用。例如在上述达里奥的诗句中，在 áspera(强烈) 和 hiel(胆汁)之间，不将前者的词尾 a 与后者的词头 hie 连读，显然是为了强调 hiel 这个核心名词的含义。上述两种“破格”都是发生在两个单词之间，而下面的两种“破格”则是发生在一个单词的内部。

（3）二重元音切分(diéresis)

将本该是一个音节的二重元音切分成两个音节，不管其中的弱元音上有无切分符号。例如：

Tu pupila es azul, y cuando ríes,
su claridad ***süave*** me recuerda
el trémulo fulgor de la mañana
que en el mar se refleja.

(Bécquer)

你的眸子是蓝色的，
当你欢笑时，它柔和的明亮

使我想起了清晨闪烁
在海面上那耀眼的光芒。

（贝克尔）

在贝克尔的诗句中，柔和(suave)一词，本来不带切分符号，但为了突出这个词的含义，诗人便利用了二重元音切分的手段。与元音连读不同，二重元音切分只在诗歌中存在，而在日常会话中则不存在，否则，会被视为语病。

(4) 强元音连读(sinéresis)

在西班牙语中，每个强元音总是构成一个独立的音节。强元音连读就是将一个单词里的两个强元音读作一个音节。例如：

Tú, sombra aé**rea**, que cuantas veces
Voy a tocarte, te desvaneces
Como la llama, como el sonido,
Como la niebla, como el gemido
　　Del lago azul.

(Bécquel)

你，空中的影子，多少次
我去触摸，你顿时消融
宛若火焰，宛若响动，
宛若迷雾，宛若蓝色湖面上
　　喃喃的呻吟声。

（贝克尔）

在Aérea(空中的)一词中，e和a都是强元音，应各自构成一个单独的音节，但在这里它们连读为一个音节。应当指出的是，这种情况并不常见。

二 停顿与重音

1. 停顿

(1) 行末停顿

每行诗末尾的停顿叫行末停顿(pausa final)。这个停顿很短,但一般还是比逗号之后的停顿略长,但无论如何,不能影响诗句的流畅。它的作用是表明一行诗的结束。一般地说,一行诗的开头和结尾的单词比较突出,因此诗人可以将自己强调的词汇放在这样的位置上。

(2) 移位

上面说的行末停顿是在每一行诗的末尾产生的短暂的停顿。它能使人觉察到每行诗音节数的一致,因此它既是一个句法停顿,又表达一个完整的意思。但诗人有时也会打破常规,即将一行诗的不可分割的语段放到下一行诗的中间去,这种手段叫作移位(encabalgamiento)。移位是一种很常用的手段,它可以加强诗的节奏,也可以美化诗的神韵。例如马查多下面的诗句:

Esta luz de Sevilla... ***Es el palacio***
donde nací, con su rumor de fuente.
...
Mi padre, aún joven. Lee, escribe, ***hojea***
sus libros y medita. Se levanta;
va hacia la puerta del jardín. Pasea.

(Antonio Machado)

这塞维利亚的阳光,是我
出生的殿堂,那里有泉水的声响。
……

父亲，还年轻。浏览，写作，
翻阅图书并思考。站起来；
向花园的门走去。散步。

（安东尼奥·马查多）

移位的有时是一个句子，有时是一个短语，有时甚至是一个词。请看下面的例子：

¡Qué descansada vida
la del que huye el mundanal ruïdo,
y sigue ***la escondida***
senda, por donde han ido
los pocos sabios que en el mundo han sido!

(Fray Luis de León)

逃避尘世的声音
并在寥若晨星的智者
走过的隐蔽小路上跋涉，
隐居的生活
多么悠然自得！

（路易斯·德·莱昂修士）

Yo voy soñando ***caminos***
de la tarde. ¡Las colinas
doradas, los verdes pinos,
las polvorientas encinas!...

(Antonio Machado)

我会梦见傍晚的
道路。金色的山丘，
绿色的松树，

布满灰尘的圣栎树。……

（安东尼奥·马查多）

Todos miran
al cielo, abriendo ***inmensa-***
mente los ojos, olvidados
de la tarde...

(Juan Ramón Jiménez)

大家望着
天空，尽情地
睁大眼睛，傍晚
已不在心中……

（胡安·拉蒙·希梅内斯）

(3) 行内停顿

顾名思义，发生在诗句内部的停顿叫行内停顿(cesura)。一般发生在较长的诗句中(如 12 或 14 个音节)但偶尔也发生在较短的诗句，如下面贝克尔的诗句，就是由 10 个音节构成的：

Yo soy el rayo, / la dulce brisa,
lágrima ardiante, / fresca sonrisa,
flor peregrina, / rama tronchada;
　　yo soy quien vibra,
　　flecha acerada.

(Bécquer)

我是光线，是温柔的风，
炽热的泪，清新的笑容，
朝圣的花，折断的枝干；
我是那颤抖的人，

钢铁的箭。

（贝克尔）

需要说明的是，在行内停顿之前，并不一定要有标点符号。

(4) 半行

一行诗由于停顿而分成了两部分，每一部分就叫半行(hemistiquio)。朗读时，半行之间应有停顿。如贝克尔的诗句：

Cendal flotante / de leve bruma,
rizada cinta / de blanca espuma.
（半行）　　（半行）

(Bécquer)

薄雾间漂荡着/双桅的帆船，
弄皱了白色浪花/铺就的锦缎。

（贝克尔）

需要说明的是，"半行"诗音节数目的算法与一般诗句一样，即应视为重音落在倒数第二个音节上。

2. 重音

在一行诗中，有的音节要重读，有的音节则不能重读。诗句的重音(acento)总是落在重读音节上，它是产生节奏的最重要的因素之一。重音可分为以下三种：

(1) 行末重音或必备重音

前面说过，西班牙语诗句的重音总是落在倒数第二个音节上，这个重音就是标志诗行结尾和强调停顿的重音(acento final u obligado)：

Desde el muro con **sol**　　+1
Vida y muerte se **mi**ran
Dulcemente en tí, **Flor**　　+1

(Javier Sologuren)

从阳光照耀下的城墙

弗洛尔，生命与死亡

在你身上相互观望。

（哈维尔·索洛古仁）

(2) 结构重音

一行短诗可能只有一个重读音节，但一般地说，西班牙语诗句有两三个重读音节。除行末重音之外，其余落在固定位置的重音叫作结构重音(acento constitutivo)。比如传统的十一音节的诗句，除第十音节的行末重音之外，结构重音一般落在第六或第四与第八个音节上。例如贡戈拉的十四行诗《科尔多瓦的颂歌》：

¡Oh excelso muro, **oh** torres coro**na**das

6　　　　10

De honor, de majes**ta**d, de gallar**día**!

6　　　　10

¡Oh gran río, gran **rey** de Andalu**cía**,

6　　　　10

de arenas nobles, **ya** que no do**ra**das!

6　　　　10

啊，至高无上的塔楼和城墙！

巍峨、英武、荣光！

伟大的河流啊，安达卢西亚之王，

高贵的沙滩啊，并非寻常的金黄！

(3) 辅助重音

除了落在固定位置的结构重音之外，诗人们还可自行设置较为次要的重音，称作辅助重音(acentos auxiliaries)。在上面的诗句中，即可看到这种现象（在没有描黑的元音下面有一道线的音节都可成为辅助重音）。

¡Oh excelso muro, **oh** torres coro**na**das
6 10
De honor, de majes**ta**d, de gallar**día**!
6 10
¡Oh gran río, gran **rey** de Andalu**cía**,
6 10
de arenasnobles, **ya** que no do**ra**das!
6 10

在设置辅助重音时,诗人会尽量避免两个连续的重读音节,否则听起来会觉得刺耳。

三 韵脚、叠音与拟音

1. 韵脚

同汉语诗歌一样,西班牙语诗歌也押尾韵,即从诗句的最后一个重读元音起,在两行或两行以上诗句的尾音之间存在的一致性。例如下面马查多的诗句,第 1 行与第 3 行、第 2 行与第 4 行诗就是押韵的。韵脚(la rima)分别是 enta 和 aba。

Fue una clara tarde triste y soñoli*enta* a
tarde de verano. La hierba asom*aba* b
al muro del parque, negra y polvori*enta*. a
La fuente son*aba*. b

(Antonio Machado)

那是明媚而又悲伤的梦幻般的傍晚
夏日的傍晚。黑色而又沾满
灰尘的野草钻出公园的围墙。

泉水哗哗作响。

（安东尼奥·马查多）

西班牙语诗歌的韵脚有两种：全谐音（rima consonante）与半谐音（rima asonante）。

(1) 全谐音（rima consonante）

在押韵时，如果元音和辅音全都一致，便是全谐音。如上面举的安东尼奥·马查多的诗句，就是全谐音。又如：

Y todo un coro infan*til* a
va cantando la lecci*ón* b
mil veces ciento, cien*mil*, a
mil veces mil, un mill*ón*. b

(Antonio Machado)

简直是童声合唱：
将功课反复诵念
百的千倍，十万，
千的千倍，百万。

（安东尼奥·马查多）

需要说明的是，押韵指的是声音的一致，如果拼写不同但发音一样（如 activa 和 iba）也应视为押韵（类似于汉语的"音同字不同"）。

(2) 半谐音（rima asonante）

如果押韵的部分，只有元音相同，而辅音不同，叫作半谐音。例如：

¡ Qué bien acaban las *ondas* a
mueren las baila*rinas* ! b
En las azules tram*oyas* a
Fiestas se per*filan*. b

(Pedro Salinas)

真妙，波涛不再汹涌

女舞蹈家们丧命！
在蔚蓝的布景中
一派节日的欢庆。

（佩德罗・萨利纳斯）

有的诗句从倒数第二个重读音节算起，可能只有元音而没有辅音，这时如何判断它是全谐音还是半谐音呢？其实很简单，只要看全诗的其余部分就行了。

判定一首诗是全谐音还是半谐音，只看其押韵的形式，而不在乎其韵脚是否有变化。如下面的诗句依然是全谐音：

Y todo el campo un momento　　a
se queda, mudo y sombrío,　　b
meditando. Suena el viento　　a
en los *á*lamos del río.　　b

La tarde m*á*s se oscurece;　　c
y el camino que serpea　　d
y débilmente blanquea　　d
se enturbia y desaparece.　　c

(Antonio Machado)

顿时整个田野
陷入宁静、昏暗、
沉思。风儿呼呼作响
掠过河边的白杨。

傍晚越来越暗；
略呈白色的道路
蜿蜒斗折蛇行，

变得模糊并失踪。

（安东尼奥·马查多）

需要指出的是，当韵脚中出现二重元音的时候，只考虑强元音（a，e，o），而不考虑弱元音（u，i）。如下面的诗句：

¡Tantos que van abriéndose, jardines,
celestes, y en el <u>*agua*</u>! a

Por el azul, espumas, nubecillas,
¡tantas corolas blancas! a

Presente este vergel, ¿de dónde brota,
si anoche aquí no estaba ? a
Antes que llegue el día, labradora,
la aurora selevanta, a
...
El mar no cría cosa que dé sombra;
para la luz se guarda. a

Y ella le cubre su verdad de mitos:
la luz, eterna <u>*magia*</u>. a

(Pedro Salnas)

多少座花园渐渐开放，
在水中，在天上！

沿着蔚蓝、浪花、云片，
多少洁白的花冠！

这座花园，从哪里冒出，
　　既然昨晚它不在此处？

农妇啊，当天色还没亮，
　　曙光女神已经起床，
……
大海创造的事物没有阴影；
　　为了保存光明。

她为大海掩盖其神话的真理：
　　光，是魔幻而且永恒。

（佩德罗·萨利纳斯）

在上述诗句中，偶数行的韵脚是半谐音，因为对 agua（水）一词中的二重元音（ua），只考虑强元音（a），而不考虑弱元音（u）；对 magia 一词中的二重元音（ia）同样也只考虑强元音（a），而不考虑弱元音（I）。当结尾单词的重音落在倒数第三个音节，在判定韵脚时只考虑最后的元音和重读元音。请看安东尼奥·马查多题为《田野》的诗句：

　　La tarde est*á* muriendo
como un hogar humilde que se apaga.　　a

　　All*á* sobre los montes，
quedan algunas brasas.　　a

　　Y ese *á*rbol roto en el camino blanco
hace llorar de *lástima*.　　a

　　¡Dos ramas en el tronco herido，y una

hoja marchita y negra en cada rama! a

傍晚在逝去
宛如一个寻常炉灶在熄灭。

那里,在一座座山坡
留下了几堆残火。

白色的路上那棵折断的树
令人惋惜地痛哭。

有两根树枝呆在受伤的树干,
每枝上有黑色的枯叶一片!

在上面的诗句中,第六行的结尾是重音落在倒数第三音节的单词 lástima,作为韵脚,只考虑最后一个音节和带重音符号音节中的两个 a,而不考虑中间的元音 i,因此应视为偶数行半谐音。

在西班牙语中,有人称全谐音为全韵(rima perfecta),称半谐音为非全韵(rima imperfecta)。在此,并无高低优劣之分。在实际应用中,诗人们使用半谐音更多一些,因为全谐音听起来显得单调。

(3) 韵脚的种类

隔行韵(rima alterna),交错韵(cruzada),怀抱韵(abrazada),双行韵(pareada),单一韵(monorrima)。

隔行韵就是隔行押韵,全谐音、半谐音均可。如:

Paisaje dulce está el campo —
todo cubierto de niebla ; a
ya se han ido lentamente —
los rebaños de la aldea. a

Es un paisaje sin voces , —
triste paisaje que sueña, a
con sus álamos de humo —
y sus brumosas riberas. a

(Juan Ramón Jiménez)

幽静田野上
一片雾茫茫；
羊群缓缓地
离开小村庄。

景色无声响，
似梦多凄凉，
隐约的河岸
如烟的白杨。

（胡安·拉蒙·希梅内斯）

交错韵（cruzada）是以 abab 的形式押韵；而怀抱韵（abrazada）是以 abba 的形式押韵；双行韵（pareada）连续两行押韵；而单一韵（monorrima），顾名思义，就是一韵到底。例如：

交错韵：

Vosotras, las familiares a
inevitables golosas b
vosotras, moscas vulgares a
me evocáis todas las cosas b

你们，女性家眷，
不可避免的贪馋，
你们，庸俗的苍蝇

为我将万物召唤。

怀抱韵：

Y en la aborrecida escuela,	a
raudas moscas divertidas,	b
perseguidas	b
por amor de lo que vuela.	a

在讨厌的学校里，
敏捷好玩的苍蝇，
追逐她们的是
飞翔者的爱情。

双行韵：

Señores , dat al escolar	a
que os viene demandar	a

先生们，请满足学生
对你们的要求。

单一韵：

Quiero fer una prosa en román paladino	a
En qual suele el pueblo fablar a su vecino	a
Ca non so tan letrado por fer otro latino:	a
Bien valdrá, como creo, un vaso de bon vino.	a

我想用明确的罗曼语做一篇文章
其中就像人民对自己的邻居所讲。
由于不像其他拉丁人那么有文化：

我相信，至少会与一杯好酒相当。

(4) 素体或散体诗

如果在诗句之间只有音节数目一致而不押韵，这样的诗便叫作素体或散体诗(versos blancos o sueltos)。在散体诗中，有时也会有若干行押韵，但只要在总体上不遵循一定的规则，就依然是散体诗。散体并非自由体，自由体每节的音节数目也是不一致的。下面这首诗就是散体：

OJOS, MUNDO

Ojos que devoraban nuestros ojos a
los tuyos al llegar. Era febrero b
y el sol rotundidad daba a la vida, c
al bulto de la vida que ocupaba. d
Todo el espaciodel amor y todo a
el tiempo en quetu amor sobrevenía. c
Ojos, eras, ávidos ojos eras e
que al sol incorporaban en febrero; b
cuando era el mundo ya y tú mirando f
te devorabas sola el mundo entero. b

(Sebastián Salazar Bohady)

眼睛，世界

啊，一见到你的双眼
立刻将我们的眼睛点燃。
二月天，太阳会使生命，
使生命占据的体积饱满。
包括爱的所有空间

和你的爱生存的所有时间。
你是眼睛，是贪婪的眼睛
二月里与太阳化作一团；
你在独自吞食整个世界
当世界已是世界而你将它观看。

（萨拉撒尔·博阿迪）

2. 叠音

叠音(la aliteración)是指同一个声音的重复。当然，这种重复是诗人有意安排的，是诗歌创作的一种手段。如下面的诗句：

En el silencio sólo se escuchaba
Un susurro de abejas que sonaba

(Garcilaso de la Vega)

在寂静里人们只听见
蜜蜂的喃喃细语。

（加尔西拉索·德·拉·维加）

Polifemo horror de aquella sierra

(Luis de Góngora)

独眼巨人，那山区里的恐惧。

（路易斯·德·贡戈拉）

La fama infame del famoso Atrida

(Lope de Vega)

著名的阿特里达的声名狼藉

（洛佩·德·维加）

Bajo el aladel leve abanico

(Rubén Darío)

在轻盈扇子的翅膀下

(鲁文·达里奥)

在上述加尔西拉索的诗句中,“咝”(s)的声音反复出现,使人联想到蜜蜂的声音;在贡戈拉的诗句里,多级颤音(rr)的重复会使人联想到恐惧;在维加的诗句中,辅音F与元音A的反复使人想到这种名誉的不正常;达里奥的诗句会使人想到扇子的摆动。总之,叠音在这里是一种表达诗意的修辞手段,而不同于学外语者容易犯的毛病——同音字的重复(cacafonía)。但需要说明的是,叠音的寓意在翻译中是很难体现的;不过这种手段在汉语诗歌中亦很常见,如古诗中的“行行重行行,与君生别离”,“寂寂竟何时,朝朝空自归”,“抽刀断水水更流,借酒浇愁愁更愁”,“寻寻觅觅,冷冷清清,凄凄惨惨戚戚”,等等。

3. 拟音

在任何语言中,都有拟音词。在汉语中,滴答、滴答是水滴的声音;而在西班牙语中,tic tac 则是钟表的声音。诗人们在创作过程中,同样会采用这样的手段。例如:

La solícita abeja *susurrando*

(Garcilaso)

勤奋的蜜蜂叫嗡嗡

(加尔西拉索)

Uno no sé*qué que quedan*, balbuciendo

(San Juan de la Cruz)

我结结巴巴地说,不知道留下的是什么。

(圣胡安·德·拉·克鲁斯)

在上述加尔西拉索的诗句中，susurrando 可以使人想到蜜蜂的声音；而圣胡安·德·拉·克鲁斯的诗句中，qué que quedan 就是结结巴巴的声音。在下面达里奥的诗句中，los claros clarines（嘹亮的军号）、vivo reflejo（夺目的光芒）、oro y hierro（金与铁）等词组的声音本身就体现了队伍的雄壮：

¡Ya viene el cortejo!
¡Ya viene el cortejo! Ya *se oyen los claros clarines.*
La espada se anuncia con *vivo reflefo*;
Ya viene, *oro y hierro*, el cortejo de los paladines.

(Rubén Darío)

队伍来了！
队伍来了！嘹亮的军号已经奏响。
利剑炫耀着夺目的光芒；
勇士们的队伍来了，金的闪亮，铁的铿锵。

（鲁文·达里奥）

应当指出的是，尽管诗人们用心良苦，以拟音表达诗意，对于译者来说，却往往是可意会而不可言传，翻译不出来。下面这些俏皮的诗句就很好地通过声音体现了小松鼠的活泼可爱：

Yo soy viva,
soy activa,
me meneo,
me paseo;
yo trabajo
subo y bajo
y no estoy quieta jamás.

我活泼，

我活跃，
我溜达，
我晃摇，
我劳动，
上下跳，
不会安静只会闹。

作为修辞手段，拟音在汉语中同样是很常见的，如“伐木丁丁，鸟鸣嘤嘤”“唧唧复唧唧”“磨刀霍霍向牛羊”等不胜枚举，无需在此赘述。但要说明的是，西班牙语诗歌中的拟音不仅是模拟声音，而且可以模拟描写对象的品质与神韵。

四　诗句与诗节

1. 诗句

在西班牙语中，最短的诗句(el verso)是两个音节构成的。即使是一个音节，由于重音应落在倒数第二个音节上，也应视为两个音节。按照音节的多少，诗句分为两音节(bisílabos)、三音节(trisílabos)、四音节(tetrasílabos)、五音节(pentasílabos)、六音节(exasílabos)、七音节(heptasílabos)、八音节(octsílabos)、九音节(eneasílabos)、十音节(decasílabos)、十一音节(endecasílabos)、十二音节(dodecasílabos)、十四音节即亚历山大体(alejandrinos)等。十三音节和多于十四音节的诗句在西班牙语中没有专门的名字。少于八个音节(含八音节)的诗句称作“短句”(versos de are menor)，八个音节以上的诗句称作“长句”(versos de arte mayor)。这样的划分起源于中世纪，因为当时的民间诗人多用八音节，而有文化的诗人多用八音节以上的诗句。

一首诗的最大单位是节(la estrofa)。每一节的诗句可以是同样的长度，也可以由长度不等的诗句组成。由长短不齐的诗句组成的诗节，如短句大约相当长句的一半，便称作"跛足"(pie quebrado)。常见的组合是八音节与四音节或七音节与五音节。全部由五个音节以下的短诗句组成的诗节是很少见的。

在短句的诗作中，以八音节为最多，因为儿歌、摇篮曲、民间谣曲都是八音节的诗句。此外，在民间抒情诗和文人诗中，它也被广泛使用；它还是西班牙古典诗剧的主要形式。在长句的诗作中，以十一音节的诗句为最多。它最早见于加里西亚竖笛体(gaita gallega)，重音落在第四、第七和第十个音节上。从1526年起，博斯坎(Juan Boscán，约1490—1542)和加尔西拉索·德·拉·维加(Garcilaso de la Vega，1501—1536)将意大利十四行诗引入西班牙，便更加流行起来，重音一般落在第六和第十个音节上。在当代，十四行诗的创作依然相当普遍。

2. 诗节

一般地说，一首诗由若干节组成；也有的诗作不分节，从头至尾，一气呵成。诗节(la estrofa)分为尺度相同(combinaciones estróficas parisílabas)、尺度不同(combinaciones estróficas imparsílabas)和不限行数的"系列"(series indefinidos)三种。

(1) 尺度相同的诗体

① 双行体(pareados)：诗句长短不限，但双行押韵。两行诗一般不会独立成章。秘鲁诗人华盛顿·德尔加多(Washington Delgado)的《公园》就是双行体：

El paisaje del desvelo:　　a
Luna de oro, cielo negro .　　a

夜不成寐时的景象：
漆黑的天空，金黄的月亮。

② 三行体(tercetos)：在西班牙语中又叫第三行韵(tercia rima)，由

三行十一音节的诗句组成，押韵的形式如锁链一般，一环扣一环，是 aba，bcb，cdc，... 最后一节一般是四行，押交错韵（abab），这样，就没有不押韵的散句了。如克维多的《讽刺书简》：

No he de callar，por *más* que con el dedo a
ya tocando la boca，ya la frente， b
me representes o silencio o miedo. a

¿No ha de haber un espíritu valiente? b
¿Siempre se ha de sentir lo que se dice? c
¿Nunca se ha de decir lo que se siente? b

Hoy sin miedoque libre escandalice c
puede hablar el ingenio，asegurado d
de que mayorpoder le atemorice. c

...

Mandadlo así，que aseguraros puedo e
que habéis de restaurar *más* que Pelayo， f
pues valdr*á* por ejércitos el miedo ， e
y os ver*á* el cielo administrar su rayo. f

(Francisco de Quevedo)

我不能闭口不言，尽管你
用手指着嘴巴和前额
威胁着让我保持沉默。

难道就没有勇敢的魂魄？
难道永远是怎么说才怎么想？

从不敢怎么想就怎么说？

今天，聪明人可以快言快语，
明知会受到上天的威胁，
也没有对闯祸出丑的恐惧。

……

这样做，我可以向您保障
您一定胜过佩拉约国王；
因为军队的敬畏将会产生功效
朱庇特将会将您拜访，驾驭着自己的光芒。

（弗朗西斯科·德·克维多）

最寻使用这种形式是意大利伟大诗人但丁。《神曲》就是用三行体写成的。当三行体的诗句是八个音节时，称作小三行(tercilla)。现代主义的小三行押的是全谐音单一韵。此外，还应当指出的是，三行诗是十四行诗的组成部分。

③ 四行体 (estrofas de cuatro versos)

a. 亚历山大体单一韵(cuaderna vía)：这是中世纪典型的文人诗。同一韵脚的重复颇显单调，因此后来几乎已无人再用。下面的例子选自伊塔大祭祀(Arcipreste de Hita)的《真爱之书》(*Libro de buen amor*)：

Dicen que la verdad rompe las amistades,	a
pero por no decirla nacen enemistades,	a
entended del proverbio las sabias claridades:	a
lisongja de enemigo no guarda lealtades .	a

常言道说真话会毁掉友谊，
可不说真话又会产生敌意，
请诸位理解这格言的精辟：
反对者的谄媚从无诚意。

b. 长句怀抱韵(Cuarteto)：这是由四行长句(versos de arte mayor)构成的，一般是十一个音节，押“怀抱韵”。由于它是十四行诗的组成部分，因而显得格外重要。如：

Sombra piden mis pasos bajo el cielo,　　a
mis ojos buscan luz sobre la tierra,　　b
y entre paso y mirada se me aterra　　b
de soledad el corazón que celo.　　a

(Javier Sologuren)

我的脚步在天下祈求阴凉，
我的眼睛在地上寻找光芒，
我的内心却在步履与视线
之间，因孤独而感到恐慌。

(哈维尔·索洛古仁)

c. 长句交错韵 (serventesio)：它与长句怀抱韵四行诗的区别仅仅在于押韵的形式不同。如：

¡Primavera soriana, primavera　　a
humilde, como el sueño de un bendito　　b
de un pobre caminante que durmiera　　a
de cansancio en un páramo infinito!　　b

(Antonio Machado)

索里亚的春光，寻常的春光，
宛如一个幸运者的梦乡，
一个可怜的跋涉者由于疲劳

睡在无边无际的荒原上。

（安东尼奥·马查多）

d. 八音节全谐音(redondilla)：这种形式在西班牙 17 世纪的戏剧中非常流行。下面这首何塞·马蒂的短诗就是这种形式：

Cultivo una rosa blanca ,　　a
en junio como en enero,　　b
para el amigosincero　　b
queme da su mano franca.　　a

Y para el cruel que me arranca　　a
El corazón con que vivo ,　　b
Cardoni ortiga cultivo:　　b
Cultivo una rosa blanca.　　a

我种下一棵洁白的玫瑰，
在六月如同在一月，
为了那位真挚的朋友
他向我伸出了坦诚的手。

为了那个残忍之徒，
他将我活命的心儿搅碎，
我不种荨麻也不种牛蒡：
种下一棵洁白的玫瑰。

e. 短句交错全谐音(cuarteta)：它与“长句”交错韵的区别仅在于诗句的长短。一般是由八音节诗句组成。如马蒂下面的诗句就是这种形式：

Quiero, a la sombra de un ala ,　　a
contar este cuento en flor:　　b

la niña de Guatemala,　a
la que se murió de amor.　b

我要在木香树下，
讲述这如花的事情：
危地马拉的姑娘
为爱情献出了生命。

f. 短句偶数行半谐音(copla o cantar)：它与上述形式的区别仅在于偶数诗行押的是半谐音(asonante)。如下面的诗句：

Claveles rojos　–
cerca del agua:　a
amores frescos　–
de la mañana.　a

红色的石竹
开放在水旁：
清新的爱情
沐浴着晨光。

④ 五行诗体(estrofas de cinco versos)

a. 长句五行诗(quinteto)：韵脚可以有不同的排列组合，如 aabba、abbaa、abaab、aabab、ababa、abbab 等。需要指出的是，有时最后一行可以是短诗句，尤以 7 音节的居多。请看萨拉维里的诗句：

Cuan la Patria en angustioso lecho　a
sucumbe y llora su postrer batalla　b
cuando hay hijos que agravan su despecho,　a
no se dirá que en el peruano pecho　a
calla el deber y la conciencia calla.　b

(Salaverry)

当祖国沉浸在苦闷里
沦陷并为最后的战役哭泣
当有的儿女使祖国的绝望加剧
请不要说在秘鲁的胸膛里
义务和良知都在沉寂。

（萨拉维里）

b. 短句五行诗(quintilla)：它与长句五行诗节的区别仅在于由短诗句组成。如米格尔·埃尔南德斯的诗句：

No quiero, no puedo verte　　a
este instante de mi vida.　　b
¡Ay! Que tu hielo me impida　　b
cuando con ansia de muerte,　　a
muerte, la muerte te pida.　　b

(Miguel Hernández)

在我生命的这个瞬间里
我将不愿也不能看见你。
啊！愿你的冰将我阻挡
当我满怀着对死的渴望，
死神啊，向你要求死亡。

（米格尔·埃尔南德斯）

⑤ 六行诗体 (estrofa de seis versos)

a. 长句六行体(sextina)：由长诗句组成，一般押韵的形式是 aabccb，第三、六两行的韵脚以辅音结尾。这种形式的诗作并不常见，但达里奥的名作《小奏鸣曲》却是用六行诗节写成的：

La princesa estás triste... ¿Qué tendrá la princesa?　　a
los suspiros se escapan de su boca de fresa　　a
que ha perdido la risa, que ha perdido el color,　　b

La princesa está pálida en su silla de oro, c
está mudo el teclado de su clave sonoro, c
y en un vaso olvidado se desmaya una flor. b
. . .
¡Ay! La pobre princesa de la boca de rosa a
quiere ser golondrina, quiere ser mariposa, a
tener alas ligeras, bajo el cielo volar; b
ir al sol por la escala luminosade un rayo , c
saludar a los lirios con los versos de mayo, c
o perderse en el viento sobre eltrueno del mar. b

公主为什么……忧心忡忡?
草莓色的唇儿嘘出叹息声声,
失去了红润,失去了笑容。
面色苍白,坐着金椅,
悦耳的琴声沉寂,
被遗忘的鲜花在瓶中凋零。
……
啊!口若玫瑰的可怜的公主啊,
她想有一双轻盈的翅膀,
化作蝴蝶或燕子,在天空飞翔;
沿着光辉耀眼的阶梯奔向太阳,
用五月的诗句想百合致敬
或乘风而去,消失在雷声隆隆的海上。

b. 短句六行诗体(sextilla):诗句一般为八音节,押韵的形式一般为aabaab、abcabc、ababab等。在《真爱之书》和《马丁·菲耶罗》等长篇叙事诗中有大量这类诗体:

No son raros los quejidos　　a
En los toldos del salvaje,　　b
Pues aquel es bandalaje　　b
Donde no se arregla nada　　c
Sino a lanza y puñalada,　　c
A bolazos y a coraje.　　b

(José Hernández: *Mardín Fierro*)

在蛮夷帐篷里面
呻吟声并非罕见,
那家伙就像土匪
原本就无法无天,
非长矛即是匕首,
非球索即是霸蛮。

(何塞·埃尔南德斯:《马丁·菲耶罗》)

七行诗体也有长短句两种(séptima y seguidilla compuesta),但很少应用,在此就不做介绍了。

⑥ 八行诗体 (estrofas de ocho versos)

a. 长句民歌(copla de arte mayor):这是流行于15世纪的典型形式,由八行诗构成,每行从十到十三音节不等,三或四个不固定的重音。押韵的方式几乎总是abbaacca。

b. 十一音节八行诗(octava u octava real):从16世纪起,开始植根于西班牙语诗歌,其押韵的方式为abababcc。如贡戈拉的诗作:

Estas que me dictó rimas sonoras　　a
culta sí, aunque bucólica, Talía　　b
¡oh excelso conde! en las purpúreas horas　　a
que es rosa la alba y rosicler el día,　　b
ahora que de luz tu niebla doras ,　　a

escucha al son de la zampoña mía, b
si ya los muros note ven de Huelva c
peinar el viento, fatigar la selva. c

(Luis de Góngora)

文雅的喜剧之神,尽管像牧歌一样,
她口授给我的这些诗句多么铿锵,
高尚的伯爵! 在紫色的时辰里
黎明是玫瑰,白昼是霞光,
你在为自己的雾气涂上金色,
请听我将自己的短笛奏响,
倘若布埃尔瓦的墙壁看不见你
使森林疲惫,为风儿梳妆。

(路易斯·德·贡戈拉)

具有鲜明的巴洛克风格的智利著名史诗《阿劳卡纳》使用这种诗体取得了巨大的成功。它的开篇是这样的:

No las damas, amor, no gentilezas a
de caballeros canto enamorados, b
ni las muestras, regalos y ternezas a
de amorosos afectos y cuidados; b
mas el valor, los hechos, las proezas a
de aquellos españoles esforzados, b
que a la cerviz de Arauco no domada c
pusieron duro yugo por la espada. c

(Alonso de Ercilla)

我不歌唱贵妇,也不歌唱爱神,
不歌唱热恋骑士的高雅殷勤,
不歌唱痴男怨女的缠绵悱恻,

不歌唱他们的举止、信物和温存；
而是要歌唱无畏的西班牙武士
他们的勇敢、业绩和功勋，
用利剑将残酷的枷锁
强加给不屈不挠的阿劳科人。

（阿隆索·德·埃尔西亚）

c. 意大利八行诗（octava italiana）：这种形式的特点是第四、八两行的韵脚以辅音结尾，其余诗句的韵脚可以不同。一般是第二、三行押韵，第六、七行押韵；第一、五两行不限韵；但并无一定之规。如下面的诗句：

Tu aliento es el aliento de las flores,	a
tu voz es de los cisnes la armonía;	b
es tu mirar el esplendor del día,	b
y el color de la rosa es tu color.	c
Tú prestas nueva vida y esperanza	d
a un corazón para el amor ya muerto	e
tú creces de mi vida en el desierto	e
como crece en un páramo la flor.	c

你的呼吸芳香似花朵，
你的声音和谐像天鹅，
你的目光是太阳的闪烁，
玫瑰花就是你的颜色。
你赋予失恋的心
以新的生命和希望，
你在我生命的沙漠里成长
宛似鲜花生长在荒原上。

d. 短句八行诗（octavilla）：它与意大利八行诗的区别仅在于由短诗

句组成。如：

Con diez cañones por banda a
viento en popa a toda vela , b
no corta el mar sino vuela , b
un velero bergantín : c
bajel pirata que llaman d
por su bravura, el Temido , e
en todo mar conocido e
del uno al otro confín . c

(Espronceda)

拥有十门炮的团伙
乘着风扬帆远航，
一艘轻型的双桅船，
不是滑水而是飞翔：
海盗船凶猛张狂
“万人怕”声名远扬
在相连的一片片
人们所知道的海上。

(埃斯普龙塞达)

⑦ 十行诗体(décima)：由十行八音节诗句构成，其押韵的形式为abbaaccddc。这种形式又称埃斯皮内尔体，因为它是由作家维森特·埃斯皮内尔(Vicente Espinel,1550—1624)发明的。如卡尔德隆的诗句：

Yo sueño que estoy aquí a
de estas prisiones cargado , b
y soñé que en otro estado b
más lisonjero me ví. a
¿Qué es la vida? Un frenesí. a

¿Qué es la vida? Una ilusion,　c
una sombra,una ficción,　c
y el mayor bien es pequeño;　d
que toda la vida es sueño,　d
y los sueños sueños son.　c

我梦见自己在这里
拖着镣铐被关入狱中,
也曾梦见另外的处境
周围的气氛让人高兴。
何谓生活？生活是痴狂。
何谓生活？生活是幻想,
是一种虚构,一个阴影,
最大的福利也是渺小的;
生命整个是一场梦,
而所有的梦终归是梦。

十行诗在民歌中十分常见。有的十行诗作者能见景生情,即兴演唱。古巴诗人纪廉下面这首诗就会使人联想到这样的作品：

——Dulce caña me privoca　a
con su jugo azucarado,　b
el cual después de probado　b
siempre es amargo en la boca .　a
Herir la caña me toca,　a
mas el destino es tan fiero,　c
que al golpearla con mi acero　c
ella todo el bien recibe,　d
pues que de mi golpe vive　d

y yo de su sangre mero. c

甜甜的甘蔗
用汁液将我诱惑,
但在尝过之后
嘴边总留下苦涩。
轮到我去砍甘蔗,
命运却如此残酷,
当我用刀砍它,
她却得到了好处,
它以我的打击为生
我因它的血液丧命。

⑧ 十四行诗(soneto):十四行诗起源于意大利,是由十四行十一音节的诗句组成的,分为两个四行诗和两个三行诗。16世纪,胡安·博斯坎(Juan Boscán,约1490—1542)和加尔西拉索·德·拉·维加(Garcilaso de la Vega,1503—1536)将这种形式引入西班牙。从此,它便被西班牙最优秀的诗人广泛采用。如克维多的这首《爱情的定义》:

Es hielo abrasador, es fuego helado, a
es herda que duele y no siente , b
es un soñado bien, un mal presente , b
es un breve descanso muy cansado. a

Es un descuido que nos da cuidado, a
un cobarde con nombre de caliente, b
un andar solitario entre la gente , b
un amar solamente ser amado. a

Es una libertad encarcelada c
que dura hasta el postrero parasismo, d
enfermedad que crecesi es curada. c

Éste es el niño amor, este es su abismo: d
¡mirad cuál amistad tendrá con nada c
el que en todo es contrario de si mismo! d

(Francisco de Quevedo)

这是冻结的火,这是燃烧的冰,
这是使人受到折磨而又浑然不觉的伤痛,
这是恶劣的现实,这是美好的梦境,
这是十分累人的短暂的轻松。

这是一种关照我们的差错,
一种冠以勇敢者的怯懦,
一种只会成为被爱者的爱,
一种在人群中孤独的跋涉。

这是一种被监禁的自由
会一直持续带顶峰,
这是治愈后又会发作的疾病。

这就是小小的爱神,这就是他的陷阱:
请问一个与自身完全对立的人
对什么会产生真正的感情!

(弗朗西斯科·德·克维多)

黄金世纪的戏剧大师洛佩·德·维加曾十分有趣地写了一首向我们解释何谓十四行诗的十四行诗:

Un soneto me manda hacer Violante, a
que en mi vida me he vistoen tal aprieto; b
catorce versos dicen, que es un soneto ; b
burla, burlando van los tres delante. a

Yo pensé que no hallara consonante , a
y estoy a la mitad de otro cuarteto, b
mas si me veo en el primer terceto , b
no hay cosa en los cuartetos que me espante. a

Por el primer terceto voy entrando, c
y parece que entré con pie derecho, d
pues fin con este verso le voy dando . c

Ya estoy en el segundo, y aun sospecho d
que voy los trece versos acabando; c
contad si son catorce, yestá hecho . d

碧奥兰特要我写一首十四行诗,
我平生第一次陷入这样的窘境;
都说十四行诗有十四行;
说着说着已将前三行完成。

我担心找不到完全的韵脚,
可另一个四行已有两行,
然而当我做到第一个三行,
对四行就不再有任何恐慌。

我已经在向第一个三行迈进，
看样子还算是四平八稳，
再加上这一行就已经称心。

已经作第二个三行，依然忐忑不安
在怀疑能否将十三行作完；
数一下，若是十四行，便可交卷。

应当指出，古典的十四行诗有许多变化。除用十一个音节的诗句之外，也有用十二或十四音节的。至于韵脚的变化就更多了：两个四行的韵脚，除一般所用的 abba、abba 之外，也有用交错韵脚 abab abab 的；而两个三行诗节的韵脚，除 cdc dcd 之外，也有用 cde cde 或 cdc dee 的。有时，尤其是在具有讽刺性的十四行诗中，诗人往往添加上三行或五行（estrambote）。如塞万提斯的《拜谒国王腓力二世陵墓》：

Ante el Túmulo de Felipe Ⅱ

En Sevilla

Voto a Dios que me espanta esta grandeza,
y que diera en doblón por describillañ
porque ¿a quién no sorprende y maravilla
esta máquina insigne, esta riqueza?

Por Jesucrusto vivo, cada pieza
vale más de un millón, y que es mancilla
que esto no dure un siglo, oh gran Sevilla,
Roma triunfane en ánio y nobleza.

Apostaré que el ánimo del muerto

por gozar este sitio hoy ha dejado
la gloria donde vive eternamente…

Esto oyó un valentón y dijo: Es cierto
cuanto dice voacé, seor soldado,
y el que dijere lo contrario, ¡miente!

Y luego, incontinente,
caló el chapeo, requirió la espada,
miró al soslayo, fuese, y…no hubo nada!

(Miguel de Cervantes)

拜谒国王腓力二世陵墓

我向上帝发誓:这宏伟令我惶恐,
给我一枚金币也无法将它形容;
因为面对这富丽堂皇的建筑
谁能不感到妙不可言、大吃一惊?

即使是耶稣复活在人世间,
我也敢说你的每块石材都价值百万,
啊! 伟大的塞维利亚,你一定会永垂不朽!
宛似威武、高尚的罗马在凯旋。

为了享受着个地方,
我敢打赌:那死者的灵魂
会放弃他永远居住的天堂。

“士兵大人,您说的一点不差,”

有位好汉听了以后说，
“谁不这样说，那准是谎话！”

说完，扣上礼帽，摸摸剑柄，
侧身看了一眼，便满不在乎地
扬长而去……完事大吉！

（米格尔·德·塞万提斯）

（2）尺度不同的诗句组成的诗体（combinaciones estróficas imparasílabas）

① 跛足歌谣（coplas de pie quebrado）：是由八音节和五音节或四音节诗句交错组成的，押韵的形式是 abc abc ... 这种诗体在 15 和 16 世纪十分流行，尤其是下面引用的豪尔赫·曼里克这首《悼亡父谣》使这种诗歌形式化作永恒：

Nuestras vidas son los ríos	(8)	a
que van a dar a la mar	(8)	b
que es el morir	(5)	c
allí van los señoríos	(8)	a
derechos a se acabar	(8)	b
e comsumir;	(5)	c
allí los ríos caudales ,	(8)	d
allí los otros medianos	(8)	e
e más chicos ,	(4)	f
allegados son iguales	(8)	d
los que viven por sus manos	(8)	e
e los ricos.	(4)	f
...		

(Jorge Marique)

我们的生命像河流
它们都奔向海洋
那里就是死亡；
声名显赫的权贵
也要奔向那里
使自己化作渺茫；
那里有滔滔大江
有中等的河
也有小溪流淌，
无论靠双手谋生者
还是富豪，到了那里
便没有什么两样。
……

（豪尔赫·曼里克）

② 里拉琴体(la lira)：在西班牙文学传统中，这是一个颇负盛名的诗体，因为加尔西拉索·德·拉·维加、修士路易斯·德·莱昂、圣胡安·德·拉·克鲁斯等杰出诗人都曾用这种形式写下了不朽的诗作。它一般是十一和七音节诗句的组合，每一节可以是四至七行不等，但最常见的是五行。如加尔西拉索的《致格尼多之花的颂歌》和路易斯·德·莱昂的《致弗朗西斯科·萨利纳斯》：

Si de mi baja lira	（7）	a
tanto pudiese el son，que en un momento	（11）	b
aplacase la ira	（7）	a
del animoso viento	（7）	b
y la furia del mar y el movimiento…	（11）	b

（Garcilaso：*A la flor de Gnido*）

我卑贱的里拉琴

倘若一时间能发出这样的音响
能够平息
那狂风的愤怒
也能使发怒的大海与波涛变得安详。
（加尔西拉索·德·拉·维加：《致格尼多之花的颂歌》）

El aire se serena	(7)	a
y viste de hermosura y luz no usada	(11)	b
Salinas, cuando suena	(7)	a
La música estrenada	(7)	b
Por vuestra sabia mano gobernada	(11)	b
...		
¡Oh desmayo dichoso!	(7)	c
¡oh muerte que das vida ¡oh dulce olvido!	(11)	d
durase en tu reposo	(7)	c
sin ser restituído	(7)	d
jamás aqueste bajo y vil sentido.	(11)	d

(Fray Luis de León: *A Francisco Salinas*)

天空变得晴朗
身披着朝霞和美丽的衣裳，
萨利纳斯，
当你用灵巧的手
将那美妙绝伦的音乐奏响。
……
啊，幸运的昏迷！
啊，孕育生命的死亡，甜蜜的忘记！
但愿那下贱的知觉
从此离我而去

让我永远沉浸在你的宁静里。

（路易斯·德·莱昂：《致弗朗西斯科·萨利纳斯》）

③ 不限行数的系列（series indefinidos）：

a. 谣曲（romance）

谣曲起源于12世纪出现的武功诗，并在15世纪前后发展成为一种独立的文学形式。在此之前，已经有人将武功诗中一些脍炙人口的段落挑选出来，汇集成册，形成了最早的谣曲集。其内容主要是叙述战争题材的"报信谣曲""边疆谣曲"和表现阿拉伯人生活的"摩尔人谣曲"。后来的著名文人如塞万提斯、洛佩·德·维加、贡戈拉、克维多等人，都从事谣曲创作，从而使谣曲的发展出现了新的气象，这便是"新谣曲"的由来。

谣曲原本是每行十六个音节，后来为了演唱和记忆的方便，将一行分成了两行，因而成了每行八个音节，隔行押韵。如《堂特里斯坦谣曲》：

ROMANCE DE DON TRISTÁN

Herido está Don Tristán	—
de una muy mala lanzada,	a
diérasela el Rey su tío	—
con una lanza herbolada.	a
Diósela desde una torre,	—
que de cerca non osaba.	a
Que el hierro tiene en el cuerpo,	—
de fuera le tiembla el asta;	a
valo a ver la reina Iseo,	—
la su linda enamorada,	a
cubierta de un paño negro,	—
que de luto se llamaba.	a
Viéndole tan mal parado	—

dice así la tiste dama: a
—"Quien vos hirió, Don Tristán, —
heridas tenga de rabia, a
que no hallase maestro —
que sopiese de sanallas." a
Júntanse boca con boca —
como palomillas mansas, a
llora el uno, llora el otro, —
la cama bañan en agua; a
allí nace un arboedo —
que azucena se llamaba, a
cualquier mujer que la come —
luego se siente peñada. a
¡Así hice yo, mezquina, —
por la mi ventura mala! a

堂特里斯坦谣曲

堂特里斯坦被长矛
极其严重地刺伤,
矛尖上抹上了毒液,
行刺的是他的叔王。
国王从塔楼上行刺
因为不敢靠近他身旁。
矛头刺进他的身体,
矛杆在外面颤荡;
他美丽的情人伊塞奥
前去将他探望,

身穿黑色的衣服，
意在为他服丧。
看到他如此严重
伤心的妇人把话讲：
“堂特里斯坦，让伤你的人
同样为暴怒所伤，
而且找不到良医
能使他恢复健康。”
他们的口吻着口
像温顺的鸽子一样，
一个在哭泣，一个在流泪，
泪水浸湿了床；
从那里长出一棵花树
白百合纯洁芳香，
任何女子吃了花朵
便会怀孕在身上。
我这可怜的女子，就这样做了，
都只为命运乖张。

中世纪的行吟诗人(juglar)有时会在词尾加上本已失去的拉丁文词尾e，所以有的诗句就显得不押韵了。如下面这首谣曲：

EL PRISIONERO

Que por mayo era, por mayo, —
cuando los grandes calores, a
cuando los enamorados —
van servira sus amores, a
sino yo, triste mezquino, —

que yago enestas prisiones,　a
que ni sé cuando es de día　—
ni menoscuando es de noche　a
sino por una avecilla　—
que me cantaba al albor:　a
matómela un ballestero;　—
¡ déle Dios mal galardón !　a

囚　徒

已经是五月了，五月，
当一个个恋人
怀着伟大的热情，
为情侣奉献爱心，
而我，贫穷而又痛苦，
在这监狱里沉沦，
不知道何时是白昼，
更不知何时是黄昏
只凭一只鸟的啼鸣
告诉我已是清晨：
弓箭手将它杀死；
上帝啊，请奖赏他的黑心！

在拉丁文中，albor 和 galardón 都有词尾 e(albore，galardone)，而在西班牙语中已然失掉，但行吟诗人依然按拉丁文发音，所以这两句诗原本押韵。

在西班牙语诗歌中，谣曲的创作不仅源远流长，而且丰富多彩；不仅有摇篮曲和儿歌，也有历史与传说。无论在西班牙本土还是在拉丁美洲，无论是民间歌手还是专业诗人，都创作了大量的脍炙人口的谣曲作品。

下面举出两首不同时代的谣曲，供读者欣赏：

ROMANCE DE EL ENAMORADO Y LA MUERTE

Un sueño soñaba anoche,
soñito del alma mía;
soñoba con mis amores
que en mis brazos los tnía.
Vi entrar señora tan blanca
Muy *más* que la nieve fría.
¿Por dónde has entrado amor?
¿Cómo has entrado mi vida?
Las puertas *están* cerradas
ventanas y celosías.
No soy el amor amante：
la muerte que Dios te envía.
¡Ay，Muerte tan rigurosa，
déjame vivir un día!
Un día no puede ser，
una hora tienes de vida.
Muy de prisa se calzaba，
más de prisa se vestía，
ya s va para la calle
en donde su amor vivía.
¡Ábreme la puerta Blanca；
ábreme la puerte，niña!.
¿Cómo te podré yo abrir
si la ocasión no es venida?
Mi padre nu fue al palacio，

mi madre no está dormida.
Si no me abres esta noche
ya no me abirás querida;
la Muerte me está buscando;
junto a tí, vida sería.
Vete bajo la ventana
donde labraba y cosía;
te echaré cordón de seda
para que subas arriba
y, si el cordón no alcanzare,
mis trenzas añadiría.
La fina seda se rompe
y la Muerte así decía:
vamos el enamorado
que la hora ya está cumplida.

(Romance tradicional)

恋人与死神

昨天夜里做梦，
打动我的心灵；
梦见意中人，
在我怀抱中。
肌肤多洁白，
冰雪般晶莹。
"你从何处来，
爱情和生命？
门儿都关着，
窗户也无缝。"

“非你意中人，
来索你性命。”
“可怕的死神啊，
宽一天行不行？”
“一天绝不成，
只给你一点钟。”
急忙穿衣裤，
再把鞋袜蹬，
来到大街上——
情人有门庭。
“快快开门呀！”
布兰卡叫几声。
“怎给你开门？
此时可不行：
母亲没睡着，
父亲未进宫。”
“你若不开门，
亲爱的，再也难相逢：
死神在把我找，
宝贝呀，就在你家中。”
“快到窗台下——
我常在那儿把衣逢。
你从那里爬上来，
我给你扔丝绳。
绒绳不够用，
将我的发辫拧。”
丝绳折两段，
死神把话明：

“多情的小伙子，
已过了一点钟。”

(《传统谣曲》)

ROMANCE DEL EMPLAZADO

¡Misoledad sin descanso！
Ojos chicos de mi cuerpo
y grandes de mi caballo
no se cierran por la noche
ni miran al otro lado
donde se aleja tranquilo
un sueño de trece barcos.
Sino que，limpios y duros
Escuderos desvelados，
mis ojos miran un norte
de metales y peñascos，
donde mi cuerpo sin venas
consulta naipes helados.

Los densos bueyes del agua
embisten a los muchachos
que se bañan en las lunas
de sus cuernos ondulados.
Y los martillos cantaban
sobre los yunques sonámbulos
el insomnio del jinete
y el insomnio del caballo.

El veinticinco de junio
Le dijeron al Amargo:
—Ya puedes cortar si gustas
las adelfas de tu patio.
Pinta una cruz en la puerta
y pon tu nombre debajo,
porque cicutas y ortigas
nacerán en tu costado,
y agujas de cal mojada
te morderán los zapatos.
Será de noche, en lo oscuro,
por los montes imantados,
donde los bueyes del agua
beben los juncos soñando.
Pide luces y campanas.
Aprende a cruzar las manos
Y gusta los aires fríos
de metales y peñascos.
Porque dentor de dos meses
yacerás amortajado.

Espadón de nebulosa
mueve en el aire Santiago.
Grave silencio, de espalda,
manaba el cielo combado.

El veinticinco de junio

abrió sus ojos Amargo,
y el veinticinco de agosto
se tendió para cerrarlos.
Hombres bajaban la calle
para ver al emplazado,
que fijaba sobre el mundo
su soledad con descanso.
Y la sábana impecable,
de duro acento romano,
daba equilibrio a la muerte
con las rectas de sus paños.

(Federico García Lorca)

被传讯者谣曲

我不停息的孤独!
我身体小小的眼睛
我马匹大大的眼睛,
在夜间不要合拢,
也不要注视另一侧,
一个十三条船的梦
正从那里向远方航行。
警醒的侍从
纯洁而又坚强,
我的眼睛注视着
金属和悬崖的北方,
我没有血管的身体
在那里与冰冻的纸牌磋商。

水中雄壮的耕牛
将那些小伙子攻击，
他们沐浴在
你波动的犄角的月亮里。
锤声歌唱
在梦游的铁砧上，
骑手和马儿
都难入梦乡。

七月二十五日
人们对阿马尔戈说道：
如果你愿意
可以采院中的夹竹桃。
在门上画一个十字
并在下面标上你的名号，
因为将从你的肋部
生出毒芹和荨麻的根苗
而石灰湿漉漉的针
将把你的鞋儿啃咬。
在夜晚的黑暗中
沿着具有磁性的山坳，
水的耕牛将在梦里
畅饮灯心草。
请将钟和灯光索要。
要学会袖手旁观
品味金属和悬崖
寒冷的气团。
因为两个月之后

你将装裹入殓。

圣地亚哥在空中
将星云的长剑舞动。
穹窿从脊背溢出
深沉的寂静。

七月二十五日
阿马尔戈二目圆睁，
八月二十五日
他躺下闭上了眼睛。
人们走下街巷
将被传讯者观看，
他用安息将自己的孤独
固定在墙壁上面。
洁白无瑕的床单
具有罗马人顽强的特点，
将平衡赋予死神
用它帐幔的直线。

（费德里科·加西亚·洛尔卡）

不难看出，传统谣曲，多是无名氏的作品，是在口头流传的基础上形成的，因而通俗易懂，朴实无华。而加西亚·洛尔卡创作的《吉卜赛谣曲集》虽然保持了传统谣曲的韵律，但却融入了超现实主义的意象，内涵却深刻并丰富得多，也隐晦与神秘得多。如果对西班牙安达卢西亚地区的文化积淀没有相当的了解，是很难捕捉到这部作品的真谛的。

还应当指出，谣曲并非总是由八音节的诗句组成，如英雄谣曲的诗句就是十一音节，挽歌谣曲（endecha o romance endecha）由七个音节的诗句组成，而小曲（romancillo）则由六个音节的诗句组成。

b. 席尔瓦(la silva)

席尔瓦由十一和七个音节的诗句组成,既不限行,也不限韵,有时还可以是散体。这种诗体17世纪的剧作中颇为常见。在现代,押半谐音的席尔瓦也很流行。请看安东尼奥·马查多的诗句:

Este noble poeta que ha escuchado　　a
los ecos de la tarde, y los violines　　b
del otoño en Verlaine, y que ha cortado　　a
las rosas de Ronsardenlos jardines　　b
de Francia, hoy, peregrino　　c
de un Ultramar de sol, nos trae el oro　　d
de su verbo divino.　　c
...

(Antonio Machado: *Al Maestro Rubén Darío*)

这高尚的诗人曾经倾听
傍晚的回声,还有魏尔兰
秋天的琴弦,曾剪过
龙萨的玫瑰,在今天
法兰西的花园,海外
阳光的朝圣者,为我们带来
金子般神圣的语言。
……

(安东尼奥·马查多:《致鲁文·达里奥大师》)

由于席尔瓦只限音节(七与十一),不限行数和韵脚,诗人写起来比较随意,汪洋恣肆,滔滔不绝,直抒胸襟。拉丁美洲启蒙文化的一带宗师安德雷斯·贝略(Andrés Bello, 1781—1865)创作的著名诗篇《致诗神》(*Alocucióna la Poesía*)和《热带农艺的颂歌》(*La agricultura de la zona tórrida*)就是用这种形式写成的,因而被称作"美洲的席尔瓦"。请看诗人在《热带农艺颂》中，通过丰富的比喻和象征，对热带地区自然风貌的咏叹：

...
¡Salve, fecunda zona,
que al sol enamorado circunscribes
el vago curso, y cuanto ser se anima
en cada vario clima,
acariciada de su luz, concibes!
Tú tejes al verano su guirnalda
de granadas espigas; tú la uva
das a la hirvente cuba;
no de purpúrea fruta, roja o gualda,
a tus florestas frutas, bellas
falta matiz alguno; y bebe en ellas
aromas mil el viento;
y greyes van sin cuento
paciendo tu verdura, desde el llano
que tiene por lindero el horizonte,
hasta el erguido monte,
de inaccesible nieve siempre cano.

你好啊，肥沃的土地，
太阳神的情侣，
围绕着恋人模糊的旅程，
在各种各样的气候里，
受着阳光的爱抚，将生命孕育！
你用沉甸甸的谷穗
为夏天编织花环；

用葡萄汁液
将无数的酒桶装满；
你美丽的果林，
不乏紫色、红色或黄色的果实，
应有尽有，缤纷灿烂；
风儿畅饮万种芬芳；
牧群默默无语地
品尝你的绿色，
从一望无际的的平原，
到终年不化、高不可攀的雪山。

c. 短谣(la letrilla)

短谣由短诗句(versos de arte menor)组成，行数与韵脚不限，但在每一节的末尾，有一行或两行诗句作为副歌(estribillo)。西班牙黄金世纪的诗人，尤其是贡戈拉和洛佩·德·维加，创作了不少这样的作品。在现当代诗坛上，也不乏名篇佳作，贡戈拉和马查多的诗作就是最好的范例：

La más bella niña
de nuestro lugar,
hoy viuda y sola
y ayer por casar,
viendo que sus ojos
a la guerra van,
a su madre dice
que escucha su mal:
　　déjame llorar
　　orillas del mar.

Pues me diste, madre,
en tan tierna edad
tan corto el placer,
tan largo el pesar,
y me cautivaste
de quien hoy se va
y lleva las llaves
de mi libertad,
　　déjame llorar
　　orillas del mar.

En llorar conviertan
mis ojos, de hoy *más*,
el sabroso oficio
del dulce mirar,
pues que no se pueden
mejor ocupar,
yéndose a la guerra
quien era mi paz:
　　déjame llorar
　　orillas del mar.

...

(Luis de Góngora)

我们这个地方
最美丽的姑娘,
昨天新婚燕尔,
今日独守空房,

眼见她的爱侣
起程奔赴疆场，
便请她的母亲
听她把苦楚讲：
　　让我在海岸旁
　　痛快地哭一场。

娘啊，你使孩儿
在这小小年龄，
快乐如此短暂，
痛苦何等深重，
叫我委身于他，
他却踏上征程，
将儿自由的钥匙
带在身上远行：
　　让我在海岸旁
　　痛快地哭一场。

今后我的眼睛
失去美妙功能，
不能赏心悦目
只有珠泪涕零，
他是儿的和平
现却投入战争，
除了痛哭流涕
眼睛还有何用：
　　让我在海岸旁
　　痛快地哭一场。

……

（路易斯·德·贡戈拉）

Amada, el aura dice
tu pura veste blanca…
No te verán mis ojos;
¡mi corazón te aguarda!

El viento me ha traído
tu nombre en la mañana;
el eco de tus pasos
repite la montaña…
No te verán mis ojos;
¡mi corazón te aguarda!

En las sombrías torres
repican las campanas…
No te verán mis ojos;
¡mi corazón te aguarda!

Los golpes del martillo
dicen la negra caja;
y el sitio de la fosa,
los golpes de la azada…
No te verán mis ojos;
¡mi corazón te aguarda!

(Antonio Machado)

亲爱的，微风谈论着

你洁白的衣裳……
我的眼睛看不见你；
我的心却将你盼望！

　　风儿在清晨，为我
带来了你的名字；
山坡重复着
你脚步的回响……
我的眼睛看不见你；
我的心却将你盼望！

　　钟声不停地回荡
在阴暗的塔楼上……
我的眼睛看不见你；
我的心却将你盼望！

　　锤子的敲击
诉说着黑色的棺木；
锄头的敲击，
坟墓的地方……
我的眼睛看不见你；
我的心却将你盼望！

（安东尼奥·马查多）

以上是对西班牙语诗歌韵律进行了一次扫描式的综述。诗歌韵律不是哪个人发明的，而是根据无数诗人在漫长的创作实践中的积累总结出来的。只要诗人们的创作实践不终止，诗歌韵律的发展就会继续下去。

西方各语种之间，触类旁通之处甚多；在诗歌韵律方面，既有共性又有个性，无法互相取代。我们对西班牙语诗歌韵律做一个简要介绍，只是为了给我国西语界的朋友们提供一个鉴赏诗歌的参数，给我国诗歌界的朋友们提供一个创作的借鉴。我们介绍的只是格律诗，对自由体诗歌涉及甚少。但有一点应当指出，西方的古典诗歌与当代自由体诗歌绝不是对立的，而是一脉相承的。当代许多闻名遐迩的诗人都创作过十四行诗，就是最好的说明。

无论对汉语诗歌还是对西语诗歌，笔者都是一知半解。文中示例的翻译也未遵循原诗的韵律。这一部分的论述，是根据几本国外相关著作编写的。谬误之处，在所难免，恳请业内同仁不吝赐教。

附录3

西班牙重要的诗歌奖项

一　塞万提斯文学奖

塞万提斯文学奖(Premio Miguel de Cervantes)又称西班牙语文学奖,由西班牙文化部和西班牙语国家语言科学院共同颁发。自1976年始,每年一次。一般是西班牙和西班牙语美洲作家轮流获奖。奖金额度为125 000欧元。这是西班牙语国家最高文学奖,素有"小诺贝尔奖"之称。该奖不能分享(这是评委会于1979年赫拉尔多·迭戈和博尔赫斯共获此奖以后做出的决定),也不授给已故作家,由西班牙皇家学院、西语国家语言科学院和前获奖者们共同评选。该奖在年底评出,第二年4月23日(塞万提斯忌辰,国际读书日)颁奖。颁奖典礼在阿尔卡拉大学礼堂举行,由西班牙国王主持,西班牙国王、文化部长和获奖者发表演说。

历届获奖者名单(带*号者为诗人,或诗人兼小说家)

1976—豪尔赫·纪廉*(西班牙,1893—1984)

Jorge Guillén (España,1893—1984)

1977—阿莱霍·卡彭铁尔(古巴,1904—1980)

Alejo Carpentier (Cuba,1904—1980)

1978—达马索·阿隆索*(西班牙,1898—1990)

Dámaso Alonso (España,1898—1990)

1979—豪尔赫·路易斯·博尔赫斯*(阿根廷,1899—1986)

Jorge Luis Borges (Argentina,1899—1986)

赫拉尔多·迭戈*(1896—1987)

Gerardo Diego (España,1896—1987)

1980—胡安·卡洛斯·奥内蒂(乌拉圭,1909—1994)

Juan Carlos Onetti (Uruguay,1909—1994)

1981—奥克塔维奥·帕斯*(墨西哥,1914—1918)

Octavio Paz (México,1914—1998)

1982—路易斯·罗萨莱斯*(西班牙,1910—1992)

Luis Rosales (España,1910—1992)

1983—拉斐尔·阿尔贝蒂*(西班牙,1902—1999)

Rafael Alberti (España,1902—1999)

1984—埃尔内斯托·萨巴托(阿根廷,1911—2011)

Ernesto Sabato (Argentina,1911—2011)

1985—贡萨罗·托伦特·巴略斯特尔(西班牙,1910—1999)

Gonzalo Torrente Ballester (España,1910—1999)

1986—安东尼奥·布埃罗·巴略霍(西班牙 1916—2000)

Antonio Buero Vallejo (España,1916—2000)

1987—卡洛斯·富恩特斯(墨西哥,1928—2012)

Carlos Fuentes (México,1928—2012)

1988—玛利亚·桑布拉诺(西班牙,1904—1991)

María Zambrano (España,1904—1991)

1989—奥古斯托·罗阿·巴斯托斯(巴拉圭,1917—2005)

Augusto Roa Bastos (Paraguay,1917—2005)

1990—阿多尔夫·比奥·卡萨雷斯(阿根廷,1914—1999)

Adolfo Bioy Casares (Argentina,1914—1999)

1991—弗朗西斯科·阿亚拉*(西班牙,1906—2009)

Francisco Ayala (España,1906—2009)

1992—杜尔塞·玛利亚·洛伊纳斯(古巴,1902—1997)

Dulce María Loynaz (Cuba,1902—1997)

1993—米格尔·德里维斯(西班牙,1920—2010)

Miguel Delibes (España,1920—2010)

1994—马里奥·巴尔加斯·略萨(秘鲁,1936—)

Mario Vargas Llosa (Perú,España,1936—)

1995—卡米洛·何塞·塞拉(西班牙,1916—2002)

Camilo José Cela (España,1916—2002)

1996—何塞·加西亚·涅托*(西班牙,1914—2001)

José García Nieto (España,1914—2001)

1997—吉列尔莫·卡布雷拉·因方特(古巴,1929—2005)

Guillermo Cabrera Infante (Cuba,1929—2005)

1998—何塞·耶罗*(西班牙,1922—2002)

José Hierro (España,1922—2002)

1999—豪尔赫·爱德华兹(智利,1931—)

Jorge Edwards (Chile,1931—)

2000—弗朗西斯科·翁布拉尔(西班牙,1932—2007)

Francisco Umbral (España,1932—2007)

2001—阿尔瓦罗·穆蒂斯*(哥伦比亚,1923—)

Álvaro Mutis (Colombia,1923—)

2002—何塞·希梅内斯·洛萨诺(西班牙,1930—)

José Jiménez Lozano (España,1930—)

2003—贡萨洛·罗哈斯*(智利,1917—2011)

Gonzalo Rojas (Chile,1917—2011)

2004—拉斐尔·桑切斯·费洛希奥(西班牙,1927—　)

Rafael Sánchez Ferlosio (España,1927—　)

2005—塞尔希奥·皮托尔(墨西哥,1933—　)

Sergio Pitol (México,1933—　)

2006—安东尼奥·加莫内达 *(西班牙,1931—　)

Antonio Gamoneda (España,1931—　)

2007—胡安·赫尔曼 *(阿根廷,1930—　)

Juan Gelman (Argentina,1930—　)

2008—胡安·马尔塞(西班牙,1933—　)

Juan Marsé (España,1933—　)

2009—何塞·埃米利奥·帕切科 *(墨西哥,1939—　)

José Emilio Pacheco (México,1939—　)

2010—安娜·玛利娅·马图特(西班牙,1925—　)

Ana María Matute (España,1925—　)

2011—尼卡诺尔·帕拉 *(智利,1914—　)

Nicanor Parra (Chile,1914—　)

2012—何塞·马努埃尔·卡瓦耶罗·博纳尔德 *(西班牙,1926—　)

José Manuel Caballero Bonald (España,1926—　)

2013—埃莱娜·波尼亚托夫斯卡 (墨西哥,1932—　)

Elena Poniatowska (México,1932—　)

2014—胡安·戈伊蒂索洛 (西班牙,1931—　)

Juan Goytisolo(España,1931—　)

2015—费尔南多·德尔·帕索(墨西哥,1935—　)

Fernando del Paso (México,1935—　)

2016—爱德华多·门多萨(西班牙,1943—　)

Eduardo Mendoza (España, 1943—　)

二 西班牙国家诗歌奖

西班牙国家诗歌奖(Premio Nacional de Poesía-España)是西班牙文化部颁发的年度诗歌奖。1977年前,称“西班牙国家文学奖之诗歌奖”。该奖颁发给前一年的最佳诗歌作品,目前奖金额度为20,000欧元。

历届获奖者名单

1924—拉斐尔·阿尔贝蒂,《陆地上的水手》
Rafael Alberti, por *Marinero en tierra*

1925—赫拉尔多·迭戈,《人类的诗》
Gerardo Diego, por *Versos humanos*

1927—达马索·阿隆索,《风与诗句》
Dámaso Alonso, por *El viento y el verso*

1933—阿德里亚诺·德尔瓦略,《电车的声音》
Adriano del Valle, por *Ruido de Tranvías*

1934—维森特·阿莱克桑德雷,《毁灭或爱情》
Vicente Aleixandre, por *La destrucción o el amor*

1937—安东尼奥·桑切斯·巴尔布多,《在两种火中》
Antonio Sánchez Barbudo, por *Entre dos fuegos*

1938—埃米里奥·普拉多斯,《忠实的命运》
Emilio Prados, por *Destino fiel*

1949—莱奥波尔多·帕内罗,《时刻的写作》
Leopoldo Panero, por *Escrito a cada instante*

1950—何塞·玛利亚·巴尔贝德,《等待》
José María Valverde, por *La espera*

1951—何塞·加西亚·涅托,《休战》
José García Nieto, por *Tregua*

1951—阿尔丰莎·德拉托雷,《圣贝纳尔蒂诺小教堂》

Alfonsa de la Torre, por *Oratorio de San Bernardino*

1952—迪奥尼西奥·里德鲁埃霍,《在十一年里——青年时代诗歌全集》

Dionisio Ridruejo, por *En Once años. Poesías completa de juventud*

1953—路易斯·罗萨莱斯,《诗韵集》

Luis Rosales, por *Rimas*

1954—何塞·耶罗,《诗选》

José Hierro, por *Antología*

1955—豪尔赫·坎波斯,《过去的时代》

Jorge Campos, por *Tiempo pasado*.

1957—何塞·加西亚·涅托,《用地理谱写爱情》

José García Nieto, por *Geografía es amor*

1959—拉斐尔·拉佛翁,《忘恩负义的枝干》

Rafael Laffón, por *la Rama ingrata*

1960—何塞·路易斯·普拉多·诺盖伊拉,《墓地上的弥撒》

José Luis Prado Nogueira, por *Miserere en la tumba de R. N.*

1962—马努埃尔·阿尔坎塔拉,《当年的城市》

Manuel Alcántara, por *Ciudad de entonces*

1963—埃拉蒂奥·卡瓦涅罗,《智者玛丽莎及其他诗篇》

Eladio Cabañero, por *Marisa Sabia y otros poemas*

1965—阿丰索·卡纳莱斯,《阿米纳达波》

Alfonso Canales, por *Aminadab*

1966—佩雷·辛费雷,《大海在燃烧》

Pere Gimferrer, por *Arde el mar*

1967—卡门·孔德,《另一种诗学》

Carmen Conde, por *Obra poética*

1968—迭戈·赫苏斯·希梅内斯,《魂灵的合唱》

Diego Jesús Jiménez, por *Coro de ánimas*

1972—马努埃尔·里奥斯·鲁伊斯,《双簧管演奏家》

Manuel Ríos Ruiz, por *El Oboe*

1973—安赫尔·加西亚·洛佩斯,《阿斯塔罗茨的挽歌》

Ángel García López, por *Elegía en Astaroth*

1977—米格尔·费尔南德斯,《厄洛斯和安特厄洛斯》

Miguel Fernández, por *Eros y Anteros*

1978—费利克斯·格兰德,《贺拉斯·马丁的鲁拜体诗歌》

Félix Grande, por *Las rubáiyatas de Horacio Martín*

1979—莱奥波尔多·德·路易斯,《和灰手套一样》

Leopoldo de Luis, por *Igual que guantes grises*

1980—卡洛斯·萨贡,《第一和第末职业》

Carlos Sahagún, por *Primer y último oficio*

1981—维森特·加奥斯,《最后的图勒岛》

Vicente Gaos, por *ñltima Thule*

1982—安东尼奥·科里纳斯,《诗集:1967—1981》

Antonio Colinas, por *Poesía*, 1967—1981

1983—克劳迪奥·罗德里格斯,《从我的诗开始》

Claudio Rodríguez, por *Desde mis poemas*

1984—未颁奖

1985—余安·比尼奥里,《生日漫步》

Joan Vinyoli, por *Passeig d'aniversari*

1986—未颁奖

1987—弗朗西斯科·布里内斯,《玫瑰之秋》

Francisco Brines, por *El otoño de las rosas*

1988—安东尼奥·卡莫内达,《年代》

Antonio Gamoneda, por *Edad*

1989—佩雷·辛费雷,《劲风》

Pere Gimferrer, por *El vendaval*

1990—卡洛斯·布索尼奥,《胡作非为的比喻》

Carlos Bousoño, por *Metáfora del desafuero*

1991—路易斯·阿尔瓦雷斯·皮涅尔,《总之》

Luis lvarez Piñer, por *En resumen*, 1927—1988

1992—巴西里奥·费尔南德斯·洛佩斯,《诗集:1927—1987》

Basilio Fernández López, por *Poemas* 1927—1987

1993—何塞·安赫尔·巴伦特,《歌者黎明未出现》

José Ángel Valente, por *No amanece el cantor*

1994—拉斐尔·纪廉,《透明的镜子》

Rafael Guillén, por *Los estados transparentes*

1995—路易斯·加西亚·蒙特罗,《分隔的房间》

Luis García Montero, por *Habitaciones separadas*

1996—费利佩·贝尼特斯·雷耶斯,《难以置信的生命》

Felipe Benítez Reyes, por *Vidas improbables*

1997—迭戈·赫苏斯·希梅内斯,《遇难者之旅》

Diego Jesús Jiménez, por *Itinerario para náufragos*

1998—何塞·安东尼奥·穆尼奥斯·罗哈斯,《丢失的物品》

José Antonio Muñoz Rojas, por *Objetos perdidos*

1999—何塞·耶罗,《纽约笔记》

José Hierro, por *Cuaderno de Nueva York*

2000—吉列尔莫·卡内罗,《英伦夏日》

Guillermo Carnero, por *Verano inglés*

2001—何塞·安赫尔·巴伦特,《未来之书断章》

José Ángel Valente, por *Fragmentos de un libro futuro*

2002—卡洛斯·马萨尔,《重金属》

Carlos Marzal, por *Metales pesados*

2003—胡里娅·乌塞达,《乘着风,向着海》

Julia Uceda, por *En el viento, hacia el mar*

2004—强塔尔·麦亚尔德,《杀死柏拉图》

Chantal Maillard, por *Matar a Platón*

2005—何塞·科雷多尔-马特奥,《无知先生》

José Corredor-Matheo, por *El don de la ignorancia*

2006—何塞·马努埃尔·卡瓦耶罗·博纳尔德,《违法者手册》

José Manuel Caballero Bonald, por *Manual de infractores*

2007—奥尔维多·加西亚·巴尔德斯,《我们大家都曾活着》

Olvido García Valdés, por *Y todos estábamos vivos*

2008—霍安·马加里特,《慈悲之家》

Joan Margarit, por *Casa de Misericordia*

2009—胡安·卡洛斯·梅斯特雷,《红色之家》

Juan Carlos Mestre, por *La casa roja*

2010—何塞·玛利亚·米亚雷斯,《记事簿,2000—2009》

José María Millares, por *Cuadernos*, 2000—2009

2011—弗兰西斯卡·阿吉雷,《解剖学的故事》

Francisca Aguirre, por *Historia de una anatonmía*

2012—安东尼奥·卡巴哈尔,《漂浮的向日葵》

Antonio Carvajal, por *Un girasol flotante*

2013—马努埃尔·阿尔瓦雷斯·托尔内伊洛,《炭火的犄角》

Manuel Álvarez Torneiro, por *Os ángulos da brasa* (*escrito en gallego*)

2014—安东尼奥·埃尔南德斯·拉米雷斯,《垂死的纽约》

Antonio Hernández Ramírez, por *Nueva York antes de muerto*

2015—路易斯·阿尔贝托·德·昆卡,《假期日志》

Luis Alberto de Cuenca, por *Cuaderno de Vacaciones*

2016—安赫莱斯·莫拉,《一部自传的虚构》

Ángela Mora, por *Ficciones para una autobiografía*

三　西班牙诗歌评论奖

评论奖(El Premio de la Crítica)创立于1956年,颁发给前一年用西班牙语、加泰卢尼亚语、巴斯克语或加利西亚语创作的诗歌和叙事作品。评委会一般由西班牙文学批评学会的22名委员组成。该奖不设奖金。

历届获奖者名单

1957—加布列尔·塞拉亚,《从清晰到清晰》

Gabriel Celaya(1911—1991), por *De claro en claro*

1958—何塞·耶罗,《我所知道的我》

José Hierro (1922—2002), por *Cuanto sé de mí*

1959—布拉斯·德·奥特罗,《安西亚》

Blas de Otero (1916—1979), por *Ancia*

1960—何塞·马努埃尔·博纳尔德,《已死的时刻》

José Manuel Caballero Bonald (1928—　), por *Las horas muertas*

1961—何塞·安赫尔·巴伦特,《致拉萨路的诗》

José Ángel Valente (1929—2000), por *Poemas a Lázaro*

1962—何塞·玛利亚·巴尔贝德,《为了圣马特奥的合唱》

José María Valverde (1926—1996), por *Voces para San Mateo*

1963—维森特·阿莱克桑德雷,《在一个辽阔的领域》

Vicente Aleixandre (1896—1984), por *En un vasto dominio*

1964—玛利娅·埃尔维拉·拉卡希,《城市之东》

María Elvira Lacaci (1928—1997), por *Al este de la ciudad*

1965—何塞·耶罗,《幻觉之书》

José Hierro (1922—2002), por *Libro de las alucinaciones*

1966—克劳迪奥·罗德里格斯,《联盟与刑罚》

Claudio Rodríguez (1934—1999), por *Alianza y condena*

1967—弗朗西斯科·布里内斯,《暗中语》

Francisco Brines (1932—), por *Palabras en la oscuridad*

1968—卡洛斯·布索尼奥,《灰烬中的赞歌》

Carlos Bousoño (1923—), por *Oda en la ceniza*

1969—维森特·阿莱克桑德雷,《终极的诗》

Vicente Aleixandre (1896—1984), por *Poemas de la consumación*

1970—路易斯·罗萨莱斯,《心声》

Luis Rosales (1910—1992), por *El contenido del corazón*

1971—埃拉蒂奥·卡瓦涅罗,《诗集》

Eladio Cabañero (1930—2000), por *Poesía*

1972—萨尔瓦多·埃斯普利乌,《圣周》

Salvador Espriu (España, 1913—1985), por *Semana Santa*

1973—阿丰索·卡纳莱斯,《安达卢西亚的安魂曲》

Alfonso Canales (1923—), por *Réquiem andaluz*

1974—卡洛斯·布索尼奥,《抗拒墓石的钱币》

Carlos Bousoño (1923—), por *Las monedas sobre la losa*

1975—路易斯·费利佩·毕万科,《道路》

Luis Felipe Vivanco (1907—1975), por *Los caminos*

1976—安东尼奥·科里纳斯,《塔基尼亚的陵墓》

Antonio Colinas (1946—), por *Sepulcro en Tarquinia*

1977—何塞·马努埃尔·卡瓦耶罗·博纳尔德,《英雄名裂》

José Manuel Caballero Bonald (1926—), por *Descrédito del héroe*

1978—安赫尔·加西亚·洛佩斯,《安达卢西亚的职业》

Ángel García López (1935—), por *Mester andalusí*

1979—路易斯·罗萨莱斯,《复活日记》

Luis Rosales (1910—1992), por *Diario de una resurrección*

1980—何塞·安赫尔·巴伦特,《熄灯礼拜三咏》

José Ángel Valente (1929—2000), por *Tres lecciones de tinieblas*

1981—路易斯·安东尼奥·德·维略纳,《逃离冬季》

Luis Antonio de Villena (1951—), por *Huir del invierno*

1982—维森特·努涅斯,《波雷伊的夕阳》

Vicente Núñez (1926—2002), por *Ocaso en Poley*

1983—海梅·希雷斯,《水乐章》

Jaime Siles (1951—), por *Música de agua*

1984—安德雷斯·桑切斯·罗巴伊纳,《岩石》

Andrés Sánchez Robayna (1952—), por *La roca*

1985—路易斯·阿尔贝托·德·昆卡,《银盒》

Luis Alberto de Cuenca (1950—), por *La caja de plata*

1986—胡斯托·纳瓦罗,《飞行员预见到死亡》

Justo Navarro (1953—), por *Un aviador prevé su muerte*

1987—米格尔·多尔斯,《无知高级班》

Miguel d'Ors (1946—), por *Curso superior de ignorancia*

1988—弗朗西斯科·贝哈拉诺,《傍晚》

Francisco Bejarano (1945—), por *Las tardes*

1989—哈维尔·萨尔巴格,《再次尝试》

Javier Salvago (1950—), por *Volverlo a intentar*

1990—安东尼奥·卡瓦哈尔,《冬天的证明》

Antonio Carvajal (1945—), por *Testimonio de invierno*

1991—阿贝拉尔多·利纳雷斯,《明镜》

Abelardo Linares (1952—), por *Espejos*

1992—何塞·阿古斯丁·格蒂索洛,《黑夜总相宜》

José Agustín Goytisolo (1928—1999), por *La noche le es propicia*

1993—安德雷斯·特拉皮约,《或许是真理》

Andrés Trapiello (1953—), por *Acaso una verdad*

1994—安东尼奥·埃尔南德斯,《神圣的形式》

Antonio Hernández (1943—), por *Sagrada forma*

1995—费利佩·贝尼特斯·雷耶斯,《难以置信的生命》

Felipe Benítez Reyes (1960—), por *Vidas improbables*

1996—迭戈·赫苏斯·希梅内斯,《遇难者之旅》

Diego Jesús Jiménez (1942—), por *Itinerario para náufragos*

1997—玛利娅·维多利娅·阿登西亚,《观察》

María Victoria Atencia (1931—), por *Las contemplaciones*

1998—何塞·耶罗,《纽约笔记》

José Hierro (1922—2002), por *Cuaderno de Nueva York*

1999—吉列尔莫·卡内罗,《英伦夏日》

Guillermo Carnero (1947—), por *Verano inglés*

2000—安东尼奥·卡布雷拉,《在永久的季节》

Antonio Cabrera (1958—), por *En la estación perpetua*

2001—卡洛斯·马萨尔,《重金属》

Carlos Marzal (1961—), por *Metales pesados*

2002—维森特·加耶戈,《神圣的漂移》

Vicente Gallego (1963—), por *Santa deriva*

2003—路易斯·加西亚·蒙特罗,《蛇亲》

Luis García Montero (1958—), por *La intimidad de la serpiente*

2004—哈克伯·科蒂内斯,《慰藉》

Jacobo Cortines (España, 1946—), por *Consolaciones*

2005—埃罗伊·桑切斯·罗西略,《真实》

Eloy Sánchez Rosillo (1948—), por *La certeza*

2006—胡里娅·乌塞达,《陌生地》

Julia Uceda (1925—), por *Zona desconocida*

2007—强塔尔·麦亚尔德,《线索》

Chantal Maillard (1951—), por *Hilos*

2008—爱德华多·加西亚,《新生》

Eduardo García (1965—), por *La vida nueva*

2009—弗朗西斯科·费雷尔·莱林,《杂役》

Francisco Ferrer Lerín (1942—　), por *Fámulo*

2010—胡安娜·卡斯特罗,《一月来信》

Juana Castro (1945—　), por *Cartas de Enero*

2011—托马斯·塞戈维亚,《河滩》

Tomás Segovia (1927—2011), por *Estuario*

2012—胡安·卡洛斯·梅斯特雷,《面包师的自行车》

Juan Carlos Mestre (1957—　), por *La bicicleta del panadero*

2013—安东尼奥·埃尔南德斯,《纽约死后》

Antonio Hernández (1943—　), por *Nueva York después de muerto*

2014—洛伦索·奥里万,《近乎夜曲》

Lorenzo Oliván (1968—　), por *Nocturno casi*

2015—安赫莱斯·莫拉,《一部自传的虚构》

Ángela Mora, por *Ficciones para una autobiografia*

四　阿多奈斯诗歌奖

阿多奈斯诗歌奖(Premio Adonáis de Poesía)创办于 1943 年,颁发给未出版的西班牙语诗集。Adonáis 一词是英国浪漫派诗人雪莱在叶芝去世时写的一首挽歌的题目,该词是希腊语 Adonis 和希伯来语 Adonai 的"混合",是"主"的意思。至今"阿多奈斯诗丛"已出版诗集 600 余册,对繁荣西班牙诗歌做了突出贡献。每届阿多奈斯诗歌奖还设几个鼓励奖,其中也不乏著名诗人。

历届获奖者名单(鼓励奖从略)

1943—豪尔赫·苏亚雷斯·卡雷尼奥,《人的年龄》;维森特·加奥斯,《我夜间的天使》;阿丰索·莫雷诺,《肌体的飞翔》

José Suárez Carreño, *Edad del hombre*; Vicente Gaos, *Arcángel de mi noche*; Alfonso Moreno, *El vuelo de la carne*.

1944—未颁

No concedido.

1945—未颁

No concedido.

1946—未颁

No concedido.

1947—何塞·耶罗,《愉悦》

José Hierro, *Alegría*.

1948—未颁

No concedido.

1949—里卡多·莫利纳,《伞房花序》

Ricardo Molina, *Corimbo*.

1950—何塞·加西亚·涅托,《孤独夫人》

José García Nieto, *Dama de soledad*.

1951—洛伦索·格米斯,《马》

Lorenzo Gomis, *El caballo*.

1952—安东尼奥·费尔南德斯·斯宾塞(多米尼加),《日光下》

Antonio Fernández Spencer(Rep'blica Dominicana), *Bajo la luz del día*.

1953—克劳迪奥·罗德里格斯,《迷醉的天赋》

Claudio Rodríguez, *Don de la ebriedad*.

1954—何塞·安赫尔·巴伦特,《以希望的方式》

José Ángel Valente, *A modo de esperanza*.

1955—哈维尔·德·本格切亚,《挽歌式的人》

Javier de Bengoechea, *Hombre en forma de elegía*.

1956—玛利娅·埃尔维拉·拉卡希,《人类之声》

María Elvira Lacaci, *Humana voz*.

1957—卡洛斯·萨贡,《水的预言》

Carlos Sahagún, *Profecías del agua*.

1958—拉斐尔·索托·贝尔杰斯,《女预言家》

Rafael Soto Vergés, *La agorera*.

1959—弗朗西斯科·布里内斯,《炭火》

Francisco Brines, *Las brasas*.

1960—玛利亚诺·罗尔丹,《新人》

Mariano Roldán, *Hombre nuevo*.

1961—路易斯·费利亚,《觉醒》

Luis Feria, *Conciencia*.

1962—赫苏斯·伊拉里奥,《和我的寂静一起》

Jesús Hilario Tundidor, *Junto a mi silencio*.

1963—费利克斯·格兰德,《石块》

Félix Grande, *Las piedras*.

1964—迭戈·赫苏斯·希梅内斯,《城市》

Diego Jesús Jiménez, *La ciudad*.

1965—华金·卡洛·罗梅罗,《镜中时间》

Joaquín Caro Romero, *El tiempo en el espejo*.

1966—米格尔·费尔南德斯,《神圣的材料》

Miguel Fernández, *Sagrada materia*.

1967—华金·贝尼托·德·卢卡斯,《忘却的素材》

Joaquín Benito de Lucas, *Materia de olvido*.

1968—罗贝托·索萨(洪都拉斯),《贫困者》

Roberto Sosa (Honduras), *Los pobres*.

1969—安赫尔·加西亚·洛佩斯,《致肌肤之花》

Ángel García López, *A flor de piel*.

1970—普雷莎·卡内洛,《共同之地》

Pureza Canelo, *Lugar común*.

1971—何塞·因方特,《挽歌和不》

José Infante, *Elegía y no*.

1972—何塞·路易斯·阿莱格雷,《熙德概念的抽象》

José Luis Alegre Cudós, *Abstracción de Mío Cid con Cid Mío*.

1973—何塞·安东尼奥·莫雷诺·胡拉多,《自嘲的赞美诗》

José Antonio Moreno Jurado, *Ditirambos para mi propia burla*.

1974—胡利娅·卡斯蒂略,《内河告急》

Julia Castillo, *Urgencias de un río interior*.

1975—安赫尔·桑切斯·帕斯夸尔,《清白的礼仪》

Ángel Sánchez Pascual, *Ceremonia de la inocencia*.

1976—豪尔赫·G. 阿朗古伦,《火、老虎、河流》

Jorge G. Aranguren, *De fuegos, tigres, ríos*.

1977—埃罗伊·桑切斯·罗希里奥,《独处的方式》

Eloy Sánchez Rosillo, *Maneras de estar solo*.

1978—阿卡迪奥·洛佩斯-卡撒诺瓦,《昏权》

Arcadio López-Casanova, *La oscura potestad*.

1979—拉乌雷亚诺·阿尔班(哥斯达黎加),《秋天的遗产》

Laureano Albán(Costa Rica), *Herencia del otoño*.

1980—布朗卡·安德雷乌,《一个从外省来夏加尔生活的姑娘》

Blanca Andreu, *De una niña de provincias que vino a vivir en un Chagall*.

1981—米格尔·贝拉斯科,《梦幻四轮轿车》

Miguel Velasco, *Las berlinas del sueño*.

1982—路易斯·加西亚·蒙特罗,《异域花园》

Luis García Montero, *El jardín extranjero*.

1983—哈维尔·佩尼亚斯·纳瓦罗,《无水和有水的形容词》

Javier Peñas Navarro, *Adjetivos sin agua, adjetivos con agua*.

1984—阿玛利娅·伊格莱西亚斯·塞尔纳,《一个为了火的地方》

Amalia Iglesias Serna, *Un lugar para el fuego*.

1985—胡安·卡洛斯·梅斯特雷,《毕耶索谷地之秋的咏叹》

Juan Carlos Mestre, *Antífona de otoño en el valle del Bierzo*.

1986—胡安·玛利亚·卡略斯,《天上的寂静》

Juan María Calles, *Silencio celeste*.

1987—弗朗西斯科·塞拉迪亚,《不受贿的树林》

Francisco Serradilla, *El bosque insobornable*.

1988—米格尔·桑切斯·加特尔,《大地的绝对孤独》

Miguel Sánchez Gatell, *La soledad absoluta de la tierra*.

1989—胡安·卡洛斯·马塞特,《小小预言家》

Juan Carlos Marset, *Por profeta*.

1990—迭戈·东塞尔,《唯一的门槛》

Diego Doncel, *El único umbral*.

1991—赫苏苏·哈维尔·拉萨罗·普埃布拉,《入睡的亚马孙之歌》

Jesús Javier Lázaro Puebla, *Canción para una amazona dormida*.

1992—胡安·安东尼奥·马林·阿尔瓦,《夜之涯》

Juan Antonio Marín Alba, *El horizonte de la noche*.

1993—玛利娅·路易莎·莫拉·阿拉梅达,《寻觅与捕获》

María Luisa Mora Alameda, *Busca y captura*.

1994—阿娜·梅利诺,《一次旅行的筹备》

Ana Merino, *Preparativos para un viaje*.

1995—爱德华多·莫加,《听到的光》

Eduardo Moga, *La luz oída*.

1996—罗莎里奥·奈拉,《我们不是天使》

Rosario Neira, *No somos ángeles*.

1997—路易斯·马丁内斯-法来罗,《充分的原料》

Luis Martínez-Falero, *Plenitud de la materia*.

1998—路易斯·恩里克·贝尔蒙特(委内瑞拉),《无用的登记》

Luis Enrique Belmonte (Venezuela), *Inútil registro*.

1999—伊雷内·桑切斯·卡隆,《次要演员的主要场次》

Irene Sánchez Carrón, *Escenas principales de actor secundario*.

2000—华金·佩雷斯·阿萨乌斯特雷,《一种见解》

Joaquín Pérez Azaústre, *Una interpretación*.

2001—何塞·安东尼奥·戈麦斯-科罗纳多,《岁月的胜利》

José Antonio Gómez-Coronado, *El triunfo de los días*.

2002—阿德里昂·贡萨莱斯·达科斯塔,《都拉多雷斯大街》

Adrián González da Costa, *Rua dos douradores*.

2003—哈维尔·维拉,《还魂时刻》

Javier Vela, *La hora del crepúsculo*.

2004—何塞·马丁内斯·罗斯,《疾患》

José Martínez Ros, *La enfermedad*.

2005—卡洛斯·巴克利索,《时间的野蛮报复》

Carlos Vaquerizo, *Fiera venganza del tiempo*.

2006—豪尔赫·加兰(萨尔瓦多,原名豪尔赫·阿莱克桑德尔·波蒂略),《黎明简史》

Jorge Galán (George Alexander Portillo, El Salvador), *Breve historia del Alba*.

2007—特雷莎·索托·贡萨莱斯,《诗集》(仿维斯拉瓦)

Teresa Soto González, *Un poemario* (Imitación de Wislawa).

2008—罗赫里奥·格德亚(墨西哥),《科拉》

Rogelio Guedea (México), *Kora*.

2009—鲁文·马丁·迪亚斯,《心中的时刻》

Rubén Martín Díaz , *El minuto interior*.

2010—何塞·古铁雷斯·罗曼,《地平线之脚》

José Gutiérrez Román, *Los pies del horizonte*.

2011—赫苏斯·贝纳尔,《雾中人》

Jesús Bernal , *Hombre en la niebla*.

2012—玛尔塔·阿苏西翁·阿隆索,《混血的孤独》

Martha Asunción Alonso, *La soledad criolla*.

2013—霍金·莫雷诺·佩德罗萨,《漫长的旅行》

Joaquín Moreno Pedrosa, *Largo viaje*.

2014—康斯坦提诺·莫利纳·蒙特阿谷多,《命运的枝叶》

Constantino Molina Monteagudo, *Las ramas del azar*.

2015—罗德里格·桑丘·费雷,《蒸汽》

Rodrigo Sancho Ferrer, *Vaho*.

2016—塞尔吉奥·纳瓦罗,《为飞翔而斗争》

Sergio Navarro, *La lucha por el vuelo*.

附录4

人名书名索引

（按书中先后顺序）

第一单元　“九八年一代”和“一四年一代”

阿索林（Azorín）

皮奥·巴罗哈（Pío Baroja）

拉米罗·德·马埃苏托（Ramiro de Maezuto）

巴列-因克兰（Valle-Inclán）

华金·科斯塔（Joaquín Costa）

卢卡斯·马亚达（Lucas Mallada）

里卡多·马西亚斯·比卡维亚（Ricardo Macías Picavea）

安赫尔·加尼维特（Ángel Ganivet）

努涅斯·德·阿尔塞（Núñez de Arce）

拉蒙·德·坎波阿莫尔（Ramón de Camboamor）

何塞·玛利亚·德·佩雷达（José María de Pereda）

佩雷斯·加尔多斯（Pérez Galdos）

何塞·埃切加赖（José Echegaray）

萨尔瓦多·鲁埃达（Salvador Rueda）

乌纳穆诺·伊·胡戈(Miguel de Unamuno y Jugo)
《诗集》(*Poesías*)
《抒情十四行诗系列》(*Rosario de sonetos líricos*)
《委拉斯开兹的基督》(*El Cristo de Velázquez*)
《黛莱莎》(*Teresa*)
《从富埃尔特-本图拉到巴黎》(*De Fuerteventura a París*)
《流亡谣曲集》(*Romancero del destierro*)
《歌集》(*Cancionero*)
《堂吉诃德和桑丘的一生》(*Vida de don Quijote y Sancho*)
《生命的悲剧意识》(*Del sentimiento trágico de la vida en los hombres y en los pueblos*)
安东尼奥·马查多(Antonio Machado)
《孤寂》(*Soledades*)
《孤寂、长廊及其他》(*Soledades, galerías y otros poemas*)
《幽默,幻影,笔记》(*Humorismos, fantasías apuntes*)
《卡斯蒂利亚的田野》(*Campos de Castilla*)
《索里亚的田野》(*Campos de Soria*)
《阿尔瓦·冈萨莱斯的土地》(*La tierra de Alvargonzalez*)
《一日之诗》(*Poema de un día*)
《箴言与歌谣》(*Proverbios y cantares*)
《新歌》(*Nuevas canciones*)
《罪行发生在格拉纳达》(*El crimen fue en Granada*)
《诗歌全集》(*Poesías completas*)
马努埃尔·马查多(Manuel Machado)
《灵魂集》(*Alma*)
《随心所欲》(*Caprichos*)
《民族节日》(*La fiesta nacional*)
《博物馆》(*Museo*)
《歌谣集》(*Los cantares*)
《恶劣之诗》(*El mal poema*)
《战利品》(*Trofeos*)

《阿波罗》(*Apolo*)
《深歌》(*Cante hondo*)
《歌与献辞》(*Canciones y dedicatorias*)
《塞维利亚和其他的诗》(*Sevilla y otros poemas*)
《死亡的艺术》(*Ars moriendi*)
《凤凰集》(*Phoenix*)
《黄金时刻》(*Hora de oro*)
《韵之韵》(*Cadencias de cadencias*)
(以下为兄弟二人合作)
《幸运姑娘的不幸》(*Desdichas de la fortuna o Julianillo Valcárcel*)
《胡安·德·马尼亚拉》(*Juan de Mañara*)
《夹竹桃》(*Las adelfas*)
《劳拉去码头》(*La Lola se va alos puertos*)
《费尔南达表妹》(*La prima Fernanda*)
《公爵夫人贝娜梅吉》(*La duquesa de Benamejí*)
《人在战争中死去》(*El hombre que murió en la guerra*)
加布列尔·米罗(Gabriel Miró)
拉蒙·佩雷斯·德·阿亚拉(Ramón Pérez de Ayala)
马努埃尔·阿萨尼亚(Manuel Azaña)
格雷戈里奥·马拉尼翁(Gregorio Marañón)
拉蒙·戈麦斯·德·拉·塞尔纳(Ramón Gómez de la Serna)
奥尔特加·伊·加塞特(José Ortega y Gaset)
《没有脊梁的西班牙》(*España invertebrada*)
《我们时代的主题》(*El tema de nuestro tiempo*)
《艺术的非人性化》(*La deshumanización del arte*)
胡安·拉蒙·希梅内斯(Juan Ramón Jeménez)
《诗韵集》(*Rimas*)
《悲哀的咏叹调》(*Arias Tristes*)
《远方的花园》(*Jardines lejanos*)
《牧歌》(*Pastorales*)
《春天的歌谣》(*Baladas de Primavera*)

《纯真的哀歌》(*Elegías puras*)
《遗忘》(*Olvidanzas*)
《绿叶》(*Las hojas verdes*)
《响亮的孤独》(*La soledad sonora*)
《痛苦与魔幻的诗篇》(*Poemas mágicos y dolientes*)
《怀念》(*Melancolías*)
《迷宫》(*Laberinto*)
《一个新婚诗人的日记》(*Diario de un poeta recién casado*)
《永恒》(*Eternidades*)
《石与天》(*Piedra y cielo*)
《诗与美》(*Poesía y belleza*)
《新光明之歌》(*Canciones de nueva luz*)
《空间》(*Espacio*)
《全季》(*La estación total*)
《底层的动物》(*Animal de fondo*)
《小银和我》(*Platero y yo*)
《三个世界中的西班牙人》(*Españoles de tres mundos*)

第二单元　“二七年一代”

加西亚·洛尔卡(Federico García Lorca)
《诗集》(*Libro de poemas*)
《深歌》(*Poemas del Cante Jondo*)
《组歌》(*Suites*)
《歌集》(*Canciones*)
《吉卜赛谣曲集》(*Romancero gitano*)
《诗人在纽约》(*Poeta en Nueva York*)
《致伊格纳西奥·桑切斯·梅希亚斯的挽歌》(*Llanto por Ignacio Sánchez Mejías*)
《短歌》(*Diwán del Tamarit*)
《十四行诗》(*Sonetos*)

《印象与风光》(*Impresiones y paisajes*)

《马里亚娜·皮内达》(*Mariana Pineda*)

《鞋匠的俏娘子》(*La zapatera prodigiosa*)

《血的婚礼》(*Bodas de sangre*)

《坐愁红颜老》(即《单身女子罗西达或花儿的语言》)(*Doña Rosita la soltera*)

《叶尔玛》(*Yerma*)

《阿尔瓦之家》(*La casa de Bernarda Alba*)

维森特·阿莱克桑德雷(Vicente Aleixandre)

《轮廓》(*Ámbito*)

《如唇之剑》(*Espadas como labios*)

《大地的激情》(*Pasión de la tierra*)

《毁灭或爱情》(*La destrucción o el amor*)

《天堂的影子》(*Sombra del Paraíso*)

《独处的世界》(*Mundo a solas*)

《最后的诞生》(*Nacimiento último*)

《心的历史》(*Historia del corazón*)

《在一个辽阔的领域》(*En un vasto dominio*)

《带名字的肖像》(*Retratos con nombre*)

《终极的诗》(*Poemas de la consuminación*)

《知识对话》(*Diálogo del conocimiento*)

《伟大的夜晚》(*En gran noche*)

拉斐尔·阿尔贝蒂(Rafael Alberti)

《陆地上的水手》(*Marinero en tierra*)

《恋女》(*La amante*)

《紫罗兰的黎明》(*El alba del alhelí*)

《石灰石与歌》(*Cal y canto*)

《关于天使》(*Sobre los ángeles*)

《布道辞与寓所》(*Sermones y moradas*)

《我要穿着鞋死去》(*Con los zapatos puestos tengo que morir*)

《号令》(*Consignas*)

《一个幽灵在欧洲游荡》(*Un fantasma recorre Europa*)

《十三条和四十八颗星》(13 *bandas y 48 estrellas*)
《诗人在街头》(*El poeta en la calle*)
《见得到你与见不到你》(*Verte y no verte*)
《在石竹花与剑之间》(*Entre el clavel y la espada*)
《致绘画》(*A la pintura*)
《远方生命的归来》(*Retornos de lo vivo lejano*)
《开向所有的时刻》(*Abierto a todas horas*)
《罗马,步行者的危险》(*Roma, peligro para caminantes*)
《胡安·帕纳德罗的歌》(*Coplas de Juan Panadero*)
《人民的春天》(*La primavera de los pueblos*)
《费尔敏·加兰》(*Fermín Galán*)
《随时随刻》(*De un momento a otro*)
《开花的三叶草》(*El trébol florio*)
《加亚尔达》(*La Gallarda*)
《普拉多博物馆的战争之夜》(*Noche de guerra en el Museo del Prado*)
《中国在微笑》(*Sonríe China*)
佩德罗·萨利纳斯(Pedro Salinas)
《预言》(*Presagios*)
《可靠的偶然》(*Seguro azar*)
《寓言与符号》(*Fábulo y signo*)
《心声因你而发》(*La voz a tí debida*)
《爱的理性》(*Razón de amor*)
《漫长的怨言》(*Largo lamento*)
《被凝视者》(*El contemplado*)
《一切更清晰及其他》(*Todo más claro y otros poemas*)
《信心》(*Confianza*)
《二十世纪的西班牙文学》(*Literatura española del siglo XX*)
《曼里克或传统与独创》(*Jorge Manrique o tradición y originalidad*)
《鲁文·达里奥的诗歌》(*La poesía de Rubén Darío*)
路易斯·塞尔努达(Luis Cernuda)
《天空的轮廓》(*Perfil del aire*)

《一条河，一种爱》(*Un río, un amor*)

《被禁止的欢愉》(*Los placeres prohibidos*)

《遗忘在那里栖息》(*Donde habite el olvido*)

《祈祷》(*Invocaciones*)

《现实与愿望》(*La realidad y el deseo*)

《云》(*Las nubes*)

《奥克诺斯》(*Ocnos*)

《等候黎明》(*Como quien espera el alba*)

《虽生犹死》(*Vivir sin estar viviendo*)

《来时无多》(*Con las horas contadas*)

《献给躯体的诗》(*Poemas para un cuerpo*)

《喀迈拉的哀伤》(*Desolación de la quimera*)

《当代西班牙诗歌研究》(*Estudios sobe poesía española contemporánea*)

《十九世纪英语抒情诗的诗学思考》(*Pensamiento poético en la lírica inglesa (siglo XIX)*)

《诗歌与文学》(*Poesía y literatura*)

豪尔赫·纪廉(Jorge Guillén)

《颂歌集》(*Cántico*)

《怨艾集》(*Clamor*)

《人群》(*Maremágnum*)

《汇入海洋》(*Que van a dar en la mar*)

《环境的高度》(*A la altura de las circunstancias*)

《致意集》(*Homenaje*)

《我们的天空》(*Aire nuestro*)

《题外的诗》(*Otros poemas*)

《尾声》(*Final*)

达马索·阿隆索(Dámaso Alonso)

《纯诗：城市小诗》(*Poemas puros: poemillos de la cudad*)

《风与诗句》(*El viento y el verso*)

《暗淡的消息》(*Oscura noticia*)

《愤怒之子》(*Hijos de la ira*)

《人与上帝》(*Hombre y Dios*)
《视觉的享受》(*Gozos de la vista*)
《对上帝的疑和爱》(*Duda y amor sobre el Ser Supremo*)
《拿油壶的女人》(*Mujer con alcuza*)
赫拉尔多·迭戈(Geraldo Diego)
《创造主义者的诸多可能》(*Posibilidades creacionistas*)
《形象》(*Imagen*)
《泡沫教材》(*Manual de espumas*)
《X 与 Z 的寓言》(*Fábula de Equis y Zeda*)
《蓄意的诗篇》(*Poemas adrede*)
《新娘谣曲集》(*Romancero de la novia*)
《索里亚》(*Soria*)
《人类的诗》(*Versos humanos*)
《孔波斯特拉的天使》(*Ángeles de Compostela*)
《真正的云雀》(*Alondra de verdad*)
《谣曲集》(*Romances*)
《孤单的爱情》(*Amor solo*)
《安达卢西亚人》(*El Jándalo*)
《我的桑坦德、我的摇篮和我的语言》(*Mi Santander, mi cuna, mi palabra*)
《幸运或死亡》(*La suerte o la muerte*)
《道德的颂歌》(*Odas morales*)
《神圣的诗句》(*Versos divinos*)
埃米里奥·普拉多斯(Emilio Prados)
《时间》(*Tiempo*)
《灯塔守护者之歌》(*Canciones del farero*)
《回归》(*Vuelta*)
《漫步,漫步在世上》(*Andando, andando por el mundo*)
《被俘的声音》(*La voz cautiva*)
《献给战士的短歌》(*Cancionero menor para los combatientes*)
《血中的哭泣》(*Llanto en la sangre*)
《谣曲集》(*Romances*)

《水的奥秘》(*El misterio del agua*)

《被追逐的躯体》(*Cuerpo perseguido*)

《面包和鱼的完整日历》(*Calendario completo del pan y el pescado*)

《内心日记》(*Diario íntimo*)

《地下的哭泣》(*Llanto subterráneo*)

《十月的哭泣》(*Llanto de octubre*)

《封闭的花园》(*Jardín cerrado*)

《天然的河》(*Río natural*)

《忘却的记忆》(*Memoria del olvido*)

《小小的死神》(*Mínima muerte*)

《睡在草地》(*Dormido en la yerba*)

《梦的割礼》(*Circuncisión del sueño*)

《书写的岩石》(*La piedra escrita*)

《开放的影子》(*La sombra abierta*)

《透明》(*Transparencias*)

《生存的符号》(*Signos del ser*)

《无边的约会》(*Cita sin límite*)

马努埃尔·阿尔托拉吉雷(Manuel Altolaguirre)

《应邀的岛屿》(*Las íalas invitadas*)

《楷模》(*Ejemplo*)

《相互陪伴的孤独》(*Soledades juntas*)

《缓慢的自由》(*La lenta libertad*)

《暂时的云》(*Nube temporal*)

《一桩爱情的终结》(*Fin de un amor*)

《美洲的诗》(*Poemas en América*)

第三单元　内战与战后诗歌

塞尔赫·萨拉文(Serge Salaün)

罗赫尔·德·弗洛尔(Roger de Flor)

加布列尔·巴尔德里奇(Gabriel Baldrich)
马努埃尔·卡巴尼亚斯(Manuel Cabanillas)
胡安·阿尔凯德(Juan Alcaide)
安东尼奥·阿格拉斯(Antonio Agraz)
费利克斯·帕雷德斯(Félix Paredes)
何塞·加西亚·普拉多斯(José García Prados)
巴伦丁·德·佩德罗(Valentín de Pedro)
诺布鲁赞(Nobruzán)
胡安·乌松(Juan Usón)
《全国劳联谣曲集》(*Romances de CNT*)
《自由·每日歌谣》(*La Libertad, Coplas del día*)
《社会熔炉(或社会熔炉抒情)》(*Fragua Social o Lírica de Fragua Social*)
《自由卡斯蒂利亚(或手榴弹)》(*Castilla Libre o Bombas de Manos*)
《西班牙时刻》(*Hora de España*)
《蓝色工装》(*El Mono Azul*)
拉斐尔·迪耶斯特(Rafael Dieste)
埃雷拉·佩特雷(Herrera Petere)
佩德罗·加菲亚斯(Pedro Garfías)
普拉·伊·贝尔特兰(Pla y Beltrán)
安东尼奥·罗德里格斯-莫尼诺(Antonio Rodríguez-Moñino)
罗莎·查塞尔(Rosa Chasel)
莫雷诺·维亚(Moreno Villa)
莱奥波尔多·乌鲁蒂亚(Leopoldo Urrutia)
塞萨尔·阿尔科纳达(César Arconada)
胡安·吉尔-阿尔贝特(Juan Gil-Albert)
《神秘的现身》(*Misteriosa presencia*)
《烧红的恐怖》(*Candente horror*)
《陌生的名字》(*Son nombres ignorados*)
《幻想》(*Las ilusiones*)
《存在思考其潮流》(*El existir medita su corriente*)
《爱是和谐》(*Concertar es amor*)

《形而上》(*La metafísica*)

《一个永恒主题的多样性》(*Variaciones sobre un tema inextinguible*)

阿图罗·塞拉诺-普拉哈(Arturo Serrano-Plaja)

《晃动的影子》(*Sombra indecisa*)

《无限期的流亡》(*Destierro infinito*)

《人与劳动》(*El Hombre y el Trabajo*)

《战争与和平的诗》(*Versos de guerra y paz*)

《上帝之手抚摸过这条狗》(*La mano de Dios pasa por este perro*)

《朦胧的杨树》(*Los álamos oscuros*)

《塞万提斯的魔幻现实主义》(*Realismo mágico en Cervantes*)

《承诺的艺术和艺术的承诺》(*El arte comprometido y el compromiso del arte*)

莱昂·费利佩(León Felipe)

《旗帜》(*La insignia*)

《挨耳光的小丑和拿竹竿的钓者》(*El payaso de las bofetadas y el pescador de caña*)

《斧头》(*El hacha*)

《流亡与哭泣的西班牙人》(*Españoles del éxodo y del llanto*)

《伟大的负责人》(*El gran responsable*)

《你将赢得光明》(*Ganarás la luz*)

《请叫我共和派》(*Llamadme publicano*)

《鹿和其他的诗》(*El ciervo y otros poemas*)

《啊,这老头和破提琴!》(*¡Oh, este viejo y roto violín!*)

豪尔赫·维尹(Jorge Vellín)

卡西米洛·西恩富戈斯(Casimiro Cienfuegos)

何塞·玛利亚·佩曼(José María Pemán)

《纳瓦罗民间谣曲集》(*Romancero popular navarro*)

《新西班牙诗歌——圣十字军抒情》(*Poemas de la Nuava España. Motivos líricos de la Santa Cruzada*)

《蓝色谣曲集》(*Romances azules*)

《为了西班牙的爱》(*Por el amor de España*)

《战争与帝国之歌》(*Cantos de Guerra y de Imperio*)

《光复谣曲集》(*Romancero de la Reconquista*)
《野兽与天使之诗》(*Poema de la Bestia y el Ángel*)
《永恒的长枪党》(*Poema de la Falange eterna*)
《战争抒怀》(*Lira bélica*)
《起义诗选》(*Antología poética del Alzamiento*)
《献给普里莫·德·里维拉的十四行诗桂冠》(*Corona de sonetos en honor de José Antonio Primo de Rivera*)
《战争歌集》(*Cancionero de guerra*)
《武装起来的诗》(*Poesía en armas*)
《西班牙的痛苦与光辉》(*Dolor y resplandor de España*)
《扁桃树与剑》(*El almendro y la espada*)
《痛苦的岁月(1934—1937)》(*Tiempo de dolor(poesía 1934—1937)*)
《军团谣曲集》(*Romancero legionario*)
《十字军东征谣曲》(*Romances de cruzada*)
米格尔·埃尔南德斯(Miguel Hernández)
《月亮上的能手》(*Perito en lunas*)
《不停的闪电》(*El rayo que no cesa*)
《人民的风》(*Viento del pueblo*)
《枕戈待旦》(*El hombre acecha*)
《思念的歌谣》(*Cancionero y romancero de ausencias*)
《致拉蒙·希赫的挽歌》(*Elegía a Ramón Sijé*)
路易斯·罗萨莱斯·卡马乔(Luis Rosales)
《四月》(*Abril*)
《圣诞组画》(*Retablo sacro del Nacimiento del Señor*)
《诗韵集》(*Rimas*)
《燃烧的房子》(*La casa encendida*)
《第二个四月》(*Segundo Abril*)
《歌谣》(*Canciones*)
《刀口见血》(*Como el corte hace sangre*)
《复活日记》(*Diario de una resurrección*)
《完整的书信》(*La carta entera*)

《金枪鱼场》(*La almadraba*)
《每个浪花都有一张面孔》(*Un rostro en cada ola*)
《倾听世界的缄默》(*Oigo el silencio universal*)
《塞万提斯和自由》(*Cervantes y la libertad*)
《比亚梅迪亚纳伯爵的激情和死亡》(*Pasión y muerte del conde de Villamediana*)
《西班牙抒情诗》(*Lírica española*)
何塞·加西亚·涅托(José García Nieto)
《投向你的前夕》(*Víspera hacia ti*)
《诗集》(*Poesía*)
《田野与孤独》(*Del campo y soledad*)
《休战》(*Tregua*)
《为女儿写的十四行诗》(*Sonetos para mi hija*)
《网》(*La red*)
《用地理谱写爱情》(*Geografía es amor*)
《第十一个钟点》(*La hora undécima*)
《回忆与承诺》(*Memorias y compromisos*)
《独白》(*Hablando solo*)
《短诗车间并50首十四行诗》(*Taller de arte menor y cincuenta sonetos*)
《伪装的水晶》(*Los cristales fingidos*)
《市郊》(*El arrabal*)
《加里亚纳》(*Galiana*)
《给母亲的信》(*Carta a la madre*)
路易斯·费利佩·毕万科(Luis Felipe Vivanco)
《春之歌》(*Cantos de primavera*)
《西班牙最好的女王》(*La mejor reina de España*)
《帝国英雄诗抄》(*Poesía heroica del imperio*)
《痛苦的岁月》(*Tiempo de dolor*)
《生命的延续》(*Continuación de la vida*)
《旷野》(*El descampado*)
《道路》(*Los caminos*)

莱奥波尔多·帕内罗(Leopoldo Panero)
《瓜达拉玛的诗》(*Versos al Guadarrama*)
《时刻的写作》(*Escrito a cada instante*)
《空虚的停留》(*La estancia vacía*)
《个人的歌》(*Canto personal*)
迪奥尼西奥·里德鲁埃霍(Dionisio Ridruejo)
《多元》(*Plural*)
《爱情第一书》(*Primer libro de amor*)
《战地诗歌》(*Poesía en armas*)
《河流与少女的寓言》(*Fábula de la doncella y el río*)
《献给石头的十四行诗》(*Sonetos a la piedra*)
《在时间的孤独里》(*En la soledad del tiempo*)
《龙达之歌》(*Cancionero en Ronda*)
《哀歌》(*Elegías*)
《在十一年里》(*En once años*)
《卡塔卢尼亚笔记》(*Cuaderna catalán*)
《近乎散文》(*Casi en prosa*)
《几乎是一些记忆》(*Casi unas memorias*)
维克托里亚诺·克雷梅尔(Victoriano Crémer)
《展翅飞翔》(*Tendiendo el vuelo*)
《响亮的触觉》(*Tacto sonoro*)
《B.D.的寓言》(*Fábula de B. D.*)
《我的血路》(*Caminos de mi sangre*)
《消失的时刻》(*Las horas perdidas*)
《剑与墙》(*La espada y la pared*)
《生命与希望之新歌》(*Nuevos cantos de vida y esperanza*)
《圣地亚哥之书》(*Libro de Santiago*)
《愤怒与鸽子》(*Furia y paloma*)
《肩负和平》(*Con la paz al hombro*)
《孤独的时代》(*Tiempo de soledad*)
《为了一个人的对话》(*Diálogo para un hombre solo*)

《爱和血》(*El amor y la sangre*)

《完整的诗(1944—1966)》(*Poesía total(1944—1966)*)

《致爱丽莎的新歌》(*Nuevas canciones para Elisa*)

《远离这苦雨》(*Lejos de esta lluvia ta amarga*)

《围栏》(*Los cercos*)

《何塞·耶稣的世界》(*El mundo de José Jesús*)

《灰烬的喧闹》(*El cálido bullicio de la ceniza*)

《隐蔽的小径》(*La escondida senda*)

《记忆的光辉》(*El fulgor de la memoria*)

《"骗子"阿玛利娅的寓言》(*Parábola de Amalia "La Petarda"*)

《麦穗的抵抗》(*La resistencia de la espiga*)

《诗选》(*Antología poética*)

《瘸腿的鸽子——十字路口》(*La paloma coja (la encrucijada)*)

《聋子的鸽房:燃烧的诗》(*El palomar del sordo: poesía en llamas*)

《迟来的闪电》(*Relámpagos tardíos*)

《诗歌(1944—1984)》(*Poesía (1944—1984)*)

《最后的骑士》(*El último jinete*)

《该隐之书》(*Libro de Caín*)

《楚-玛-科楚的故事》(*Historias de Chu-Ma-Chuco*)

《圣马可之书》(*Libro de San Marcos*)

《火车无痕:一座城市的秘史》(*Los trenes no dejan huella. Historia secreta de una ciudad*)

欧亨尼奥·德·诺拉(Eugenio de Nora)

《命运之歌》(*Cantos al destino*)

《被俘的人民》(*Pueblo cautivo*)

《承诺的爱》(*Amor prometido*)

《时间的观察》(*Contemplación del tiempo*)

《永久》(*Siempre*)

《西班牙,生命的激情》(*España, pasión de vida*)

《棱角》(*Angulares*)

加布列尔·塞拉亚(Gabriel Celaya)

《寂静的浪潮》(*Marea del silencio*)
《封闭的孤独》(*La soledad cerrada*)
《迷失的飞翔》(*Vuelo perdido*)
《音乐与鲜血》(*La música y la sangre*)
《林荫大道》(*Avenidas*)
《元素的运动》(*Movimientos elementales*)
《尝试》(*Tentativas*)
《平静地诉说》(*Tranquilamente hablando*)
《世事如此》(*Las cosas como son*)
《布告》(*Avisos*)
《仰卧的信件》(*Las cartas boca ariba*)
《多余的是肃静》(*Lo demás es silencio*)
《和平与音乐会》(*Paz y concierto*)
《伊比利亚之歌》(*Cantos iberos*)
《从清晰到清晰》(*De claro en claro*)
《幕间》(*Entreacto*)
《钻石的抵抗》(*Las resistencias del diamante*)
《阿莱克桑德雷套曲》(*Cantata en Aleixandre*)
《心在其位》(*El corazón en su sitio*)
《为了你们两个》(*Para vosotros dos*)
《紧急的诗歌》(*Poesía urgente*)
《美好的生命》(*La buena vida*)
《巴斯克狂想曲》(*Rapsodia euskera*)
《民族演义》(*Episodios nacionales*)
《无声的信号灯》(*La linterna sorda*)
《拉斐尔·穆吉卡的诗篇》(*Los poemas de Rafael Múgica*)
《民谣与巴斯克说法》(*Baladas y decires vascos*)
《透明的镜子》(*Los espejos transparentes*)
《语义学范畴》(*Campos semánticos*)
《诗探考》(*Exploración de la poesía*)
《我的歌》(*Canto en lo mío*)

《正面和反面》(*El derecho y el revés*)

《日安,晚安》(*Buenos días buenas noches*)

《倒数第二的诗篇》(*Poemas penúltimos*)

《歌与神话》(*Cantos y mitos*)

《敞开的世界》(*El mundo abierto*)

《根源》(*Orígenes*)

《海鸥,诗歌精选》(*Gaviota, antología esencial*)

《诗歌裁判所》(*Inquisición de la poesía*)

《一个和另一个》(*Lo uno y lo otro*)

《好交易》(*Los buenos negocios*)

《接班》(*El relevo*)

布拉斯·德·奥特罗(Blas de Otero)

《具有野蛮人性的天使》(*Ángel Fieramente Humano*)

《良知的重击》(*Redoble de Conciencia*)

《安西亚》(*Ancia*)

《要和平,要发言》(*Pido la Paz y la Palabra*)

《说卡斯蒂利亚语》(*En castellano*)

《与无限的多数在一起》(*Con la inmensa mayoría*)

《面向无限的多数》(*Hacia la inmensa mayoría*)

《这并非一本书》(*Esto no es un libro*)

《关于西班牙》(*Que trata de España*)

《表达与汇总》(*Expresión y Reunión*)

《与此同时》(*Mientras*)

《带名字的诗歌》(*Poesía con nombres*)

《伪造与真实的历史》(*Historias fingidas y verdaderas*)

何塞·耶罗(José Hierro)

《没有我们的土地》(*Tierra sin nosotros*)

《愉悦》(*Alegrá*)

《用石,用风》(*Con las piedras, con el viento*)

《四二年一届》(*Quinta del 42*)

《我所知道的我》(*Cuanto sé de mí*)

《幻觉之书》(*Libro de las alucinaciones*)
《备忘录》(*Agenda*)
《纽约笔记》(*Cuaderno de Nueva York*)
《十四行诗集》(*Sonetos*)
《留在阴影中》(*Guardados en la sombra*)
卡洛斯·布索尼奥(Carlos Bousoño)
《诗歌表达理论》(*Teoría de la expresión poética*)
《灰烬中的赞歌》(*Oda en la ceniza*)
《抗拒墓石的钱币》(*Las monedas contra la losa*)
《向爱攀登》(*Subida al amor*)
《死亡之春》(*Primavera de la muerte*)
《面向另一种光明》(*Hacia otra luz*)
《感悟之夜》(*Noche del sentido*)
《现实的入侵》(*Invasión de la realidad*)
《寻求》(*La búsqueda*)
《夜时分》(*Al mismo tiempo que la noche*)
《我的诗选》(*Selección de mis versos*)
《胡作非为的比喻》(*Metáfora del desafuero*)
《针眼》(*El ojo de la aguja*)
《砧上的锤》(*El martillo en el yunque*)
《西班牙文学表现六则》(*Seis calas en la expresión literaria española*)
《论诗歌表达》(*Teoría de la expresión poética*)
《维森特·阿莱克桑德雷的诗歌》(*La poesía de Vicente Aleixandre*)
《诗歌的非理性主义:象征》(*El irracionalismo poético(El Símbolo)*)
《诗歌的超现实主义与象征化》(*Superialismo poético y simbolización*)
《文学的时代及其演变》(*Épocas literarias y evolución*)
《后当代诗歌:四项研究和一个导论》(*Poesía postcontemporánea:cuatro estudios y una introducción*)
何塞·玛利亚·巴尔贝德(José María Varverde)
《上帝的人:圣诗、挽诗、祷诗》(*Hombre de Dios. Salmos, elegías y oraciones*)
《等待》(*La espera*)

《星期日的诗》(*Versos de domingo*)
《为了圣马特奥的合唱》(*Voces y acompañamientos para San Mateo*)
《这个世界的征服》(*La conquista de este mundo*)
《不真实的岁月》(*Años inciertos*)
《诗歌汇编》(*Poesías reunidas*)
《时代的教诲(1945—1970)》(*Enseñanzas de la edad(1945—1970)*)
《话语的存在》(*Ser de palabra*)
《诗歌语言研究》(*Estudio sobre la palabra poética*)
《就现代艺术题材写给一位持怀疑态度的神父的信》(*Cartas a un cura escéptico en materia de arte moderno*)

米格尔·拉波德塔(Miguel Labordeta)
《沉陷—25》(*Sumido—25*)
《田园诗般的暴烈》(*Violento idílico*)
《路上行人》(*Transeúnte central*)
《情而上》(*Epílirica*)
《另起一段》(*Punto y aparte*)
《自言自语》(*Los Soliloquios*)
《老虎匮乏的午后点心及其他的诗》(*La escasa merienta de los tigres y otros poemas*)
《天边的办公室》(*Oficina de horizonte*)

爱德华多·契洽罗(Eduardo Chicharro)

加比诺·阿莱罕德罗·卡列多(Gabino Alejandro Carriedo)

卡洛斯·埃德蒙多·德·奥利(Carlos Edmundo de Ory)
《影子和鸟》(*Sombras y pájaros*)
《眼下的诗》(*Versos de pronto*)
《十四行集》(*Los sonetos*)
《诗选》(*Poemas*)
《狼的音乐》(*Música del lobo*)
《诗选(1949—1969)》(*Poesía:1949—1969*)
《技巧与哭泣》(*Técnica y llanto*)
《开放的诗歌》(*Poesía abierta*)

《放心地阅读》(*Lee sin temor*)
《动力》(*Energeia*)
《自省》(*Metanoia*)
《被禁的笛子》(*La flauta prohibida*)
《竖琴》(*Liras*)
《活的十四行》(*Soneto vivo*)
加西亚·巴埃纳(Pablo García Baena)
《隐蔽的流言》(*Rumor oculto*)
《当鸟儿在歌唱》(*Mientras cantan los pájaros*)
《古老的少年》(*Antiguo muchacho*)
《六月》(*Junio*)
《圣油》(*Óleo*)
《拍卖》(*Almoneda*)
《诗选(1946—1961)》(*Antología poética (1946—1961)*)
《在时间结束之前》(*Antes que el tiempo acabe*)
《夏日三声》(*Tres voces del verano*)
《巴勃罗·加西亚·巴埃纳的南方》(*El Sur de Pablo García Baena*)
《忠诚而又逃逸的花环》(*Fieles guirnaldas fugitivas*)
《史前》(*Prehistoria*)
《西方》(*Poniente*)
《常春藤上的水珠》(*Como el agua en la yedra*)
《印象与风景》(*Impresiones y paisajes*)
《在时间的平静里》(*En la quietud del tiempo*)
《天堂的田野》(*Los Campos Elíseos*)
《诗歌全集(1940—2008)》(*Poesía completa (1940—2008)*)
里卡多·莫利纳(Ricardo Molina)
《天使的河流》(*El río de los ángeles*)
《致桑杜阿的挽歌》(*Elegías de Sandua*)
《伞房花序》(*Corimbo*)
《梅蒂娜·阿查拉的挽歌》(*Elegía de Medina Azahara*)
《家》(*La casa*)

《在每日的阳光下》(*A la luz de cada día*)

《两部遗作(爱人的礼物、歌集)》(*Dos libros inéditos* (*Regalo de amante*, *Cancionero*))

《神秘的弗拉门戈艺术》(*Misterios del arte flamenco*)

《诗歌的社会作用》(*Función social de la poesía*)

《日记(1937—1946)》(*Diario* (*1937—1946*))

第四单元 “五零一代”

何塞·安赫尔·巴伦特(José Ángel Valente)

《以希望的方式》(*A modo de esperanza*)

《给拉撒路的诗》(*Poemas a Lázaro*)

《记忆与标志》(*La memoria y los signos*)

《无辜者》(*El inocente*)

《熄灯礼拜三咏》(*Tres lecciones de tinieblas*)

《未来之书断章》(*Fragmentos de un libro futuro*)

《深渊体验》(*La experiencia abisal*)

《断章三十七》(*Trienta y siete fragmentos*)

《光环》(*Mandorla*)

《光辉》(*El fulgor*)

《致地方的神》(*Al dios del lugar*)

《歌者黎明未出现》(*No amanece el cantor*)

《部落的语言》(*Las palabras de la tribu*)

《石头与核心》(*La piedra y el centro*)

《鸟与网的变奏》(*Variaciones sobre el pájaro y la red*)

海梅·希尔·德·别德玛(Jaime Gil de Biedma)

《据时间宣判》(*Según sentencia del tiempo*)

《旅伴》(*Compañeros de viaje*)

《四首道德诗》(*Cuatro poemas morales*)

《站在维纳斯一边》(*En favor de Venus*)》

《道德剧》(*Moralidades*)

《身后诗作》(*Poemas póstumos*)

《动词人称》(*Las personas del verbo*)

《文字之脚》(*El pie de la letra*)

安赫尔·贡萨莱斯(Ángel González)

《粗暴世界》(*Áspero Mundo*)

《城市规划论》(*Tratado de urbanismo*)

《关于词语的词语》(*Palabra sobre palabra*)

《无希望,有信心》(*Sin esperanza, con convencimiento*)

《初级》(*Grado elemental*)

《关于一本传记的简短批注》(*Breves acotaciones para una biografía*)

《叙述程序》(*Procedimientos narrativos*)

《常见感伤态度及某些叙述程序的展示增订版》(*Muestra, corregida y aumentada, de algunos procedimientos narrativos y de las actitudes sentimentales que habitualmente comportan*)

《魂灵直示》(*Deixis en fantasma*)

克劳迪奥·罗德里格斯(Claudio Rodríguez)

《迷醉的天赋》(*Don de la ebriedad*)

《符咒》(*Conjuros*)

《盟约与刑罚》(*Alianza y condena*)

《欢庆的飞行》(*El vuelo de la celebración*)

《近乎传奇》(*Casi una leyenda*)

《冒险》(*Aventura*)

何塞·马努埃尔·卡瓦耶罗·博纳尔德(José Manuel Caballero Bonald)

《活着为了讲述》(*Vivir para contarlo*)

《猜谜》(*Las adivinaciones*)

《短暂记忆》(*Memorias de poco tiempo*)

《巨人安泰》(*Anteo*)

《已死的时刻》(*Las horas muertas*)

《通俗文艺》(*Pliegos de cordel*)

《英雄名裂》(*Descrédito del héroe*)

《猫眼阿卡达》(*Ágata ojo de gato*)

《命运迷宫》(*Laberinto de Fortuna*)

《阿尔格妮达日记》(*Diario de Argónida*)

《违法者手册》(*Manual de infractores*)

《战间和平时期》(*Entreguerras*)

《九月中的两天》(*Dos días de septiembre*)

《整夜听到鸟群飞过》(*Toda la noche oyeron pasar pájaros*)

《在父家》(*En la casa del padre*)

《战败年代》(*Tiempo de guerras perdidas*)

《习惯活着》(*La costumbre de vivir*)

《记忆小说》(*La novela de la memoria*)

弗朗西斯科·布里内斯(Francisco Brines)

《炭火》(*Las brasas*)

《暗中语》(*Palabras a la oscuridad*)

《尚未》(*Aún no*)

《魔王》(*Insistencias en Luzbel*)

《玫瑰之秋》(*El otoño de las rosas*)

《最后的岸》(*La última costa*)

卡洛斯·巴拉尔(Carlos Barral)

《诗歌不是交流》(*Poesía no es comunicación*)

《迟滞的水》(*Las aguas reiteradas*)

《地下铁道》(*Metropolitano*)

《我市民史上的十九个形象》(*Diecinueve figuras de mi historia civil*)

《磨损》(*Usuras*)

《忏悔之年》(*Años de penitencia*)

《无可辩白的年月》(*Los años sin excusa*)

《当时光飞逝》(*Cuando las horas veloces*)

《倒数第二的惩罚》(*Penúltimos castigos*)

《历书》(*Almanaque*)

何塞·奥古斯丁·戈伊蒂索洛(José Agustín Goytisolo)

卡洛斯·萨贡(Carlos Sahagún)

费利克斯·格兰德(Félix Grande)
安赫尔·克雷斯波(Ángel Crespo)
何塞·科雷多尔-马特奥(José Corredor-Matheo)
拉斐尔·拉贝萨(Rafael Lapesa)
何塞·莱萨马·利马(José Lezama Lima)
玛利亚·赞布拉诺(María Zambrano)
圣胡安·德·拉·克鲁斯(San Juan de la Cruz)
圣特雷莎(Santa Teresa)
米格尔·德·莫里诺斯(Miguel de Molinos)

第五单元 新锐派:艺术非人性化的诗歌实践

吉列尔莫·卡內罗(Guillermo Carnero)
《诗学与访谈》(*Poéticas y Entrevistas*)
《时间之书》(*Libro de horas*)
《死亡之画》(*Dibujo de la muerte*)
《阿维拉》(*Ávila*)
《诗人的宫廷》(*La corte de los poetas*)
《虚构爱情的方式与歌曲》(*Modo y canciones del amor ficticio*)
《巴塞罗那,我的爱》(*Barcelona, mon amour*)
《英伦夏日》(*Verano inglés*)
朗西斯科·里维斯(Francisco Ribes)
《西班牙青年诗歌参阅集》(*Antología Consultada de la Joven Poesía Española*)
《当下的诗》(*Poesía última*)
加布列尔·波坎赫尔·伊翁苏埃塔(Gabriel Bocángel y Unzueta)
比亚梅迪亚纳伯爵(el Conde Villamediana)
埃米里奥·奥罗斯科(Emilio Aurosco)
里卡多·古庸(Ricardo Gullón)
卡洛斯·克拉维里亚(Carlos Clavería)
胡里安·玛利亚斯(Julián Marías)

阿隆索·德·莱德斯玛（Alonso de Ledesma）
巴拉欧纳·德·索托（Barahona de Soto）
胡安·德尔·恩西纳（Juan de Encina）
圣地亚那侯爵（Marqués de Santillana）
弗朗西斯科·德·阿尔达纳（Francisco de Aldana）
梅伦德斯·巴尔德斯（Meléndez Valdés）
拉斐尔·贝尼特斯·克拉罗斯（Rafael Benítez Claros）
安东尼奥·加列戈·莫雷尔（Antonio Gallego Morell）
佩德罗·索托·德·罗哈斯（Pedro Soto de Rojas）
弗朗西斯科·特里约·伊·费格罗阿（Francisco Trillo y Figueroa）
拉斐尔·拉佩萨(Rafael Lapesa)
何塞·马努埃尔·布雷库亚（José Manuel Blecua）
赫纳罗·塔伦斯（Jenaro Talens）
佩雷·辛费雷（Pere Gimferrer）
　《大海在燃烧》(*Arde el mar*)
　《死于比弗利山庄》(*La muerte en Beverl y Hills*)
　《恶魔》(*Los diablos*)
　《诗歌 1962—1969》(*Poemas 1962—1969*)
　《对比》(*Parangón*)
　《清单》(*Inventario*)
　《挽歌 Ⅷ》(*Elegía*)
　《1965年7月》(*Julio de 1965*)
　《洞穴中的竖琴》(*Arpa en la cueva*)
马努埃尔·巴斯克斯·蒙塔尔班（Manuel Vázquez Montalbán）
　《情感教育》(*Una educación sentimental*)
安东尼奥·马丁内斯·萨里翁（Antonio Martínez Sarrión）
　《行动之戏》(*Teatro de operaciones*)
安东尼奥·卡瓦哈尔(Antonio Carvajal)
　《花园中的老虎》(*Tigres en el jardín*)
费利克斯·德·阿苏阿（Félix de Azúa）
　《水獭的枷锁》（*Cepo para nutria*）

马尔科斯·里卡尔多·巴尔纳坦(Márquez Ricardo Barnatán)
《迷失的脚步》(*Los pasos perdidos*)
安东尼奥·科里纳斯(Antonio Colinas)
《整夜序曲》(*Preludios a una noche total*)
海梅·希雷斯(Jaime Siles)
《光源》(*Génesis de la luz*)
路易斯·阿尔贝托·德·昆卡(Luis Alberto de Cuenca)
《肖像》(*Los retratos*)
路易斯·安东尼奥·德·比耶纳(Luis Antonio de Villena)
《崇高的日晷》(*Sublime Solarium*)
恩里克·马丁·帕尔多(Enrique Martín Pardo)
《西班牙新诗歌》(*Nueva Poesía Española*)
安东尼奥·布里埃托(Antonio Prieto)
《爱与死之镜》(*Espejo del amor y de la muerte*)
何塞·巴特约(José Batlló)
《后当代西班牙诗人》(*Poetas españoles poscontemporáneos*)
维克多·波桑科(Víctor Pozanco)
《新锐九诗人》(*Nueve poetas del resurgimiento*)
莫拉尔和佩雷达(Concepción G. del Moral y Rosa María Pereda)
《西班牙青年诗歌》(*Joven poesía española*)
古斯塔夫·科雷阿(Gustavo Correa)
《二十世纪西班牙诗歌》(*Poesía española del siglo XX*)
《西班牙诗选,1900—1980》(*Antología de la poesía española 1900—1980*)
何塞·路易斯·加诺(José Luis Cano)
《今日西班牙抒情诗》(*Lírica española de hoy*)
米格尔·加西亚·波萨达(Miguel García Posada)
《西班牙诗歌四十年》(*Cuarenta años de poesía española*)
何塞·路易斯·加西亚·马丁(José Luis García Martín)
《声与回声》(*Las voces y los ecos*)
法尼·鲁比奥(Fanny Rubio)
《当代西班牙诗歌,1939—1980》(*Poesía española contemporánea 1939—1980*)

索内尔(G. L. Solner)

《今日西班牙诗歌》(*Poesía espa · ola hoy*)

帕罗梅洛 (Mari Pepa Palomero)

《七十年代诗人》(*Poetas de los* 70)

胡安·何塞·兰斯 (Juan José Lanz)

《西班牙诗选,1960—1975》(*Antología de la poesía española ,1960—1975*)

附录5

主要西文参考书目

Ricardo Gullón: *Diccionario de literatura española e hispanoamericana* (Alianza Diccionarios, Madrid, 1993).

Francisco Rico: *Historia crítica de la literatura española* (Editorial Crítica, Barcelona, 1980); *Mil años de poesía española* (Enciclopedias Planeta, Barcelona, 1996).

José García López: *Historia de la literatura española* (Vicens Vives, Barcelona, 1997).

Santos Sanz Villanueva: Historia de la literatura española. 6/2El siglo XX. (Barcelona, 1984).

Dámaso Alonso: *Poetas españolesa contemporáneos* (Editorial Gredos, Madrid, 1978).

Federico García Lorca: *Poesía* (I Y II) (Edición de Miguel García-Posada, Akal, Madrid, 1980).

Pablo Neruda: *Confieso que he vivido* (Editorial Seix Barral, Barcelona-Caracas-México, 1974).

Vicente Gaos: *Antología del grupo poético de* 1927 (Ediciones Cátedra, Madrid, 1986).

Emilio Miró: *Antología de poesías del* 27 (Ed. Castalia, Madrid, 1999).

Noni Benegas /Jesús Munárriz: *Ellas tienen la palabra* (*Dos décadas de poesía española*) (Poesía Hiperión, Madrid, 1998).

J. M. Castellet: *Veinte años de poesía española*(1939—1959) (Barcelona,1960).

L. de Luis:*Poesía social. Antología*(1939—1969) (2aed. Madrid,1969).

J. M. Castellet:*Nueve novísimos poetas españolesa* (Barcelona, 1970).

J. Cano Ballesta: La poesía española entre pureza y revolución (1930—1036) (Madrid, 1972).

A. Blanch:*La poesía pura española: Conexiones con la cultura francesa* (Madrid, 1976).

F. Rubio:*Las revistas poéticas españolas*(1939—1975) (Madrid, 1976).

Anthony Leo Geist:*La poética de la generación del 27 y las revistas literarias: De la vanguardia al compromiso*(1918—1936) (Barcelona, 1980).

V. Bodini:*Los poetas surrealistas españolesa* (1963) (Barcelona, 1981).

J. M. Rozas: *La generación del 27 desde dentro* (*Textos y documentos*) (ed. aumentada, Madrid, 1987).

V. García de la Concha:*La poesía española de 1935 a 1975 . I: De la preguerra a los años oscuros (1935—1944). II: De la poesía existencial a la poesía social (1944—1950)*, 2 vols. (Madrid, 1987).

P. Provencio: *Poéticas españolas contemporáneas. I: La generación del 50 . II: La generación del 1970* , 2 vols. (Madrid, 1988 y 1989).

G. Diego: *Poesía española contemporánea* (1901—1934, ed. de A. Soria Olmedo, Madrid, 1992).

J. Barella: *Después de la modernidad. Poesía española en sus lenguas literarias* (Barcelona, 1987).

J. M. Aguirre: *Antonio Machado, poeta simbolista* (Madrid, 1973).

Rafael Alberti: *Poesía I, II, III, IV* (ed. de Jaime Siles,Seix Barral, 2006).

Vicente Aleixandre: *Algunos caracteres de la nueva poesía española*(Madrid, 1955).

Carlos Bousoño: *Teoría de la expresión poética* (4aed. Gredos Madrid, 1966); *Superrealismo poético y simbolización* (Madrid, 1979); *Ápocas literarias y evolución*(Madrid,1981); *Poesía postcontemporánea* (Madrid, 1984).

J. L. Cano: *Poesía española contemporánea. Las generaciones de posguerra* (Madrid, 1974).

Carnero Guillermo: *El grupo 'Cántico' de Córdoba* (Madrid, 1976).

Díaz Plaja, Guillermo: *Modernismo frente a noventa y ocho* (Madrid, Espasa-Calpe, 1951).

F. J. Diéz de Revenga: *Panorama crítico de la generación del 27* (Madrid, 1987).

J. L. García Martín: *Las voces y los ecos* (Madrid, 1980); *La segunda generación poética de posguerra* (Badajoz, 1986); *La generación de los ochenta* (Valencia, 1988).

J. Gil de Biedma: *Cántico: El mundo y la poesía de Jorge Guillén* (Barcelona, 1960).

Félix Grande: *Apuntes sobre poesía española de posguerra* (Madrid, 1970).

Miguel Hernández: *Obra poética completa*, 5aed. (Madrid, 1979).

José Hierro: *Poesías completas*, 1944—1962 (Madrid, 1962).

José Olivo Jiménez: *Cinco poetas del tiempo* (Madrid, Ínsula, 1964); *Diez años de poesía española*, 1960—1970 (Madrid, Ínsula, 1972).

Juan Ramón Jiménez: *Libros de poesía* (2aed. Madrid, Aguilar, 1959).

Antonio Machado: *Poesías completas* (3aed. Madrid, Espasa-Calpe, 1977).

Joaquín Marco: *Poesía española siglo XX* (Barcelona, Edhasa, 1986).

Enrique Martín Pardo: *Nueva poesía española* (Madrid, Scorpio, 1970).

Pedro Provencio: *Poéticas españolas contemporáneas* (Madrid, Hiperión, 1988).

Francisco Ribes: *Antología consultada de la joven poesía española* (Valencia, Distribuciones Mares, 1952); *Poesía última* (Madrid, 1963).

Fanny Rubio y José Luis Falcó: *Poesía española contemporánea (1939—1980)* (2aed. Madrid, 1990).

Philip W. Silver: *La casa de Anteo. Estudios de poética hispánica. (De Antonio machado a Claudio Rodríguez)* (Madrid, Taurus, 1985).

Concha Zardoya: *Poesía española del siglo XX. Estudios temáticos y estilísticos*, 4 tomos. (Madrid, Ed. Gredos, 1974).

Emilia de Zuleta: Cinco poetas españoles (Salinas, Guillén, Lorca, Alberti, Cernuda) (Madrid, Ed. Gredos, 1971).

Biruté Ciplijauscaité: *La poesía de los 80 en España (novísimos, postnovísimos, clásicos* (Ed. Orígenes, Madrid, 1991); *El poeta y la poesía (Del romanticismo a la poesía social)* (Ínsula-Madrid, 1966).

Antonio Quilis: *Métrica española* (Editorial Ariel, Barcelona, 2001).

José Domínguez Caparrós: *Diccionario de métrica española* (Alianza Editorial, Madrid, 1999).

Félix de Azúa: *Poesía 1968—1978* (Hiperión, Madrid, 1979).

José Batlló: *Antología de la nueva poesía española* (El Bardo, Barcelona, 1968).

José María Castellet: *Nueve novísimos poetas españolesa* (Península, Barcelona, 1970).

Biruté Ciplijauskaité: *Novísimos. Posnovísimos. Clásicos* (Orígenes, Madrid, 1990).

José Jiménez: *Diez años de poesía española (1960—1970)* (Ínsula, Madrid, 1972).

Juan José Lanz: *La llama en el laberinto (Poesía y poética en la generación del 68)* (Editora Regional de Extremadura, Mérida, 1994).

José Pérez Olivares: *El hacha y la rosa (Tres décadas de poesía española)* (Renacimiento, Sevilla, 2000).

Jaime Siles: *Poesía 1969—1980* (Visor, Madrid, 1982).